HEYNE
BÜCHER

Von Harold Robbins
sind als Heyne-Taschenbücher erschienen:

Die Verführten · Band 01/7601
Die Gnadenlosen · Band 01/7668
Die Wilden · Band 01/7748

HAROLD ROBBINS

DIE BOSSE

Roman

WILHELM HEYNE VERLAG
MÜNCHEN

HEYNE ALLGEMEINE REIHE
Nr. 01/7864

Titel der amerikanischen Originalausgabe
THE INHERITORS
Deutsche Übersetzung von Willy Thaler

Lizenzausgabe mit Genehmigung des Scherz Verlags,
Bern und München

Printed in Germany 1989
Umschlagfoto: Art Reference/Bayat, Frankfurt
Umschlaggestaltung: Atelier Ingrid Schütz, München
Satz: Werksatz Wolfersdorf GmbH
Druck und Bindung: Presse-Druck Augsburg

ISBN 3-453-03288-8

Dieses Buch
ist in herzlicher Freundschaft
Paul Gitlin gewidmet.

H. R.

An jenem Tag
im vorigen Frühjahr

Der Morgen

Ich war bei meiner dritten Tasse Kaffee, als das Telefon klingelte. Ich ließ es läuten. Wenn man drei Jahre auf einen Anruf gewartet hat, dann kann man ruhig noch weitere dreißig Sekunden warten.

Ich füllte die Kaffeetasse noch einmal. Mein Blick erfaßte den Stand der Sonne, das Fenster der Blondine, die in dem Haus unterhalb des meinen auf dem Hügel wohnte, den Verkehr auf der Autobahn.

Die Sonne hatte den Kamm des Hügels noch nicht erreicht, die Blondine schlief, ihre Jalousien waren geschlossen, und auf der Autobahn kroch einsam ein Streifenwagen dahin. Ich nahm den Hörer ab.

»Guten Morgen, Sam«, sagte ich.

Einen Augenblick war es still. Ich hörte seinen rauhen Atem durch die Leitung. »Wieso weißt du, daß ich es bin?«

»In dieser Stadt wird spät aufgestanden; keiner erhebt sich vor zehn Uhr.«

»Ich konnte nicht schlafen«, brummte er. »Ich kam gestern abend an, aber ich hab mich noch nicht umgestellt, bin zeitlich immer noch in New York.«

»Kenn ich.«

»Was treibst du?« fragte er.

»Ich sitze hier und trinke Kaffee.«

»Wie wär's? Willst du rüberkommen und mit mir frühstücken?«

»Ich frühstücke nicht, Sam, das weißt du doch.«

»Ich auch nicht«, gab er zurück, »und das weißt wieder du. Aber ich kann nicht schlafen. Und ich will mit dir reden.«

»Du hast mich ja am Apparat.«

»Mein halbes Leben verbringe ich am Telefon! Ich will dich sehen, wenn ich mit dir spreche.« Er schwieg. Wieder hörte ich seinen heiseren Atem. Dann: »Ich sag dir was: Komm rüber, und wir fahren irgendwohin. Ich werde sogar mein Leben riskieren und mich in deinen neuen Wagen setzen. Dreihundertzwanzig Kilometer, hab ich irgendwo gelesen.«

»Warum fährst du nicht einfach allein spazieren?«

»Zwei Gründe: erstens fahren alle in Kalifornien wie die Verrückten, und ich hab Angst vor ihnen, und zweitens – wie gesagt –, ich will dich sprechen.«

Ich zögerte kurz. »Okay. Ich hol dich vor dem Hotel ab.«

»In einer Viertelstunde«, sagte er. »Ich muß noch mal mit New York sprechen.«

Ich legte auf und ging nach oben ins Schlafzimmer. Ich öffnete leise die Tür und trat ein. Die Vorhänge waren fest zugezogen, und ich sah im Dämmerschein, daß Chinamädchen noch schlief. Sie lag nackt auf den Laken, die Hände über dem Kopf ausgestreckt, als wolle sie gerade vom Turm ins Wasser springen; ihr langes Haar flutete über den Rükken und umhüllte sie wie eine Decke.

Ich trat ans Bett und blickte auf sie hinab. Sie lag völlig bewegungslos, ich sah sie kaum atmen. Im Zimmer hing noch der Duft der nächtlichen Liebesspiele wie das Bukett eines alten Weins. Ich legte meine Hand saft auf ihre kleinen elfenbeinfarbenen marmorharten Hinterbacken. Sie drückte sich tiefer in die Matratze, und ich spürte, wie die Wärme ihres Körpers in meine Finger strömte.

Ohne den Kopf zu wenden, sagte sie mit schlaftrunkener, undeutlicher Stimme: »Was tust du nur mit mir, Steve? Sobald du mich berührst, werde ich ganz verrückt.«

Ich zog die Hand zurück und ging ins Badezimmer. Als ich fünfzehn Minuten später herauskam, saß sie aufrecht im Bett und streichelte sich.

»Du bist angezogen«, sagte sie. »Das ist gemein. Ich hab's für dich warm gehalten.«

»Tut mir leid, Chinamädchen«, antwortete ich. »Eine Verabredung.«

»Du kannst dich ja auch einmal verspäten«, sagte sie. »Komm rein ins Bett und mach's mir.«

Ich antwortete nicht, ging quer durch das Zimmer, nahm einen Pullover aus dem Wandschrank und zog ihn an.

»Es gibt ein altes chinesisches Sprichwort«, sagte sie. »Kein Tag, der mit einer Nummer beginnt, kann ganz schlecht sein.«

Ich lachte.

»Ich mach keinen Witz. Das ist das erste Mal, daß du nein zu mir sagst.«

»Einmal mußte es kommen, Chinamädchen.«

»Und nenn mich nicht immer ›Chinamädchen‹. Ich hab einen Namen, und du kennst ihn.«

Ich blickte sie an. In ihrer Miene war ein Anflug von Ärger, der kurz zuvor nicht dagewesen war. »Reg dich ab, Chinamädchen«, sagte ich. »Nicht mal ich glaube an einen Namen wie Mary Applegate.«

»Ich heiße aber so.«

»Mag sein. Aber für mich bist du das Chinamädchen.«

Sie zog das Laken über sich. »Ich glaube, es ist Zeit, daß ich gehe.«

Ich antwortete nicht.

»Wie lange bleibst du fort?« fragte sie.

»Ich weiß nicht. Zwei Stunden vielleicht.«

»Dann bin ich nicht mehr hier.«

»Hast du genug Moneten?«

»Ich schaff es schon.«

Ich nickte. »Dann also, leb wohl. Du wirst mir fehlen.« Ich schloß die Tür hinter mir und ging nach unten.

Draußen war die Sonne bereits über den Hügel gewandert, und ich blinzelte in ihren grellen Schein. Ich zog die Markise herunter und ging hinter das Haus zum Parkplatz.

Der Iso warf das Licht zurück wie eine schwarze Perle in Cartiers Schaufenster. Ihr Volkswagen stand daneben, er sah wirklich wie ein kleiner Käfer aus; er hatte etwas beinahe Hilfloses, Verlorenes an sich.

Aber vielleicht empfand ich das nur so; wie immer, wenn ich einen solchen Wagen sah. Alle kleinen Leute besaßen einen; er hatte Räder, er war billig und brachte sie zu ihren kleinen Geschäften und wieder nach Hause. Und manchmal stand er in irgendeiner Garage, während seine Besitzerin im Lincoln Continental rumkutschierte. Früher oder später jedoch hatte die Zeit in der Luxuslimousine ein Ende, und der Käfer trat wieder in Aktion. Wie zum Beispiel heute.

Ich ging ins Haus zurück und holte eine Rolle Klebestreifen aus der Küche. Damit befestigte ich zwei Hundertdollarnoten am Armaturenbrett des Volkswagens, wo sie sie nicht übersehen konnte. Ich landete mit dreißig Minuten Verspätung vor dem Hoteleingang – und er war noch gar nicht heruntergekommen.

Ich blieb im Wagen sitzen und verfluchte meine Albernheit. Chinamädchen hatte recht. Ich hatte mir einen erstklassigen Fick vermasselt.

Eine Viertelstunde später kam er heraus. Der Portier öffnete den Wagenschlag, und Sam stieg schnaufend ein. Die Tür schlug zu, und wir sahen uns in die Augen.

Ziemlich lange. Dann beugte er sich vor und küßte mich auf die Wange. »Du hast mir gefehlt.«

Ich setzte den Wagen in Gang, fuhr durch die Einfahrt und sprach erst, als wir bei der Ampel am Sunset Boulevard anhielten. »Ich dachte nicht, daß du dir etwas aus mir machst.«

Er nahm es ernster, als ich es meinte. »Du weißt es ganz genau. Was ich getan habe, mußte ich tun.«

Die Ampel wurde grün, und ich fuhr in Richtung Santa Monica. »Es spielt jetzt keine Rolle mehr; ist ja schon drei Jahre her.« Ich warf ihm einen Blick zu. »Wohin wollen wir fahren?«

Er zog die Schultern hoch. »Wohin du willst. Du bist hier zu Hause.«

Ich fuhr weiter.

»Du fragst dich wohl, warum ich angerufen habe?« fuhr er fort.

Ich antwortete nicht.

»Ich hatte das Gefühl, dir etwas schuldig zu sein.«

»Du bist mir nichts schuldig«, erwiderte ich schnell. »Ich hab die Aktien. Deine. Sinclairs.«

»Du brauchst mir nicht zu versichern, daß du reich bist«, sagte ich, »das weiß jeder. Aber Geld ist nicht alles.«

Ich sah ihn an. »Und das sagst du mir jetzt!« Ich lächelte. »Warum hast du es dann getan?«

Seine dunklen Augen glänzten hinter den blankpolierten schwarzgeränderten Gläsern. »Ich stand unter Druck, hatte Angst, daß alles zum Teufel geht.«

Ich lachte bitter. »Und da war ich. Mit offenem Visier und voller Vertrauen. Ein gefundenes Fressen.«

»Erinnerst du dich, was ich dir damals sagte? Daß du mir eines Tages noch dafür danken würdest?«

Ich schwieg und hielt meine Augen auf die Straße gerichtet. Es gab so manches, wofür ich ihm danken konnte. Dumm war nur, daß ich eigentlich gar nichts gewollt hatte.

»Du kennst das alte Lied?« fragte er. »Denen, die man liebt, tut man weh.«

»Sing es mir nicht vor. Es ist zu früh am Morgen.«

»Es ist aber wahr«, sagte er ernst. »Ich dachte, gerade du wüßtest das.«

»Na schön. Du hast es mir gesagt. Nun weiß ich's.«

Plötzlich wurde er böse. »Nein, nichts weißt du. Ich hab dir dazu verholfen, reich zu werden, vergiß das nie!«

»Nun schalt aber die Düsen ab, Sam«, sagte ich trocken. »Gerade hast du mir erzählt, daß Geld nicht alles ist.«

Er schwieg eine Weile. »Gib mir eine Zigarette.«

»Wozu? Du rauchst doch nicht.« Ich grinste. »Außerdem kenn ich den Trick längst.«

Er wußte, was ich meinte. »Ich will eine Zigarette.«

Ich öffnete das Handschuhfach. »Bedien dich!«

Seine Finger zitterten, während er unbeholfen seine Zigarette anzündete.

Als ich nordwärts in die Küstenstraße einbog, stand die Sonne bereits hoch. Er wollte die Zigarette aus dem Fenster werfen; ich verhinderte es und wies auf den Aschenbecher.

»Es muß schon ein verrücktes Land sein, in dem es hundert Tage nicht regnet und alles verbrennt; und wenn's dann endlich regnet, gibt es eine Überschwemmung, und alles wird fortgewaschen.«

Ich lächelte. »Man kann eben nicht alles haben. Wie weit willst du fahren?«

»Bleib stehen. Ich möchte meine Beine ausstrecken.«

Ich fuhr quer über die Straße zu einem Parkplatz. Wir stiegen aus, stellten uns an den Straßenrand und schauten auf den Strand hinunter.

Der Sand war weiß, das Wasser schimmerte blau, und die Wogen wälzten sich mit weißen Schaumkronen heran. Die Wellenreiter waren schon draußen, sie saßen zusammengekauert bei einem kleinen Feuer am Strand, einige in ihren nassen Anzügen. Auch ihre Mädchen waren da, doch die Wellenreiter kümmerten sich nicht um sie. Sie beobachteten das Wasser, prüften Dünung und Wirbel.

»Toll«, sagte Sam, »diese Jungs gehen mitten im Winter schwimmen!«

Ich wollte mir eine Zigarette anzünden und schirmte die Flamme in den hohlen Händen vor dem Wind. Er klopfte mir auf die Schulter. Ich wandte mich um, und die Flamme erlosch.

»Weißt du, wie alt ich bin?«

»Natürlich. Zweiundsechzig.«

»Ich bin siebenundsechzig«, sagte er und starrte mich an.

»Gut, dann bist du eben siebenundsechzig.«

»Ich lüge schon seit langem über mein Alter. Weil ich mir bereits damals zu alt vorkam, habe ich fünf Jahre unterschlagen.«

Ich zuckte mit den Schultern. »Na und?«

»Ich werde müde.«

»Wenn du nichts sagst, wird es niemand merken.«

»Mein Herz merkt es. Ich kann nicht mehr so laufen wie früher.«

Ich schwieg eine Weile. »Schränk das Vögeln ein.«

Er grinste. »Das hab ich schon längst aufgegeben. Ich hab sogar aufgehört, dann und wann Neunundsechzig zu spielen. Mir wird schwindelig.«

»Wenn du mir erzählen willst, daß du bald sterben wirst, dann spar dir deine Worte. Ich hielt dich nie für unsterblich.«

Er sah mich an. In seiner Stimme klang Panik. »Aber *ich* hab es immer geglaubt.«

Ich zündete meine Zigarette an und wandte mich ab. Die Wellenreiter wagten sich ins Wasser. Ich hörte ihre im Wind zurückschallenden Stimmen.

»Ich verkaufe meine Aktien, Steve. Ich wollte, daß du der erste bist, der es erfährt.«

»Warum gerade ich?«

»Irgendwie ist es so wie vor drei Jahren. Und wenn ich mich umsehe, bist du ja der einzige hier. Nur wird es diesmal umgekehrt sein. Ich kann dich nicht verletzen, sondern du mich.«

»Versteh ich nicht.«

»Ich will, daß du zurückkommst.«

»Nein«, sagte ich. »Niemals.«

Er legte seine Hand auf meinen Arm. »Du mußt mir zuhören. Du mußt hören, was ich zu sagen habe.«

Ich antwortete nicht.

»Ich kann von Palomar Plate für meinen Anteil an der Gesellschaft zweiunddreißig Millionen Dollar bekommen.«

»Dann nimm sie und hau ab«, sagte ich.

»Wenn ich könnte, würde ich's tun. Aber das ist nicht alles. Sie wollen eine Garantie für ununterbrochenen Fortbestand. Und die kann ich ihnen nicht geben. Sie sagten aber, sie wären mit dir an meiner Stelle einverstanden.«

Schweigend starrte ich ihn eine Weile an. »Interessiert mich nicht«, erwiderte ich schließlich.

»Du mußt zurückkommen«, sagte er nachdrücklich. »Weißt du denn, was ich durchgemacht habe in den letzten Jahren, während du auf deinem Hügel sitzt, dein Geld zählst und dir die Seele aus dem Leib vögelst?

Auf die Katastrophe hab ich gewartet; drei Jahre lang. Es wollte mir nichts gelingen; alles, was ich versuchte, ging zum Teufel. Direkt vor meinen Augen, ich konnte zusehen, wie es im Dreck landete. Dann hatte ich Glück; ich erwischte einen Schlager. Und plötzlich sagt jeder, Sam Benjamin hat seinen Riecher wieder.

Aber ich weiß Bescheid, und du auch. Die Sache damals hast du für mich arrangiert, und durchgekommen bin ich damit nur, weil es der einzige Abschluß war, bei dem ich noch Kredit hatte. Es war nicht mein Riecher, sondern deiner. Und ich weiß noch etwas: Wie ich nicht auf dem Kopf stehen und senkrecht zum Himmel pissen kann, so kann ich auch diese Sache nicht selbst weitermachen.«

Er nahm ein Päckchen Kaugummi aus der Tasche, riß es auf und steckte ein Stück in den Mund. Er bot mir die Pakkung an. »Diätkaugummi. Ohne Zucker.«

Ich schüttelte den Kopf.

Er kaute. »Nichts klappt mehr, wie es soll. Früher einmal glaubte ich, vielleicht seien die Kinder die Lösung. Jetzt weiß ich's besser. Wir bürden ihnen eine zu große Last auf. Wir erwarten, daß sie uns eine Rechtfertigung liefern, und sie haben nicht mal eine für sich selbst. Weißt du, wo Junior ist?«

Er wartete meine Antwort nicht ab. »In Haight-Ashbury. Gestern, ehe wir hierherkamen, beschlossen wir, hinzufahren und ihn zu suchen.

›Denise‹, sag ich, ›du bleibst hier im Hotel. Ich werde ihn schon finden und herbringen. Es regnet ja auch.‹

Ich nehm also die Limousine, und der Chauffeur fährt mich durch die Straßen. Schließlich steig ich aus und gehe auf und ab. Noch nie habe ich so viele Kinder auf einem Haufen gesehen. Nach einer Weile kommt es mir vor, als gehörten sie alle mir. Verwirrend... Also geh ich auf einen großen schwarzen Polypen zu und geb ihm einen Hunderter; zwanzig Minuten später bin ich vier Stock hoch und stehe atemlos in der eiskalten Wohnung.

Junior ist dort mit einem Dutzend anderer Jungs. Er trägt einen Jesusbart, die Löcher in seinen Schuhen hat er mit Papier zugestopft. Er sitzt an die Mauer gelehnt auf dem Fußboden. Als ich reinkomme, sagt er gar nichts und sieht nur zu mir herüber.

›Ist dir nicht kalt?‹ frag ich ihn.

›Nein‹, sagt er.

›Du bist ja ganz blaugefroren! Deine Mutter sitzt drüben im Hotel. Geh rüber und sprich mit ihr.‹

›Nein‹, sagt er.

›Warum nicht?‹

Er antwortet nicht.

›Ich könnte die Bullen rufen und dich hier rausholen lassen. Du bist neunzehn und hast zu tun, was ich sage.‹

›Möglich‹, meint er. ›Aber du kannst mich nicht die ganze Zeit bewachen. Ich bleibe nicht bei euch!‹

›Was hast du denn hier? Frierst dir den Arsch ab in diesem Eiskasten, und zu Hause hast du ein warmes sauberes Zimmer!‹

Er starrt mir eine Minute lang ins Gesicht, dann ruft er: ›Jenny!‹

Die Kleine kommt aus dem Nebenzimmer. So eine, weißt du, mit langem strähnigem Haar, weißem Gesicht und großen Augen. Wenn die mehr als fünfzehn ist, freß ich einen Besen! Und so einen Bauch!

›Ja, Samuel?‹ sagt sie.

›Hat sich heute was gerührt?‹ fragt er.

›Ganz wild.‹ Sie lächelt glücklich. ›Baby schießt Elfmeter.‹

›Das ist der älteste Trick der Welt‹, sag ich. ›Ich hätte dich für klüger gehalten. Es ist nicht von dir, dazu bist du noch nicht lange genug hier.‹

Er betrachtet mich, dann schüttelt er traurig den Kopf. ›Du hast es immer noch nicht begriffen.‹

›Was begriffen?‹

›Was macht es aus, von wem das Baby ist? Es ist ein Baby, nicht? Wenn es geboren wird, ist es wie jedes andere Baby auf der Welt, es gehört dem, der es liebt. Und das hier ist unser Baby. Von uns allen. Weil wir alle es schon jetzt lieben.‹

Ich seh ihn mir an, ich weiß, das ist eine andere Welt, und ich kann sie nicht verstehen. Ich nehme zwei Hunderter aus der Tasche und lege die Scheine vor ihn auf den Fußboden.

Zwei Jungs treten näher, und bald stehen sie alle im Kreise herum und starren auf das Geld. Keiner sagt ein Wort.

Schließlich erhebt sich Junior und klaubt die Scheine auf. Er hält sie mir entgegen. ›Kannst du mir statt dessen zwei Fünfer geben?‹

Ich schüttle den Kopf. ›Du weißt doch, ich trage nie kleinere Scheine bei mir als Hunderter.‹

›Dann behalt sie‹, sagt er. ›So was brauchen wir nicht.‹

Plötzlich schienen sie alle ihre Stimme wiedergefunden zu haben. So einen Radau hast du noch nicht gehört. Einige verlangten, daß er das Geld behielt, andere, daß er es zurückgab.

›Ruhe!‹ brüllte Junior schließlich. Sie schwiegen alle, sahen ihn an, und dann ging einer nach dem anderen auf seinen Platz zurück.

Er trat auf mich zu und drückte mir die Scheine in die Hand. Ich spürte, wie verkrampft er war, wie er zitterte. ›Laß mich in Ruhe, komm nie wieder hierher. Sieh dir an, was schon der kleinste Spritzer deines Giftes anrichtet. Wir haben es schon schwer genug, wir wollen unsere Kräfte nicht noch damit vergeuden.‹

Einen Augenblick lang hatte ich Lust, ihn zu verbläuen. Dann sah ich Tränen in seinen Augen. Ich nahm das Geld. ›Okay. Ich schick dir den Chauffeur mit zwei Fünfern rauf.‹

Ich ging, ohne mich umzudrehen, und blieb draußen im Wagen sitzen, während der Chauffeur mit dem Geld hinaufging. Auf dem ganzen Weg zum Hotel überlegte ich, was ich Denise sagen sollte.«

Ich fragte ihn: »Und was hast du ihr schließlich gesagt?«

»Das einzig Mögliche: daß ich ihn nicht gefunden hätte.«

Er steckte noch ein Stück Kaugummi in den Mund. »Denise will, daß ich aussteige. Sie sagt, wir haben noch genügend Zeit, um die Dinge wieder einzurenken. Sie sagt, daß es ihr keinen Spaß mehr macht, das ›Große Tier‹ zu spielen. Jetzt zwing mich nicht, ihr zu sagen, ich hätte auch dich nicht finden können.«

Ich wandte mich von ihm ab und sah lange auf das blaue Wasser hinaus. Ich wüßte gern, was ich dachte oder was mir durch den Kopf ging; aber es war alles öde und leer, nichts als das blaue Wasser vor mir.

»Nein«, hörte ich mich sagen. »Es ist zu groß.«

»Was ist zu groß?«

Ich zeigte auf den Ozean. »Zu groß, um es zu filtern, zu teuer, um es zu erwärmen, und ich könnte es nie in mein Bassin bringen. Und selbst wenn es möglich wäre, irgendwie würde das Wasser nicht so schmecken, als ob es aus einer Quelle käme. Nein, Sam. Diesmal passe ich.«

Wir gingen zum Wagen zurück. Zweimal wollte ich zu ihm sprechen, als ich jedoch hinsah, weinte er.

Wir kamen zum Hotel. Er hatte sich wieder gefaßt und stieg aus. »Danke für die frische Luft. Wir werden noch miteinander reden.«

»Natürlich.«

Er betrat die Halle, ich beobachtete, wie er die kurzen Arme und Beine schwang, er hatte den eigenartig aggressiven Gang der kleinen korpulenten Männer. Dann fuhr ich nach Hause.

Der Volkswagen war fort, und kaum war ich in die Küche getreten, klingelte das Telefon. An der Wand neben dem Apparat klebte eine Botschaft. Ich ließ es klingeln und las den Text.

> Lieber Steve Gaunt,
> Geh und fick dich allein.
> Deine aufrichtig ergebene
> Mary Applegate.

Das war in kleiner, ordentlicher, artiger Schrift geschrieben. Ich las es noch einmal, dann lachte ich und griff nach dem Hörer. Ich blickte aus dem Fenster.

Die Vorhänge im Zimmer der Blondine waren zurückgezogen. »Hallo«, sagte ich.

Es war ein Mädchen. »Steve?«

»Ja.« Die Stimme kannte ich nicht.

Die Blondine kam ans Fenster. Sie trug ein Telefon, aber

sonst kaum etwas. »Ich sah beim Aufstehen zufällig aus dem Fenster, als der Volkswagen abfuhr«, sagte sie.

»Und, was weiter?«

»Wie wäre es, wenn Sie auf ein Täßchen Kaffee zu Ihrer freundlichen Nachbarin rüberkämen und sich trösten ließen?«

»Bin sofort da«, sagte ich und legte den Hörer auf.

Das war der Morgen.

Erstes Buch

New York 1955–1960

Stephen Gaunt

Vom Central Park West bis zur Madison Avenue waren es nur fünfundsechzig Cents auf dem Taxameter, aber das eine Ende der Stadt schien vom anderen Lichtjahre entfernt zu sein. Dieses Gefühl hatte ich sofort, als ich das Gebäude betrat.

Die kühle, hohe weiße Marmorhalle, der halbkreisförmige Empfangstisch mit den zwei Mädchen und den uniformierten Wächtern und dahinter an der Wand in goldenen Buchstaben die Worte:

SINCLAIR BROADCASTING COMPANY

Ich trat auf das erste Mädchen zu. »Mr. Spencer Sinclair, bitte.«

Das Mädchen musterte mich. »Ihr Name, bitte?«

»Stephen Gaunt.«

Ihr Auge durchlief eine Namensliste. »Mr. Gaunt, richtig. Sie sind für zehn Uhr dreißig eingetragen.«

Die Wanduhr hinter ihr zeigte zehn Uhr fünfundzwanzig.

Sie wandte sich an einen der Wächter. »Mr. Johnson, führen Sie Mr. Gaunt bitte zu Mr. Sinclairs Büro.«

Der Wächter nickte, lächelte freundlich, betrachtete mich aber mit kühlem abschätzendem Blick. Ich wartete nicht, sondern schritt auf die Fahrstühle zu.

»Mr. Gaunt.«

Ich blieb stehen und drehte mich nach ihm um.

Er lächelte noch immer. »Hier herüber, bitte.«

Ich folgte ihm quer über den Korridor zu einer kleinen, beinahe verborgenen Reihe von Fahrstühlen an der Hinterwand der Halle. Er nahm einen Schlüssel aus der Tasche, steckte ihn ins Schloß und drehte ihn um. Die Lifttüren öffneten sich.

Er ließ mich vor sich einsteigen, zog den Schlüssel ab und folgte mir. Als die Türen sich schlossen, erklang ein Glokkenzeichen.

Seine Stimme war weiterhin freundlich. »Haben Sie etwas Metallisches in den Taschen?«

»Nur etwas Kleingeld.«

Er machte keine Anstalten, den Fahrstuhl in Bewegung zu setzen. »Sonst nichts?« Er bemerkte meine erstaunte Miene. »Die Glocke, die Sie hören, ist ein elektronisches Warnsystem. Es reagiert auf Metall. Kleingeld genügt nicht, um einen Alarm auszulösen. Sie müssen noch etwas anderes haben. Vielleicht ist es Ihnen nicht gleich eingefallen.«

Jetzt wußte ich es. »Nur dies hier. Ein silbernes Zigarettenetui, das mir eine Freundin geschenkt hat.« Ich zeigte es ihm.

Er warf einen kurzen Blick darauf; dann nahm er es mir ab, öffnete ein Türchen in der Holzfüllung neben sich und legte es hinein. Die Glocke verstummte sofort.

Er nahm das Etui heraus, gab es mir zurück und entschuldigte sich mit einem Lächeln. »Tut mir leid, Mr. Gaunt, Sie enttäuschen zu müssen, aber das ist nur versilbertes Metall mit Nickelgrundlage.«

Ich steckte es grinsend wieder ein. »Das überrascht mich nicht.«

Jetzt drückte er auf einen Knopf. Während der raschen Fahrt sah ich auf die blinkenden Lichter über der Tür. Es gab keine Ziffern, nur Kreuze.

»Wie weiß Mr. Sinclair, in welchem Stockwerk er sich befindet?«

Der Gesichtsausdruck des Mannes wurde ernst. »Er hat einen Schlüssel.«

Der Lift fuhr langsamer, hielt an, und die Türen gingen auf. Ich trat in einen ganz in Weiß gehaltenen Empfangsraum. Die Türen schlossen sich, und eine junge Dame kam auf mich zu.

Es war eine kühle Blondine in einem schwarzen Kleid. »Hier herein, bitte, Mr. Gaunt.«

Ich folgte ihr in ein kleines Wartezimmer. »Mr. Sinclair wird Sie in ein paar Minuten empfangen. Hier, bitte – Zeitungen und Magazine. Darf ich Ihnen eine Tasse Kaffee bringen?«

»Besten Dank«, sagte ich. »Schwarz, mit einem Stück Zucker.«

Sie ging hinaus. Ich setzte mich, nahm das *Wall Street Journal* und suchte die gestrigen Schlußkurse. Greater World Broadcasting war mit 18 um einen Achtelpunkt gefallen, Sinclair Broadcasting, SBC, mit 142 einen Viertelpunkt gestiegen. Nicht nur um tausend Lichtjahre war man hier von Central Park West entfernt, sondern auch um zweiundsiebzig Fernsehstationen, hundert Märkte und fünfhundert Millionen Dollar.

Sie brachte den Kaffee. Er war heiß und schwarz, duftete herrlich und wurde in Coalport-Porzellan serviert, auf das meine Tante Prue stolz gewesen wäre, wenn sie es in ihrer Vitrine gehabt hätte. »Nur noch ein paar Minuten«, sagte sie lächelnd.

»Macht gar nichts. Ich habe Zeit.«

Sie ging hinaus; ihre Bewegungen waren geschmeidig, es war alles vorhanden, doch, wie das übrige in diesem Büro, sehr zurückhaltend. Ich hätte gern gewußt, was sie getan hätte, wenn ich sie an den Hintern gefaßt hätte.

Als ich mit meinem Kaffee fertig war, kam sie wieder. »Mr. Sinclair läßt bitten.«

Ich folgte ihr durch die Empfangshalle zu einer Tür. Es stand nichts drauf, nicht einmal PRIVAT. Sie öffnete, und ich trat ein.

Spencer Sinclair sah genauso aus wie auf den Fotos, die ich von ihm gesehen hatte. Groß, schlank, sehr elegant gekleidet, schmale Nase, schmaler Mund, vorspringendes Kinn, kalte, intelligente graue Augen. Alles in allem sah man ihm seine Jahre nicht an.

»Mr. Gaunt.« Er stand auf, und wir reichten uns die

Hand. Sein Griff war fest und höflich. Nicht mehr, nicht weniger. »Nehmen Sie doch bitte Platz.«

Ich setzte mich auf einen Stuhl gegenüber seinem Schreibtisch. Er drückte auf einen Knopf an seinem Sprechgerät. »Bitte jetzt keine Telefongespräche, Miß Cassidy.«

Wir betrachteten uns einige Augenblicke, dann sagte er: »Nun treffen wir endlich persönlich zusammen. Ich habe viel von Ihnen gehört. Sie haben anscheinend das Talent, die Aufmerksamkeit der Leute auf sich zu ziehen.«

Ich wartete.

»Möchten Sie gern wissen, was man über Sie sagt?«

»Eigentlich nicht«, antwortete ich. »Es genügt, daß man redet.«

»Sie sollen ein kommender Mann sein«, sagte er.

Ich lächelte. Er wußte nicht, wie recht er hatte! Am Nachmittag war ich mit seiner Tochter verabredet; ich sollte sie zu einem Abtreibungsarzt bringen.

Er nahm ein Blatt Papier von seinem Schreibtisch und warf einen Blick darauf. »Hoffentlich verübeln Sie es mir nicht«, sagte er. »Ich habe mir von der Personalabteilung einen kleinen Bericht über Sie zusammenstellen lassen.«

Ich zog die Schultern hoch. »Natürlich; auch ich habe Informationen über Sie eingeholt. Allerdings im Archiv der *New York Times.*«

»Stephen Gaunt, achtundzwanzig, geboren New Bedford, Massachusetts. Vater John Gaunt, Bankpräsident; Mutter geborene Anne Raleigh, beide verstorben. Besuchte gute Schulen in New England. Anstellung bei Kenyon und Eckhardt, Werbefirma, ein Jahr; Metro-Goldwyn-Mayer, Filme, Verwaltung und Werbeabteilung, zwei Jahre; Greater World Broadcasting, Rundfunk und Fernsehen; während der letzten drei Jahre Assistent des Präsidenten Harry Moscovitz. Ledig. Führt ein geselliges Leben.«

Er legte das Blatt nieder und sah mich an. »Nur eines verstehe ich nicht.«

»Und das wäre? Vielleicht kann ich Ihnen helfen.«

»Was treibt ein netter christlicher Junge wie Sie bei einer solchen Firma?«

Ich wußte genau, was er meinte. »Ist eigentlich ganz einfach«, sagte ich. »Ich bin ihr *Schabbes-Goi.*«

Ich sah, daß er nicht verstand, und erklärte es ihm einfach und genau: »Samstag ist der jüdische Sabbath. Da arbeiten sie nicht. Also überließen sie mir den Samstag. Und nach den Meinungsforschungsergebnissen von Nielsen taten Sie, CBS, NBC und ABC das gleiche.«

»Sie sind ziemlich eingebildet, nicht wahr?«

»Ja«, sagte ich entschieden.

»Warum glauben Sie eigentlich, wir könnten Sie nicht stoppen, wenn wir es wollten?«

Ich grinste. »Mr. Spencer, Sie alle haben das nun schon seit fast eineinhalb Jahren versucht und nichts erreicht. Ihr Glück, daß wir nur in elf von den hundert Märkten sind, sonst wärt ihr völlig ausgeschaltet worden.«

Er ließ mich nicht aus den Augen. »Ich weiß nicht recht, ob Sie mir gefallen oder nicht.«

Ich stand auf. »Sie sind ein vielbeschäftigter Mann, Mr. Spencer, also will ich Ihre Zeit nicht unnötig in Anspruch nehmen. Bekomme ich den Posten oder nicht?«

»Welchen Posten?« fragte er. »Ich war mir nicht bewußt...«

»Mr. Sinclair, wenn Sie mich nur herkommen ließen, um zu sehen, wer Ihrer Tochter den Gutenachtkuß gibt, dann vergeuden Sie Ihre und meine Zeit. Ich habe ein Sendernetz zu betreuen und war lange genug von meinem Schreibtisch fort.«

»Setzen Sie sich, Mr. Gaunt«, sagte er scharf.

Ich blieb stehen.

»Ich hatte daran gedacht, Sie bei uns als Vizepräsident anzustellen, mit der Aufgabe der Programmgestaltung; nun aber bin ich nicht mehr so sicher, daß ich es tun will.«

Ich lächelte. »Sparen Sie sich die Mühe, das interessiert mich nicht. So etwas mache ich nun schon seit drei Jahren.«

»Für welchen Posten interessieren Sie sich dann eigentlich? Für meinen?«

»Nicht ganz«, gab ich sanft zurück. »Präsident bei Sinclair Television.«

»Sie machen wohl Witze!« Er war schockiert.

»Beim Geschäft mache ich nie Witze.«

»Dan Ritchie ist jetzt seit zehn Jahren Präsident der STV und war davor fünfzehn Jahre lang Präsident von Sinclair Radio. Er ist einer der besten Männer unserer Industrie. Glauben Sie, Sie können in die Fußstapfen eines solchen Mannes treten?«

»Will ich gar nicht«, gab ich zurück. »Das sind alte Fußstapfen, die taugen nichts mehr. Das ist Rundfunk, nicht Fernsehen. Sie, Mr. Sinclair, haben keinen einzigen leitenden Mann unter zweiundfünfzig Jahren, aber der Großteil Ihres Publikums ist unter dreißig und wird jedes Jahr jünger. Wie wollen Sie bei denen ankommen, die nicht einmal mehr auf ihre Eltern hören? Ich habe gar nicht die Absicht, mir den Kopf zu zerbrechen, wie ich die alten Knaben überzeugen soll, daß das, was ich tun will, richtig ist. Ich will das entscheidende Wort zu sagen haben, die Autorität sein. Sonst interessiert mich die Sache nicht.«

Er schwieg eine Weile. »Wie soll ich wissen, ob Sie auf mich hören werden?«

»Das können Sie nicht.« Ich lächelte. »Aber es gibt jemanden, auf den ich hören werde, dessen können Sie sicher sein.«

»Auf wen?«

»Nielsen«, sagte ich. »Im Augenblick ist STV Nummer Vier hinter den anderen Fernsehanstalten. In zwei Jahren werden wir Nummer Eins sein oder verdammt knapp daran.«

»Und wenn wir's nicht sind?«

»Dann können Sie mich rausschmeißen. Schlimmer werden Sie keinesfalls dastehen als jetzt. Weniger als Vierter können Sie nicht sein.«

Er vertiefte sich in seine Papiere. Als er wieder sprach,

war seine Stimme verändert. Nun war er Barbaras Vater. »Werden Sie meine Tochter heiraten?«

»Ist das eine der Bedingungen für den Posten?«

Er zögerte. »Nein.«

Ich zögerte nicht. »Dann werde ich sie nicht heiraten.«

Seine nächsten Worte klangen gezwungen und traurig. »Was geschieht aber mit dem Baby?«

Ich blickte ihn an. Er stieg um zehn Punkte in meiner Achtung. »Das erledigen wir heute nachmittag.«

»Ist es ein guter Arzt?«

»Der beste«, sagte ich. »Es wird in einer Privatklinik in Scarsdale gemacht.«

»Werden Sie mich anrufen, sobald es vorbei ist?«

»Ja, Sir, das werde ich tun.«

»Arme Barbara«, sagte er. »Sie ist eigentlich ein anständiges Mädchen.«

Wie soll man einem Vater sagen, daß seine Tochter ein Flittchen ist und sich ständig bis zur Besinnungslosigkeit mit Marihuana berauscht?

»Ist das Kind – von Ihnen?«

Ich sah ihm in die Augen. »Das wissen wir nicht.«

Er senkte den Blick. »Wenn der Arzt meint, daß es irgendwelche Komplikationen geben könnte, werden Sie es nicht machen lassen, nicht wahr?«

»Nein«, sagte ich. »Es mag Ihnen seltsam scheinen, Sir, aber auf meine Weise liegt mir an Barbara, und ich möchte nicht, daß sie Schaden erleidet.«

Er holte tief Atem und erhob sich; dann streckte er die Hand aus. »Sie bekommen den Posten. Wann können Sie anfangen?«

»Morgen, wenn es Ihnen paßt. Ich habe vorige Woche drüben meine Anstellung aufgegeben und heute morgen meinen Schreibtisch geräumt.«

Er lächelte zum erstenmal. »Einverstanden! Morgen.«

Wir trennten uns mit einem Händedruck. Vor der Tür blieb ich stehen. »Apropos, in welchem Stockwerk sind wir hier?«

»Einundfünfzig.«

»Wo liegt Ritchies Büro?«

»Im neunundvierzigsten.«

»Ich möchte meines im fünfzigsten haben«, sagte ich und schloß die Tür hinter mir.

2

Ich drückte noch einmal auf die Klingel. Drinnen grölte der Plattenspieler. Sie antwortete noch immer nicht.

Die Tür ließ sich öffnen. Schon beim Eintreten spürte ich den schweren, süßlich-scharfen Rauch. Es genügte, durch den Raum zu gehen, und man war berauscht. Ich riß die Terrassenfenster auf und stellte die Stereoanlage ab. Meine Ohren summten in der plötzlichen Stille.

»Barbara!« rief ich.

Keine Antwort. Dann hörte ich sie kichern. Ich ging zum Schlafzimmer und blieb in der offenen Tür stehen.

Sie saß nackt mitten auf dem Fußboden, die Marihuanazigarette zwischen den Lippen. Über sie gebeugt stand ein großer Negerjunge, an dessen aufgerichteten Penis ein Spielzeugeimer mit Wasser hing.

Er sah mich früher als sie und griff entsetzt nach dem Eimer, da er seine Erektion verlor. Er erwischte ihn gerade noch, allerdings nicht, ohne etwas Wasser über sie zu verschütten. Sein Gesicht wurde grau.

Sie fuhr herum. »Steve!« In ihrem Ton lag ein Vorwurf. »Du hast ihn erschreckt!«

»Tut mir leid.« Ich trat ins Zimmer.

Der Junge schreckte zurück. Seine Stimme zitterte: »Sind Sie ihr Mann?«

Ich schüttelte den Kopf.

»Ihr Liebhaber?«

»Sei nicht albern, Raoul«, sagte sie scharf. »Er ist nur ein Freund.« Sie wandte sich wieder kichernd ihm zu. »Du hast mir fünfzig Dollar erspart. Raoul sagte, wenn er in weniger als einer Stunde seinen Steifen verliert, brauche ich ihm nichts zu zahlen.«

Ich nahm zwei Geldscheine aus der Tasche und gab sie dem Jungen. »Hau ab.«

Er brauchte keine zwei Minuten, um sich anzuziehen und zu verschwinden. Ich schloß die Tür hinter ihm und ging ins Schlafzimmer zurück.

Sie lag ausgestreckt auf dem Bett. »Fick mich, Steve«, sagte sie mit heiserer Stimme. »Er hat mich aufgeregt mit seinem wunderschönen großen Schwanz.«

»Zieh dich an«, sagte ich barsch. »Wir haben eine Verabredung.«

Plötzlich weinte sie. Sie vergrub ihr Gesicht ins Kissen, um ihr Schluchzen zu ersticken.

Ich setzte mich auf das Bett und drückte ihren Kopf an meine Schulter. Sie zitterte.

»Ich fürchte mich, Steve«, flüsterte sie. »Ich bin verrückt vor Angst. Wenn man mir weh tut, werde ich sterben, das weiß ich.«

»Niemand wird dir weh tun, Baby«, beruhigte ich sie sanft.

»Den ganzen Morgen hab ich hier gesessen, und wenn Raoul nicht gekommen wäre, wäre ich aus dem Fenster gesprungen.« Sie hielt den Atem an. »Ich glaube, mir wird übel.«

Ich zog sie aus dem Bett ins Badezimmer und hielt ihr den Kopf, während sie sich im Toilettenbecken übergab. Sie zitterte, ich hüllte sie in einen Morgenrock und hielt sie fest, bis es aufhörte.

»Jetzt ist mir besser«, sagte sie.

Sie war blaß, aber ihre Augen waren klar.

»Geh unter die Dusche und zieh dich dann an. Ich koch dir einen Kaffee, er wird fertig sein, wenn du herauskommst.«

Sie hielt mich an der Badezimmertür fest. »Hast du den Posten bekommen, Steve?«

Ich nickte.

»Fein«, sagte sie.

Ich blieb vor der Tür stehen, bis ich das Wasser rauschen hörte. Dann ging ich in die Küche, suchte den Wassertopf und schloß ihn an die Steckdose an.

Wartesäle in Krankenhäusern sind auf der ganzen Welt gleich. Bevor der Arzt herunterkam, kannte ich die Tafel an der Wand auswendig.

DIESES HOSPITAL UNTERSTEHT DEM BLAUEN KREUZ

Er war noch in seinem grünen Chirurgenmantel, sah sich um, stellte fest, daß noch andere Leute warteten, und nickte mir zu. »Komm hinunter in mein Büro, Steve.«

Ich folgte ihm in das kleine eichengetäfelte Zimmer. Er schloß sorgfältig die Tür. »Du kannst den besorgten Blick aufgeben, Steve«, sagte er, »es geht ihr ausgezeichnet.«

Eine Last fiel von meinen Schultern. »Keine Schwierigkeiten?«

»Gar keine«, sagte er und zündete sich eine Zigarette an. »Wir haben den Eingriff sogar eingetragen: einfache Entfernung eines Fibroms. Wir behalten sie die Nacht über hier. Morgen früh kann sie nach Hause fahren.«

»Darf ich telefonieren?« Er nickte, und ich erledigte den versprochenen Anruf.

Er sah mich an. »Ihr Vater?«

Ich nickte.

»Sie hatte Angst vor ihm«, sagte er. »Aber sie ist überhaupt ein sehr ängstliches Mädchen. Du scheinst der einzige zu sein, zu dem sie Vertrauen hat.«

»Ja«, sagte ich.

»Wir bekommen hier allerhand zu hören«, sagte er. »Das Pentothal nimmt den Frauen ihre Hemmungen. Sie hatte danach keine Angst mehr. Sie sagte, sonst hätte sie immer Angst, außer im Marihuanarausch oder wenn sie mit dir zusammen sei.«

Ich schwieg.

»Ich kenne einen guten Psychiater in der Stadt. Wenn du

sie dazu bringst, ihn aufzusuchen, könnte er ihr vielleicht helfen.«

Ich kannte Bill seit unserer Kindheit, sah ihn aber nun zum erstenmal als Arzt. Warum glauben alle Ärzte immer, sie könnten den lieben Gott spielen?

»Daß sie mir vertraut«, sagte ich, »liegt wahrscheinlich daran, daß ich mich nicht in fremde Angelegenheiten einmische. Ich versuche nie, ihr vorzuschreiben, was sie zu tun hat.«

Er zuckte mit den Schultern. »Entschuldige. Ich glaubte, du seist ihr Freund.«

»Bin ich auch. Und meine Auffassung von Freundschaft ist eben, daß man zur Stelle ist. Was immer geschieht. Nicht nörgeln, nicht kritisieren, keine Vorschriften machen. Einfach da sein.«

»Aber sie ist doch noch ein Kind.«

»Sie ist zweiundzwanzig. Und sie hatte sich lange, bevor ich sie kennenlernte, entschlossen. Sie hat wie jeder andere Mensch das Recht, ihren Weg selbst zu wählen.«

»Auch wenn es der Weg zur Selbstvernichtung ist?«

»Auch dann.« Ich zögerte einen Augenblick. »Verstehst du denn nicht, Bill, daß ich ihr nur dann helfen kann, wenn sie mich darum bittet? Sonst wäre ich nur wie alle anderen.«

Er schwieg, überlegte. Dann nickte er. »Vielleicht hast du recht.«

»Kann ich sie sehen?«

»Natürlich. Sie ist in Zimmer 20 im zweiten Stock. Bleib aber nicht zu lange; sie hat Ruhe nötig.«

»Nein, nein, nur ein kurzer Besuch.«

»Übrigens«, fügte er hinzu, »da wir die Sache offiziell behandelt haben: Ist sie beim Blauen Kreuz versichert?«

Ich lachte. »Ich weiß nicht, aber ich bezweifle es. Schick mir die Rechnung; ich werde dafür sorgen, daß sie bezahlt wird.«

Er lachte ebenfalls.

»Danke, Bill«, sagte ich und ging nach oben.

Sie schien zu schlafen, als ich in das halbverdunkelte Zimmer trat. Ihr kohlschwarzes Haar umrahmte ihr schmales, blasses Gesicht. Unter den geschlossenen Augen lagen kindliche Schatten. Ich blieb stehen und blickte auf sie nieder.

Sie schlug die Augen auf, deren Blau in scharfem Gegensatz zu ihrem blassen Gesicht stand. Sie bewegte die Hand leise in meine Richtung. »Hallo, Steve, du hast gewartet. Das freut mich.«

Ich nahm ihre Hand. Sie war kühl und zart. »Ich hab's dir doch versprochen.« Ich setzte mich auf den Stuhl neben dem Bett. »Wie geht es dir?«

»Es schmerzt ein wenig«, sagte sie, »aber nicht zu schlimm. Man hat mir etwas eingegeben, und ich bin noch nicht lange bei Bewußtsein.« Sie berührte mit ihren Lippen meine Hand.

»Glaubst du, ich werde je wieder ficken können – nach dieser Sache?«

Ich lachte. »Willst du eine Verabredung? Ich glaube, ich könnte dich nächste Woche einschieben.«

»Es war kein Scherz, Steve«, sagte sie ernst.

»Auch von mir nicht«, erwiderte ich.

Plötzlich spürte ich heiße Tränen auf meiner Hand. »Das nächste Mal will ich ein Kind, Steve. Das ist eine so schreckliche Vergeudung. Ich will das nicht noch einmal durchmachen, nie wieder!«

Ich schwieg.

Ihre Stimme war durch das Kissen beinahe unverständlich. »Willst du mich heiraten, Steve? Ich werde dir eine gute Frau sein, ich verspreche es dir.«

Ich legte meine beiden Hände auf ihr Gesicht und drehte es zu mir. Ihre Augen waren weit geöffnet, und ein wenig ängstlich. »Es ist jetzt nicht der richtige Augenblick, um darüber zu sprechen«, sagte ich freundlich. »Du hast eben erst ein unangenehmes Erlebnis hinter dir. Wir wollen darüber reden, wenn es dir besser geht.«

Ihre Augen suchten die meinen. »Ich werde es mir nicht anders überlegen.«

Ich lächelte ihr zu. »Das hoffe ich auch«, sagte ich, beugte mich nieder und küßte sie auf die Lippen. »Nun ruh dich aus.«

3

Ich stieg die Stufen hinunter und ging in den Klub Einundzwanzig. Chuck erwartete mich am Eingang; er legte mir den Arm um die Schulter. »Ich habe Ihnen den Tisch in der hinteren Ecke der Bar reserviert«, sagte er. »Jack Savitt ist schon dort; er ist Ihnen bereits um zwei Martinis voraus.«

»Danke, Chuck«, sagte ich.

»Immer zu Diensten, Kumpel.« Er lächelte, seine Augen wanderten zu den neuen Gästen, die hinter mir kamen.

Ich ging durch die Bar; vor der Theke standen drei Reihen Gäste. Der Kellner eilte heran und schob mir den Stuhl zurecht.

Jack blickte auf; seine graue Bürstenfrisur paßte irgendwie zu seiner Tweedjacke. Seine Stimme klang scharf. »Nun?«

Ich setzte mich. »Beruhige dich«, sagte ich, »wir haben's geschafft.«

»Die ganze Chose?« fragte er leise und ein wenig verwundert. »Wie wir sie besprochen hatten?«

Ich nickte. »Präsident von Sinclair TV.«

»Mein Gott!« sagte er. »So einfach war das?«

Der Kellner brachte zwei Martinis. Jack hob die Hand. »Noch zwei«, sagte er. Er lächelte mir zu. »Hatte ich dir richtig geraten, wie man mit ihm umgehen soll?«

Ich hob ihm meinen Martini entgegen. »Du hattest recht.« Sollte er sich nur freuen. Er brauchte ja nicht zu wissen, daß ich noch eine zusätzliche Trumpfkarte im Ärmel hatte. Aber ich machte mir keine Illusionen. Nicht zuletzt war es Barbara zu danken, daß ich den Posten erhalten hatte. Ich stürzte den Drink hinunter.

»Hast du über Gehalt, Vertrag, Bedingungen geredet?«

Ich schüttelte den Kopf. »Wozu? Das ist deine Sache.«

»Brav.« Er lächelte. »Keine Sorge, wir werden ein gutes Geschäft für dich herausschlagen.«

»Ich zweifle nicht daran.« Ich erwiderte sein Lächeln. Er war in erster Linie Agent. Und es war wie bei jedem Agenten: Hatte man den Posten erobert, dann wollte er ihn verschafft haben.

»Wo, zum Teufel, warst du den ganzen Nachmittag?« fragte er. »Du läßt mir sagen, ich soll dich hier treffen, und dann bist du von der Bildfläche verschwunden. Das war wohl nicht der richtige Augenblick, einem Weibsstück nachzulaufen!«

Ich lachte. »Kein Weibsstück. Ich hatte eine private Angelegenheit zu erledigen, die sich nicht aufschieben ließ.« Ich griff nach dem zweiten Martini, der wie durch Zauberhand vor mir erschienen war. »Ich möchte, daß du deine Leute ausschickst, um Informationen für mich zu sammeln. Ich brauche einen vollständigen Bericht über das Personal der Sendegruppe, Programmabteilung, Verkauf, Forschung, Werbung und Technik, hier und an der Westküste. Dann das gleiche für jede einzelne Sendestation im ganzen Land. Ferner brauche ich eine Aufgliederung der Programme, Produktionen und Testnoten, für jedes einzelne Programm im Land und nach Märkten geordnet. Außerdem eine Liste aller Pilotfilme, die geplant oder in Arbeit sind, und zwar lückenlos, bei Sinclair und allen anderen Sendergruppen.«

Nun war er obenauf. Er griff nach einem fast acht Zentimeter dicken, in schwarzes Leder gebundenen Ordner mit losen Blättern, der neben ihm auf einem Stuhl lag. Ich warf einen Blick auf die Goldbuchstaben auf dem Umschlag. Zum erstenmal sah ich es gedruckt, und es war wirklich nicht übel:

Mr. STEPHEN GAUNT, Präsident der Sinclair Television. *Vertraulich.*

»Ich bin dir weit zuvorgekommen, mein Junge«, sagte er. »Alles ist hier, alles, was du verlangst. So arbeitet eben World Artists Mangement. Seit du mir vorige Woche von deiner Verabredung mit Sinclair erzähltest, hab ich unsere gesamte Nachforschungsabteilung darauf angesetzt. Nun warten meine Jungs darauf, eine Nacht mit dir zu verbringen und das Ganze Punkt für Punkt mit dir durchzugehen.«

Ich lächelte ihm zu. »Das hätte ich wissen sollen.«

»Nicht nur das«, sagte er. »Ich habe die Shows rot angestrichen, von denen ich glaube, daß sie große Erfolge werden und wir sie für die nächste Saison bekommen können.«

»Gut«, sagte ich. »Aber für diese Saison?«

»Na hör mal«, erwiderte er belehrend, »wir sind im Oktober. Die Zeit reicht nicht mehr, um noch irgendwas vor der kommenden Saison fertigzubekommen. Da kann man nichts machen.«

»Warum nicht?«

»Jetzt verlangst du zu viel«, sagte er. »Du weißt so gut wie ich, daß die nächste Saison nun schon seit Monaten ausgebucht ist.«

»Ich weiß gar nichts«, sagte ich. »Nur das eine, daß ich jetzt ins Geschäft komme und in der Feuerlinie stehen werde; eine Zielscheibe für jeden, der sich über meinen Eintritt ärgert. Und du kennst ja Sinclair: Er erwartet von mir, daß ich etwas tue.«

»Wunder erwartet er aber nicht.«

»Wollen wir wetten?«

Er schwieg.

»Was meinst du, warum ich den Posten bekommen habe?« fragte ich ihn. »Um eben Wunder zu vollbringen. Du weißt ja, was ich für Greater World erreicht habe!«

Er goß den Martini hinunter und sagte noch immer nichts.

»Welche Filmgesellschaft ist im Augenblick in Schwierigkeiten?« fragte ich.

Er starrte verdrießlich in sein Glas. »Alle. Keine einzige hat dieses Jahr auch nur den geringsten Gewinn gehabt. Alle zerbrechen sich den Kopf darüber, wie sie ihre Buchhaltung frisieren können, damit man ihnen ihr Siechtum nicht anmerkt.«

»Na schön«, sagte ich. »Du gehst also morgen früh hin und kaufst für mich so viele Spitzenfilme, wie du nur kriegen kannst. Die einzige Bedingung: Sie müssen später als 1948 produziert worden sein.«

»Mach keine Witze«, sagte er kurz.

Ich wußte, was er meinte. Die Filmgesellschaften hatten dem Fernsehen noch nie Filme zur Aufführung freigegeben, die nach 1948 hergestellt waren. Ich ließ meine Antwort besonders kühl klingen – es war Zeit, daß er lernte, wer hier der Boß war. »Das einzige, bei dem ich keinen Spaß kenne, ist mein Geschäft.«

Es wirkte bei ihm so gut wie bei Sinclair. Er sagte mit leicht verändertem Tonfall: »Das wird ein Vermögen kosten.«

»Unwichtig. Hast du Sinclairs letzten Geschäftsbericht gesehen? Mehr als hundert Millionen bares Geld.«

»Was wirst du denn mit den Filmen tun, sobald du sie bekommst?«

»Ich schmeiß das Samstagabendprogramm von neun bis elf raus und setze sie dafür ein.« Ich hatte bemerkt, daß er ›sobald‹ gesagt hatte, nicht ›wenn‹.

»Aber das steht doch im Gegensatz zu allem, was das Fernsehen bisher getan hat«, sagte er erschrocken. »Es hat nur zu seinem eigenen Vorteil den Rahm vom Filmgeschäft abgeschöpft.«

»Du meinst, das haben die anderen Fernsehnetze getan«, bemerkte ich. »Sinclair ist erledigt. Das einzige, was er hat, ist Geld, und ich beabsichtige, einiges davon dafür zu verwenden, ihm einen Anteil am Markt zu ergattern.«

»Das ist doch aber ganz falsch«, protestierte er. »Wir können unsere eigenen Shows herstellen.«

Ich wußte, was ihn vergrämte. Filme brachten keine Provision von zehn Prozent, und er hatte keine Lust, diese saftige wöchentliche Einnahme zu verlieren. »Stimmt«, sagte ich, »aber erst im nächsten Jahr. Gerade sagtest du selbst, daß dieses Jahr keine Zeit mehr dafür bleibt.«

»Die ganze Industrie wird dich auslachen.«

»Laß sie lachen – ist mir egal. Worauf es bei dem Spiel ankommt, sind die Zahlen. Wenn die Nielsens reinkommen, wird niemand mehr lachen.«

»Wann soll's losgehen?« fragte er.

Ich konnte sehen, wie er im Geist umschaltete. Je größer der Druck, desto höher der Preis, und er bekam seinen Anteil davon. Das war sein Geschäft, und ich hatte nichts dagegen, vorausgesetzt, daß er mir lieferte, was ich wollte. »Januar«, sagte ich.

»Da bleibt nicht viel Zeit. Es wird teuer sein.«

»Das hast du schon einmal gesagt.« Ich griff nach meinem Martini. »Du kennst doch den Werbespruch der Filmgesellschaften? ›Filme sind eure beste Unterhaltung.‹ Nun, ich glaube ihnen.«

»Hoffentlich hast du recht«, sagte er mürrisch und trank sein Glas aus.

»Ich weiß, daß ich recht habe. Bestellen wir jetzt unser Abendessen, und du rufst deine Jungs an und sagst ihnen, wir treffen uns in meiner Wohnung um elf Uhr.«

Er nahm den Telefonhörer vom Tisch. »Wie war noch die Adresse? Central Park West fünfundzwanzig?«

»Nein«, sagte ich. »Penthouse B, Waldorf Towers.«

Fast mußte ich lachen über seine verdutzte Miene. »Ich wußte nicht, daß du umgezogen bist«, sagte er.

»Das ist eines der Dinge, die ich gestern nachmittag erledigt habe. Ich wohne gern in der Nähe meines Büros, um zu Fuß hingehen zu können.«

4

Als ich diesmal in die Vorhalle kam, kannte man mich schon. Die beiden Mädchen beim Empfang blickten lächelnd auf. »Guten Morgen, Mr. Gaunt«, sagten sie beinahe im Chor.

»Guten Morgen.«

Der Wächter, der mich gestern nach oben geführt hatte, kam hinter seinem Tisch hervor. »Guten Morgen, Mr. Gaunt«, sagte er. »Ich habe den Schlüssel zu Ihrem Fahrstuhl. Ich werde Ihnen zeigen, wie er funktioniert.«

»Danke, Mr. Johnson«, sagte ich.

Er lächelte, erfreut, daß ich mich an seinen Namen erinnerte. Ich folgte ihm zum Ende des Korridors. Dort gab es neben dem Fahrstuhl, den wir benutzt hatten, einen zweiten. Johnson nahm den Schlüssel aus der Tasche und drehte ihn im Schlüsselloch um. Die Türen öffneten sich. Ich betrat den Lift hinter ihm.

»Sie brauchen nur diesen Knopf zu drücken«, sagte er. »Der Aufzug fährt ohne anzuhalten von der Halle bis zu Ihrem Stockwerk. Wenn Sie hinunterfahren, drücken Sie auf den zweiten Knopf.«

Ich nickte, dann lächelte ich. »Gibt's keine Glocke?«

»Nein, Sir«, sagte er, ohne die Miene zu verziehen. »Nur in Mr. Sinclairs Lift. Er ließ sie im vorigen Jahr einbauen, nachdem sich einmal ein Narr mit dem Revolver eingeschlichen hatte.«

Ich wartete einen Augenblick, aber er sprach nicht weiter. Ich hätte gern gewußt, was Sinclair damals getan hatte, daß man immerhin seine Ermordung für notwendig hielt. Der Mann übergab mir den Schlüssel.

»Ihre Besucher werden zum Empfangsraum der Direktoren im siebenundvierzigsten Stockwerk geführt«, sagte er. »Von dort nehmen sie einen anderen Fahrstuhl, der nur zwischen dem siebenundvierzigsten und dem einundfünfzigsten Stockwerk verkehrt. Dieser Fahrstuhl wird ständig von einem Boy betreut; bei den anderen bedient man sich selbst. Zu diesem Fahrstuhl gibt es nur drei Schlüssel: einen für Sie, einen für Miß Fogarty, Ihre erste Sekretärin, und einen dritten, der immer in der Haupthalle beim Empfangspult bleibt.« Er drückte auf einen Knopf, und die Türen öffneten sich wieder. »Gibt es sonst noch etwas, das ich Ihnen sagen kann?«

»Eines«, sagte ich. »In welchem Stockwerk liegt mein Büro?«

»Im fünfzigsten natürlich, Sir«, antwortete er ein wenig überrascht.

»Besten Dank, Mr. Johnson«, sagte ich und drückte auf den Aufwärtsknopf.

Oben erwartete mich Miß Fogarty. Sie war Ende Zwanzig, hochgewachsen, schlank, hatte braune Augen und kastanienbraunes Haar, das mit einer schwarzen Schleife im Nakken zusammengehalten war; sie trug ein einfaches schwarzes Kleid mit einer schlichten Goldnadel an der Schulter. »Guten Morgen, Mr. Gaunt«, sagte sie. »Ich bin Sheila Fogarty, Ihre Nummer Eins.«

Ich streckte die Hand aus. »Guten Morgen, Miß Fogarty«, sagte ich.

Ihre Hand war kühl und ein wenig feucht. Plötzlich wurde mir klar, daß sie vermutlich ebenso nervös war wie ich. Das machte es leichter. Ich lächelte, und sie erwiderte mein Lächeln. »Ich werde Ihnen die Räume zeigen«, sagte sie.

Sie drehte sich um, und ich stellte fest, daß sie einen hübschen Hintern hatte, gute Beine und schlanke Fesseln. »Dieses Stockwerk ist ebenso angelegt wie das Mr. Sinclairs unmittelbar über uns. Dies alles sind Ihre Büros.«

Ich folgte ihr durch den Korridor. Alles war weiß und nur durch einige Gemälde belebt. Die hatte offenbar jemand mit Geschmack und ohne Rücksicht auf die Kosten ausgewählt. Wenn ich mich nicht täuschte, waren einige echte Mirós und Picassos darunter.

Sie fing meinen Blick auf. »Die Bilder stammen alle aus Mr. Sinclairs Privatsammlung.« Sie öffnete die erste Tür. »Das ist der Projektionsraum.«

Ich warf einen Blick hinein. Es war hübsch und luxuriös ausgestattet und bot etwa zweiundzwanzig Personen in bequemen Armstühlen Platz. Ich nickte, sie schloß die Tür und führte mich zum nächsten Raum.

»Das ist der große Konferenzsaal«, sagte sie. »Zwischen diesem und dem kleinen Konferenzzimmer liegt eine private Küche, und ein Koch steht zur Mittagszeit zur Verfügung, falls Sie hier zu speisen wünschen.«

Im kleinen Konferenzzimmer gab es Platz für zehn Personen; es war eine Miniaturausgabe des anderen. Wir gingen zum Fahrstuhl zurück.

»Neben dem Empfangsraum liegen drei private Wartezimmer«, sagte sie, »so daß Ihre Besucher einander nie zu begegnen brauchen.« Sie öffnete eine Tür. »Sie sehen alle so ziemlich gleich aus.« Auch das Zimmer, in dem ich eine Treppe höher gewartet hatte, war nicht viel anders. Am Schreibtisch im Vorraum saß eine kühle Blondine. Sie erhob sich, als wir näher kamen.

»Das ist Miß Swensen, Ihre Empfangsdame«, sagte Miß Fogarty. »Miß Swensen, Mr. Gaunt.«

Die Blonde lächelte. »Sehr erfreut, Mr. Gaunt.«

Ich erwiderte ihr Lächeln. Sie war fast eine Nachbildung des Mädchens in Sinclairs Büro. »Ganz meinerseits, Miß Swensen.«

Wir gingen quer durch den Empfangsraum, und sie öffnete eine andere Tür. »Das ist mein Büro«, sagte sie.

Hier saß noch ein Mädchen. Sie blickte bei unserem Eintritt auf und erhob sich, als wir uns näherten. »Das ist Ginny Daniels, meine Assistentin, Ihre Nummer Zwei. Miß Daniels, Mr. Gaunt.«

»Ich freue mich, Sie kennenzulernen, Mr. Gaunt«, sagte sie lächelnd. Sie war aus dem gleichen Holz geschnitzt wie die andere, nur hatte sie dunkles Haar. Ich fragte mich, ob Sinclair die Mädchen speziell für sich fabrizieren ließ.

»Miß Daniels«, sagte ich. Wir gaben uns die Hand. Sie hatte keine feuchten Hände wie Miß Fogarty. Nun ja, sie hatte nicht so viel zu verlieren, sie war nur Nummer Zwei.

»Ihr Büro hat zwei Eingänge«, sagte Miß Fogarty. Sie zeigte auf eine Tür neben ihrem Schreibtisch. »Dieser hier aus unserem Büro und einer unmittelbar aus dem Empfangsraum. Ihre Besucher werden von dort aus zu Ihnen geführt, es sei denn, daß Sie ausdrücklich anders verfügen.«

Ich sagte nichts.

Sie öffnete die Tür zu meinem Büro und ließ mich vorangehen. Ich blieb einen Augenblick stehen. Es war fast haargenau eine Nachbildung von Sinclairs Büro. Die gleichen zehn Fenster zu beiden Seiten, die gleiche Aussicht. Nur eines war anders: Das Büro sah neu aus, unberührt und unbenutzt.

»Wer hatte dieses Büro vor mir?« fragte ich. Wer immer es gewesen war, er war verschwunden, ohne irgendwelche Spuren zu hinterlassen.

»Niemand«, sagte sie. »Warum, weiß ich nicht, aber es steht leer, seit wir vor vier Jahren hier eingezogen sind.«

Ich warf einen kurzen Blick auf sie, ging zu meinem Schreibtisch und setzte mich. Sinclair mußte ein seltsamer Mann sein: Kein anderer Mensch richtet solche Büros ein und läßt sie dann unbenutzt.

»Möchten Sie eine Tasse Kaffee trinken?« fragte sie.

»Danke, gern. Schwarz mit einem Stück Zucker.«

Sie ging hinaus, kam nach kurzer Zeit wieder und stellte ein Tablett auf meinen Schreibtisch. Ich sah zu, wie sie den Kaffee eingoß. Der Mann machte die Dinge jedenfalls mit Stil. Es war Wedgwood-Porzellan, und Miß Fogarty benutzte eine silberne Zange, um ein Stück Zucker in meine Tasse fallen zu lassen. »Recht so?« fragte sie.

Ich hob die Tasse an meine Lippen. »Ausgezeichnet.«

Sie lächelte wieder. »In der mittleren Schreibtischlade werden Sie zwei Ordner finden«, sagte sie. »Der eine enthält Miß Swensens, Miß Daniels' und meine Personalakten. Sie verstehen natürlich, daß wir nur vorläufig Ihrem Büro zugeteilt sind. Wenn Sie anderes Personal oder diesbezüglich Wünsche haben, werden wir dafür volles Verständnis aufbringen.«

»Kein Problem«, sagte ich. »Was ich bisher gelesen habe, gefällt mir, und ich habe keine Bindungen.«

Sie lächelte. »Im anderen Ordner befindet sich eine Liste der Namen und Stellungen einiger unserer Direktoren. Mr. Sinclair läßt Sie ausdrücklich bitten, diese Liste durchzusehen, da um zehn Uhr dreißig in seinem Konferenzzimmer eine Sitzung stattfindet, bei der er Ihnen die Herren vorstellen möchte.«

»Danke«, sagte ich. Fogarty gefiel mir; sie hatte Takt und Stil. Sie hatte nicht gesagt ›Sie den Herren vorstellen möchte.‹

»Wenn Sie gestatten, werde ich Ihnen jetzt einiges über die mechanischen Einrichtungen des Büros erklären.« Sie kam zum Schreibtisch und stellte sich neben mich. Ihr zartes Parfüm wirkte angenehm.

»Das Telefon ist eine normale Rufanlage mit zehn Linien. Die Außenverbindung erhalten Sie, indem Sie acht oder neun vorwählen. Natürlich stehen wir Ihnen zur Verfügung, um die Verbindung herzustellen. Es gibt auch zwei direkte Linien für Ihren privaten Gebrauch, die nicht über den Klappenschrank laufen, sowie direkte Gegensprechanlagen mit jedem von unseren Schreibtischen.

Hier gegenüber, an der Wand, sehen Sie drei Fernsehschirme. Der erste ist mit unserem eigenen Sendernetz verbunden und wird stets das laufende Programm zeigen. Die beiden anderen sind normale Fernsehapparate, die alle Kanäle empfangen können. Sie werden durch diese Knopfreihe neben Ihrem Telefon betätigt.

Hier ist eine Bar eingebaut, die mit diesem Knopf geöffnet wird.« Sie drückte darauf, und die Bar öffnete sich.

Sie war gut versorgt und gebrauchsbereit. Ich nickte beifällig.

»Rechts von der Bar sehen Sie eine Tür; das ist die Tür zum Empfangsraum. Sie ist elektrisch gesteuert und kann von unseren Schreibtischen oder von Ihrem aus verschlossen werden. Links von der Bar liegt Ihr privates Badezimmer. Es ist mit Ankleideecke, Dusche und Sauna oder Heißdampf ausgestattet; auch ein kleines Schlafzimmer gibt es, falls Sie sich ausruhen wollen.«

Ich stand auf, ging zum Badezimmer und trat ein. Alles war so, wie sie es gesagt hatte und noch besser. Bei einer derartigen Ausstattung hatte man es nicht nötig, nach Hause zu gehen. Ich kehrte ins Büro zurück.

Das Telefon summte. Sie hob den Hörer ab. »Büro Mr. Gaunt.« Sie sah mich an. »Mr. Sinclair möchte Sie sprechen.«

Ich nahm ihr den Apparat ab und setzte mich auf meinen Stuhl vor dem Schreibtisch. Sie verschwand. »Mr. Sinclair...«

»Einen Augenblick, ich verbinde Sie«, sagte die Stimme seiner Sekretärin. Es klickte.

»Gefällt Ihnen Ihr Reich, Mr. Gaunt?«

»Jawohl, besten Dank.«

Er lachte. »Vergessen Sie das nicht, falls Sie sich später einmal beschweren wollen, daß die Leute über Ihnen zuviel Lärm machen. Denken Sie daran, daß Sie selbst dieses Büro verlangt haben.«

Ich lachte. »Ich werde es mir merken, Mr. Sinclair.«

»Es wäre mir lieb, wenn Sie ein paar Minuten vor der Sitzung um halb elf in mein Büro kommen könnten«, sagte er. »Ich möchte, daß Sie Dan Ritchie kennenlernen, bevor wir hinübergehen.«

»Ich werde um zehn Uhr zwanzig bei Ihnen sein.«

Dan Ritchie war ein Profi. Er trug sein Mißgeschick ohne Groll. Sein Händedruck war fest. »Freut mich, Sie kennenzulernen, Steve«, sagte er dröhnend. Eine Minute lang betrachtete er mich mit etwas erstaunter Miene, dann wandte er sich zu Sinclair. »Ich hatte ihn für jünger gehalten.«

Auch Sinclairs Gesicht zeigte einen überraschten Ausdruck. Ich lächelte. »Man altert schnell bei diesem Geschäft.«

Plötzlich hatte Sinclair begriffen; seine Augen blitzten erheitert und zugleich anerkennend auf. »Ja«, sagte er. »Manchmal passiert es über Nacht.«

Er wußte es nicht, aber es war tatsächlich passiert, und zwar ungefähr um acht Uhr am selben Morgen. Ich hatte geduscht und knöpfte mein Hemd zu, während ich ins Wohnzimmer zurückging.

»Okay, Jungs«, sagte ich fröhlich. »Hat einer von euch daran gedacht, das Frühstück zu bestellen?«

»Himmel! Seht ihn euch an«, stöhnte Jack von der Couch, auf der er ausgestreckt lag. »Die ganze Nacht bleibt er auf und löchert uns mit seinen Fragen, dann duscht er und kommt frisch und munter wie ein gewaschenes Kind heraus. Wie hast du das geschafft? Mit Benzedrin?«

Ich grinste. »Nur eine vernünftige Lebensweise, würde ich sagen.«

»Das ist die Jugend«, meinte Joe Griffin, der Leiter des Informationsdienstes. »Fast sieht er zu jung aus, um zu wählen, und nun wird er Präsident einer führenden TV-Sendergruppe!«

Ich drehte mich zu ihm um, er hatte ins Schwarze getroffen! Mein Hauptproblem würde nicht die Arbeit sein, sondern die Grauköpfe, die mich ansehen und für einen großmauligen Jungen halten würden. Ich hob den Telefonhörer ab. Um hier zu siegen, mußte man sich anpassen.

Beim Friseur konnte mir niemand helfen, wohl aber im Schönheitssalon. Ich versprach eine Bezahlung von fünfzig Dollar, worauf sich sofort eines der Mädchen meiner annahm.

Sie war eine hübsche kleine Brünette in einem rosa Arbeitskittel. Sie trug eine kleine Kosmetiktasche und kaute Gummi, als sie mit erstaunter Miene zu mir hereinkam. Unten hat jemand behauptet, eine Dame wolle sich ihr Haar grau färben lassen.«

»Stimmt«, sagte ich, »nur ist es keine Dame. Ich bin es.«

Fast hätte sie ihren Kaugummi verschluckt. »Hat man Töne?« sagte sie. »Sind Sie übergeschnappt? Ich gehe, Sie sind ja verrückt!«

Ich schwenkte eine Fünfzigdollarnote vor ihren Augen. »Ich meine es ernst. Bleiben Sie hier!«

Sie sah mir ins Gesicht. »Warum wollen Sie so etwas tun? Sie sehen so nett aus mit Ihrem gewellten braunen Haar!«

»Ich soll einen sehr hohen Posten antreten«, sagte ich ernst. »Und man könnte glauben, ich sei dafür zu jung. Sie wollen doch sicher nicht, daß ich mir meine große Chance verpatze, nicht wahr?«

»Nein«, sagte sie zögernd, ihre Augen schweiften durch den Raum. »Nein, das möchte ich wirklich nicht.«

»Sie brauchen mir nur ein paar graue Streifen einzutönen. Nicht zu stark, gerade so viel, daß ich ein wenig älter aussehe.«

»Ich verstehe«, sagte sie. »Das kann ich schon machen.«

»Also los«, sagte ich und ging voran ins Badezimmer. Als ich vierzig Minuten später herauskam, war ich angekleidet und bereit, ins Büro zu fahren.

Jack schnellte von der Couch hoch. »Ich kann's nicht glauben!«

Sie umringten mich. »Wie findet ihr das?« fragte ich.

Jack schüttelte den Kopf. »Fantastisch«, sagte er. »Es macht dich nicht wirklich älter, gibt dir aber eine Art solider Autorität. Verstehst du, was ich meine?«

Ich verstand. Die grauen Haarstreifen paßten gut zu meinen Augen. Ich sah immer noch jung aus, aber nicht mehr ganz so jung.

»Na schön«, sagte ich und ging zur Tür. »Es ist Zeit, in die Grube einzufahren.«

»Einen Augenblick«, sagte Jack. Er hielt mir den Ordner mit den losen Blättern entgegen. »Willst du das nicht mitnehmen?«

Ich lachte. »Aber, aber, Herr Lehrer! Seit wann erlaubt man einem, die Bücher in den Prüfungssaal mitzunehmen?«

In einem hatte ich mich geirrt: Die Büros glichen einander nicht völlig. Sinclairs Konferenzzimmer war größer als meines. Jetzt saßen achtundzwanzig Herren am Tisch. Ich ging langsam herum, schüttelte jedem die Hand und versuchte die Namen mit den Informationen in Zusammenhang zu bringen, die ich in der vergangenen Nacht gelesen hatte. Es klappte recht gut; mein Gedächtnis war besser als ich dachte.

Sie wirkten alle ganz sachlich. Ich sah, daß sie mich prüfend betrachteten, doch keiner von ihnen exponierte sich. Sie gedachten nicht, mir etwas zu schenken. Sie warteten ab.

Nach zehn Minuten zog sich Sinclair mit der zwanglosen

Bemerkung zurück, er wolle dem Team Gelegenheit geben, Bekanntschaft zu schließen. Ritchie folgte ihm.

Die eintretende Stille hätte man schneiden können. Ich saß allein am Kopfende des Tisches. Allein im wahrsten Sinne des Wortes.

Ich ließ meine Blicke flüchtig um den Tisch schweifen. Seltsam, wie so eine Kleinigkeit – angegrautes Haar – dazu verhalf, die Dinge auszugleichen. Ich sprach absichtlich leise, so daß die anderen sich anstrengen mußten, mich zu verstehen.

»Sie sind auf mich gespannt, so wie ich auf Sie. Wir kennen einander nicht, werden jedoch in den nächsten Wochen alles Nötige herausfinden. Manche unter Ihnen werden mich gern mögen, andere nicht. Das ist nebensächlich.

Wichtig ist nur, daß Sinclairs Television nun aus dem letzten Rang in der Hörerbewertung nach vorn kommt. Wichtig sind die Testziffern. Das ist der Maßstab, nach dem ich Sie und Sie mich beurteilen werden.«

Hier machte ich eine Pause. Sie betrachteten mich immer noch prüfend. »Wenn in Washington ein neuer Präsident sein Amt antritt, darf er ein Kabinett seiner Wahl aufstellen. Das gefällt mir. Das ist wahre Demokratie.«

Ich spürte, wie sie sich strafften; das waren abschließende Worte gewesen. »Ich erwarte von jedem von Ihnen, daß er mir seinen Rücktritt per 31. Januar anheimstellt; ich möchte das morgen früh auf meinem Schreibtisch vorfinden.«

Allgemeines schweres Aufseufzen. Ich wartete einen Augenblick, bis sie meine Mitteilung geschluckt hatten; dann warf ich die Rettungsleine aus.

Ich stand auf. »Meine Sekretärin bereitet einen Stundenplan für unsere Unterredungen vor. Ich werde im Laufe der nächsten Tage mit jedem von Ihnen eine gesonderte Besprechung abhalten und die Probleme Ihrer Abteilungen mit Ihnen erörtern. Ich danke Ihnen, meine Herren.«

Ich ging hinunter in mein Büro. Zehn Minuten später war der Teufel los. Sinclair raste wütend in meinem Büro auf und ab.

»Sie haben alle entlassen! Wie, in Teufels Namen, wollen Sie die Sendergruppe in Gang halten? Vielleicht allein? Das schaffen nicht einmal Sie!«

Ich lächelte ihm zu. »Die Götter steigen vom Olymp herab.«

Das brachte ihn zum Stehen; er starrte mich an. »Was meinen Sie damit?«

»Man hat mir gesagt, Sie kämen nie aus Ihrem Stockwerk nach unten.«

Er lächelte, und ich fuhr fort: »Ich möchte etwas klarstellen. Ich habe die Leute nicht entlassen. Ich ersuchte um ihren Rücktritt mit Wirkung Ende Januar. Ich habe nicht gesagt, daß ich diese Rücktritte annehmen werde.«

Er lachte in sich hinein. »Sie haben sie richtig durchgerüttelt.«

»Das war meine Absicht.«

»Sie spielen eine harte Partie.«

»Hier kann's keine Glacéhandschuhe geben. Ich meinte es im Ernst, als ich sagte, ich würde diese Sendergruppe in Bewegung bringen.«

»Okay«, sagte er nach kurzer Überlegung, »es ist Ihr Matsch.« Er blickte auf die Uhr. »Ich habe ein Privatzimmer im Klub Einundzwanzig zum Mittagessen reservieren lassen; Sie sollen den Aufsichtsrat kennenlernen. Und ich habe die Presseabteilung angewiesen, für Freitag, eine Konferenz für Sie einzuberufen.«

»Das Mittagessen paßt mir«, sagte ich, »aber Freitag ist unmöglich; ich werde nicht hier sein.« Ich ließ ihm Zeit, das zu verdauen. »Die Pressekonferenz halten wir ab, sobald ich etwas zu sagen habe; das ist im Augenblick noch nicht der Fall.«

»Wo werden Sie sein?«

»In Los Angeles.«

»Was haben Sie da drüben so Wichtiges zu tun?«

Ich begegnete seinem Blick. »Ich will versuchen, die Samstagabende wieder für uns zu ergattern.«

5

»Ist mein Vater mitgekommen?« fragte sie, als ich ins Zimmer trat.

Ich schüttelte den Kopf.

»Das war doch sein Wagen, mit dem du hergefahren bist«, sagte sie vorwurfsvoll.

Sie war angezogen und zum Fortgehen bereit, ihr kleiner Koffer stand mitten im Zimmer.

»Er hat mir die Limousine geliehen«, sagte ich. »Er dachte, es würde bequemer sein als ein Taxi.«

»Er weiß es?«

»Ja.«

Sie schien sich zu entspannen, ging quer durch das Zimmer und nahm ein Päckchen Zigaretten aus ihrer Handtasche. »Wie hat er es herausgefunden? Hast du's ihm gesagt?«

»Sei doch nicht so dumm, Barbara«, sagte ich, »er wußte es bereits. Er wußte sogar, daß ich dich zum Arzt brachte.«

»Verdammt!« sagte sie. »Er läßt nie locker. Dieses verfluchte Mädchen schmeiß ich raus, sicher hat sie es ihm gesagt, sie war die einzige außer uns, die davon wußte. Immer horcht sie am Schlüsselloch.«

»Er ist dein Vater«, sagte ich. »Es ist normal, daß er sich darum kümmert...«

»Was verstehst du denn davon?« schnauzte sie mich an. Ihre Stimme wurde wild. »Ihm liegt nichts an mir oder an irgendwem. Er will nur alles beherrschen. Deshalb ist ihm meine Mutter davongelaufen. Aber sogar das hat ihn nicht geändert; er hat sie verfolgt, bis sie sich umbrachte. Und das gleiche macht er jetzt mit mir.«

»Immer mit der Ruhe, mein Kind«, sagte ich.

Sie lachte bitter. »Du hast ja keine Ahnung. Aber warte nur, bis er dich in den Händen hat. Dann gehörst du ihm, und dann wirst du es verstehen. Ich weiß noch, was er meiner Mutter gesagt hat. ›Keiner verläßt Spencer Sinclair, außer wenn ich es will.‹«

Sie drückte ihre Zigarette aus. »Ich will nicht zurück in meine Wohnung.«

»Das hast du zu entscheiden. Du bist ein erwachsenes Mädchen. Ich bin nur hergekommen, um dich von hier abzuholen.«

Sie kam mit weit aufgerissenen Augen auf mich zu. »Laß mich bei dir wohnen, Steve.«

»Das schlag dir aus dem Kopf.«

»Bitte, Steve«, sie griff nach meiner Hand. »Nur für ein paar Tage, bis ich wieder einen klaren Kopf habe. Ich will nicht allein in der Wohnung bleiben.«

»Du bist wahnsinnig«, sagte ich. »Bei mir zu Hause wird es in den nächsten Tagen zugehen wie auf dem Hauptbahnhof.«

»Ich werde brav sein, dich überhaupt nicht stören.«

»Warum denn ich? Du hast doch noch andere Freunde.«

Sie blickte zu mir hoch, in ihre Augen trat ein verletzter Ausdruck. Sie ließ meine Hand los und holte ihren Koffer. »Also gut, Steve«, sagte sie ruhig. »Ich bin bereit!«

Ich nahm den Koffer, und wir gingen zum Wagen hinunter. Ich glaube, wir sprachen keine zwei Worte auf der Fahrt in die Stadt. Der Chauffeur beobachtete uns im Rückspiegel; sie ignorierte ihn, obwohl sie ihn offenbar kannte.

Der Wagen hielt vor ihrer Wohnung in der Park Avenue. Der Portier eilte herbei, um ihren Koffer zu tragen. Ich stieg mit ihr aus.

»Fühlst du dich jetzt wohler?« fragte ich.

Sie nickte.

»Ruh dich aus und gib acht auf dich«, sagte ich. »Ich rufe dich nachher an, möchte hören, wie es dir geht.«

»Ja, ja«, sagte sie.

Ich küßte sie auf die Wange, und sie betrat das Haus. Als ich ins Büro zurückkam, war es fast fünf Uhr geworden, und die Memoranden und notierten Anrufe stapelten sich bis zur Decke. Ich machte mich an die Arbeit, und ehe ich mich versah, war es acht Uhr, und Jack Savitt rief an.

»Immer noch am Schreibtisch?« fragte er lachend. »Du gibst ein schlechtes Beispiel.«

Ich warf einen Blick auf die Papiere, die noch zu erledigen waren. »Ja.«

»Ich hab mich umgetan«, sagte er. »Ich glaube, ich kann dir dein Programm zusammenstellen.«

»Sehr gut.«

»Soll ich rüberkommen, damit wir es besprechen?«

Ich blickte auf die Uhr. »Nein. Treffen wir uns in einer Viertelstunde im Steak House von MacCarthy in der Zweiten Avenue.«

»Einverstanden.«

Ich legte auf und drückte auf den Summer. Fogarty kam herein. »Packen Sie mir den Rest von dem Zeug ein«, sagte ich zu ihr, »ich werde es zu Hause durchsehen.«

Sie nickte, ich ging ins Badezimmer und wusch mich. Ein Blick in den Spiegel zeigte mir, daß ich müde war; ich sah Falten, die am Morgen noch nicht dagewesen waren. Ich grinste; es paßte zu meinem grauen Haar. Ich fragte mich, wie lange es dauern würde, bis ich die Tönung nicht mehr brauchte.

Ich legte mir eine heiße Serviette aufs Gesicht, das tat wohl. Als ich sie abnahm, waren einige Falten verschwunden. Meine Augen waren noch ein wenig blutunterlaufen. Vielleicht brauchte ich eine Brille.

Fogarty hatte mir eine Aktentasche vorbereitet. Ich sah sie mir an; sie war nagelneu, mein Name war diskret eingraviert. Fogarty schloß sie ab und gab mir den Schlüssel. »Es ist alles in Ordnung«, sagte sie. »Und ich habe die Dinge, die dringend sind, rot angestrichen.«

Joe Berger stand an der Tür, als ich bei ihm eintrat. »Ich gratuliere, Steve«, sagte er.

»Danke, Joe.« Wir schüttelten uns die Hand, und ich folgte ihm zu einer Seitenloge.

Von der Kasse her rief mir seine hübsche Frau Claire lächelnd ihren Glückwunsch zu. Ich lächelte ebenfalls und winkte ihr zum Dank.

»Womit kann ich dienen?« fragte Joe.

»Ich erwarte Jack Savitt.«

»Ich weiß; er hat angerufen, er wird fünf Minuten Verspätung haben.«

Das war für Jack ziemlich normal; es würde mindestens noch zwei solche Anrufe geben, bis er auftauchte.

»Ich möchte... sagen wir, vier Martinis. Ferner einen Salat mit Roquefortsauce, ein Roastbeef halbroh vom Knochen, Bratkartoffeln mit saurer Sahne, das ist alles.«

»Darf ich Ihnen als Fachmann etwas raten, Steve?«

Ich nickte.

»Sie sollten sich lieber an Scotch halten, das ist besser für Ihren Magen. Alle meine Bekannten mit Magengeschwüren trinken Martinis.«

Ich lachte. »Und wie steht's mit Coca-Cola?«

»Noch besser. Meinem Sohn wurde als Baby Coca-Sirup gegen Magenbeschwerden verordnet.«

»Gut, Joe«, sagte ich lachend. »Und jetzt lassen Sie mir die Martinis bringen.«

Er entfernte sich kopfschüttelnd. Jack kam ganz fahrplanmäßig: Zwei Anrufe und drei Martinis später stürzte er herein.

Er ließ sich mir gegenüber auf einen Stuhl fallen und blickte auf den Tisch. »Der wievielte ist das?«

»Der dritte«, sagte ich, an das Glas klopfend.

Er winkte den Kellner. »Schnell, zwei doppelte!« Dann, zu mir: »Nicht, daß ich sie nötig hätte. Aber ich will dir gegenüber nicht im Vorteil sein.«

»Nett – zur Abwechslung«, sagte ich grinsend.

Der Kellner kam mit den zwei Doppelten. Ich wollte sprechen, aber Jack hob die Hand. Rasch goß er ein Glas hinunter und war mit der Hälfte des anderen fertig, ehe er es hinstellte. »Okay, nun kannst du reden.«

»Wie steht's mit meinem Programm?«

»War keine leichte Sache.«

Ich schwieg. Das hieß noch gar nichts. Agentengerede wegen der Kosten.

»Ich hab dir sechsunddreißig Streifen besorgt. Fünf von

jeder der Spitzengesellschaften, die übrigen von Unabhängigen.«

»Wie viele gute?«

»Im Durchschnitt vier von sechs, und die beiden anderen sind auch nicht übel. Zumindest keine ausgesprochenen Versager.« Er trank sein Glas aus. »Anders ließ es sich nicht machen.«

Ich nickte. Er hatte gut gearbeitet. Gewöhnlich hängten einem die Filmgesellschaften für jeden wirklich guten Film vier Nieten an.

»Nun halt dich aber fest«, sagte er. »Sie werden dich vierhunderttausend Dollar das Stück kosten, und du hast genau vierundzwanzig Stunden Zeit, dich zu entschließen – oder das Geschäft ist geplatzt. Und sie verlangen sofortige Bezahlung, weil sie das Geld noch in die diesjährige Abrechnung nehmen wollen.«

Es war genau das Doppelte des bisher üblichen Preises, aber ich wußte, daß das der einzige Grund war, weshalb sie sie überhaupt vergaben. Sie waren ja auch in einer Zwangslage. Sie mußten dafür sorgen, daß die Jahresziffern gut aussahen, sonst würde es Geschrei bei den Aktionären geben. Und vor denen fürchteten sie sich im Augenblick mehr als vor den Kinobesitzern, die sie zu einer Abmachung gezwungen hatten, wonach alle später als 1948 hergestellten Filme nicht im Fernsehen gezeigt werden durften. Ihre Aktionäre konnten sie rausschmeißen, während die Kinobesitzer immer wieder zu ihnen kommen mußten, um Filme zur Vorführung zu erhalten.

»In Ordnung«, sagte ich. »Kauf sie.«

Er starrte mich an. »Weißt du, was du tust? Das sind mehr als vierzehn Millionen Dollar.«

»Ich hab gesagt: kauf sie.«

»Willst du nicht einmal wissen, was für Filme es sind, welche Stars darin spielen?«

»Der Fachmann bist du, Jack«, erwiderte ich kurz angebunden. »Ich verlasse mich auf dein Urteil. Du sagtest ja, du willst mich nicht übervorteilen.«

»Es ist aber doch dein Job. Wenn die Filme nichts taugen...«

Ich unterbrach ihn. »Hier irrst du dich eben, Jack«, sagte ich kalt. »Es ist nicht mein Job. Wenn die Filme Versager sind, trifft das deine Agentur. Bei meinem Job werden Irrtümer geduldet, aber wenn du mich nicht zufriedenstellst, verkauft WAM nie wieder eine Show an Sinclair. Und dann ist es aus mit deiner Agentur, denn die Geschäfte mit den anderen Sendergruppen reichen nicht mal für die Miete eines Stockwerks deiner Büros.«

Er war blaß geworden und hatte kleine Schweißtropfen auf der Stirn. Er trank sein zweites Glas langsam und ohne die Augen von mir zu wenden. Dann sagte er: »Es sind gute Filme.«

Ich bedrängte ihn nicht weiter. »Na also, warum machst du dir dann Sorgen?« Ich lächelte. »Laß es gut sein, gehen wir essen – ich hab einen Wolfshunger.«

Er schien aber merkwürdigerweise wenig Appetit zu haben.

Es war nach elf Uhr, als ich die Tür zu meinem Apartment aufschloß. Ich war überhaupt nicht müde, öffnete die Aktenmappe und breitete die Papiere auf dem Eßtisch aus.

Als ich fertig war und ins Bett fiel, war ein Uhr vorbei. Meine Augen brannten und stachen, ich schlief aber doch sofort ein. Ich konnte nicht mehr als eine halbe Stunde geschlummert haben, als es draußen klingelte.

Zuerst hielt ich es für ein Echo in meinem Kopf und versuchte es abzustellen; schließlich schlug ich aber doch die Augen auf. Einen Moment brauchte ich noch, um mich an die Dunkelheit zu gewöhnen. Die Klingel ertönte noch einmal lauter. Ich fuhr aus dem Bett, ging zur Tür und öffnete.

Sie trug einen eng anliegenden Pelzmantel und hielt eine kleine Geldbörse in der Hand. Ihre blauen Augen sahen mich ängstlich an.

Ich stand eine Weile da, dann trat ich zurück, und sie warf

sich mir zitternd und weinend in die Arme. Ich schloß die Tür.

»Du hast mir nicht gesagt, daß du umziehst«, schluchzte sie.

Ich hielt sie fest.

»Zuerst war ich in der alten Wohnung; der Portier gab mir deine neue Adresse.« Sie blickte zu mir auf, ihre Augen waren voller Tränen. »Bist du mir sehr böse, Steve?«

Ich schüttelte den Kopf.

Die Worte sprudelten aus ihr hervor. »Ich konnte es dort nicht mehr aushalten. Ich war allein. So allein. Immer mußte ich an deine Worte denken. Du sprachst von anderen Freunden. Da wurde mir zum erstenmal etwas klar. Nämlich, daß ich keine anderen Freunde habe. Wirklich nicht. Nur Freunde für Spaß und Spielerei, sonst nichts. Ich trank eine halbe Flasche Whisky aus. Er schmeckte schauderhaft. Ich versuchte es mit Hasch, rauchte drei Stück. Es half nichts. Dann wollte ich schlafen und nahm ein Nembutal. Als ich aufstand, um mir die vierte Tablette zu holen, wußte ich schon, daß ich nicht einschlafen könnte.

Ich starrte im Badezimmer in den Spiegel, und da sah mir nur das Bild meiner Mutter entgegen. Ich dachte, ich würde so enden wie sie. Am Morgen kommt man zu mir herein, und ich liege auf dem Boden. Ich hatte Angst.

Ich versuchte dich anzurufen, aber ich erhielt immer wieder die Antwort, die Nummer sei abgeschaltet. Da war ich schon in Panikstimmung. Ich konnte sonst nirgendwo hingehen, also kam ich zu dir.«

Sie fuhr sich mit der Hand über die Augen. Ihr Mantel öffnete sich, und ich sah, daß sie nichts darunter trug als ihr Nachthemd. »Laß mich nur heute nacht hier bleiben. Morgen früh gehe ich wieder fort. Bitte!«

»Nun bist du hier«, sagte ich, »also gehen wir zu Bett.«

Ich führte sie ins Schlafzimmer. »Du mußt dir das Gesicht waschen, es ist voller Wimperntusche.«

Sie ging gefügig ins Badezimmer; ich drehte das Licht ab und stieg ins Bett. Ich hörte das Wasser plätschern. Bald darauf öffnete sich die Badezimmertür, und das Licht drang durch die Öffnung herein.

»Bin ich jetzt sauber?« fragte sie.

Ich konnte ihr Gesicht nicht sehen – es lag im Schatten –, wohl aber ihre Gestalt durch das Nachthemd. Ich lachte still vor mich hin. Das, was ich sehen konnte, war nicht übel. »Prima«, sagte ich.

Sie kam ins Bett. Ich machte ihr Platz. »Nein, Steve«, sagte sie, »ich will, daß du mich hältst.«

Ich streckte einen Arm aus und zog ihren Kopf an meine Schulter. Eine Weile blieb sie still, dann setzte sie sich plötzlich auf. Mit einer schnellen Bewegung zog sie das Nachthemd über ihren Kopf, dann schmiegte sie sich an mich.

»So ist es gut«, murmelte sie, »ich will deinen Körper neben mir spüren.« Sie wälzte sich herum und zog meine Hand auf ihre Brüste.

Ich fühlte, wie fest sie waren und wie sich die harten Warzen unter meinen Fingern leicht zusammenzogen. Die Hitze stieg in mir hoch. Nun war ich es, der nicht einschlafen konnte.

Sie nahm meinen Penis in die Hand und streichelte ihn sanft. »Tut mir leid, Steve«, flüsterte sie, »wir können eine Woche lang nicht ficken.«

»Ich weiß«, sagte ich verdrießlich. »Versuchen wir zu schlafen.«

Ihre Hand wurde still. Ich schloß die Augen. Nach einigen Minuten sprach sie wieder. »Gib mir einen Gutenachtkuß, Steve.«

Ich küßte sie leise, ihre Lippen antworteten mit leichtem Gegendruck. Sie schloß die Augen, und ihre Stimme war nur noch ein Hauch. »Steve.«

»Ja?«

»Versprich mir etwas.«

»Was denn?«

»Zuerst versprich es.« Sie war wie ein Kind.

Ich legte mich wieder auf das Kissen. »Also gut, ich verspreche.«

»Du wirst morgen früh meine Punze nicht ansehen. Man hat sie rasiert, und sie sieht komisch aus.«

Ich lachte leise. »Um Himmels willen, schlaf jetzt.«

Ich hätte mir die Worte sparen können. Sie schlief bereits. Ihre Hand wurde schlaff und fiel von mir ab. Sie schien so jung und wehrlos im Dunkeln. Ich schloß die Augen.

Aber die Wärme und der Duft kamen von einer Frau, und es gab keine Ruhe für mich. Schließlich stieg ich aus dem Bett. Sie rührte sich nicht einmal. Ich ging ins Wohnzimmer.

Erst nach der Spätschau im Fernsehen schlief ich endlich ein.

6

Ich war sechzehn Jahre alt und stand vor dem Hochschulstudium, als meine Eltern starben. Es war einer jener verrückten Unfälle, wie sie während des Krieges oft passierten. Alle Autoscheinwerfer mußten wegen der an der Ostküste herrschenden Verdunklungsvorschriften in ihrer oberen Hälfte schwarz gestrichen sein, damit die Strahlen vom Himmel nicht gesehen werden konnten. Als der andere Wagen an den Scheitelpunkt der Steigung kam, und die Scheinwerfer meinen Vater direkt in die Augen trafen, bog er, um einen Zusammenstoß zu vermeiden, ein wenig nach rechts aus. Und damit war es geschehen.

Der große Packard kam von der Straße ab und stürzte über einen Abhang hundert Meter tief, stieß zweimal gegen die Felsen, überschlug sich und blieb zehn Meter unter dem Meeresspiegel liegen.

»Du mußt tapfer sein«, sagte Mr. Blake, der Rechtsanwalt, zu mir, als ich nach dem Begräbnis tränenlos vor ihm in seiner Kanzlei saß. »Es war glücklicherweise schnell vorbei. Sie haben gar nichts mehr gemerkt.«

Ich blickte hinüber zu Tante Prudence, die ihm gegenüber vor dem Schreibtisch saß. Ihr Name paßte nicht zu ihr. Sie war vor langer Zeit aus New Bedford nach Kap Ann gezogen. Mein Vater hatte nur selten von seiner jüngeren Schwester gesprochen, ich hatte aber doch alle Geschichten über sie gehört.

Daß sie sich in einen Künstler verliebt hatte, daß sie ihm nach Paris gefolgt war und daß sie dort von ihm verlassen wurde, da er zu seiner Frau zurückging. Dann hatte sie noch andere Affären, über die geflüstert wurde, aber eines Tages kehrte sie nach New Bedford zurück.

Mein Vater wußte nicht, daß sie da war, bis sie ihn in seinem Bankbüro aufsuchte. Sie hatte einen etwa fünfjährigen Jungen bei sich, der sich ängstlich an ihrem Rock festhielt.

»Hallo, John«, sagte sie.

»Prudence«, sagte mein Vater steif.

Sie wandte sich an den kleinen Jungen. »Sag dem Herrn guten Tag, Pierre.«

»Bonjour«, sagte der Kleine schüchtern.

»Er spricht nur Französisch«, sagte Tante Prudence.

»Wer ist das?« fragte mein Vater und starrte ihn an.

»Mein Sohn«, sagte sie, »ich habe ihn adoptiert.«

»Und das soll ich dir glauben?«

»Ist mir völlig schnuppe, was du glaubst«, sagte sie. »Ich bin nur wegen meines Geldes gekommen.«

Mein Vater wußte, was sie meinte. Aber in ihm lebten noch die Prinzipien von Neu-England: Frauen durfte man nichts anvertrauen, nicht einmal ihre eigene Erbschaft. »Vater hat in seinem Testament verfügt, daß das Geld in der Bank bleibt, bist du dreißig bist.«

»Ich wurde vorigen Monat dreißig«, sagte sie.

Endlich lenkte er den Blick von dem Jungen ab und sah ihr ins Gesicht. »Richtig«, sagte er mit einem leichten Staunen in der Stimme. »Du bist tatsächlich schon dreißig.«

Er griff nach dem Telefonhörer und verlangte das Archiv der Treuhandkonten. »Es waren schwere Zeiten«, sagte er. »Aber es ist mir doch gelungen, dein Vermögen unversehrt zu erhalten, es sogar ein wenig zu vermehren, obwohl du immer alle Erträge so schnell herausnahmst, wie sie anwuchsen.«

»Ich habe nie daran gezweifelt, John, daß du das für mich tun würdest.«

Sein Vertrauen zu ihr nahm ein wenig zu. »Vernünftiger wäre es, wenn du dein Kapital hier ließest. Die Zinsen machen etwa dreitausendfünfhundert jährlich aus. Davon kannst du ganz hübsch leben.«

»Wahrscheinlich«, sagte sie, »aber das ist nicht meine Absicht.«

»Was willst du mit dem Geld machen?«

»Ich hab es schon gemacht«, sagte sie. »Ich habe mir einen kleinen Gasthof auf Kap Ann gekauft. Ich hab mir alles gut überlegt. Der Gasthof läuft von selbst, und ich kann weiter malen. Pierre und ich können dort sehr nett leben.«

Mein Vater wollte es ihr ausreden; sie schnitt ihm das Wort ab.

»Ich will Pierre ein Heim geben«, sagte sie. »Glaubst du, das wäre hier möglich?«

Tante Prudence reiste nach Kap Ann. Einige Jahre später erfuhren wir von einem gemeinsamen Freund, der sie besucht hatte, daß der kleine Junge gestorben war.

»Eigentlich besser so«, meinte mein Vater. »Er sah nicht sehr kräftig aus. Außerdem sprach er nur Französisch.«

»War er mein Vetter?« fragte ich. Damals war ich etwa sechs Jahre alt.

»Nein«, sagte mein Vater scharf.

»Wenn er aber Tante Prues kleiner Junge war...«

»Er war nicht ihr kleiner Junge«, fuhr mich mein Vater an. »Sie hat ihn nur adoptiert, weil er kein Heim und keine Eltern hatte. Deine Tante Prudence hatte Mitleid mit ihm.«

Das Gespräch muß auf mich einen größeren Eindruck gemacht huben, als ich damals ahnte. Ich erinnerte mich daran, als ich vor Mr. Blakes Schreibtisch saß und zu meiner Tante hinübersah. Nun war ich an der Reihe; ich hätte gern gewußt, ob sie mit mir auch Mitleid hatte.

»Stephen.« Ich richtete meinen Blick auf Mr. Blake.

»Ja, Sir.«

»Du bist kein Kind mehr, aber auch noch kein Mann«, sagte er, »ich meine dem Gesetz nach. Ich glaube aber, du solltest ein Mitspracherecht haben. Dein Vater war kein reicher Mann, hat dich aber immerhin gut versorgt zurückgelassen. Es ist genug Geld vorhanden, damit du die Schule beenden und studieren kannst, und es wird sogar ausreichen, um dir den Start in einen von dir erwählten Beruf zu ermöglichen. Bleibt nur noch die Frage, wo du leben wirst.

Deine Eltern haben mich zum Verwalter ihres Nachlasses bestimmt, jedoch keinen gesetzlichen Vormund für dich vorgesehen. Das Gericht muß für die Zeit, bis du volljährig bist, einen ernennen.«

In diesem Moment wechselten meine Tante und ich einen Blick. Ich fühlte mich zu ihr hingezogen und fragte mich nicht mehr, wie sie über mich dachte. Ich wußte es.

»Mr. Blake«, sagte ich, ohne meinen Blick von ihr zu wenden, »könnte nicht meine Tante Prue – ich meine, ginge es nicht, daß Tante Prue...«

Einen Augenblick herrschte Stille, dann sahen wir ihn an. Er lächelte. »Ich hoffte, daß du das sagen würdest, Stephen. Da gibt es gar kein Problem; deine Tante ist ja deine nächste Verwandte.«

Tante Prue erhob sich und kam auf mich zu. Sie faßte mich an der Hand, und ich sah Tränen in ihren Augen. »Auch ich hoffte, du würdest das sagen, Stephen.«

Plötzlich lag ich in ihren Armen; ich weinte, und ihre Hand strich sanft über mein Haar. »Nur ruhig, Stephen, nur ruhig, nun wird alles wieder gut.«

Einen Monat später kam ich zu den Sommerferien aus der Schule und fuhr geradewegs zu Tante Prue. Es war spät am Nachmittag, und die Hitze des Tages lag noch über dem Bahnhof. Es stiegen noch einige andere Fahrgäste aus, doch sie verließen bald den Bahnsteig, und ich blieb allein zurück. Ich griff meinen Koffer und trottete zu der kleinen hölzernen Stationshütte. Hoffentlich hatte meine Tante das Telegramm rechtzeitig erhalten.

Gerade als ich zum Ausgang kam, fuhr ein arg mitgenommenes Plymouthcoupé vor, und ein junges Mädchen sprang heraus. Sie sah mich einen Augenblick verwundert an, dann fragte sie: »Stephen Gaunt?«

Sie hatte Farbkleckse im Gesicht, und ihr langes, von der Sonne gebleichtes Haar fiel über das blaue Baumwollhemd hinab, das unordentlich in einer verschossenen Männerhose steckte. »Ja«, sagte ich.

Sie lächelte erleichtert. »Ich heiße Nancy Vickers. Ihre Tante hat mich hergeschickt, um Sie abzuholen. Sie konnte nicht kommen, weil sie gerade unterrichtet. Werfen Sie Ihr Gepäck auf den Rücksitz.«

Sie stieg ein, und ich folgte ihr. Sie legte gewandt den Gang ein, blickte mich an und lächelte wieder. »Sie haben mich überrascht.«

»Wieso?«

»›Fahr zum Bahnhof und hol meinen Neffen ab‹, hat Ihre Tante gesagt. Ich glaubte, es handle sich um ein Kind.«

Ich lachte, ein wenig geschmeichelt.

»Wie war die Fahrt?« fragte sie.

»Es war ein Bummelzug, langweilig. Blieb alle zwanzig Minuten stehen, um einen Schnellzug vorbeizulassen.« Ich nahm ein Päckchen Zigaretten aus der Tasche und bot ihr eine an. Sie bediente sich. Ich zündete zuerst ihre Zigarette an, dann meine. »Sind Sie bei meiner Tante angestellt?«

Sie schüttelte den Kopf, der Rauch kräuselte sich an ihren Augen vorbei. »Nein, ich bin eine ihrer Schülerinnen. Ich stehe auch Modell.«

»Oh«, sagte ich. Ich hatte nicht gewußt, daß Tante Prue Kunstunterricht gab.

Sie verstand es anders. »So übel ist das gar nicht«, erklärte sie. »Durch das Modellstehen verdiene ich mir Geld für die Stunden.«

»Was studieren Sie?«

»Hauptsächlich Malerei. Aber auch zweimal in der Woche Bildhauerei. Ihre Tante sagt, das nützt der Form.«

Ich sah sie an und grinste. »Für die Form, meine ich, brauchen Sie keine Hilfe.«

Sie sah meinen Blick und lachte. »Wie alt sagten Sie, daß Sie sind?«

»Ich hab's nicht gesagt; siebzehn, wenn Sie's wissen wollen.« Ein Jahr war dabei gemogelt.

»Sie sehen älter aus. Sie sind groß für Ihr Alter. Ich bin gar nicht soviel älter als Sie. Ich bin neunzehn.«

Wir hatten eben die kleine Stadt hinter uns gelassen und schwenkten nach links in eine Straße ab, die zum Strand zu führen schien. Knapp davor bogen wir scharf rechts in eine unauffällige Einfahrt ein.

Das Haus lag auf einem kleinen Hügel mit Blick auf die See; es war durch eine Reihe von Kiefern gegen die Straße abgeschirmt. Sie brachte den Wagen zum Stehen. »Da wären wir«, sagte sie.

Ich blickte hinaus. Es war ein typisches Kap-Cod-Landhaus, nur natürlich viel größer. Zu beiden Seiten des Lattentors hingen zwei Holzschilder.

Auf dem linken stand CAPE VIEW. GASTHOF UND BUNGALOWS. FÜR EXKLUSIVE GÄSTE. Später sollte ich erfahren, daß das lokaler Snobismus war.

Auf dem rechten Schild stand PRUDENCE GAUNT. UNTERRICHT IN MALEREI UND BILDHAUEREI FÜR BEGABTE STUDENTEN. ›Exklusiv‹ und ›begabt‹ bedeuteten, wie ich gelegentlich feststellte, für meine Tante Prue genau das gleiche. Sie hatte noch genug Neu-England-Geist in sich, um die Exklusivität ihrer Gäste und die Begabung ihrer Schüler nach deren Zahlungsfähigkeit zu beurteilen.

Nancy beugte sich vor und stieß die Tür auf meiner Seite auf. Ich fühlte den festen Druck ihrer Brust auf meinem Arm. Im selben Augenblick sah sie mir lächelnd ins Gesicht. Sie machte keine Anstalten, sich wieder aufzurichten. Ich spürte, wie mir die Röte vom Hals ins Gesicht hochstieg.

»Sie wohnen im Hauptgebäude«, sagte sie und saß endlich wieder gerade. »Ihre Tante sagte, Sie sollen Ihr Gepäck gleich hinübertragen.«

Ich stieg aus dem Wagen und nahm meinen Koffer. »Besten Dank«, sagte ich.

»Nichts zu danken.« Sie legte wieder den Gang ein, hielt jedoch den Schalthebel fest, ehe sie abfuhr. »Die Studenten wohnen in den Bungalows hinter dem Hauptgebäude. Ich bin in Nummer Fünf, falls Sie etwas brauchen sollten.« Sie ließ den Schalthebel los und fuhr hinter das Haus.

Ich wartete, bis der Wagen verschwunden war, dann stieg ich die Treppe hoch und ging in das Haus. Der Vorraum war leer. Ich stellte den Koffer ab und fragte mich, wo ich nun hingehen sollte. Ich hörte Stimmen hinter einer verschlossenen Tür. Ich öffnete sie und trat ein.

Die Stimmen verstummten jäh, und ich blieb stehen. Vier oder fünf Mädchen, die in Arbeitskitteln hinter ihren Staffeleien standen, drehten sich zu mir um. Ich nahm sie kaum wahr.

Das einzige, was ich richtig sah, war ein nacktes Modell, das auf einer kleinen Plattform stand. Ich starrte mit offenem Mund. Es war das erste Mal, daß ich ein nacktes Mädchen sah. Ich wußte nicht, ob ich gehen oder bleiben sollte, und wenn ich es gewußt hätte, bezweifle ich, daß ich imstande gewesen wäre, das eine oder das andere zu tun. Ich war buchstäblich auf der Stelle festgefroren.

»Schließ die Tür und setz dich hin, Stephen, es zieht«, kam die Stimme meiner Tante Prue sarkastisch von vorn, neben dem Modell. »In einigen Minuten ist die Stunde zu Ende.«

7

Die Nacht war warm und voller guter Dinge. Ich wälzte mich auf den Rücken und blickte zu Nancy auf. Sie saß, die Knie bis zur Brust hochgezogen, am Kopfende des Betts. In der schwachen Beleuchtung sah ich die hellen Stellen auf ihrem gebräunten Körper, wo der Bikini sie vor den Sonnenstrahlen geschützt hatte. Einen Augenblick glühte die Haschzigarette auf, und ich konnte den düster-nachdenklichen Ausdruck auf ihrem Gesicht erkennen.

»Sei nicht geizig«, sagte sie, »teil deinen Reichtum.« Ich nahm ihr die Zigarette aus der Hand und machte einen Zug. Jetzt wurde das Gute noch besser.

Sie nahm sich die Zigarette wieder. Ich hielt den Rauch so lang ich konnte, in der Lunge, dann ließ ich ihn langsam hinausströmen, wälzte mich herum, vergrub mein Gesicht in ihrem weichen Pelz und atmete ihren weiblichen Duft tief ein.

»Das ist das richtige für mich«, sagte ich, »besser als das ganze Marihuana.«

Sie wickelte mein Haar um ihre Finger und drehte mein Gesicht zu sich. Sie schaute es lange an. Ich weiß nicht, was sie sehen wollte, aber als sie mich losließ, war ihre Miene immer noch düster.

»Du bist ja ganz woanders, Nancy«, sagte ich. »Was ist los mit dir?«

Sie blieb einen Augenblick still, dann stieg sie aus dem Bett. Ich sah, wie sich ihre kleinen, braunen Brustwarzen bei der Berührung der kühlen Luft vom offenen Fenster her zusammenzogen. »Ich hab dir nie gesagt, daß ich verheiratet bin, nicht wahr?« fragte sie zögernd.

»Nein«, sagte ich und setzte mich im Bett auf.

»Ich hätte es tun sollen.«

»Warum?«

»Dann wäre alles anders gewesen.«

»Wieso?«

»Dann wäre es vielleicht nicht passiert.«

Ich überlegte eine Weile. Ich verstand sie nicht. Das Gute war immer noch da. »Dann bin ich froh, daß du mir's nicht gesagt hast.«

»Er kommt morgen zurück.«

»Wer?«

»Mein Mann. Sein Schiff läuft in New London ein, und ich fahre hin, um ihn abzuholen.«

»Oh«, sagte ich. »Wann kommst du zurück?«

»Du hast nicht begriffen«, sagte sie. »Ich komme nicht zurück. Er wird zum Küstendienst versetzt. Wir gehen nach Pensacola.«

Ich schwieg.

Mein Schweigen wurde von ihr mißverstanden. »Ich wollte es dir eigentlich nicht so sagen«, erklärte sie. »Ich wollte dir nicht weh tun. Ich hatte die Absicht, dich zu verlassen, ohne etwas zu sagen, aber ich brachte es nicht fertig. Es tut mir leid, Steve.«

Ich nahm ihr die Zigarette aus der Hand und sog daran. Sie war bis knapp an meine Lippen heruntergebrannt, ich spürte die Glut. Sie nahm mir den Stummel aus dem Mund und drückte ihn in einem Aschenbecher aus. Sie zog meinen Kopf auf ihren Busen. Ich hob die Hände und drückte ihre Brust an meine Wangen. Langsam bewegte ich meinen Kopf von einer Seite zur anderen und fuhr mit meiner Zunge über ihre Brustwarzen.

»Es tut mir leid, Steve«, sagte sie noch einmal, indem sie sich an mich drückte.

»Aber nein«, sagte ich, »es ist alles gut.«

»Ist es wirklich gut?« fragte sie. Ihre Stimme hatte einen seltsamen Klang. Sie schob mich zurück aufs Bett, und ich drang in sie ein.

Ich fühlte ihre feuchte Wärme über mir, als sie wild wurde. Sie stieß wie rasend auf und nieder und gab Töne von sich wie die Tiere in der Nacht. Ich konnte nur mit größter Mühe in ihr bleiben. Plötzlich kam sie zum Höhepunkt. »Don!« schrie sie.

Sie erstarrte.

»Macht mir nichts aus, wie du mich nennst«, sagte ich unter heftigen Stößen. »Nur hör nicht auf zu vögeln!«

»Du gemeiner Hund!« sagte sie, während sie mich in sich einsog. »Nur daran liegt dir etwas!«

Ich wälzte mich über sie und stemmte sie diesmal, bis ihr Höhepunkt mich mitriß und das Mark aus meinen Knochen in sie verströmte wie draußen die tosende Brandung des

Ozeans. »Steve! Steve!« Ihre Fingernägel bohrten sich in meinen Rücken.

Ich faßte ihre Hände und hielt sie nieder. Da lagen wir nun, nach Atem ringend. »Diesmal hast du den richtigen Namen erwischt.«

Sie starrte mich böse an. Dann brüllten wir beide vor Lachen.

Als ich das Hauptgebäude betrat, drang ein Lichtschein aus Tante Prues Büro. Ich blickte auf meine Armbanduhr, es war nach Mitternacht. Leise stieg ich die Treppe hinauf.

»Stephen!«

Ich wandte mich um und sah sie unten stehen. »Ja, Tante Prue?«

»Alles in Ordnung bei dir?« Ich nickte. »Jawohl, Tante Prue.« Sie zögerte einen Augenblick, dann ging sie zurück in ihr Zimmer. »Gute Nacht, Steve.«

Einige Minuten später klopfte es an meiner Tür. »Ja?« sagte ich.

»Ich bin's. Tante Prue. Darf ich hineinkommen?«

»Bitte, es ist offen.«

»Ich weiß nicht, wie ich mit dir darüber sprechen soll...« Sie kam nicht weiter und sah mich nur an.

Ich wußte zuerst nicht, worauf sie starrte, dann sah ich es selbst. An meinen Schultern und an der Brust zeigten sich Kratzspuren. Ich nahm mein Hemd vom Stuhl und zog es an.

»Hat sie das getan?« Ihre Stimme klang zornig.

»Bevor ich antworte, Tante Prue, sag mir, auf wen du böse bist.«

Sie sah mich noch eine Weile an, dann lächelte sie kläglich. »Auf mich selbst, nehme ich an. Ich sah dich noch als kleinen Jungen an. Es war mir nicht klar, daß du beinahe erwachsen bist.« Sie setzte sich auf den Bettrand. »Ich hoffe, es war nicht falsch von mir, dich hierherkommen zu lassen.«

»Ich kannte schon Mädchen, bevor ich herkam, Tante Prue.«

»Es gibt verschiedene Arten des Kennens«, sagte sie. »Nicht alle Mädchen sind wie Nancy.«

Ich antwortete nicht.

»Ich hatte die Absicht, mit dir zu sprechen«, sagte sie unbeholfen, »aber ich weiß nicht recht, wie ich es anfangen soll.«

Ich setzte mich ihr gegenüber auf den Stuhl. »Ja, Tante Prue.«

»Es gibt Dinge, weißt du, auf die man achtgeben muß«, fuhr sie fort, indem sie meinen Blick mied. »Die Mädchen können Babys bekommen, und es gibt Krankheiten, die...« Sie brach ab, als sie ein leichtes Lachen in meinen Augen aufblitzen sah. »Was erzähle ich dir denn da?« sagte sie verwirrt. »Du weißt das wohl alles selbst.«

»Ja, Tante Prue«, sagte ich feierlich.

»Warum hast du mich dann nicht unterbrochen?«

»Ich wußte nicht recht, wie«, gestand ich. Ich lächelte. »Es hat noch niemand mit mir über diese Dinge gesprochen.«

Sie blickte mir fest in die Augen. »Ich glaube, du solltest einen Job für den Sommer annehmen. Es ist nicht gut für dich, wenn du die ganze Zeit hier herumlungerst, ohne etwas zu tun.«

»Das ist eine gute Idee«, sagte ich.

»Ich habe mit Mr. Lefferts gesprochen. Er sagt, er könnte dich nachmittags drüben in der Rundfunkstation gebrauchen. Viel wirst du dabei nicht verdienen, aber du hast etwas zu tun.«

Und so hatte alles begonnen. Ehe der Sommer vorüber war, machte ich die Programmgestaltung und den Verkauf für Lefferts. Und als ich in die Schule zurückkehrte, wußte ich, was ich werden wollte.

8

Der Fernsehapparat meldete sich lärmend und weckte mich. Ich starrte ihn verständnislos an. Kanal 7. Ich stand auf und schaltete auf Sinclair um. Dann rief ich unten an, bestellte Orangensaft und Kaffee und stellte mich unter die heiße Dusche, bis die Schmerzen aus meinen Knochen wichen. Als ich herauskam, standen Orangensaft und Kaffee auf dem Frühstückstisch, und die Morgenzeitung lag daneben. Barbara schlief noch fest, als ich zur Arbeit ging. Die drei Schlaftabletten hatten schließlich doch ihre Wirkung getan.

Ich war früh im Büro, aber Fogarty war noch vor mir da. Ich warf die Papiere, die ich mit nach Hause genommen hatte, auf ihren Schreibtisch. Sie gab mir die Liste mit den Terminen für den Tag. Ich änderte nur einen Punkt: Ich setzte Winant von der technischen Abteilung auf neun Uhr und machte ihn zum ersten Gesprächspartner des Vormittags.

Er war hochgewachsen, rauchte Pfeife und trug eine stahlgerahmte Brille. »Guten Morgen, Mr. Gaunt«, sagte er und legte ein Blatt Papier auf meinen Schreibtisch.

Ich nahm es zur Hand. Es war sein Rücktritt, wie ich es am Tag zuvor verlangt hatte. Ich sah ihn an.

»Ich dachte, da ich ohnehin heraufkomme, gebe ich es Ihnen gleich selbst«, sagte er unbefangen.

Ich lächelte ihm zu. »Danke.«

Fogarty kam mit meinem Kaffee herein. Auf dem Tablett stand auch eine Tasse für Winant.

»Keine Anrufe«, sagte ich, als sie hinausging. Ich trank meinen Kaffee. »Mr. Winant, wie sieht es mit dem Farbfernsehen aus?«

»Wir haben sämtliche Überprüfungen gemacht«, sagte er.

»Und?«

»Wir warten.«

»Worauf?« fragte ich.

»Wie es ankommt«, sagte er verlegen. »NBC...«

»NBC interessiert mich nicht«, fauchte ich. »Mich interessiert Sinclair. Warum warten wir?«

»Ich bin Techniker«, sagte er schließlich. »Ich mache keine Politik.«

Ich lächelte. »Jetzt beginnen wir, uns zu verstehen.«

Er war erstaunt.

Ich machte es ihm leicht. »Wenn ich Ihnen sage, jetzt heißt die Politik Farbe: Wie schnell können Sie dann mit den Sendungen beginnen?«

Sein Interesse erwachte. »Ich kann das ganze Sendernetz bis zum kommenden September auf Farbe umstellen.«

»Können Sie mir bis zum neuen Jahr New York, Chikago und Los Angeles soweit bringen?«

»Das ist nicht viel Zeit.«

»Ich weiß.«

Er überlegte einen Augenblick, indem er mit dem Finger auf seine Pfeife klopfte. Dann: »Wenn ich sofort anfange, kann ich es schaffen.«

»Tun Sie es«, sagte ich. »Sie haben freie Bahn.«

Er stand erleichtert auf. »Sie bekommen Ihre Farbe. Wollen Sie wissen, was das kosten wird?«

»Wenn ich es wollte, hätte ich danach gefragt«, sagte ich. »Schicken Sie nur den Kostenvoranschlag herauf. Ich werde ihn genehmigen.«

Er wandte sich zur Tür. Ich rief ihn zurück und nahm sein Rücktrittsgesuch zur Hand. »Nur noch eines, Mr. Winant.«

»Ja, Mr. Gaunt?«

»Sagten Sie, ich würde es bis zum Neujahrstag bekommen?«

»New York, Chicago, Los Angeles, richtig.«

»Okay. Sie halten Ihr Versprechen, und ich zerreiße den Wisch.«

Er blieb einen Augenblick unbewegt stehen, dann lächelte er. »Er ist schon jetzt so gut wie zerrissen, Mr. Gaunt.«

Die Tür schloß sich hinter ihm. Ich hatte das Gefühl, er würde Wort halten. Langsam riß ich das Papier mitten durch, dann steckte ich die beiden Teile in einen Umschlag und schrieb seinen Namen darauf. Ich rief Fogarty herein und ließ sie den Umschlag zu ihm hinunterschicken.

Die Zeit war gekommen, mein Team aufzubauen, und ich hätte kaum mit einem besseren Mann anfangen können.

Es war fast ein Uhr, als Jack anrief. »Ich habe gerade mit meinem Büro an der Westküste gesprochen. Sie haben den Vertrag bereit. Wann kannst du zur Unterschrift drüben sein?«

»Morgen.«

»Ausgezeichnet.« Er lachte. »Was hältst du von unserem Kundendienst? WAM!«

»Ja, WAM«, sagte ich.

»World Artists Management«, stellte er befriedigt fest.

»Hör mit dem Prahlen auf«, sagte ich. »Jetzt sehe ich mich nach einer Versicherung um.«

»Aber, Steve, mit diesen Filmen brauchst du nichts als...«

Ich schnitt ihm das Wort ab. »Eine Einführungs-Show. Etwas, das die Leute einfängt, bevor sie in den Maschen der anderen Sendernetze hängenbleibt.« Ich dachte eine Weile nach. »Gibt es irgendeinen großen Star, der bereit wäre, uns eine Stunde in der Woche zu machen?«

»Du bist wohl nicht bei Trost«, sagte er. »Wenn einer gut ist, hat er längst seinen Vertrag.«

»WAM! Geh hin und find mir einen.« Ich legte auf.

Unmittelbar darauf meldete sich das Telefon wieder. »Miß Sinclair am Apparat«, sagte Fogarty.

Ich drückte auf den Knopf. »Barbara.«

»Ich liebe dich«, sagte sie.

»Du bist verrückt.« Ich lachte.

»Nein, im Ernst, ich liebe dich. Du bist da, immer da.«

»Wie fühlst du dich?«

»Prima!« antwortete sie. »Mir geht's glänzend.«

»Was treibst du?«

»Eben frühstücke ich in deinem Bett; hoffentlich stören dich die Krümel nicht. Und ich hab mir den Fernsehapparat hereinrollen lassen.«

Ich war neugierig. »Was siehst du dir denn an?«

»Einen alten Film mit Jana Reynolds. Mein Gott, *die* konnte singen!«

»Ja«, sagte ich. Geistesabwesend drückte ich die Fernsteuerung auf meinem Schreibtisch. Sinclair TV leuchtete auf, eine Quiz-Show. Ich drückte auf den anderen Knopf. Der nächste Apparat wurde lebendig, *Der einsame Ranger*, normales Mittagsprogramm. »Auf welchem Kanal?«

»Sag's Daddy nicht«, lachte sie. »ABC.«

Ich drückte zweimal auf den Knopf, und Jana Reynolds erschien gerade rechtzeitig, um durch eine Werbeansage unterbrochen zu werden. Ich schaltete den Ton ab.

»Mir gefällt es hier«, sagte Barbara. »Einer der Kellner hat mich sogar Mrs. Gaunt genannt. Vielleicht gehe ich gar nicht mehr nach Hause.«

»Ist mir recht«, sagte ich mit dem Blick auf dem Fernsehschirm.

»Wann kommst du heim?«

»Warum fragst du?«

»Ich habe ein Spezialdiner für uns bestellt«, sagte sie. »Kaviar, Chateaubriand, Pommes soufflées, Dom Perignon, Kerzenbeleuchtung, kurzum den ganzen Zauber.« Sie kicherte. »Ich hab mir sogar in einem der Geschäfte im Hotel ein fantastisches Negligé bestellt.«

»Das richtige brave Hausmütterchen...« Meine Augen waren immer noch auf den Bildschirm geheftet. Die Werbeansage wollte kein Ende nehmen. »Hoffentlich hat es nicht allzuviel Mühe gekostet.«

»Überhaupt nicht. Und ich glaube, ich habe dein Prestige hier um hundert Prozent aufgewertet.«

»Bei den Preisen für Zimmerservice hätte ich lieber darauf verzichtet.«

»Setz es doch auf das Spesenkonto. Sag Daddy, du mußt jemanden bewirten, der für die Gesellschaft furchtbar wichtig ist. Einen großen Aktionär. Schließlich hat Mutter mir ja fünfzehn Prozent von Sinclair Broadcasting hinterlassen.«

»Gut, mein Kind, du sollst recht haben. Jetzt leg aber auf, ich muß weiterarbeiten.«

»Ich liebe dich«, sagte sie, und die Verbindung brach ab.

Ich legte den Hörer auf, da kam Jana Reynolds wieder ins

Bild. Der Streifen war an die fünfzehn Jahre alt, und sie war damals auf ihrem Höhepunkt, etwa fünfundzwanzig, aber sie spielte noch Neunzehnjährige, und man glaubte sie ihr. Schade, daß man das nicht ewig so weitermachen kann.

Aber die Zeit hatte das ihre getan. Die Zeit und drei schlechte Ehen, Alkohol, Rauschgift, Selbstmordversuche. Als hätte jemand an einem bestimmten Punkt den Strom abgeschaltet. Du hast zu viel Talent, Baby, jetzt kriegst du auch etwas Pech zu spüren. Und sie hatte das ganze Pech bekommen.

Mit dem Filmen war es aus. Es gab jetzt andere Neunzehnjährige. Irgendwie blieb ihr trotz allem die Stimme erhalten. Gelegentlich trat sie in Konzerten oder in Nachtlokalen auf. Das Publikum liebte sie immer noch und kam in Scharen zu ihren Auftritten. Dann jedoch passierte etwas, und es gab Schlagzeilen auf den Titelseiten. Sie war betrunken und erschien nicht, oder wenn sie kam, fiel sie zu Boden und war nicht in der Verfassung zu singen. Aber die Schlagzeilen waren da und blieben da. Sie war immer noch ein Star. Sogar die Aufhebung des Konkursverfahrens gegen sie ergab einen Artikel.

Ich starrte auf den Bildschirm. Ja, sie war immer noch ein Star. Ich griff nach dem Hörer, bevor sich noch der Gedanke in meinem Kopf konkretisiert hatte. Ein Star! War das nicht gerade, was Jack für mich finden sollte?

»Jetzt weiß ich es!« schrie er. »Du spinnst!«

»Wer ist ihr Agent?«

»Sie hat keinen«, erwiderte er. »Es kommt ihr keiner mehr in die Nähe. Sie führt Prozesse mit allen Agenten, die jemals mit ihr zu tun hatten.«

»Wie hoch ist die Provision für eine Hunderttausend-Dollar-Show jede Woche?«

»Zehntausend«, antwortete er prompt.

»Würdest du sie für zehntausend Dollar die Woche nicht managen wollen?«

Pause. Dann: »Ich bin dein Mann. Für zehntausend die Woche manage ich dir auch Adolf Hitler.«

So spricht ein guter Agent. Zuverlässig war er jedenfalls. Das Abendessen, das Barbara für uns geplant hatte, bekam ich nicht zu sehen. Statt dessen saß ich noch am selben Abend in einem Flugzeug zur Westküste.

9

Drei Monate waren seither vergangen, als ich in dem Gäßchen hinter der Vine Street in das Theater schlich, in dem die Show ausgestrahlt werden sollte. Es war fünf Minuten vor fünf, Pazifik-Standard-Zeit. In fünf Minuten würde es in New York acht Uhr sein, und unsere Sendung müßte beginnen.

Drinnen ging es zu wie im Irrenhaus. Es knisterte vor Spannung. Ich drückte mich an einigen Männern vorbei, die Ausstattungsstücke zurechtschoben, und begab mich hinter die Kulissen. Es wimmelte von Menschen, Drähten und Kameras. Der Bühnenmeister flüsterte durch das an seiner Brust hängende Mikrofon dem Regisseur etwas zu, der oben in der Loge saß.

Ich schaute ins Theater hinunter; es war brechend voll. Der Vorhang war noch nicht hochgezogen, aber alles starrte bereits gespannt auf die Bühne.

Das Signal kam, während ich noch das Publikum beobachtete. »Drei Minuten bis zur Sendung. Alles auf die Plätze.« Ich wandte mich um.

Die Bühnenarbeiter, die eben noch letzte Hand an den Szenenaufbau gelegt hatten, kamen herunter. Die Kameras wurden auf ihre Plätze gerollt und eingestellt.

Der Regisseur trat zu einer letzten Kontrolle aus der Loge. Er nickte, aber ich glaube, daß er mich nicht einmal sah.

Plötzlich blieb er stehen. »Wo ist Jana?«

Der Bühnenmeister starrte ihn an. Er drehte sich halb um, dann wandte er sich wieder zu ihm. »Vor einer Minute war sie noch da.«

»Sie Idiot!« schrie der Regisseur mit schriller Stimme. »Jetzt ist sie nicht da. Holen Sie sie!«

Ein Bühnenarbeiter blieb stehen. »Eben hab ich gesehen, wie sie in ihre Garderobe ging.«

»Holt sie! Holt sie doch!« Der Regisseur wurde hysterisch.

»Zwei Minuten bis zur Sendung«, plärrten die Lautsprecher oben.

Der Bühnenmeister riß den Kopfhörer ab, warf ihn auf den Boden und rannte zur Garderobe. Mehrere Bühnenarbeiter folgten ihm. Ich lief hinterher.

Der Bühnenmeister klopfte an die Tür. »Zwei Minuten bis zur Sendung, Miß Reynolds.«

Keine Antwort.

Er klopfte noch einmal. »Zwei Minuten...«

Ich drängte mich durch die Menge. »Aufmachen!« befahl ich.

Er versuchte die Tür aufzustoßen und blickte mich hilflos an. »Ich – ich kann nicht. Sie ist abgeschlossen.«

Ich schob ihn zur Seite, stemmte meinen Fuß gegen die Tür und brach sie aus dem Schloß. Ich flog hinter der Tür ins Zimmer.

Sie stand dort, starrte mich an, eine Flasche in der einen Hand, ein volles Schnapsglas in der anderen. »Hinaus!« schrie sie. »Ich mach nicht mehr weiter!«

Ich schlug ihr das Glas, das sie an die Lippen führte, aus der rechten Hand und die Flasche, die sie hinter ihrem Rükken verstecken wollte, aus der linken. Wütend erhob sie die Hand wie eine ausgestreckte Klaue gegen mich, ich faßte sie und zog die Frau an mich.

»Laß mich los, du gemeiner Hund!« schrie sie, während sie sich wand und mit dem Fuß nach mir stieß. »Ich will trinken!«

Ich hielt sie fest. »Keinen Schnaps, so war es zwischen uns ausgemacht! Du machst jetzt weiter!«

»Das tu ich nicht, du Schwanzschlecker!« Sie spie mir ins Gesicht. »Ich komm nicht raus. Du hast mich beschwindelt! Die sind ja nicht da, um mich singen zu hören, die sind gekommen, um mich lebendig aufzufressen! Sie sind gekommen, um sich ein Monstrum anzusehen!«

Ich lange ihr eine, mit offener Hand, quer übers Gesicht. Es hallte wie ein Donnerschlag in dem kleinen Raum, sie flog gegen die Wand und landete halb auf der Couch.

»Eine Minute bis zur Sendung!« tönte es aus den Lautsprechern.

Ich lief durch das Zimmer und zog sie von der Couch hoch. Sie starrte mich an, nackte Angst in den Augen. »Du machst jetzt weiter, du Dreckstück! Ich habe dich nicht aus dem Rinnstein gezogen, damit du mir die Sendung vermasselst. Wenn du jetzt nicht parierst, brauchst du mit keinem Anwalt mehr zu reden, dann redest du mit deinem Leichenbestatter!«

Ich schlug noch mal zu, sie sollte merken, daß es mir ernst war. Dann drehte ich mich um und schleppte sie hinter mir her zur Bühne. Die Menge am Eingang teilte sich schweigend, um uns durchzulassen.

Das Bild war schon auf den Monitors, als wir in die Kulisse kamen, aus den Lautsprechern ertönte die Stimme des Ansagers: »STV beehrt sich vorzustellen... JANA REYNOLDS... LIVE!«

Sie sah mich an, ihre Stimme bebte: »Ich kann nicht... ich kann nicht... ich hab Angst!«

»Ich auch, dann sind wir eben zwei«, sagte ich und drehte sie mit dem Gesicht zur Bühne. Ich stieß ihr meinen Fuß in den Hintern, daß sie über Drähte und Kabel zur Mitte der Bühne flog.

Es war ein Wunder, daß sie nicht hinfiel. Sie hatte gerade noch Zeit, sich aufzurichten und mir einen Blick zuzuwerfen. Ich grinste und machte das Zeichen ›Daumen hoch‹. Sie wandte sich zum Publikum, während der Vorhang aufging.

Das Orchester intonierte ihre Kennmelodie, und fast eine Minute lang konnte man ihre Stimme wegen des donnernden Beifalls nicht hören. Alle kannten das Lied *Sing from the Heart;* es war ihre Kennmelodie seit ihrem fünfzehnten Lebensjahr.

Ich beobachtete sie genau. Es war nicht zu glauben. Was

immer sonst an ihr falsch und verdreht war, ihre Stimme war es nicht. Sie klang vielleicht nicht mehr so jung, vielleicht nicht mehr so kräftig wie früher. Aber es lag ein Zauber darin; Schönheit, Schwermut, Schmerz und auch etwas wie Freude. Vierzehn Minuten lang, bis zum ersten Werbespot, stand sie einfach da und sang.

Als sie von der Bühne abtrat, war sie pitschnaß und fiel mir fast in die Arme. Ich spürte, wie sie zitterte. Das Publikum tobte. »Ich hab ihnen gefallen«, flüsterte sie, als könne sie es nicht glauben.

»Sie waren entzückt von dir.« Ich drehte sie wieder der Bühne zu. »Geh zurück und verbeug dich.«

Sie sah zu mir auf. »Wird das nicht den Zeitplan für die Show umwerfen?«

»Zum Teufel damit«, sagte ich und schob sie auf die Bühne. »Die Show heißt ›Jana Reynolds... Live‹.«

Sie ging hinaus, verbeugte sich und kam strahlend zurück.

»Vorwärts jetzt, in deine Garderobe! Du mußt dich umziehen«, sagte ich.

Sie küßte mich rasch auf die Wange und lief fort. Ich schaute ihr nach. Ich sagte ihr nicht, daß ihre Verbeugung gar nicht mehr übertragen worden war. Das einzige, was im Fernsehen nie unterbrochen wird, ist ein Werbespot.

Dann machte ich mich auf die Suche nach dem Paar, das wir angestellt hatten, um auf die Reynolds aufzupassen. Ich fand die beiden schließlich in einem kleinen Vorführraum hinter der Bühne. Sie hüpfte auf seinem Schoß auf und ab. Sie waren zu sehr in Anspruch genommen, um mich eintreten zu hören.

Ich war mit ein paar Schritten bei ihr, faßte die Frau unter die Arme und hob sie empor.

»Was, zum Teufel...«, sagte der Mann.

Sie fiel mit gespreizten Beinen zu Boden.

Ich sah dem Mann zu, wie er versuchte, den Reißverschluß an seiner Hose zu schließen. »Wo wart ihr, als die Lichter ausgingen?«

»Wir haben sie ins Theater gebracht«, erklärte er mürrisch.

Die Frau war jetzt aufgestanden. »Ihr hattet Befehl, sie nicht allein zu lassen. Keine einzige Minute lang«, sagte ich.

»Sie war ganz normal, als wir sie in ihre Garderobe brachten«, sagte sie.

»Eben, und dort solltet ihr sie nicht allein lassen. Ihr seid beide fristlos entlassen.«

Zwanzig Minuten später hatte ich ein anderes Paar Wachhunde. Ich erklärte ihnen sorgfältig ihre Aufgabe. Sie nickten, sie wußten, worum es ging. Es war nicht das erste Mal, daß sie einen solchen Job übernahmen, denn wir waren in Hollywood.

»Nach der zweiten Show bringt ihr sie sofort zurück ins Sanatorium«, sagte ich. Die erste Show wurde für die Zonen mit *Eastern-* und *Central-Standard*-Zeit ausgestrahlt, dann mußte noch eine zweite für die Westküste gesendet werden. »Dienstag bringt ihr sie zu den Proben wieder hierher und bleibt bei ihr. Sie darf nichts allein tun, weder essen noch schlafen noch Sex, ohne daß einer von euch dabei ist, verstanden?«

Ich warf einen Blick auf meine Uhr. Es war Viertel vor sechs. Ich mußte mich beeilen, wenn ich den Sieben-Uhr-Flug nach New York erreichen wollte.

Plötzlich wurde ich müde. Ich hätte eine Woche lang schlafen können. Aber dazu war keine Zeit.

Ich wollte morgen früh bei Eintreffen der ersten Nielsenergebnisse in New York sein.

10

Ich nahm eine Tablette, um im Flugzeug zu schlafen, aber es war vergeblich, ich konnte meinen Kopf nicht abschalten. Es gab noch so viel zu tun. Mit *einer* Show, *einem* Abend, auch wenn es ein Riesenerfolg wurde, hatte man es noch nicht geschafft. Und irgendwo im Unterbewußtsein spürte ich, daß es Schwierigkeiten geben würde.

Ich hätte nicht sagen können, welche, aber alles ging einfach zu glatt, und vielleicht war es das. Die Stewardeß beugte sich über mich. »Haben Sie noch einen Wunsch, Mr. Gaunt?«

Ich lächelte. »Sie könnten mir einen doppelten Martini mixen.«

»Sie haben schon einen gehabt, Mr. Gaunt«, sagte sie. »Die Vorschriften gestatten nur zwei Drinks per Fluggast.«

»Das weiß ich«, sagte ich. »Aber so wie ich es ansehe, übertreten wir keine Vorschriften. Für mich war das nur ein Drink.«

Sie zögerte einen Augenblick, nickte und entfernte sich. Ich sah ihr nach. Dann öffnete ich, da ich den Gedanken an Schlaf aufgegeben hatte, meine Aktenmappe und legte die Papiere vor mich auf den Tisch.

Der Drink war kalt und herb. Ich zündete mir eine Zigarette an und zog den Rauch ein. Wenn ich nur dieses Gefühl, daß etwas nicht in Ordnung war, loswerden könnte! Ich starrte auf die Unterlagen.

Dem Anschein nach war alles okay. Das Herbstprogramm nahm Gestalt an. Es würde das beste sein, das Sinclair jemals ausgestrahlt hatte. Oder vielleicht nicht das beste, aber das erfolgreichste. Ich hatte alle soliden Shows, die gute Testergebnisse gehabt hatten, behalten, doch das Problem bestand darin, daß es nicht genug davon gab. Zu ungefähr siebzig Prozent würde das Herbstprogramm neu sein müssen.

Das hatte Änderungen in der Leitung der Sendergruppe erfordert. Auch ein völliges Umdenken für die meisten höheren Angestellten. Aber mehr als die Hälfte von ihnen konnten sich nicht umstellen. Das bedeutete, daß ich Ersatz für sie finden mußte, falls ich die in meinem Schreibtisch eingeschlossenen Rücktritte annehmen sollte.

Bisher war man bei Sinclair stolz darauf gewesen, daß die Programmgestaltung die meisten Preise und beifälligen Kritiken erhalten hatte. Sie hatten mehr Peabody-Preise aufzuweisen als irgendeine andere Sendegruppe. Womit sie nicht prahlten, war die Tatsache, daß sie auch die niedrigsten Testergebnisse und Einschaltziffern hatten. Mit dem neuen Herbstprogramm sollte sich das alles ändern. Noch kein Peabody-Preis hat dazu verholfen, auch nur ein Stück Seife mehr zu verkaufen.

Die Kritiker dürften von nun an bittere Tränen weinen, weil es keine Shows mehr geben würde wie *Große Abenteuer in der Geschichte Amerikas.* Wen kümmerte es, wie oft Washington den Delaware überquerte? Wenn Bach, Beethoven und Brahms gleichzeitig vom Himmel herabstiegen oder wo immer sie waren und die allwöchentliche *Philharmonische Stunde bei Sinclair* dirigierten, konnten sie keinen einzigen Zuschauer von *Pulverrauch* oder *77 Sunset Strip* weglocken. Das *Klassische Repertoiretheater* hatte keine Chance gegen Red Skelton, Sid Caesar oder Imogene Coca.

Die Kritiker würden sich mit Programmen zufriedengeben müssen wie *Park-Avenue-Siedler* (die Geschichte einer Schwarzbrennerfamilie aus Kentucky, die ein Vermögen erbte), *Die Fliegerjungs* (eine neuartige Detektivgeschichte mit Düsenpiloten auf abenteuerlichen Flügen) und *Der Sandmann,* den Erlebnissen eines Prämienjägers aus dem Westen.

Auch noch andere Knüller lagen für sie bereit. Ein einstündiges Programm mit ländlicher und Westernmusik, das unmittelbar aus Nashville ausgestrahlt wurde, *Weißzahn,* eine Hundegeschichte, die Lassie und Rin Tin Tin überflügeln sollte, und, nicht zuletzt, *Sally Starrs Familie,* Amerikas beliebteste Schnulzenserie, die nun ins Hauptprogramm versetzt wurde, drei Abende in der Woche, in Farbe.

Das war wirklich kommerzielles Fernsehen, dessen war ich sicher. Da man jedes Programm sorgfältig bei den Werbeagenturen in der Madison Avenue durchsickern ließ, stieg das Interesse. Schon jetzt hatten wir mehr inoffizielle Abnehmer für die Programme als je zuvor. Um endgültig abschließen zu können, mußten wir nur noch die Pilotfilme rechtzeitig für die Einkaufssaison fertigstellen. Und die begann im nächsten Monat, im Februar.

Irgendwann im Laufe dieser Wochen würde jede Sendergruppe ihr Programm für den kommenden Herbst öffentlich bekanntgeben, und die wilde Jagd nach Käufern würde beginnen. Von da bis zum April würden die Pilotfilme gezeigt werden, und das Jonglieren würde losgehen: Die Sender würden mit ihren Programmen Schach spielen, sie von einem Tag auf den anderen verlegen, dann wieder auf einen anderen, um die Züge der Konkurrenz zu parieren. Gewöhnlich war Sinclair der letzte, der seine Programme bekanntgab.

Diesmal würde es anders sein, diesmal würden wir die ersten sein. Ich wollte unser Programm Ende Januar ankündigen. Wenn die anderen soweit wären, müßten sie uns bereits nachjagen; wir würden ausverkauft sein. Hoffentlich.

Sollte sich erweisen, daß ich unrecht hatte, dann waren dreißig Millionen Dollar zum Teufel. Und ich ebenfalls. Danach würde ich keinen anderen Posten mehr kriegen, höchstens wieder bei Mr. Lefferts' Rundfunkstation drüben in Rockport, und ob selbst der mich zurücknehmen würde, war noch zweifelhaft.

Auch der zweite doppelte Martini vermochte mein Mißbehagen nicht zu vertreiben. Als wir in New York landeten, graute der Morgen, und ich hatte noch immer nicht geschlafen.

Als ich aus dem Flugzeug stieg, stand Jack Savitt am Ausgang. »Wir haben Verdruß«, sagte er, noch bevor wir einander begrüßt hatten.

Ich sah ihn an; er brauchte es mir nicht zu sagen. Es konnte nichts Gutes sein, das ihn an einem Sonntagmorgen um sechs Uhr aus dem Bett auf den Flugplatz trieb. Unerklärlicherweise löste sich die Spannung in meinem Magen. Was immer es war, jetzt würde es ans Licht kommen.

Es waren zwei Worte: Dan Ritchie. Ich hatte einen schweren Fehler begangen, nämlich sein Team ungeschoren zu lassen. Am ersten Tag hätte ich sie alle miteinander hinausschmeißen sollen. Im stillen schwor ich, daß mir so etwas nie wieder passieren sollte.

»Wann hat es begonnen?« fragte ich.

»Mittwoch morgen, nachdem du zur Westküste abgeflogen warst. Joe Doyle rief an und sagte, man solle alles stoppen. Alle Abschlüsse müßten erst von Dan Ritchies Büro endgültig bestätigt werden.«

Joe Doyle war der kaufmännische Vizepräsident der Sendergruppe. Ich hatte ihn als überaus tüchtig beurteilt, und er gehörte zu den Leuten, die ich behalten wollte. »Warum hast du mich nicht angerufen?« fragte ich.

»Zuerst glaubte ich, du wüßtest davon«, antwortete er. »Mir war klar, daß du bis über die Ohren in Arbeit stecktest, und ich meinte, du hättest Ritchie hereingenommen, um dir auszuhelfen. Schließlich hatte er ja die nötige Erfahrung. Ich konnte ihn erst Freitag telefonisch erreichen und aus ihm herauskriegen, was eigentlich los war.«

»Was hat er dir gesagt?«

»Er schlug einen salbungsvollen Ton an. Der Aufsichtsrat, sagte er, sei überaus beunruhigt über die finanziellen Verbindlichkeiten, die du eingehst, und die Herren wollten alles in der Schwebe lassen, bis sie Zeit gefunden hätten, die Dinge zu überprüfen.«

»Das ist ja nichts als Lüge!« platzte ich heraus. »Der Aufsichtsrat tut, was Sinclair ihm befiehlt!«

»Das weiß ich, und das weißt du«, sagte Jack. »Aber was nützt uns das, wenn ich alle Verträge für die Shows bestätigen lassen muß oder sie samt den Kunden verliere. Er muß Sinclair einen Floh ins Ohr gesetzt haben.«

Ich schwieg. Das Ganze war mir unverständlich. Sinclair hätte mich doch nicht so weit gehen lassen, wenn er die Absicht hatte, mir den Boden unter den Füßen wegzuziehen. Er mußte wissen, daß es ihn ein Vermögen kosten würde, sich aus einigen dieser Verbindlichkeiten freizukaufen.

Es war acht Uhr, als ich in mein Apartment kam. Das Telefon klingelte. Es war Winant; seine Stimme zitterte vor Wut

»Ich dachte, ich hätte einen Job bei Ihnen«, fa

»Haben Sie auch«, sagte ich. New York, Chikago und Los Angeles hatten am Abend zuvor in Farbe gesendet.

»Wie kommt es dann, daß ich Freitagabend entlassen wurde?«

Meine Überraschung war nicht gespielt. »Was?«

»Ich bin gefeuert worden«, wiederholte er. »Dan Ritchie rief mich an und sagte mir, ich müsse gehen. Er behauptete, ich hätte mich ungehörig verhalten, ich hätte keine Bewilligung für das Farbfernsehprogramm eingeholt. Als ich ihm sagte, daß Sie es genehmigt hätten, erklärte er, das genüge nicht. Ich sei noch nicht lange genug bei der Firma, um zu wissen, daß für jede Kapitalauslage die Genehmigung des Aufsichtsrats erforderlich ist.«

»Okay«, sagte ich.

»Was soll ich denn jetzt tun?«

»Nichts. Sie kommen morgen früh in Ihr Büro und machen Ihre Arbeit wie gewöhnlich. Ich erledige das.«

Während ich den Hörer auflegte, sah ich Jack an. »Hast du gehört?«

Er nickte mit sorgenvoller Miene. »Was wirst du tun?«

Ich antwortete ihm nicht, sondern hob den Hörer wieder ab und rief Fogarty an. »Könnten Sie Ihre Mädchen mobilisieren und mich in einer Stunde im Büro treffen?«

»Selbstverständlich«, sagte sie in einem Ton, als wäre es ganz natürlich, am Sonntag zur Arbeit zu kommen.

»Prima.«

»Mr. Gaunt...« Ihre Stimme klang erregt.

»Ja?«

»Gestern abend habe ich die Jana-Reynolds-Show gesehen. Sie war großartig. Ich gratuliere! Und hinterher der Film mit Clark Gable war fantastisch.«

»Besten Dank«, sagte ich. »Dann also in einer Stunde.«

Ich duschte heiß und zog mich um. Als ich herauskam, saß Jack bei einem reichlich mit Kognak verdünnten Kaffee.

»Trink auch so was«, riet er mir. »Es gibt nichts Besseres, um am Morgen in Schwung zu kommen.« Er reichte mir eine Tasse.

Ich nahm einen Schluck. Das Zeug drang mir durch die Adern bis in die Zehen. Ich fühlte, wie es mich aufpeitschte; er hatte recht. »Komm«, sagte ich.

»Wie lautet das Drehbuch?« fragte er, während er mir zum Fahrstuhl folgte.

Ich lächelte. »Wie – heißt es immer – bekämpft man am besten ein Feuer?«

11

Ich nahm eine Tablette, schlief bis spät in den Montagmorgen und kam absichtlich erst kurz vor elf ins Büro. Da war schon die Hölle los.

Fogarty hatte mehr Humor, als ich dachte. »Die Explosion muß Grad acht auf der Richterskala erreicht haben«, sagte sie, als sie mir meinen Kaffee und die eingelaufenen Nachrichten brachte. »Mr. Sinclair wünscht, daß Sie ihn anrufen.«

Ich blickte aus dem Fenster. »Sieht mir nach Schnee aus.«

Sie wußte, was sie meinte. »Wenn er wieder anruft, sag ich ihm, Sie konnten keinen Hundeschlitten kriegen.«

»Sind die Nielsens schon da?«

»Wir erwarten sie jeden Moment. Die ersten ARI-Ergebnisse habe ich schon. Sie sehen gut aus.«

Sie lagen oben auf dem Stoß von Papieren. Ich sah sie mir an; sie waren mehr als gut. Wenn sie nur annähernd richtig waren, dann hatten wir mit der Jana-Reynolds-Show vierundvierzig Prozent, für die erste Stunde des Films einundvierzig und für die zweite achtunddreißig Prozent des Publikums ergattert. Das mußte so ziemlich ein Rekorderfolg sein. Sinclair hatte noch nie bei irgendeiner Samstagabendstunde mehr als siebzehn Prozent geschafft.

Ich atmete erleichtert auf. Die Sache war zwar noch nicht beigelegt, stand aber schon bedeutend besser. Jetzt war ich froh, daß ich den Präsidenten der vier größten Werbefirmen persönlich angerufen hatte. Sanfte Überredung, aber harte Wahrheiten. Das hatte ich am Sonntagnachmittag erledigt.

»Ich schicke Ihnen ein Vorausexemplar unseres Herbstprogramms«, sagte ich. »Sie erhalten es zwölf Stunden früher als die Zeitungen und die anderen Agenturen. Den gleichen Anruf erhalten die drei anderen großen Werbefirmen, ebenso wie die gleiche Offerte. Ich reserviere Ihnen zwölfeinhalb Prozent von der Hauptzeit pro Woche mit einem Rabatt von zehn Prozent. Dieses Angebot gilt bis morgen nachmittag vier Uhr, danach gelten die vollen Preise. Studieren Sie bitte das Programm, und ich glaube, Sie werden mir beipflichten, daß Sinclair für nächsten Herbst *die* Sendegruppe ist, bei der man Geld verdient.«

Alle vier antworteten mit der gleichen Frage: »Wieso sind Sie Ihrer Sache so sicher?«

Jedem gab ich die gleiche Antwort: »Kontrollieren Sie Montag Ihre Nielsens. Wenn wir den Samstagabend nicht überlegen gewonnen haben, können Sie mein Angebot wieder vergessen. Wenn Sie für nächstes Jahr bei Sinclair nicht groß einsteigen, dürfte es Ihnen schwerfallen, Ihren Kunden Ihr Verhalten zu erklären.«

Der erste Anruf kam, bevor ich noch mit dem Durchschauen der ARI-Berichte fertig war. Es war John Barlett, Präsident von Standard-Cassell. »Steve«, sagte er aufgeräumt, »ich habe beschlossen, gar nicht erst auf die Nielsens zu warten. Ich habe Vertrauen.«

Allerdings – das hatte er. Und wahrscheinlich schöpfte er es aus den gleichen Berichten, die auch mir vorlagen. »Danke, John.«

»Nur noch eines«, sagte er. »Ich bekomme die erste Wahl aus dem Programm.«

»Einverstanden«, erwiderte ich, »aus jedem Programm, bei dem Sie fünfzig Prozent oder mehr übernehmen.«

»Reinste Erpressung«, sagte er. »Aber ich nehme an, wenn Sie mich ab sofort für Jana Reynolds und den Film hineinnehmen.«

»Ich kann Sie vom nächsten Monat an in der Reynolds-

Show und in die erste Stunde des Films nehmen. Für die zweite Stunde des Films ab sofort.«

»Gemacht«, sagte er.

»Danke, John. Ich lasse Gilligan bei Ihrem Anwalt anrufen, um den Vertrag aufzusetzen.« Ich legte den Hörer auf, meine Hände zitterten. Ich hatte noch nie in einem einzigen Abschluß dreißig Millionen Dollar Fernsehzeit verkauft.

Wieder summte das Telefon. »Mr. Sinclair wünscht Sie zu sprechen«, sagte Fogarty trocken.

»Sagen Sie ihm, ich sei bei einer Konferenz. Und rufen Sie mir Gilligan vom Verkauf; er soll sofort zu mir kommen.«

Das Telefon summte zum drittenmal, kaum daß ich aufgelegt hatte. »Mr. Sinclair hofft, daß Sie nicht zu sehr beschäftigt sein werden, um heute nachmittag um zwei Uhr dreißig an einer Sondersitzung des Aufsichtsrats teilzunehmen.«

»Sagen Sie ihm, ich werde kommen.« Ich langte über den Schreibtisch und goß mir noch eine Tasse Kaffee ein. Er schmeckte schal und fad. Ich drückte auf den Knopf, und Fogarty trat ein.

»Sehen Sie doch bitte nach, ob die Flasche Hennessy noch in der Bar steht.«

Der Kognak half mir; ich spürte, wie die Schwere aus mir wich. Es schneite. Ich sah aus dem Fenster; die dicken weichen Flocken schwebten langsam zu Boden. Gilligan kam herein. »Sie wollten mich sprechen, Steve?«

»Ja, kommen Sie her und sehen Sie hinaus.«

Er trat zum Fenster und blieb neben mir stehen.

»Irgendwo dort unten fällt der Schnee auf die Menschen«, sagte ich. »Und von hier oben können wir sie nicht einmal sehen.«

Er schien verwundert.

»Haben Sie je daran gedacht, Bob, daß Sie eines Tages über dem Schnee stehen würden? Irgendwo, wo Sie ihn fallen sehen, aber er Sie nicht treffen kann?«

Er wußte nicht, was ich meinte. Aber der Mann eine Treppe höher, der wußte es. Sinclair wußte, daß der Schnee nie auf ihn fallen könnte. Deshalb hatten wir anderen unseren

Platz in den unteren Stockwerken. Nichts konnte ihm etwas anhaben. Wir schlugen und kratzten und balgten uns, und wenn alles vorbei war, ging er seines Weges, Arm in Arm mit dem jeweiligen Sieger.

Fogarty brachte mir lächelnd den Schnellbericht. Ich warf einen Blick darauf: Der Samstagabend war unser! Wir waren der nächstbesten Sendergruppe auf dem Nielsen um acht Punkte voraus. Wortlos reichte ich Gilligan das Blatt und ging zu meinem Schreibtisch zurück.

Kaum hatte ich mich hingesetzt, wurden die Telefone wild. Wir konnten mittags nicht fortgehen. Als ich mich dann zur Sitzung begab, hatten schon alle Werbefirmen ihre Anteile gekauft.

Ich kam einige Minuten zu spät, und Dan Ritchie saß bereits neben Sinclair, wo gewöhnlich mein Platz war. Der einzige freie Stuhl stand am unteren Ende des Tisches; ich ging hin und setzte mich.

»Entschuldigen Sie bitte, meine Herren, daß ich zu spät komme, ich bin aufgehalten worden.«

»Das haben wir angenommen«, sagte Sinclair mit ausdruckslosem Gesicht.

Dan Ritchie konnte nicht mehr warten. »Ist Ihnen die Pressenotiz, die vor Ihnen liegt, bekannt?«

Ich blickte auf den Tisch, dann wieder auf ihn. »Muß wohl so sein«, antwortete ich. »Ich habe sie selbst ausgegeben.«

»Sie sind sich natürlich darüber klar, daß Sie dazu nicht autorisiert waren, da Sie sie dem Aufsichtsrat nicht vorgelegt hatten?« Seine Stimme klang trocken und kalt.

Ich sah Sinclair an. »Meine Vereinbarung mit Mr. Sinclair besagt, daß ich als Präsident von Sinclair Television völlig freie Hand habe und berechtigt bin, die Sendergruppe so zu verwalten, wie ich es für richtig halte.«

»Sie wußten aber wohl, daß bis heute alles, was Sie unternahmen, von uns genehmigt worden war?«

Ich nickte. »Ja, das wußte ich. Und es wurde mir in keiner

Weise angedeutet, daß an diesem Vorgehen etwas geändert worden ist. Da meine früheren Entscheidungen post facto gebilligt wurden, nahm ich an, das gleiche gelte auch für alles, was ich weiterhin täte.«

Ritchie hatte einige Papiere zur Hand genommen, die er nun schweigend durchsah. Ich versuchte, aus Sinclairs Gesicht etwas herauszulesen, es blieb aber undurchdringlich wie ein Granitblock.

»Ich habe hier einen Kostenvoranschlag für das Programm, das Sie so voreilig bekanntgegeben haben«, sagte Ritchie. »Sind Sie sich dessen bewußt, daß es eine Ausgabe von mehr als vierzig Millionen Dollar erfordert?«

Ich nickte.

»Und dazu kommen elf Millionen Dollar Umbaukosten für das Farbfernsehen?«

»Ganz richtig«, bestätigte ich.

»Sind Sie der Ansicht, daß der Einsatz solcher Summen für unsere Gesellschaft wirtschaftlich gesund ist?«

»Ja«, antwortete ich. »Andernfalls hätte ich sie der Gesellschaft nicht aufgebürdet.«

»Halten Sie es auch für richtig, den Rücktritt mehrer leitender Angestellter der Gesellschaft anzukündigen, ohne vorher mit ihnen gesprochen zu haben?«

»Ja. Ihre schriftlichen Rücktrittserklärungen befanden sich vom Augenblick meines Eintritts an in meinem Schreibtisch.«

»Meine hatten Sie nicht«, erwiderte er, »haben aber dennoch meinen Rücktritt bekanntgegeben.«

»Ein Versehen«, sagte ich.

»Was heißt da ›Versehen‹?« Jetzt wurde er zornig.

»Ich bin sicher«, sagte ich ruhig, »daß ich, ehe diese Sitzung zu Ende ist, Ihre Rücktrittserklärung in Händen haben werde.«

Die Röte stieg ihm ins Gesicht, aber ich ließ mich nicht weiter mit ihm ein, sondern wandte mich an die übrigen Anwesenden.

»Ich weiß, meine Herren, daß Sie sehr beschäftigt sind,

und will mich daher so kurz wie möglich fassen. Die veranschlagten Einnahmen für das Hauptprogramm in der laufenden Saison betragen einhundertsechzig Millionen, davon sind dreißig Prozent, also achtundvierzig Millionen, Vorverkauf. Ich habe im Augenblick Verkaufsabschlüsse für die Hälfte des Hauptprogramms der kommenden Saison im Werte von hundertzwanzig Millionen; vorgesehen ist ein Gesamtverkauf von zweihundertvierzig Millionen. Ich könnte Ihnen auch noch den prozentualen Profit vom letzten Jahr vorlegen, will Sie aber damit nicht langweilen. Die mit dem Film und der Jana-Reynolds-Show in der vergangenen Woche eingeführten Programmänderungen werden für das laufende Jahr einen Zuwachs von schätzungsweise fünfundzwanzig Millionen ergeben.

Was die Farbe betrifft, meine Herren, so ist sie nun einmal ins Fernsehen eingezogen, und wir müssen uns damit abfinden. Wenn wir fünf Jahre warten, bis wir uns anpassen, wird es uns mindestens fünfzig Prozent mehr kosten als heute. Inzwischen haben wir den Vorteil eines zwanzigprozentigen Preiszuwachses.

Die erhöhten Kosten werden größere Einnahmen und mehr Gewinn bringen. Was das Personal betrifft, so glaube ich nur überzählige Leute ausgeschaltet zu haben, die schon längst eine Belastung für die Gesellschaft bedeuteten.«

Das allgemeine Schweigen wurde durch Sinclairs ruhige Stimme unterbrochen: »Der Vorsitzende stellt den Antrag auf ein Vertrauensvotum für Mr. Gaunt und volle Ratifizierung seiner Geschäftstaktik und seines Arbeitsplans.«

Der Antrag wurde einstimmig angenommen; es gab zwei Stimmenthaltungen, Ritchies und meine.

Sinclair sagte kühl und sachlich: »Der Vorsitzende beantragt die Vertagung der Sitzung.«

Zwei Minuten später hatte sich die Versammlung aufgelöst, und nur wir beide, Ritchie und ich, blieben noch im Konferenzraum.

Ich sammelte meine Papiere ein und schaute hinüber zur

anderen Seite des langen Tisches. Dort saß Ritchie, vornübergebeugt wie unter körperlichem Schmerz, seine Hände lagen verkrampft auf dem Tisch.

Auf meinem Weg zur Tür blieb ich bei ihm stehen. »Tut mir leid, Dan«, sagte ich.

Er blickte zu mir hoch, sein Gesicht sah grau und zerquält aus. »Der gemeine Hund!« sagte er düster. »Er ist nicht mal stehengeblieben, um mir Adieu zu sagen.«

Ich schwieg.

»Er hatte mich dazu aufgehetzt«, sagte er.

»Er hat uns beide gegeneinander aufgehetzt.«

Er nickte, seine Augenlider zuckten. »Er hätte mich ja einfach entlassen können. Es hätte nicht so sein müssen.«

Er ging zum Fenster und starrte auf den Schnee hinaus. »Jetzt weiß ich, warum sich die Fenster in den neuen Häusern nicht öffnen lassen. Man wußte, daß es solche Tage geben würde wie den heutigen.« Er wandte sich zu mir um. »Ich hab ihn schon einige Male so erlebt wie heute; manchmal hab ich ihn dafür sogar bewundert. Daß er so etwas einmal mit mir tun könnte, hätte ich nie gedacht.«

Sein dünnes Lächeln reichte nicht bis zu den Augen. »Falsch gedacht.« Er kam mit ausgestreckter Hand auf mich zu. »Viel Glück, Steve.«

Sein Händedruck war aufrichtig. »Danke, Dan.«

»Immer hübsch in Deckung bleiben, heißt es. Und den Schiedsrichter nie aus den Augen lassen!«

12

Den ganzen Nachmittag lang trank ich Kaffee mit Kognak. Das hielt mich in Gang. Und es lenkte meine Gedanken ab. Gedanken über mich, über Dan Ritchie, über Sinclair, über alles außer der Sendergruppe. Schließlich war es neun Uhr, und wir waren fertig.

»Das wäre alles«, sagte ich mit einem Blick auf Fogarty.

»Ja, Sir«, sagte sie in ihrer ruhigen Art. Sie begann ihre Papiere zu ordnen.

»Fogarty, mixen Sie mir einen Drink.«

»Bitte sehr.« Sie ging zur Bar. »Was hätten Sie gern?«

»Sehr trockenen Martini. Doppelt.«

Kurz darauf stand der Drink vor mir. Er war sehr gut. »Gehörte Barmixen mit zu Ihrer Ausbildung?« fragte ich.

Sie lachte. »Nein, das war ›praktisches Training für den Beruf‹.«

Ich lachte ebenfalls. »Mixen Sie sich auch einen Drink, Fogarty. Sie verdienen ihn.«

Sie schüttelte den Kopf. »Nein, danke, ich pack meine Sachen zusammen und gehe. Die Züge werden bei diesem Schnee ohnehin Verspätung haben.«

Ich hatte vergessen, daß sie in Darien wohnte. So, wie die Züge verkehrten, würde sie Glück haben, wenn sie überhaupt nach Hause kam. »Sollte es Schwierigkeiten geben, Fogarty, dann gehen Sie in ein Hotel und verrechnen die Spesen mit der Gesellschaft.«

»Danke, Mr. Gaunt«, sagte sie. »Haben Sie noch einen Wunsch?«

»Ja. Machen Sie mir noch so einen ausgezeichneten Martini, bevor Sie gehen.« Ich trank mein Glas aus.

Sie reichte mir den zweiten Drink. »Miß Fogarty«, sagte ich, »ein solcher Martini verdient eine Gehaltserhöhung.« Ich schlürfte genießerisch. »Morgen früh sagen Sie im Gehaltsbüro, daß Sie wöchentlich fünfundzwanzig Dollar mehr bekommen.«

»Besten Dank, Mr. Gaunt.«

»Sie werden es nicht tun, Miß Fogarty, nicht wahr? Sie glauben, ich meine es nicht ernst. Sie glauben, ich bin blau.«

»Aber durchaus nicht, Mr. Gaunt«, wehrte sie ab.

»Eine ergebene Sekretärin! Miß Fogarty, ich habe einen Entschluß gefaßt.«

»Ja, Mr. Gaunt?«

»Wir wollen aufhören, so formell miteinander zu verkehren. Sie nennen mich Steve, und ich nenne Sie Sheila.«

»Ja, Mr. Gaunt.«

»Steve.«

»Ja, Steve.«

»So ist's recht, Sheila. Nun kann ich zu den wirklichen wichtigen Dingen übergehen. Bin ich Präsident dieser Sendergruppe, ja oder nein?«

»Ja, natürlich sind Sie das, Mr. – äh Steve.«

»Das macht ja dann alles ganz einfach. Gehen wir vögeln.« Ich trank noch einen Schluck Martini.

Ihre Stimme bekam einen seltsamen Klang. »Ich glaube, ich muß Sie nach Hause bringen.«

Ich richtete mich stolz auf. »Sie weisen mich ab?«

Sie antwortete nicht.

»Sie sind entlassen«, sagte ich. »Als Präsident dieser Fernsehanstalt entlasse ich Sie wegen Weigerung, Ihren Pflichten nachzukommen.«

Sie betrachtete mich wortlos.

Ich setzte mich hin. Plötzlich war die Wirkung des Alkohols verflogen. »Sie sind nicht entlassen. Entschuldigen Sie, Fogarty.«

»Ist schon gut, Mr. Gaunt. Ich habe Verständnis.« Sie lächelte. »Gute Nacht.«

»Gute Nacht, Fogarty.«

Der erste Schnee in New York gehört zum Schönsten, was ich kenne. Weiß, rein, frisch und haftend bildet er Formen, wie sie die Natur nie ausgedacht hatte. Ich ging durch eine weiße kubistische Welt, die malen zu können Braque sein linkes Ei gegeben hätte. Dann und wann blieb ich bei einer Verkehrsampel stehen. Der Schnee setzte ihnen eine weiße Mütze auf, so daß sie aussahen wie Zyklopen, die stillzufrieden ihrer Arbeit nachgingen.

Zu Hause angelangt, war ich über und über mit Schnee bedeckt.

»Schlechtes Wetter«, sagte der Hoteldiener und stützte sich auf seine Schaufel.

»Ja.« Mir schien es gar nicht so übel; aber ich mußte ja auch nicht den Gehsteig freischaufeln.

Das erste, was ich sah, als ich die Tür zu meinem Apartment aufschloß, waren die brennenden Kerzen auf dem Tisch. Ich blieb stehen. Ich hatte das seltsame Gefühl, in ein falsches Apartment geraten zu sein. Doch dann sah ich die Riesendose Kaviar und den Champagner im Eiskübel. Es war alles da.

»Barbara!« rief ich.

Sie kam aus dem Schlafzimmer, in der Hand eine Kristallvase mit einer einzelnen Rose. Sie blickte mich an, dann stellte sie die Vase mitten auf den Tisch. »Die hat noch gefehlt, nicht wahr?«

Ich stand noch immer an der Tür. »Was gibt's denn zu feiern?«

»Es schneit.«

»Das weiß ich.«

»Der erste Schnee im neuen Jahr«, sagte sie. »Ich dachte, das sollten wir feiern.«

»Natürlich!« Ich drehte mich um und hängte Mantel und Hut an die Garderobe. Sie stand neben mir. »Was ist los?« fragte sie. »Deine Stimme klingt so merkwürdig.«

»Nichts, ich bin müde. Ich brauch was zu trinken.«

»Ich hab eine fast steifgefrorene Flasche Wodka.«

»Die wird das richtige sein.« Ich folgte ihr zur Bar. Die Flasche hatte eine Eiskruste. Sie füllte ein Glas für mich. Ich wartete auf sie. Sie schüttelte den Kopf. »Trink nur.«

Es floß mir durch die Kehle wie herrliches, flüssiges Feuer. Ich hielt ihr das leere Glas hin, und sie füllte es noch einmal. Diesmal trank ich in langsamen Schlucken.

Sie schaute mir zu. »Jetzt ist es drei Monate her.«

Ich nickte.

»Wolltest du nicht wissen, wie es mir ging?«

Ich schüttelte den Kopf. »Ich dachte mir, du würdest dich schon zurechtfinden.«

»Aber du wußtest doch, daß ich mich verirrt hatte.«

»Tun wir das nicht alle?«

Sie füllte ihr Glas und hob es mir entgegen. »Du nicht. Du weißt immer genau, wo du stehst. Jederzeit.« Sie goß den

Drink hinunter und schenkte sich noch einen ein. »Vielleicht war das doch keine gar so gute Idee von mir!«

»Es war eine glänzende Idee!«

»Ich wußte, wie schwer du arbeitest, deshalb hielt ich mich fern. Heute wollte ich dich überraschen.«

»Ich bin auch überrascht.«

Plötzlich verschleierte ein Tränenvorhang das Blau ihrer Augen. »Ich sollte wohl lieber gehen.«

»Geh nicht. Ich kann das alles nicht allein essen.«

Sie blieb stehen. »Nur deshalb willst du, daß ich bleibe?«

»Der Schnee draußen reicht einem bis über die Knie. Und man bekommt kein Taxi.«

Sie schwieg eine Weile und sah mich prüfend an. »Ich liebe dich. Gibst du mir keinen Kuß?«

Ich nahm sie in die Arme. Ihr Mund war weich und feucht von den salzigen Tränen. »Es tut mir leid, Steve«, flüsterte sie. »Es tut mir leid.«

Ich drückte ihren Kopf an meine Brust. »Da ist nichts, was dir leid tun sollte.«

Sie lag schwer in meinen Armen, ihre Stimme klang gequält. »Ich habe versucht, dich zu warnen«, klagte sie, »dir zu sagen, wie er ist. Aber du wolltest nicht auf mich hören, wolltest mir nicht glauben.«

Ich war verblüfft. »Was... wer?«

»Daddy.« Sie spie den Namen hervor. »Gestern abend war ich bei ihm zum Abendessen, und da habe ich gehört, wie er mit jemandem telefonierte.

›Wir werden's dem Kerl schon zeigen‹, sagte er. ›Es wird ihm schon noch klarwerden, wer Sinclair Television leitet.‹«

Sie preßte sich an mich. »Nimm's nicht zu schwer, Steve«, flüsterte sie an meiner Brust. »Du wirst einen anderen Posten finden und es ihm zeigen.«

»Bist du deshalb heute abend hergekommen?« fragte ich.

Sie nickte. »Ja, du solltest nicht allein sein.«

»Wie lieb von dir.« Ich lächelte ihr zu. »Ich bin nicht gefeuert worden. Aber ich hab tatsächlich begriffen, wer Sinclair TV leitet. Und dein Vater auch: Ich.«

Sie schlang erregt ihre Arme um mich. »Du hast es geschafft, Steve? Wirklich geschafft?«

Ich nickte und griff nach der Champagnerflasche. »Komm, wir haben wirklich etwas zu feiern!«

Sie gab mir einen raschen Kuß. »Mach die Flasche auf!«

Ich sah ihr lächelnd zu, wie sie die Lampen rings im Raum löschte. Endlich kam sie, nur von dem goldenen Licht der Kerzen beleuchtet, auf mich zu. Ich reichte ihr ein Glas.

»Ist es so nicht hübscher?« fragte sie. »Was meinst du?«

»Viel hübscher.« Wir stießen mit unseren Gläsern an. Die Bläschen kitzelten mir die Nase.

Aber es half nichts. Irgendwann zwischen dem Chateaubriand und dem Dessert schlief ich am Tisch ein.

13

Irgendwo klingelte das Telefon. Ich bahnte mir den Weg durch die Dunkelheit, aber es hörte auf zu klingeln, ehe ich hinkam. Ich hörte eine flüsternde Stimme und öffnete die Augen.

Sie legte den Hörer auf und sah mich an. »Schlaf nur weiter, sagte sie zärtlich.

»Wer war das?« fragte ich.

»Dein Büro. Ich sagte, du schläfst noch.«

»Mein Büro?« Plötzlich war ich hellwach. »Wie spät ist es, zum Teufel?«

»Mittag.«

»Warum hast du mich nicht geweckt?«

»Du warst müde.« Sie lächelte. »Du schläfst wie ein Baby, weißt du. Sanft und lieb.«

Ich sprang aus dem Bett. »Was hast du in die Salatsauce getan? Seconal?«

Sie setzte sich auf. »Das hattest du nicht nötig. Du hast eine Flasche Wodka und zwei Flaschen Champagner ganz allein ausgetrunken.«

»Ich erinnere mich nicht.«

»Du bist am Tisch eingeschlafen. Ich mußte den Zimmerkellner kommen lassen, um dich mit seiner Hilfe ins Bett zu bringen.«

»Gibt's irgendwo Kaffee?« fragte ich.

»Auf dem Eßtisch. Ich hole ihn dir.«

Als ich aus dem Badezimmer kam, stand eine dampfende Tasse auf dem Tablett. Ich nahm sie aus ihrer Hand und trank sie langsam aus. »Das hilft«, sagte ich, »aber es genügt noch nicht, um mich in Schwung zu bringen. In der Bar findest du eine Flasche Kognak.«

Sie betrachtete mich, wie ich einen kräftigen Schuß in den Kaffee tat. »Du trinkst mehr als früher.«

Ich musterte sie schweigend.

»Na schön«, sagte sie, »ich hab kein Recht, darüber zu reden!«

»Richtig. Laß die Finger davon.«

»Ein guter Rat. Warum befolgst du ihn nicht selbst?« Sie kam näher. »Du bist so zugeknöpft.«

»Ich hab eine Menge Dinge im Kopf.«

»Du hast es falsch gesagt: Nicht du hast ihn drangekriegt, sondern er dich!«

»Was meinst du damit?«

»Du trinkst mehr und fickst weniger. Typisch für einen Mann in leitender Stellung!«

Ich schwieg.

»Ich hätte mir die Mühe sparen können. Ich hab das neue Nachthemd an, dasselbe wie neulich. Damals hat es auch nicht gewirkt.«

Sie ging ins Badezimmer und schloß die Tür. Ich schaute ihr nach. Sie hatte recht, es war nur drei Monate her, seit ich den Posten bekommen hatte. Ich stellte meine Tasse auf den Toilettentisch. Als sie aus dem Badezimmer kam, lag ich wieder im Bett.

»Was ist los?« fragte sie besorgt. »Fühlst du dich nicht wohl?«

»Wie ein Fisch im Wasser.«

Plötzlich lag sie auf den Knien neben meinem Bett, nahm mein Gesicht in beide Hände und bedeckte es mit schnellen kleinen Küssen. »Ich liebe dich, ich liebe dich, ich liebe dich«, sagte sie dazwischen.

»Keine persönlichen Bemerkungen, bitte!« sagte ich und zog sie neben mich aufs Bett. »Du wirst noch deine Ruhe verlieren.«

Es war zwei Uhr dreißig morgens, als ich den Wagen vor Tante Prues Haus zum Halten brachte. Der helle Wintervollmond, der sich im Schnee spiegelte, machte die Nacht zum Tag.

»Alles dunkel«, sagte Barbara, während wir durch den knirschenden Schnee zur Tür gingen. »Du wirst sie fürchterlich erschrecken, wenn du sie zu dieser Stunde aufweckst.«

Ich griff nach oben und nahm den Schlüssel aus seinem Versteck über dem Türrahmen. »Wahrscheinlich wird sie erst morgen früh merken, daß wir gekommen sind.«

Aus ihrem kleinen Büro strömte plötzlich Licht in den Vorraum. »Wahrscheinlich hast du, wie gewöhnlich, unrecht«, sagte Tante Prue von der Schwelle her.

Sie ließ sich von mir umarmen, und einen Augenblick lang überraschte es mich wieder einmal, daß sie nicht so groß war, wie ich dachte. Irgendwie glaubt man von älteren Verwandten immer, sie seien größer als man selbst. Ich gab ihr einen Kuß.

»Wie seid ihr hergekommen?«

»Mit dem Wagen von New York.«

»Bei diesem Schneesturm?«

»Es schneit schon lange nicht mehr, und die Autobahn ist bereits frei.«

Sie reichte Barbara die Hand. »Ich bin Prudence Gaunt. Und mein Neffe hat sich seit seiner Kindheit nicht geändert; er weiß immer noch nicht, was sich gehört.«

Barbara drückte ihr die Hand. »Barbara Sinclair. Ich freue mich sehr, Sie kennenzulernen. Steve hat während der ganzen Fahrt hierher von Ihnen erzählt.«

»Wahrscheinlich Lügen.« Aber ich sah, daß sie sich freute. »Ihr müßt ja ganz erfroren sein. Ich mache euch Tee.«

»Mit Rum, Tante Prue«, sagte ich, »Wenn du dein Rezept nicht vergessen hast.«

Am Morgen gingen wir im Schnee am Strand spazieren. Die Sonne schien hell, ihre Strahlen tanzten wie Diamanten auf dem Schnee. Wir kamen mit geröteten und leuchtenden Gesichtern zum Mittagessen zurück.

Tante Prue stand an der Tür. »Fünf Anrufe aus New York für dich.«

»Was hast du ihnen gesagt?«

»Daß du nicht hier bist.«

»Sehr gut. Wenn man noch mal anruft, dann sag, du hast mich nicht gesehen und auch nichts von mir gehört.«

»Ist etwas schiefgegangen, Stephen?« fragte sie.

»Keineswegs«, sagte ich. »Ich wollte nur für eine Weile fort. Ich habe Ferien nötig.«

»Und die Arbeit?«

»Die kann warten.«

Nach drei Tagen hatten wir den Schnee satt, fuhren nach Boston und setzten uns in ein Flugzeug nach den Bermudas. Wir verbrachten ein langes Wochenende an der Sonne und im Wasser. Zum erstenmal seit drei Monaten konnte ich einschlafen, ohne daß die Räder in meinem Kopf surrten. An einem Montagmorgen erschien ich wieder im Büro.

Fogarty folgte mir, fast erdrückt von der Last der Papiere, die sie mir brachte, in mein Büro. Sie legte sie auf den Schreibtisch. »Schön braun sind Sie, Mr. Gaunt.«

»Danke, ich war an der Sonne. Wie geht's mit allem?«

Sie verzog das Gesicht. »Barometer auf Panik. Niemand wußte, wo Sie waren, und alle glaubten, ich wüßte es und wollte es nicht sagen.«

»Tut mir leid, wenn Sie Unannehmlichkeiten hatten.«

»Das gehört zu meinem Job. Ich sagte den Leuten, ich sei Ihre Sekretärin und nicht Ihre Hüterin.«

»Gescheites Mädchen!«

Sie wies auf die Papiere. »Womit wollen Sie anfangen?«

Ein Blick auf den Haufen, und ich packte das Ganze und warf es in den Papierkorb. »Wie wäre das als Ansatzpunkt?«

»Prima«, sagte sie, ohne mit der Wimper zu zucken. Sie schaute in ihr Notizbuch. »Nun die Telefonanrufe: Sie möchten sofort Mr. Savitt anrufen. Mr. Gilligan...«

»Lassen Sie die Anrufe.« Ich stand auf und marschierte zur Tür.

Unwillkürlich entfuhr ihr die Frage: »Wohin gehen Sie?«

»Eine Treppe höher.«

Als ich sein Büro betrat, blickte er überrascht auf. Ich war einfach an seinen Sekretärinnen vorbeigegangen. »Ich wollte Sie eben anrufen«, sagte er und hielt mir ein Blatt Papier entgegen. »Ich gratuliere!«

Ich sah mir das Papier gar nicht erst an.

»Der Samstagabend hat sich behauptet«, fuhr er fort. »Wir hatten in der zweiten Woche im Durchschnitt mehr als achtunddreißig Prozent Sehbeteiligung. Ich finde, Sie haben sich bewährt.«

Ich legte das Blatt Papier auf seinen Schreibtisch. »Nein, Mr. Sinclair, bewährt haben Sie sich.«

»Ich verstehe nicht«, sagte er.

»So ging es mir zuerst auch. Aber jetzt verstehe ich alles«, sagte ich. »Und es gefällt mir nicht. Ich kündige.«

14

Er sah mich eine Weile wortlos an. Dann nickte er. »Einfach so?«

»Einfach so.«

»Darf ich fragen, warum?«

»Sie dürfen, aber ich glaube, Sie werden mich doch nicht verstehen.«

»Stellen Sie mich auf die Probe«, sagte er.

»Es paßt mir nicht, benutzt zu werden. Ich kam hierher, um eine Arbeit zu leisten. Nicht um in einen Ring gestoßen und auf jemanden gehetzt zu werden, damit Sie ihm leichter den Hals umdrehen können.«

Er schwieg.

»Diese Sache mit Dan Ritchie war ganz unnötig«, fuhr ich fort. »Sie hätten ihn entlassen können, ohne ihn seiner Würde zu berauben. Es bestand kein Grund, ihn zu vernichten.«

Er fragte ruhig: »Ist das Ihre Meinung?«

Ich nickte.

»Dan Ritchie mußte vernichtet werden«, sagte er im gleichen Ton. »Ich dachte, gerade Sie hätten das ganz klar erkannt. Als Sie herkamen, fanden Sie ihn zu alt.«

»Ich trat aber nicht für Euthanasie ein«, erwiderte ich.

»Gegen Krebs«, sagte er kalt, »gibt es nur eine einzige Methode: wegschneiden. Tut man es nicht, dann stirbt man. So einfach ist das. Dan Ritchie war eine Krebsgeschwulst. Seit fünfundzwanzig Jahren war er bei dieser Gesellschaft, und nun ist er versauert. Das wußten Sie, das wußte ich. Aber der Aufsichtsrat wußte es nicht. Die Herren hielten ihn immer noch für den Mann, der er einmal gewesen war, und einige glaubten ihm ohne weiteres, als er behauptete, daß Sie Geld und Gut der Gesellschaft vergeuden.

Sicher hätte ich ihn einfach gehen lassen können. Das hätte den Leuten aber nicht klargemacht, daß er im Unrecht war. Es gab nur eine Methode und einen Menschen, der sie anwenden konnte: Sie.«

»Und wenn ich das Spiel verloren hätte? Was wäre dann geschehen?«

»Sie konnten es nicht verlieren. Ich mischte die Karten, als ich Ihnen das Geld zur Verfügung stellte.«

Er drückte auf die Knöpfe an seinem Schreibtisch, und an der Wand hinter mir wurden alle Fernsehschirme lebendig. »Sehen Sie sich das an!« sagte er.

Ich wandte mich um, er drückte nochmals auf die Knöpfe, und die Kanäle änderten sich wie die Facetten eines Kaleidoskops. »Hier ist es, das größte Beeinflussungsmedium, das die Welt kennt. Und wir stehen erst am Anfang.

In fünf Jahren wird es entscheiden, wer der nächste Präsident der Vereinigten Staaten werden soll, in zehn Jahren wird es die Welt in unser Wohnzimmer bringen, in fünfzehn Jahren bringt es uns vielleicht schon auf den Mond.« Zornig schlug er auf alle Knöpfe, und die Schirme wurden schwarz.

»Und das alles wollen Sie aufgeben«, sagte er, »nur weil das Spiel Ihnen zu rücksichtslos ist. Weil Sie zu feinfühlig sind und niemanden verletzen wollen.

Das Spiel mit den Zuschauerziffern ist ein Kinderspiel. Wenn Sie eine Sendergruppe leiten, beeinflussen Sie das Leben von Menschen überall in der Welt. Es kann zum Guten wie zum Schlechten entscheiden, Sie allein stehen an der Spitze. Und je mehr Zuschauer Sie haben, desto mehr Wirkung können Sie erzielen. Ich glaubte, das hätten Sie erkannt; vielleicht habe ich mich geirrt.«

Er schwieg einen Augenblick. »Ich hatte eigentlich nicht die Absicht, eine Rede zu halten«, fuhr er fort. »In Phrygien gab es in alten Zeiten den berühmten Gordischen Knoten, von dem die Sage behauptet, wer ihn lösen könnte, würde König sein. Alexander kam und hieb ihn einfach mit seinem Schwert entzwei.

Ich machte aus dem fünfzigsten Stock unseren Gordischen Knoten. Er blieb vier Jahre lang leer. Ich hatte ihn dem Mann zugedacht, der mein Nachfolger sein sollte. Und der brauchte nichts anderes zu tun, als danach zu verlangen. Warum? Aus einem einzigen Grund: weil niemand je zuvor daran gedacht hatte, ihn zu verlangen. Ich glaubte, Sie wären Alexander. Auch er war sehr jung.«

Er ging, ohne mich anzusehen, von seinem Schreibtisch zum Fenster. »Ich nehme Ihr Abschiedsgesuch an«, sagte er über die Schulter. »Vorher aber möchte ich, daß Sie das Memorandum lesen, das ich Ihnen gab.«

Schweigend nahm ich das Blatt Papier vom Schreibtisch. Es war der Entwurf einer Presserklärung.

SPENCER SINCLAIR III. GAB HEUTE BEKANNT, DASS ER DIE STELLUNG DES GENERALDIREKTORS DER SINCLAIR BROADCASTING COMPANY ÜBERNIMMT. GLEICHZEITIG GAB ER DIE ERNENNUNG

VON STEPHEN GAUNT ALS PRÄSIDENT DER SINCLAIR BROADCASTING COMPANY BEKANNT. MR. GAUNT ÜBERNIMMT AUCH DEN POSTEN DES PRÄSIDENTEN VON SINCLAIR TELEVISION.
MR. SINCLAIR ERKLÄRTE, DASS...

Ich las nicht weiter. »Das hätten Sie mir sagen können.«

Er drehte sich um, sah mich an, und seine Lippen verzogen sich zu einem müden Lächeln. »Sie haben mir doch gar keine Gelegenheit dazu gelassen.«

»Bleibt nach meinen Worten Ihr Vorschlag weiter bestehen?«

»Ich hab Ihnen doch das Memorandum gegeben – oder?«

Ich las es noch einmal durch. Präsident der Sinclair Broadcasting Company. Als ob man an der Spitze der Welt säße. Ich legte das Memo wieder auf den Schreibtisch. »Nein«, sagte ich. »Besten Dank, aber ich sage nein.«

Seine Stimme klang überrascht. »Warum?«

»Ich bin noch zu jung zum Sterben«, sagte ich und ging hinunter in mein Büro.

Es war acht Uhr, und wir waren noch immer nicht zum Abendbrot ausgegangen. Wir lagen im Bett. Ich ließ meine Finger über ihr Rückgrat gleiten und wölbte meine Hand um ihre Hinterbacke. Ich drückte sie. Fest.

»Machst du das gern?« fragte sie.

»Ja. Ich habe eine Vorliebe für Popos. Ich dachte, du weißt das.«

»Du hast allerlei Vorlieben«, sagte sie und sog an ihrer Zigarette.

Ich nahm sie ihr aus dem Mund, wälzte mich auf den Rücken und ließ den Marihuanarausch tief in die Lungen dringen. »Ist noch Champagner in der Flasche?« fragte ich.

»Ich sehe nach.« Sie setzte sich auf und griff nach der Flasche im Kübel. Sie füllte mein Glas, reichte es mir und goß sich selbst etwas ein. »Klar zur Abfahrt«, sagte sie.

Ich spürte das Prickeln bis zu den Zehen hinunter. Alles funktionierte bestens. Champagner und Marihuana. Unübertroffen.

Ich stellte das Glas auf den Tisch, legte den Stummel daneben und griff nach ihr. Sie lag in meinen Armen, als ob sie darin zur Welt gekommen wäre. Ich nahm ihre Lippen. »Du bist warm«, sagte ich, »innen und außen.«

»Ich liebe dich«, sagte sie.

Ich saugte an ihren Brüsten. Das Telefon begann zu klingeln, und ich wanderte weiter hinunter zu ihrem Bauch.

»Das Telefon klingelt«, sagte sie.

»Zum Teufel damit!« Ich war bei ihrem Muff angelangt. Aber sie hatte den Hörer bereits abgehoben. »Sag, ich bin zum Abendessen gegangen.«

Ihr Gesicht nahm einen merkwürdigen Ausdruck an. »Mein Vater ist unten. Er will heraufkommen.«

Ich riß ihr den Apparat aus der Hand. »Ja.«

»Ein Mr. Sinclair für Sie, Sir«, sagte der Portier. »Soll ich ihn hinaufschicken?«

Ich sah sie an. »Ja.« Ich legte auf und sprang aus dem Bett. Im Badezimmer spülte ich mir den Mund, spritzte mir etwas Wasser ins Gesicht und kämmte mein Haar. Ich schlüpfte in einen Morgenrock und ging zurück ins Schlafzimmer.

Sie hatte ein Negligé umgenommen und saß im Bett. Ich beugte mich zu ihr nieder und gab ihr einen Kuß. »Geh nicht fort«, sagte ich. »Ich werde ihn schnell los und komm dann gleich wieder.«

Er hatte Stil und einen guten Instinkt, beides half ihm. »Ich hoffe, ich störe nicht.«

»Keineswegs.« Ich ging voran zur Bar. »Darf ich Ihnen etwas zu trinken anbieten?«

»Whisky und Wasser, ohne Eis.«

»Scotch Whisky?«

»Natürlich.«

Ich mischte seinen Drink und goß mir einen Kognak ein. Wir tranken. Er kam sofort zur Sache.

»Warum haben wir uns heute morgen falsch verstanden? Ich glaubte, Ihnen alles klargemacht zu haben.«

»Haben Sie auch«, erwiderte ich. »Wir haben uns auch

nicht falsch verstanden. Ich begriff nur, daß es zu viel und zu früh wäre. Besonders nachdem ich Ihnen zugehört hatte. Es gibt noch eine Menge für mich zu lernen.«

»Sie werden es schon schaffen. Sie lernen rasch.«

»Vielleicht. Aber wenn ich auch noch so schnell lerne, zwei Jahre dauert es mindestens, bis ich die Dinge übernehmen kann, die Sie mir in den Schoß werfen wollen.«

»Möchten Sie noch immer fort?«

»Nein«, sagte ich, »jetzt nicht mehr.«

Plötzlich lächelte er. »Danke. Um nichts in der Welt hätte ich Sie verjagen wollen.«

»Das weiß ich.«

»Was machen wir also?« fragte er. »Ritchie hat eine Lücke in der Gesellschaft hinterlassen.«

»Diese Lücke werde ich ausfüllen. Unter einer Bedingung.«

»Und die wäre?«

»Sie bleiben Präsident und Geschäftsführer von Sinclair Broadcasting. Ich brauche Sie, um nicht den Kopf zu verlieren. Und wenn dann in zwei Jahren Ihr Angebot noch gilt und Sie es sich nicht anders überlegt haben, nehme ich Sie beim Wort.«

Er sah mich an. »Okay. Sie sind Vizepräsident der Rundfunkgesellschaft und Präsident des Fernsehens – zufrieden?«

Ich nickte. »Ja.«

»Also...« Er streckte mir die Hand entgegen. »Sagen Sie mir eines, ich bin neugierig.«

»Was?«

»Was hätten Sie getan, wenn wir uns nicht geeinigt hätten?«

»Darüber hab ich mir noch keine Gedanken gemacht«, sagte ich leichthin. »Eigentlich habe ich es nicht nötig zu arbeiten, um zu leben.« Hinter ihm war Barbara ins Zimmer getreten – jetzt konnte ich es mir nicht mehr verkneifen. »Ich vergaß zu erwähnen, daß ich vorige Woche geheiratet habe. Ein sehr vermögendes Mädchen, dessen Vater mich in den Familienbetrieb nehmen will.«

»Tag, Vater«, sagte Barbara.

Er hatte nicht nur einfach Stil, sondern ganz großen Stil. Der Schock war im Bruchteil einer Sekunde überwunden, und sie flog in seine ausgebreiteten Arme. Mit einem warmen Lächeln wandte er sich mir zu. »Herzlichen Glückwunsch, mein Sohn. Du bist ein richtiger Glückspilz!«

»Das weiß ich, Sir.«

Sein Lächeln vertiefte sich. »Jetzt brauchst du nicht mehr so förmlich zu sein, da du zur Familie gehörst. Nenn mich einfach Dad.«

15

»Verdammt!« brach es aus ihr aus. »Jetzt kann ich nicht mal mehr den Büstenhalter zuhaken!« Sie schleuderte ihn wütend durchs Zimmer und drehte sich wieder zum Spiegel. »Sieh mich doch an!«

Ich trat hinter sie, umfing ihre Taille und legte meine gewölbten Hände um ihre Brüste. »Laß mich dein Büstenhalter sein.«

Unsere Augen begegneten sich im Spiegel. »Dir gefällt das«, sagte sie vorwurfsvoll. »Du wärst noch stolz, wenn man mich für Werbespots engagierte – als Elsie, die Kuh!«

»Was hast du gegen große Titten? Die sind Amerikas populärster Komplex.«

Sie entwand sich meinen Armen und riß wütend eine Schublade auf. Die Lade fiel ihr entgegen, und der Inhalt verstreute sich auf den Fußboden. Sie setzte sich mitten in den Wäschehaufen und begann zu weinen.

Ich kniete neben ihr und zog ihren Kopf an meine Brust. »Ich bin so ungeschickt«, schluchzte sie, »nichts kann ich richtig machen.«

»Beruhige dich doch«, sagte ich. »Das Schlimmste ist vorbei. Jetzt dauert es nur noch wenige Monate.«

»Mir kommt es endlos vor. Warum hast du es mir nicht ausgeredet?«

Das hatte ich versucht. Im ersten Jahr unserer Ehe. Aber im zweiten war sie entschlossen und ließ sich durch nichts mehr abbringen. »Jede Frau hat ein Recht auf ein Kind«, hatte sie gesagt. »Und nun ist's bei uns soweit.«

Ich war nicht so dumm, sie gerade jetzt daran zu erinnern. Statt dessen richtete ich sie wieder auf und setzte sie in einen Stuhl. »Ich mix dir einen Drink.«

Ich machte ihr einen guten zurecht. Sie kostete, zog ein Gesicht und stellte das Glas hin. »Schmeckt scheußlich«, sagte sie. »Gib mir eine Zigarette.«

Ich zündete eine an und gab sie ihr. »Ich bin fertig«, sagte sie. »Noch nie im Leben war ich so fertig wie jetzt.«

»Trink dein Glas aus, das wird dir guttun.«

»Hast du vielleicht zufällig einen Haschstengel da?«

»Du weißt, Bill hat gesagt, das könnte dem Baby schaden. Du willst doch nicht, daß unser Kind mit Drogen vergiftet zur Welt kommt?«

»Der glaubt, weil er Arzt ist, weiß er alles!« schnauzte sie mich an. »Ist es besser, wenn das Baby betrunken zur Welt kommt? Whisky – macht ihm das nichts?«

Ich antwortete nicht.

Sie griff nach dem Glas. »Zieh dich an und geh hin. Ich bleibe zu Hause.«

»Aber sie erwarten uns doch beide.«

»Dann entschuldige mich eben, mein Gott! Sag ihnen, daß mir übel ist oder sonst was. Dir fallen doch genug Ausreden ein, wenn du zum Abendessen nicht nach Hause kommen willst. Jetzt denk dir mal eine für mich aus.« Sie trank einen Schluck. »Außerdem kann ich den dicken Juden nicht leiden; er erinnert mich an ein Schwein.«

»Sei nicht so boshaft!«

»Ich hätte ihn auch nicht lieber, wenn er jeden Sonntag in der Kanzel der St.-Thomas-Kathedrale stünde. Er will dich nur benutzen.«

»Will das nicht jeder?« Ich stand vor dem Spiegel und

band meinen Schlips. »Aber das ist eben mein Beruf. Von Leuten benutzt zu werden.«

»Ach, bist du edel!« höhnte sie. »Jetzt glaubst du also auch schon an den Blödsinn, den mein Vater verzapft, daß der Präsident einer Sendergruppe ein Diener des Volks ist.«

»Es gibt Schlimmeres«, sagte ich und streifte meine Jacke über. »Ziehst du dich nun endlich an, oder willst du die ganze Nacht mit nackten Titten sitzen bleiben?«

Wir waren acht am runden Tisch im Klub Einundzwanzig. Sam Benjamin mit Denise, seiner Frau; Jack Savitt und eine Schauspielerin, Jennifer Brace, mit der er sich wichtig machte; Sams Schwager, Roger Cohen, und seine Frau, deren Namen ich erst drei Wochen später erfuhr; Barbara und ich.

Ich sah mich um. Sam vergnügte sich; er zeigte eines seiner Kunststücke. Wie er einen Hundertdollarschein verschwinden lassen, ihn dann im Dekolleté der Schauspielerin und schließlich in Barbaras Zigarettenetui finden konnte. Barbara unterhielt sich anscheinend ausgezeichnet, jedenfalls war sie es, die am meisten lachte. Vielleicht hatte sie seine Kunststücke noch nie gesehen.

Ich lächelte in mich hinein. Sam liebte Zauberkunststücke in Gesellschaft. Manchmal fragte ich mich, was er eigentlich war: ein frustrierter Artist, ein Schauspieler, ein Werbeleiter oder vielleicht ein Gemisch aus allen dreien? In gewissem Sinn hatte ich ihn auf diese Weise kennengelernt.

Jack und ich hatten gerade unser Mittagessen im Waldorf beendet und waren auf dem Weg zum Ausgang in die Park Avenue, als uns die Menschenansammlung vor dem Empire Room auffiel. Dann bemerkte ich die vier Polizisten mit gezogenen Revolvern. Hinter ihnen kamen zwei Wächter, die einen großen Aluminiumkoffer mit zwei riesigen Goldschlössern trugen. Vier weitere Wächter bildeten die Nachhut.

»Was geht da vor?« fragte ich.

»Ich werde mich erkundigen«, sagte Jack sofort. Er eilte

die Stufen zum Empire Room hinauf und sprach mit einem Mann, der in der Tür stand.

Er kam zurück und sagte: »Ein Werbeschlager. Ein neuer Produzent hat die Presse und alle größeren Kinobesitzer im Land eingeladen, um ihnen zu zeigen, wie man einen Film verkauft.«

Ich sah mir die Menge an und erkannte einige Leute. Sie gehörten zu den gerissensten, zynischen Männern der Branche. »Um die herzulocken, muß das schon ein wirklicher Schlager sein.«

»Ist es auch«, sagte Jack. »Mein Freund sagte mir, in dem Koffer befinde sich eine Million Dollar.«

»Das muß ich mir ansehen.« An der Tür hielt uns niemand auf. Alle Augen waren auf den Koffer gerichtet, der nun auf dem Tisch stand.

Ich sah mich im Saal um. Er war mit Schildern und Transparenten übersät. Auf allen stand der gleiche Text:

SAMUEL BENJAMIN ZEIGT SEINEN
ICARUS
DEN EINE-MILLION-DOLLAR-FILM FÜR DEN KINOBESITZER

Ich grinste vor mich hin. Hier war einmal ein Filmverleiher, der sich nicht vor dem Fernsehen auf den Bauch legte. Er schlug mit den gleichen Waffen zurück. Und noch mit anderen dazu. Es gab riesige Großaufnahmen in Farbe: Ein prachtvoller halb entblößter Mann, dessen Muskeln unter der Haut schimmerten, hielt ein fast nacktes Mädchen in einem Arm, während er mit dem anderen ganze Heere abwehrte. In anderen Vergrößerungen schwebte dieselbe Gestalt über den Häuptern der zusammengedrängten Krieger – in einem seltsamen Geschirr mit gefiederten Schwingen, aber nie ohne das nackte Mädchen.

»Meine Damen und Herren«, brüllten die Lautsprecher. Alle Augen wandten sich der Bühne zu. Ich sah ihn damals zum erstenmal. Er war klein und schien so breit wie hoch. Er trug einen schwarzen Anzug mit weißem Hemd. Er hatte schwarzes Haar und ein rotbackiges, im Augenblick ziemlich verschwitztes Gesicht.

»Die meisten von Ihnen kennen mich nicht«, sagte er. »Ich heiße Sam Benjamin. Und die meisten von Ihnen kennen auch meinen Film nicht. Er heißt *Icarus*. Aber eines verspreche ich Ihnen.« Er machte eine Pause, um sich die Stirn mit einem weißen Taschentuch abzuwischen. »Nach dem heutigen Tag werden Sie weder mich noch meinen Film vergessen.«

Er winkte, die Wächter nahmen den Koffer hoch und stellten ihn vor ihm ab. Er nahm einen riesigen goldenen Schlüssel aus der Tasche, öffnete die Schlösser und trat zurück.

Die Wächter wußten, was sie zu tun hatten. Sie hielten den Koffer hoch und kehrten ihn um. Bündel und Haufen von Geldscheinen fielen auf den Tisch, glitten über den Rand und verstreuten sich auf dem Boden. Es schien überhaupt nicht aufzuhören. Aus der Menge stieg ein allgemeines Seufzen empor.

Ich betrachtete die Leute; ein Ausdruck verzückter Spannung lag auf ihren Gesichtern. Sie vermochten ihre Augen nicht von dem Geldhaufen abzuwenden.

Dann blickte ich wieder auf den kleinen Mann auf dem Podium. Plötzlich war er gar nicht mehr klein. Er hatte recht: Sie würden ihn nie vergessen.

»Gehen wir«, flüsterte ich.

Als wir in die Vorhalle kamen, wandte sich Jack zu mir. »Der Kerl hat einen Vogel. Mit einer halben Million Dollar so was zu riskieren. Und wenn nun...«

Ich unterbrach ihn: »Besorg mir genaue Informationen über ihn.«

»Meinst du das im Ernst?«

Ich nickte. »So ernst wie noch nie im Leben.« Einen solchen Trick konnte nur ein Mann aufziehen, der entweder sehr viel besaß oder überhaupt nichts – und alles auf eine Karte setzte. Es war ihm gleichgültig, wie es ausging. Der Mann hatte Mumm.

Was ich dann erfuhr, machte mich noch neugieriger, und ich ging am nächsten Morgen in sein Büro, um zu sehen, was wirklich an ihm dran war. In dem kleinen, aus vier Räumen bestehenden Büro im Gebäude des Rockefeller Center liefen Menschen hin und her; überall, sogar in den Korridoren, standen Schreibtische; Papiere lagen auf dem Fußboden.

Ich stand in der Mitte des Raumes, der vermutlich als Empfangszimmer diente, und sah mir das Durcheinander an. Nach einer Weile kam ein Mann mit bekümmertem Gesichtsausdruck auf mich zu. Das war – was ich damals noch nicht wußte – Roger Cohen, Sams Schwager und Hauptgeldgeber.

»Sind Sie Kinobesitzer oder Händler?« fragte er.

»Ich bin gewissermaßen beides.«

»Was ich wissen will«, sagte er heiser, »ist: Kaufen Sie, verkaufen Sie oder kassieren Sie?«

»Ich kaufe.«

Ein Lächeln erschien auf seinem Gesicht. »Wenn das so ist, treten Sie bitte gleich ein. Mr. Benjamin wird Sie sofort empfangen.«

Sam telefonierte. Er blickte auf und wies mir einen Stuhl an. Es lagen Papiere darauf, die Roger hastig forträumte.

»Richtig«, sagte Sam ins Telefon. »Fünfzig Prozent der Leihgebühr, ich bezahle die ganze Reklame bis zu einem Tausender wöchentlich.«

Er legte auf und streckte mir die Hand über den Schreibtisch entgegen. »Sam Benjamin.«

Ich nahm seine Hand. Sie täuschte: In diesem Händedruck war nichts Weiches oder Fettes. »Stephen Gaunt.«

Er betrachtete mich. »*Der* Stephen Gaunt?«

Ich nickte.

»Warum kommen Sie zu mir?« fragte er.

»Sie brauchen Geld. Ich hab es.«

»Ich weiß nicht, wo Sie sich Ihre Information geholt haben«, erwiderte er prompt, »aber sie ist falsch. Unsere Geschäfte gehen glänzend.«

Ich erhob mich. »Dann vergeude ich Ihre Zeit.«

»Einen Augenblick«, sagte er. »Nicht so rasch. Was hatten Sie sich vorgestellt?«

»Zweihunderttausend für Ihren Film im Fernsehen.«
»Nicht zu machen. Wenn das bekannt wird, werden mich die Kinobesitzer boykottieren.«
»Bargeld auf die Hand«, sagte ich. »Und wir geben das Abkommen erst in zwei Jahren bekannt. Bis dahin ist Ihr Film abgesetzt.«
»Haben Sie den Scheck bei sich?« fragte er. »Ich muß heute die Miete bezahlen, sonst werfen sie mich hier raus.«

Wir lehnten die freundlichen Angebote, uns im Wagen nach Hause zu bringen, ab und gingen zu Fuß durch die warme Sommernacht. In der Fünften Avenue sahen wir uns die Schaufenster bei Saks an. Hell erleuchtet und in vielen bunten Farben zeigten sie Mode für Sport und Kreuzfahrten. »Es war nicht gar so schlimm, nicht wahr?« fragte ich.
»Nein«, antwortete sie kurz. Sie schien in Gedanken versunken. Wir gingen weiter, und sie sprach erst wieder, als wir an der Neunundvierzigsten Straße um die Ecke bogen. »Weshalb liegt dir so viel an ihm?«
»Film. Möglich, daß wir durch ihn Filme fürs Hauptprogramm bekommen.«
»Ist denn das so schwierig?« fragte sie. »Davon gibt es doch genug.«
»Sicher. Aber wie lange, glaubst du, wird der Vorrat reichen? Das Fernsehen verbraucht mehr Hauptfilme in einer Woche als Hollywood durchschnittlich in einem Jahr produziert.«
»Weshalb stellt ihr sie nicht selbst her?«
»Das werden wir tun, zur gegebenen Zeit. Aber es wäre jetzt wirtschaftlich noch nicht zu rechtfertigen. Inzwischen haben wir einen offenen Markt, und ich möchte mich vor höheren Preisen schützen.«
»Wieso glaubst du, bei ihm vorteilhaft kaufen zu können? Er ist doch nicht der Typ dafür.«
Ich sah sie anerkennend an, sie war unverkennbar die Tochter ihres Vaters. »Stimmt«, sagte ich, »aber er braucht uns. Er ist ehrgeizig, er will seine eigene Filmgesellschaft

haben. Und dazu können wir ihm verhelfen. So finden beide Seiten ihren Vorteil.«

Wir waren inzwischen beim Waldorf Towers angelangt. Wir betraten das Gebäude und stiegen in den Fahrstuhl. Sie wollte etwas sagen, behielt es jedoch nach einem Blick auf den Liftboy für sich, bis wir in unser Apartment kamen.

Sie ließ sich erschöpft in einen Stuhl fallen. »Gott sei Dank gibt es die Klimaanlage! Du kannst dir nicht vorstellen, wie mich bei dem Gewicht, das ich zu tragen habe, die Hitze fertigmacht.«

»Wolltest du nicht eben noch etwas sagen?«

»Ach ja.« Sie zündete sich eine Zigarette an. »Daß ich ihm an deiner Stelle doch nicht trauen würde.«

»Hast du Gründe?«

»Kleinigkeiten. Die Art, wie er sich benimmt.« Sie drückte die Zigarette wieder aus. »Irgend etwas ist da nicht in Ordnung.«

»Laß hören – da du doch schon damit begonnen hast.«

»Er ist kein loyaler Mensch, das ist das erste«, sagte sie fast herausfordernd. »Sieh doch nur, wie er sich heute abend gegenüber seinem Schwager Roger benommen hat. Als wir das erste Mal mit ihm ausgingen, behandelte er Roger wie einen Kompagnon. Da hieß es Roger hier, Roger da, was meinst du dazu, Roger? Ich hab es erst begriffen, als du mir sagtest, daß Roger ihn durch Jahre finanziert hat.«

»Na, und?«

»Du hast gesehen, wie er sich heute benommen hat. Als ob Roger sein Lakai wäre oder überhaupt nicht existierte. Ein ganz klein wenig Erfolg, und schon behandelte er Roger verächtlich. Jedesmal, wenn Roger ein Wort sagte, fuhr er ihm über den Mund, bis er dasaß wie ein armer Trottel.«

»Sam war einfach guter Laune«, sagte ich. »Er darf ruhig ein wenig jubeln. Nicht jeder Streifen erzielt in zwölf Wochen eine Brutteinnahme von drei Millionen Dollar.«

»Schon«, sagte sie, »aber das sollte er nicht auf Kosten des Mannes tun, der ihn sein halbes Leben lang ausgehalten hat.«

»Er hat es sicher nicht so gemeint. Hast du das neue Lincoln-Kabriolett gesehen, das er ihm gekauft hat?«

»Ja. Aber ich wüßte gern, ob er Roger das Geld zurückgezahlt hat, das er ihm schuldet.« Sie erhob sich schwerfällig. »Ich bin ganz verschwitzt. Ich werde duschen und dann zu Bett gehen.«

Ich glaubte, damit sei die Sache zu Ende, aber sie war immer noch wach und sah fern, als ich mich zwei Stunden später neben sie ins Bett legte.

»Ich mag ihn nun einmal nicht«, sagte sie.

Ich hatte ihn längst vergessen, während ich im Wohnzimmer abwechselnd die Programme verschiedener Kanäle verfolgte. Der Dienstagabend war für uns immer noch ein Problem. »Wen?« fragte ich.

»Sam.« Sie wälzte sich auf die Seite und schaute weiter auf den Fernsehschirm. »Bitte, massier mir den Rücken.«

Ich ließ meine Hand über die Mitte ihres Rückens kreisen. »Gut so?«

»Ein bißchen tiefer.« Ich tat, was sie verlangte. »So ist's recht.« Sie schwieg eine Weile. Dann: »Hast du gesehen, wie er die Hundertdollarnote von der Schauspielerin nahm? Er steckte seine Hand so tief in ihr Kleid, daß ich glaubte, er würde ihr mit dem Geld auch die Titten rausziehen. Sie hatte sie ja hoch genug gelagert, daß jeder sie sehen konnte!«

Ich lachte. »Wenn ihn Titten interessieren, hat er sich nicht das richtige Mädchen ausgesucht.«

»Du hast sie ja auch angestarrt, ich sah den Ausdruck auf deinem Gesicht! Und auf dem der anderen! Ihr alle wolltet sie ficken, ich hab's bemerkt.«

»Du bist eifersüchtig.«

»Ja, verdammt, da hast du ganz recht! Wenn du glaubst, mir ist es recht, so greulich auszusehen, während Fötzchen wie die dir ihre Titten unter die Nase halten, dich praktisch anflehen, sie zu vögeln, dann bist du eben ein Idiot!«

»Ich war nicht interessiert. Außerdem war sie gar nicht auf mich aus, sondern auf Sam.«

»Ja.« Plötzlich kicherte sie. »Es war wirklich komisch. Er ist so grob und gewöhnlich. Als er einen Augenblick glaubte, daß ihn niemand sehen konnte, nahm er ihre Hand und legte sie unter dem Tischtuch an seinen Schwanz. Sein Gesicht sah aus, als würde es ihm gleich kommen.«

Ich lachte und massierte weiter ihren Rücken. »Pluspunkt für ihn.«

Sie schwieg einen Augenblick. Ich wollte meine Hand wegziehen. »Nicht aufhören, du machst mich so angenehm lüstern.«

»Aber an mich denkst du gar nicht?«

Sie lange mit der Hand nach hinten und fand mich. »He du!« rief sie. Sie wollte sich zu mir umdrehen.

»Rühr dich nicht«, sagte ich, legte meine Hände um ihre Hüften und zog sie näher an mich heran. Sie war weit offen für mich, und ich drang ganz in sie ein.

Ich hörte sie keuchen. »Ich kann nicht mehr atmen!« rief sie. »Ich spür dich bis in meine Kehle hinauf!«

Ich lachte und ließ meine Hände nach oben gleiten, um ihre Brüste zu umfassen. Ich beugte mich über ihre Schulter und ließ meine Zunge seitlich über ihre Wange zum Hals gleiten. Ihre Hinterbacken waren fest und rieben sich an meinem Bauch. Plötzlich drang aus dem Fernsehapparat lauter Lärm – unwillkürlich blickte ich hin.

Gerade in diesem Augenblick wandte sie mir ihr Gesicht zu. »Verdammt! Das mußte ja eines Tages passieren!« Aber ihre Stimme war warm und freundlich, und sie tat ihr Bestes, mich noch tiefer in sich aufzunehmen.

»Ich wußte, du würdest es schaffen, gleichzeitig zu ficken und zu arbeiten.«

Ich stieg aus dem Bett und schaltete den Fernsehapparat aus. Als ich zurückkam, lehnte sie ihren Kopf an meine Schulter.

»Gut war's, nicht wahr?«

»Ja.«

»Es macht nichts aus, daß ich jetzt schwerer bin, oder?«

»Nein.«

Sie hob den Kopf und sah mich an. »Mein Ding ist noch dasselbe? Ich meine, es ist nicht ausgedehnt oder...«

»Es ist besser«, sagte ich. »Enger, feuchter, wärmer.«

»Dann bin ich froh.« Sie legte den Kopf wieder an meine Schulter. »Tut mir leid, daß ich so mißmutig war, aber in den letzten Wochen hat mich alles nervös gemacht. Daß du abends so lange arbeitest, daß ich nirgends hingehen kann, die Hitze in der Stadt und der Lärm. Sogar die Klimaanalge geht mir auf die Nerven. Wenn ich nur ein bißchen frische Luft haben könnte...«

»Das ist einfach«, unterbrach ich sie.

»Hier in der Stadt? Wo denn? Im Central Park?«

»Wie wäre es mit dem Kap? Tante Prue würde sich freuen, wenn du zu ihr kämst. Und du würdest dich nicht langweilen; da ist immer was los.«

»Und du?«

»Ich könnte an den Wochenenden hinkommen.« Plötzlich wollte ich, daß sie hinfuhr, es würde hier alles erleichtern. »Während der Woche muß ich arbeiten, und du hast nicht viel von mir. So werden wir beide ein wenig in die Sonne kommen.«

Aber da irrte ich. Das erste Wochenende, an dem sie fort war, verbrachte ich in Kalifornien, das zweite im Büro, wo ich den Jahresbericht für die Aktionäre durchging, der Montag in der Druckerei sein mußte.

Und am dritten Wochenende war es zu spät.

16

Ich hatte eben eine Besprechung mit den Verkaufsdirektoren begonnen, als Fogarty in mein Büro kam. »Ich weiß, Sie sagten, ich solle keine Telefongespräche durchgeben, Mr. Gaunt«, entschuldigte sie sich. »Aber Ihre Tante ruft aus Rockport an. Und sie sagt, es sei sehr dringend.«

Ich nahm den Hörer ab. Tante Prue sprach, bevor ich ein Wort sagen konnte. »Barbara ist krank, Stephan. Ich meine, du solltest sofort herkommen.«

Mein Magen zog sich zusammen. »Was ist passiert?«

»Wir wissen es noch nicht. Ich brachte ihr das Frühstück wie gewöhnlich und fand sie in einer Blutlache auf dem Fußboden.«

»Wie geht es ihr jetzt?«

»Sie ist in einem Rettungswagen auf dem Weg ins Krankenhaus.« Ihre Stimme brach. »Komm so schnell du kannst!«

Ich warf Fogarty einen Blick zu. Unnötig, ein Wort zu sagen. Sie konnte die Nachricht auf meinem Gesicht lesen. Sie griff nach dem Hörer – in weniger als zwei Stunden kam ich mit einem gecharterten Flugzeug dort an.

Tante Prue saß im Warteraum des Krankenhauses. »Wie geht es ihr?« fragte ich.

»Sie hat das Baby verloren«, sagte Tante Prue tonlos.

»Das Baby ist mir verdammt egal!« schrie ich. »Wie geht es ihr?«

»Ich weiß es nicht. Seit sie hier ist, liegt sie im Operationssaal.«

Ich lief durch den Korridor zum Schwesternzimmer. »Ich bin Stephen Gaunt«, sagte ich. »Kann ich Auskunft über meine Frau bekommen? Sie wurde vor wenigen Stunden hier eingeliefert?«

»Einen Augenblick, Mr. Gaunt, ich werde mich erkundigen.« Sie ging zum Telefon und wählte eine Nummer. »Information über eine Neuankunft. Mrs. Gaunt.« Sie lauschte einen Augenblick, dann nickte sie. Sie drückte auf den Anschlag und wählte nochmals. Sie blickte zu mir herüber. »Ich frage im Operationssaal an.«

Es wurde geantwortet. »Wie geht es Mrs. Gaunt?« fragte sie. »Ihr Mann ist hier.« Nach ein paar Minuten legte sie auf und kam auf mich zu.

»Sie ist auf dem Weg in ihr Zimmer«, sagte sie in jenem berufsmäßigen Ton, der einem nicht hilft. »Würden Sie bitte in den Warteraum zurückgehen, Mr. Gaunt. Dr. Ryan kommt dann gleich zu Ihnen.«

»Danke«, sagte ich und kehrte zu Tante Prue zurück.

Es dauerte fünfzehn Minuten, bis er kam. Er kannte Tante Prue. Er war jung, aber sein Gesicht wirkte grau und müde, seine Augen waren von der Anstrengung rot gerändert. Er vergeudete keine Worte. »Wenn Sie mit mir kommen wollen, Mr. Gaunt, werde ich Ihnen unterwegs alles erklären.«

Wir gingen in die Halle und stiegen in den Fahrstuhl. Er drückte auf einen Knopf, und die Kabine stieg so langsam hoch, wie das nur Hospitalaufzüge tun.

»Ihre Frau ist sehr schwach«, sagte er mit seiner ruhigen Stimme. »Sie hatte, bevor man sie fand, schon sehr viel Blut verloren. Offenbar begann die Blutung in der Nacht, während sie schlief; sie erwachte jedoch erst, als der tatsächliche Abortus einsetzte. Dann versuchte sie aufzustehen, um Hilfe zu holen, sie war aber schon zu schwach und erlitt einen Kollaps. Ich würde sagen, es muß fast drei Stunden, bevor jemand kam, geschehen sein. Ein Wunder, daß sie noch am Leben war, als man sie fand.«

Die Fahrstuhltür öffnete sich, und wir gingen durch die Halle. Vor der Tür ihres Zimmers blieben wir stehen. »Wie sind ihre Aussichten?« fragte ich; meine Worte klangen seltsam unpersönlich in meinen Ohren.

»Wir tun, was wir können. Wir mußten fast ihr ganzes Blut erneuern.« Er sah mir direkt in die Augen. »Ich habe mir die Freiheit genommen, einen Priester kommen zu lassen, falls sie Katholikin ist.«

»Das ist sie nicht«, sagte ich. »Sie gehört der Episkopalkirche an.« Ich trat ins Zimmer.

Eine Schwester blickte über die Schulter, sah uns und verließ ihren Platz neben dem Bett. Ich schaute auf Barbara nieder. Ein Röhrchen lief in ihren Arm, ein anderes in ihr Nasenloch. Sie war weiß, so weiß, wie ich noch nie einen Menschen gesehen hatte. Ich trat ans Bett und griff nach ihrer Hand.

Nach einer Weile schien sie mich wahrzunehmen. Ihre Lider zuckten und öffneten sich. Ihre Lippen bewegten sich, aber ich konnte nichts hören.

Ich brachte mein Gesicht ganz nahe an ihres. »Sprich nicht, Barbara«, sagte ich. »Es wird alles wieder gut werden.«

Ihre Augen blickten in die meinen; wieder einmal empfand ich, wie wunderbar blau sie waren. »Steve« – ein kaum wahrnehmbares Flüstern. »Es tut mir leid um das Kind.«

»Das macht nichts«, sagte ich. »Wir werden andere haben.«

»Meinst du das wirklich?«

»Das wirst du merken. Sobald du hier herauskommst.«

Ein schwaches Lächeln erschien in ihren Augen. »Ich liebe dich«, sagte sie.

»Ich liebe dich auch«, erwiderte ich. Ein leises, glückliches Aufseufzen, und ihre Lippen öffneten sich. »Ich habe dich immer geliebt. Das weißt du«, sagte ich.

Aber sie erfuhr es nicht mehr und würde es nie wissen. Ich merkte gar nicht, daß sie tot war, bis der Arzt kam und meine Hand sanft aus der ihren löste.

Nach dem Begräbnis fuhr ich zurück in meine Wohnung, schloß die Tür ab und vergrub mich. Ich wollte niemanden sehen oder sprechen.

In den ersten Tagen versuchten viele Leute mich anzurufen, aber ich antwortete nicht, und wenn jemand zu mir kam, wurde er unten wieder fortgeschickt. Nach drei Tagen rief niemand mehr an, nicht einmal das Büro. Man hatte begriffen.

Ich wanderte wie ein Gespenst durch die Wohnung. Sie war immer noch dort. Überall. Ihr Parfum war im Bett, ihre Kleider hingen im Schank, ihr Make-up war im Badezimmer.

Der Fernsehapparat war eingeschaltet, ich sah nicht einmal hin. Er war unter Strom, und nach drei Tagen ununterbrochener Tätigkeit brannte die Bildröhre aus; ich ließ sie gar nicht erneuern. Jetzt war es wirklich still. Totenstill, wie im Grab. Wie dort, wo Barbara jetzt war.

Irgendwann am vierten Tag klingelte es draußen an der Tür. Ich richtete mich nur auf der Couch auf. Der würde schon wieder fortgehen, wer immer es war. Wieder klingelte es. Hartnäckig.

Ich stand auf. »Wer ist dort?« fragte ich durch die verschlossene Tür.

»Sam Benjamin.«

»Gehen Sie fort, ich will Sie nicht sehen.«

»Aber ich will *Sie* sehen«, schrie er. »Öffnen Sie diese Tür, oder muß ich sie einschlagen?«

Ich öffnete die Tür. »Jetzt haben Sie mich gesehen«, sagte ich und wollte sie wieder schließen.

Doch schon war sein Fuß dazwischen, und sein Gewicht stemmte sich dagegen, seine ganzen hundertachtzig Pfund. Ich resignierte.

Er richtete sich keuchend auf. »So ist's recht«, sagte er und schloß die Tür hinter sich.

»Was wollen Sie?« fragte ich.

Er musterte mich. »Es ist Zeit, daß Sie hier rauskommen.«

Ich ging zurück zur Couch. Er folgte mir. »Warum lassen Sie mich nicht in Ruhe?«

»Ich sollte es. Eigentlich hab ich andere Sorgen als Sie.«

»Stimmt«, sagte ich.

»Aber ich brauche Sie.«

»Das hat mir auch Barbara von Ihnen gesagt.«

»Wirklich?« Er sah mich verschlagen an. »Sie war klüger als ich dachte.« Er bemerkte die Speisereste auf dem Tisch. »Wann haben Sie zum letztenmal gegessen?«

Ich zuckte mit den Schultern. »Kann mich nicht erinnern. Wenn ich Hunger bekomme, rufe ich unten an.«

»Haben Sie Schnaps im Haus?«

»Hinter der Bar. Bedienen Sie sich.«

Er nahm eine Flasche Scotch heraus, füllte zwei Gläser randvoll und kam wieder zu mir. »Hier, Sie brauchen einen Drink.«

»Ich will keinen.«

Er stellte mein Glas hin, schlürfte nachdenklich den Scotch und verließ den Raum. Nach ein paar Minuten hörte ich ihn im Schlafzimmer, dann wurde es still. Ich starrte auf das Whiskyglas und vergaß ihn.

Oder versuchte es. Als er aber nach einer Viertelstunde immer noch nicht herausgekommen war, ging ich ihm nach.

Auf dem Fußboden lag ein Haufen Kleider. Er kam aus dem Ankleidezimmer mit einer weiteren Ladung und warf sie dazu. Bei meinem Anblick blieb er stehen.

»Was treiben Sie da, zum Teufel?« schrie ich. »Das sind Barbaras Kleider!«

»Ich weiß«, sagte er, leicht keuchend. »Aber was sollen sie Ihnen? Oder wollen Sie sie vielleicht tragen?«

Ich fing an, sie wieder in den Wandschrank zu schleppen. Er schlug sie mir aus den Armen und schob mich mit überraschender Kraft zurück. Ich holte zum Schlag aus, aber er packte meine Handgelenke und hielt sie fest.

»Sie ist tot!« sagte er scharf. »Tot, und das müssen Sie endlich begreifen. Sie ist tot, und Sie werden sie nicht ins Leben zurückrufen. Also geben Sie es auf, zu ihr ins Grab steigen zu wollen.«

»Ich hab sie umgebracht!« schrie ich wütend. »Wenn ich sie nicht fortgeschickt hätte, würde sie noch leben. Sie wäre nicht allein gewesen, als es passierte.«

»Es wäre dennoch passiert«, sagte er ruhig. »Jeder stirbt, wenn seine Zeit gekommen ist.«

»Sie wissen es«, sagte ich schmerzlich. »Ihr Juden wißt alles. Sogar über den Tod.«

»Ja. Sogar über den Tod«, sagte er sanft und ließ meine Handgelenke los. »Wir Juden haben eine sechstausendjährige Erfahrung mit dem Tod. Wir haben gelernt, mit ihm zu leben. Wir mußten es.«

»Wie lebt ihr damit?«

»Wir weinen«, sagte er.

»Ich habe vergessen, wie man weint. Als ich das letztemal weinte, war ich ein kleiner Junge. Jetzt bin ich erwachsen.«

»Versuchen Sie es«, riet er. »Es wird Ihnen helfen.«

»Sie werden mich unterrichten müssen«, sagte ich gehässig.

»Das will ich.« Er blickte sich im Zimmer um, nahm einen Hut aus meinem Schrank und setzte ihn auf. Nun wandte er mir sein Gesicht zu.

Ich starrte ihn an: der Hut, der ihm zu klein war, sein glänzendes rotbackiges Gesicht, die schimmernde schwarzgerahmte Brille. Alles war lächerlich. Und ich hätte auch beinahe gelacht, aber dann kam etwas, das mich davon abhielt.

»Bei jedem Begräbnis und einmal im Jahr, am Jom Kippur, dem Versöhnungstag, sagten wir ein bestimmtes Gebet für die Toten. Es heißt Kaddisch.«

»Und dabei weint ihr?« fragte ich.

»Immer. Denn es ist nicht nur für die eigenen Toten, sondern für alle Toten seit Anbeginn der Zeiten.« Er nahm meine Hand. »Sprich mir nach...«

Er wankte, und ich sprach ihm die seltsamen Worte nach.

Ich sah die Tränen in seinen Augen hinter seinen klaren Brillengläsern. Er öffnete den Mund, doch seine Stimme versagte ihm den Dienst.

Ich fühlte brennende Tränen aufsteigen. Ich hob die Hände und bedeckte mein Gesicht. »Barbara!« schluchzte ich.

Ich weinte.

Zweites Buch

New York 1955–1960

Sam Benjamin

Er erwachte mit schwerem Kopf, fühlte sich wie betäubt. Eine Weile blieb er ruhig liegen, dann setzte er sich im Bett auf. Die Tür öffnete sich, und Denise stand da.

»Na, bist du endlich soweit?« fragte sie.

»Mir ist scheußlich schlecht – als ob ich den Mund voller Sand hätte.«

»Kein Wunder«, sagte sie ungerührt. »Mußtest du denn versuchen, an einem einzigen Abend den Whisky der ganzen Stadt auszutrinken?«

»Schimpf nicht mit mir«, sagte er versöhnlich. »Ich habe Kopfweh.«

Sie schwieg einen Augenlbick. »Ich bring dir ein Aspirin.«

Sie ging ins Badezimmer, während er mühselig aufstand und neben dem Bett auf die Waage stieg. Ein Blick auf die Skala, dann ein Fluch, zweihundert Pfund.

Denise hörte ihn, als sie zurückkam. »Das kommt vom Trinken«, sagte sie und gab ihm das Aspirin und ein Glas Wasser.

Er schluckte die Tablette und verzog das Gesicht. »Ich lasse mir ja auch das Essen ganz schön schmecken.«

»Du ißt zu viel, du trinkst zu viel. Irgendwo muß das ja bleiben. Dr. Farber sagt, du sollst aufhören zu trinken. Dein Gewicht ist zu hoch für dein Herz. Du wirst schließlich nicht jünger.«

»Erzähl mir nichts«, erwiderte er müde, »das weiß ich alles selbst. Sag lieber Mamie, sie soll mir mein Frühstück bringen.«

»Kaffee und Toast?«

Er blieb auf dem Weg zum Badezimmer stehen und warf ihr einen Blick zu. »Sei nicht so dumm! Wie gewöhnlich: vier Eier, Schinken, Brötchen, alles, was dazugehört. Ich brauche Energie.«

»Du bringst dich ins Grab.«

»Dann bist du eine reiche Witwe.«

Sie lächelte. »Leere Versprechungen! Seit wir uns kennen, hab ich noch nichts anderes von dir bekommen.«

Er küßte sie auf die Wange. »Bestell mir das Frühstück, du redest zu viel.«

Sie strich ihm über die Wange und ging hinaus. Er blieb noch einen Augenblick stehen und horchte auf ihre Stimme, die der Köchin Anweisungen erteilte, dann ging er ins Badezimmer.

Wie gewöhnlich klingelte das Telefon, während er auf dem Lokus saß. Denise rief durch die geschlossene Tür: »Für dich, Roger.«

»Verdammt! Sag ihm, ich komme gleich.« Er zog die Wasserspülung und schrie über den Lärm hinweg: »Und ruf die Telefongesellschaft an. Ich will hier drinnen einen Nebenanschluß.«

Im Schlafzimmer nahm er den Hörer ab. »Ja, Roger.«

»Unsere Plätze für den Flug nach Rom sind gebucht. Alitalia, neun Uhr heute abend.« Und, ein wenig zögernd: »Bist du ganz entschlossen hinüberzufliegen?«

»Natürlich!« fauchte er.

»Wir haben jetzt vierhunderttausend Guthaben«, sagte Roger. »Du machst das Geschäft, und weg sind sie.«

»Wenn wir das Geschäft nicht machen, sind sie erst recht weg; ein bißchen da, ein bißchen dort, und wir wissen gar nicht, was damit passiert ist. Wir müssen weitermachen, sonst verlieren wir alles.«

»Warum bist du so erpicht darauf, immer weiterzutreiben?« fragte Roger.

»Mein ganzes Leben warte ich schon auf diese Chance«, antwortete er. »Jetzt werde ich sie nicht verschleudern.«

»Aber die Hälfte von dem Geld gehört mir!«

»Deine Hälfte garantier ich dir«, sagte er, wobei er genau wußte, daß das leere Worte waren. Wenn es schiefging, würde er kein Geld haben, um Roger irgend etwas zu garantieren.

Roger wußte das auch. »Dieser Gaunt hat dir den Kopf verdreht. Was geschieht, wenn er sich nicht durchsetzt?«

»Er wird sich durchsetzen«, sagte Sam zuversichtlich. »Er ist der einzige hier, der weiter als seine Nase sieht. Außerdem bringt er mir Glück.«

Roger wußte, wann er nachgeben mußte. »Wann kommst du heute ins Büro?«

»In ungefähr einer Stunde. Ich packe meinen Koffer, und wir fahren von dort aus.«

Als er den Hörer auflegte, stand Denise neben ihm. »Du machst also weiter?«

Er nickte.

»Ist doch unnötig«, sagte sie. »Wir haben genug. Die Kinder brauchen es nicht mehr.«

»Aber ich brauch es. Jetzt arbeite ich lange genug, und wenn ich's diesmal nicht schaffe, dann schaff ich's nie. Einmal sollen alle sehen, daß ich nicht weniger tauge als sie!«

Sie streichelte seine Hand. »Du taugst mehr.«

Er lächelte. »Du bist voreingenommen«, sagte er und ging zurück ins Badezimmer.

Er hörte das leise ›Ping‹ und war sofort hellwach. Die Kabine war dunkel, das Lichtsignal für die Sitzgurte war eben ausgegangen. Er warf einen Blick auf Roger.

Roger schlief mit leicht geöffnetem Mund in der bequemsten Stellung, die im Flugzeug möglich war. Er rühmte sich immer, überall schlafen zu können. Als Junge habe er öfter in der U-Bahn geschlafen, und danach sei alles leicht gewesen. Offenbar hatte er recht.

Bei Sam verhielt es sich anders. Zehntausend Meter hoch in einem Metallbehälter in der Luft zu hängen, setzte seinen Eingeweiden zu. Wieviel er auch trank und welche Tabletten er auch schluckte, seine Augen blieben hartnäckig offen.

Er stieg behutsam über Rogers ausgestreckte Beine in den Mittelgang und tappte durch die dunkle Kabine nach vorn. Alles schien zu schlafen.

Er schlüpfte durch den Vorhang in den Gesellschaftsraum, seine Augen zwinkerten im Licht. Die Stewardeß, die dort einsam saß, sprang auf.

»Kann ich etwas für Sie tun, Signor Benjamin?«

»Sie kennen meinen Namen?«

»Si, signore.« Sie lächelte. »Kennt nicht jeder den Namen des berühmten Filmproduzenten?«

Das war eine echt italienische Schmeichelei. Besonders, da sein Name auf der Passagierliste stand. »Whisky und Wasser, bitte.«

Während sie in die Kombüse ging, setzte er sich, nahm die Brille ab und reinigte sie mit seinem Taschentuch. Sie stellte den Drink vor ihn hin. Er setzte seine Brille wieder auf und trank beinahe das ganze Glas in einem Zug aus. Er sah sie an. »Wo ist die übrige Besatzung?«

»Die schlafen. Es sind noch viereinhalb Stunden bis Rom, und es gibt nicht viel zu tun.«

Er nickte. »Bringen Sie die Flasche und setzten Sie sich zu mir.«

»Das ist gegen die Vorschriften, *signore.«*

»Es ist auch gegen die Vorschriften, daß die Besatzung während der Dienststunden schläft. Aber wir haben dafür Verständnis, nicht wahr?«

Sie warf ihm einen Blick zu, dann nickte sie. *»Si, signore.«*

Sie holte die Flasche aus der Kombüse, stellte sie auf den Tisch und setzte sich ihm gegenüber.

Er goß etwas Whisky in sein Glas und trank davon, diesmal langsam. Jetzt wurde ihm allmählich besser.

»Beginnen Sie die Produktion eines neuen Films, *signore?«*

Er nickte.

»Mit Marilu Barzini?«

Es war doch keine bloße Schmeichelei gewesen. Sie kannte sich aus.

»Ja.«

»Sie ist sehr schön«, sagte die Stewardeß. »Und sehr begabt.«

»Kennen Sie sie denn?«

»Wir klapperten einst gemeinsam die Studios ab. Aber sie war zielstrebiger als ich. Und viel schöner.«

Er betrachtete sie. Ihre Stimme hatte etwas sehnsüchtig geklungen. »Warum haben Sie es aufgegeben?« fragte er. »Sie sind doch auch sehr reizvoll.«

»Danke, *signore*«, sagte sie. »Aber ich konnte es nicht so machen wie sie. Ich konnte nicht von Versprechungen leben. Dieser Job gibt mir eine sichere Existenz.«

»Ich werde einige Tage im Excelsior wohnen. Kommen Sie einmal zu mir. Vielleicht ist es noch nicht zu spät.«

»Sie sind sehr freundlich, Signor Benjamin; vielleicht werde ich Sie aufsuchen. Aber für die Karriere ist es zu spät. Ich bin jetzt ganz zufrieden.«

»Wirklich?« Er bewegte die Hand, und zwischen seinen Fingern erschien eine Hundertdollarnote.

Sie starrte auf den Geldschein, dann in sein Gesicht. »Wofür ist das?«

»Befriedigung«, sagte er und legte ihn vor sie hin. Er nahm ihre Hand und führte sie unter dem Tisch an seinen Hosenschlitz. »Ich sagte Ihnen doch, daß ich Sie reizend finde.«

Sie machte eine Bewegung, als ob sie ihre Hand fortziehen wollte, aber er hielt sie fest, während er den Reißverschluß öffnete und sich freilegte. Sie starrte in seine Augen hinter den blankgeputzten Gläsern, dann schlossen sich ihre Finger um seine heiße Erektion.

»Nimm lieber zuerst ein Handtuch«, sagte er leise. »Bei mir kommt's schnell.«

Zehn Minuten später saß er fest eingeschlafen auf seinem Platz und öffnete die Augen erst wieder, als die Maschine auf dem Flughafen von Rom aufsetzte.

2

Sam schlug das Drehbuch zu und legte es nieder. »Ich muß etwas trinken.«

Charley Luongo, sein italienischer Vertreter, hatte, kaum, daß der Satz zu Ende gesprochen war, den Drink für ihn bereit. »Boß, was meinen Sie?« fragte er mit deutlichem Brooklyn-Akzent, obgleich er seit seinem sechzehnten Lebensjahr nicht mehr in Amerika gewesen war.

»Gepfeffert«, sagte Sam. »Ich weiß nicht recht.«

»Ihr üblicher Stil ist es jedenfalls nicht«, sagte Roger.

»Richtig.« Sam nahm einen Schluck von seinem Drink.

Marilu Barzini hatte sich einen Namen gemacht, indem sie in italienischen Heldenfilmen wie *Icarus* und *Vesuvius* nackt herumlief. Dann trat sie in einigen amerikanischen Filmen als Sexbombe auf. Jetzt aber wollte sie mehr: Sie wollte eine Schauspielerin sein. Und sie war bereit, dafür Opfer zu bringen. Sie senkte ihren Preis von hundertfünfzigtausend Dollar pro Film auf fünfzehntausend für diesen einen, nur um jemanden dazu zu bringen, ihn zu produzieren. Und dennoch hatte sie, bis Sam kam, keinen Abnehmer gefunden. Nun wußte er, warum.

Das Drehbuch war tiefste Tragik. Es war entsetzlich. Vielleicht würde es großartig werden. Aber man konnte unmöglich voraussagen, ob es ein finanzieller Erfolg sein würde oder nur wieder so etwas wie *Rom, offene Stadt* oder *Fahraddiebe* – dafür geeignet, in Artkinos gespielt zu werden und ein paar Blumensträuße von der Kritik einzuheimsen.

»Wenn es irgendeine Möglichkeit gäbe, es ein wenig aufzuheitern«, sagte er mit einem Blick auf Charley. »Wenn man nur ein bißchen Humor hineinbringen könnte.«

»Ausgeschlossen«, sagte Charley. »Sie ist darauf versessen. ›Ganz genauso, keine Änderungen‹, sagte sie. Und Pierangeli, der Regisseur, ist damit einverstanden.«

»Kein Wunder«, sagte Sam. »Der hat noch nie in seinem Leben einen einträglichen Film gemacht.«

»Aber er hat sämtliche Filmpreise, die es in Italien und Europa gibt, gewonnen.«

»Großartig«, sagte Sam ohne Begeisterung. »Soll er doch versuchen, sie den Banken als Garantie zu geben.«

»Was willst du also tun?« fragte Roger.

»Ich werde mithalten, mir bleibt ja keine andere Wahl. So oder so, es wird ein bedeutender Film. Wie sie es geschafft haben, weiß ich nicht, aber sie haben die besten Schauspieler Europas dafür gewonnen. Es liegt an uns, ihn so herauszubringen, daß wir nicht daran verlieren.«

»Hast du einen Plan?« fragte Roger.

»Ich habe eine Idee«, sagte Sam. »Aber es hängt alles davon ab, ob sie bereit ist, mitzumachen.«

Das Telefon klingelte, und Charley hob ab. *»Pronto«*, sagte er, dann deckte er die Sprechmuschel ab. »Sie sind jetzt unten.«

»Sag ihnen, sie sollen raufkommen.« Sam ging ins Schlafzimmer und schloß die Tür. Dann verschwand er im Badezimmer und wusch sich das Gesicht. Er trocknete sich ab und blickte in den Spiegel. Die Falten in den Augenwinkeln verrieten seine Müdigkeit; vielleicht könnte er nachher ein wenig schlafen.

Wie gewöhnlich war er starr beim bloßen Anblick ihrer Schönheit. Einen Moment hielt er den Atem an. Es war fast zu viel, so schön konnte keine Frau sein! Aber sie war es.

»Sam«, sagte sie, reichte ihm die Hand und beugte sich in Erwartung seines Kusses vor.

Er küßte sie auf die Wange. »Ich kann's nicht glauben«, sagte er wahrheitsgemäß. »Du bist zu schön.«

Sie lächelte. Sie hatte gelernt, Komplimente als selbstverständlich hinzunehmen. »Danke, Sam.«

»Hallo, Nickie«, sagte er. Niccoli war ihr Mann, überall, nur nicht in Italien. Sie schüttelten einander die Hand. Sam wandte sich an den dritten. »Signor Pierangeli«, sagte er, »es ist mir eine Ehre, Sie kennenzulernen.«

Der Regisseur nickte zurückhaltend. Er spach nur sehr wenig Englisch. »Signor Benjamin...«

Marilu konnte nicht warten. »Hast du das Drehbuch gelesen, Sam? Was hältst du davon?«

Sam sah sie an. »Es gefällt mir. Aber ich glaube nicht, daß es so geht. Ich habe einige Ideen, die ich dir vorschlagen möchte, und wenn wir uns einig werden, können wir starten.«

»Keine Änderungen, Sam!« sagte sie herrisch.

Er zuckte mit den Schultern. »Wenn wir nicht mal über meine Auffassung sprechen können, Marilu, dann besteht nicht die leiseste Aussicht, daß wir zu einer Einigung gelangen.«

Er öffnete die Schlafzimmertür. »Und das bedeutet, daß du den Film nie machen wirst, denn ich bin der einzige, der daran glaubt, daß du als Schauspielerin gut genug dazu bist. Und zwar so gut, daß du als erste Ausländerin den Oscar bekommen kannst.«

Er schloß die Tür hinter sich. Er spürte die Schweißtropfen auf seiner Stirn, ging ins Badezimmer und wusch sich erneut das Gesicht. Wenn er doch nur etwas zu trinken hätte!

Es klopfte leise an die Schlafzimmertür. »Ja?« rief er.

Es war Nickie. »Darf ich hineinkommen, Sam?«

Mit einem raschen Griff zog er die Jacke aus und warf sie auf einen Stuhl. Er lockerte Kragen und Schlips und lehnte sich auf dem Bett zurück. »Herein.«

Nickie war schlank, sah gut aus und war seltsamerweise auch ein tüchtiger Produzent. Er hatte es nicht nötig, seine Projekte von Marilu abhängig zu machen; eher war es umgekehrt. Er hatte als erster ihre Möglichkeiten erkannt und aus dem drallen italienischen Mädchen, das sich von ihren Konkurrentinnen in nichts unterschied, den Star gemacht, der sie heute war.

»Du mußt Verständnis haben für Marilu«, sagte er leise. »Sie regt sich leicht auf.«

»Das weiß ich«, erwiderte Sam, »aber du darfst nicht vergessen, daß ich erschöpft bin. Ich bin über sechstausend Kilometer geflogen und habe die ganze Nacht wachgesessen, um sie zu treffen; wenn wir nicht diskutieren können, dann hat das Ganze keinen Sinn.«

In jahrelangem Verkehr mit Cholerikern hatte sich Nickie eine wahre Engelsgeduld angeeignet. »Ich glaube, jetzt würde sie gern mit dir reden«, sagte er. »Sie bereut schon ihre scharfe Bemerkung.«

»Ich meine, wir sollten uns erst wieder treffen, wenn ich ein bißchen geschlafen habe. Vielleicht bin auch ich dann geduldiger.«

»Wenn ich etwas vorschlagen darf, Sam«, sagte Nickie gewandt, »triff sie ohne Pierangeli. Sie wird weniger streitsüchtig und viel zugänglicher sein, wenn er nicht dabei ist.«

»Richte es so ein, Nickie. Ich stehe ihr heute abend jederzeit von den Cocktails an zur Verfügung.«

»Zum Cocktail und beim Abendessen«, sagte Nickie. »Sie wird hier sein.«

»Und du?«

Nickie begegnete seinem Blick. »Du triffst sie allein. Glaub mir, es ist besser so. Es ist dein Film, nicht meiner.«

»Ich dachte doch, du wolltest der Produzent sein?«

»Richtig, aber als dein Angestellter. Und das soll Marilu gleich kapieren. Auf diese Weise wird sie verstehen, daß es nur *eine* Autorität gibt.«

»Danke, Nickie«, sagte Sam. »Das weiß ich zu schätzen.«

Zum erstenmal lächelte Nickie ihm zu. »Keine Sorge, Sam, der Film wird ein Schlager; wir wollen gemeinsam dafür sorgen.«

Sie schüttelten sich die Hände, und Nickie verließ das Zimmer. Sam streckte sich wieder aus und war kurz darauf eingeschlafen.

Es war nicht immer so gewesen. Im Einschlummern erinnerte er sich an das erste Mal, da er nach Rom gekommen war. Vor fast vier Jahren.

Es war ein schlechter Flug gewesen. Er hatte im Touristenabteil zwischen zwei Italienerinnen eingezwängt gesessen, die pausenlos schnatterten und sich über seinen Kopf hinweg Obst und Schokolade zureichten. Er verfluchte den Geiz Rogers, der das Ticket für ihn bestellt hatte. Roger konnte die Notwendigkeit, im Flugzeug erster Klasse zu reisen, nicht einsehen; die Flüge dauerten doch nicht so lange.

Er landete in der Gluthitze eines Augustvormittags, und der Wagen, der ihn vom Flughafen abholen sollte, war nicht da. Erhitzt, schwitzend stieg er in ein Taxi, das ihn zum Hotel Excelsior brachte.

Der Empfangschef führte ihn in das Zimmer. Sam sah sich empört um; es war klein und dunkel, mit Aussicht auf den Hinterhof.

»Das ist ein Irrtum«, sagte er, »ich hab ein Apartment bestellt.«

»Nein, *signore*«, sagte der Angestellte höflich und zeigte ihm die Reservierungskarte. »Bestellt wurde dieses Zimmer.«

Wieder einer von Rogers Streichen! Sam hätte wetten mögen, daß er nicht einmal einen Wagen für ihn bestellt hatte. Er gab dem Mann die Karte zurück. »Ich möchte ein Apartment.«

Sie gingen zum Empfangstisch. Der stellvertretende Direktor war seiner Sache sicher: »Es ist kein Apartment frei, *signore*.«

Eine Handbewegung – die Ecke eines Hundertdollarscheins lugte hervor. »Vielleicht könnte man doch etwas finden, *eccellenza*«, sagte der Mann und studierte noch einmal seine Tafel.

Sam beobachtete ihn. »Ich möchte das beste, das Sie haben. Ich muß einige wichtige Besprechungen abhalten.«

»Das Gesandtschaftsapartment wäre frei«, sagte der Mann. »Aber es ist sehr kostspielig.«

»Ich nehme es.«

»Sehr wohl, *signore*. Für wie lange werden Sie es brauchen?«

»Eine Woche, vielleicht zehn Tage.«

»Es ist im voraus zu bezahlen, *signore*.«

Sam nahm die Karte des *Diner's Club* aus der Brieftasche.

Der Direktor schüttelte den Kopf. »Tut mir leid, *signore*. Wir nehmen keine Kreditkarten in Zahlung.«

Sam zog sein Scheckbuch aus der Brusttasche.

»Keine privaten Schecks, *signore*. Nur wenn der Kredit im voraus überwiesen wurde.«

»Aber Reiseschecks nehmen Sie doch wohl an?« fragte Sam ironisch.

Den Spott bemerkte der Mann nicht. »*Si, signore*«, antwortete er. Sam legte die Aktentasche nieder, öffnete sie und ließ den anderen einen Blick auf das darin enthaltene säuberlich gebündelte Reisescheckpäckchen werden. Er nahm einen heraus, schloß die Tasche wieder und setzte mit flinker Feder seine Unterschrift auf den Scheck und reichte ihn dem Mann.

»Aber *eccellenza*, der lautet ja auf tausend Dollar. Das Apartment kostet nur...«

»Schon gut«, unterbrach ihn Sam, »ich hab keinen kleineren. Rechnen Sie dagegen ab und teilen Sie es mir mit, wenn er verbraucht ist.«

»*Si, eccellenza*«, sagte der Direktor mit einer tiefen Verbeugung. Er geleitete Sam persönlich in das Apartment und steckte die Hundertdollarnote mit einer überschwenglichen Verbeugung ein.

Sam ließ sich im Wohnzimmer eine Bar aufstellen. Als er ins Schlafzimmer kam, packte der Diener bereits seine Koffer aus. Sam sah sich befriedigt um. So war das schon besser. Roger würde einen Wutanfall bekommen, wenn er erfuhr, was es kostete, aber das war ihm gleichgültig. Der mußte noch so manches lernen.

Er begann sich auszuziehen. Die Kleider klebten ihm am Körper. Als er aus der Dusche kam, klingelte das Telefon.

Und es hörte während seines ganzen Aufenthalts nicht mehr auf zu klingeln. Der Reisescheck über tausend Dollar hatte gut Arbeit geleistet. Und der stellvertretende Direktor ebenso. Es war besser, als wenn man seine Ankunft in den Sechs-Uhr-Nachrichten verkündet hätte.

Der erste Anruf kam von Charley Luongo.

3

Sam hüllte sich in den weiten Morgenrock, der gleichzeitig als Bademantel diente. Die Bar war bereits ausgestattet; er goß sich einen doppelten Scotch ein, ging damit zum Fenster und blickte hinaus.

Vor sich hatte er die amerikanische Botschaft und die Via Veneto, die im Bogen zur Altstadt führt. Der Blick auf die amerikanische Flagge besserte seine Laune; er hob das Glas und trank ihr zu.

Das Telefon rief ihn ins Zimmer zurück. Er hob den Hörer ab. »Ja?«

»Mr. Benjamin? Hier spricht Charley Luongo.« Ein unverkennbarer Brooklyn-Akzent.

»Charley Luongo? Kenne ich Sie?«

»Nein, Mr. Benjamin. Aber ich habe von Ihnen gehört. Sie sind ein amerikanischer Produzent, der nach Italien gekommen ist, um sich ein paar Filme anzusehen.«

»Sie sind gut informiert. Und was kann ich für Sie tun?«

»Sie könnten mir eine Stellung geben«, sagte Charley.

»Als was?«

»Was immer Sie wollen«, sagte Charley ganz im Ernst. »Als Ihr Übersetzer, Chauffeur, Unterhändler, Sekretär, Kuppler. Ich habe Erfahrung. Zwei Jahre Assistent des Produzenten von *Ben Hur*, ein Jahr Verkaufsabteilung und Werbung bei Columbia Pictures, zwei Jahre unabhängige Produktion Cinematografica Italiana. Gute Referenzen. Außerdem bin ich ehrlich. Ich bin nicht so wie die meisten hier, die einem den letzten Groschen klauen, wenn man nicht die ganze Zeit die Hände in den Taschen behält.«

»Sie sind nicht Italiener?«

»Ich bin Italiener, aber in den Vereinigten Staaten aufgewachsen. Ich kam vor dem Krieg mit meinen Eltern hierher; damals war ich gerade sechzehn. Als die Invasion begann, wurde ich in die amerikanische Armee eingezogen.«

»Okay«, sagte Sam. »Ich möchte ganz gern mit Ihnen reden.«

Kaum hatte er den Hörer aufgelegt, klingelte die Türglokke, und der Gast war da. Er war groß, schlank, hatte braune Augen und schütteres, blondes Haar.

Sie gaben sich die Hand und betrachteten sich gegenseitig. »Wieso haben Sie von mir gehört?« fragte Sam.

»Der Vizedirektor ist der Schwager meiner Freundin. Er hat mich sofort nach Ihrem Eintreffen benachrichtigt.«

»Wie kommt es – wenn Sie so tüchtig sind, wie Sie selbst sagen –, daß Sie nicht beschäftigt sind?«

»Überall haben die Italiener den Vorrang.«

»Aber Sie sagten doch, Sie seien Italiener?«

»Bin ich, aber ich habe einen amerikanischen Paß. Mein Vater wurde naturalisiert.«

»Ich weiß nicht recht...«, sagte Sam unschlüssig.

»Wollen Sie es nicht eine Woche lang mit mir versuchen?« fragte Charley. »Wenn Sie dann nicht zufrieden sind, blasen wir's ab. Sie brauchen mir nicht viel zu zahlen. Ich würde es für vierzigtausend Lire die Woche machen.«

Sam überlegte; das war nicht viel, etwa achtzig Dollar. »Okay.«

»Danke, Mr. Benjamin«, sagte Charley lächelnd.

Das Telefon klingelte. Charley hob sofort ab, und es folgte ein schneller Wortwechsel auf italienisch. Er verdeckte die Sprechmuschel und wandte sich an Sam. »Ein Produzent möchte Ihnen einen Film zeigen.«

»Welchen Film?«

»Er heißt *Crazy Baby.*«

»Ist er wert, daß man ihn sich ansieht?«

»Nein«, sagte Charley. »Man versucht nun schon seit zwei Jahren ihn anzubringen. Jede größere Gesellschaft hat ihn bereits abgelehnt.«

»Sagen Sie, ich hätte kein Interesse.«

Charley sprach noch einige Worte ins Telefon und legte auf. »Vielleicht könnte ich Ihnen helfen, wenn ich wüßte, was Sie suchen.«

»Einen großen Ausstattungsfilm in Farbe. Ich brauche erstklassige Ausstattung und Regie, Kostüme, nackte Weiber. Etwas, das ich billig einkaufen und in den Staaten ganz groß herausbringen kann.«

»Okay, nun weiß ich's«, sagte Charley. »Vielleicht kann ich etwas tun. Ich kenne einen Mann, der hat in einen Film mit dem Titel *Icarus* vierhunderttausend Dollar investiert. Es ist die Sage von dem griechischen Jungen, der wie ein Vogel fliegen wollte und dessen Flügel in der Sonne schmolzen. Da ist alles drin, was Sie suchen. Und der Produzent ist pleite. Er wird nehmen, was Sie ihm geben.«

»Das gefällt mir schon jetzt«, sagte Sam. »Rufen Sie ihn an und treffen Sie für mich eine Verabredung zu einer Vorführung.«

Charley zog ein Notizbuch aus der Tasche, öffnete es und legte es neben den Apparat. Er rief die Zentrale an und nannte die Nummer.

»Wollen Sie etwas trinken?« fragte Sam.

»Nein, danke«, sagte Charley. Er klopfte auf seinen Magen. »Ich hab ein Geschwür.«

Sam grinste. »Mir scheint, Sie sind doch ein ganz richtiger Amerikaner.«

So hatte es begonnen. Sam hatte Glück, denn Charley war so tüchtig, wie er es versprochen hatte. Sie konnten Icarus zu einem günstigen Preis kaufen und später ein fast ebenso gutes Geschäft mit einer Fortsetzung machen, *Die Flügel des Icarus*. Damals gab ihm Sam einen Bonus von tausend Dollar und erhöhte sein Gehalt auf zweihundert die Woche. Er machte ihn zum Geschäftsführer der italienischen Gesellschaft mit einem kleinen Büro in einer Seitengasse der Via Veneto, und Charley war auf Lebenszeit sein.

Das Zimmer war dunkel, und er spürte den Druck einer Hand auf seiner Schulter. Er wälzte sich herum und setzte sich auf.

»Es ist beinahe acht Uhr«, sagte Charley. »Marilu wurd jeden Augenblick hier sein.«

»Verdammt, ich muß mich duschen«, sagte Sam. Er stand auf. »Bestellen Sie mir einen Tisch zum Abendessen im Capriccio.«

»Ich habe das Abendessen schon bestellt; es wird hier serviert.«

Sam sah ihn erstaunt an. »Halten Sie das für klug? Die ist nicht irgendein Fötzchen, wissen Sie?«

»Sie ist eine italienische Schauspielerin«, sagte Charley kurz.

»Was wird Nickie aber dazu sagen?«

»Die Idee stammt doch von ihm, oder nicht?«

Sam antwortete nicht. Auf dem Weg ins Badezimmer sagte er nur: »Wenn sie kommt, leisten Sie ihr Gesellschaft, bis ich angezogen bin.«

»Okay. Ich gehe jetzt mit Roger zum Abendessen. Wir werden bei Gigi Fazzi sein, hier um die Ecke, falls Sie uns brauchen sollten.«

Tatsächlich kam Marilu eine Stunde zu spät, und Sam war schon halb blau, als sie eintraf. Er hatte so nervös wie ein Jüngling gewartet, einen Scotch nach dem anderen getrunken, und nun war die ganze Welt in einen rosigen Schimmer getaucht.

Als es an der Tür klopfte, erhob er sich leicht schwankend, Charley öffnete, und sie trat ein.

Sam stockte der Atem, und er wurde schlagartig nüchtern. Das war ihre Wirkung auf ihn, es war unglaublich. Ihre Schönheit und Weiblichkeit verursachten ihm Schmerzen in den Eingeweiden.

Sie kam direkt auf ihn zu. Er küßte sie auf die Wange, seine Nase füllte sich mit ihrem waren Duft. »Ich bin so froh, daß du mir nicht böse bist, Sam.«

Er lächelte. »Wer könnte einer so schönen Frau böse sein?«

Sie erwiderte sein Lächeln. »Du wirst ja schon ganz italienisch, Sam!«

Sie ging zum Tisch. »Champagner und Kaviar!« rief sie. Wie ein Kind stibitzte sie einen kleinen Löffel und schaufelte sich Kaviar in den Mund. »Köstlich!«

Sie schien nicht zu bemerken, daß Charley und Roger verschwunden waren, blieb weiter am Tisch, füllte zwei Gläser mit Champagner und reichte ihm eines: »Einen Trinkspruch, Sam!«

Er nahm das Glas, obwohl er Champagner nicht mochte. »Worauf sollen wir trinken?«

»Auf unseren gemeinsamen Film«, sagte sie.

Sie tranken. Dann setzte er das Glas ab. »Ich freue mich sehr.«

»Ich auch.«

Das Telefon klingelte. Er hatte am frühen Nachmittag ein Gespräch mit Stephen Gaunt angemeldet, und es war jetzt endlich durchgekommen. »Ich werde im Schlafzimmer sprechen«, sagte er. »Willst du mich bitte entschuldigen?«

Sie nickte. Er hob im Nebenzimmer den Hörer ab. »Steve?«

Die Stimme der Sekretärin sagte: »Einen Augenblick, Mr. Benjamin, ich verbinde!« Ein Klicken, und da war Steve. »Wie schmeckt die *Pasta* drüben, Sam?«

»Hab noch keine Zeit gehabt, sie zu kosten«, sagte er. »Ich rief an, um zu hören, was du von dem Drehbuch hältst.«

»Die Schwestern?«

»Ja.«

»Scharfe Sache. Aber mir gefällt's. Ich frag mich nur, wie steht's mit Marilu Barzini. Ich weiß, sie ist großartig, wenn sie nackt rumläuft, aber kann sie auch spielen?«

Sam blickte auf; er bemerkte, daß sich die Tür ein wenig bewegte. »Warte einen Augenblick«, sagte er und legte den Apparat auf das Bett.

Er ging zur Tür und öffnete sie jäh. Marilu wäre fast ins Zimmer gefallen.

Er nahm sie bei der Hand, führte sie lächelnd ins Zimmer, setzte sich auf das Bett und griff nach dem Hörer. »Entschuldige, Steve, was sagtest du eben?«

»Ist jemand bei dir?«

»Ja.«

»Kannst du frei sprechen?«

»Ja. Was wolltest du von Marilu sagen?«

Er hielt den Apparat so, daß sie mithören konnte. »Wie gesagt, wenn sie spielen kann, besteht Aussicht, aber man müßte die Sache aufhellen. Und auch 'nen ordentlichen Schuß Sex hineinbringen, nicht so viel verdammten Symbolismus.«

»Beteiligst du dich, falls ich liefern kann, was du wünscht?«

»Jetzt geht es nicht, Sam; du kennst ja meinen Aufsichtsrat. Hast du aber erst den Streifen, dann ist das etwas anderes.«

»Willst du dich mit vierhunderttausend verpflichten, vorbehaltlich Lieferung?«

»Zweihundertfünfzig, mehr ist unmöglich. Vorausgesetzt, wir sind mit dem Drehbuch einverstanden. Alles hängt natürlich von der endgültigen Fassung des Films ab.«

»Und wenn ich dir nun sage, für ihre Leistung in diesem Streifen wird sie den Oscar bekommen?«

»Wenn sie's schafft, glaub ich's dir. Machst du die Sache?«

»Ja«, sagte Sam. »Schließlich ist es ja das, was du mir geraten hast. Ich soll aus dem Gewaltgeschäft raus und in was Seriöses einsteigen.«

Steve lachte. »Okay, Vater. So oder so – ich bin dabei.«

»Für dreihundert«, sagte Sam.

»Dreihundert.« Steve lachte. »Viel Glück. Und gib der Kleinen, die ich ins Telefon atmen höre, einen für mich, ja?«

Die Verbindung brach ab, und Sam legte den Hörer auf.

»Nun?« sagte er mit einem Blick auf Marilu.

»Wer war das?« fragte sie.

»Der Präsident einer der großen amerikanischen Gesellschaften.«

»Warum will eigentlich niemand glauben, daß ich spielen kann?« fragte sie ärgerlich. »Sie sehen in mir nur einen Körper.«

»Das ist doch nicht so schlimm!«

»Aber früher oder später muß es anders werden. Denk nur an die Lollobrigida, an die Loren – die werden als Schauspielerinnen geschätzt.«

»Du wirst auch noch so weit kommen«, tröstete er sie. »Nach diesem Film.«

Plötzlich war ihr Ärger verflogen. »Glaubst du das wirklich, Sam?«

Er nickte.

»Und daß ich den Oscar gewinnen werde?«

Da wußte er, daß er sie in der Hand hatte. »Wenn du tust, was ich sage.«

Sie sank theatralisch vor ihm auf die Knie. »Alles werde ich tun, was du sagst, Sam. Du bist mein Mentor, mein Berater.« Sie grub ihr Gesicht in seinen Schoß.

Seine Reaktion war so blitzartig, daß sie sogar ihn überraschte. Sie kehrte ihm, mit einem heimlichen Lächeln in den Augen, das Gesicht zu. Er errötete. »Ich bin auch ein Mann«, sagte er.

»Natürlich«, sagte sie gelassen, ihre Finger fanden den Reißverschluß und öffneten ihn. »Ihr alle seid stets vor allem Männer.«

4

In seinen Träumen war alles immer groß. Das betraf zuerst die eigene Person. Im Traum war er einsfünfundachtzig, schlank, kräftig und breitschultrig, der Mann, dem die Mädchen seufzend nachblickten. Es dauerte nicht lange, bis ihm klar wurde, daß er trotz aller Streckübungen nie größer werden würde als die einszweiundsechzig, die seine Eltern ihm mitgegeben hatten. Da faßte er einen Entschluß: Wenn er nicht einsfünfundachtzig werden konnte, mußte er eben so handeln, als wäre er einsfünfundachtzig.

Er hatte das Glück, einen vierschrötigen, starken Körper und die Kräfte eines jungen Stiers geerbt zu haben. Andernfalls wäre er keine sechzehn Jahre alt geworden. In East Bronx nahm man angesichts der Lautstärke seiner Reden keine Rücksichten auf seine geringen Körpermaße. Gegen Ende seiner Schulzeit hatte er herausgefunden, daß er nicht alle Welt verprügeln konnte, und er begann seine scharfe Zunge im Zaum zu halten. Von da an kam er gut vorwärts.

Er erwarb sein Diplom im City College von New York und bestand die Anwaltsprüfung des Staates New York, gab jedoch nach zwei Jahren im Rechtsanwaltbüro eines Vetters den Juristenberuf für immer auf. Für ihn war das kein befriedigender Wirkungskreis. Die kleinen Fälle, die er bekommen konnte, interessierten ihn nicht, und die großen wurden immer zu den bereits etablierten Anwälten getragen.

Man schrieb 1933, und das Land stöhnte unter der Depression. Er schätzte sich glücklich, als er einen Job als Vizedirektor in einem Kino auf dem Broadway fand. Und den bekam er auch nur, weil er dem Besitzer des kleinen Konzerns – alles in allem drei Theater – versprach, er werde gratis und außerhalb seiner Arbeitszeit die Rechtsberatung machen. Und das alles für das Prachtgehalt von zweiundzwanzigeinhalb Dollar die Woche.

1934 kam der Streik der Filmvorführer, und die ganze Industrie geriet in Aufruhr. Der Direktor gab lieber seinen Posten auf, als sich gegen die Streikpostenkette zu stellen, und Sam wurde befördert. Nun war er ein großer Mann. Dreißig Dollar die Woche. Und seltsamerweise war er in das Geschäft vernarrt.

Er liebte Filme. Jeden einzelnen, gut oder schlecht. Er sah alle, wenn sie schließlich in seinem Kino gespielt wurden. Manche davon zwei- oder dreimal. Und wieder begann er zu träumen.

So war es auch an jenem Morgen, als er gegenüber dem Filmtheater aus der Untergrundstation kam. Es war warm, und eine flimmernde Hitze lag bereits über den Straßen der Stadt.

Er stand an der Ecke und schaute hinüber. Das allergrößte

Schild war ein unter dem Schirmdach gespanntes Transparent: IM INNEREN 20 GRAD KÜHLER!

Darüber war in einfachen weißen Blockbuchstaben der Hauptfilm angekündigt

JAMES CAGNEY LORETTA YOUNG

TAXI

Matinee für Frühaufsteher 25 Cent

Ausgewählte Kurzfilme im Vorprogramm

Er überquerte die Straße und blieb bei der Kasse stehen. »Guten Morgen, Marge.«

»Guten Morgen, Sam.«

»Wie geht das Geschäft?«

Die Kassiererin warf einen Blick auf ihre Liste. »Nicht übel. Siebzig Eintrittskarten. Die Streikposten waren heute morgen nicht hier.«

Er sah nach rechts und links und sagte: »Vielleicht ist es ihnen zu heiß.«

»Ich vermisse sie direkt. Sie brachten mir immer Kaffee vom Laden an der Ecke.«

Sie hatte recht. Die Streikposten gehörten bereits zum Alltag; ohne sie und ihre weiß und rot bemalten Transparente wirkte das Foyer nackt. »Ich will mal in der Stadt anrufen und mir die Vormittagsziffern geben lassen; bei der Gelegenheit höre ich dann, was eigentlich los ist«, sagte er.

»Sieh zu, daß es nicht zu lange dauert. Ich sitze schon seit neun Uhr dreißig hier drinnen und könnte bald eine Ablösung gebrauchen.«

»Ich komme gleich wieder«, versprach er.

Der alte Eddie, der Platzanweiser am Eingang, lächelte ihm zu. »Guten Morgen, Mr. Benjamin. Siebzig Eintrittskarten heute morgen.« Es klang so erfreut, als gehöre das Kino ihm.

»Morgen Eddie.« Er trat ein. Das beruhigende Dunkel umfing ihn, und er hörte die Stimmen von von der Leinwand.

Der Hauptfilm lief. Er blieb stehen – entzückt –, es war seine Lieblingszene.

Das Publikum lachte schallend. Sam lachte mit.

Er stieg über die Treppe zum Balkon. Das Direktionsbüro lag auf einem kleinen Treppenabsatz in halber Höhe. Er öffnete die Tür und trat ein.

Der sommerprossige junge Mann, ein entfernter Vetter des Besitzers, wandte sich zu ihm um. »Guten Morgen, Sam.«

»Guten Morgen, Elie. War etwas in der Post?«

»Das Übliche«, sagte Elie gelangweilt. »Nur die Programmhefte für die nächste Woche. Zwei Rechnungen. Die Eisfirma wird morgen nicht liefern, wenn wir unsere Schulden nicht zahlen. Ich sagte, du würdest anrufen.«

»Wieviel haben sie heute morgen gebracht?«

»Vier Block.«

»Wir werden mehr brauchen, wenn es weiter so heiß bleibt«, sagte Sam. »Geh hinunter und löse Marge ab. Ich rufe am besten gleich dort an.«

Er ließ sich mit dem Direktor der Eisfabrik verbinden, versprach eine Akontozahlung und bekam die Zusicherung, daß um vier Uhr nachmittags zwei Eisblöcke geschickt würden.

Jetzt sah er sich das Programmheft für den Hauptfilm der nächsten Woche an. Es war ein MGM-Streifen, und das Programm war sorgfältig ausgearbeitet. Sie machten es immer am besten, hatten überall die besten Leute: Stars, Regisseure, Drehbuchautoren. Er blätterte in dem Heft und überlegte, wieviel Zubehör und Propagandamaterial ihm das Hauptbüro schicken würde. Mit dem Material waren sie immer knickerig, obwohl sie es nur ausliehen, anstatt es zu kaufen wie die Kinos in der Innenstadt. Er hörte, wie sich die Tür hinter ihm öffnete, und wandte sich um.

Es war Marge. Sie schaute ihn vorwurfsvoll an. »Du hast gestern abend nicht mal angerufen.«

»Es war schon spät. Ich bin erst nach ein Uhr morgens hier rausgekommen. Ich glaubte, du würdest schon schlafen.«

»Ich hatte dir doch gesagt, ich bleibe wach und warte.«

Es verdroß ihn. Das hatte man davon, wenn man nett zu den Mädchen war. Man stemmt sie zweimal, und schon glauben sie, man gehört ihnen. »Ich war müde«, sagte er.

Sie schloß sorgfältig die Tür hinter sich. »Bist du's noch immer?«

Plötzlich lächelte er. »So müde wieder nicht.«

Sie drehte den Schlüssel um und kam auf ihn zu. Sie war groß, fast um einen Kopf größer als er. Er mochte große Frauen, und diese war überall groß. Große Titten, großes Hinterteil.

Er stand auf, und sie ließ sich umarmen. Während sie sich küßten, lehnte sie sich hinten an den Schreibtisch, um nicht größer zu sein als er. Seine Finger fummelten an den Knöpfen ihrer Bluse.

Sie lachte ein wenig, nun war sie ihrer Sache sicher. Mit einem raschen Griff öffnete sie ihre Bluse, und die schwer im BH liegenden Brüste quollen hervor; er machte sich am Verschluß zu schaffen und entblößte sie. Mit einem fast animalischen Schrei vergrub er sein Gesicht in ihrem Busen.

Mit einer Hand drückte sie seinen Kopf fest an sich, mit der anderen öffnete sie die Knöpfe an seiner Hose. Ihre Hand umfaßte sein angeschwollenes Glied.

»Hast du was zum Drüberziehen?« flüsterte sie.

Er starrte sie an. »Hier? Ich hab doch nicht erwartet...«

Sie zog ihre Hand zurück, als ob sie ein heißes Eisen angefaßt hätte. »Dann hören wir lieber auf«, sagte sie. »Ich darf nichts riskieren.«

»Mein Gott!« Er war ärgerlich. »Du wirst doch jetzt nicht aufhören. Ich ziehe ihn raus, bevor es mir kommt.«

»Versprichst du's?«

»Ich verspreche es.«

»Ich will kein Kind bekommen«, sagte sie, ließ ihren Rock fallen und trat zur Seite. »Wo?«

Sie hatte recht. In dem kleinen Büro gab es nicht mal genügend Platz, um sich auf den Boden zu legen. »Dreh dich um«, sagte er und legte unsanft ihre Hände auf den Schreibtisch, so daß sie halb gebückt stand.

Er ließ seine Hose fallen und drang von hinten in sie ein, während er sie mit den Armen umfaßte und ihre Brüste in die hohlen Hände nahm.

»O Gott! Du bohrst mich ja durch!« schrie sie.

Er hielt sie fest, schob sich eng an sie und entschwand in seine eigene Welt voller phantastischer Brüste, Hinterbakken und wollüstiger Punzen. Er schloß die Augen.

Zuerst schien das ferne Getöse fast mit zu ihrer Paarung zu gehören, dann erfolgte die Explosion und schleuderte sie rückwärts gegen die Wand und dann zu Boden.

Der Schreibtisch stellte sich hochkant, und der Stuhl krachte in eine Ecke. Sam lag einen Augenblick regungslos, rang nach Luft, ihr ganzes Gewicht lastete auf ihm. Dann bewegte er sich.

»Ist dir was geschehen?« fragte er.

»Nein, ich glaube nicht«, sagte sie zögernd. »Was war das?«

Er hatte es instinktiv erraten – fast noch bevor die Schreie aus dem Kino zu ihnen drangen. Er schob sie zur Seite, stand auf und zog seine Hose hoch. Nun wußte er, warum die Streikposten heute morgen nicht gekommen waren. »Zieh dich an«, sagte er. »Ich glaube, jemand hat eine Bombe ins Kino geworfen.«

Bevor sie noch antworten konnte, war er aus dem Büro und rannte die Treppe hinunter. Die hinteren Scheiben der Vorhalle lagen in Scherben. Der alte Eddie stand neben einer aus den Angeln gerissenen Tür; Blut strömte aus einer Wunde an seiner Stirn.

»Ich hab die Leute gesehen, Mr. Benjamin«, schrie er. »Sie haben die Bombe aus einem Auto geworfen. Ein schwarzer Wagen, der vor dem Kino stehenblieb.«

Sam sah sich um. Die Vorhalle war demoliert und über und über mit Glassplittern bedeckt, beinahe unpassierbar. Eine Menschenflut strömte aus dem Inneren des Kinos und drängte sich ihm entgegen. »Eddie, öffnen Sie die Seitenausgänge«, sagte er. »Okay, Leute«, rief er, »Macht euch keine Sorgen, wir zahlen allen das Eintrittsgeld zurück.«

Die Seitenausgänge öffneten sich und ließen das helle Tageslicht ein. Zum Glück kam es zu keiner Panik.

Die Besucher gelangten allmählich ins Freie. Sam trat auf Eddie zu. »Wo ist Elie?«

»Ich hab ihn nicht gesehen.«

Plötzlich wurde Sam übel. Er drehte sich um und lief durch das zerbrochene Glas in die Vorhalle. Der junge Mann saß noch an der Kasse. Das heißt, was von ihm übrig war. Offenbar war der Kassenraum direkt von der Bombe getroffen worden.

In der Ferne hörte er die Sirenen der Feuerwehr. Es war reines Glück, daß nicht er an der Kasse gesessen hatte. Idiotisches Glück.

5

Er saß mit unbehaglichen Gefühlen im Schneiderladen seines Vaters, während der Alte das Geschäft für den Abend abschloß. Ab und zu warf ihm sein Vater einen Blick zu, schüttelte den Kopf und murmelte: »Was soll ich nun deiner Mutter sagen?«

Sam war damals fünfunddreißig Jahre alt, und immer noch verstanden es seine Eltern, ihm das Gefühl zu geben, als sei er noch ein kleiner Junge. Daß er inzwischen stellvertretender Direktor des Roxy-Kinos in der Innenstadt geworden war, spielte dabei keine Rolle. Auch nicht, daß er wöchentlich neunzig Dollar verdiente, mehr als irgendein anderer in der Umgebung. Zur Debatte stand nur seine jüngste ›Dummheit‹.

Der Vater drehte den letzten Schlüssel um, und sie standen draußen auf der Straße. »Mach den Mantel zu«, sagte er. »Bei dem Wind wirst du dir noch den Tod holen.«

Sam warf einen Blick auf den gebeugten Alten und knöpfte seinen Mantel zu. Sie machten sich auf den Weg nach Hause.

Plötzlich blieb sein Vater stehen und sah ihn an. »Ich habe dir nichts gesagt, nicht wahr, als du nicht Rechtsanwalt werden wolltest, nachdem wir soviel Geld ausgegeben hatten, um dich durch das College zu bringen? Oder?«

Sam schüttelte den Kopf.

»Und hab ich nicht deiner Mutter, weil sie zankte, erklärt, laß ihn in Ruhe, er ist ein Mann, er muß selbst seinen Weg finden? Sogar als du in diesem verrückten Filmgeschäft zu arbeiten anfingst – hab ich da nein gesagt? Ich hab gesagt, wünschen wir ihm Glück. Wenn es ihm gefällt, bitte!«

Sam antwortete nicht.

»Hab ich dich gescholten, als du die kleine Greengrass nicht heiraten wolltest, obwohl ihr reicher Vater dir zwanzigtausend Dollar geben wollte, mit denen du dir eine Kanzlei hättest aufmachen können? Nein, hab ich gesagt, ein amerikanischer Junge darf selbst entscheiden, wen er heiraten will. Solange er nicht mit einer Schickse nach Hause kommt, ist alles in Ordnung. Wir sind hier nicht drüben im alten Land.«

Sam hielt den Mund.

»Aber das jetzt ist zuviel!« sagte sein Vater. »Dazu kann ich meine Einwilligung nicht geben. Bei dieser Sache kann ich deiner Mutter nicht sagen: ›Laß ihn.‹ Das ist einfach blöd.«

Sie waren bei ihrem Haus angelangt und betraten den Flur. Er war erfüllt von den vielfältigen Gerüchen seiner Jugend. Es war Freitag abend. Hühnersuppe. Sie stiegen die Treppe hinauf.

»Du bist doch kein Junge mehr! Du brauchst nicht zu gehen. Bis die Einberufung zu dir kommt, bist du über die Altersgrenze hinaus.«

»Das ist es ja eben, Pa«, sagte Sam. »Wenn ich nicht jetzt einrücke, wird es zu spät sein. Dann nehmen sie mich überhaupt nicht mehr.«

»Aha – und wird das so ein Malheur sein?« fragte sein Vater, blieb auf dem Treppenabsatz stehen und stach ihm zur Bekräftigung seiner Worte den Finger gegen die Brust.

»Was würde dir denn entgehen? Eine Chance, dich totschießen zu lassen. Überlaß doch das Kämpfen den anderen. Die verstehen das besser. Du bleib zu Hause, wo du hingehörst, und kümmere dich um deine eigenen Angelegenheiten.«

»Papa, das *ist* meine Angelegenheit. Wenn wir Juden uns nicht als erste bemühen, dem Hitler ein Ende zu machen, wer soll es dann für uns tun?«

»Aber dein Posten im Roxy? Weißt du denn, ob man ihn dir nach dem Krieg wiedergibt?«

»Spielt doch keine Rolle, Pa«, sagte er. »Den wollte ich ohnehin bald aufgeben.«

Sie kamen zur Wohnungstür; der Vater nahm den Schlüssel aus der Tasche. »Mußt du dann die Freikarte für das Roxy zurückgeben?« fragte er.

Sam lächelte. Das war natürlich das Wichtigste. Das einzige, womit seine Mutter die Nachbarn ausstechen konnte, war ihr Recht, wann immer sie wollte, gratis ins Roxy zu gehen. »Ich glaub nicht, Pa«, sagte er. »Das bringe ich schon in Ordnung.«

Er wollte den Krieg und bekam ihn. Er brauchte nicht erst auf die Schlachtfelder in Europa zu warten. Für ihn begann er bereits am dritten Tag der Grundausbildung in Fort Bragg.

Es war sechs Uhr morgens, und sie hatten fast eine Stunde lang in dem eisigen Regen des Frühjahrsmorgens gestanden. Endlich entließ man sie zum Frühstück. Sie traten weg und liefen durch den Regen zum Speisesaal. Vor dem Eingang wurde er bereits gestoßen.

»Hau ab, Judenjunge«, schrie ihm jemand ins Ohr. »Schlimm genug, daß wir euren Krieg für euch führen müssen. Laß uns rein zum Frühstück!«

Er blieb stehen, versperrte den Eingang und wandte sich zu dem Mann um. Hinter ihm standen drei GIs. Den Ausdruck auf ihren Gesichtern kannte er. Nicht umsonst hatte er sein Leben in der East Bronx verbracht. »Wer von euch hat das gesagt?« fragte er scharf.

Sie wechselten einen Blick, dann trat der größte mit herausfordernder Miene vor. »Ich, Judenjunge«, sagte er kalt. Weiter kam er nicht.

Sam gab ihm keine Möglichkeit dazu. Er stieß dem Soldaten sein Knie in die Hoden. Der GI schnappte nach Luft, krümmte sich und faßte nach unten. Sam bildete mit seinen ineinander verschlungenen Händen einen Schlegel, mit dem er dem Soldaten knapp hinter dem Ohr einen fürchterlichen Schlag versetzte. Der Mann taumelte, wieder stieß Sam sein Knie nach oben und traf ihn in die Brust. Sein Gegner flog rückwärts in den Straßenschmutz und blieb bewußtlos liegen.

Es geschah so rasch, daß die anderen immer noch reglos dastanden und zusahen. Sam drehte sich zu ihnen um. »Gibt es noch jemand, der meinen Krieg für mich führen will?«

»Verdammt! Wer hält denn da vorn die Reihe auf?« schrie eine herrische Stimme.

Sie nahmen Grundstellung an. Ein Oberleutnant kam heran, blieb stehen und blickte auf den am Boden liegenden Soldaten. »Was geht hier vor?«

Sie schwiegen, bewegungslos.

»Rührt euch«, fauchte er. »Was ist passiert?«

Keiner sprach. Er wandte sich an Sam. »Sie! Was war hier los?«

Sam sah ihm in die Augen. »Er ist auf der Stufe ausgeglitten, Sir. Ich glaube, er hat sich den Kopf angeschlagen.«

Der Soldat auf dem Boden rührte sich; seine Freunde schickten sich an, ihm zu helfen. Der Oberleutnant beobachtete sie. »Bringt ihn ins Lazarett«, sagte er. Und zu Sam: »Ihr Name?«

»Benjamin, Sir. Samuel Benjamin.«

»Sie melden sich in dreißig Minuten bei mir«, sagte er, drehte sich auf dem Absatz um und verschwand, ehe sie Gelegenheit hatten, nochmals zu grüßen.

Eine halbe Stunde später stand Sam vor seinem Schreibtisch. »Rührt euch«, sagte der Oberleutnant.

Sam stand bequem.

»Wo haben Sie so zu kämpfen gelernt?«

»Ich bin in einer harten Welt aufgewachsen, Sir.«

Der Offizier studierte die Papiere auf seinem Schreibtisch. »Was haben Sie bei dieser Bauernbande zu suchen? Warum haben Sie sich nicht für die Offiziersschule gemeldet? Nach Ihrem Anmeldeformular zu schließen, besitzen Sie dafür alle Voraussetzungen.«

»Ich war der Ansicht, Sir, dies sei der schnellste Weg, um im Kampf eingesetzt zu werden.«

Der Oberleutnant nickte. Er sah sich noch einmal die Papiere an. »Sie sind ein verdammter Dummkopf«, sagte er. Er schrieb ein paar Worte auf das vor ihm liegende Blatt, drückte einen Stempel darauf und schob es Sam zu. »Unterschreiben Sie das.«

»Was ist es?« fragte Sam.

»Ich befürworte Ihr Ansuchen zur Ausbildung als Offizier«, sagte der Oberleutnant. »Sie glauben doch nicht, daß ich Sie nach dem, was vorgefallen ist, wieder zurückschicke. Diese Kerle würden Sie umbringen, ehe Sie überhaupt dazu kommen, gegen den Feind zu kämpfen.«

Knapp zwei Stunden später saß Sam in einem Bus und verließ das Lager. Jetzt war ihm leichter ums Herz. Drei Tage beim Militär hatten ihn überzeugt: Gemeiner Soldat zu sein, war nicht seine Sache.

Drei Monate später kam er auf Urlaub nach Hause. An seiner gut geschnittenen Uniform glänzten die Rangabzeichen des Leutnants.

Seine Mutter erblickte ihn und brach in Tränen aus. »Was hat man mit dir angestellt?« klagte sie. »Du bist ja so mager geworden!«

Er war stämmig, hart und muskulös. Er wog einhundertfünfzig Pfund wie vor seinem zwanzigsten Lebensjahr. Weniger, als er je wieder in seinem Leben wiegen sollte.

Er blieb drei Jahre in Übersee und bekam nie einen Deutschen zu Gesicht, trug nie ein Gewehr, feuerte nie einen Schuß ab. Irgendwann hatte man herausgefunden, daß er einen Projektor zu bedienen verstand. Und so verbrachte er die Kriegszeit damit, für kampfmüde Truppen in Ruhestellungen und und Soldatenheimen Filme vorzuführen.

6

»Jetzt bist du also ein Held«, sagte sein Vater, indem er den Hebel an der großen Bügelmaschine niederdrückte. Eine Dampfwolke quoll hervor. »Und was hast du davon? Nicht einmal einen Job!«

Sam saß mißmutig seinem Vater gegenüber. Das Gesicht des Alten war von der Hitze gerötet. »Ich bin kein Held«, sagte er.

»Mit all den vielen Ordensbändern an deiner Jacke bist du ein Held.« Das klang endgültig und machte jede Diskussion sinnlos.

Sam gab es auf. Er hatte schon allzuoft erklärt, daß das nur Dienstbändchen waren, die angaben, an welchen Kriegsschauplätzen er gewesen war. Nordafrika, England, Sizilien, Frankreich. Die Farben leuchteten auf seiner Brust.

»Zuerst müssen wir dich wieder aufpäppeln«, sagte sein Vater. »Du siehst elend aus.«

»Das wird sich geben, wenn ich wieder genug schlafe«, sagte Sam.

»Du wirst aber nie genug schlafen.« Der Alte nahm die Hose aus der Bügelmaschine und hängte sie über einen Kleiderständer. »Erst wenn du aufhörst, jede Nacht mit Weibern rumzuziehen, Glaubst du, ich weiß nicht, warum du nicht zu Hause wohnen willst, obwohl wir dein Zimmer so nett für dich hergerichtet haben? Nein, du wohnst lieber in deiner Bude in der Stadt, wo du nichts hast als Verkehr und Lärm.«

»Es ist keine Bude, Pa, es ist eine Wohnung.«

»Du nennst das eine Wohnung«, sagte sein Vater, »ich nenne es einen Wandschrank.« Er nahm eine Jacke vom

Ständer und legte sie in die Bügelpresse. Er warf einen Blick auf die Wanduhr. »Der verdammte Schwarze!« schimpfte er. »Elf Uhr, und er ist noch nicht hier! Dann wundern sie sich, wenn sie keinen Posten behalten können. Kaum behandelt man sie gut, bescheißen sie einen von allen Seiten.«

Er ließ die Presse offfen, ging zur Tür, schaute hinaus und kam wieder zurück. »Noch nicht einmal auf der Straße zu sehen...« Wütend klappte er die Presse zusammen. »Also, was wirst du jetzt machen?« fragte er. »Eine Anstellung kriegst du nicht, deinen alten Job im Roxy willst du nicht, zu Hause wohnen willst du nicht, deiner Mutter brichst du das Herz. Du bist schon bald vierzig, bist kein Kind mehr, also was willst du eigentlich?«

»Ich habe keine Lust mehr, für jemand anders zu arbeiten«, erwiderte Sam. »Ich seh mich um, ich will mir ein eigenes Kino kaufen.«

»Aha, eine Bonze!« Sein Vater hielt im Bügeln inne. »Ich hab einen Sohn, der ist ein großer Herr. Nun sag mir, du großer Herr, wo wirst du das Geld dafür hernehmen?«

»Ich habe Ersparnisse«, sagte Sam.

»Ja?« meinte der Alte zweifelnd. »Wieviel?«

»Ungefähr zehntausend Dollar«, erklärte Sam widerwillig.

»Zehntausend Dollar?« Die Bügelmaschine stand offen und spie ihren Dampf aus; der Alte hatte vergessen, das Ventil zu schließen. Sam sah, daß sein Vater beeindruckt war. »Wo hast du soviel Geld her? Du hast doch hoffentlich nichts getan, wofür man dich einsperren wird?«

»Nein«, sagte Sam lächelnd. »Nur den Sold gespart, sonst nichts.«

»Vielleicht bist du doch nicht so dumm«, sagte sein Vater. Er schloß das Dampfventil. »Ist es genug, um ein Kino zu kaufen?«

»Für das, was ich im Auge hab, genügt es«, sagte Sam. »Wenn ich noch etwas mehr nötig habe, kann ich mir's immer noch borgen.«

Einen Augenblick bügelte der Alte schweigend weiter, dann wandte er sich Sam zu. »Versprich mir eines.«

»Was?«

»Wenn du dir Geld ausborgen mußt, gehst du nicht zu fremden Leuten. Deine Eltern sind nicht ganz so arm, daß sie ihrem einzigen Sohn nicht helfen können, wenn er etwas braucht.«

Er kam aus dem Kino in der Zweiundvierzigsten Straße, blieb unter dem Schirmdach stehen und blickte hinüber zum Broadway. Die hellen Lichter schimmerten wie farbenprächtige Edelsteine. Er drehte sich um und sah nochmals in den Saal, den er gerade verlassen hatte. Irgendwie erschien er ihm klein und schäbig im Vergleich zu den anderen im selben Häuserblock.

Der Agent kam heraus, schloß die Tür ab und wischte sich an seinem Mantel den Staub von den Händen. »Man muß es nur noch frisch streichen, Mr. Benjamin, und Sie können mit dem Geschäft anfangen.«

»Na, ich weiß nicht«, sagte Sam zweifelnd.

»Sonst ist alles tadellos, das können Sie mir glauben«, sagte der Agent. »Die Projektionsapparate und Tongeräte sind wie neu. Der letzte Besitzer hat sie, kurz bevor er so plötzlich gestorben ist, der Arme, überholen lassen.«

»Wie steht's mit der Kategorie?« fragte Sam.

»Fünfte Serie«, antwortete der Agent sofort. »Genau wie die anderen Kinos hier in der Straße.«

Das war das System, nach dem festgesetzt wurde, welche Kinos die Streifen zuerst spielen durften. Aber das würde ihm das schon nützen; hier unten bei der Achten Avenue? Der Ansturm begann auf dem Broadway. Bis die Filme zu seinem Kino gelangten, würde die Sahne schon abgeschöpft sein. »Nein«, sagte er.

»Sie machen einen Fehler«, sagte der Agent ernst. »Es ist eine glänzende Gelegenheit, wenn nicht der unglückselige...«

»Es ist nicht das, was ich suche«, erklärte Sam entschieden.

»Für das Geld, das Sie ausgeben wollen, suchen Sie wohl so etwas wie das ›Bijou‹«, sagte der Agent sarkastisch.

Das ›Bijou‹ war das einzige Tageskino auf dem Broadway. Es hatte immer große Einnahmen erzielt. Aber seine Betriebskosten waren im Verhältnis zu seiner Größe zu hoch. Schon mehrere Unternehmer hatten dort Pleite gemacht. Gerade jetzt war es wieder einmal geschlossen.

»Das wäre mir schon lieber«, sagte Sam. »Was können Sie dort für mich erreichen?«

»Mit der Summe von der Sie sprechen, gar nichts.«

»Wieviel wäre denn erforderlich?«

»Im Ernst?«

»Im Ernst.«

»Die Miete allein kostet fünftausend im Monat, das macht zehntausend Depot für den ersten und den letzten Monat, dazu fünftausend für den zweiten, siebentausend Bürgschaft und Depot für die Gewerkschaft, dreitausend für elektrischen Strom, und damit sind wir schon bei fünfundzwanzigtausend. Auf der Einrichtung und den Apparaten steht eine Hypothek von vierzigtausend, und auf dem Grundstück bleiben noch fünfzehntausend offen. Ich schätze, es würden etwa fünfzigtausend nötig sein, um es zu übernehmen.«

Sam beobachtete den Agenten und überschlug gleichzeitig seine Guthaben im Kopf. Alles in allem konnte er ungefähr fünfzehntausend Dollar aufbringen.

»Vergessen Sie auch nicht, Ihre wöchentliche Gehaltsliste wird vierzehnhundert ausmachen, und weil Sie auf dem Broadway sind, verlangen alle Verleiher Höchstpreise und Beteiligung«, fügte der Agent hinzu.

Sam nickte. »Gehen wir hinüber und sehen wir's uns an.«

»Glauben Sie, Sie könnten das hinkriegen?«

»Probieren geht über studieren«, sagte Sam.

Die Ziffer lag eher bei fünfunddreißigtausend; dazu fehlten Sam immer noch rund zwanzigtausend Dollar.

Er saß hinter dem Ladentisch im Geschäft seines Vaters; sie beobachteten den kräftigen Neger, der die Bügelmaschine bediente.

»Du hast mir gesagt, ich soll nicht zu Fremden gehen«, sagte Sam. »Also bin ich zuerst zu dir gekommen.«

»Wieviel brauchst du?« fragte sein Vater.

»Zwanzigtausend Dollar.«

»Du glaubst, es ist eine gute Anlage?«

»Ich stecke jeden Groschen hinein, den ich besitze; das sind fünfzehntausend Dollar«, sagte Sam.

Sein Vater schwieg eine Weile. Dann ging er nach hinten, nahm ein Scheckbuch aus einer Schublade und schlug es auf. »Wie soll ich den Scheck ausstellen?« fragte er.

Beinahe hätte er alles noch vor der Eröffnung verloren. Die von den Großverleihern für ihre Filme geforderten Garantien garantierten nur eines: Wenn er ständig vor ausverkauftem Haus spielte, würde er in zwanzig Wochen bankrott sein, jede geringere Einnahme würde den Prozeß beschleunigen.

Er saß verzagt in dem kleinen Büro hinter der Vorhalle und studierte die vor ihm liegenden, mit Zahlen bedeckten Papiere. Er würde sich entscheiden müssen. Es fehlten nur noch zehn Tage bis zum Monatsersten, und wenn er bis dahin nicht eröffnet hatte, war alles zum Teufel.

Es klopfte an der Tür; er blickte auf. Ein hochgewachsener, gutaussehender Mann stand auf der Schwelle. »Mr. Benjamin?«

Er nickte. »Ja.«

Der Mann trat ein, zog eine Visitenkarte aus der Tasche und legte sie auf den Schreibtisch. »Hier bitte«, sagte er mit leicht ausländischem Akzent.

Sam schaute auf die Karte. Erling Solveg. Svenska Filmindustrie. »Ja, Herr Solveg, und was kann ich für Sie tun?«

»Ich vertrete die schwedische Filmindustrie«, sagte er. »Wir sind auf der Suche nach einem Kinotheater auf dem

Broadway für unsere Filme; wir haben mehrere, die Ihrer Beachtung wert wären.«

Sam blickte nochmals auf die Karte, dann auf den Mann. Er war der Verzweiflung nahe und bereit, alles zu versuchen. »Sind sie synchronisiert?« fragte er.

»Nein«, lautete die Antwort. »Einige sind mit Untertiteln versehen.«

»Das geht nicht«, sagte Sam kurz. »In diesem Kino sieht sich niemand so etwas an.«

»Burstyn und Mayer machen doch da drüben im Rialto gute Geschäfte mit italienischen Streifen«, sagte Mr. Solveg.

»›Rom, offene Stadt‹ hatte glänzende Kritiken«, sagte Sam.

»Wir halten unsere Filme für ebenso bedeutend.«

»Tut mir leid, aber wenn sie nicht synchronisiert sind, bringen wir sie nicht durch.«

Solveg überlegte. »Da ist einer, in dem zwei amerikanische Soldaten vorkommen; sie sprechen während des ganzen Streifens englisch. Allerdings sprechen die anderen Schauspieler schwedisch und deutsch.«

»Haben die Amerikaner große Rollen?«

»Die Hauptrollen. Sie spielen zwei Soldaten, die den Deutschen entkommen. Sie finden Asyl in einem Nudistenlager. Es ist wirklich sehr amüsant. Und auch die Farbe ist recht gut.

»Nudistenlager?« Sams Interesse erwachte.

»Ja, aber es ist sehr geschmackvoll gemacht«, sagte Solveg hastig. »Nichts Unzüchtiges. Ich würde mich freuen, wenn Sie Zeit hätten, sich den Film anzusehen.«

»Hat er den staatlichen Zensurstempel?«

»Wir haben den Film vorgeführt, und er wurde mit einigen kleinen Schnitten angenommen. Die Schnitte haben dem Film nicht geschadet. Wenn er Ihnen gefällt, sind wir bereit, ihn Ihnen zu sehr günstigen Bedingungen zu überlassen.«

»Und zwar?«

»Wir beteiligen uns mit fünftausend Dollar wöchentlich

an den Werbekosten bei einer garantierten Laufzeit von zehn Wochen. Vertriebspreis zwanzig Prozent von der Bruttoeinnahme nach Abzug der Mietkosten, äußerstes Angebot.«

»Wer ist der Vertrieb?«

»Niemand«, sagte Solveg. »Das haben wir noch nicht festgelegt.«

»Jetzt schon!« sagte Sam, ohne zu zögern. »Sie geben mir die Vertriebsrechte für Amerika, und das Geschäft für Ihren Film ist abgemacht.«

»Wollen Sie nicht vorher den Film sehen?« fragte Solveg verdutzt.

»Nur wenn das Geschäft abgeschlossen ist«, sagte Sam. »Wir können keine Zeit verlieren, wenn wir in zehn Tagen eröffnen wollen.«

Am Premierenabend saß Sam mit seinen Eltern hinten im Saal. Als die beiden Soldaten in das Nudistenlager kamen, brüllte das Publikum bereits vor Lachen. Sams Mutter versteckte ihre Augen hinter ihren Händen und lugte zwischen den Fingern auf die Leinwand. »Aber sie sind doch alle ganz nackt, Sam!« sagte sie.

»Red nicht so viel, Mama«, sagte sein Vater gereizt. »Vielleicht kannst du hier was lernen.«

Sam erhob sich und ging ins Foyer. Die Menge stand schon bis auf die Straße Schlange und drängte sich zur Kasse.

Er warf einen Blick auf das Plakat über dem Fenster.

EINTRITT FÜR DIESE VORSTELLUNG: $ 1.25

Er begab sich in sein kleines Büro und griff nach dem Telefon, das ihn mit dem Kassierer verband. »Für die Neun-Uhr-Vorstellung erhöhen Sie die Preise auf einsfünfundsiebzig«, sagte er. Dann schlug er die Hände vors Gesicht und brach in Tränen aus.

Er hatte seinen ersten Schlager.

7

Der Anruf kam vom Platzanweiser am vorderen Eingang. »Eine Mrs. Marxman möchte Sie sprechen, Mr. Benjamin.«

»Mrs. wie?«

»Mrs. Marxman«, wiederholte der Platzanweiser. »Sie sagt, sie hat eine Verabredung mit Ihnen für zehn Uhr.«

»Ah ja.« Plötzlich erinnerte er sich. »Schicken Sie sie herauf.« Er legte den Hörer auf und ordnete die Papiere auf seinem Schreibtisch. Das war die junge Frau, die sein Vater ihm empfohlen hatte, als er am vorigen Freitag beim Abendessen erwähnte, er suche eine gute Sekretärin.

Sein Vater hatte sich mit einer Serviette den Mund abgewischt und gefragt: »Was für eine Sekretärin suchst du?«

»So ein Mädchen, weißt du, dem man nicht erst alles zweimal sagen muß.«

»Ich hab genau die Richtige für dich«, sagte sein Vater.

»Wirklich?«

»Ja. Erinnerst du dich an Cohen, den Geflügelhändler?«

»Er war während des Krieges der größte Schwarzhändler für Hühner in ganz Bronz.«

»Sie ist ein sehr nettes Mädchen«, sagte seine Mutter, die zum Tisch zurückgekommen war. »Eine feine Dame. Und auch gebildet.«

»Ich suche nur eine Sekretärin, ich will mich nicht verheiraten.«

»Sie auch nicht«, sagte sein Vater schnell. »Sie hat eine kleine Tochter.«

»Dann ist sie also verheiratet?«

»Eigentlich nicht. Sie ist Witwe, ihr Mann ist im Krieg gefallen. Ich hab gehört, sie will wieder arbeiten.«

»Von wem hast du das gehört?«

»Von ihrem Bruder Roger. Er kommt jeden Monat und kassiert die Miete für den Laden. Das Haus gehört Cohen, und als er plötzlich starb, hinterließ er so viele Immobilien, daß sein Sohn Roger sich als Grundstückmakler etablieren konnte. Es geht ihm sehr gut.«

»Warum stellt er sie dann nicht an?« fragte Sam.

»Du weißt ja, wie das ist. Familie. Außerdem braucht sie das Geld eigentlich nicht gar nicht. Cohen hat seine beiden Kinder gut versorgt.«

»Und doch will sie arbeiten?«

»Sie mag nicht nur zu Hause herumsitzen«, antwortete sein Vater. »Suchst du eine Sekretärin? Dann sieh sie dir an. Vielleicht gefällt sie dir, vielleicht auch nicht. Ich habe ihrem Bruder versprochen, mit dir eine Verabredung für sie zu treffen.«

»Sie ist eine hübsche Frau«, sagte seine Mutter, »und groß. Da, nimm noch etwas Suppe.«

Sam beobachtete sie, während sie seinen Teller nachfüllte. Es war eine Falle, das wußte er. Es gab jedoch keinen vernünftigen Grund, mit dem er sich drücken konnte; er würde die Frau ansehen müssen. Aber weiter nichts. Wenn sie glaubten, er würde sie anstellen, dann täuschten sie sich gewaltig. So dumm war er nicht, das bewiesen schon seine bisherigen Erfolge.

»Na schön, ich werde mit ihr reden«, sagte er. »Sie soll Montag morgen um zehn ins Kino kommen.«

In einem hatten seine Eltern recht: Sie war hübsch, etwas größer als er, hatte dunkelbraunes Haar und blaue Augen. »Nehmen Sie bitte Platz«, sagte er und wies auf den Stuhl vor seinem Schreibtisch.

»Danke«, sagte sie, blieb aber stehen.

Da erst bemerkte er, daß ein Haufen Papiere, die er noch durchsehen wollte, auf dem Stuhl lag. »Verzeihen Sie«, sagte er und griff rasch nach dem Stapel. Jetzt stand er da und suchte einen Platz dafür.

Sie lächelte. »Mein Bruder hat jedenfalls nicht gelogen: Sie brauchen wirklich eine Sekretärin.«

»Ja, das stimmt.« Er hielt noch immer die Papiere in der Hand. »Wie kamen Sie auf den Gedanken, Ihr Bruder hätte gelogen?«

»Sie wissen doch, wie die lieben Verwandten sind. Die glauben, man muß sofort hinrennen und wieder heiraten.«

Sein Blick ruhte auf ihr. »Ich weiß, was Sie meinen.« Endlich gab er die Suche nach einem Platz für die Papiere auf und warf sie auf eine Ecke des Schreibtischs, dann setzte er sich wieder hin. »Das gleiche höre auch ich von meinen Eltern.«

»Ehrlich gestanden«, sagte sie, »hielt ich das nur wieder für einen von Rogers Tricks. Erst wollte ich gar nicht herkommen.«

Er lachte. »Und ich glaubte, meine Eltern versuchten die gleiche List bei mir. Ich hatte mir schon überlegt, wie ich Ihnen beibringen soll, daß Sie für den Posten nicht geeignet sind.«

Nun lachte auch sie; ihr Lachen gefiel ihm, es war warm und unbefangen. Sie setzte sich auf den Stuhl, und ihr Ton wurde geschäftlich. »Welche Aufgaben gehören eigentlich zu diesem Job?«

Er sah sich hilflos um. »Nun ja, wissen Sie, das Übliche. Tippen, ablegen, ganz allgemein alles im Auge behalten. Ich brauche nicht nur eine Sekretärin, sondern jemand mit Verstand, der die Dinge weiterführen kann, wenn ich nicht im Büro bin.«

»Klingt sehr interessant.«

»Ist es auch. Ich habe große Pläne, ich werde mich nicht mit dem hier zufriedengeben. Es handelt sich um mehr als ein Kino; ich werde in das Filmverleihgeschäft einsteigen, in der ganzen Welt Filme verkaufen.«

»Ich verstehe«, sagte sie.

Sie verstummten, und er betrachtete sie. Ihre Kleidung gefiel ihm, sie war elegant, ohne auffallend zu wirken. Er griff zerstreut nach der Zigarre, die im Aschenbecher auf seinem Schreibtisch lag. Er steckte sie in den Mund und kaute daran. Dann legte er sie wieder in die Schale, nahm eine frische Zigarre heraus und zündete sie an. »Stört es Sie, wenn ich rauche?«

»Nein.«

»Mögen Sie auch eine Zigarette?« fragte er.

»Gern«, sagte sie.

Er suchte auf seinem Schreibtisch nach dem Päckchen, von dem er wußte, daß es irgendwo lag.

»Lassen Sie nur«, sagte sie, »ich habe selbst welche.« Sie nahm eine Packung aus ihrer Handtasche und steckte eine Zigarette zwischen die Lippen. Er zündete ein Streichholz an und beugte sich über den Tisch, um ihr Feuer zu geben.

Dann lehnte er sich in seinem Stuhl zurück. Sie schwiegen eine Weile, und plötzlich begannen sie beide gleichzeitig zu sprechen.

»Verzeihen Sie«, sagte sie.

»Bitte. Was wollten Sie sagen?«

Sie zögerte. »Ich glaube, daß das eine Arbeit ist, die mich interessieren würde. Möchten Sie etwas über mich wissen, damit Sie sich leichter entscheiden können?«

»Ja.« Er blickte auf seinen Schreibtisch. »Sie haben bereits in einem Büro gearbeitet?«

»Ja, nach dem College war ich bei einer Immobilienfirma, bis ich heiratete. Stenographie und Schreibmaschine sind vielleicht ein wenig eingerostet, aber sicher gibt sich das sehr schnell mit ein wenig Übung.«

»Wie lange waren Sie verheiratet?«

»Zwei Jahre. Das heißt, zwei Jahre, bis mein Mann fiel. Eigentlich waren wir noch nicht einmal einen Monat verheiratet, als er nach Übersee ging.«

»Tut mir leid«, sagte er.

Wieder schwiegen sie. »Sie wissen, daß ich eine Tochter habe?«

Er nickte.

»Sie ist jetzt drei Jahre alt. Kein Problem, wenn ich arbeite. Ich habe eine gute Kinderschwester für sie.«

»So viel wirft der Job aber nicht ab«, sagte er. »Ich beginne erst in dem Geschäft.«

»Das Gehalt spielt keine Rolle«, sagte sie. »Gibt es noch etwas, das Sie wissen möchten?«

»Ja«, sagte er und sah sie dabei an.

»Und zwar?«

»Ihren Namen.«

Sie begegnete seinem Blick. »Denise«, sagte sie.

Zwei Wochen nachdem sie bei ihm zu arbeiten begonnen hatte, wußte Sam bereits, daß es klappen würde. Sie hielt alles in Ordnung, die Bücher, die Post, die Konten.

Die Nackten Flüchtlinge, wie Sam den Film für die Vereinigten Staaten betitelt hatte, war weiter ständig ausverkauft. Es schien sich eine ununterbrochene Laufzeit von einem Jahr anzubahnen, und er hatte keine Eile, den Film abzusetzen; es gab zur Zeit nichts Besseres.

Er begann sein Interesse auf das Vertriebsgeschäft zu lenken. Mehrere Großfirmen wandten sich an ihn, um den Film zu übernehmen, doch ihre Bedingungen waren immer so, daß sie ihm keinen anderen Verdienst gewährleistet hätten als die geringfügige Garantie, die sie ihm anboten. Sie behaupteten ständig, der Erfolg am Broadway sei ein Glücksfall, es sei eben ein Film für New York, der woanders kaum eine Chance habe. Er führte Besprechungen mit verschiedenen Vertriebsfirmen für die Vorführrechte in den einzelnen Staaten.

Das waren kleinere Gesellschaften, meist nur Ein- oder Zwei-Mann-Betriebe, aber sie konnten Filme auf den Markt bringen, die von den Großfirmen abgelehnt wurden. Doch auch da war in den meisten Fällen nicht viel zu verdienen. Er studierte verschiedene Möglichkeiten und kam schließlich auf die eine zurück, die ihm Erfolg gebracht hatte.

Was er brauchte, waren Vertriebsfirmen oder Partner zur Finanzierung der Werbekampagne. Ohne Werbung würden seine Filme nicht ankommen, denn sie hatten keine Namen bekannter Stars oder bewährter Kassenmagneten aufzuweisen. Zwei Wochen lang reiste er durch das Land und besuchte verschiedene Schlüsselstädte, das heißt jene Städte, die die größten Einnahmemöglichkeiten boten und gewöhnlich fast achtzig Prozent des Einspielergebnisses eines Films erbrachten. Als er wieder nach New York kam, hatte er seinen Plan fertig; was er nicht hatte, waren die Geldmittel, um ihn auszuführen.

Wieder fühlte er sich eingeengt und enttäuscht, empfand,

was ihn schon mehrmals zuvor von einem Posten zum anderen getrieben hatte: daß er gegen steinerne Wände anrannte.

Er wandte sich an die Banken, aber sie lehnten es ab, ihm das Geld zu leihen; ihrer Ansicht nach genügten die Vertriebsrechte für einen Film nicht als Sicherheit, so gut die Aussichten auch sein mochten. Sie hatten sich schon früher bei ähnlichen Gelegenheiten die Finger verbrannt.

Die Geschäftemacher und großen Geldverleiher waren bereit, in eine begrenzte Spekulation einzusteigen, das würde zwar für einen Anfang genügen, nicht aber um das zu verwirklichen, was er wollte. Einen Augenblick lang war er versucht, ihre Angebote anzunehmen, doch die hohen Zinsen, die er zu zahlen hätte, sowie die fünfzig Prozent seines Reingewinns, die sie forderten, hielten ihn davon ab.

Eigentlich war sein Plan ganz einfach. Er hatte zehn Lichtspieltheater im Land soweit gebracht, daß jedes von ihnen bereit war, mit ihm einen Abschluß zu tätigen, bei dem ihm praktisch der Saal vermietet wurde, um den Film zu zeigen. Er würde ihnen einen Mindestgewinn garantieren, und sie würden mit fünfzig Prozent am Überschuß beteiligt sein. Die Garantien sowie die Reklame, die er zu bezahlen hätte, würden wöchentlich dreitausend Dollar pro Kino ausmachen. Dreißigtausend Dollar die Woche für einen Zeitraum von fünf Wochen, die Mindestlaufzeit, für die er abschließen müßte; alles in allem einhundertfünfzigtausend Dollar.

Dreißigtausend konnte er selbst aufbringen, weitere zwanzigtausend würden ihm seine Eltern geben, dessen war er sicher, schon weil er das erste Darlehen so schnell zurückgezahlt hatte. Solveg versprach fünfzigtausend seitens der schwedischen Filmindustrie. Damit fehlten ihm immer noch fünfzigtausend Dollar.

Er schob die Papiere auf seinem Schreibtisch beiseite und schaute auf die Uhr. Es war fast acht. Er strich sich versonnen über das Gesicht. Er mußte sich rasieren und für seine Verabredung mit Denise zum Abendessen fertig machen.

Sie war bereits nach Hause gefahren, um sich umzuziehen. Das Telefon klingelte, und er hob ab.

Es war Denise. »Sam?«

»Ja«, sagte er.

»Wie geht's?«

»Sehr gut, nur eben ein bißchen müde.«

»Hören Sie, ich hab eine Idee«, sagte sie. »Das Wetter ist scheußlich, es regnet. Warum sollen wir auswärts essen? Kommen Sie hierher und ruhen Sie sich bei mir aus. Ich hab zwei Riesensteaks, die kann ich auf den Grill legen.«

»Klingt prima«, sagte er. »Wann soll ich erscheinen?«

»Kommen Sie jetzt gleich, ich habe schon alles bereit.«

Er saß im Wohnzimmer ihrer Wohnung in der Westend Avenue, in einer Hand einen Drink, in der anderen eine illustrierte *Schneewittchen*-Geschichte.

»Ist das Snoopy, Onkel Sam?« fragte Myriam mit ihrer hellen Kinderstimme und zeigte auf eine Abbildung.

»Nein, das ist Grumpy«, sagte er.

»Den mag ich nicht«, erklärte sie.

Er lachte, stellte das Glas hin und zerzauste der Kleinen das Haar. »Den mag keiner. Er hat schlechte Manieren.«

»Ich hab gute Manieren«, sagte Myriam. »Mich mag jeder.«

»Das glaube ich gern.«

Das Kind kletterte von seinem Schoß. »Geh nicht fort, ich hole ein anderes Buch.«

»Ich bleib hier«, versprach Sam. Er griff wieder nach seinem Glas und sah sich in der Wohnung um. Seine Eltern hatten recht gehabt: Offensichtlich hatte sie es nicht nötig zu arbeiten. Die Miete dieser Wohnung kostete mehr, als er ihr bezahlte. Draußen klingelte es.

»Wollen Sie bitte nachsehen, Sam?« rief Denise aus der Küche.

Er öffnete die Tür; es war ihr Bruder Roger. Er trat ein, und sie drückten sich die Hand. »Ich kann nur ein paar Minuten bleiben«, sagte Roger. »Denise erwähnte, daß Sie zum Abendessen kämen, und da dachte ich, ich guck mal rein.«

Denise kam aus der Küche. »Willst du nicht mit uns essen? Es ist genug da.«

»Ich möchte nicht stören«, sagte Roger mit einen Blick auf Sam.

»Sie stören nicht«, sagte Sam.

»Mach dir einen Drink zurecht«, rief Denise, »das Essen wird in einer Minute fertig sein. Ich lege noch ein Gedeck auf.«

»Wie geht das Geschäft?« fragte Roger.

»Gut«, erwiderte Sam, »wir spielen immer noch vor ausverkauftem Haus.«

»Es ist ein guter Film«, sagte Roger. »Mir gefällt am besten die Szene, in der die Deutschen die amerikanischen Soldaten nicht finden können, weil nackt alle gleich aussehen.«

Sam lächelte. »Ja, das ist eine gute Szene.«

»Wie kommen Sie mit Ihren Vertriebsplänen voran?«

»Langsam, das erfordert Zeit.«

»Wo liegt das Problem?«

»Wie gewöhnlich, beim Geld«, antwortete Sam.

»Wieviel brauchen Sie?«

Plötzlich begriff Sam: Er war nicht einfach zum Abendessen hier. Denise hatte das alles arrangiert.

Später, als Roger fortgegangen war und sie im Wohnzimmer eine zweite Tasse Kaffee tranken, sagte er: »Das hätten Sie nicht zu tun brauchen.«

»Ich wollte es aber gern tun. Ich glaube an Sie.«

Es geschah ganz zwanglos. Sie standen aneinandergelehnt, und dann lag sie in seinen Armen. Sie küßten sich, und plötzlich spielte seine kleine Gestalt keine Rolle mehr; er fühlte sich groß.

»Warum ich?« fragte er. »Ich bin fünfzehn Jahre älter als du, klein und dick.« Er zeigte auf das Foto ihres verstorbenen Mannes. »Kein bißchen so wie er.«

Ihre Augen waren fester als ihre Stimme. »Du bist ein Mann. Mit dir verglichen sind alle anderen kleine Jungen.«

Ein leises Geräusch kam von der offenen Tür. Sie drehten sich um. Das Kind stand auf der Schwelle und rieb sich die Augen. »Ich hab schrecklich geträumt.«

Sam hob sie auf, brachte sie zur Couch und setzte sie zwischen sich und ihre Mutter. »Das geht vorbei«, sagte er beruhigend.

Sie blickte zuerst auf ihre Mutter, dann auf ihn. »Wirst du jetzt mein Daddy sein?«

»Warum fragst du nicht lieber deine Mutter? Sie hat anscheinend schon alles arrangiert.«

8

»Ich möchte, daß du dir neue Kleider kaufst«, sagte sie eines Abends beim Essen.

»Wozu denn? Ich hab mir alles zu unserer Hochzeit neu gekauft. Das genügt doch.«

»Ja, für einen Schlepper beim Pferderennen. Nicht für einen erfolgreichen Geschäftsmann.«

»Ich bin im Filmgeschäft. Da zieht man sich nicht so an wie woanders.«

»Wie du willst. Wenn du gern klein und dick aussiehst...«

»Ich bin eben klein und dick«, sagte er. Und damit war der Fall erledigt. Glaubte er. Bis er sich am nächsten Morgen anziehen wollte.

Er rannte durchs Zimmer. »Wo sind denn alle meine Anzüge, zum Teufel?«

»Du schreist«, sagte sie, »das ist ungesund.«

»Ist es gesund, nackt herumzulaufen?« brüllte er. »Was hast du mit meinen Anzügen gemacht?«

»Der Heilsarmee geschenkt.«

Er war sprachlos.

»Ich hab dich beim Schneider angemeldet. Heute morgen um zehn, ich gehe mit dir hin.«

»In Gottes Namen. Aber was soll ich inzwischen anziehen?«

»Den Anzug, den du gestern getragen hast.«

Sie bestellten ein halbes Dutzend Anzüge, alles vom gleichen Schnitt, drei in Schwarz, drei in Dunkelblau. Auch er mußte nachher zugeben, daß er besser aussah. Die neuen Schuhe mit dem eingebauten Innenabsatz waren auch kein Fehler.

Einige Tage später wartete sie in dem kleinen Büro, das sie gemeinsam benutzten, bis er mit einem Kinodirektor von Oklahoma City genug gestritten und geschrien hatte.

»Warum brüllst du so?« fragte sie ruhig. »Bei dieser Lautstärke könntest du dir die Kosten für ein Telefon sparen.«

»Was soll ich denn machen«, brüllte er, »wenn der Hurensohn versucht, mich um zwei Tausender zu bescheißen?«

»Du schreist schon wieder«, sagte sie, »und ich sitze doch nur einen Meter von dir entfernt.«

»Natürlich schrei ich; ich bin wütend.«

»Du könntest mit leiser Stimme ebenso wütend sein, und die Leute würden mehr Respekt vor dir haben.« Sie erhob sich. »Du hast es nicht mehr nötig, zu schreien, damit die Leute dich anhören. Du hast Erfolg, du bist ein großer Mann. Sie werden dich auch anhören, wenn du flüsterst.«

Sie verließ das Büro, und er folgte ihr mit den Augen, dann kehrte sein Blick zu seinem Schreibtisch zurück. Das war der Haken mit den Weibern; sie waren nicht glücklich, bevor sie einen nicht umgekrempelt hatten. Aber sie hatte vielleicht nicht ganz unrecht. Wie damals mit den Anzügen. Man konnte es immerhin versuchen. Wenn es nicht klappte, würde er weiterschreien.

Als sie abends im Bett lagen, sagte er: »Du hattest ganz recht, weißt du.«

»Womit?«

»Mit dem Schreien; es ist eigentlich unnötig. Wahrscheinlich ist es nur eine Gewohnheit, vielleicht nur meine Art zu zeigen, daß ich der Herr bin.« Er zog sie an sich.

Sie wehrte ihn ab. »Ich möchte noch etwas mit dir besprechen.«

»Hat das nicht Zeit bis später?« fragte er wie ein kleiner Junge. »Jetzt möchte ich vögeln.«

»Darüber will ich eben mit dir reden. Später schläfst du ja.«

Er tastete zur Lampe, knipste sie an und setzte sich auf. »Also, was ist los?«

Sie war errötet. »Ich kann nicht reden, wenn das Licht brennt und du mich so anstarrst.«

»Soll ich vielleicht ins Nebenzimmer gehen und telefonieren?«

»Mach keine Witze«, sagte sie, »es ist was Ernstes.«

»Ich mach keine Witze. Na, sag es schon.«

Ihr Gesicht war nun ganz rot, sie senkte den Blick. »Das ist es eben. Du bist so ungeduldig, immer bist du in Eile.«

»Wovon redest du eigentlich?«

Sie sah ihn an. »Wir sind nun fast sechs Wochen verheiratet«, sagte sie leise. »Und ich habe, scheint mir, erst zwei Orgasmen gehabt.«

Jetzt klang seine Stimme besorgt. »Warum hast du mir das nicht schon früher gesagt? Vielleicht solltest du zu einem Arzt gehen, möglich, daß da etwas nicht stimmt.«

»Alles stimmt«, sagte sie, »nur – verstehst du – du hast es immer so eilig. Rauf, rein, erledigt, raus und du schläfst. Dann lieg ich die halbe Nacht wach und denke darüber nach, was eigentlich passiert ist.«

»Da gibt's nichts nachzudenken, du mußt nur sehen, daß du früher soweit bist.«

»Das kann ich nicht«, sagte sie unglücklich. »Du mußt mir eben mehr Zeit lassen.«

»Wie soll ich das denn machen? Du kennst mich doch. Wenn es bei mir mal losgeht, läßt es sich nicht aufhalten.«

»Vielleicht würde es helfen, wenn du an andere Dinge denkst, sobald du merkst, daß du zu aufgeregt bist.«

»Wenn ich an andere Dinge denke, verlier ich meinen Steifen.«

»Ich hab irgendwo gelesen, es hilft, wenn man zählt.«

»Ich weiß nicht«, sagte er zweifelnd. »Hattest du mit ihm die gleichen Schwierigkeiten?«

Sie wußte, wen er meinte. »Bei ihm hab ich überhaupt nie einen Orgasmus gehabt«, sagte sie aufrichtig. »Ehe ich Zeit hatte, darüber nachzudenken, war er schon fort.«

Sam schwieg.

»Ich möchte dich nicht verstimmen«, sagte sie und faßte nach seiner Hand. »Ich liebe dich, das weißt du.«

»Ich liebe dich auch«, sagte er, »und ich möchte, daß es für dich gut ist. Ich werde es versuchen.«

Er knipste die Lampe aus, beugte sich zu ihr nieder und küßte sie. Sie führte seinen Kopf zu ihren Brüsten und drückte ihn, während er sie wie ein Kind liebkoste, fest an sich, Bald darauf drang er in sie ein.

»Ist es so richtig?« flüsterte er.

»Wundervoll«, erwiderte sie warm und zärtlich.

Er wurde stärker in ihr, und sie erwiderte seine kräftigen Stöße. »Ich bin bald soweit«, flüsterte er heiser. »Soll ich jetzt zählen?«

»Ja. Ja«, antwortete sie, außerstande, ihre eigene Reaktion zu beherrschen.

»Eins... zwei... drei... vier... Wie lange muß ich das weitermachen?« keuchte er.

»Solange... du kannst.«

»Fünf... sechs... o Gott... sieben... acht.« Er schrie jetzt beinahe. »Ich schaffe das nie... neun... Jetzt kommt es... oooh... zehn. Ab mit der Rakete!«

Fest an ihn geklammert hob und senkte sie sich mit ihm, bis die Erregung in beiden verströmt war. Dann lagen sie still, und eine Schlaffheit überkam sie. Sie spürte seinen Atem an ihrer Wange und öffnete die Augen.

Sein Blick lag auf ihr. »War das besser?«

Sie nickte.

»Bei ihm hast du das nie empfunden?« Seine Stimme war fast grimmig.

»Nein, nie«, antwortete sie.

Sein Gesicht entspannte sich zu einem Lächeln. »Hast du was dagegen, wenn ich nächstesmal singe?« fragte er. »Ich war im Rechnen immer schwach.«

Als gegen Ende des folgenden Jahres Samuel junior geboren wurde, hatten sie sich ihr Leben bereits recht behaglich eingerichtet. Sam verdiente mit dem Kino und dem Vertriebsgeschäft etwa fünfzigtausend Dollar im Jahr und hatte sich in der Branche einen speziellen Ruf erworben – als Produzent und Verkäufer sogenannter Aufbaufilme. Ihr Thema war fast immer etwas Ungewöhnliches, etwas, das auf den ersten Blick wenig populär schien, doch Sam fand den Pfiff für die richtige Werbung, und das führte meist zum Erfolg. Nur einen Haken hatte das Geschäft: Keiner der Filme war in seiner fundamentalen Anziehungskraft auf das Publikum stark genug, um einen Durchbruch auf dem allgemeinen Markt zu erzielen.

Und dorthin mußte er gelangen, um an das wirklich große Geld heranzukommen. Siebzehntausend Kinos gegen die wenigen Hundert, in denen er manchmal zum Zug kam. Er behielt seine Überlegungen für sich und teilte seine ehrgeizigen Wünsche nicht einmal Denise mit, die in jenen Jahren mit den beiden Kindern vollauf beschäftigt war. Er verfolgte in aller Ruhe den Markt, studierte ihn, und dann, eines Tages im Jahr 1955, entschloß er sich zu dem großen Schritt.

Er verkaufte seinen Pachtvertrag für das Kino und zog mit der Vertriebsfirma in ein kleines Büro im Rockefeller Center. Das Fernsehen hatte die Filmindustrie in Panik versetzt. Die Bruttoeinnahmen gingen zurück, und im ganzen Land mußten die Kinos um ihre Existenz kämpfen.

Sams Überlegung war einfach. Was ihm im kleineren Maßstab Erfolg gebracht hatte, würde nun auf dem größeren Markt glücken. Durch Werbung, Reklame und Aufbau würde man, mehr noch als durch den Film selbst, das Publikum an die Kassen bringen. Aber es mußte – trotz allem – der richtige Film sein. Einer, der jedem Publikum gefiel, ob jung und alt. Und es mußte ein Film jener Art sein, die sich für die altmodische ›Zirkus‹-Reklame eignete, die er einzusetzen gedachte. Er wußte auch schon, wo er hingehen mußte, um ihn zu finden.

Italien. Die ietalienischen Filmgesellschaften hatten sich, nachdem MGM seine berühmte Neufassung von *Ben Hur* beendet hatte, an den Trend angehängt. Sie hatten die vielen Szenenaufbauten und Requisiten, die man für diesen Film zusammengetragen hatte, genutzt, und Sam hatte erfahren, daß eine Anzahl von Filmen, die zu seinem Plan paßten, gerade produziert wurde. Was er brauchte, war nur Geld.

Denise lud Roger und seine neue Frau zum Abendessen ein.

9

Sam blickte auf, als Roger ins Büro trat. Roger legte ein Blatt Papier vor ihn hin. »Das sind die letzten Zahlen von Charley Luongo aus Rom über den Barzini-Film. Was sagst du dazu?«

Sam zuckte mit den Schultern. »Das ist ja nur der Bericht des Kassenprüfers. Diese Zahlen kannte ich schon vor zwei Wochen.«

»Warum hast du mir nichts gesagt?« fragte Roger. Er ärgerte sich über sich selbst. Er hätte daran denken sollen, daß der Prüfer immer zwei Wochen hinterherhinkte.

»Was gab's da zu sagen?« erwiderte Sam. »Wir stecken so tief in der Patsche, es bleibt uns gar nichts anderes übrig, als weiterzumachen.«

»Trotzdem hättest du mir's sagen können; ich bin schließlich dein Teilhaber.« Roger war wütend.

»Ich wollte dich nicht beruhigen. Ich dachte, Anne bekommt gerade das Baby, und damit hast du genug Sorgen.«

»Genug Sorgen?« Rogers Stimme wurde heftig. »Hältst du mich für ein Kind? Glaubst du, ich weiß nicht, daß wir vor dem Bankrott stehen? Ich hab ja gesagt, wir hätten uns nie auf diesen verdammten Film einlassen sollen!«

Sam starrte ihn wortlos an.

»Aber du bist ja angeblich der Fachmann«, fuhr Roger spöttisch fort. »Dieser Film wird alle Preise bekommen, hast du behauptet. Das einzige, was er kriegen wird, ist eine Verurteilung nach Paragraph elf vor dem Konkursgericht.«

»Nur nicht so stürmisch«, fuhr ihn Sam an. »Der Film ist großartig. Ich habe Steve Gaunt die zwei ersten Spulen gezeigt, und er war ganz begeistert.«

»Begeistert – gut«, sagte Roger. »Ich hab aber nicht gesehen, daß er mit dem Geld herausgerückt wäre.«

»Du weißt, das kann er nicht, bevor der Film fertig ist!«

»Du bist reingelegt worden, Sam, merkst du das denn nicht?« Nun wurde Roger boshaft. »Der Junge ist ein Eisklumpen, inzwischen weiß ich über seinen Ruf Bescheid: Er nutzt jeden aus. Glaubst du, ich kenne den Typ nicht, immer ein freundliches Lächeln auf den Lippen, während er hinter deinem Rücken darauf aus ist, dir den Hals umzudrehen.«

Sams Stimme klang sanft. »Okay, Roger, du bist aufgeregt, darauf nehme ich Rücksicht. Geh jetzt wieder in dein Büro und beruhige dich. Wir reden weiter, sobald du vernünftig geworden bist.«

»Ich bin auch jetzt vernünftig, ganz und gar. Du brauchst mir nur mein Geld wiederzugeben, sonst nichts. Ich bin nicht habgierig, du kannst den ganzen Film behalten, wenn du ihn für so gut hältst.«

»Das meinst du nicht im Ernst«, sagte Sam.

»Du glaubst es nicht?« Roger starrte auf ihn nieder. »Stell mich auf die Probe.«

Sam suchte aus den Papieren auf dem Schreibtisch einen Brief heraus, an dem ein Scheck befestigt war. Er reichte ihn Roger. »Das ist ein Scheck von Supercolor Laboratories über zweihunderttausend, sie haben ihn mir als Akontozahlung für die Vereinbarung gegeben, wonach wir ihnen unsere gesamten Entwicklungs- und Kopierarbeiten übertragen. Ich war im Begriff, ihn für das Herstellungskonto nach Italien zu schicken. Jetzt liegt es an dir.

Wenn du bei deiner Meinung bleibst, behalte ihn. Wenn du glaubst, daß wir alle in dieser Branche spinnen und nicht wissen, was wir tun, dann wirst du es eines Tages bereuen. Jetzt entschließ dich: Du kannst das Geld in das Herstellungskonto stecken oder es behalten. In beiden Fällen jedoch möchte ich später von dir keine Klagen hören.«

Roger starrte ihn an. »Was wirst du tun, wenn ich den Scheck nehme?«

Sam begegnete seinem Blick. »Ich bin bis jetzt durchgekommen, ich werde auch bis zum Schluß durchkommen.«

Sie wußten beide, daß Roger den Scheck wieder auf den Schreibtisch legen würde, hätte Sam ihn darum gebeten. Aber man war zu weit gegangen, Sam war zornig; er würde nie darum bitten. Dazu war er zu stolz.

Als er abends nach Hause kam, erkannte er an Denises Miene, daß sie bereits alles wußte. Er sagte nichts, sondern begab sich geradewegs ins Schlafzimmer, um sich umzuziehen. Er schlüpfte in einen Hausanzug, steckte die Füße in Pantoffeln und ging ins Wohnzimmer. Der Scotch und die Eiswürfel standen schon auf dem Kaffeetisch. Er mischte sich einen Drink, knipste den Fernsehapparat für die Sieben-Uhr-Nachrichten an und setzte sich auf die Couch. Dann nahm er einen großen Schluck von seinem Drink.

Die Kinder kamen, wie gewöhnlich nach ihrem Abendessen, zu ihm herein. Sie kletterten auf die Couch und umarmten ihn. »Tag, Daddy.«

Er lächelte ihnen zu. »Tag, Kinder. War das Essen gut?«

Myriam nickte. Junior ließ sich zu keiner Antwort herab; er starrte auf den Fernsehschirm.

»Was siehst du dir an. Daddy?« fragte Myriam.

»Die Nachrichten.«

»Auf Kanal zwei läuft *Jagd auf See*«, berichtete Junior.

»Du kannst es dir nach den Nachrichten ansehen«, sagte Sam.

»Dann ist es schon zur Hälfte vorbei«, widersprach Junior.

Sam grinste und fuhr dem Kleinen durchs Haar. »Gut,

dann geh und sieh es dir auf deinem Apparat an, wenn du willst.«

»Danke, Daddy.« Junior war draußen, noch ehe Sam zu Ende gesprochen hatte. Jetzt fragte er seine Tochter: »Wie steht's mit dir? Willst du es dir nicht auch anschauen?«

»Ich bleibe lieber hier bei dir«, sagte sie.

Das war ungewöhnlich. Sonst verschwand sie immer mit ihrem Bruder, sobald Sam das Signal gab. Jetzt kletterte sie auf seinen Schoß. Einige Minuten schwiegen beide; als der Werbespot kam, zupfte sie ihn am Arm.

»Daddy, sind wir reich?«

Sam grinste. »Ich glaube nicht.«

»Arm?«

»Nein, arm sind wir auch nicht.«

»Wenn wir nicht arm sind, dann sind wir reich«, sagte sie entschieden.

»So habe ich es noch nie gesehen«, erwiderte er. »Eine ganz neue Art, es auszudrücken.«

»Sind wir so reich wie Onkel Roger?«

»Wie kommst du darauf?«

»Tante Anne ging eben weg, als du nach Hause kamst. Sie hat zu Mummy gesagt, Onkel Roger hat mehr Geld als wir.«

»Ja. Warum auch nicht?«

»Sie hat auch gesagt, Onkel Roger hat es satt, uns zu erhalten.« Mit erstaunter Miene fügte sie hinzu: »Ich hab geglaubt, du erhältst uns.«

»Tu ich auch; deshalb geh ich ja jeden Tag zur Arbeit.«

»Warum hat Mummy dann geweint?«

»Geweint?«

Die Aufmerksamkeit der Kleinen wurde vom Fernsehschirm in Anspruch genommen. Sam drehte ihr Gesicht zu sich. »Wann hat Mummy geweint?«

»Tante Anne sagte, wenn du zu Onkel Roger nicht nett bist, wird er dir kein Geld mehr geben. Und dann würden wir arm sein, denn du würdest alles verlieren.«

»Das hat sie gesagt?« fragte Sam leise.

»Ja. Dann ist sie fortgegangen, und Mummy hat geweint.«

Sam blieb eine Weile stumm sitzen. Er nahm noch einen Schluck von seinem Drink und blickte auf den Fernsehschirm; aber er erfaßte nichts. Anne hatte nicht so unrecht. Wenn er das Geld für die Fertigstellung des Films nicht auftreiben konnte, war es wohl möglich, daß sie arm sein würden. Vielleicht nicht in dem Sinn arm, wie es in seiner Erinnerung seine Eltern gewesen waren, als er ein Kind war, aber arm im Vergleich zu ihrer jetzigen Lage.

Myriam erhob sich von seinem Schoß. »Ich glaube, ich seh mir jetzt *Jagd auf See* an.«

»Ja«, sagte er. »Geh nur.«

»Wir werden nicht arm sein, nicht wahr? Wie die kleinen Kinder in Indien, für die wir in der Schule sammeln? Die alle hungern und keine Kleider haben?«

»Keine Angst. Das wird nie geschehen.«

»Da bin ich froh.« Plötzlich lächelte sie. »Ich glaub nicht, daß mir das gefallen würde.«

»Du hast nichts gegessen«, sagte er, als sie vom Tisch aufstanden.

»Ich habe keinen Hunger.« Denise folgte ihm ins Wohnzimmer.

Er schaltete den Fernsehapparat ein und hob den Deckel vom Eiskübel. »Alles zerschmolzen«, sagte er ärgerlich.

»Ich hole uns neues.« Sie nahm den Kübel vom Kaffeetisch und ging hinaus.

Er wechselte die Kanäle, bis er etwas fand, das ihn interessierte, dann lehnte er sich bequem auf der Couch zurück. Er goß ein wenig Whisky in ein Glas, hielt es in der Hand, bis sie mit dem Eis wiederkam, warf einige Würfel hinein und rührte mit dem Finger um.

»Eine schreckliche Angewohnheit«, sagte sie.

»Aber es erhöht den Wohlgeschmack.«

Sie schaute auf den Bildschirm. »Schon wieder ein Western? Siehst du dir nie etwas anderes an?«

»Mir gefallen die Westernfilme«, verteidigte er sich.

»Ich gehe zu Bett.« Sie verließ das Zimmer, ehe er antworten konnte.

Er blieb noch ein paar Minuten sitzen, dann erhob er sich und folgte ihr mit dem Glas in der Hand ins Schlafzimmer.

»Na schön«, sagte er, indem er die Tür hinter sich schloß, »red es dir vom Herzen.«

Sie trat von dem Wandschrank, in den sie eben ihr Kleid hängte, zurück. »Ich mag die Art nicht, wie du dich benimmst. Du sprichst mit keinem Menschen mehr. Du tust Dinge, ohne Rücksicht auf andere Leute zu nehmen. Du verhältst dich, als wärst du der einzige, der etwas versteht.«

Er trank einen Schluck aus seinem Glas.

»Du hast dich verändert«, sagte sie, »ich weiß nicht, was in dich gefahren ist. Früher warst du nie so.«

»Hat dir das dein Bruder gesagt?« fragte er.

»Ich hab mit Roger nicht gesprochen«, fuhr sie ihn an.

»Nein, du hast mit Anne gesprochen. Und er hat ihr aufgetragen, was sie dir sagen sollte.«

»Anne kann sich selbst ein Bild über die Dinge machen! Und ich auch.«

»Was soll ich also tun?«

»Du könntest Roger anrufen und ihm die Sache erklären. Er ist verletzt. Vielleicht gibt er dir dann den Scheck zurück.«

»Nein«, sagte er. »Es gibt da nichts zu erklären. Roger hat den Scheck genommen, weil er ihn haben wollte; ich hab ihn nicht dazu gezwungen. Roger hatte recht, ich hatte unrecht. Aber nicht nur jetzt: die ganze Zeit. Ich sollte eben keinen Kompagnon haben; das liegt mir nicht, ich muß mein eigener Herr sein. Darum habe ich mich damals selbständig gemacht.«

»Er war aber dein Partner. Er hat soviel Geld hineingesteckt.«

»Ich hab es ihm zurückbezahlt, das weißt du. Jeden Groschen. Diese zweihunderttausend waren sein Anteil am Geschäft, bevor wir in diesen Film einstiegen.«

»Roger sagt, Stephen Gaunt hat dir mit seinen Versprechungen den Kopf verdreht.«

»Roger redet lauter Quatsch«, fauchte er, jetzt wurde er zum erstenmal wütend. »Stephen hat mir nichts versprochen. Er hat nur gesagt, daß ihm der Film, soweit er ihn gesehen hat, gefällt, sonst nichts.« Er goß den letzten Tropfen seines Drinks hinunter. »Roger hätte im Immobiliengeschäft bleiben sollen, das ist das einzige, wovon er etwas versteht.«

»Wie ist das aber mit dem Geld?« fragte sie. »Du brauchst es doch, um den Film zu Ende drehen zu können.«

»Ich werde es woanders bekommen.«

»Wo?«

»Das weiß ich nicht, aber ich werde es bekommen. Und zwar zu meinen Bedingungen. Von nun an werde ich nur noch eine Partnerin haben, dich.«

Er stellte das Glas hin und trat auf sie zu. Sie ließ sich von ihm umarmen, und er legte ihren Kopf an seine Brust.

»Ich mach mir Sorgen, Sam«, sagte sie.

»Ich auch«, gestand er. »Aber sprich morgen früh mit Myriam. Sie hat dich mit Anne sprechen hören und glaubt jetzt, wir seien arm. Es hat keinen Sinn, daß sie sich ängstigt.«

»Sie hat uns gehört?«

Sam nickte. »Sie erzählte mir, daß du geweint hast. Sie hat geglaubt, daß sie bald ohne Kleider herumlaufen und hungern muß.«

Plötzlich standen Tränen in ihren Augen. »Armes Kind!«

Sie ging zur Kommode und nahm ein Papiertaschentuch aus der Schublade. »Jetzt geht's mir wieder besser«, sagte sie und putzte sich die Nase. »Aber ich hätte gern etwas zu trinken.«

Sie gingen ins Wohnzimmer, und er mixte die Drinks. Als sie sich wieder setzten, begann eben ein neues Programm.

»Mein Gott, schon wieder ein Western!« sagte sie und stand auf, um einen anderen Sender einzuschalten.

»Laß sein«, sagte er, »von diesem hat mir Steve erzählt. Es

ist eine neue Art Western. Psychologisch. Er glaubt, das wird ganz groß ankommen.«

Sie sah eine Weile zu. »Für mich ist der genauso wie alle anderen«, sagte sie dann. »Immer schießen sie aufeinander! Steve weiß nicht, was er redet.«

Aber Sam hörte sie gar nicht; er war gefesselt von den Vorgängen auf dem kleinen Bildschirm. Sie täuschte sich: Das war wirklich etwas anderes. Er wußte, daß Steve recht hatte, das würde ein großer Erfolg werden.

Gegen Ende des Programms fragte sie: »Sam, was willst du tun?«

Er sah sie an. »Zuerst fahre ich nach Italien und sehe mir selbst den Film an, stelle fest, was eigentlich los ist und wieviel Geld wir noch brauchen, um ihn fertigzustellen. Vielleicht finde ich eine Möglichkeit, die Kosten herabzusetzen. Wollen sehen, was sich machen läßt.«

»Und dann?«

»Dann wird es schon weitergehen.« Er wandte sich wieder dem Fernsehschirm zu, um den Höhepunkt des Films nicht zu versäumen. Der kleine Fernseher besaß eine ganz hypnotische Kraft; er lenkte die Gedanken von den eigenen Problemen in eine andere Welt ab.

Und irgendwie war das gar nicht so schlecht; denn am Ende war es doch Stephen Gaunt, der die Lösung für ihn fand.

10

Das kleine Flugzeug schlingerte, daß einem übel wurde, als es über die Berge zum Flugplatz von Palermo niederging. Der Pilot fluchte auf italienisch, während er den Stabilisator regulierte. Dann wandte er sich an Charley, um ihm rasch etwas zu erklären.

Charley nickte. »Der Pilot möchte sich wegen des Schwankens entschuldigen«, sagte er zu Sam, der hinter ihm saß. »Er hat schon lange keine so kleinen Maschinen geflogen und ist nun ein wenig außer Übung. Er steuert gewöhnlich große Constellations, aber er sagt, wir sollen uns keine Sorgen machen. Bevor wir morgen wieder nach Rom zurückfliegen, wird er noch ein wenig üben.«

Sam spürte ein unangenehmes Gefühl im Magen, als das Flugzeug so plötzlich an Höhe verlor. »Er sucht sich einen komischen Moment aus, um uns das mitzuteilen«, stellte er fest. »Er soll üben, soviel er will, aber in seiner Freizeit und nicht, wenn ich mit ihm in einem Flugzeug sitze.«

Der Sprechfunk schnatterte, und der Pilot antwortete. Er brachte das Flugzeug in weiten Bogen über die See hinaus.

»Was ist denn jetzt los?« fragte Sam nervös.

»Nichts«, antwortete Charley. »Wir haben die Landegenehmigung erhalten.«

»Was treibt er denn?« fragte Sam. »Will er auf einem Fischerboot landen?«

Charley schaute lachend nach unten. Es war ein strahlend sonniger Tag, und die See war ruhig und blau. Da und dort tauchten die Segel einiger kleiner Schiffe auf; vor ihnen brütete Palermo in der Sommerhitze. Das Flugzeug kam ordentlich zwischen zwei Bergen hinunter und setzte auf der Piste auf.

Sam stieß einen hörbaren Seufzer aus, als die Räder den Boden berührten; sie rollten auf das kleine Flughafengebäude zu.

»Der Wagen wird uns erwarten«, sagte Charley, »er bringt uns ins Hotel. Sie haben Zeit für eine rasche Dusche, bevor wir zur Außenaufnahme fahren.«

»Warum fahren wir nicht sofort hin?« fragte Sam.

»Das hätte keinen Sinn, Mittagszeit – da arbeitet niemand.«

Gedreht wurde in einem Bergdörfchen, etwa eineinhalb Stunden von Palermo entfernt. Sie fuhren über den Hauptplatz mit der unvermeidlichen Kirche und waren kurz darauf an Ort und Stelle.

Sam zwinkerte; eben hätte er noch geschworen, er sei mitten ins sechzehnte Jahrhundert zurückversetzt. Alles hatte so alt gewirkt, die Menschen, die Häuser. Und hier standen nun Wohnwagen, größer als die Hütten im Dorf, riesige Scheinwerfer, Generatoren, Reflektoren. Auf dem Feld vor ihm war eine große Mitchellkamera aufgebaut, die auf eine kleine Hütte gerichtet war. Eine schwarze Hülle schützte sie vor der Sonne.

Der Fahrer parkte den kleinen Fiat hinter einem der Wohnwagen. Er beugte sich vor und klopfte auf das Armaturenbrett, als wolle er seinen Wagen beglückwünschen, weil er so tapfer durchgehalten hatte. »*Va bene*«, sagte er.

Sam stieg aus und sah sich um. Jenseits der Straße spielten ein paar Männer auf einem Feld Boccia, andere lagen im Schatten, einige hatten den Hut über das Gesicht gezogen und schliefen. Wer noch wach war, begegnete seinem Blick mit träger Neugier; mehr wäre bei der Hitze zu anstrengend gewesen.

»Dort vor uns steht Nickies Wohnwagen«, sagte Charley, der vorausging.

Sam folgte ihm, und sie stiegen die niedrigen Stufen empor. Innen war es dunkel und kühl; der erste Raum war als Büro eingerichtet, mit zwei kleinen Schreibtischen und einer Schreibmaschine. Er war leer.

Charley ging weiter und klopfte an die Tür zum zweiten Raum. »Hallo, Nickie«, rief er. »Bist du wach?«

Von drinnen ertönte ein scharrendes Geräusch; gleich darauf trat ein Mädchen heraus. »Signor Luongo«, grüßte sie nickend, ging zum Schreibtisch, setzte sich an die Schreibmaschine und begann sich zu kämmen.

Dann kam Nickie heraus; er hatte zwar eine Flanellhose und ein Sporthemd an, aber seine Füße waren nackt und seine Augen verschlafen. Jetzt lächelte er. »Ah, Sam, was für eine Überraschung.«

Sam drückte die Hand, die sich ihm entgegenstreckte. »Ich wollte mal rüberkommen und sehen, wie es bei euch vorangeht.«

Nickie warf ihm einen Blick zu. »Es geht gut; vielleicht ein bißchen langsam, aber es wird ein sehr guter Film.«

»Ja, der Film ist gut«, sagte Sam. Daß man mit der Arbeit im Rückstand war, erwähnte er nicht – das hatte Zeit. »Ich möchte mich ein wenig umsehen.«

»Wird mir ein Vergnügen sein«, sagte Nickie. Er wandte sich zu dem Mädchen und sagte ihr schnell ein paar Worte. Sie nickte und beschäftigte sich wieder mit ihrer Schreibmaschine. Die beiden Herren gingen hinaus.

»Das ist das Häuschen, in dem *Die Schwestern* wohnen«, sagte Nickie auf dem Weg zur Kamera. »Wir haben das Dach abgenommen, damit wir Innenaufnahmen machen können. Es ist ein wirkliches Haus.«

Sam schaute sich um. Drüben wurde immer noch Boccia gespielt. »Warum arbeiten die nicht?« fragte er.

»Sie warten, bis der Regisseur sie für die nächste Aufnahme ruft«, sagte Nickie.

»Wo steckt der denn?« fragte Sam.

»Ich werde mal nachsehen.« Nickie wechselte ein paar Worte mit einem der Männer, die im Schatten bei der Kamera hockten. Dann sagte er zu Sam: »Sie warten, bis die Sonne in den richtigen Winkel kommt, in etwa einer halben Stunde.«

»Warum zum Teufel, habt ihr alle Scheinwerfer hier draußen, wenn ihr dann doch auf die Sonne warten müßt?« fragte Sam.

»Wir verwenden sie zur Aufhellung und für Nachtaufnahmen«, antwortete Nickie. »Aber Pierangeli besteht darauf, wann immer es möglich ist, mit der natürlichen Beleuchtung zu arbeiten.«

»Wieviel Film habt ihr heute in den Kasten gebracht?«

»Ein paar Szenen«, sagte Nickie.

»Wie viele Minuten?«

»Vielleicht zwei.«

»Und diese Szene? Wie lang wird ihre Laufdauer sein?«

»Vielleicht eine Minute, möglicherweise weniger.«

»Und dafür wartet ihr auf die Sonne?« fragte Sam verärgert. »Ich dachte, Sie vertreten meine Interessen? Der Film kostet bereits das Doppelte der veranschlagten Summe. Wo bleiben da meine Interessen?«

»Wir hatten etwas Pech«, sagte Nickie betreten. »Das Wetter, immer wieder regnete es, wenn wir Sonne brauchten, und die Sonne schien, wenn wir Regen haben wollten...«

»Warum habt ihr euch denn nicht beim Drehen nach dem Wetter gerichtet, anstatt darauf zu warten?«

»Pierangeli arbeitet eben so«, sagte Nickie. »Ich kann ihn nicht ändern, das kann keiner.«

»Ich möchte mit ihm sprechen«, sagte Sam zornig.

»Er ist drüben in Marilus Wohnwagen«, sagte Nickie. »Sie proben.«

Als sie zu dem Wohnwagen kamen, war Pierangeli schon fort. Das Mädchen begrüßte sie; Marilu ruhe sich aus, sagte sie. *»E vero, il Maestro* und Signor Ulrich, der deutsche Schauspieler, haben mehr als eine Stunde mit ihr geprobt; jetzt sind sie fortgegangen, damit sie sich ausruhen kann, bevor die Aufnahmen wieder beginnen.«

»Womit, zum Teufel, haben die sie bei der Probe so ermüdet, daß sie sich ausruhen muß?« fragte Sam.

Charley warf ihm einen Blick zu, doch keiner antwortete, und sie gingen wieder. Charley folgte ihnen und flüsterte: »Pierangeli ist ein fanatischer Realist.«

»Und?«

»Das ist die Szene, nachdem sie und der Deutsche im Feld hinter dem Haus gevögelt haben. Sie kommt noch ganz heiß und wollüstig herein; und ihre Schwester beschuldigt sie, daß sie sie mit ihrem Geliebten betrügt.«

»Ich verstehe immer noch Bahnhof«, sagte Sam.

Charley sah ihn an. »Muß ich Ihnen eine Skizze machen?«

Sam starrte ihn ungläubig an. »Sie meinen – er hat es sie wirklich tun lassen?«

Charley nickte. »Pierangeli glaubt fest, daß die Kamera das auf ihrem Gesicht erkennbar machen wird.«

»Aber – Nickie? Er hat doch sicher...«

»Es geschieht für den Film, für die Kunst. Daran ist nichts Persönliches.«

»Das muß ich einmal Denise erzählen«, sagte Sam, »sie wird es mir nicht glauben.«

Als sie zur Dekoration kamen, waren die Männer schon bei der Arbeit. Der Kameramann und seine Assistenten hatten die Hülle von der Kamera genommen und beschäftigten sich mit den Linsen. Die Tonleute rollten ihr fahrbares Aufnahmegerät in Stellung. Andere ebneten den Boden vor dem Haus, fegten die Stufen, ölten die Türangeln, damit sie nicht im unggeigneten Augenblick knarrten.

Sam blickte sich suchend um. Pierangeli war nicht da. »Wo ist der Regisseur?«

Nickie zeigte in eine Richtung.

Pierangeli saß auf der Erde, mit dem Rücken an eine niedrige Mauer vor dem Haus gelehnt. Seine Knie waren hochgezogen, sein Kopf ruhte auf den über Knien verschränkten Armen. Sein breitkrempiger, über das Gesicht gezogener Hut schützte ihn vor der Sonne.

Sam wollte auf ihn zugehen, aber Nickie hielt ihn zurück. »Nicht jetzt«, sagte er. *»Il Maestro* bringt sich in Stimmung. Wir stören ihn niemals, bevor er eine Szene dreht.«

Sam beobachtete ihn; nach etwa fünf Minuten hob Pierangeli den Kopf. Sein Blick glitt verwundert über die ringsum Arbeitenden, dann erhob er sich langsam.

Er trat hinter die Kamera und blickte durch den Sucher. Er sagte etwas zum Kameramann, trat zurück und ging zum vorderen Eingang des Hauses. Mit dem Fuß schob er den Straßenschmutz zurück, den die Männer weggefegt hatten. Dann schaute er schielend zur Sonne hoch und wieder zurück auf seinen Schatten. Offenbar war alles in Ordnung, denn er gab, während er zur Kamera zurückkehrte, ein kaum wahrnehmbares Zeichen. Darauf folgte ein scharfer Pfiff.

»Silenzio!« dröhnte die Stimme eines Assistenten.

Eine Sekunde später war nichts zu hören als das leise Summen eines Motors, dann verstummte auch das. Ohne sich umzublicken, hob Pierangeli die Hand. *»Avanti«*, sagte er leise und ließ seine Hand gleich wieder sinken.

Die Tür ging auf, und das Mädchen, das die jüngere Schwester spielte, kam mit einem Eimer in der Hand heraus. Sie goß das Wasser über die Stufen. Dann wollte sie zurückgehen, hörte ein Geräusch und blickte auf.

Sam folgte ihrem Blick. Marilu kam durch das Tor. In der Art, wie sie aussah, wie sie ging, wie ihre Hüften, Beine und Brüste sich bewegten, lag etwas Unmißverständliches. Man brauchte es keinem zu sagen. Jeder wußte es, wenn er sie bloß ansah.

Sam drehte sich wieder um und beobachtete den kleinen Mann neben der Kamera. Unter dem breitrandigen Hut konnte er nur die Augen erkennen. Sie waren überall. Wie eine Kamera.

Sam winkte Charley zu sich. Sie überquerten die Straße. Als sie außer Hörweite waren, sagte Sam: »Kommen Sie, wir fahren zurück nach Rom.«

»Ich dachte doch, wir würden die Nacht hier verbringen«, sagte Charley.

»Hat keinen Sinn«, erklärte Sam. »Die haben ihre eigene Arbeitsmethode. Vielleicht ist sie langsam, vielleicht begreife ich sie nicht. Vielleicht wird sie zwanzig Groschen mehr kosten. Aber die Leute verstehen ihr Handwerk, und es wird sich lohnen.«

11

Einen Augenblick saß er allein in der letzten Reihe des Vorführungsraums. Das von der Leinwand zurückgeworfene Licht flackerte über sein ruhiges Gesicht; dann, als sie wieder hinschauten, war er fort.

Jack Savitt hob müde die Hand. »Na schön, Jungs, das wär's.«

Die Vorführung wurde abgebrochen, die Lichter im Raum blitzten auf. Jack erhob sich; Jimmy Jordan, der Produktionsleiter von Trans-World Pictures, sah ihn fragend an: »Was ist los?«

»Wie, zum Teufel, soll ich das wissen?« antwortete Jack.

»Die Show ist gut«, sagte Jordan. »Was hat er denn?«

»Was immer es ist – er wird es Ihnen schon sagen, da können Sie sicher sein. Höchstpersönlich.«

»Wir haben eine Menge Geld in diesen Pilotfilm gesteckt«, sagte Jordan.

»Steve auch«, sagte Jack. »Hunderttausend Eier gehen nicht zu Fuß.« Er wandte sich zur Tür. »Ich fahre zurück ins Büro, ich rufe Sie von dort an.«

Steve saß im Wagen. Jack setzte sich wortlos neben ihn und ließ den Motor an. »Zurück in dein Büro?«

Steve schüttelte den Kopf. »Für heute hab ich genug. Bring mich bitte ins Hotel, ich will versuchen, ein wenig zu schlafen.«

»Eine gute Idee«, sagte Jack. »Du hast die letzten zwei Tage zuviel gearbeitet. Man muß sich ein wenig ausruhen, sonst kann man die Zeitverschiebung nicht verkraften.«

Er fuhr los, vorbei am Studio, an den winkenden Wächtern, und über die Autobahn zurück nach Los Angeles. Er nahm eine Zigarette aus der Tasche, zündete sie an, reichte sie Steve und nahm sich selbst eine.

»Das sind Betrüger«, sagte Steve plötzlich.

Jack erschrak. »Was hast du gesagt?«

»Daß sie schwindeln.« Steves Stimme war entschieden und verärgert. »Erst versprechen sie etwas, und dann liefern sie etwas anderes. Sie lügen, sie betrügen, sie stehlen. Bilden sich ein, daß sie, nur weil sie eine große Filmproduktion haben, unsere Sachen verschludern dürfen. Dabei wären sie alle ohne unser Geld längst nicht mehr im Geschäft.«

Jack bog in den Sunset Boulevard Richtung Beverley Hills ein. »Sie haben Probleme«, sagte er. »Die Filmabteilung stützt immer das Budget für die Fernsehabteilung.«

»Das ist nur blödes Gerede«, sagte Steve. »Wir haben ihnen für diesen Pilotfilm hunderttausend gezahlt; er hat, ihren Angaben nach, hundertfünfzigtausend gekostet. Darin sind ihre fünfundzwanzig Prozent Generalunkosten enthalten, das heißt, sie haben alles in allem zwölftausendfünfhundert ausgelegt. Und dann wollen sie uns erzählen, sie hätten eine Menge Geld hineingesteckt. Kein Wunder, wenn wir von ihnen nichts als Mist bekommen.«

»Das ist nicht Jimmys Schuld«, sagte Jack, »er ist ein guter Mann; er tut wirklich, was er kann.«

»Das weiß ich. Ich mache ihm auch keine Vorwürfe.«

»Die Leute werden eine Antwort bezüglich der Show haben wollen.«

»Die Show können sie sich an den Hut stecken; ich will sie nicht haben.«

»Du wirfst also hunderttausend zum Fenster hinaus.«

Steve legte die Zigarette in den Aschenbecher. »Wird nicht das erstemal sein.«

Sie schwiegen, bis sie zum Sunset Plaza Drive kamen. »Bieg hier ein«, sagte Steve plötzlich.

Jack bog scharf nach rechts; hinter ihnen fluchte ein Autofahrer. »Wohin willst du?«

»Fahr nur weiter«, sagte Steve.

Sie fuhren einige Minuten die gewundene Straße entlang, bis sie in eine andere, kleine Nebenstraße kamen. »Hier hinein.«

Nach dreihundert Metern gelangten sie, knapp hinter einem Etagenhaus, in eine Sackgasse. »Du kannst den Wagen dort abstellen«, sagte Steve und wies auf einen kleinen Parkplatz gegenüber dem Gebäude.

Jack stellte den Motor ab. »Und nun?«

»Komm mit!« sagte Steve und stieg aus dem Wagen.

Jack folgte ihm über den Parkplatz zu einem eisernen Gitter, das eine von außen kaum bemerkbare Einfahrt absperrte. Steve nahm einen Schlüssel aus der Tasche und schloß es auf. Er ging voraus durch die Einfahrt; sie bog jäh um die Ecke – und da stand das Haus, unmittelbar oberhalb der Straße, die sie eben verlassen hatten. Der Eingang war hinten. Steve nahm einen anderen Schlüssel und öffnete die Tür.

Sie traten oben ein und gingen über eine Treppe hinunter. Auf dem ersten Absatz wies Steve auf ein großes Panoramafenster. »Das Schlafzimmer.«

Er drückte auf einen Knopf – und das Schlafzimmer war erleuchtet. Durch das Fenster sah es aus wie ein Bühnenbild. Das riesige runde Bett stand fast in der Mitte des Zimmers. Er öffnete die Tür; sie traten ein.

Jack sah ihn neugierig an. »Keine Außenfenster?«

Steve zeigte auf die Decke und drückte zugleich auf einen Knopf neben dem Bett. Unter leisem Summen öffnete sich die Decke, und Licht flutete in den Raum. Er drückte auf einen anderen Knopf, und die Scheibe, die sie von der Außenwelt trennte, schob sich in die Wand. Der Himmel über ihnen war leuchtend blau, nur einige abendlichen Sterne glänzten bereits.

»Das Bett dreht sich auch«, sagte Steve, auf einen dritten Knopf drückend. Tatsächlich bewegte es sich langsam im Kreis, und gleichzeitig senkte sich aus einer Öffnung in der Ecke ein Fernsehapparat herab. »Es sind drei Apparate eingebaut, gleichgültig, in welcher Richtung man das Bett dreht«, erklärte Steve.

»Fantastisch!« sagte Jack.

Steve drückte auf den Hauptschalter, und alles rollte langsam zurück. »Komm weiter.«

Er ging voraus nach unten, zur Hauptetage mit einem riesigen Wohnzimmer. Jack erstarrte. Das Haus war ein Chalet in Großformat mit Giebeldach und neun Meter hohen Fenstern. Es war alles da: die geschickt hinter der Bar eingebaute Küche, der Eßplatz, die geschlossene Terrasse. Davor lag auf einer kleinen Geländestufe ein ovales Schwimmbecken, etwa vier mal sechs Meter, das über der Stadt zu schweben schien. Unten kroch der Verkehr über den Strip.

»Das hast du dir gekauft?«

»Ich hab es gebaut.«

Jack schüttelte den Kopf. »Bei dir gibt's immer neue Überraschungen.«

Steve sah ihn schweigend an.

»Ich hätte mir nie vorgestellt, daß du für die Hügel Hollywoods was übrig hast«, sagte Jack. »Eher für Beverly oder Holmsby, sogar Bel Air.«

»Das ist Familienstil. Ich bin für Einsamkeit.«

Jack lachte. »Gibst du die Mädchen auf?«

»Sieht das hier danach aus?«

Jack schüttelte den Kopf. »Nein«, sagte er lachend. »Aber du bist noch jung, du wirst wieder heiraten.«

»Möglich.« Steves Stimme klang gelassen.

»Du hast doch wohl eine Stereoanlage einbauen lassen?«

»Natürlich.« Steve drückte auf eine Schalttafel. Sofort war das Haus von Musik erfüllt; sie schien aus allen Richtungen zu kommen.

Jack hob die Hände. »Na schön, du hast mich überzeugt. Auf ins Bett.«

Steve stellte lächelnd die Musik ab.

»Du mußt eine Einstandsparty geben«, sagte Jack. »Wann ziehst du ein?«

»Nicht so bald.«

»Es sieht doch alles ganz fertig aus. Was muß denn noch getan werden?«

»Nichts.« Steve stieg die Stufen hinauf. »Gehen wir.«

Als sie wieder im Wagen saßen und den Hügel hinunterfuhren, fragte Jack: »Wann, glaubst du, wird es soweit sein?«

»Zur gegebenen Zeit.« Steve zog die Schultern hoch. »Wer weiß? Ein Jahr, fünf, zehn? Der Job dauert nicht ewig; kein Job dauert ewig. Dann werd ich herkommen und hier wohnen.«

»Und was wirst du tun?«

»Darüber werd ich mir den Kopf zerbrechen, wenn es soweit ist.« Steve schwieg eine Weile. »Gefällt dir das Haus?«

»Ich finde es toll«, antwortete Jack. »Nur eines stimmt daran nicht.«

»Nämlich?«

»Wenn du hinkommst, bist du zu alt, um es richtig zu genießen.«

Jack bog in die Einfahrt zum Beverly-Hills-Hotel ein. Ein Page lief ihm in der Halle entgegen. »Eben kam ein Telegramm für Sie, Mr. Savitt.«

Jack gab ihm ein Trinkgeld, ging zum Empfangstisch und nahm das Telegramm enngegen. Er überflog es rasch und verzog das Gesicht. »Verdammt!« sagte er.

»Irgendwas passiert?« fragte Steve.

»Deinen Freund Sam Benjamin hat's diesmal wirklich erwischt. Überall in der Stadt sind seine Schecks geplatzt.«

»Ich wußte gar nicht, daß es ihm schlechtgeht«, sagte Steve.

»Der Film mit Barzini hat den Voranschlag weit überzogen, und da ist ihm das Geld ausgegangen. Eben teilt mir Supercolor Labs mit, daß sie ihm wegen eines Darlehens von zweihunderttausend auf die Pelle rücken.«

»Scheint dir gar nicht leid zu tun«, sagte Steve.

»Es läßt mich völlig kalt«, erwiderte Jack, »er ist ein großmäuliger kleiner Schweinehund, war schon längst für so was fällig.« Jetzt wurde ihm bewußt, daß Steve schwieg. »Ach ja, ich hatte vergessen – du hast ihn gern.«

»Ja«, sagte Steve entschieden.

»Ich versteh das nicht, er ist doch kein Typ für dich.«

»Du hast ja auch geglaubt, ich sei nicht der Typ für die Hügel von Hollywood.«

»Na gut, schön. Aber ganz unter uns, warum?«

Steve antwortete nicht sofort. »Vielleicht weil er der einzige hier ist, der nicht unaufhörlich versucht, etwas aus mir herauszuholen. Oder vielleicht, weil er Türen einschlägt.«

12

Es war nach zehn Uhr, als Denise hinter ihnen die Tür verschloß und sich erschöpft und ausgepumpt an die Wand lehnte. Nach einer Weile ging sie ins Wohnzimmer.

Im Eiskübel schwammen noch ein paar Würfel, vielleicht würde ein Drink sie ein wenig aufmöbeln. Sie warf Eis in ein Glas, goß Whisky darüber, fügte etwas Wasser hinzu und schaltete den Fernsehapparat ein. Dann ließ sie sich auf die

Couch fallen. Der Fernsehschirm erwachte lärmend, aber sie sah nichts; ohne Sam war es nicht das gleiche, nichts war ohne ihn das gleiche.

Während es ganzen Abendessens hatten sie sorgfältig darauf geachtet, nicht von ihm zu sprechen. Erst ganz zum Schluß war es Roger gewesen, der das Thema anschnitt.

»Wann kommt Sam zurück?« fragte er.

»Ich weiß es nicht«, antwortete sie. »Er bemüht sich, so schnell wie möglich fertigzuschneiden und -mischen zu lassen.«

»Klappt alles gut?«

»Sam sagt, ja.«

»Das hoffe ich«, meinte Roger pleghmatisch. »Schon der Kinder wegen.«

Dann war es Anne, die – wie immer ein wenig dumm und taktlos – mitten in die Wunde stach. »Wo ist denn dein Verlobungsring?« fragte sie anzüglich.

Unwillkürlich blickte Denise auf ihren nackten Finger, dann wieder auf ihre Verwandten. Auf den zehnkarätigen Solitär, den Sam ihr nach dem Erfolg von *Icarus* gekauft hatte, war sie sehr stolz gewesen. Sie nahm ihn nur selten ab, manchmal schlief sie damit. »Im Leihhaus«, antwortete sie. Und herausfordernd fügte sie hinzu: »Zusammen mit der Brillantarmbanduhr und dem Ehering. Wir brauchten das Geld.«

Roger musterte sie, dann seine Frau. Nach einer Weile sprach er. »Lange kann das Geld ja nicht gereicht haben.«

»Nein.«

»Und wie macht ihr es jetzt?«

Sie zögerte einen Augenblick. »Wir schlagen uns so durch.« Sie schlugen sich tatsächlich durch – wenn man es so nennen konnte: Mit der Miete waren sie zwei Monate im Rückstand, und beim Fleischer und im Lebensmittelgeschäft ließen sie anschreiben. »Sams Eltern haben uns etwas Geld geschickt«, sagte sie. Seine Eltern waren vor einigen Jahren nach Miami gezogen, als der Vater seinen Schneiderladen verkaufte und in Pension ging.

Roger griff ein wenig verlegen in die Tasche, nahm einen Scheck heraus und schob ihn Denise über den Tisch zu. Er war auf ihren Namen ausgestellt und lautete auf hunderttausend Dollar.

»Wofür soll das sein?« fragte sie mit leicht zitternder Stimme.

»Du bist meine Schwester«, sagte er mürrisch. »Es gefällt mir nicht, daß du es so schwer hast.«

Sie drängte die Tränen zurück, die ihr in die Augen stiegen, und schob ihm den Scheck wieder hin. »Nein.«

Er starrte sie an. »Warum nicht? Das wird die Schecks decken, die Sam in Umlauf gesetzt hat, und deinen Sorgen ein Ende machen. Vielleicht kann er dann nach Hause kommen und muß sich nicht mehr drüben in Italien verstecken.«

»Wenn du Sam das Geld geben willst«, sagte sie, »dann mußt du es selbst tun. Er würde es mir nie verziehen, wenn ich es von dir nähme.«

»Mit Sam kann ich nicht reden, das weißt du. Du mußt ihm ja nicht sagen, daß ich es dir geschenkt habe. Sag ihm, es handle sich um die letzte Zahlung, die noch von Papas Nachlaß offen sei.«

Sie schüttelte den Kopf. »Das kann ich nicht. Ich habe ihn noch nie belogen und werde nicht jetzt damit anfangen.«

»Sei doch nicht dumm...«, begann Anne.

Roger unterbrach sie. »Halt den Mund!« Er steckte den Scheck wieder ein; dann sah er auf die Uhr: »Wir müssen jetzt gehen, es ist Zeit für Babys Fläschchen.«

Sie standen auf, und Denise begleitete sie zur Haustür. Sie wartete, während Anne ihren Nerzmantel anzog.

»Du hast wunderbar gekocht«, sagte Anne und küßte sie auf die Wange.

»Küß den Kleinen von mir«, erwiderte Denise. Sie wandte sich an ihren Bruder. »Danke. Und du weißt, das meine ich von Herzen.«

Er nickte bedrückt. »Ja. – Übrigens«, fuhr er fort, als wäre es ihm eben erst eingefallen, »ich habe die Miete und die rückständigen Rechnungen bezahlt; du brauchst dir darüber keine Gedanken mehr zu machen.«

»Woher wußtest du davon?«

»Du vergißt, daß der Buchhalter, der für Sam arbeitet, auch der meine ist.«

Das Fernsehprogramm war zu Ende, und die letzten Nachrichten begannen gerade, als das Telefon klingelte. Sie sprang von der Couch; seit fast einer Woche hatte sie nichts mehr von Sam gehört. »Hallo.«

Die Stimme der Telefonistin ertönte: »Ein Ferngespräch für Mr. Benjamin, bitte.«

»Mrs. Benjamin. Vielleicht könnte ich das Gespräch abnehmen?«

»Gibt es eine zweite Nummer, unter der er zu erreichen wäre?« fragte die Telefinistin.

Eine andere Stimme mischte sich ein, eine Männerstimme, die bekannt klang. »Ich möchte mit Mrs. Benjamin sprechen. Hallo, Denise, hier Steve. Stephen Gaunt.«

»Steve«, sagte sie.

»Wie geht es Ihnen? Und den Kindern?«

»Danke, gut. Sam ist nicht hier, er ist in Italien.«

»Haben Sie eine Nummer, unter der ich ihn erreichen kann? Es ist sehr wichtig.«

»Er wohnt im Hotel Exzelsior in Rom«, erwiderte sie. »Wenn Sie ihn dort nicht erreichen können, versuchen Sie es doch bei Cinecittà Studios. Dort wird der Film geschnitten.«

»Wie geht's denn damit?« fragte Steve.

»Sam sagt, es wird ein großartiger Film.«

»Sicher. Mir hat das Projekt von Anfang an gefallen. Ich rufe eigentlich deshalb an. Ich glaube, ich habe ein Geschäft für ihn.«

»Das wäre schön«, sagte sie. Dann war der Bann gebrochen; sie begann zu weinen, und die ganze Geschichte sprudelte von ihren Lippen. Der Streit mit Roger, der Geldmangel, der Kampf, den Film beenden zu können, bevor die Gläubiger alles abschnitten.

Er lauschte wortlos, ließ sie ganz ausreden. »Warum hat Sam mich nicht angerufen, als die Schwierigkeiten begannen?« fragte er.

»Ich weiß nicht; Sie kennen doch Sam. Es war sein Stolz, der zu dem Streit mit Roger führte. Vielleicht wollte er nicht, daß Sie von seinen Schwierigkeiten erfahren. Vielleicht wollte er Sie einfach nicht belästigen, weil sie Ihre eigenen Probleme haben.«

»Unsinn!« sagte Steve. »Wozu wären Freunde da, wenn man sich nicht in schwierigen Situationen an sie wenden könnte?«

Sie schwieg.

»Jedenfalls hören Sie jetzt auf, sich darüber zu sorgen«, sagte er ruhig. »Es wird alles wieder gut werden.«

Seine Stimme hatte etwas Besänftigendes, etwas, das ihr Zuversicht gab. »Es geht schon wieder, Steve«, sagte sie. »Tut mir leid, daß ich schlappgemacht habe.«

»Reden wir nicht mehr davon«, sagte er. »Machen Sie immer noch geräucherte Rinderbrust mit Meerrettich, die guten *Bröstflenken?*«

»Ja.« Sie mußte über seine Aussprache lachen.

»Fein!« sagte er. »Ich rufe Sie an, wenn ich wieder in New York bin, und Sie laden mich zum Abendessen ein.«

Die Verbindung brach ab, und sie legte den Hörer auf. Dann knipste sie den Fernsehapparat aus und ging ins Schlafzimmer. Steve hatte gesagt, alles würde gut werden. Und er hatte recht,das wußte sie, das fühlte sie. Zum erstenmal seit Wochen konnte sie schlafen, ohne eine Tablette zu nehmen.

13

Die Büros von Sinclair Broadcasting in Los Angeles lagen im obersten Stockwerk eines neuen, zwanzig Stock hohen Hauses in Beverley Hills. Steves Räume befanden sich im

Südwestwinkel des Gebäudes, mit Ausblick auf Hollywood und das Zentrum von Los Angeles. Als Jack am nächsten Morgen ins Büro kam, stand Steve mit einer Tasse Kaffee in der Hand beim Fenster und blickte hinaus.

»An einem klaren Morgen kann man von hier aus den Mount Baldy sehen«, sagte er. »Das ist fast sechzig Kilometer weit.«

»Ja, aber wie viele klare Morgen gibt es schon hier?«

»Mehr als du glaubst«, sagte Steve. »Der Smog bekommt höhere Nielsennoten, als er verdient.«

Aus der Sprechanlage auf Steves Schreibtisch ertönte die Stimme der Sekretärin: »Ich habe Mr. Brachman von Supercolor in New York für Sie am Apparat, Mr. Gaunt.«

»Ich übernehme«, sagte Steve. Er ging zu seinem Schreibtisch, drückte auf einen Knopf und hob den Hörer ab. »Guten Morgen, Ernie.«

»Bei dir ist es Morgen, Kleiner«, sagte Brachman, »aber für uns arme Sklaven hier in New York ist schon beinahe Mittag. Wir haben bereits einen halben Arbeitstag hinter uns.«

»Ihr habt es schwer!« sagte Steve lachend. »Ich hab euren Jahresbericht gelesen. Ihr Jungs seid die einzigen in der Branche, die Geld verdienen. Ihr tut nichts anderes als Filme kopieren und Geld scheffeln.«

Brachman lachte ebenfalls. »Nicht übel«, gab er zu, »aber was hast du auf dem Herzen? Wirst du ordentlich bedient?«

»Tadelos«, sagte Steve. »Ich wollte dich nur um einen Gefallen bitten.«

Brachmans Stimme klang erleichtert. »Was immer du wünschst, du brauchst es nur auszusprechen.«

»Ich höre, daß ihr gegen Sam Benjamin vorgehen wollt. Ich möchte, daß ihr ihn in Frieden laßt.«

Einen Augenblick herrschte Stille. Dann: »Ich weiß nicht, ob ich das tun kann, Steve, das liegt nicht mehr in meiner Hand. Es geht den Rechtsweg.«

»Du bist Präsident von Supercolor, nicht wahr?« Steves Stimme klang kalt. »Da kann es nichts geben, was nicht mehr in deiner Hand liegt.«

»Augenblick mal, Steve, mir geht es so wie dir. Ich muß den Aktionären Rede und Antwort stehen. Wir haben Benjamin zweihunderttausend für seinen Film geliehen, und er hat das Geld dazu verwendet, seinen Schwager auszuzahlen. Wenn wir ihn in Frieden lassen, könnten wir den Film an andere Gläubiger verlieren, und wo bringt uns das hin?«

»Erzähl mir doch keine Geschichten, Ernie«, sagte Steve. »Ihr habt Benjamin das Geld geliehen, damit ihr auf jeden Fall die Kopierarbeit für den Film bekommt; aus keinem anderen Grund. Was er damit tat, war auch ganz egal.«

»Stimmt. Aber nur für den Fall, daß alles in Ordnung ging und es keine Probleme gab. Wir haben aber auch zu unserem Schutz eine Sicherungsübereignung für den Film in der Hand.«

Steves Stimme klang noch immer ruhig, aber es lag nun eine Spur von Schärfe darin. »Wer ist euer größter Kunde, Ernie?«

»Ihr.« Die Antwort kam ohne Zögern; so war es nun einmal, und das wußten sie beide. Supercolor stellte sämtliche Kopien für die von Sinclair gefilmten Shows her.

»Und wir verlangen nie einen Groschen Darlehen – oder?«

»Das stimmt. Aber...«

Steve unterbrach ihn mit täuschend sanfter Stimme. »Der Vertrag für das kommende Jahr wird demnächst aktuell; wie gewöhnlich werden sich Technicolor, Deluxe und Pathé darum bewerben. Wie gewöhnlich werdet ihr alle mit ungefähr den gleichen Preisen aufscheinen. Es obliegt mir, diese Angebote dem Aufsichtsrat vorzulegen, zusammen mit meiner Befürwortung.«

Das war ein Schlag, aber Brachman reagierte beherzt. »Nun gut, Steve, du bittest uns um einen Gefallen, wir tun ihn dir. Ich sagte ja, du braucht nur etwas zu verlangen. Allerdings hoffe ich, wir kommen dadurch nicht zu Schaden.«

»Das werdet ihr nicht; es ist ein hervorragender Film«, sagte Steve. »Danke, Ernie, ich weiß das zu schätzen.«

Er legte den Hörer auf und wandte sich an Jack. Der

Agent starrte ihn an. »Bist du völlig von Sinnen, Steve? Du hast da eben deinen Kopf in eine Schlinge gelegt. Dieser Ernie Brachman ist ein mieser Bursche, und wenn er bei diesem Geschäft sein Geld verliert, würde ich ihm zutrauen, daß er zu Sinclair geht und erzählt, du hättest deine Stellung dazu benutzt, einen Druck auf ihn auszuüben.«

»Dann müssen wir eben dafür sorgen, daß das Geschäft nicht daneben geht, nicht wahr?«

Darauf wußte Jack nichts mehr zu sagen. Nach einer Weile erhob er sich. »Hast du vielleicht heute was Stärkeres hier als Kaffee? Ich brauche einen Drink.«

Steve wies auf die Bar. Während Jack sich ein Glas Whisky eingoß, füllte Steve seine Kaffeetasse. Jack stürzte den Drink hinunter und kam wieder zum Schreibtisch.

»Schlechte Politik, sich schon so früh am Morgen an der Flasche festzusaugen«, sagte Steve sanft.

»Schon gut. Ich habe den Eindruck, daß du mit deinem kleinen Scherz noch nicht fertig bist. Laß doch den Rest hören.«

Steve setzte sich lächelnd. »Deine Gefühle sind erstaunlich zutreffend. Du hast soeben einen neuen Kunden geworben.«

»Wirklich?« fragte Jack. »Wen?«

»Sam Benjamin. Und du wirst für seinen Film den Vertrieb übernehmen.«

»Wie soll ich denn das machen, zum Teufel, wenn er seine eigene Vertriebsfirma hat?«

»Nicht im Inland. Du wirst die Vertriebsrechte im Ausland verkaufen.«

»Du meinst, er hat dafür noch kein Abkommen getroffen?«

Steve schüttelte den Kopf. »Ich weiß es. Ich besitze die Fernsehrechte, und er muß alle Abschlüsse für den Vertrieb über uns tätigen.«

»Mein Gott! Ein solcher Film kann im Ausland mehr wert sein als hier. Dort haben sie für so etwas eine Vorliebe.«

»Na also, jetzt kapierst du endlich«, stellte Steve fest. »Aber ich verlange viel.«

»Wieviel?«

»Eine halbe Million oder mehr.«

»Das macht die Sache schwierig. Solche Summen können nur die Großfirmen zahlen. Und die haben noch nie solche Summen für den Auslandsvertrieb bezahlt.«

»Trans-World Pictures wird soviel zahlen«, sagte Steve.

Es war ein Uhr morgens; Sam saß in einem Lehnstuhl beim Fenster und starrte wie eine Eule auf die beleuchtete Fassade der amerikanischen Botschaft auf der gegenüberliegenden Straßenseite. Er trank aus einem Glas Champagner, das auf dem Tisch neben ihm stand, verzog das Gesicht und wandte sich zu den anderen um. »Trinkt aus, es sind noch vier Flaschen da.«

Die beiden Mädchen, die auf der Couch saßen, kicherten. Er sah zu Charley hinüber. »Sie könnten wenigstens 'n paar Fötzchen auftreiben, die Englisch sprechen«, brummte er. »Verdolmetschen Sie ihnen, was ich gesagt habe.«

Charley begann zu übersetzen, doch Sam unterbrach ihn. »Nein, einen Augenblick, ich hab eine bessere Idee.«

Er erhob sich, ging unsicheren Schrittes zur Couch und blickte auf die Mädchen nieder. »Sagen Sie ihnen, die erste, die mir einen Steifen verschafft, gewinnt eine Flasche Champagner.«

Die Mädchen kicherten wieder. Er wandte sich an Charley: »Sind Sie sicher, Charley, daß die nicht Englisch können?« fragte Sam.

Charley nickte, dann sprach er schnell mit den Mädchen, die schnatternd antworteten. »Sie sagen, sie sind keine Huren, sondern Schauspielerinnen, und sie wünschten respektvoll behandelt zu werden.«

Sam starrte die Mädchen an und sagte: »Schmeißen Sie sie raus!« Er ging zu seinem Stuhl und setzte sich mit dem Rükken zu ihnen. Er nippte nochmals an seinem Glas Champagner und verzog wieder das Gesicht. »Herrgott, haben wir denn keinen Whisky mehr hier?«

»Nein«, antwortete Charley, »und ich kann auch keinen bekommen. Heute nachmittag haben sie uns den Kredit abgeschnitten.«

»Die werden uns noch wer weiß was abschneiden«, sagte Sam verdrießlich. »Morgen schneiden sie mir die Eier ab.« Er trank noch einen Schluck Champagner. »Die reinste Pisse! Damit kann sich ein Mann nicht mal ordentlich betrinken. Wenn ich je wieder zu Geld komme, will ich bis ans Ende meiner Tage nichts anderes trinken als schottischen Whisky. Dann weiß ich wenigstens, daß ich blau sein kann, wann ich will!«

Er stand auf und näherte sich wieder dem Mädchen. »Ich hab gehört, daß ihr Mädchen Coca-Cola und Cinzano zum Duschen verwendet, aber habt ihr's schon mal mit Dom Perigon '55 versucht? Das muß noch besser sein.«

Die Mädchen lachten; eine von ihnen sagte schnell etwas zu Charley. Der lachte auch.

»Was haben Sie gesagt?« fragte Sam.

»Daß wir hier draußen nur Zeit vertrödeln, warum wir denn nicht ins Bett gehen?«

»Ich hab nichts dagegen«, sagte Sam. »Aber wenn die glauben, daß wir hier unsere Zeit verlieren, dann werden sie erst im Schlafzimmer was erleben, denn ich könnte ihn nicht mal steif kriegen, wenn ich ihn mit Stärke vollpumpte.«

Charley redete mit den Mädchen, sie erhoben sich und gingen zum Schlafzimmer.

»Ihr könnt schon mal anfangen«, rief Sam ihnen nach, »wartet nicht auf mich.«

Die Tür schloß sich hinter ihnen, und Sam wandte sich Charley zu. »Ich hatte Ihnen ja nie einen sicheren Posten versprochen, oder?«

Charley schüttelte den Kopf. »Nun mal mit der Ruhe, Boß«, sagte er beschwichtigend. »Es wird sich schon etwas ergeben! Manchmal ändern sich die Dinge schnell.«

»Zweifellos«, sagte Sam sarkastisch. »Sagen Sie, wie stellt

man es an, aus einem solchen Apartment zu verschwinden, ohne zu bezahlen?«

Charley antwortete nicht.

»Kommen Sie.« Sam ergriff eine Flasche Champagner und bewegte sich in Richtung Schlafzimmer. An der Tür drehte er sich um. »Nun?«

Charley folgte ihm langsam. Sam öffnete die Tür und blieb stehen. »Also so etwas! Sagten sie nicht vorhin, sie verstehen kein Englisch? Sie haben tatsächlich ohne mich angefangen.«

Charley warf einen Blick über Sams Schulter in das Zimmer. Die beiden Mädchen lagen nackt und ineinander verschlungen im Bett.

»Mir scheint, die pflegen die Liebe«, sagte Sam feierlich.

Charley nickte. »Sieht ganz so aus.«

»Dann sollten wir sie nicht stören.« Sam schloß leise die Tür. Als sie zu ihren Stühlen zurückgingen, klingelte das Telefon. »Wer ist denn das nun wieder?«

Charley nahm den Hörer ab. *»Pronto.«* Eine Stimme schnarrte im Hörer. »Ein gewisser Jack Savitt ruft Sie aus Los Angeles an.«

»Den soll der Teufel holen! Sagen Sie ihm, ich bin nicht hier. Wahrscheinlich hat er rausgefunden, daß die Schecks, die ich seinen Kunden gegeben habe, geplatzt sind.«

Charley wollte wieder sprechen, aber eine Stimme unterbrach ihn. Er schwieg, hörte zu und starrte Sam an. »Er sagt, es ist nicht wegen der geplatzten Schecks, sondern er hat einen Vertrag für Sie, für Ihren Film.«

»Geben Sie her! Na – wird's bald?« Sam riß ihm den Hörer aus der Hand. »Hallo, Jack«, sagte er, »wo brennt's?«

Er lauschte, Schweißtropfen erschienen auf seiner Stirn. Er zog ein Taschentuch heraus und tupfte sie ab. Nach einem Augenblick sagte er: »Ja, ja... auf Wiedersehen.«

Er legte den Hörer auf, sah Charley stumm an, und plötzlich faßte er ihn um die Taille, drückte ihn an sich und stemmte ihn hoch. »Du hast recht gehabt, du Makkaronibastard, du hast recht gehabt!«

»Laß mich runter«, schrie Charley, »bist du verrückt? Willst du dir einen Bruch heben?«

Durch das Geschrei aufgestört, erschienen die nackten Mädchen in der Tür. Da standen sie nun und starrten die beiden Männer an. Sam drückte jeder eine Champagnerflasche in die Hand. »Zurück in die Klappe mit euch zwei Verliebten!« sagte er, schob sie ins Schlafzimmer und schloß die Tür.

»Komm«, rief er Charley. »Was gibt es denn zu feiern?«

»Unsere Rettung«, sagte Sam. Ein Ausdruck der Verwunderung trat in sein Gesicht. »Wirklich. Jack Savitt kommt übermorgen mit dem Präsidenten und dem Direktor für den Auslandsverkauf von Trans-World Pictures hierher. Sie wollen für die Auslandsrechte unseres Films mit mir abschließen!«

14

»Brustflanken!« sagte Sam mit einem ärgerlichen Blick auf den Tisch. »Du könntest wenigstens dafür sorgen, daß ein Steak auf den Tisch kommt, Denise, wenn ich jemanden zum Essen mit nach Hause bringe. Das hier ist doch nur etwas für Verwandte.«

Denise lächelte. »Steve hat es sich gewünscht.«

»Du mußt verrückt geworden sein«, rief er Steve zu. »Davon kriegt man sofort Sodbrennen.«

Steve grinste. »Ich eß das gern; Steak bekomme ich überall, aber solche *Bröstflenken* kann ich nur hier haben.«

»Nicht mal richtig aussprechen kannst du das, aber du mußt es essen! Es heißt Brustflanken, nicht *Bröstflenken!*«

»Das ist gehupft wie gesprungen. Essen wir.« Steve hielt lächelnd seinen Teller hin.

Sam, der sich eben über das Essen beschwert hatte, schaufelte nichtsdestotrotz doppelt so viel wie jeder andere auf seinen Teller. Als sie fertig waren, erhob er sich. »Nicht übel«, sagte er zu Denise.

Steve lächelte ihr freundlich zu.

Sie erwiderte sein Lächeln. »Wollt ihr beide jetzt eine Weile im Wohnzimmer plaudern?« schlug sie vor. »Ich helfe Mamie beim Abräumen.«

Sam mixte zwei Drinks und gab einen davon Steve. »Hast du die Rezensionen gesehen?« fragte er stolz.

Steve nickte. »Sie waren glänzend. Crowther sagte, es sei der beste Film der letzten zehn Jahre.«

»Wenn der begeistert ist, dann muß es wirklich was sein«, frohlockte Sam. »Von der Kasseneröffnung bis zum Schluß stehen die Menschen um den Häuserblock Schlange. In Los Angeles ist es dasselbe. Begeisterungsstürme, und nur noch Stehplätze zu bekommen.«

»Wann wirst du den Film für die anderen Kinos freigeben?« fragte Steve.

»Ich habe keine Eile; ich will auf die Nominierung für die Oscars warten. Inzwischen soll sich der Film durchsetzen. Es kann wohl niemand behaupten, daß ich es nicht verstehe, das meiste aus einem Film herauszuholen. Wenn wir den New Yorker Kritikerpreis und dann den Oscar bekommen, werd ich einen Löffelbagger brauchen, um das Geld zu scheffeln.«

Steve hob sein Glas: »Viel Glück!«

»Dir auch«, sagte Sam und trank. »Nicht übel für meinen ersten Film. Und dabei hieß es immer, ich verstehe nichts von dem Geschäft.«

»Was hast du als nächstes vor?«

»Im Augenblick konzentriere ich mich auf diesen Film«, sagte Sam. »Meine Werbekampagne zielt auf den Oscar. Aber ich habe Marilu und Pierangeli für einen zweiten Film unter Vertrag.«

»Sonst nichts?«

»Ist das nicht genug?«

»Nicht, wenn du, wie du sagst, eine wirkliche Filmgesellschaft aufbauen willst. Das kann man nicht mit ausländischen Filmen allein, und wären sie noch so gut.«

»Wie kann ich inländische Filme bekommen! Die Großfirmen schöpfen den ganzen Rahm ab. Ich kriege nur den Mist.«

»Du könntest damit anfangen, ein paar Verfilmungsrechte zu kaufen und sie zu drehen.«

»Da müßte ich verrückt sein!« sagte Sam. »Ich weiß, daß ich kein Produzent bin.«

»Den hier hast du produziert, also bist du ein Produzent«, sagte Steve.

»Das war was anderes. Marilu ist ein Star, sie kam mit dem Film zu mir, alles war fix und fertig. Ich mußte nur die Moneten bringen.«

»Machen es denn die meisten Großfirmen nicht ebenso?«

»Doch. Aber die haben Geld – mit denen kann ich nicht konkurrieren.«

»Ist jetzt auch nicht mehr nötig. Trans-World wird sich nach diesem Film an allem beteiligen, was du willst. Sie brauchen Material.«

»Glaubst du wirklich?«

»Ich bin davon überzeugt«, sagte Steve zuversichtlich. »Warum versuchst du es nicht bei ihnen?«

Sam überlegte eine Weile. »Nein, es wird nicht klappen, ich hab keine Verfilmungsrechte. Und ich würde nicht einmal erkennen, für welche es sich lohnt, wenn man mir sie vor die Nase hielte. Zeig mir einen Film, und ich kann dir sofort sagen, ob was daran ist. Aber ein Verfilmungsrecht? Das ist was anderes.«

»So schwierig ist es gar nicht, wenn du nur die Augen offenhältst«, sagte Steve. »Ich könnte dir beispielsweise gleich jetzt zwei vorschlagen.«

Sam warf ihm einen scharfen Blick zu. »Zwei?«

Steve nickte. »Es ist ein Stück, für das die Proben nächste Woche beginnen. Eine Komödie von einem neuen Autor über ein frischverheiratetes Paar in Greenwich Village. Für fünfundsiebzigtausend bekommst du die Filmrechte zusammen mit einem Drehbuch für das Stück. Es heißt *Washington Arch.*«

»Ein mieser Titel.«

»Mag sein. Aber das Stück wird ein großer Erfolg.«

»Und das andere?«

»Das ist ein Buch; ich hab das Manuskript gelesen. Der Autor pfeift auf dem letzten Loch, braucht dringend Geld. Für fünfzigtausend kannst du es kriegen. Es kommt im Januar heraus und wird ganz bestimmt Nummer eins auf der Bestsellerliste. Und ein prima Titel: *Der stählerne Hahn.*«

»Ja, gut«, sagte Sam, »der gefällt mir. Aber warum bist du so sicher, daß es Nummer eins wird?«

»Handelt nur vom Vögeln«, sagte Steve, »und ich kenne keinen Menschen, der nicht gern über so etwas liest. Außerdem ist die Handlung einfach toll.«

»Ich werde es mir überlegen.«

»Ja, tu das. Ich schicke dir von jedem ein Exemplar. Der Preis wird vielleicht hinaufgehen, sobald du ein Interesse für die Rechte zeigst.«

»Das werden die ohnehin rausfinden, wenn ich sie kaufen will.«

»Nicht wenn du über Jack Savitt operierst. Er kann für dich verhandeln, ohne deinen Namen bekanntzugeben, bevor du selbst eingreifst.«

»Gut, ich sehe sie mir an, sobald ich sie bekomme.«

Denise kam ins Zimmer. »Alles in Ordnung?«

»Prima«, sagte Steve und stand auf. »Jetzt muß ich aber gehen, ich fliege morgen früh an die Westküste.«

»Du benutzt das Flugzeug wie ein gewöhnlicher Mensch die U-Bahn.«

Steve lachte. Dann wandte er sich an Denise: »Danke nochmals für die *Bröstflenken.* Sie waren köstlich.«

Denise lächelte; er gab ihr einen Kuß auf die Wange.

»Du kannst es noch immer nicht richtig aussprechen«, sagte Sam, indem er ihn zur Tür begleitete. Er blieb stehen. »Hör mal, wenn wir den Oscar bekommen, bestelle ich eine große Tafel. Kommst du mit?«

»Ich treffe gewöhnlich keine Verabredungen fünf Monate im voraus«, sagte Steve, »aber in diesem Fall mache ich eine

Ausnahme. Wenn du den Oscar bekommst, kannst du mit mir rechnen.«

Der große Ballsaal im Beverly-Hilton-Hotel war zum Bersten voll. Er kämpfte sich, seine Partnerin an der Hand führend, zu Sams Tisch durch. Als erste sah er Denise; sie saß zwischen ihren Kindern, ein stolzes Lächeln auf den Lippen.

Er beugte sich zu ihr nieder und küßte sie auf die Wange. »Ich gratuliere, Denise«, sagte er, »entschuldige meine Verspätung.«

Sie konnte ihn durch den Lärm kaum verstehen. »Ist es nicht herrlich?« rief sie.

»Ja«, sagte er und betrachtete Myriam. »Mein Gott, du bist ja schon ganz erwachsen! Aber nicht zu alt für einen Kuß.«

»Auf die Wange«, sagte sie und neigte sich zu ihm, genau wie ihre Mutter.

Er küßte sie und begrüßte Junior. »Großer Abend, was, Samuel?« Er streckte ihm seine Hand entgegen.

Der Junge nahm sie schüchtern. »Ja, Onkel Steve.«

Er wandte sich wieder an Denise. »Darf ich vorstellen...« Er starrte das Mädchen an – er hatte ihren Namen vergessen. Die Umstellung auf die andere Zeit mußte sich doch schlimmer auswirken, als er dachte. »Miß Grünauge«, sagte er, »Mrs. Benjamin.«

»Irene Murdoch«, sagte das Mädchen, »freut mich, Sie kennenzulernen, Mrs. Benjamin. Ich gratuliere.«

»Wo ist Sam?« fragte Steve.

»Mit den Barzinis verschwunden, sie machen Aufnahmen. Setz dich und trink etwas.«

Steve schob dem Mädchen einen Stuhl zurecht und setzte sich neben sie. »Ja, ein Drink wird mir wohltun«, sagte er. »Ich bin erst vor einer Stunde aus dem Flugzeug gestiegen, mußte mich umziehen und...«, er blickte betreten auf das Mädchen – verdammt, schon wieder hatte er ihren Namen vergessen – »... Miß Grünauge abholen und herüberkommen.«

Er warf Eiswürfel in zwei Gläser und goß Whisky darüber; das eine reichte er dem Mädchen.

»Wenigstens erinnerst du dich noch daran, was ich trinke.«

Er grinste. »Ganz so schlimm ist es also doch nicht, Miß Grünauge.« Aber es war ein blöder Zufall gewesen; er hatte ihr nur Whisky gegeben, weil er ihn selbst trank.

Ein Menschenschwarm steuerte auf den Tisch zu, mittendrin Sam. Sein Schlips hing schief, in den Armen hielt er mehrere Oscars.

Beim Anblick Steves stieß er einen Freudenschrei aus. »Doch noch rechtzeitig aufgetaucht!« Er warf die Oscars auf den Tisch, umarmte ihn und küßte ihn auf beide Wangen.

Steve lächelte ihm zu: »Herzlichen Glückwunsch!«

»Fünf Stück, was sagst du dazu!« schrie Sam. »Alles haben wir gekriegt: bester Film, beste Schauspielerin, bester Regisseur, bestes Drehbuch, beste Gesamtleistung!«

»Du hast es geschafft!« sagte Steve.

Sam ließ sich auf seinen Stuhl fallen. »Ich brauche einen Drink.« Er griff nach einer Flasche und setzte sie an den Mund. Der Whisky lief über sein Hemd.

Denise hob warnend die Hand. »Sam! Die Leute schauen dir zu!«

»Laß sie nur«, schrie Sam glücklich, »deshalb sind sie ja gekommen.«

Jack Savitt trat mit seiner Begleiterin heran, und sie nahmen Platz. Jack beugte sich über den Tisch zu Steve. »Eine tolle Nacht.«

Steve nickte.

Ernie Brachman, hochgewachsen und elegant in seinem Smoking, blieb neben dem Tisch stehen. »Mein Glückwunsch, Sam.«

»Gratulier dir selbst, Ernie, du Hurensohn!« brüllte ihm Sam entgegen. »Das Klügste, was du je getan hast – mich aus deinen Klauen zu lassen!«

Ernie lächelte, aber seine Lippen waren dünn. Er verbeugte sich vor der Tischgesellschaft und ging weiter.

»Sam«, sagte Denise vorwurfsvoll, »du hättest nicht so mit ihm sprechen sollen.«

»Den soll der Teufel holen«, sagte Sam, »der Kerl hat mehr Glück, als er verdient; er hat sich ja nur an mich gehalten, weil es ein gutes Geschäft war.«

Er begann die Oscars wie Zinnsoldaten vor sich aufzustellen. »Seht euch das an«, sang er, »fünf Stück!«

Seine Augen waren leicht glasig. »Wißt ihr, was das bedeutet? Jeder einzelne ist eine Million Dollar an den Kassen wert. Fünf Millionen Dollar!«

Er musterte die Gäste am Tisch. »Jetzt werden sie mich vielleicht nicht mehr für blöd halten oder glauben, sie können mich herumschubsen. Ich bin so tüchtig wie jeder andere.

Ich habe das Erfolgsstück Nummer Eins auf dem Broadway, den Erfolgsroman Nummer Eins auf der Bestsellerliste; und nun hab ich den Erfolgsfilm Nummer Eins auf der Welt.

Ich bin nicht mehr Sam Benjamin, der kleine dicke Kinobesitzer. Ich bin Sam Benjamin, die Nummer Eins im Filmgeschäft. Mich kann keiner rumschubsen.

Und wißt ihr, was ich morgen tun werde?«

Keiner am Tisch sprach. »Wißt ihr, was ich tun werde?

Morgen werde ich die Angebote für die Fernsehvorführung des Films entgegennehmen. Die Leute werden mir eine Million Dollar für das Recht bezahlen, den Film in fünf Jahren vorzuführen.«

Er blickte Steve herausfordernd an.

Steve antwortete nicht.

Schließlich war es Jack, der sagte: »Ich dachte, du hast ein Abkommen mit Steve.«

»Freundschaft und Geschäft sind zweierlei«, sagte Sam, ohne Steve aus den Augen zu lassen. »Der Film ist eine Million Dollar wert, stimmt's, Steve?«

Alle blickten auf Steve.

Dessen graue Augen beobachteten Sam gelassen, er nickte langsam. »Ja, Sam, da hast du wohl recht.«

»Wirst du mir eine Million Dollar dafür bezahlen?«

»Nein«, sagte Sam ruhig. »Ich werde dir genau das bezahlen, was wir vereinbart haben. Nicht mehr, nicht weniger.«

Sam starrte ihn längere Zeit an, dann plötzlich lächelte er. »Du hast recht.« Er holte tief Atem. »Mit dir möchte ich nicht Poker spielen.« Er erhob sich. »Bring mich nach Hause, Mama«, sagte er zu Denise, »ich bin blau.«

Jack sah ihm nach, dann beugte er sich zu Steve. »Ich hab schon recht gehabt mit dem kleinen Schweinehund. Wie einer mal gesagt hat: Unmöglich, wenn er pleite ist, unausstehlich, wenn er bei Kasse ist.«

An jenem Tag im vorigen Frühjahr

Der Nachmittag

Sie sprang wie eine Katze aus dem Bett. Eben noch lag sie neben mir, schnurrend und warm, im nächsten Moment stand sie am Fenster wie ein Gefahr witterndes Tier. Sie lugte zwischen den Vorhängen hinaus. Irgendwie war etwas Besonderes an ihr, wie sie dort stand, gespannt und wachsam, von der Sonne goldig beglänzt.

Ich drehte mich auf den Bauch. »Komm wieder ins Bett, Blondchen.«

Sie rührte sich nicht. »Du bekommst Besuch.«

»Und du hast schon Besuch«, sagte ich.

Sie hörte mir nicht zu. »Er geht nach hinten zum Parkplatz. Ein kleines Kerlchen.«

»Vielleicht geht er wieder fort, wenn du aufhörst hinzustarren.«

»Es könnte ja jemand Wichtiges sein. Er fährt einen Silber-Rolls.«

Ich betrachtete sie – ihr langes blondes Haar, die blauen Augen, die vollen Brüste mit den kleinen Warzen, den feuchtgoldenen Muff – und gab den Kampf auf. »Warum lädst du ihn nicht ein, hereinzukommen?«

»Eine gute Idee!« Sie schob die Vorhänge beiseite und trat auf die Terrasse. »Juhuu!« schrie sie und winkte. »Hier herein!«

Das mußte ich sehen; ich stieg aus dem Bett und ging zum Fenster. Kaum hatte ich den Wagen erblickt, wußte ich, wer da kam und daß es nur eines bedeuten konnte: Sam Benjamin hatte seinen Plan nicht aufgegeben. Er schickte jemand, um mich zu überreden, und das war vielleicht der geeignetste Mann in der ganzen Welt dafür.

Dave Diamond, alias ›Der Tüchtige‹, der freundliche Bankier aus der Nachbarschaft; das heißt, wenn man in einem Millionärsbezirk wohnt. Sonst allgemein bekannt als Präsident der California Consolidated Banks.

Sie rief noch einmal, und er drehte sich um. Einen Augenblick blieb er mit offenem Mund wie angewurzelt stehen – dann rannte er zurück zu seinem Wagen und sprang hinein. Im nächsten Moment hatte er bereits die halbe Einfahrt hinter sich gebracht.

Ich beugte mich über das Geländer der Terrasse und rief, als er vorbeifuhr: »Was ist los, Dave! Hast du noch nie ein nacktes Mädchen gesehen?«

Der Rolls blieb mit kreischenden Bremsen stehen. Dave steckte den Kopf aus dem Fenster. »Was, zum Teufel, treibt denn ihr dort oben?«

»Sonnenbaden«, sagte ich.

»Am hellichten Tag! Ihr seid wohl verrückt! Gleich werden euch die Polypen schnappen!«

»Es ist eben das einzige, was man nicht in der Nacht tun kann«, antwortete ich. »Komm herauf und leiste uns Gesellschaft.«

»Nur wenn ihr euch was anzieht. Meinen Kunden würde es gar nicht gefallen, wenn man mich wegen Verstoß gegen die öffentliche Ordnung ins Kittchen brächte.«

»Was meinst du, Blondchen?« fragte ich.

»Mir gefällt er.«

Ich beugte mich wieder über das Geländer. »Jetzt hast du's gehört. Komm herauf.«

Er stellte den Wagen ab. Ich schlüpfte in eine Hose, und sie ging in ihr Zimmer. Der Bikini, den sie trug, als sie wieder herauskam, ließ sie noch nackter erscheinen als zuvor. Sie öffnete die Haustür.

Er trat ein; seine Augen wanderten argwöhnisch hin und her. »Ich dachte, du *hättest* schon ein Mädchen«, sagte er.

»Jetzt hat er ein neues«, erklärte sie fröhlich.

»Blondchen, ich möchte dir den Wächter meines Geldes vorstellen. Dave, das ist Blondchen.«

»Er hütet auch mein Geld«, sagte sie.

Sein Blick zeigte erneutes Interesse; das war sein Lieblingsthema. »Habe ich Sie nicht schon einmal in der Bank gesehen?«

»Nein, Mr. Diamond«, sagte sie zurückhaltend, »mein Konto liegt nicht in der Zentrale, ich habe eines jener kleinen Konten bei der Zweigstelle Sunset Plaza. Sie wissen ja, drüben ist die Mindesteinlage fünfundzwanzigtausend Dollar. Aber ich habe doch von Ihnen einen ganz reizenden Brief bekommen, als ich mein Konto eröffnete.«

Er war sichtlich geschmeichelt. »Nun, wenn Sie irgend etwas brauchen, wenden Sie sich nur an mich. Arbeiten Sie hier?«

»Nein, in Chikago.«

»In Chikago? Und Sie wohnen hier? Wann arbeiten Sie?«

»Jeden zweiten Montag«, sagte sie sanft. »Darf ich Ihnen was zu trinken anbieten?«

Er starrte sie einen Moment lang an, bis er das verdaut hatte. »Scotch, wenn Sie welchen haben.«

»Ja.« Sie verließ das Zimmer.

Er schaute ihr anerkennend nach. »Ich weiß nicht, wie du es machst, immer tauchst du mit Prachtmädchen auf. Wie hast du die gefunden?«

»Sie hat mich gefunden«, erwiderte ich, »genau wie du. Du kannst Sam ausrichten, die Antwort lautet immer noch nein.«

»Augenblick mal, du hast ja noch gar nicht gehört, was ich dir sagen will.«

Sie kam mit der Flasche, Eiswürfeln und Gläsern zurück und stellte alles auf das Tischchen. »Ihr müßt euch selbst bedienen, meine Herren«, sagte sie und hakte dabei ihren BH auf. »Ich gehe inzwischen duschen.«

Dave konnte seine Augen nicht von ihren entblößten Brüsten wenden. Er betrachtete sie, bis sich die Badezimmertür hinter ihr schloß, dann sagte er vorwurfsvoll: »Du hast sie dazu aufgehetzt. Du weißt, ich kann nicht reden, wenn ich einen Steifen hab.«

Ich lachte, füllte ein Glas, gab es ihm und nahm mir selbst eines.

Wir tranken. »Warum – nein?« fragte er.

»Ich laß mich nicht mehr benutzen«, sagte ich. »Diesmal kann Sam sich das allein machen.«

»Er schuldet mir noch zwölf Millionen«, sagte Dave, »aber ich mach mir keine Sorgen darum. Er schafft es bestimmt.«

»Freut mich für dich«, sagte ich, »ich wünsch euch beiden Glück. Aber sag ihm, mich interessiert es nicht.«

»Erst sitzt du drei Jahre hier und wartest auf eine Gelegenheit, und wenn sich endlich eine bietet, willst du sie nicht ergreifen.«

»Es ist nicht die Art Gelegenheit, die ich mir wünsche«, sagte ich.

»Was wünschst du dir denn?« Er wurde ärgerlich. »Du willst eine Gesellschaft leiten? Das möchte jeder; aber es gibt eben nur soundso viele...«

»Gut, gut, Dave – genug. Du bist doch nicht so dumm. Du weißt, was ich will: meine eigene Gesellschaft, in der ich der Chef bin. Wie Sinclair, wie Sam.«

»Sam sagt, du wirst der Chef sein, wenn du eintrittst.«

»Quatsch! Sam redet Unsinn. Wie kann ich der Chef sein, wenn die Gesellschaft jemand anders gehört?« Ich füllte mein Glas. »Und was, zum Teufel, versteht eine Glasfirma vom Filmgeschäft, auch wenn sie die größten Tafelglashersteller der Welt sind?«

»Du mußt mit der Zeit gehen, Steve.« Dave musterte mich kritisch. »Das ist kein Spiel für kleine Leute mehr. Sieh dich doch um: Trans America, Gulf, Western, die Avco-Gesellschaft. Um mit solchen Firmen mitmischen zu können, brauchst du mehr als ein paar Kröten.«

»Was willst du eigentlich damit sagen?«

»Sei mir nicht böse, Steve, aber wenn du immer noch darauf aus bist, eine Gesellschaft zu kaufen, dann gib es jetzt auf: Keiner will dein Geld mehr haben. Sie wollen Papiere. Papiere, die auf den Namen einer großen Gesellschaft lauten, mit schönem Goldaufdruck, mit denen man zur Wallstreet gehen und nette Spielchen treiben kann. Du hast nicht genug Geld, um bei diesem Spiel zu gewinnen. Das hat niemand.«

Ich schwieg einen Augenblick. »Also meinst du, dies hier ist das Beste, was ich tun kann?«

Er nickte.

Er sah zum Fenster hinaus. So war das – ganz einfach –, drei Jahre vergeudet, drei Jahre auf die richtige Gelegenheit gewartet. Und nun war es vorbei, es würde nie dazu kommen.

»Und wenn ich ebensoviel bieten könnte?«

»Zweiunddreißig Millionen Dollar?« fragte Dave ironisch.

»Es sind doch größtenteils nur Papiere?«

»Na und?«

Ich holte tief Atem. »Also, was für Aussichten hätte ich dabei?«

»Mehr als du je gedacht hättest«, sagte Dave. »Wenn ich ihnen sagen darf, daß du dich für die Sache interessierst, kann ich ein Treffen vereinbaren.«

»Mit Sam hab ich schon gesprochen.«

»Nicht mit Sam«, sagte Denise schnell. »Mit Johnston von Palomar Plate; er ist der Mann, der dich wirklich haben will, der darauf drängt, daß du bei dem Geschäft mitmachst.«

»Warum? Wir kennen uns doch gar nicht.«

»Er besteht darauf; er sagt, er kennt dich, seit er im Geschäftsleben steht. Er meint, du bist der einzige in dieser Branche, der wirklich was Vernünftiges plant.«

Ich zündete mir eine Zigarette an. »Kennst du ihn?« fragte ich und sah Dave forschend ins Auge.

»Wir sind uns schon begegnet«, antwortete er unverbindlich. Das hieß, daß er ihn überhaupt nicht kannte. In Daves Beruf war es eine Todsünde, mit einem solchen Mann nicht per du zu sein. »Hast du von ihm gehört?« fuhr Dave fort.

»Ja.« Das hatte jeder; im vergangenen Monat hatte *Time* sein Bild auf der Titelseite gebracht. Dazu einen Artikel von ihm über Konzerne und die Umbildung seiner Gesellschaft von ihrer konservativen Geschäftsführung mit achtzig Millionen Jahresumsatz zu ihrer jetzigen Höhe: fast achthundert Millionen im Jahr. Das alles innerhalb kurzer Zeit, lediglich durch Austausch von Papieren.

Ich entsann mich des Porträts, es war ein typisches *Time*-Titelbild. Voll mit dem Symbolismus von Dollarzeichen, Aktienmänteln und den Erzeugnissen der Gesellschaften, die er nun kontrollierte.

»Sag nicht nein, ehe du mit ihm gesprochen hast«, bat Dave. »Er garantiert dir völlige Selbstständigkeit.«

»Das hat er dir gesagt?«

»Persönlich«, versicherte mir Dave.

»Was hat er dir noch versprochen?«

Dave wurde leicht verlegen.

»Komm, komm, mir kannst du es sagen«, drängte ich, »wir sind doch Freunde.«

»Fünf Millionen Einlagen«, sagte er widerstrebend.

Ich stieß einen Pfiff aus. »Das alles, damit du mich dafür gewinnst?«

Dave schüttelte den Kopf. »Es hat nichts mit dir zu tun. Die Art, wie wir arbeiten, gefällt ihm; wir sind keine altmodische Bank, bei uns gibt es Bewegung. Außerdem bekommen wir unsere zwölf Millionen von Sam zurück.«

»Bist du deshalb zu mir gekommen?«

Der Ausdruck seiner Augen verriet, daß er wirklich meinte, was er sagte. »Nicht nur deshalb, sondern weil ich glaube, ihr werdet euch gegenseitig fördern. Er schätzt dich und wird nicht wie so manche andere versuchen, dir bei der Geschäftsführung dreinzureden.«

Ich verstand, was er meinte. Erstaunlich, wie schnell normale, tüchtige Geschäftsleute sich vom Filmgeschäft mitreißen lassen. Dann werden alle Regeln, nach denen sie früher gelebt haben, gebrochen. »Nicht mal 'ne kleine Freundin, aus der er einen Star machen möchte?«

»Das kann ich beantworten.« Blondchen war eben in einem sarongartig um sich gewickelten großen Handtuch aus dem Badezimmer getreten.

Ich blickte überrascht auf. Dave lugte über den Rand seiner Brillengläser hinweg. »Sie?« fragte er.

Sie nickte, schüttete unbefangen Eiswürfel in ein Glas und goß Whisky darüber. »Ja.«

Ich beobachtete sie. »Ich kenne Ed Johnston sehr gut«, sagte sie zu mir. »Er ist ein ehrlicher Mann. Kein einziges Mal hat er etwas davon gefaselt, mich zum Film bringen zu wollen.«

Nun wurde die Sache langsam verständlich. Ich entsann mich, wie sie damals vor drei Monaten hier eingezogen war, wie sie immer am Fenster gestanden hatte und nie ausgehen wollte. Ihre hingeworfene Bemerkung, daß sie jeden zweiten Montag in Chikago arbeitete. Chikago war der Sitz von Palomar Plate. Ich sagte noch immer nichts.

»Böse?« fragte sie.

Ich schüttelte den Kopf. »Du hättest schon früher rauskommen sollen. Da ist uns was Schönes entgangen.«

»Du hast doch dauernd nur an die andere gedacht«, sagte sie.

»Es gibt immer Raum für noch eine.«

»Ich bin unmodern. Außerdem konnte ich warten; die Bezahlung war gut, und es war nicht anstrengend.«

»Und was hast du herausgefunden?« fragte ich.

»Nichts, was er nicht bereits wußte. Du bist ein anständiger Kerl, und das hab ich ihm gesagt. Er ist bereit, an dir Gefallen zu finden, und ich glaube, er wird auch dir gefallen.« Sie trank ihr Glas aus und stellte es auf den Tisch.

Ich wandte mich an Dave. »Also gut, ich werde mit ihm sprechen, aber ohne jede Verpflichtung.«

Dave lächelte zum erstenmal. »Gut. Er ist in Las Vegas und hat die Düsenmaschine seiner Gesellschaft nach Burbank herübergeschickt, falls wir zum Lunch zu ihm kommen wollen.«

Ich warf einen Blick auf die Uhr. »Na schön, ich habe sowieso allmählich Hunger.«

»Wir fahren mit meinem Wagen zum Flugplatz«, sagte Dave schnell. »Das rasende Tempo spar ich mir, bis wir im Flugzeug sind.«

»Fahr nur in deinem Wagen«, sagte ich. »Blondchen kommt mit mir.«

Auf dem Weg nach Las Vegas erfuhr ich noch mehr über Ed Johnston; Blondchen erzählte mir einige persönliche Einzelheiten: daß er verheiratet war, zwei Kinder und ein Vermögen besaß. Er sei hitzig aber ehrlich, keine Tricks, keine Schrullen, alles einfach und korrekt. Manchmal langweilig, aber mit viel Kraft und Stehvermögen.

Dave informierte mich über die geschäftliche Seite. Er war der jüngste Kapitän, der je einen Flugzeugträger befehligt hatte, verließ die Marine nach dem Koreakrieg trotz aller Versuche, die gemacht wurden, ihn zu halten, zum Beispiel der Beförderung zum Konteradmiral in Reserve. Er trat bei Palomar Plate als geschäftsführender Vizepräsident ein und wurde innerhalb eines Jahres Präsident und Generaldirektor. Nach fünf Jahren begann er mit der Anlagenverteilung und den Neuerwerbungen. Zuerst in verwandten Branchen, dann immer weiter, bis Palomar Plate nun eine der großen Fleischkonservenfirmen und ein bedeutendes Hotelunternehmen kontrollierte, dessen neuestes Haus das Flaming Desert in Las Vegas war. Dort sollten wir uns treffen. Er bemühte sich auch um eine der wichtigsten transkontinentalen Fluglinien und hatte vor kurzem ein großes Grundstück in Los Angeles gekauft, wo er eine Art Century City im Stil der Alcoaplanung errichten wollte.

Das alles konnte ich verstehen – aber weshalb er eine Filmgesellschaft haben wollte, war mir unbegreiflich. Es paßte einfach nicht zum ganzen Rahmen.

Um Viertel vor zwei wurden wir in sein Apartment im Hotel geführt. Der Mittagstisch war bereits gedeckt, aber er stand noch beim Telefon.

Er winkte uns, Platz zu nehmen, und redete weiter. Ich spitzte die Ohren. »Das Ablenkungsmanöver ist schon im Gang«, sagte er ruhig, »warten wir doch auf die Reaktion, bevor wir anfangen, mit den Kursschwankungen herumzufummeln. Geht es gut, stehen wir prima da. Und sollte es aussehen, als würde es nicht klappen, haben wir noch immer Zeit genug umzusteigen.« Er legte den Hörer entschlossen auf, erhob sich und streckte uns die Hand entgegen. »Ich bin Ed Johnston, freue mich, Sie kennenzulernen.«

»Danke«, sagte ich.

Er drückte Dave die Hand und küßte Blondchen auf die Wange. »Du hast dir deinen Bonus schon verdient«, sagte er mit einem Lächeln, das seinen Worten den Stachel nahm. »Wie gefällt Ihnen der Leibwächter, den wir für Sie gefunden haben?«

Ich lachte, er war recht eindeutig. »Ich hätte es selbst nicht besser machen können.«

»Essen wir«, sagte er und setzte sich an den Tisch. »Ich habe Delikatessen bestellt. Angeblich hat das Hotel die besten der Welt. Was möchten Sie trinken?«

Der Kellner erschien und nahm unsere Bestellungen entgegen. Ich wählte einen Scotch mit Wasser, und mit dem Glas in der Hand wurde mir gleich behaglicher zumute. Er trank eine Diät-Coca.

Wir aßen schnell und mit Verstand; nach zwanzig Minuten war der Tisch abgeräumt. Johnston musterte mich; ein Blick auf ihn, und Dave machte mir klar, daß ich anfangen mußte.

»Ich habe nur eine Frage«, sagte ich.

»Heraus damit.«

»Warum?«

Erstaunen malte sich in seinem Gesicht. »Warum was?«

»Das Filmgeschäft«, sagte ich. »Sie haben jetzt, scheint mir, genug Wirkungskreise, und alles ist solide und reell. Warum wollen Sie in etwas so Riskantes und Kurzlebiges einsteigen?«

Er betrachtete mich intensiv.

»Ich könnte es verstehen, wenn Sie sich für ein großes Atelier interessieren, auf einem entwicklungsfähigen Landstück. Das würde in Ihre Pläne passen. Hier aber sind Filme die einzigen Posten auf der Habenseite.« Ich stellte mein Glas hin. »Daraus kann man keine Bauprojekte machen.«

»Es gibt andere Anziehungspunkte. Farbfernsehen haben wir bereits, bald kommen Bandaufzeichnungen in den Handel; da wird man Tag und Nacht arbeiten müssen, um die Nachfrage zu decken. Und unsere Bandabteilung ist eine der größten im Land.«

Darauf wußte ich nichts zu sagen.

»Die Idee ist nicht neu; andere Konzerne haben die geichen Absichten und sind bereits auf dem Plan. Für uns, und besonders für die Art, wie wir operieren, ist meiner Meinung nach jetzt der geeignete Moment gekommen, vor allem wenn wir ungebunden bleiben. Ich stelle mir eine Herstellungs- und Vertriebsgesellschaft vor, die alle Medien der Nachfrage entsprechend beliefern könnte.«

»Klingt gut. Ich bin sicher, Sie haben da einen sehr zweckmäßigen Plan.« Ich erhob mich. »Aber nun habe ich Ihre Zeit lange genug in Anspruch genommen, Mr. Johnston. Darf ich Ihnen besten Erfolg wünschen?«

Er starrte mich ungläubig an. »Es interessiert Sie nicht?«

»Nein danke, aber das ist nichts für mich.«

»Wenn es sich um das Geld handelt, das kann ich bestimmt...«

»Darum handelt es sich nicht.«

»Worum dann?« Die Enttäuschung eines mächtigen Mannes war in seinen Augen zu lesen.

»Sie haben alles erwähnt, nur nicht das Wichtigste...«

Nun war er es, der unterbrach: »Talent? Dazu komme ich noch.«

»Nein, Mr. Johnston, das auch nicht, Talent kann man kaufen.« Blondchen hatte recht, er sprach offen und ehrlich. »Das Wichtigste in unserem Geschäft ist Freude. Wenn man die nicht dabei haben kann, hat man gar nichts. Was Sie mir anbieten, ist nichts weiter als ein Job.«

Ich steuerte auf die Tür zu. »Bemühen Sie sich nicht, Mr. Johnston«, sagte ich. »Ich kann mir ein Taxi zum Flughafen nehmen.«

Blondchen erreichte mich, als ich durch das Kasino zur Vorhalle ging. »He du, warte auf mich!«

Ich grinste sie an. »Hat dich dein Chef geschickt?«

»Der hat mich gerade rausgeschmissen!«

»Du hättest deinen Job nicht meinetwegen aufgeben sollen.«

»Wenn du glaubst, ich lasse so was Blödes wie einen Job zwischen uns treten, dann bist du verrückt«, sagte sie. »So eine Ausstattung wie bei dir gibt's ja gar nicht mehr.«

2

Der Anruf kam, als wir die Treppen vom Kasino hinaufstiegen. Ein Page in Generaluniform starrte Blondchen an und hielt mich auf. »Mr. Gaunt? Sie werden am Telefon verlangt.« Er ging voraus zu den Apparaten, die sich hinter einer Reihe Spielautomaten befanden, und hob einen Hörer ab. »Ich übergebe an Mr. Gaunt«, sagte er und reichte mir den Hörer.

Ich gab ihm einen Dollar.

»Sie sind nicht leicht zu erreichen, Mr. Gaunt.« In Dianas korrektem Englisch klang eine Spur von Triumph.

»Na schön«, sagte ich, »wie haben Sie's diesmal geschafft?«

»Ganz leicht«, antwortete sie selbstgefällig. »Die Polizei hat für mich Ihren Wagen auf dem Parkplatz Burbank gefunden. Der Flughafen gab mir Ihre Flugnummer und den Bestimmungsort bekannt.«

»Dann schulde ich Ihnen also wieder mal einen Hunderter.« Wir hatten eine Abmachung: Jedesmal, wenn sie mich aufspürte, nachdem ich, ohne eine Adresse zu hinterlassen, verreist war, bekam sie hundert Dollar. Jedesmal, wenn es ihr mißlang, mußte sie einen Monat unbezahlt für mich arbeiten. Ich hatte noch nie gewonnen.

»Es schien mir wichtig, sonst hätte ich Sie nicht gestört«, sagte sie. »Ein gewisser Samuel Benjamin junior rief aus San Francisco an. R-Gespräch. Er fragte nach Onkel Steve und sagte, es sei wichtig.«

»Geben Sie mir seine Nummer, ich werde ihn zurückrufen.«

»Er sprach aus der öffentlichen Telefonzelle und sagte, er könne nicht warten, werde aber in einer halben Stunde noch mal anrufen. Das wäre in genau zwanzig Minuten.«

»Gut. Wenn er anruft, schalten Sie ihn über Ihren Klappenschrank hierher durch.«

»Wollen Sie mir Ihre Zimmernummer geben?«

»Nein«, sagte ich, »lassen Sie mich einfach im Spielkasino ausrufen.«

Ich legte auf und verließ die Zelle. Blondchen hatte sich in einen Spielautomaten verliebt. »Gleich wird's kommen«, sagte sie, während ihre Finger den Hebel liebkosten. »Ich spür das.«

Und es kamen eine Grapefruit, eine Orange und eine Zitrone. »Probier es, ihn abzukauen«, sagte ich und ging an den Automaten vorbei. Da standen sie, die grünen Zaubertische, dicht umringt von Menschen, die sich wie Sardinen aneinanderpreßten. Wenn Johnston eine solche Geldmaschine für sich arbeiten ließ, mußte er tatsächlich Heu im Kopf haben, um sich statt dessen ein Filmgeschäft zu wünschen.

Eben hatte ein Spieler sieben gewürfelt, als ich mir den Weg zum Tisch bahnte. Der Croupier zog die Würfel an sich und schob sie zusammen mit zwei anderen Würfelpaaren über den Tisch.

Ich blickte rund um den Tisch, doch niemand schien sie nehmen zu wollen; alle sahen aus wie Spieler, die ihrem Glück nicht mehr trauen. Ich nahm ein Paar Würfel zur Hand und rollte sie zwischen meinen Handflächen, um sie richtig ins Gefühl zu bekommen. Sie fühlten sich gut an; ich nickte, legte einen Hunderter auf die Gewinnlinie – 4, 5, 6, 7, 8, 9, 10 – und sicherte mich mit einem Hunderter auf *any craps* – 2, 3 oder 12 – ab.

»Ein neuer Spieler«, rief der Hauptcroupier mit heiserer Stimme. »Bitte um Ihre Einsätze, ein neuer Spieler beginnt zu würfeln!«

Ich warf zweimal hintereinander *craps* und ließ meinen

Einsatz stehen. Beim dritten Wurf änderte ich die Einsätze; ich setzte auf *any craps*, bei sechs zu eins, gewann und hatte viertausendzweihundert. Ich ließ zweihundert auf *any craps* und legte zweitausend auf die Gewinnlinie. Die restlichen zweitausend schob ich vor mir in die Rille der Randbarriere des Tisches.

Zweimal warf ich ein *natural* – 7 oder 11 beim ersten Wurf – und verdoppelte meinen Einsatz, dann warf ich zehn. Ich setzte auf alle Nummern und hatte eine tolle Glückssträhne, ich hätte zehn Paar Hände gebraucht, um alles einzuheimsen und wieder zu setzen; ich verlor jeden Begriff von Zeit. Als der ›Generalmajor‹ kam, um mich zu rufen, blickte ich erstaunt hoch.

»Ihr Anruf«, sagte er.

Ich nickte, nahm die Würfel, rieb sie einmal und warf sie hin. Sie schlugen an die Rückwand, rollten zurück und blieben liegen. Ich brauchte nicht hinzusehen, um zu wissen, daß ich sieben geworfen hatte und draußen war. So ist es eben mit den Würfeln, sie sind schlimmer als Mädchen: Läßt man sich nur einen Augenblick ablenken, hat man auch schon verloren.

Ich nahm die Spielmarken aus der Rille. Als ich mich umdrehte, stand Blondchen hinter mir. Ich gab ihr die Marken. »Kassiere für mich.«

Ich folgte dem Generalmajor zum Telefon. »Tut mir leid, Mr. Gaunt«, entschuldigte er sich, indem er mir den Hörer reichte.

Diesmal gab ich ihm einen Hunderter. »Schon gut«, sagte ich. »Sie haben mir wahrscheinlich einen großen Verlust erspart.«

Lächelnd entfernte er sich, und begann zu sprechen. »Okay, Diana.«

»Ich habe Mr. Benjamin für Sie hier.«

»Gut, schalten Sie ihn durch, aber bleiben Sie mit mir in Verbindung, vielleicht brauche ich Sie nachher noch.«

Ein Klicken, dann ein leises Summen und gleich darauf Juniors Stimme: »Onkel Steve?«

»Ja, Junior«, sagte ich.

»Ich bin in San Francisco.«

»Ich weiß.«

»Ich sitze schrecklich in der Klemme.«

»Was ist geschehen?«

»Ich bin mit ein paar Freunden hier.« Seine Stimme begann zu zittern. »Heute morgen ging ich für einige Minuten raus, und als ich zurückkam, wimmelte es überall von Polypen. Sie schnappten alle und steckten sie in die grüne Minna. Nachher blieben zwei von den Brüdern in Zivil dort. Ich hatte das Gefühl, die warten auf mich, also hab ich mich um die Ecke gedrückt.«

»Weshalb war denn die Razzia?«

»Das Übliche; ab und zu werden die Bullen ungemütlich. Es gab aber gar keinen Grund, uns zu schnappen. Wir verhielten uns still und brav und machten nie einen Wirbel.«

»War irgendwas in der Wohnung?«

»Nicht viel«, sagte er. »Wir waren alle recht knapp bei Kasse. Ein bißchen Hasch, ein wenig Benzedrin, aber kein Opium.«

»Nichts Scharfes?«

»Kein Heroin, kein Kokain; Onkel Steve, wir sind alle ordentliche Jungs.«

»Auf wessen Namen läuft die Wohnung?«

»Weiß ich nicht; sie stand leer, da sind wir einfach eingezogen. Jeden Tag kam irgendein Kerl, wir gaben ihm ein paar Dollar, und er ging wieder.«

»Nach dem, was du mir erzählst, hast du nichts zu befürchten, Junior«, sagte ich. »Du mußt dich nur für eine Weile aus der Stadt verdrücken, man kann dir nichts anhaben, da du unbescholten bist.«

»So einfach kann ich aber hier nicht weg«, sagte er.

»Wenn du Geld brauchst, schick ich dir was hinüber.«

»Das ist es nicht.« Er zögerte. »Es ist ein Mädchen, um das ich mir Sorgen mache.«

Von dem Mädchen wußte ich, das hatte mir sein Vater am

Morgen erzählt. Ich wollte es aber von ihm selbst hören. »Ja?«

»Sie ist nämlich schwanger – und dabei selbst noch ein Kind.«

»Ist das Kind von dir?«

»Nein, aber sie war so ein nettes Ding, da haben wir sie sozusagen alle zusammen adoptiert. Wir haben sie nicht mal rauchen oder LSD schlucken lassen.«

»Was regst du dich dann auf?« fragte ich. »Die anderen werden sich um sie kümmern, besser als du es getan hast.«

»Möglich, aber wird man sie auch gern haben?«

Ich schwieg.

»Sie ist sehr empfindsam«, sagte er, »sie braucht Liebe, sie muß wissen, daß jemand an ihr hängt. Deshalb ist es mit ihr so weit gekommen.«

Ich schwieg noch immer.

»Ich kann nicht fort, ehe ich nicht sicher bin, daß für sie gesorgt ist«, sagte er. »Irgendwie, verstehst du, mußt ich sie wissen lassen, daß ich ihr nicht davongelaufen bin wie alle anderen.« Er holte tief Luft. »Wenn ich allein zum Jugendgericht gehe, um sie zu besuchen, schnappen sie mich sofort. Ich hab mir gedacht, vielleicht – wenn du Zeit hättest...«

»Also gut«, sagte ich, »ich komme hinüber. Wo bist du jetzt?«

»In einer Telefonzelle an der North Beach.«

»Hast du Geld bei dir?«

»Ungefähr sechs Dollar.«

»Geh hinüber zum Büro der KSFS-Fernsehstation in der Van-Ness-Street und frage nach Jane Kardin in der Rechtsabteilung. Sie wird dich bereits erwarten; erzähle ihr, was du mir gesagt hast. Sie soll feststellen, wohin man deine Freundin gebracht hat, und deinen Besuch ermöglichen. Warte im Büro auf mich, ich werde mit dem nächsten Flugzeug aus Las Vegas kommen.«

Plötzlich klang seine Stimme sehr jung. »Danke, Onkel Steve, ich wußte, du würdest mich nicht im Stich lassen.« Er zögerte einen Augenblick. »Glaubst du, deine Freundin würde mir ein Sandwich spendieren? Ich hab den ganzen Tag nichts gegessen.«

Er war noch immer ein Kind. »Natürlich, geh nur hinüber zu Tommys. Dort werde ich dich abholen, bevor ich ins Büro gehe. Wiedersehen.«

»Wiedersehen, Onkel Steve.« Er hängte ein, und ich hörte Dianas Stimme in der Leitung.

»In zwanzig Minuten geht eine Western-Airlines-Maschine nach San Francisco ab«, sagte sie. »Ich habe, während Sie sprachen, für Sie gebucht.«

»Brav! Und jetzt rufen Sie bitte Jane Kardin bei Sinclair Broadcasting KSFS an, und sagen Sie ihr, ich komme hin, sie möchte sich inzwischen um den Jungen kümmern.«

»Wird gemacht, Mr. Gaunt«, sagte sie. »Wiedersehen.«

Blondchen erwartete mich mit dem Geld in der Hand, als ich aus der Zelle kam. »Was gibt's?« fragte sie.

»Wieviel zahlte dir Johnston?«

»Fünfhundert die Woche plus Spesen.«

»Wieviel hast du da?« fragte ich, auf die Scheine zeigend.

»Zwanzigtausenddreihundert«, sagte sie und gab sie mir.

Ich nahm das Geld, zählte zehntausend ab und drückte sie ihr in die Hand. Den Rest steckte ich in meine Tasche. »Für dich«, sagte ich.

Sie sah mich mit großen Augen an. »Wofür?«

»Trennungsentschädigung«, sagte ich, ließ sie im Kasino stehen, ging hinaus und stieg in ein Taxi. Sie kam zur Tür, winkte und warf mir eine Kußhand zu.

Ich erwiderte die Kußhand, und als der Wagen auf den Strip einbog, war sie bereits im Haus verschwunden.

Seit dem Morgen waren meine Abschiedstarife für Mädchen sehr rasch gestiegen; wenn ich mir heute abend eine zulegte, würde ich sie wohl behalten müssen. In Los Angeles war es heiß und schwül gewesen, in Las Vegas schien hell die Sonne, und die Luft war trocken. San Francisco war feucht und klamm. Auf dem Weg vom Flugzeug zum Flughafengebäude fröstelte ich; Blue jeans und ein Pullover waren eben nicht ausreichend.

An der Rampe erwartete mich Jane Kardin mit einem Regenmantel, und ich schlüpfte dankbar hinein. »Ich wollte, ich wäre noch immer dein Chef, Juramädchen. Dann könnte ich dir für diese Liebestat eine Gehaltserhöhung geben.«

»Da du nicht mehr mein Chef bist, kannst du mir einen Begrüßungskuß geben.«

Ihre Lippen waren warm und weich. Ich sah ihr in die Augen. »Ich hatte schon beinahe vergessen, wie gut das ist.«

Sie lächelte. »Mein Wagen steht draußen.«

Ich schaute mich um. »Was hast du mit dem Jungen gemacht?«

»Ich hab ihn bei Tommy gelassen; er frißt sich durch einen Berg Knackwürste.«

Als wir in den Wagen stiegen, regnete es bereits heftig.

»Was hast du über das Mädchen herausgebracht?« fragte ich.

»Sie ist fort.«

»Fort?«

Sie nickte, ohne den Blick von der Straße zu wenden. »Als ich beim Jugendgericht ihre Spur fand, waren ihre Eltern bereits dagewesen und hatten sie abgeholt.«

»Und Junior?« fragte ich. »Hat er sich sehr aufgeregt?«

»Mir kam er eher erleichtert vor«, sagte sie kurz. »Schließlich ist er ja ein Mann.«

Sie war durchaus berechtigt, mir eine solche Antwort zu geben: Ich war mit ihr nicht gerade auf netteste Art verfahren. Wir hatten uns gut vertragen, aber das war vor vier Jahren gewesen. Als ich von Sinclair fortging, war sie dort noch nicht Rechtsberaterin, sondern Modell.

Man hatte sie uns von der Ford-Agentur in New York geschickt. Ich erinnere mich noch an unsere erste Begegnung, als sie ins El Morocco kam; sie stand da und sah sich mit ruhigen Blicken um.

Es war eine Premierenparty, und ich ging sofort auf sie zu. »Kann ich Ihnen behilflich sein, Miß...?«

»Ich suche John Stafford, den Regisseur«, antwortete sie mit unverändertem Augenausdruck.

Ich hatte ihn nicht gesehen, und hätte ich ihn gesehen, so hätte ich ihn nicht erkannt.

»Er ist gerade fortgegangen«, erklärte ich prompt und griff nach ihrem Arm. »Darf ich Ihnen etwas zu trinken bringen?«

Sie sah sich um, ohne sich vom Fleck zu rühren, dann sagte sie mit ihrem kühlen Blick: »Nein danke, ich sehe hier gar keine Bekannten, und ich bin nicht gern auf Partys, wo ich niemanden kenne.«

»Ich heiße Stephen Gaunt«, sagte ich, »und nun haben Sie keine Ausrede mehr.«

Sie lachte. »Man hat mir von den New Yorker Männern erzählt.«

Wir hatten uns schon in Bewegung gesetzt; ich winkte, und der Ober verstand mich. »Ihr Tisch ist dort drüben, Mr. Gaunt«, sagte er.

»Kommen Sie von auswärts?« fragte ich, während wir Platz nahmen.

»Aus San Francisco«, sagte sie, und zum Ober: »Bourbon mit Ginger.«

Sie liebte süße Getränke, anregende Unterhaltung und freundliche Männer. Nach einer Woche zog sie den Schluß, daß ich zuviel verlangte und alles in allem nicht freundlich genug war.

»Du willst heiraten«, sagte ich.

»Richtig. Gibt es etwas dagegen einzuwenden?«

Ich schüttelte den Kopf. »Nein.«

»Aber es ist nichts für dich.«

»Nein.«

»Du bist wenigstens ehrlich.«

»Kann ich sonst etwas für dich tun?« fragte ich.

»Ja«, antwortete sie.

Nun würde es also wieder einmal kommen; sie waren doch alle gleich. Aber sie überraschte mich.

»Ich möchte einen Job.«

»Ich schicke dich zum Rollenverteiler«, antwortete ich.

»Nein, so etwas meine ich nicht.«

»Was dann?«

»Ich habe gerade von zu Hause die Nachricht erhalten, daß ich als Rechtsanwältin zugelassen bin«, sagte sie.

»Du hast Jura studiert?«

Sie nickte. »Mit der Arbeit als Modell habe ich mir nur das Geld fürs Studium verdient. Jetzt möchte ich meinen Beruf ausüben.«

»Als Modell verdienst du mehr.«

»Na und?«

»Gut, dann schicke ich dich zum Leiter unserer Rechtsabteilung.«

»Ich möchte nicht in New York arbeiten, hier gefällt es mir nicht. Ich möchte nach San Francisco.«

»Hier sind die Aussichten besser.«

»Aber dort hab ich Verwandte und Freunde. Ich würde mich viel wohler fühlen – hier ist alles so überdreht.«

Unsere Station in San Francisco brauchte einen Rechtsanwalt. Es stellte sich heraus, daß Jane sehr tüchtig war. Sie hatte die Stellung nicht nur behalten, sie war sogar befördert worden.

Sie fand einen Parkplatz in der Nähe des Restaurants. Samuel saß vor einem Bierhumpen. »Hallo, Onkel Steve, weißt du, daß es hier einundneunzig verschiedene Biersorten gibt?«

»Wisch dir den Schaum vom Bart und gib mir einen Kuß«, sagte ich. »Es war eine lange, feuchte Reise.«

»Tut mir leid«, sagte er kopfschüttelnd. »Ich ahnte ja nicht, daß sie durchbrennen würde, sonst hätte ich dich natürlich nicht bemüht.«

»Macht nichts«, sagte ich, während ich ihm gegenüber Platz nahm, »ich hatte nichts Besseres zu tun; ich habe ohnehin schon die längste Zeit eine Ausrede gesucht, um hierherzukommen und Jane zu besuchen.«

»Zu lange schon«, sagte sie, »ich werde nun lieber gehen.«

»Nein, das wirst du nicht«, sagte ich und zog sie auf den

Stuhl neben mir. »Wir wissen ja noch gar nicht, ob wir schon aus der Klemme raus sind.«

Samuel musterte uns überrascht. »Das hätte ich mir eigentlich denken können.«

»Was?«

»Daß du mit dem bestaussehenden Juristenhirn der Welt hier aufkreuzen wirst.«

Wir lachten. Die Kellnerin trat an den Tisch. »Bier für alle«, sagte ich.

»Nein«, sagte Juramädchen, »für mich Bourbon mit Ginger.«

»Ich muß mal«, erklärte Samuel und stand auf. »Bin gleich wieder da.«

Die Kellnerin kam mit den Drinks. Ich hob mein Glas: »*Ciaò*.«

»Jetzt hast du es geschafft.«

Ich sah sie an.

»Weißt du, ich hatte Jungmädchenträume über dich. Du würdest eines Tages herkommen und irgendwie anders sein...« Sie schwieg.

»Ich bin auch anders; ich bin nicht mehr dein Chef.«

Sie schüttelte den Kopf. »Du bist noch derselbe. Du bist immer am richtigen Platz. Wo du bist, dort muß man eben sein.« Sie zögerte. »Wieso bin ich dir wieder eingefallen? Ich glaubte, du hättest mich vergessen.«

Ich antwortete nicht.

»Oder hast du irgendwo in deinem Kopf eine Ablage, und in jeder Schublade liegt eine Liste von Mädchen in verschiedenen Städten, an die du dich für allerlei Dienstleistungen wenden kannst? Ist es so, Steve, und stehe ich unter ›Rechtshilfe‹?«

»Na schön, Jane«, sagte ich, »hast du dich nun ausgetobt?«

Sie errötete. »Entschuldige.«

Samuel kam mit einem merkwürdigen Glanz in den Augen zurück. Er setzte sich beschwingt und griff nach seinem Glas.

»Wenn du's in öffentlichen Toiletten tust«, sagte ich, »dann rasier dich hinterher. Der Haschischduft steckt dir noch im Bart.«

»Ich hab nur gerade einen halben Glimmstengel geraucht«, verteidigte er sich. »Ich war ein bißchen bedrückt.«

»Weshalb denn? Du bist doch prima davongekommen.«

»Nein, deinetwegen«, sagte er. »Ich hatte Angst. Da hab ich dich für nichts und wieder nichts hergelotst; du mußt mich für sehr albern halten.«

»So ahnungslos bin ich nicht. Du hast mich ja nicht nur wegen des Mädchens angerufen.«

Er warf einen Blick auf Juramädchen. Sie machte Anstalten aufzubrechen.

»Am besten, ich gehe jetzt, ihr habt wohl persönliche Dinge zu besprechen.«

»Ich hielt sie am Arm fest. »Du bist, ohne es zu wollen, in diese Geschichte hineingeraten. Jetzt bleibst du hier. Nicht wahr, Samuel?«

Er nickte; sie ließ sich in den Stuhl zurückfallen.

»Na schön, Samuel«, sagte ich. »Jetzt raus damit!«

Er holte tief Atem. »Mein Vater war neulich hier.«

»Und?«

»Du kennst ihn doch, Onkel Steve. Wieder einer seiner Tricks. Er wollte uns einen Hunderter geben, und ich sagte, wir brauchten ihn nicht. Später schickte er seinen Chauffeur mit zwei Fünfern herauf.« Er trank einen Schluck Bier. »Er wollte, daß ich nach Hause komme.«

»Das ist verständlich, er ist ja schließlich dein Vater. Und deine Mutter ist auch nicht gerade glücklich über das, was du in letzter Zeit treibst.«

»Du wirst doch nicht auch gegen mich losziehen?«

»Durchaus nicht, Junior. Wenn ich an etwas glaube, dann an das Recht jedes Menschen, nach seiner eigenen Fasson zum Teufel zu gehen. Mir ist es scheißegal, was du treibst.«

»Das glaub ich dir nicht ganz; du hast mich gern.«

»Stimmt«, sagte ich. »Auch deine Schwester hatte ich

gern, aber ich konnte nicht ihr Leben für sie leben, und ich kann es ebensowenig für dich. Ich kann nur da sein, wenn du mich brauchst.«

Er leerte sein Glas. »Kann ich noch ein Bier haben?«

Ich winkte der Kellerin.

»Ich möchte so gern, daß du mir hilfst«, sagte er.

»Wie?«

»Findest du es nicht komisch, daß man eine Razzia auf uns macht, ausgerechnet am Tag nach dem Besuch meines Vaters?«

»*Das* glaubst du wirklich?«

Er starrte in sein Glas. »Er sagte, er brauche nur zu pfeifen, wenn ich nicht tue, was er will. Ich muß die Wahrheit herauskriegen, Onkel Steve«, fügte er mit einem festen Blick auf mich hinzu. »Es ist mir sehr wichtig.«

»Und wie soll ich dir dabei helfen?«

»Frag ihn doch, Onkel Steve. Dich würde er nicht belügen.«

»Nein, ich habe eine bessere Idee.«

»Nämlich?« erkundigte er sich hoffnungsvoll.

»Du fragst ihn selbst. Schließlich ist er nicht mein Vater, sondern deiner.«

3

Der Wagen stand noch auf dem Parkplatz, wo ich ihn abgestellt hatte, bevor ich nach Vegas flog; er glänzte schwarz, das Chrom schimmerte in den schrägen Strahlen der sinkenden Sonne.

Junior stieß einen leisen Pfiff aus. Er lief voraus und berührte den Wagen ehrfürchtig. »Toll!« sagte er leise.

Ich nahm den Schlüssel aus der Tasche und öffnete den Schlag. Junior war schon im Wagen, ehe ich noch eine Bewegung machen konnte. Er blieb einen Augenblick sitzen und strich mit den Fingern liebevoll über das Armaturenbrett, dann lehnte er den Kopf zurück und schloß die Augen. »Duftet wie 'ne Punze«, sagte er.

Ich klopfte ihm auf die Schulter. »Geh nach hinten.«

Er kletterte über die Rückenlehne des Sitzes wie ein großer Affe und legte das Kinn auf die Kopfstütze. Ich stieg ein. »Macht der wirklich 380?« fragte er, auf den Tachometer zeigend.

»Ich weiß nicht, ich hab ihn noch nie ausgefahren.«

Juramädchen stieg ein. »Ich verstehe noch immer nicht, was ich eigentlich hier zu suchen habe.«

Ich lächelte ihr zu. »Du hast dich doch immer gelangweilt.«

»Heute abend habe ich eine Verabredung«, sagte sie abwehrend.

Ich wies auf das Telefon. »Ruf doch an und sag ab.«

»Junge, du hast wirklich alles in deinem Wagen!« bewunderte Junior. »Wo ist der Lokus?«

»Unterwegs«, sagte ich. Das Telefon läutete; ich hob ab. »Okay, Diana, Sie werden reich.«

»Die Anrufe häufen sich, Mr. Gaunt«, sagte sie. »Die Herren Johnston und Diamond haben aus Vegas angerufen, sie sind auf dem Weg zu Ihnen. Mr. Benjamin rief vom Beverly-Hills-Hotel an, Sie möchten ihn bitte zurückrufen. Mr. Sinclair läßt Ihnen sagen, daß er im Bel-Air-Hotel ist und Sie bittet, unmittelbar vom Flughafen dorthin zu kommen.«

»Sonst noch was?«

»Im Augenblick ist das alles, Mr. Gaunt«, sagte sie sanft.

Ich legte auf und ließ den Motor an. Das anfängliche Aufheulen ging in ein stetiges Summen über. Ich legte den Gang ein und verließ den Parkplatz. Auf der Autobahn geriet ich mitten in den Hauptverkehrsstrom.

»Hör dir mal den Motor an«, sagte Junior hinten. »Ich spür ihn in den Eiern.«

»Ich werde nie begreifen, warum Männer sich in Autos verlieben können«, sagte Juramädchen.

Ich begegnete Juniors Blick im Rückspiegel; er schüttelte den Kopf. Sie hatte recht, das war eine ganz private, eine

Männerwelt. Ich schlängelte mich durch den Verkehr und verließ bei der nächsten Ausfahrt die Autobahn. Auf den Nebenstraßen würde ich schneller vorwärtskommen.

Juramädchen hob den Hörer ab. »Wie funktioniert das Ding?«

»Drück den Knopf«, sagte ich. »Wenn das Fräulein sich meldet, gibst du ihr die Nummer, die auf dem Hörer steht, und die, mit der du verbunden werden willst.«

Eine halbe Minute später sprach sie mit San Francisco, um ihre Verabredung abzusagen; eitel Honig tropfte von ihren Lippen. »Es tut mir wirklich leid, David, aber diese Sache hat sich im letzten Augenblick ergeben, und ich konnte nicht früher anrufen.« Einen Augenblick schwieg sie; dann war ihre Stimme eiskalt: »Du vergißt eines, David, ich bin Rechtsanwalt, und für einen Anwalt hat die Verpflichtung seinem Klienten gegenüber Vorrang.« Sie knallte den Hörer auf die Gabel.

»Das ist also alles, was ich für dich bin«, sagte ich grinsend, »ein Klient.«

»Ach, halt die Klappe!« fuhr sie mich an. »Gib mir eine Zigarette.«

»Im Handschuhfach«, sagte ich.

Sie öffnete es und nahm eine Zigarette von dem Tablett, das darin lag. Sie zündete sie an, tat einen tiefen Zug und verzog das Gesicht. »Das schmeckt komisch.«

Ich schnüffelte. »Es ist Marihuana«, sagte ich. »Rechts liegen gewöhnliche, Menthol in der Mitte.«

Sie wollte sie aus dem Fenster werfen, Juniors Hand hielt sie zurück. »Feuerzone«, sagte er und nahm ihr die Zigarette ab. »Wollen Sie einen Strafzettel kriegen?«

»Was soll das heißen?« fragte sie ärgerlich.

»Sehen Sie doch«, sagte er und wies mit dem Daumen nach hinten.

Ich guckte in den Rückspiegel; hinter mir fuhr ein Polizeiwagen. Junior steckte die Zigarette in den Mund. »Das ist guter Hasch.«

Ich blickte Juramädchen an, sie war blaß geworden. Ich

tätschelte ihre Hand. »Nur ruhig, Jane, nimm jetzt mal 'ne ordentliche Zigarette.«

»Ihr seid beide verrückt«, sagte sie. Ihre Hand zitterte unter der meinen.

Ich nahm eine Zigarette aus dem Handschuhfach, zündete sie an und gab sie ihr.

Sie sog den Rauch tief ein, und ihr Gesicht bekam wieder Farbe. »Wenn die mich mit so etwas erwischen, kann ich aus der Anwaltsliste gestrichen werden.«

Ich blieb bei der Verkehrsampel stehen, und der Streifenwagen hielt neben uns. »Ein schöner Wagen«, rief der junge Polizist.

»Danke«, sagte ich. »Wollen Sie ein kleines Rennen mit mir machen?«

Er grinste zurück. »Das geht nicht. Bin im Dienst.«

Die Ampel wurde grün, und ich ließ ihn vor; bei der nächsten Ecke bog er ab. »Okay, Junior«, sagte ich, »drück den Stummel aus.«

Er wollte protestieren, aber ein Blick genügte. Wortlos drückte er den Stummel aus und steckte ihn in die Tasche.

Ich bog nach Coldwater ab und fuhr bergan. Der Verkehr hatte nachgelassen, und ich stieg ein wenig aufs Gas. Der Wagen nahm die Kurven wie eine Ballerina.

»Mensch, das ist ja schöner als fliegen!« sagte Junior.

Ich betrachtete ihn durch den Rückspiegel. Er war in bester Laune, der Hasch hatte gewirkt.

»Wohin fahren wir?« fragte er.

»Ich setze dich bei mir zu Hause ab, und dann fahre ich mit unserer Dame zu einer Verabredung mit ihrem Chef.«

Das Bel-Air-Hotel läßt sich am besten mit den Worten ›vornehmes Hollywood‹ umreißen. Dort steigt die konservative Gesellschaft ab.

Spencer erwartete mich in seinem Apartment. Er hatte für Bungalows nichts übrig, wünschte jede Bequemlichkeit bei der Hand, kein langes Warten auf die Bedienung, wenn die Kellner mit dem Frühstück eine halbe Meile laufen mußten.

Er erhob sich, als wir eintraten. Die Jahre hatten ihn freundlich behandelt, er sah gut aus. Ich drückte ihm die Hand, sein Griff war so stark und fest wie früher. »Eine Überraschung«, sagte ich.

Er lächelte. »Freut mich, dich zu sehen.« Und das war ehrlich gemeint.

Ich stellte ihm Juramädchen vor. »Sie arbeitet bei euch«, sagte ich. »Rechtsberaterin bei KSFS in San Francisco.«

Er ließ seinen Charme spielen. »Kein Wunder, daß man sagt, der Westen ist fortschrittlicher; im Osten sehen die Juristen nicht so aus wie Sie.«

»Vielen Dank, Mr. Sinclair.«

»Ich hätte dich nicht hergebeten, aber es haben sich einige Dinge ergeben, über die wir sprechen müssen.« Er blickte auf Jane.

Sie verstand sofort. »Wenn die Herren geschäftlich zu reden haben, könnte ich vielleicht inzwischen in der Cocktailbar warten?«

»Würde es Ihnen nichts ausmachen?« fragte er. »Ich wäre Ihnen sehr dankbar.«

Die Tür schloß sich hinter ihr, und er wandte sich mir zu. »Eine sympathische Frau. Ist sie auch eine gute Anwältin?«

»Ich nehme es an. Drüben schätzt man sie offenbar sehr.«

»Möchtest du etwas trinken?«

Ich nickte und folgte ihm zur eingebauten kleinen Bar. Ich mischte zwei Whiskys mit Wasser.

»Meinen bitte leicht«, sagte er.

Ich fügte noch etwas Wasser hinzu und gab ihm das Glas. »Okay?«

»Ausgezeichnet.«

Wir setzten uns auf die Couch. Eine Weile schwieg er; wir tranken. »Du möchtest wohl wissen, warum?« fragte er.

Ich nickte.

»Ich bin fünfundsechzig«, sagte er. »Der Aufsichtsrat möchte, daß ich noch fünf Jahre bleibe. Sie sind bereit, die verbindliche Pensionierungsvorschrift zu ändern oder aufzuheben.«

»Das ist klug von ihnen.«

»Ich will aber nicht.«

Ich nippte an meinem Drink.

»Du bist nun seit drei Jahren fort«, sagte er. »Die Dinge werden nicht leichter, und ich schaffe es nicht mehr.« Er stellte sein Glas ab und sah mich an. »Nach der Stiftung und mir bist du der größte Aktionär der Gesellschaft.«

Ich wußte, was er meinte: die fünfzehn Prozent des Aktienkapitals, die Barbara aus ihrem eigenen Treuhandfonds und dem Nachlaß ihrer Mutter zugefallen waren. »Ich werde dir keinerlei Schwierigkeiten bereiten«, sagte ich. »Du hast die Stimmrechte von mir erhalten, und ich werde sie dem Mann übertragen, den du vorschlägst.«

Nach einer Weile sagte er: »Das ist es nicht, worum ich dich bitte.«

»Was dann?«

»Ich will, daß du zurückkommst.«

Ich stand auf, ging zur Bar und machte mir noch einen Drink. Ich trank einen Schluck, kam zurück und setzte mich wieder.

»Ich besitze dreißig Prozent, die Stiftung fünfundzwanzig. Zusammen mit deinen Aktien ergibt das siebzig Prozent«, sagte er. »Und es ist niemand da, dem ich das anvertrauen möchte.«

»Du hast einige gute Leute«, sagte ich.

»Ja, sie sind gut, aber du bist etwas anderes. Es sind Männer, die einfach ihre Posten ausfüllen. Wenn morgen eine andere Sendergruppe sie anstellen und entsprechend bezahlen wollte, würden sie gehen. Sie sind nicht Sinclair.«

»Der einzige Sinclair bist du«, sagte ich.

»Nein, das bin ich nicht«, erwiderte er, »du bist auch ein Sinclair. Es ist nicht nur der Name; es ist die Art. Du weißt, was ich meine.«

Ich wußte es. Er sprach über eine Lebensanschauung. Ein Sinclair baute kein Geschäft auf um des Geschäftes oder auch nur des Geldes willen. Was sie bauten, waren Denkmäler, Brücken in die Zukunft, die sie überleben würden.

Dabei verstand Spencer aber nicht, daß dies sein Denkmal war, nicht meines. Ich schwieg so lange, daß er wieder zu sprechen anfing.

»Ich habe nie gewollt, daß du von uns fortgehst. Das weißt du.«

Ich nickte. »Es war das Beste, was ich tun konnte. Für uns alle.«

»Das fand ich damals nicht und sehe es auch heute nicht so!« sagte er. »Andere Leute haben größere Fehler begangen und sich einfach nichts daraus gemacht.«

»Das waren eben andere, nicht ich.«

»Du und dein Perfektionismus! Bist du dir immer noch nicht darüber klar, daß niemand und nichts vollkommen ist?«

»Das war es nicht.«

»Was dann? Du hast erreicht, was du dir vorgenommen hattest: Du hast das Geschäft deines dummen Freundes für ihn gerettet. Was aus dir wurde, scherte ihn nicht. Er glaubte, es bedürfe nur des Geldes, um dich schadlos zu halten. Was hattest du dir vorzuwerfen?... Wofür wolltest du dich bestrafen? Letzten Endes wurde ja niemand geschädigt, dein Freund nicht, wir nicht. Nur du.«

»Auch das war es nicht«, sagte ich.

»Dann erklär es mir; das bist du mir doch zumindest schuldig.«

»Ich war verbraucht«, sagte ich einfach.

»Das verstehe ich nicht.«

Ich nippte an meinem Drink. »Ist das denn so schwer zu begreifen? Ich focht alle möglichen Kämpfe aus, immer wieder, und stets waren es die gleichen. Der Kampf um die Testnoten, der Kampf bei der Suche nach Talenten und nach neuen Märkten. Wie viele Kämpfe muß man denn gewinnen, um sich zu bewähren? Vielleicht hatte ich zu viele gewonnen, vielleicht war es an der Zeit, daß ich einen verlor, einfach um das unbekannte Gefühl der Niederlage zu erfahren. Das wäre dann wenigstens etwas anderes.«

»Das ist aber doch nicht alles«, sagte er.

Er war klug. »Stimmt«, gab ich zu.

»Was war noch im Spiel?«

»Ich hatte einen Traum«, sagte ich. »Ich hatte die größte Chance, die ein Mensch haben kann, um sich dem Menschen mitzuteilen. Und diese Chance verpaßten wir! Vor lauter Kampf. Es gab so viel, das wir hätten tun können und nicht taten.«

»Es ist noch nicht zu spät«, sagte er. »Wenn du zurückkommst, kannst du nach deiner Vorstellung arbeiten. Ich werde dich unterstützen.«

»Es *ist* zu spät«, sagte ich, »das ist jetzt vorbei; zu vieles hat sich ereignet, die ganze Sache ist zu komplex geworden.«

Er sah mir in die Augen. »Das tut mir leid.«

Ich sagte nichts mehr.

»Hältst du noch an dem fest, was du über die gemeinsame Abstimmung unser beider Aktienpakete gesagt hast?« fragte er.

»Ja.«

»Hättest du etwas dagegen, wenn wir die Gesellschaft verkauften?«

»Gar nichts, falls du es für richtig hältst.«

»Mehrere Konzerne sind an mich herangetreten«, sagte er. »Ich habe nicht mit ihnen verhandelt. Vielleicht werde ich es jetzt tun.«

Nun geschah etwas: Zum erstenmal in einer Zeit, die mir wie ein Jahrhundert erschien, regte sich etwas in mir. »Meinst du das im Ernst?«

Er nickte. »Ja. Warum?«

»Ich hab eine Idee. Nehmen wir an, ich zeige dir, wie du alle finanziellen Vorteile erzielen könntest, die dir durch den Verkauf der Gesellschaft erwachsen würden, ohne tatsächlich zu verkaufen.«

»Ich hatte bereits Angebote zur Fusionierung.«

»Das meine ich nicht«, sagte ich.

»Was dann?«

Es dauerte drei Minuten, bis ich es ihm klargemacht hatte;

ich sah, daß es ihn interessierte. »Glaubst du, das könntest du machen?« fragte er, als ich fertig war.

»Ich weiß nicht. Gib mir sechs Stunden Zeit, dann erfährst du es.«

»Du kannst dir ruhig mehr Zeit lassen«, sagte er. »Ich habe keine Eile.«

»Ich werde es in sechs Stunden wissen. Wo wirst du heute abend sein, falls ich mich mit dir in Verbindung setzen muß?«

»Hier natürlich«, sagte er erstaunt. »Was hast du denn gedacht? Für deine Art Spielchen bin ich zu alt.«

Vom Ausgang des Bel Air wandte ich mich auf dem Sunset Boulevard nach links. Es war dunkel, und die blinkenden Scheinwerfer der entgegenkommenden Wagen blendeten uns.

»Er ist gar nicht so, wie ich ihn mir vorgestellt habe«, sagte sie. »Eigentlich ein charmanter Mann.«

»Er kann es sein, wenn er will.«

»Angeblich ist er eiskalt; aber zu dir nicht.«

»Gewissermaßen gehöre ich noch zur Familie«, sagte ich mit einem Blick auf sie.

»Das verstehe ich nicht.«

»Ich war einmal mit seiner Tochter verheiratet.«

»Ah, das ist es.« Sie nahm eine Zigarette aus ihrem Etui, ich gab ihr Feuer. »Vielleicht solltest du mich jetzt zum Flugplatz bringen.«

»Warum?«

Sie sog an ihrer Zigarette. »Du scheinst in allerlei verstrickt zu sein. Ich wäre dir nur im Weg.«

»Sei nicht albern. Wenn ich dich nicht hierhaben wollte, hätte ich dich doch nicht gebeten mitzukommen.«

Sie schwieg. Dann fragte sie: »Willst du mit mir schlafen – ist es das?«

»Ja. Unter anderem.«

»Wieso unter anderem?«

»Du bist Rechtsanwältin! Bleib bei mir; ich könnte eine gebrauchen, ehe die Nacht um ist.«

Ich weiß nicht, ob sie das gern hörte. Sie sagte nichts, bis wir in die Einfahrt zu meinem Haus einbogen. Ich fuhr auf den Parkplatz und drehte die Lichter ab.

Sie machte keine Anstalten, auszusteigen, es war, als warte sie auf einen Kuß. Ich schloß sie in meine Arme. Ihre Lippen waren weich, warm und gierig. Eine Minute lang saßen wir aneinander geschmiegt, dann löste sie sich von mir.

»Fang nicht damit an«, sagte sie, »ich kann das nicht noch einmal durchmachen.«

»Du scheinst es ganz gut überlebt zu haben.«

»Woher weißt du das? Für mich war es kein Spiel. Warum, glaubst du denn, ging ich zurück nach San Francisco?«

»Du hattest einen Job, der auf dich wartete.«

»Das redete ich mir ein; und daß ich für dich nur ein Mädchen unter vielen war; daß du dich zeitweise nicht einmal an meinen Namen erinnern konntest. Aber ich empfand es anders.«

Ich antwortete nicht.

»Es ist fast vier Jahre her«, sagte sie.

»Gib mir die Hand.«

Sie legte ihre Hand in die meine, ich spürte, wie sie leicht zitterte. »Ich bin kein Ungeheuer«, sagte ich.

»Hast du jemals an mich gedacht? Einmal in den vier Jahren? Ein einziges Mal?«

»Ich hab heute nachmittag an dich gedacht. Genügt das nicht als Antwort?«

»Nein.« Sie zog ihre Hand zurück. »Würdest du glauben, daß ich seit dir mit keinem anderen Menschen zusammen war?«

»Das erklärt so manches«, sagte ich. »Kein Wunder, daß du so verkrampft bist, komm gehen wir ins Haus.«

Sie warf mir einen bösen Blick zu, stieg aus dem Wagen und schlug die Tür zu. Als sie auf meine Seite kam, umfing ich sie und hielt sie fest.

»Glaubst du, es geht immer nur darum?« sagte ich. »Tu es nicht ab, ehe du es versucht hast.«

Sie machte sich los und lief über die Einfahrt zum Haus. Ich folgte ihr.

Schon als ich die Tür öffnete, hörte ich das Geschrei.

Sam und Junior standen mitten im Wohnzimmer und brüllten sich an. Als Hintergrund hatten sie auf dem Fernsehschirm die Nachrichtensendung von der jüngsten Schlägerei in der Universität Berkeley.

»Hallo«, sagte ich, ging um sie herum und drehte das Fernsehen ab.

»So alt bist du noch nicht, daß ich dir nicht den Hintern versohlen könnte!« schrie Sam und stürzte sich auf Junior.

Ich warf mich zwischen die beiden.

Junior faßte mich am Arm. »Er war's, der es den Schweinen gesagt hat! Er hat den Signalpfiff gegeben! Frag ihn doch, er leugnet es nicht einmal!«

»Halt's Maul!« sagte ich scharf.

Junior glotzte mich einen Augenblick wütend an, drehte sich um und rannte auf die Terrasse hinaus. Er zündete sich eine Zigarette an, stand da und starrte auf die Stadt hinunter.

Ich wandte mich Sam zu. Seine Augen funkelten mich an, sein Gesicht war noch vom Zorn gerötet. »Genügt es nicht, daß ich durch dich meine Tochter verloren habe?« sagte er bitter. »Mußt du mir auch noch meinen Sohn nehmen?«

Drittes Buch

Hollywood 1960–1965

Sam Benjamin

Der Polizist stand am Eingang von Trans-World und winkte ihm zu, als die Limousine einfuhr. »Guten Morgen, Mr. Benjamin.«

»Guten Morgen, John. Mir scheint, es wird heute ein schöner Tag.«

»Gewiß, Mr. Benjamin«, antwortete der Polizeibeamte. »Kein Smog.«

Das Auto bog rechts in die Zufahrt ein. Es fuhr an der ersten Reihe der Verwaltungsgebäude vorbei und hielt vor einem abgesonderten zweistöckigen Bürohaus. Auf dem Parkplatz stand eine Tafel: RESERVIERT FÜR SAMUEL BENJAMIN.

Ein Portier polierte die Messingtafel neben dem Eingang: SAMARKAND PRODUCTIONS. Er grüßte. »Guten Morgen, Mr. Benjamin.«

»Guten Morgen.« Sam ging durch den Korridor zu seinem Büro, das den ganzen hinteren Teil des Gebäudes einnahm. Er trat durch seinen Privateingang ein. Seine Sekretärin kam ihm aus ihrem Büro entgegen.

»Guten Morgen, Mr. Benjamin.«

»Morgen, Miß Jackson«, sagte er und setzte sich an den Schreibtisch.

Sie legte einige Briefe vor ihn hin. »Mrs. Benjamin rief eben an. Sie sagte, Sie hätten vergessen, Ihre Tabletten zu nehmen.« Sie ging zur Bar, kam mit einem Glas Wasser zurück und reichte es ihm zusammen mit den Tabletten.

»Okay«, brummte er und schluckte sie. »Ich wette, ich bin der einzige Mensch auf der Welt, der je von koscheren Würstchen Gicht bekommen hat.«

Sie schob ihm noch eine Tablette zu. »Was ist das?« fragte er argwöhnisch.

»Ihre Diättablette«, sagte sie. »Sie dürfen heute fünfzehnhundert Kalorien zu sich nehmen. Mrs. Benjamin sagte, Sie hätten dreihundert zum Frühstück gehabt und würden achthundert zum Abendessen bekommen. Das heißt, es gibt mittags Magerkäse.«

»Scheiße«, sagte er und schluckte die letzte Tablette. »Können wir jetzt zu arbeiten anfangen?«

»Ja, Sir«, nickte sie, nahm die Blätter vom Schreibtisch und sah sie durch. »Die Proben für *Washington Arch* sind um elf im Vorführraum drei zu sehen.«

»Gut.«

»Hier sind die Vergleichsziffern für die Einnahmen vom *Stählernen Hahn*, die ersten siebzehn Verträge. Das Ergebnis ist um siebzig bis hundertzwanzig Prozent besser als für *Die Schwestern*.«

»Sehr schön; ich werde sie mir ansehen.«

Sie blätterte in ihren Notizen. »Mr. Cohen hat aus New York angerufen. Er möchte um fünf Uhr New-York-Zeit mit Ihnen sprechen.«

Er nickte.

»Mr. Luongo rief aus Rom an. Der neue Barzinifilm hat jetzt sieben Tage Verspätung auf den Drehplan.«

»Das ist ziemlich normal, wir drehen erst seit drei Wochen«, sagte er. »Rufen Sie ihn zurück; ich will mit ihm sprechen.«

»Mr. Schindler und Mr. Ferrer von der Produktionsabteilung möchten Sie aufsuchen, sobald es Ihnen paßt. Sie haben die Schätzungen und Budgets für die Herstellung von *Preisträger* fertig und würden sie gern mit Ihnen durchgehen.«

»Ich werde vor dem Lunch mit ihnen zusammentreffen.«

»Ja, Sir. Mr. Craddock hat angerufen. Er möchte mit Ihnen um zwölf Uhr fünfzehn in seinem privaten Speisezimmer zu Mittag essen.«

Er sah sie erstaunt an. »Was der wohl von mir will!«

Craddock war der Leiter der Produktionsabteilung und geschäftsführender Vizepräsident von Trans-World.

»Haben Sie heute morgen die Fachpresse gelesen?« fragte sie fast flüsternd.

»Nein.«

Sie reichte ihm den *Hollywood Reporter* und *Variety*. »Sehen Sie sich mal die Leitartikel an.«

Sie brachten fast die gleichen Schlagzeilen. BENJAMIN NEUER PRÄSIDENT VON TRANS-WORLD? Auch die Artikel waren ganz ähnlich. Beide unterstrichen, daß praktisch die gesamte Produktion und Planung bei Trans-World seine Filme betrafen. Sie besprachen den Erfolg des laufenden Schlagerfilms *Der stählerne Hahn* und hoben seine vergangenen Erfolge von *Die Schwestern* und *Die nackten Flüchtlinge* hervor.

»Davon höre ich zum erstenmal«, bemerkte er. »Mir hat niemand etwas gesagt.«

»Es war in den letzten Wochen Thema Nummer eins im Atelier«, sagte sie.

»Ich weiß trotzdem nichts davon.« Innerlich fühlte er sich jedoch geschmeichelt. »Ich hab genug eigene Sorgen«, fügte er hinzu. »Brauche ich da noch fremde?«

»Was soll ich Mr. Craddock sagen?« fragte sie.

»Zwölf Uhr fünfzehn ist mir recht.«

Sie verließ ihn und hatte kurz darauf Charley für ihn am Apparat. »Was fällt euch denn ein!« brüllte Sam. »Sieben Tage Verspätung? Was, zum Teufel, geht da drüben vor?«

Rory Craddock war ganz anders als sein Name, der auf einen großen gutmütigen Iren schließen ließ. Wenn man in sein Büro kam, fand man statt dessen einen schlanken, leicht erregbaren Mann vor, der den ganzen Tag Gelusiltabletten schluckte, um seinen nervösen Magen zu beruhigen. Er war seit acht Jahren Leiter der Produktionsabteilung von Trans-World. Sein Geheimrezept für den Erfolg war einfach: Er genehmigte nie ein Projekt, bevor nicht alle seine Vorgesetzten ihn dazu drängten; war es erst so weit gekommen, dann konnte keiner, wenn etwas schiefging, behaupten, die Schuld liege bei ihm.

Er saß an seinem Schreibtisch und las die Fachzeitungen. Nervös schob er sich noch eine Gelusiltablette in den Mund und studierte den Artikel. Als er ihn am Morgen zum erstenmal gelesen hatte, war er nahe daran gewesen, nach New York zu telefonieren, um herauszufinden, wer ihn ausgeheckt hatte und ob etwas Wahres daran war. Doch dann hatte er es sich überlegt und nicht angerufen.

Er war lange genug im Geschäft, um die Taktik zu erkennen. Der Artikel war ein Versuchsballon – die Direktion hatte ihren Fühler ausgestreckt, um zu sehen, wie er aufgenommen würde. Er besprach die Sache mit seinem Bankier. Sie war offenbar auf der Börse gut angekommen; es gab bedeutend mehr Bewegung als gewöhnlich in Trans-World-Aktien, und die Stammaktien waren um fast zwei Punkte gestiegen.

Er fragte sich, wie sich das für ihn auswirken würde. Das Gelusil hatte sich aufgelöst, es hinterließ einen kreidigen Geschmack in seinem Mund. Er trank einen Schluck Wasser aus dem Glas, das immer auf seinem Schreibtisch stand.

Für ihn war es nicht wichtig, daß Benjamin möglicherweise Präsident der Gesellschaft wurde; aber der Gedanke, daß er vielleicht zugleich die Leitung der Produktion übernehmen würde, beunruhigte ihn. Bisher hatte es in dem Gebiet, das ihm unterstand, keine Bedrohung gegeben. Dem ersten Impuls folgend, hatte er Benjamin angerufen und ihn zum Mittagessen eingeladen. Nun fragte er sich, ob das ein kluger Schritt gewesen war. Eine seiner Stärken lag darin, sich nie nervös zu zeigen; zunächst mußte er also einen triftigen Grund für die Verabredung erfinden.

Er wollte nach einer weiteren Tablette greifen, ließ es aber sein. Der unausgesprochene Vorwurf, es sei seine Schuld, daß Trans-Worlds eigene Produktion zum Stillstand gekommen war, stimmte nicht ganz. Es hatte mehrere Projekte gegeben, die er gern genehmigt hätte, doch es war ihm nicht gelungen, die dafür nötige Unterstützung zu erhalten. Zwei davon hielt er für sehr aussichtsreich.

Das eine war die *Fatty Arbuckle Story*. Das ausgezeichnete Drehbuch beruhte auf einer Romanfassung des Skandals, der die Industrie veranlaßt hatte, ihre eigene Zensurbehörde zu bilden. Er hatte mit Jackie Gleason darüber gesprochen, der die Hauptrolle spielen sollte.

Das andere war eine neue, in großem Stil verfaßte Version des alten Grey-Romans. *Die Reiter vom Scharlachsalbei*, einst einer der größten Erfolge von Tom Mix. Gary Cooper hatte zugesagt, er werde spielen, wenn das Drehbuch gut sei.

Die Gelusiltablette lag noch in seiner Hand; er steckte sie in den Mund und sog daran. Plötzlich hatte er eine Idee, und die war so gut und so einfach, daß er staunte, nicht früher darauf gekommen zu sein. Sie würde all seinen Zwekken entsprechen, die Kritiken über seine geringe Produktion beantworten und Benjamin zeigen, daß er auf seiner Seite stand für den Fall, daß das Gerücht sich bewahrheiten sollte.

2

»Kommen Sie, Mr. Benjamin«, sagte die Sekretärin und öffnete die Bürotür. »Mr. Craddock erwartet Sie.«

»Danke.« Sam betrat Craddocks Arbeitszimmer, die Tür schloß sich leise hinter ihm, und er blieb einen Augenblick stehen.

Craddock kam mit ausgestreckter Hand hinter seinem Schreibtisch hervor. »Guten Morgen, Sam«, sagte er. »Ich freue mich, daß Sie herüberkommen konnten.«

Sam ergriff die Hand. Craddock tat, als wäre er tausend Meilen weit gekommen, um ihn zu besuchen – und nicht bloß aus dem gegenüberliegenden Studio. »Morgen, Rory.«

Craddock nahm die Brille ab und legte sie auf einen Stoß Manuskripte, der Sams Aufmerksamkeit erregen sollte. Sam verstand den Wink: »Das alles müssen Sie lesen?« fragte er.

Craddock wehrte bescheiden ab. »Gehört zum Job. Sie können sich nicht vorstellen, wieviel Mist ich jede Woche durchlesen muß, um etwas zu finden, das sich vielleicht lohnt. Manchmal glaube ich, ich könnte ein zweites Paar Augen gebrauchen.«

Sam ließ sich beeindrucken. »Das könnte ich nie! Dazu hätte ich keine Geduld!«

»Es ist mein Beruf«, sagte Craddock. Er drückte auf den Knopf an der Sprechanlage.

»Bitte, Mr. Craddock?«

»Wir gehen jetzt nach oben«, sagte Craddock. »Keine Anrufe.«

»Ja, Mr. Craddock. Guten Appetit.«

Craddock schaltete das Gerät ab und wandte sich an Sam. »Hungrig?« fragte er auf der Treppe, die zum privaten Speisezimmer führte.

»Ich bin immer hungrig«, sagte Sam, »aber ich muß Diät halten.« Sie kamen zu der kleinen Terrasse, die verglast worden war, um als Speisezimmer zu dienen; von hier aus konnte man das ganze Atelier überblicken.

»Jeder zweite ißt Diät«, sagte Craddock lächelnd, »deshalb haben wir zwei Menüs, den Diätlunch und den normalen.«

»Und worin unterscheiden sie sich?« fragte Sam.

»Der normale besteht aus einem dicken New Yorker Steak, Pommes frites und Salat mit Roquefortsauce; zur Diät gibt es fettlose Hackfleischpastete mit Magerkäse und Tomatenscheiben.«

»Ach, hol's der Teufel, ich esse das normale Menü«, sagte Sam.

Der Butler verneigte sich. »Darf ich fragen, meine Herren, was Sie zu trinken wünschen?«

»Das Übliche, trockenen Sherry«, sagte Craddock.

Sam bestellte Whisky. »Im Eimer, die Diät«, sagte er zu Craddock. »Heute wird gefressen!«

Craddock lächelte.

»Sie werden es nicht glauben«, fuhr Sam fort, »ich habe mir ausgerechnet, daß ich mit meiner Diät in den letzten zehn Jahren an die fünfzehnhundert Pfund verloren haben müßte. Wieso wiege ich immer noch hundertneunzig?«

Der Butler kam mit den Drinks. Sam nahm sein Glas vom Tablett. »Prost!«

»Prost«, sagte Craddock.

Sie tranken.

»Dürfte ich mir gestatten, zu fragen, wie Sie das Steak wünschen, Mr. Benjamin, Sir?« Der Butler verneigte sich.

»Halbroh«, sagte Sam.

»Meinen verbindlichsten Dank, Sir.« Der Butler verneigte sich noch einmal und verschwand in Richtung Küche.

»Wo hat der so zu reden gelernt?« fragte Sam.

Craddock lachte. »Erinnern Sie sich an die Filme mit Arthur Treacher? Ich glaube, die hat Joe alle gesehen.« Er ging voraus zum Tisch. »Ich habe gehört, die Proben von *Washington Arch* sind glänzend ausgefallen.«

Sam nickte. »Sie machen sich recht gut.«

»Geht im Atelier alles nach Wunsch? Dienstleistungen, Zusammenarbeit?«

»Könnte gar nicht besser sein.«

Der Butler stellte den Salat auf den Tisch. Sam begann gierig zu essen, Craddock stocherte nur herum. Salat mochte er nicht.

»Sie möchten wahrscheinlich wissen, warum ich heute morgen bei Ihnen anrief«, sagte Craddock.

Sam nickte wortlos; er hatte den Mund voll.

»Wir sind sehr froh, Sie hier bei Trans-World zu haben«, erklärte Craddock, »und nun zerbrechen wir uns den Kopf darüber, wie wir noch mehr aus unserer Verbindung machen könnten.«

Sam sah ihn schweigend an.

»Sie wissen ja wohl, daß Sie einer der drei Produzenten sind, deren Namen dem Publikum geläufig sind?«

Sam schüttelte den Kopf. »Nein.«

»Ich könnte nur noch zwei nennen«, sagte Craddock, »Hal Wallis und Joe Levine. Alle anderen kennt man nur in der Branche.«

»Daran habe ich nie gedacht«, sagte Sam.

»Es stimmt aber, und das haben Sie mit nur wenigen Filmen und innerhalb weniger Jahre erreicht. Die anderen brauchen dazu ihr ganzes Leben.«

Sam schwieg.

»Wir haben großes Interesse für weitere Verfilmungsrechte, an die Sie vielleicht denken«, sagte Craddock.

»Ich sehe mir einiges an«, erwiderte Sam. »Aber mit Ausnahme des *Preisträgers* habe ich noch nichts Bestimmtes im Sinn.«

»Wie schade!« Craddock schien es wirklich zu bedauern. »Wir hätten gern noch mehr.«

Der Butler servierte die Steaks. Sam betrachtete das seine prüfend. Es war heiß, dunkelgebraten, mit einem Stückchen Petersilienbutter, das mitten darauf zerschmolz. Das Wasser lief ihm im Mund zusammen, er schnitt es an. Alles war richtig, es war halb blutig und zart.

»Haben Sie je daran gedacht, für andere Leute Filme zu produzieren?« fragte Craddock. »Nicht nur für Ihre eigene Gesellschaft?«

Sam schüttelte den Kopf.

»Das würde doch gut die Zeit ausfüllen, während Sie Ihre eigenen Verfilmungen vorbereiten.«

»Ich bin eigentlich kein Produzent«, sagte Sam.

Craddock lachte. »Wenn Sie kein Produzent sind, dann wünschte ich nur, wir hätten noch zehn solche Nicht-Produzenten wie Sie.«

Sam wußte immer noch nicht, was Craddock vorhatte. Aber das Steak war gut, entschieden besser als Diätkost. »Was haben Sie im Sinn?« fragte er endlich.

»Vielleicht ist meine Bemerkung fehl am Platz«, meinte Craddock, »aber ich glaube, ich kann die Jungs drüben im Osten dazu bringen, mir zu folgen. Meiner Ansicht nach sollten wir eine Abmachung für zehn Filme treffen.«

»Zehn Filme?« wiederholte Sam überrascht.

Craddock nickte. »Sie machen fünf Streifen für uns, wir finanzieren fünf Streifen für Sie. Bei unseren Filmen zahlen wir Ihnen das doppelte Produzentenhonorar, das Sie bei Ihren eigenen Filmen verrechnen, und geben Ihnen fünfzig Prozent vom Reingewinn. Ihre Filme machen wir auf der gleichen Basis wie bisher, nur verringern wir unsere Gewinnbeteiligung im Ausland auf fünfundzwanzig Prozent anstelle der jetzigen fünfzig Prozent.«

Sam war mit seinem Steak fertig. »Ein interessanter Vorschlag.«

»Ich halte ihn für praktisch«, sagte Craddock, »und für beide Teile vorteilhaft.«

Sam nickte; an dem, was Craddock sagte, war etwas dran. Zweihundertfünfzigtausend Dollar Produzentenhonorar pro Streifen war eine Menge Geld, und es würde nicht besonders schwer zu verdienen sein. Er brauchte sich nicht mehr abzuhetzen. Er würde nur auf der Hut sein müssen. Aber letzten Endes hing doch alles von den Verfilmungsrechten ab, er konnte sich nicht darauf einlassen, daß sie ihm ihren Mist aufbürdeten. »Würde ich sie zur Ansicht bekommen?« fragte er.

»Unbedingt«, sagte Craddock. »Es würde uns doch nicht im Traum einfallen, zu verlangen, daß Sie etwas machen, das Ihnen mißfällt. Sie würden alles zur Genehmigung erhalten: Drehbuch, Regisseur, Besetzung; das ist selbstverständlich.«

»Haben Sie etwas Bestimmtes im Auge?« fragte Sam.

Craddock nickte. »Ich habe schon jetzt zwei große Projekte bereit. Das einzige, was ich noch brauche, ist der richtige Produzent. Das eine ist ein Western, der sich für Gary Cooper eignen würde, das andere käme für einen Schauspieler wie Jackie Gleason in Frage. In den richtigen Händen müßten beide Riesenschlager werden.«

Sam überlegte. Mit solchen Schauspielern konnten die Filme kein Mist sein. Diese Stars waren zu gut und zu kostspielig.

»Hören Sie«, sagte Craddock, »ich werde Ihnen die beiden Drehbücher schicken. Lesen Sie sie, und dann reden wir weiter.«

»Eine gute Idee«, sagte Sam.

Der Butler erschien am Tisch und verbeugte sich. »Und nun meine Herren, Sirs, haben wir als Nachspeise eine köstliche Apfeltorte mit Vanille- oder Schokoladeneiscreme à la mode.«

Das war Sams letzte Niederlage: »Ich nehme beides«, sagte er.

Erst nach dem Essen, als er ins Atelier zurückkehrte, fiel ihm ein, daß Craddock mit keinem Wort die Artikel in den morgendlichen Fachzeitungen erwähnt hatte.

3

»Steve!«

Er wälzte sich im warmen Sand auf den Rücken und hob einen Arm, um seine Augen vor der Sonne zu schützen, die bereits in den Pazifik zu sinken begann. »Was gibt es, Goldmädchen?«

Sie kroch über den Sand zu ihm und stützte ihre Arme rechts und links von seiner Brust auf. Sie blickte auf ihn nieder und verdeckte die Sonne.

Er ließ seinen Arm auf ihrem Oberschenkel ruhen. Ihr Fleisch war so warm wie der Sand unter ihm. Er wartete ruhig.

»Du warst weit fort«, sagte sie.

»Eigentlich nicht.«

»Woran dachtest du?«

Seltsam, wie sehr sie einander glichen. Alle. Nach einiger Zeit wollten sie einem ins Hirn kriechen. »An nichts«, sagte er. »Vielleicht wünschte ich einfach, es gäbe tausend Tage wie diesen. Keine Telefonanrufe, keine Menschen, keine Probleme.«

»Dann wärst du nicht glücklich«, sagte sie.

Er dachte einen Augenblick nach. »Nein, wahrscheinlich nicht.«

»Bist du heute abend für eine Party zu haben?« fragte sie.

Er antwortete nicht.

»Ich weiß, so hatten wir es nicht vereinbart, aber es ist Sonntag, morgen fliegst du ja ohnehin zurück nach dem Osten. Und ich muß mich langsam nach Arbeit umsehen.«

Er schwieg noch immer.

»Ardis hat heute morgen angerufen, als du noch schliefst. Die Garvins geben in ihrem neuen Haus eine Party für Sam Benjamin, den Produzenten. Bobby Gavin hat eben die zweite Hauptrolle in dem Western bekommen, den Sam mit Gary Cooper macht, und er sagt, es gibt darin eine prima Rolle für ein Mädchen; ich wäre gerade die Richtige dafür.«

»Geh nur hin«, sagte er, »ich habe nichts dagegen.«

»Nein.« Sie schüttelte den Kopf. »Ich habe versprochen, mit dir zusammenzubleiben. Wenn du nicht gehst, geh ich auch nicht.«

Aber er wußte, wie es war: Ob er mitkam oder nicht, allein würde sie zu der Party nicht gehen. Und wenn sie ihren schwulen Friseur dazu anrufen müßte.

»Auch Bobby sagt, ich habe gute Aussichten auf die Rolle. Das ist einmal ein Job, den Benjamin nicht seiner Freundin geben kann.«

»Ja, Marilu Barzini. Sie hat nicht den richtigen Akzent. Ardis sagte mir, er bringe sie zur Party mit.«

»Okay.«

»Okay was?«

»Okay, wir gehen hin«, sagte er.

Das Haus war nicht besonders geräumig, aber es besaß eine große Terrasse, die sich über den Sandstrand zum Meer erstreckte, und die Gäste strömten hinaus in die warme Nacht. Eines Tages würde Bobby Gavin, wenn es seine Frau Ardis irgendwie schaffen konnte, ein großer Star sein.

Bei ihrem Eintritt stand sie an der Tür. »Selina!« rief sie, dann wandte sie sich an Steve. »Und du bist auch gekommen, das freut mich riesig!«

»Ich würde um nichts in der Welt eine deiner Partys versäumen, Ardis«, sagte er und küßte sie auf die Wange.

»Geht hinein und holt euch was zu trinken«, sagte sie, »es sind eine Menge amüsanter Leute da.«

Sie trennten sich von ihr, die sich bereits anderen Ankömmlingen zuwandte, und drängten sich durch die Menge zur Bar. Leicht war das nicht, denn Selina war sehr beliebt, und daß Steve sie begleitete, machte sie noch interessanter. Es war in Hollywood bekannt, daß der Präsident von Sinclair Broadcasting nicht viele Partys besuchte.

Endlich erreichten sie die Bar. Steve kam zurück in den Saal, ein Glas Whisky in der Hand, aber Selina war inzwischen mit ihren Freunden verschwunden. Der Lärm bedrückte ihn nach dem ruhigen Tag am Strand; er trat hinaus auf die Terrasse, blieb an der Brüstung stehen und blickte aufs Meer.

Am Horizont blinkten die Lichter eines Küstendampfers; die Wellen brachen sich am Strand. Es war fast ein Jahr her, seit er Sam gesehen hatte, fast ein Jahr, seit Sam seinen neuen Vertrag mit Trans-World abgeschlossen hatte.

Irgendwie konnte er sich ihn in Hollywood nicht recht vorstellen; etwas an dem kleinen Mann war so völlig andersartig. Aber er war doch hergekommen, besaß das große Haus in Beverly Hills, seine Kinder besuchten die Beverly-Hills-Schule, und Denise... Er fragte sich, was wohl Denise machte. Die Nachricht, daß Marilu Sams Freundin war, berührte ihn seltsamerweise unangenehm. Es paßte nicht zu Sam.

Aber schließlich ging es ihn nichts an. Es waren erwachsene Menschen, sie mußten ihr Leben selbst gestalten. Wie er lebte, gefiel wahrscheinlich auch nicht jedem.

Sam und Marilu kamen spät, zumindest nach Hollywooder Begriffen; zehn Uhr dreißig. Um diese Zeit begannen die Gäste bereits Abschied zu nehmen. Montag war ein Arbeitstag, und wer arbeitete, mußte früh im Atelier sein; wer aber nicht arbeitete, wollte es sich nicht anmerken lassen.

Jetzt hörte man Begrüßungsworte vom Eingang. »Ich hatte schon gefürchtet, ihr würdet es nicht mehr schaffen«, sagte Ardis.

Steve beobachtete die Szene; alles schien sich auf Sam und Marilu zu konzentrieren. Sam lächelte, sein Gesicht war leicht gerötet, und er schwitzte. Er hatte schon einige Drinks hinter sich.

Marilu stand neben ihm. Steve betrachtete sie. Kein Zweifel, wann immer sie einen Raum betrat, verblaßten die anderen Frauen neben ihr. Sie stand mit jener Selbstbeherrschung neben Sam, wie sie nur einer Frau gegeben ist, die sich ihrer makellosen Schönheit voll bewußt ist.

Jemand reichte Sam ein Glas, und er griff gierig danach. »Wir wurden durch einen Anruf aus Rom aufgehalten«, erklärte er. Dann entdeckte er Steve. Er stockte; eine Art Verlegenheit malte sich auf seinem Gesicht. Er trank seinen Drink und eilte auf die Terrasse.

»Steve!« rief er, umarmte ihn und küßte ihn auf beide Wangen. »Warum hast du mich nicht wissen lassen, daß du hier bist? Wir hätten irgendeine Vereinbarung treffen können.«

»Es ist nur ein kurzer Besuch«, sagte Steve, »nur übers Wochenende. Morgen fliege ich zurück nach New York.«

»Du hättest mich trotzdem anrufen sollen. Wir haben uns so lange nicht gesehen!«

»Du warst beschäftigt.«

»Nicht zu beschäftigt für dich, niemals zu beschäftigt für alte Freunde.« Marilu trat auf sie zu. »Apropos, kennst du Marilu Barzini?« fragte er.

Steve verbeugte sich. »Wir haben einander bei der Oscar-Verleihung kennengelernt. Das war aber nur ein Moment, vor zwei Jahren, und unter sehr vielen fremden Leuten!«

»Steve Gaunt«, sagte Sam zu Marilu.

Marilu nickte. »Ich entsinne mich. Sie sind der Mann, der die Fernsehgesellschaft leitet. Sam telefonierte mit Ihnen von Rom aus, als wir über die Produktion von *Die Schwestern* verhandelten.«

Steve überlegte, dann fiel ihm jenes Telefongespräch ein. Es hatte also bereits damals begonnen, sie war die Frau in

Sams Zimmer gewesen. »Sie haben ein fantastisches Gedächtnis.«

»Ich vergesse nie etwas.« Die Art, wie sie es sagte, war sehr überzeugend: Sie würde nie etwas vergessen, das für sie oder ihre Karriere bedeutsam war.

Jemand zog Sam beiseite, so daß Marilu mit Steve allein blieb. »Darf ich Ihnen etwas zu trinken besorgen?« fragte er höflich.

»Champagner«, sagte sie.

Er winkte einen der Kellner heran. Gleich darauf hatte sie das Champagnerglas in der Hand. Steve zündete sich eine Zigarette an. »Gefällt es Ihnen hier?«

Sie lächelte. »Ich liebe Amerika.«

»Haben Sie die Absicht, lange zu bleiben?«

Sie zuckte mit den Schultern. »Sam hat einen Film, in dem ich spielen soll, und dann will man mich für zwei weitere verpflichten.«

»Wunderbar«, sagte Steve. »Was ist es denn für ein Film?«

Sie verzog das Gesicht. »Ein Western, können Sie sich das vorstellen? Ich in einem Western! Aber Sam sagt, das Drehbuch sei sehr gut. Und Gary Cooper spielt die Hauptrolle.«

Steve sah sich im Raum um und bemerkte, daß er und Marilu von Selena beobachtet wurden. Plötzlich fühlte er sich müde. Hoffentlich würde sie nicht schon am heutigen Abend herausfinden, daß sie keinerlei Aussicht hatte, die Rolle zu bekommen.

»Ich bin Ihnen zu Dank verpflichtet«, sagte Marilu.

Seine Gedanken waren weit fort. »Dank!« sagte er überrascht. »Wofür?«

»Damals in Rom. Wenn Sie ihn nicht dazu ermutigt hätten, wäre der Film vielleicht nie gedreht worden.«

»Der Film wäre gedreht worden.«

Sam kam zu ihnen zurück und nahm mit Besitzerallüren Marilus Arm. »Wir müssen gehen. Ich habe versprochen, daß wir noch bei einer anderen Party auftauchen werden.«

»Wie schade«, sagte Steve trocken.

»Ja«, sagte Sam, »ich wünschte, du bliebst noch ein paar Tage. Ich hätte soviel mit dir zu besprechen.«

»Ich habe eine Aufsichtsratsitzung in New York.«

»Wenn du das nächste Mal herkommst, ruf mich an, ja?«

Steve nickte. Seine Augen fingen einen Blick von Goldmädchen auf. Einer plötzlichen Eingebung folgend winkte er ihr zu. »Einen Augenblick, Sam. Dort steht eine Schauspielerin, die ich dir gern vorstellen möchte.«

Goldmädchen kam heran, Sam wandte sich zu ihr um. »Goldmädchen, darf ich dich mit Sam Benjamin bekannt machen«, sagte Steve. »Sam, das ist Selena Fisher. Vielleicht wäre sie gerade das richtige Mädchen für den Western, den du machst.«

»Die Besetzung ist vollständig«, sagte Sam. »Morgen wird sie bekanntgegeben. Marilu spielt die Rolle.« Er wandte sich wieder an Selena. »Aber kommen Sie doch einmal zu mir, meine Liebe. Sicher mache ich noch etwas anderes, wofür Sie die Richtige wären.«

Steve begnete Marilus Blick über Sams Kopf hinweg. Ihre Augen waren kalt und grün. Grün wie die einer Wildkatze in der Nacht. Er lächelte ihr zu, sie lächelte nicht zurück. Es war eine Kriegserklärung.

Das wußte er.

Das wußte sie.

Sam wußte es nicht.

4

In der Limousine setzten sich beide nach hinten. »Zu Dave Diamonds Villa in Bel Air«, sagte Sam zum Chauffeur.

»Nein«, sagte Marilu, »bring mich zurück ins Hotel.«

»Nur für ein paar Minuten, Liebling«, sagte er. »Ich habe Dave versprochen, daß ich auf dem Heimweg zu einem Abendtrunk zu ihm komme.«

»Nein«, wiederholte sie starrköpfig, »ich habe genug von diesen blöden Partys.«

»Es ist aber wichtig. Dave wird deine zwei nächsten Filme finanzieren.«

»Wenn es so wichtig ist, dann laß mich beim Hotel aussteigen und geh allein hin.« Sie drückte sich in ihre Ecke, wandte ihr Gesicht von ihm ab und blickte auf den Verkehr auf der Küstenautobahn.

»Na schön«, sagte er, und zum Chauffeur gewandt: »Fahren Sie zuerst zum Hotel.«

Sie schwiegen, bis der Wagen in den Sunset Boulevard einbog und die Steigung nach Los Angeles fuhr. »Was hast du eigentlich?« fragte er schließlich.

»Nichts.«

»Etwas muß es doch sein. Du warst guter Laune, als der Abend begann.«

Sie antwortete nicht.

Er griff nach ihrer Hand, doch sie schüttelte ihn ab.

Erst als der Wagen die Vorstadt von Brentwood erreichte, drehte sie sich zu ihm um.

»Bleibst du über Nacht?«

Er schüttelte den Kopf. »Nein.«

»Warum nicht?« fragte sie.

»Mein Gott, Liebste, ich bin doch diese Woche schon einmal ausgeblieben. So viele Ausreden gibt es nicht, die ich Denise erzählen kann. Sie bringt mich noch um.«

Sie ließ ihre Stimme absichtlich verächtlich klingen: »Wenn sie jetzt noch immer nicht Bescheid weiß, muß sie sehr dumm sein.«

Er antwortete nicht.

»Die amerikanischen Männer sind Feiglinge«, fuhr sie fort. »Ich kann verstehen, daß man sich nicht scheiden läßt; dafür gibt es viele Gründe: Vermögen, Steuer und so weiter. Aber Nickie hat keine Minute gezögert. Er hat seine Frau verlassen und ist zu mir gezogen.«

»Wir sind hier nicht in Europa«, verteidigte er sich, »hier ist es anders. Solche Dinge werden nicht gern gesehen.«

»Und darum muß ich allein im Hotel wohnen wie eine *putana*, die du besuchst, wenn du sie brauchst?«

Er griff nach ihrer Hand und hielt sie diesmal fest. »Das ist nicht wahr, Liebling«, sagte er ernst, »und du weißt es genau. Du weißt, was ich für dich empfinde.«

»Und was empfindet Mr. Benjamin, der große Produzent, für mich?«

»Sei nicht sarkastisch! Ich liebe dich.«

»Wenn du mich liebtest, würdest du heute nacht bei mir bleiben. Heute brauche ich dich. Du weißt, wie ich es hasse, allein zu schlafen.«

»Es geht nicht«, sagte er verzweifelt.

Sie legte zärtlich ihre Hand auf seine Hose. »Du weißt, wie ich am liebsten schlafe: wenn ich dich in meiner Hand halten kann, die ganze Nacht.«

»Erschwer es mir doch nicht«, sagte er. »Vielleicht kann ich es morgen abend irgendwie einrichten. Aber heute habe ich versprochen, nach Hause zu kommen.«

»Versprochen!« Sie zog ihre Hand heftig zurück und begann zu weinen.

»Marilu!« Er versuchte unbeholfen, ihr über das Haar zu streichen.

Sie stieß seine Hand wütend fort. »Rühr mich nicht an!« Sie schluchzte.

Wo ihre Nägel ihn verletzt hatten, begann seine Hand zu bluten; er führte sie an den Mund und saugte daran.

»Ich weiß nicht, warum ich auf dich gehört hab«, klagte sie, »Nickie hat mir gesagt, daß du anders bist, daß du mich nicht so gern hast wie er, daß du mich nur ausnutzen willst.«

»Dich ausnutzen?« Jetzt wurde er zornig, die Szene regte ihn auf. »Dich ausnutzen, du gemeines italienisches Fötzchen? Ich hab dich auf eine halbe Million Dollar pro Film plus Beteiligung am Umsatz hochgebracht, und jetzt sagst du, ich habe dich ausgenutzt? Du bist ja nur aus einem einzigen Grund hergekommen. Du gehst dorthin, wo es Geld gibt!«

Ihr Schluchzen verstummte jäh. Er hatte sie zum erstenmal angeschrien. Ihre Miene änderte sich; plötzlich sagte sie ganz ruhig: »Du liebst mich!«

»Natürlich lieb ich dich, du Miststück«, fauchte er sie an, »warum wäre ich sonst hier mit dir, was glaubst du denn, zum Teufel? Da setze ich meine Ehe aufs Spiel und mich selbst dem Gelächter meiner Freunde aus, die meinen, ein alter Mann langt nach seinem letzten Steifen.«

Sie drückte seine Hand an ihre Lippen und leckte das Blut ab. »Ich hab dir weh getan«, jammerte sie, »es tut mir leid, dein Baby entschuldigt sich.«

Er stieß einen tiefen Seufzer aus. »Schon gut, reden wir nicht mehr davon.«

Die Limousine bog in die Einfahrt des Hotel Beverly Hills ein. Marilu glitt näher an Sam heran. »Willst du für einen kurzen Augenblick mitkommen?«

Er antwortete nicht.

»Ich verspreche dir, dich nicht lange aufzuhalten«, sagte sie, drehte seine Handfläche zu ihrem Mund und ließ ihre Zungenspitze daran spielen. »Nur lange genug, um dir zu zeigen, daß es mir wirklich leid tut.«

Ihre Auffassung von einem kurzen Augenblick war von der seinen verschieden. Er fühlte, wie die Müdigkeit in ihm aufstieg. »Ich muß sehr früh aufstehen«, sagte er. »Aber morgen abend.«

»Versprichst du mir's?«

Er nickte.

»Bist du nicht mehr böse?«

»Nein.«

Das Auto hielt an, der Chauffeur stieg aus, öffnete die Tür und blieb wartend stehen.

»Es war wegen deines Freundes«, sagte sie plötzlich.

»Meines Freundes?« fragte er verwundert.

»Ja, der Fernsehmann. Weil er mich so ansah. Er mochte mich nicht.«

»Du irrst dich«, sagte er. »Steve gehört zu deinen Bewunderern.«

»Nein, er mag mich nicht, das war klar. Warum hätte er sonst das fremde Mädchen für die Filmrolle herangerufen?«

»Er wußte nicht, daß du sie spielen solltest.«

»Doch, ich hatte es ihm, kurz bevor du zurückkamst, erzählt. Und er hat sie doch kommen lassen.«

Sam schwieg.

»Vielleicht sieht er mich so an, weil er ein guter Freund deiner Frau ist.«

»Wie sieht er dich denn an?«

»Als wäre ich ein Flittchen«, sagte sie und stieg aus. »Ich möchte ihn nicht wiedertreffen.«

Auch Sam stieg aus. »Du irrst dich bestimmt; Steve ist gar nicht so.«

»Er ist dein Freund, also will ich nichts mehr sagen. Eine Frau soll sich nicht zwischen zwei Freunde drängen.«

»Wenn er das nächste Mal herüberkommt, wollen wir zusammen Mittag essen«, sagte Sam, »nur du, er und ich. Dann wirst du sehen, daß du dich getäuscht hast.«

»Möglich.« Sie hielt ihm ihre Wange zum Abschiedskuß hin. »Gute Nacht, Sam.«

Er wartete, bis sie im Hotel verschwunden war, dann stieg er abgespannt wieder in den Wagen. Jetzt hatte er keinen anderen Wunsch mehr, als sich ins Bett zu legen und zu schlafen. Hoffentlich hatte Denise nicht auf ihn gewartet; er wäre der Aufgabe nicht gewachsen, über den heutigen Abend eine Menge Lügen zu erzählen. Denise lag im Bett, als sie den Wagen in der Einfahrt hörte; sie legte ihr Buch beiseite und horchte. Sie hörte das Knarren der Haustür, dann seine Schritte auf der Treppe. Rasch löschte sie das Licht und zog die Decken hoch.

Die Schlafzimmertür öffnete sich leise, und ein Lichtschein drang aus dem Vorzimmer herein. Sie schloß fest die Augen, bemüht, möglichst leise und gleichmäßig zu atmen. Er kam lautlos ins Zimmer, und sie spürte, wie er sie ansah. Sie rührte sich nicht, und nach einer Zeit, die ihr sehr lang erschien, wandte er sich um und ging hinaus.

Sie lauschte in der Dunkelheit auf die leisen gedämpften Geräusche, die er beim Ausziehen machte: das dumpfe Auftreten der Schuhe, das Rascheln von Hemd und Hose. Sie hörte, wie er ins Badezimmer ging und sich im Gästezimmer schlafen legte.

Sie drückte ihr Gesicht in das Kissen und weinte; es war ein leises, unterdrücktes Schluchzen. Hollywood. Sie haßte es.

5

»Ich bin ein Ein-Mann-Filmatelier«, brüstete sich Sam hemmungslos. »Wenn morgen die Aufnahmen für *Schau, Mama, der dicke Clown weint!* beginnen, wird das der siebente Streifen sein, den ich dieses Jahr produziere. Nicht übel für einen, der erst das zweite Jahr in Hollywood ist, nicht wahr?«

Steve saß ihm gegenüber am Tisch und musterte ihn. Sams Begeisterung war ansteckend. »Nicht schlecht«, stimmte er ihm bei.

Sam sah sich in der dicht besetzten Kantine um, beugte sich vor und sagte mit gesenkter Stimme: »Weißt du, als ich herkam, war es hier so leer, daß man Tontauben schießen konnte. Jetzt ist es brechend voll, und die meisten dieser Leute arbeiten bei meinen Filmen. Man sagt«, flüsterte er, »Rory Craddock wäre hier rausgeflogen, wenn er nicht den Vertrag mit mir gemacht hätte. Die ganze Scheißfirma lebt von mir!«

Steve lachte. »Aber wie kommt man hier zu einem Drink?«

Sam machte ein langes Gesicht. »Verdammt, daran hätte ich denken sollen, bevor wir aus meinem Büro fortgingen. Hier bekommt man nur Wein oder Bier. Aber ich wollte nicht zu spät kommen; Marilu will sich in der Mittagspause zu uns setzen.«

»Könnte ich ein Bier haben?«

Sam winkte der Kellnerin. »Ein Bier für Mr. Gaunt.« Er wandte sich wieder Steve zu. »Ich bin froh, daß du mich angerufen hast; ich wollte, daß du Marilu besser kennenlernst.

Sie ist nicht nur eine große Schauspielerin, sondern auch eine wunderbare Frau.«

Die Kellnerin brachte das Bier. »Wie geht es mit ihrem Film?« fragte Steve.

»Fantastisch, die Muster sind unglaublich! Als Cooper wegen eines Streits ausschied, glaubten wir schon, es würde alles schiefgehen. Aber dann angelte ich mir Jack Claw, und der ist hervorragend. Am wichtigsten ist natürlich Marilu, durch die wird das Ganze gehoben, so daß es nicht einfach wieder irgendein Western ist.«

»Das freut mich. Und wie geht es Denise und den Kindern?«

»Denise geht's prima; was man über Hollywood sagt, stimmt wirklich: Es gibt keinen besseren Ort auf der Welt für die Erziehung der Kinder. Du solltst sie sehen, sie sind überglücklich hier.«

»Ich würde sie gern einmal sehen«, sagte Steve.

»Machen wir. Nächstens kommst du zu uns zum Abendessen. Ich werde Denise sagen, sie soll deine geliebten Brustflanken von dem koscheren Fleischer drüben in Fairfax holen lassen.«

»Laß mich's bald wissen«, sagte Steve, »mir läuft schon jetzt das Wasser im Mund zusammen.«

Vom Eingang her drang Lärm herüber. Steve wußte ohne hinzublicken, daß Marilu gekommen war. Sie blieb stehen, schrieb für einige Gäste Autogramme und kam dann durch den Mittelgang zu ihrem Tisch. Sie erhoben sich.

Sam machte Marilu zwischen sich und Steve Platz. Er küßte sie auf die Wange: »Du siehst wunderbar aus, mein Schatz!«

»Dieses Make-up ist schauderhaft«, sagte sie, »aber du bist lieb.« Sie begrüßte Steve: »Wie nett, Sie wiederzusehen, Mr. Gaunt!«

Er ergriff ihre ausgestreckte Hand: »Ganz meinerseits, Miß Barzini.«

»Wir sind so formell – das ist gar nicht amerikanisch«, sagte sie. »Nennen Sie mich doch einfach Marilu.«

»Wenn Sie mich Steve nennen.«

Sie blickte auf sein Glas. »Ist das Bier?«

Er nickte.

»Ich bin so durstig, darf ich?« Sie nahm das Glas, trank und stellte es mit einem Seufzer wieder hin. »Wir waren den ganzen Morgen auf dem hinteren Gelände, und die Sonne brannte fürchterlich.«

Sam rief die Kellnerin. »Noch zwei Bier. Ach, nein, verdammt, bringen Sie drei. Ich habe genug von dem Diätzeug!«

Die Kellnerin nickte und blieb abwartend stehen. »Das Übliche zum Lunch, Mr. Benjamin?«

»Ja«, sagte er. Und zu Steve: »Das Essen ist nicht übel, du kannst fast alles bestellen, ohne eine Vergiftung zu riskieren.«

Marilu aß nicht, sondern stocherte nur auf ihrem Teller herum, während Sam die Pommes frites daraus aufpickte. Steve war bald mit dem Steak fertig, lehnte sich zurück und trank seinen Kaffee.

»Sind Sie oft hier im Westen, Steve?« fragte Marilu.

»Das kann man wohl sagen«, antwortete er, »fast die Hälfte meiner Zeit. Ich frage mich, ob es nicht ein guter Gedanke wäre, mein Büro hierher zu verlegen.«

»Früher oder später wirst du das tun müssen«, stimmte Sam zu, »es spielt sich ja doch alles hier ab.«

Die Kellnerin kam an den Tisch. »Ihr Büro ruft an, Mr. Benjamin, soll ich Ihnen den Apparat herbringen?«

Sam schüttelte den Kopf. »Bemühen Sie sich nicht; es geht schneller, wenn ich draußen spreche.«

Sie blickten ihm nach, während er den Gang entlangging und nach dem Hörer griff. Er sprach in schnellem Tempo.

»Er arbeitet zu viel«, sagte Marilu, »nie gönnt er sich eine Pause.«

Steve sah sie schweigend an.

Sie erwiderte gelassen seinen Blick. »Arbeiten Sie auch so?«

Er zog die Schultern hoch. »Ja und nein.«

»Eine sehr europäische Antwort«, gab sie zurück.

»Ich bemühe mich, es nicht zu tun. Aber manchmal erwischt es mich doch.«

»Sie sind wie alle Amerikaner: Zuerst kommt das Geschäft. Wenn dann noch etwas Zeit bleibt und man nicht zu müde ist, kommt das andere.«

Er lächelte, aber in seinen Augen lag nichts Heiteres.

Sie erwiderte sein freudloses Lächeln. »Sie mögen mich nicht.« Es war eher eine Feststellung als eine Frage.

»Das hab ich nicht gesagt.«

»Mein Englisch ist nicht gut genug. Vielleicht hätte ich sagen sollen: Sie haben keine gute Meinung von mir.«

»Das ist doch ganz unwesentlich; es geht mich nichts an.«

»Ein richtiger Amerikaner – so korrekt. Aber als sein Freund meinen Sie, daß ich für ihn nicht gut bin.«

»Sind Sie es denn?«

»Ich glaube ja, in vielerlei Hinsicht. Für seine Karriere, für sein – wie nennen Sie es doch – sein Ego.«

Steve antwortete nicht.

»Im Leben eines jeden Mannes sollte es eines Tages eine Frau wie mich geben«, sagte sie. »Ich tauge mehr für ihn als irgendein billiges kleines Starlet, das nur immer versuchen würde, ihm alles abzuluchsen. Ich gebe ihm soviel wie er mir. Bei mir ist er ein Mann.«

»Ein Mann war er immer«, sagte Steve.

Sam kam mit zornigem, rotem Gesicht zum Tisch zurück. »Verdammte Idioten!« schnaubte er, indem er sich setzte. Und zu Marilu: »Es tut mir leid, aber ich muß dir für heute abend absagen. Der Regisseur und die Autoren liegen sich wegen des Drehbuchs in den Haaren, und ich muß mit ihnen zusammenkommen, um das in Ordnung zu bringen. Wir beginnen schon morgen früh mit den Aufnahmen.«

»Oh«, sagte Marilu, »und ich hatte alles vorbereitet. Ich wollte *pasta asciuta* kochen.«

Sams Blick glitt von ihr zu Steve. »Ich habe eine Idee: Geh du zu ihr zum Essen. Und wenn ich früh genug fertig bin, komme ich später nach.«

»Vielleicht hat Steve eine andere Verabredung?« sagte Marilu leicht herausfordernd.

»Nein, ich habe keine.«

»Sehr gut«, sagte Sam lächelnd. »Du kennst keine richtige *pasta asciuta*, bevor du sie nicht bei Marilu probiert hast.«

»Ich freue mich schon darauf. Wann und wo?«

»Acht Uhr. Bungalow drei, Hotel Beverly Hills«, sagte sie.

»Das erleichtert die Sache, ich wohne auch dort.«

Sie erhob sich. »Ich muß zur Dekoration zurück.«

Sie blickten ihr nach, dann sagte Sam: »Ich bin froh, daß du nicht abgelehnt hast. Denk dir, das arme Kind glaubt, du magst sie nicht.«

Er kam aus dem kühlen Dunkel der Polo Lounge mit ihrer Klimaanlage und trat durch die Seitentüren in die Hitze des sinkenden Tags. Er blinzelte einen Augenblick und beschritt den duftenden Gartenpfad. Bungalow drei lag direkt hinter dem Buchhaltungsbüro. Er stieg die Stufen hinauf und klingelte.

Die Tür öffnete sich, eine dunkelhaarige Frau mittleren Alters im schwarzen Dienstkleid ließ ihn mit einem Knicks ein. *»Signore.«*

Drinnen war es nur wenig kühler. Die Fenster standen weit offen.

Marilu trat ins Zimmer, und er wandte sich vom Fenster ab. »In einem Zimmer mit Klimaanlage kann man keine *pasta* essen«, sagte sie. »Das schadet ihr.«

»Ja«, sagte er, »sie wird kalt.«

Sie wußte nicht, ob er das ironisch meinte. »Ja«, sagte sie zögernd.

»Entschuldigen Sie«, bat er sofort, »das sollte ein Witz sein.«

Sie lächelte. »Ich verstehe den amerikanischen Humor noch nicht ganz.«

»Das kommt noch, es braucht seine Zeit.«

»Geben Sie mir Ihre Jacke.«

Plötzlich bemerkte er, daß sie ein gewöhnliches Kattunkleid trug, das in einem Broadwayladen nicht mehr als drei Dollar gekostet haben konnte, und keine Schminke aufgelegt hatte: Er holte tief Atem; was sie trug, spielte keine Rolle, sie war eine natürliche Schönheit.

Sie nahm ihm seine Jacke ab und hängte sie in einen Wandschrank. »An der Bar stehen Drinks; bedienen Sie sich. Ihren Schlips können Sie auch abnehmen. Ich muß zurück in die Küche.«

Er sah ihr nach; offenbar trug sie nichts unter dem Hauskleid, deshalb klebte es ihr so feucht am Körper. Er lockerte seinen Schlips und ging zur Bar.

Er war eben dabei, sich einen ausgiebigen Whisky einzuschenken, als ihre Stimme aus der Küche ertönte: »Keinen allzu kräftigen Drink, bitte! Sie dürfen Ihren Geschmackssinn nicht verlieren.«

»Keine Angst, Italienermädchen, ich fange gerade erst an, ihn zu finden.«

6

Das Essen war raffiniert. Zuerst *antipasto* mit Sellerie und frischen Salatblättern, festen knusprigen Schalotten und Radieschen, garniert mit eisgekühltem Thunfisch, Genueser Salami in dünnen Scheiben, schwarzen und grünen Oliven und kleinen roten und grünen Peperoni. Dann die *pasta: Lasagne al forno. Al dente* mit einer köstlichen Sauce und Einlagen aus Fleisch und italienischen Wurstscheiben. Der *Chianti classico* war gerade richtig abgekühlt, und als Nachtisch gab es *zabaglione,* den sie selbst bei Tisch schlug. Zum Abschluß schwarzen starken *espresso* aus einer kleinen Maschine, die mitten auf dem Tisch stand.

Er lehnte sich in seinem Stuhl zurück. »Ich hätte nie gedacht, daß ich soviel essen kann«, sagte er.

»Nicht soviel wie ich.«

»Ich weiß nicht, wo Sie das hinstecken.« Das war richtig

bemerkt. Sie hatte ungewöhnlich viel gegessen. Sie lachte. »Ich habe darin mehr Praxis als Sie.«

Das Mädchen räumte den Tisch ab. Marilu erhob sich. »Gehen wir wieder ins Wohnzimmer.«

Das Telefon klingelte. Sie ging zu dem Tischchen und nahm den Hörer ab. »Hallo.« Es war Sam.

Sie horchte einen Augenblick. »Das tut mir leid«, sagte sie, »dann also auf morgen.« Sie sah zu Steve hinüber. »Sam möchte mit Ihnen sprechen.«

Steve nahm ihr das Telefon aus der Hand; Sams Stimme drang an sein Ohr. »Ich sitze hier fest, ich kann nicht kommen. Hatte ich recht mit der *pasta?*«

»Absolut.«

»Wie lange bleibst du hier? Ich möchte mit dir zusammenkommen, ich habe einige Ideen.«

»Noch ein paar Tage.«

»Morgen geht es kaum; wie wäre es übermorgen?«

»Einverstanden. Deine Sekretärin soll bei mir im Büro anrufen und die Zeit festsetzen.«

»Okay«, sagte Sam. »Und danke.«

»Wofür«, fragte Steve verwundert.

»Daß du nett zu meiner Freundin bist. Ich weiß das zu schätzen.«

Er hängte ein, und Steve stellte das Telefon nieder. Marilu stand an der Bar. Sie kam mit zwei Gläsern auf ihn zu. Er spürte, wie ihre Finger zitterten, als er seines entgegennahm. »Fühlen Sie sich nicht ganz wohl, fragte er.

Sie nickte. »Doch, ausgezeichnet.«

»Sie müssen erschöpft sein. Den ganzen Tag haben Sie in der Hitze gearbeitet, dann kommen Sie zurück und kochen. Am besten ich gehe jetzt, und Sie ruhen sich aus.«

»Nein«, sagte sie gepreßt. »Gehen Sie nicht.«

»Im Bett wird es behaglicher sein.«

»Ich fühle mich ganz wohl«, sagte sie. »Das Essen habe nicht ich gekocht; ich habe es holen lassen, bei Billy Karin's Casa auf dem Santa Monica Boulevard. Er ist der einzige, der so kocht wie wir zu Hause.«

»Im Ernst?«

»Warum schauen Sie mich so verblüfft an? Wir sind ja hier in Hollywood, nichts ist so, wie es scheint, nichts ist echt.«

Er schwieg.

»Ich kann gar nicht kochen, hab es nie gelernt. Als ich vierzehn war, kam ein Filmregisseur mit seiner Gesellschaft zu uns nach Marsala. Ich fiel ihm auf; ich war damals schon erwachsen. Zwei Wochen später nahm er mich mit nach Rom. Mein Vater war froh, er hatte sieben andere Mäuler zu füttern.«

Sie wandte sich jäh ab. »Die Sizilianer sind nicht gar so streng mit ihrer Ehre, wissen Sie, wie sie einem immer einreden wollen. Erstaunlich, wieviel damals zehntausend Lire ausmachten!«

Zehntausend Lire – das war weniger als zwanzig Dollar. »Es kränkt mich für Sie«, sagte er.

»Warum denn«, antwortete sie, ohne ihm das Gesicht zuzuwenden. »Ich hab damals etwas von meinem Vater gelernt, daß alles seinen Preis hat, sogar die Ehre. Und diese Lektion hat mir gut getan.

Nach dem Regisseur kamen andere, immer gab es jemanden. Und nun ist es Sam. Sie hatten also recht, was mich betrifft.«

Er sah die Tränen in ihren Augen. »Nicht ganz«, sagte er. »Lieben Sie ihn?«

Ihr Blick begegnete dem seinen. »Nein, nicht in dem Sinn, wie Sie es meinen. Aber ich liebe ihn auf meine Weise, ich achte ihn.«

»Warum bleiben Sie dann bei ihm«, fragte er. »Sie haben es doch nicht mehr nötig, Sie sind jetzt ein Star.«

»Das sage ich mir auch, aber ich glaub nicht recht daran. Ich habe Angst. Angst, daß mir nichts mehr gelingt, wenn ich allein bin.«

»Das ist aber nicht richtig«, sagte er. »Was Sie sind, haben Sie selbst aus sich gemacht. Sie haben es allein erreicht, Sie standen vor der Kamera, Sie allein. Nicht irgendwer, sondern Sie, dort auf der Leinwand vor der ganzen Welt. Sie.«

»Sie sind ein sehr guter Mensch, Stephen Gaunt. Ich danke Ihnen.«

»Und Sie sind eine sehr schöne Frau, Italienermädchen, und ob Sie nun selbst das Essen gekocht haben oder nicht – es ist jedenfalls die beste *pasta*, die mir je vorgesetzt wurde.«

»Und wie steht es mit Ihnen?« fragte sie. »Sie sprechen nicht viel über sich.«

»Da gibt es nicht viel zu erzählen.«

»Bei keinem gibt es viel zu erzählen, die meisten tun's aber doch. Unaufhörlich. Sie sehe ich heute zum zweitenmal, und jedesmal hören Sie nur zu. Alle anderen erzählen einem ständig, was für große Leute sie sind. Sie nicht. Sind Sie ein großer Mann?«

»Ich bin der Beste, den es gibt.«

Sie sah ihn ernsthaft an. »Das glaube ich auch. Sind Sie verheiratet?«

»Nein. Ich war es.«

»Geschieden?«

»Sie ist gestorben.«

»Oh.« Jetzt lag Mitgefühl in ihrem Blick. »Hatten Sie sie sehr lieb?«

»Ja.« Er zögerte. »Aber ich wußte nicht, wie sehr, bis es zu spät war.«

Sie nickte. »So geht es eben; die Dinge, die wir haben, schätzen wir nicht genug.«

Er warf einen Blick auf seine Uhr. »Es ist elf; wenn Sie morgen früh vor der Kamera gut aussehen wollen, muß ich mich jetzt verabschieden.«

»Ich arbeite morgen nicht.«

»Was tun Sie an Ihren freien Tagen?« fragte er neugierig.

»Morgen früh habe ich einige Anproben; dann komme ich hierher zurück und warte, bis mich Sam anruft. Wenn er kann, essen wir abends zusammen.«

»Und wenn er nicht kann?«

»Dann esse ich allein, schau mir das Fernsehprogramm an und gehe zu Bett. Übermorgen ist besser, da arbeite ich. Wenn ich arbeite, fühle ich mich wohler.«

»Gehen Sie nicht aus? Ins Kino? Irgendwohin?«

Sie schüttelte den Kopf. »Nein. Wie würde das aussehen? Marilu Barzini, der Star, geht allein aus? Aber das macht nichts, ich bin es gewohnt.«

»Es ist nicht gut, sich so einzuschließen.«

»Es wird nicht mehr lange dauern«, sagte sie. »Mein Entschluß ist gefaßt. Ich unterschreibe die Verträge für die beiden anderen Filme nicht mehr, sondern fahre zurück nach Italien. Dort kann ich frei sein, dort bin ich zu Hause.«

»Weiß Sam davon?«

»Nein, wieso denn? Ich habe mich erst heute abend dazu entschlossen.«

»Kommen Sie auf Ihrer Rückreise über New York?«

»Wenn Sie mich darum bitten«, sagte sie.

»Ich bitte Sie darum.«

»Dann werde ich kommen.«

Er ging auf sie zu, und sie ließ sich von ihm umarmen. Sie lehnte den Kopf an seine Brust, und so standen sie eine Weile zusammen. Dann hob er ihr Gesicht zu sich empor und küßte sie sanft. »Gute Nacht, Italienermädchen.«

»Gute Nacht, Stephen Gaunt.«

Er nahm seinen Schlips von der Couch, sie reichte ihm seine Jacke. Schweigend, ohne ein weiteres Wort, verließ er sie. Sie betrachtete noch lange die geschlossene Tür; dann ging sie ins Schlafzimmer, und es war ihr so wohl zumute wie schon lange nicht mehr.

»Hast du das gesehen, Sam?«

Er hatte sich mit seinem Schinken und Ei befaßt. Nun sah er seine Frau an. »Was gesehen?« fragte er mit halbvollem Mund.

Denise reichte ihm den *Reporter* und wies auf eine kurze Nachricht auf der Titelseite: BARZINI WILL NACH REITER NACH ROM ZURÜCKKEHREN.

Er warf einen Blick auf den Artikel, nickte und aß weiter.

»Ich dachte, du hättest sie noch für zwei weitere Filme verpflichtet«, sagte Denise.

»Wir haben uns darauf geeinigt, davon abzusehen. Sie ist hier nicht glücklich, sie arbeitet lieber in Rom.«

Denise gab sich Mühe; ihre Stimme sollte die plötzliche Erleichterung nicht verraten. »Wird das deine Pläne irgendwie beeinflussen?«

»Sicher«, sagte er und schluckte einen großen Bissen hinunter. »Vielleicht werde ich nun, wenn ich nicht mehr pausenlos hinter ihr herlaufen und ihr den Topf halten muß, manchmal abends früher nach Hause kommen können.«

»Wie heute abend?«

Er legte Messer und Gabel beiseite und griff nach ihrer Hand. »Ja, Mama«, sagte er, »wie heute abend.«

7

Steve kam kurz nach Mitternacht nach Hause. Das Telefon klingelte. Er nahm den Hörer. »Hallo?«

Mit leichtem Akzent: »Stephen Gaunt?«

»Ja.«

»Sie sagten, ich sollte Sie anrufen, wenn ich nach New York komme.«

»Italienermädchen! Wann kommst du an?«

»Ich bin schon in New York, auf dem Flughafen. Mein Flugzeug ist gerade gelandet.«

»Ist der Film fertig?«

»Ja, gestern war der letzte Drehtag. Ich mußte heute morgen noch einige Szenen synchronisieren, sonst wäre ich früher gekommen.«

»Weiß Sam, daß du fort bist?«

»Nein.« Sie zögerte. »Ich hielt es für besser, in aller Stille zu verschwinden. Ich habe versucht dich anzurufen, aber du warst nie da.«

»Holt dich jemand mit dem Wagen ab?«

»Nein, ich habe mich erst heute morgen entschlossen abzufliegen. Mein Mädchen wird meine Sachen packen und mir nachreisen.«

»Ich schick dir einen Wagen; er wird in dreißig Minuten dort sein.«

»Nicht nötig, ich nehme ein Taxi.«

»Vergiß nicht, daß du ein Star bist! Taxis sind für gewöhnliche Leute.«

Sie lachte. »Gut, dann warte ich also. In der Halle, bei United Airlines.«

Er legte den Hörer auf und griff nach dem Haustelefon.

»Sagen Sie meinem Chauffeur, ich will ihn sprechen.« Er zögerte. »Nein, sagen Sie ihm, er soll warten, ich komme gleich hinunter!«

Die Presse und die Fotografen waren schneller als er. Trotz der späten Stunde schienen sie aus dem Nichts aufzutauchen. Marilu saß auf einem Geländer, was ihnen die Chance gab, ihre Beine auf das Bild zu bekommen. Ihr kurzer Rock wirkte auf diese Weise noch kürzer.

Er blieb geduldig wartend hinter ihnen stehen.

Sie sah ihn und winkte. »Stephen Gaunt!«

Alle wandten sich um, man machte ihm Platz. Sie sprang vom Geländer und lag in seinen Armen. Sie küßten sich, die Blitzlichter krachten wie chinesische Knallfrösche.

»Noch einmal!« rief ein Fotograf. »Meine Kamera hat gestreikt.«

Sie blickte ihn fragend an.

Er grinste. »Warum nicht?«

Sie wiederholten den Kuß für den Fotografen; Steve wandte sich an die anderen. »Ich könnte noch eine ganze Nacht weitermachen, aber Miß Barzini hat einen langen Flug hinter sich. Sie ist müde.«

Sie gingen zum Ausgang, einige Reporter folgten ihnen. »Eine Liebesaffäre?« fragte einer.

»Wir sind alte Freunde«, erklärte Steve.

»Wie lange kennen Sie sich schon?« fragte ein anderer.

»Wie wär's mit einem Monat?«

Sie lachten. Das Gepäck lag schon im Wagen, der Chauffeur öffnete ihnen die Tür.

Marilu stieg ein, er folgte ihr. »Bleiben Sie lange hier?« fragte ein Reporter.

Sie lächelte. »Ich habe mich noch nicht entschieden.«

Steve winkte dem Chauffeur, und der Wagen fuhr auf die Straße hinaus; die Reporter blieben zurück. Steve drückte auf einen Knopf, und die gläserne Zwischenwand glitt nach oben.

»Willkommen in New York, Italienermädchen.«

Sie sah ihn eine Weile an, dann sagte sie: »Das meinst du im Ernst, ja?«

»Ja.«

»Ich glaube dir. Merkwürdig.«

»Was ist merkwürdig?«

»Ich bin es gewohnt, nicht zu glauben, was die Leute sagen. Wenn du es jedoch sagst, dir glaube ich. Weißt du, seit unserem gemeinsamen Abendessen konnte ich es gar nicht erwarten, daß der Film endlich fertig wurde. Ich dachte an nichts anderes als herzukommen und mit dir zusammen zu sein.«

Er schwieg.

»Glaubst du mir?« fragte sie.

Er nickte.

»Warum sagst du nichts?«

»Ich weiß nicht«, antwortete er zögernd.

Sie nahm seine Hand und führte sie an die Lippen. »Ich auch nicht«, flüsterte sie.

Sie klammerte sich an ihn; ihre Hitze verschlang ihn; es war, als schmelze er in einem Hochofen dahin. »Stephen Gaunt«, schrie sie. »Nein! Das ist eine Welt, die ich nie gekannt habe! Ich hab Angst!«

Er behauptete sich gegen ihr Feuer. »Keine Angst«, flüsterte er, »du bist bei mir. Laß dich doch gehen!«

»Nein!« Plötzlich stieß sie ihn wie rasend von sich; ihre Hände schlugen gegen seine Brust und Schultern.

Er hielt sie gefangen, sein Gewicht lastete auf ihr, sein Unterarm lag an ihrer Kehle und nahm ihr die Luft. Sie kämpfte, wälzte und wand sich hin und her. Er verstärkte den Druck unerbittlich; ebenso plötzlich, wie sie sich zu sträuben begonnen hatte, ließ sie davon ab.

Sie blickte mit offenem Mund, nach Atem ringend, zu ihm empor.

»Du hättest mich umgebracht«, sagte sie leise. Eine seltsame, gleichsam respektvolle Note lag in ihrem Tonfall. »Du bist nicht wie die anderen.«

Sie nahm ihn in sich auf, verengte sich in rhythmisch pulsender Spannung, um ihn zum Höhepunkt zu bringen. Instinktiv ihrem Begehren folgend, begann er sich auf und ab zu bewegen.

»Ist es dir so recht?« flüsterte sie.

»Ja.«

Sie nickte; wieder einmal hatte sie ihre Selbstsicherheit gefunden.

Er verhielt sich bewegungslos. »Du kennst alle Tricks, nicht wahr?«

Sie lächelte. Plötzlich wälzte er sich von ihr weg, stand neben dem Bett und blickte auf sie nieder.

Sie folgte ihm sofort, ihre Hand führte ihn an ihren Mund. »Mein starker schöner Schwanz«, flüsterte sie. »Laß mich ihn lieben!«

Er blieb einen Augenblick stehen, spürte ihre scharfen Zähne, dann hob er ihr Gesicht empor. »Nein. Ich will, daß du *mich* liebst, nicht ihn.« Er nahm seinen Bademantel vom Stuhl. »Und ich will auch dich lieben. Hätte ich dich bloß fikken wollen, dann hätte ich es damals in Kalifornien getan.«

Es war ein Ferngespräch aus New York. Roger Cohen. »Sam?«

»Ja«, sagte er ärgerlich; manchmal wünschte er, er hätte ihn nicht wieder genommen.

»Weißt du, wo deine Freundin ist?« fragte Roger höhnisch.

»Natürlich. Marilu ist im Hotel Beverly Hills. Wir sind gestern mit den Aufnahmen fertig geworden.«

»›Natürlich‹ sagst du!« Und nun vergoß Roger sein tägliches Gallenquantum. »Wie kommt es dann, daß die heutigen Morgenblätter sie engumschlungen mit Stephen Gaunt im Flughafen Idlewild zeigen?«

»Nein!« Sam konnte es nicht glauben.

»Soll ich dir die Ausschnitte schicken?«

»Schon gut«, sagte Sam. »Ich glaube dir.« Und einen Augenblick später: »Diese Stinkpunze!«

»Was ist mit den Filmen, die wir mit ihr machen sollten?« fragte Roger.

»Die haben wir gestrichen. Sie sagte, sie sei hier nicht glücklich.«

Roger wurde noch wütender. »Ist ja wunderbar! Nun hast du deine fünf Streifen für Trans-World gemacht, aber für unsere eigene Gesellschaft haben wir nicht mehr als vor einem Jahr. Nicht einen einzigen Film mit ihr! Den einen hast du ihnen auch noch überlassen.«

»Aber die eineinviertel Millionen Produzentenhonorar, die ich für uns bekommen habe, waren doch nicht übel.«

»Wo kommen wir damit hin, glaubst du, wenn wir keine Filme zu vertreiben haben! Unsere Spesen belaufen sich jetzt schon auf mehr als fünfzehntausend in der Woche. Wenn wir nicht in allernächster Zukunft Filme bekommen, können wir gleich die Bude schließen.«

»Ich habe schon einige Projekte«, sagte Sam. »Ich warte nur noch auf die Genehmigung aus Craddocks Büro.«

»Wie lange wird das dauern?«

»Ich soll heute Bescheid bekommen, es ist nur eine Formalität.«

»Ich hoffe, es sind gute Filme«, sagte Roger. »Wir haben sie dringend nötig.«

Sam ärgerte sich noch, nachdem er den Hörer aufgelegt hatte. Daß er nichts gemerkt hatte! Seit jenem Tag, an dem sie Steve zum Abendessen eingeladen hatte, war sie verändert. Sie hätte es ihm zumindest sagen können.

Dann aber empfand er eine gewisse Erleichterung. Eigentlich war es besser so. Sie hatte ihn eine Zeitlang völlig in

Anspruch genommen, und er wußte nicht, wie er sich lösen sollte. Für kurze, improvisierte Eintagsgeschichten war er zu haben, aber eine Liebesaffäre – das war zu beschwerlich. Es war ihm ganz recht, für solche Dinge zu alt zu sein.

8

»Wir kommen nicht darum herum«, sagte Steve, »wir müssen selbst produzieren. Tun wir das nicht, sind wir jeder Filmgesellschaft ausgeliefert.«

»Wir sind ja nicht in der Filmbranche«, sagte Spencer Sinclair, »sondern im Fernsehen.«

»Wir *sind* die Filmbranche«, erklärte Steve, »ferner sind wir die Presse und das Verlagsgeschäft. Wir spielen eine Rolle im Baseball-, im Fußballgeschäft, ja sogar in der Politik. Es war nicht zuletzt uns zu verdanken, daß Kennedy gewählt wurde.«

Sinclair sah ihn wortlos an.

»Was ich damit sagen will, Spencer: Wir arbeiten im Nachrichtenwesen, und das muß einfach alles decken. Unser 50-cm-Schirmchen nährt sich freßgierig wie tausend Tiger an der Welt, und wenn wir seinen Appetit nicht stillen, wird es mit uns bald vorbei sein.«

Spencer beschäftigte sich einige Minuten lang mit den Papieren auf seinem Schreibtisch, dann blickte er wieder auf Steve. »Und was glaubst du also, sollten wir tun?«

»Wir beginnen sofort, Filme herzustellen«, sagte Steve. »Das können wir auf zwei Arten: Entweder wir bauen eine eigene Produktionsgesellschaft auf oder wir kaufen uns eine.«

»Du hast wohl eine bestimmte im Auge?«

Steve nickte. »Trans-World.«

»Ich dachte, die übernimmt dein Freund.«

»Eher umgekehrt. Sam ist Produzent und Verkäufer, eigentlich kein Geschäftsmann.«

»Weshalb nimmst du an, daß die Leute verkaufen wollen?«

»Ich habe ihre Jahresberichte der letzten fünf Jahre studiert. Es ist vier Jahre her, seit sie einen Gewinn vorzuweisen hatten, und ihre Verluste betragen mehr als zwanzig Millionen Dollar. Ihr wichtigstes Aktivum stellt ihr Filmbestand dar, den sie auf einen Wert von hundertfünfzig Millionen Dollar schätzen.«

»Wie viele Aktien haben sie ausgegeben?«

»Ungefähr drei Millionen Aktien zu rund zweiundzwanzig. Wenn wir ein Angebot von dreißig Dollar pro Aktie machen, würden wir, glaube ich, innerhalb einer Woche alles in der Hand haben. Die Direktion ist eingeschlafen, sie besitzt so gut wie nichts.«

»Das könnte neunzig Millionen Dollar kosten«, sagte Sinclair.

»Muß aber nicht Bargeld sein«, sagte Steve. »Wir könnten Aktien anbieten.«

»Nein, ich habe nicht die Absicht, meinen Aktienbesitz zu verdünnen. Wenn ich mich überhaupt dazu entschließe, dann kaufe ich gegen Barzahlung.«

»Das ist deine Sache«, sagte Steve, »du bist der Boß.«

Sinclair lächelte plötzlich. »Warum hab ich dann nur immer den Eindruck, herumgestoßen zu werden?«

Steve erwiderte das Lächeln herzlich. »Vielleicht deshalb, weil du so selten ins Büro kommst, Spencer. Und wenn du es tust, mußt du immer wichtige Entscheidungen treffen.«

Sinclair lachte. »Du kannst nie locker lassen, wie?«

Steve schwieg.

»Laß die Sache von der Rechtsabteilung untersuchen. Es könnte Komplikationen geben; mit dem Antitrustgesetz und dem Bundesausschuß für Nachrichtenwesen.«

»Sie arbeiten bereits daran.«

»Und wie steht es mit den Betriebsverlusten von Trans-World? Wird das unsere Gewinn- und Verlustrechnung beeinträchtigen?«

»Vielleicht, wenn wir den Betrieb wie bisher aufrechterhalten. Ich will aber eigentlich nur den Filmbestand und die Studios; die Vertriebsgesellschaft werde ich abstoßen.«

»Hast du eine Ahnung, wer sie vielleicht haben möchte?«

Steve nickte.

»Wer?«

»Sam Benjamin«, sagte er. »Er träumt davon, aus Samarkand einen Großbetrieb zu machen, und das einzige, worüber er nicht verfügt, ist eine betriebsbereite Organisation.«

»Und warum nimmst du an, daß er einsteigen wird?« fragte Sinclair. »So wie die Sache steht, würden wir ja das Beste für uns behalten.«

»Eigentlich nicht. Wir würden doch auch weiterhin einen Vertrieb für die Filme, die wir herstellen, benötigen. Wir brauchen nur die richtige Vereinbarung, und dann kann es für keinen von uns schiefgehen. Er ist der beste Verkäufer in der Branche.«

»Mit einer Ausnahme«, sagte Sinclair.

Steve blickte ihn an. »Wer sollte das sein?«

»Du.« Sinclair lachte und erhob sich. »Manchmal frage ich mich, warum ich mir überhaupt noch die Mühe nehme, ins Büro zu kommen.«

»Du weißt ja, du wärst sonst nicht glücklich«, sagte Steve.

»Wahrscheinlich«, sagte Sinclair nachdenklich. »Nun, irgendwann werde ich es ja doch aufgeben müssen; dann wird alles wirklich nur von dir abhängen.«

Steve wußte, was er meinte; es gab ein vorgeschriebenes Pensionierungsalter in der Gesellschaft. »Bis dahin bleib aber bei uns«, sagte er, »wir brauchen dich.«

»Danke.« Sinclair setzte sich wieder. »Das war eine hübsche Frau auf dem Foto mit dir heute morgen in der Zeitung. Die italienische Schauspielerin.« Er machte eine Pause. »Etwas Ernstes?«

Steve schüttelte den Kopf. »Nur eine Freundin.«

»Ich glaubte, sie sei die Freundin Sam Benjamins.«

Dem alten Herrn entging so leicht nichts. »Vielleicht gewesen.«

»Ich hoffe, das beeinflußt deine Beziehung zu Benjamin nicht; besonders wenn du die Absicht hast, mit ihm zu arbeiten. Ich hab es immer viel gefährlicher gefunden, mit der Geliebten eines Mannes herumzutändeln als mit seiner Frau.«

Spencer hatte nicht so unrecht. Als Steve ins Büro kam, erwartete ihn eine Voranmeldung von Sam.

Sams Stimme dröhnte im Hörer: »Du Schweinehund«, schrie er lachend, »du vögelst mit meiner Freundin!«

Das klang allerdings nicht sehr böse.

Steve sagte: »Du mußt zugeben, ich habe mich als Gentleman benommen; ich hab gewartet, bis es zwischen euch beiden aus war.«

Sam wurde ernst. »Sie ist ein nettes Mädchen, Steve, du wirst ihr guttun. Sie braucht so jemanden wie dich.«

»Genug von dem Quatsch, Sam«, sagte Steve leichthin. »Marilu ist nicht der Grund, weshalb du mich angerufen hast.«

»Bei meinem Vertrag mit Trans-World hat sich ein kleines Problem ergeben. Ich habe die ersten fünf Streifen für sie fertiggestellt, jetzt bin ich soweit, meine eigene Hälfte zu beginnen, aber sie bringen die Sache des Defizits zur Sprache. Die ersten sechs Monate waren schlecht, und sie müssen die neuen Filme in den Vertrieb bringen.«

»Erzähl mir nichts«, sagte Steve. »Craddock machte nur ein langes Gesicht und erklärte, wie unangenehm ihm das sei, aber die Jungs drüben im Osten...«

»Du kennst also den Hurensohn?«

»Ja, den kenn ich.«

»Warum hast du mich nicht gewarnt?«

»Warum hast du mich nicht gefragt?«

Sam schwieg einen Augenblick, sein schwerer Atem war im Telefon zu hören. »Sie werden fünfundsiebzig Prozent des Fehlbetrags decken; sie wollen, daß ich die anderen fünfundzwanzig Prozent übernehme.«

»Wieviel ist das?«

»Mein Anteil für die fünf Filme beträgt etwa sechseinviertel Millionen. Diamond wird mir vier geben; den Rest will ich von dir.«

»Wann bekomme ich die Filme?« sagte Steve.

»Drei Jahre nach der Erstaufführung im Inland.«

»Abgemacht«, sagte Steve. »Unter einer Bedingung.«

»Und zwar?«

»Daß du das nächste Mal auch das Kleingedruckte liest; Craddock hat solche Tricks schon früher angewandt; diese Klausel benutzt er gern, um sich zu drücken. Er dachte, du könntest das Geld nicht aufbringen.«

»Meinen Rechtsanwalt schmeiß ich raus«, sagte Sam.

Das erste, was ihm auffiel, als er in die Wohnung kam, waren ihre Koffer, die im Vorzimmer standen. Er mixte sich einen Drink und schaltete den Fernsehapparat ein, um die Nachrichten zu sehen.

Er drehte sich nicht um, als sich die Schlafzimmertür hinter ihm öffnete.

»Ich hatte dich nicht so früh erwartet«, sagte sie. »Sam hat angerufen. Hast du mit ihm gesprochen?«

»Ja.«

»Er war gar nicht überrascht, daß ich hier bin.«

»Warum hätte er überrascht sein sollen? Deine Ankunft war nicht gerade ein Geheimnis.«

»Ich möchte keinen Unfrieden zwischen euch stiften.«

»Tust du auch gar nicht. Er rief geschäftlich an.«

»Ich denke, ich sollte jetzt gehen, mein Flug nach Rom ist für neun Uhr gebucht.« Sie machte eine hilflose Handbewegung. »Es tut mir leid.«

»Was?«

»Daß ich dich enttäuscht habe.« Sie verstummte.

»Ich war nicht enttäuscht«, sagte er. »Ich war überrascht.«

»Ich verstehe dich nicht.«

»Du weißt zwar viel, aber von der Liebe weißt du nichts. Du hast Angst vor deinen eigenen Gefühlen.«

»Möglich.« Sie streckte ihm die Hand entgegen. »Leb wohl, Stephen Gaunt.«

»Lauf nicht davon!«

»Ich laufe nicht davon«, sagte sie, »ich fahre nach Hause.«

»Das ist das gleiche. Wenn du jetzt gehst, wirst du nie finden, was du suchst. Und immer wieder Angst haben.«

Sie schwieg eine Weile und betrachtete sein Gesicht. »Meinst du damit, daß ich hierbleiben soll, auch nach dem, was gestern nacht geschah?«

»Ja.«

»Warum?«

»Weil ich glaube, wir könnten einander lieben. Und das ist ein zu seltenes Glück, als daß man es verlieren sollte, ehe es überhaupt begonnen hat.«

Sie sank vor ihm in die Knie und lehnte ihren Kopf an seine Beine. »Stephen Gaunt«, sagte sie, »ich glaube, ich liebe dich schon jetzt.«

9

Marilu schwamm träge zum anderen Ende des geheizten Bassins. Dort stieg sie hinaus, blieb einen Augenblick stehen und genoß die warme, nach Gras duftende Luft von Connecticut; dann nahm sie ein Handtuch und trocknete sich ab.

Hinter sich hörte sie das leise Murmeln ihrer Stimmen. Sie drehte sich um und beobachtete die Männer, die so mit ihren Papieren auf dem Tisch beschäftigt waren, daß sie die Augen nicht davon ließen. Sie wandte sich wieder dem blauen Wasser zu.

Das Bassin lag auf dem Kamm eines kleinen Hügels oberhalb der Bucht von Long Island. Unten gab es einen Anlegeplatz, etwa fünfundzwanzig Meter vom Ufer entfernt. Längsseits war eine große Motorjacht vertäut, ihr etwa vierzig Meter langer Rumpf glänzte weiß in der Sonne. Auf der anderen Seite des Anlegeplatzes lagen zwei Schnellboote und ein Segelboot.

Sie dachte daran, wie nett es gewesen wäre, wenn sie heute mit dem Segelboot hinausgefahren wären, nur sie beide, sonst niemand. Sie hätten die Segel herunterlassen und sich im offenen Sitzraum in der Sonne lieben können. Aber es war leider nicht so gekommen.

Langsam ging sie zu den beiden Männern zurück. Den ganzen Nachmittag hatte Steve damit verbracht, dem alten Herrn Ziffern auf kleinen weißen Zetteln zu erklären. Als sie näher kam, konnte sie seine Stimme deutlich hören.

»Die Anlagefonds und die Maklerfirmen versichern mir, sie werden in das Geschäft einsteigen; und das bedeutet Kontrolle. Sie sind mit der jetzigen Geschäftsleitung sehr unzufrieden. Aber sie wollen kein Bargeld.«

»Welche Ansprüche stellen sie?«

Sie blieb bei ihrem Liegestuhl stehen und zündete sich eine Zigarette an.

»Obligationen im Wert von dreißig Dollar pro Aktie und einen Bonus von fünf Dollar für die nicht stimmberechtigten B-Stammaktien. Ihrer Ansicht nach ist das steuermäßig für sie vorteilhafter.«

»Natürlich«, sagte Sinclair, »so zahlen sie nämlich keine Steuern, wenigstens so lange nicht, bis die Obligationen und die Aktien nicht verkauft oder eingelöst werden. Das macht aber doch um fünfzehn Millionen Dollar mehr aus, als du dachtest.«

»Es gibt da ausgleichende Faktoren«, sagte Steve. »Erstens können wir Zinsen und Kosten der Obligationen auf Unkosten verrechnen; zweitens brauchen wir kein Bargeld auszugeben; drittens werden wir sie erst auszuzahlen haben, nachdem wir Filme im Wert von hundertfünfzig Millionen Dollar aus ihrem Bestand ausgewertet haben. In Wirklichkeit werden wir sie mit ihren eigenen Geldern bezahlen.«

»Sind sie sich darüber im klaren, daß du den Vertrieb der Gesellschaft abstoßen willst?«

»Ja, das kümmert sie nicht im geringsten; sie wissen, daß das die Verlustseite des Geschäftes ist. Aber ich habe ein anderes Problem.«

»Ja?« fragte Sinclair.

»Sie sind nicht daran interessiert, Samarkand zu finanzieren.«

»Du meinst Sam Benjamin?«

»Ja.«

»Haben Sie einen Grund?«

»Zahlreiche, aber keiner davon ist der wirkliche. Es läuft darauf hinaus, daß sie mit einem ›jüdischen Unternehmer‹, wie sie ihn nennen, keine Geschäfte machen wollen.«

»Wenn wir die Vertriebsgesellschaft übernehmen müssen, hat das Geschäft für uns keinen Sinn«, sagte Sinclair mit Entschiedenheit. »Ich werde unsere Gewinne nicht durch dieses Defizit von fünf Millionen Dollar im Jahr schmälern lassen.«

»Ich weiß eine Methode, darum herumzukommen. Zumindest glaube ich es.«

»Sehr sicher klingt das nicht.«

»Probieren geht über studieren«, sagte Steve. »Soviel ich sehe, können wir fünfzig Prozent seines Produktionskapitals beschaffen. Ich muß nur noch die restliche Finanzierung für ihn finden.«

»Hast du schon mit ihm gesprochen?«

»Nein, das wollte ich erst tun, wenn du mir freie Hand gibst.«

»Die hast du schon«, sagte Sinclair. »Ich hoffe nur, dein Freund enttäuscht dich nicht. Wenn er ein Wort von dem Geschäft verlauten läßt, bevor wir soweit sind, kann die Sache noch platzen.«

»Das weiß ich«, antwortete Steve. »Ich werde alles vorbereiten, ehe ich ihn aufsuche. Sobald er dann einverstanden ist, machen wir das Angebot.«

»Glaubst du wirklich, daß es klappen wird?«

»Warum nicht? Wir beginnen mit einundsiebzig Prozent der Aktien in der Tasche. Wir brauchen nur noch neun Prozent dazu, dann können wir die Gesellschaften konsolidieren. Und das dürfte uns schon am ersten Tag gelingen.«

»Also gut. Halte nur die Rechte hoch genug«, sagte der

Alte und erhob sich. »Es wäre mir nicht recht, daß du eins ans Kinn bekommst.«

Steve lächelte. »Jetzt ist mir leichter ums Herz.«

»Warum?« fragte Sinclair verdutzt.

»Ich befürchtete schon, du wärst weich geworden«, sagte Steve. »Aber was du zu sagen hast, sagst du laut und klar.«

Sinclair lachte und ging zu Marilu, die in der Sonne lag. »Signorina Barzini, ich muß mich entschuldigen, weil ich ein so schlechter Gastgeber bin«, sagte er in tadellosem Italienisch.

Sie antwortete ihm in derselben Sprache. »In meinem Beruf hab ich mich daran gewöhnt. Die Männer sprechen immer über ihre Geschäfte.«

»Es ist die Schuld Ihres Freundes«, sagte er, auf Steve weisend. »Ich finde, er ist verrückt, vom Geschäft zu reden, wenn er statt dessen bei Ihnen sitzen könnte.«

Sie antwortete, noch immer auf italienisch: »Er ist so manches und für jeden etwas anderes; aber verrückt ist er nicht.«

»Sehr tief – und sehr italienisch. Würden Sie vielleicht so lieb sein, es einem alten Mann zu erklären, der es nicht ganz versteht?«

Sie zögerte.

»Ich möchte nicht indiskret sein«, fügte er schnell hinzu, »Sie brauchen mir nicht zu antworten.«

»Das ist es nicht; ich dachte nur darüber nach, *wie* ich antworten sollte.«

Er schwieg.

»Für mich ist er der Geliebte, dem zu begegnen ich nie geglaubt hatte. Für Sam Benjamin ist er der Freund, den er nie zu verdienen glaubte. Für Sie...« Sie brach ab.

»Nur weiter«, sagte er. »Für mich...«

»Für Sie – glaube ich – ist er der Sohn, den Sie nie hatten.«

»Und was ist er für sich selbst?« fragte der Alte. »Was meinen Sie?«

Eine dunkle Traurigkeit erschien in ihren großen, grünen

Augen. »Sich selbst scheint er nie gut genug zu sein; er jagt einem Traum nach, der sich nie erfüllen wird.«

»Wer wird bei euch die Produktion leiten?« fragte Sam. »Das ist nämlich der Mann, mit dem ich leben muß.«

»Jack Savitt«, antwortete Steve. »Er verkauft seine Agentur an die Künstler- und Autoren-Gesellschaft.«

»Sehr gut«, sagte Sam, »der ist mir sympathisch.«

»Ich möchte über das Ganze Klarheit haben«, sagte Roger. »Trans-World-Sinclair übernimmt das Studio und die Vertriebsgesellschaften im Ausland. Samarkand-Trans-World den Inlandvertrieb und die Gesellschaften in Kanada. Wir finanzieren die Produktion halb und halb und teilen ebenso den Gewinn. Jeder von uns stellt auch außerhalb der Finanzierungsabmachung Filme her, aber ihr macht sie nur für das Fernsehen.«

»Richtig«, sagte Steve. »Uns interessiert nur die Herstellung von Fernsehstreifen.«

»Sollen sie im Ausland in den Kinotheatern vertrieben werden?«

»Ja«, antwortete Steve.

»Bedeutet das nicht eine Konkurrenz für uns?«

»Ich glaube nicht. Die Qualität ist nicht die gleiche. Wenn wir den einheimischen Markt nicht haben, werden uns automatisch Grenzen gesetzt.«

»Einverstanden«, sagte Sam. Er wandte sich an Dave Diamond. »Was glauben Sie?«

»Ich bin auch einverstanden«, sagte der Bankier. »Ich habe alles für einen Kredit vorbereitet, der sich automatisch erneuert. Sie beginnen mit fünfzehn Millionen Dollar.«

»Und was geschieht, wenn ich, wie ich es früher oft getan habe, ausländische Filme für den Inlandsvertrieb kaufe?« fragte Sam. »Wie stellst du dich dazu?«

»Wie früher«, sagte Steve. »Für dich gibt es keine Beschränkungen. Ich würde gern darauf Vorhand haben, da es aber dein Geld ist, kannst du tun, was du für richtig hältst.«

»Gut«, sagte Sam. »Nur auf einem bestehe ich noch.«

»Das wäre?« fragte Steve.

»Daß ich es bin, der es Craddock mitteilt.«

Steve lachte. »Da laß ich dir gern den Vortritt.«

»Ich warte schon lange darauf, dem Hurensohn eins auszuwischen«, sagte Sam. »Wann glaubst du, werden wir soweit sein?«

»Sobald deine Rechtsanwälte die Dokumente gelesen haben.«

»Heute ist Freitag«, sagte Sam. »Sonntag unterzeichnen wir.«

»Das Angebot geht am Montag hinaus«, sagte Steve.

Sam grinste. »Ich möchte gern Craddocks Gesicht sehen, wenn er davon erfährt!« Er wandte sich triumphierend Roger zu: »Samarkand-Trans-World. Wie klingt das? Wir sind eine Großfirma!«

10

»Erledigt«, sagte Steve beim Eintreten. »Wir haben am ersten Tag neunzig Prozent der Aktien in die Hand bekommen.«

»Ich gratuliere«, sagte sie.

»Das muß mit Champagner begossen werden.« Er nahm eine Flasche aus dem kleinen Kühlschrank und füllte zwei Gläser. »Fang an zu packen«, sagte er. »Morgen früh geht es nach Kalifornien.«

»Ich habe bereits gepackt.« Sie blickte auf ihr Champagnerglas, dann auf ihn. »Aber ich fliege nicht mit dir, sondern zurück nach Rom.«

»Weshalb?« fragte er verwundert. »Ich dachte, keiner von den Streifen, die man dir vorschlug, hätte dir gefallen.«

»Nickie hat mir einen Vorschlag gemacht, der mir sehr gut gefällt«, sagte sie. »Heirat.«

Er schwieg.

Sie nahm das Telegramm von dem Tischchen und reichte es ihm.

ANULLIERUNG GESTERN VON VATIKAN BESTÄTIGT KEINE AUSREDEN MEHR KOMM NACH HAUSE WIR HEIRATEN KÜSSE

NICKIE

»So ist das also«, sagte er leise.

»Ja, so ist es«, sagte sie. Dann, leichthin: »Außer...«

Er sah sie an, da sie nicht weitersprach. »Außer...?«

Sie schüttelte den Kopf, plötzlich schnürte es ihr die Kehle zu. »Nichts. Es würde ohnehin nicht klappen. Ich bin Schauspielerin und habe meine Arbeit. Wir würden nicht zueinander passen.«

»Du könntest deine Arbeit aufgeben.«

Das überraschte sie. »Bittest du mich, dich zu heiraten?«

»Offenbar. Es klingt doch wohl so, oder nicht?«

Die Tränen traten ihr in die Augen. »Aber du hast mir doch nie gesagt, daß du mich liebst. Nicht einmal, wenn...«

»Ich liebe dich«, sagte er.

Sie ließ sich von ihm umarmen. »Warum hast du so lange gebraucht?«

»Ich bin dumm«, sagte er. »Ich wußte es nicht, bis mir plötzlich klar wurde, daß ich dich verlieren könnte.«

Sie gab ihm einen raschen Kuß und trat einen Schritt zurück. »Ich danke dir, Stephen Gaunt. Aber die Antwort ist ›Nein‹.«

Fast hätte er sein Glas fallen lassen.

»Wundert dich das?« fragte sie. »Wir wissen doch beide, daß es nicht klappen würde. Ich würde meine Karriere nicht aufgeben.«

»Du bist lieber Schauspielerin als Frau?«

»Ich bin habgierig, das war ich schon immer. Ich will beides sein. Bei dir müßte ich mich entscheiden.«

»Und bei Nickie?«

»Bin ich beides. Ich kenne ihn, wir haben lange zusammengelebt. Er kennt mich und hat nichts dagegen.« Sie schlürfte ihren Champagner. »Jetzt kannst du dich entspannen«, sagte sie lächelnd. »Dir geschieht nichts mehr.«

Nun lächelte auch er; gleich darauf lachten sie beide. Er breitete die Arme aus, und sie ließ sich nochmals umfangen. »Italienermädchen«, sagte er, »heute abend gehen wir aus, und es wird die fantastischste Nacht, die du je erlebt hast.«

»Nein«, sagte sie. »Heute nacht bleiben wir zu Hause.«

Er küßte sie. »Ich liebe dich wirklich; das glaubst du mir doch, nicht wahr?«

Sie nickte. »Ich glaube dir. Weil ich noch weiß, wie du einmal sagtest, wir beide können uns lieben. Aber ich weiß auch noch etwas, was du nicht weißt.«

Er sah sie fragend an.

»Es gibt zwei Arten von Liebe: die eine paßt zur Ehe – unsere ist die andere.«

Sam merkte den Unterschied sofort, als er am nächsten Morgen ins Atelier kam. Der gedämpfte Gruß des Wächters am Eingang statt des gewöhnlichen herzlichen Zurufs. Die kleinen Gruppen von Angestellten, die plötzlich ihr Gespräch abbrachen und seinem Wagen nachblickten. Die vielen Notizen über telefonische Anrufe auf seinem Schreibtisch.

»Alle Fachzeitungen haben angerufen«, meldete seine Sekretärin.

»Sagen Sie ihnen, daß noch im Laufe des heutigen Tages eine Erklärung abgegeben wird«, erklärte er. Er wußte, daß Steve zur gleichen Zeit mit der Direktion von Trans-World in New York zusammentraf.

»Mr. Craddock hat angerufen und möchte Sie gern sprechen, wenn Sie einen Augenblick für ihn erübrigen können.«

Der Saukerl hat es eilig, dachte Sam. Soll er nur kommen, wir werden ja sehen, wie es ihm gefällt, daß ihm die Eier abgeschnitten werden. »Sagen Sie ihm, ich sei jetzt frei.«

Die Sekretärin legte den Hörer nieder. »Mr. Craddock kommt herüber.«

Craddock trat lächelnd ein und streckte Sam die Hand entgegen. »Gratuliere, Sam«, sagte er. Sein Ton klang ehrlich. »Ich glaube, das ist das Beste, was Trans-World passieren konnte.«

Sam sah ihn zweifelnd an. »Glauben Sie das wirklich?«

»Das will ich meinen! Etwas mußte geschehen, und die Leitung drüben im Osten war um zwanzig Jahre zurück. »Er zündete eine Zigarette an. »Vielleicht wird es jetzt endlich dazu kommen, daß einige Streifen gedreht werden. Die Kerle hatten ja vergessen, wozu ein Studio da ist!«

»Sie gottverdammter Idiot!« schrie Sam. »Sie sind gefeuert! Wissen Sie denn das nicht?«

Craddock lächelte. »Natürlich weiß ich das.«

»Und es macht Ihnen nichts aus?« fragte Sam ungläubig.

»Doch, doch – gewiß«, sagte Craddock, mit offensichtlichem Vergnügen an seiner Zigarette saugend. »Aber sehen Sie mich doch an, Mensch: Ich rauche, ich inhaliere sogar. Und heute geschieht es zum erstenmal seit zehn Jahren, daß die Zigarette mir nicht die Luftröhre bis hinunter zu meinem Magengeschwür verbrennt. Apropos, wen wollen die denn an meinen Platz setzen?«

»Jack Savitt«, antwortete Sam ohne nachzudenken. Er war noch immer verblüfft.

»Jack Savitt«, wiederholte Craddock beifällig. »Eine gute Wahl, der Mann kann etwas. Und er hat schon ein Magengeschwür, also wird ihn der Job nicht umwerfen.«

Sam starrte ihn an; dieser Mensch hatte, wenn auch sonst nichts, Nerven aus Draht. Die ließen sich nicht durchschneiden, man hätte sie abtöten müssen. Es gab keinen anderen Produktionsleiter in der Stadt, der seinen Posten so lange behalten hatte. Dazu kam, daß er um jeden Dollar für Trans-World kämpfte, als ginge es um sein eigenes Geld. Hätte Sam einen solchen Mann als Produktionsleiter gehabt, wäre er vielleicht nie in die schwierige Lage geraten, in der er sich jetzt befand.

»Ich sprach heute morgen mit meinen Rechtsberatern«, sagte Craddock, »und sie werden für die Liquidierung meines Vertrags zur Verfügung stehen. Haben Sie eine Ahnung, wann man sich an mich wenden wird?«

Sam schüttelte den Kopf. »Das bestimmt Sinclair, das Studio gehört ihm. Ich bin hier weiter nichts als ein Mieter.«

»Gut«, sagte Craddock, »ich kann warten. Mein Vertrag läuft noch drei Jahre.«

Sam überlegte und faßte den vernünftigsten Entschluß. »Hören Sie, Rory«, sagte er, »da ich die Vertriebsfirma übernehme, werde ich den Großteil meiner Zeit außerhalb des Studios verbringen. Ich brauche jemanden, der mir die Produktion abnimmt, und Sie sind dazu der richtige Mann. Sie kennen die Pläne, die Arbeit und die Ateliers. Würde Sie das interessieren?«

»Verstehe ich Sie richtig? Sie wollen, daß ich Filme für Sie mache?«

Sam nickte. »Ich möchte, daß Sie für mich genau das gleiche machen wie früher für Trans-World.«

»Das interessiert mich«, sagte Craddock.

»Na also! Verdammt noch mal, dann machen Sie sich auf die Socken und suchen Sie mir Filme für unsere Produktion. Wir haben einen Vertrieb, der Material braucht.«

»Ich werde mich gleich dahinterklemmen«, sagte Craddock lächelnd und sog an seiner Zigarette. Plötzlich verschwand sein Lächeln, und sein Gesicht zog sich schmerzhaft zusammen. Er starrte die Zigarette an, als hätte sie ihn heimtückisch verraten, und drückte sie in der Aschenschale aus.

»Was ist los?« fragte Sam.

»Die verdammte Zigarette hat mir wieder das Magengeschwür verbrannt«, sagte er ärgerlich. »Na ja, ich hätte es mir denken können. Es ging mir schon zu lange gut.«

11

»Was heißt das, du willst keine Bar-Mizwa?« schrie Sam. »Deine Großeltern kommen deshalb aus Florida nach New York.«

Junior machte ein verstocktes Gesicht. »Ach hör auf damit, Dad, das ist doch bloß ein rituelles Überbleibsel wie das Beschneiden, in der modernen Gesellschaft bedeutet es überhaupt nichts mehr.«

»Nichts?« brüllte Sam. »Das ›Nichts‹ haue ich dir gleich um die Ohren! Du machst deine Bar-Mizwa, und wenn ich dich mit eigenen Händen in die Synagoge schleppen muß!«

»Sam«, sagte Denise ruhig, »reg dich nicht auf, denk an deinen Blutdruck!«

»Mein Blutdruck ist in Ordnung; was nicht in Ordnung ist, ist der Kopf dieses Lausebengels. Er braucht jemanden, der ihn ihm wieder zurechtsetzt.«

»Reden wir mal friedlich darüber«, lenkte Denise ein.

»Also gut, reden wir«, antwortete Sam. Er nahm sich wieder Junior vor und sagte kaltblütig: »Du wirst deine Bar-Mizwa machen oder ich brech dir jeden einzelnen Knochen im Leib.«

»Du kannst jetzt gehen«, befahl Denise ihrem Sohn. »Laß mich mit Vater sprechen.«

Wortlos wandte sich der Junge ab. Sie warteten, bis sich die Tür hinter ihm geschlossen hatte.

»Einen schönen Schlamassel richtest du an«, beklagte Sam sich bitter. »Ich brauche mich nur eine Minute um andere Dinge zu kümmern, und schon geht alles schief! Nicht einmal so was Einfaches wie deinen Sohn zur Bar-Mizwa zu bewegen bringst du fertig.«

Jetzt wurde Denise zornig. »So was Einfaches? Der große Herr Direktor kommt einmal im halben Jahr von seinen Reisen nach Hause und spricht zu seiner Frau, als wäre sie seine Angestellte oder noch schlimmer! Was kommt als Nächstes, Herr Generaloberdirektor, schmeißt du mich hinaus?«

»Würdest du bei mir arbeiten, dann ...« Plötzlich brach er ab. »Mama«, fragte er verwundert, »warum reden wir eigentlich so miteinander?«

Sie schüttelte den Kopf. »Ich weiß es nicht, ich hab nicht damit angefangen. Aber du lebst seit einem Jahr in einer anderen Welt, wir sehen dich ja gar nicht mehr.«

»Es gab so viel Arbeit«, sagte er. »Das ganze Geschäft mußte neu organisiert werden, sonst hätten wir mit fünf Millionen Verlust im Jahr abgeschlossen, wie die Leute vorher. Aber jetzt wird es besser werden, da ich Charley als meinen Assistenten aus Rom herüberkommen lasse.«

»Dann findest du etwas anderes, das deine Zeit in Anspruch nimmt. Wir haben doch schon mehrmals darüber gesprochen. Als Craddock die Produktion übernahm, als Roger die Verwaltung übernahm, als du dir den Mann von Twentieth Century als Verkaufsleiter holtest; aber du hast immer noch genausoviel zu tun.«

»Ich bin der Chef«, sagte Sam. »Wenn ich die Dinge nicht im Griff behalte, geht alles drunter und drüber.«

»Wozu hast du dann all diese Leute nötig und zahlst ihnen fantastische Gehälter?«

»Damit ich mich auf die großen Probleme konzentrieren kann.«

»Hast du nicht eben erst gesagt, alles läuft jetzt glatt? Was für große Probleme gibt es dann noch?«

»Ich will unsere Beziehung zu Sinclair überprüfen. Weißt du, wieviel die Leute im vorigen Jahr mit unseren Filmen verdient haben? Sieben Millionen Dollar. Das ist mehr, als uns selbst gebelieben ist.«

Ihr Blick ruhte auf ihm; sie sagte nichts.

»Der neue Barzinifilm allein wird ihnen mehr als vier Millionen einbringen.«

»Ich dachte, das war Steves Verdienst. Er hat sie doch dazu gebracht, den Film zu drehen. Sie hatte gesagt, sie käme nicht wieder nach Hollywood; und dann kam sie doch.«

»Warum auch nicht? Sie und ihr Mann haben zusammen weitere drei Millionen nach Hause getragen. Wir verdienen daran alles in allem lausige anderthalb Millionen. Neulich hörte ich, daß United Artists den Auslandsvertrieb unserer Filme übernehmen möchte. Und die würden sich mit zehn Prozent weniger für den Vertrieb und fünf Prozent weniger vom Gewinnanteil begnügen.«

Sie sah ihm fest in die Augen. »An deiner Stelle würde ich

mich nicht so sehr damit beeilen. Schließlich war es Steve, der dir all das verschafft hat.«

»Im eigenen Interesse«, sagte Sam. »Hätte ich den Inlandsvertrieb nicht übernommen, hätte er das Geschäft nicht machen können. Sinclair hätte die Verluste nicht übernehmen wollen, und wahrscheinlich wäre das Antitrustgesetz zur Anwendung gelangt. Er hat mir keine Gefälligkeit erwiesen, er hat nur seinen Posten gerettet; und außerdem erhielt er die Filme praktisch umsonst.«

»Wenn du mit Steve redest, wird er sicher eine Lösung finden.«

»Er kann manchmal sehr starrköpfig sein. Er handelt nach der Devise: Abkommen ist Abkommen.«

»Der Alte ist auf dem Kriegspfad«, sagte Junior, indem er sich seiner Schwester gegenüber neben dem Schwimmbassin auf die Fliesen legte.

Myriam blickte zu ihm herüber und ließ das Manuskript, das sie las, sinken. »Wieder die Bar-Mizwa?«

Er nickte. »Er hat 'ne Laus im Pelz. Jetzt geht es darum, daß die Großeltern aus Florida herüberkommen.«

»Dann wirst du's wohl über dich ergehen lassen müssen. Du weißt ja, wie er immer auf sie Rücksicht nimmt.«

»Ja.« Er zog sein Hemd aus, und entblößte die schlanke, sehnige Gestalt.

»Weißt du, ob Mutter schon über mich mit ihm gesprochen hat?«

»Ich glaube nicht. Dad hat doch jetzt den Ärger mit mir, und da wartet sie wahrscheinlich, bis er besser gelaunt ist.«

»Verflixt. Hoffentlich wartet sie nicht zu lange. Wenn ich nicht spätestens in einer Woche eine endgültige Antwort gebe, könnte ich meinen Platz verlieren. Das Actors-Studio hat mehr Bewerber, als es aufnehmen kann.«

Er blickte sie pfiffig an. »Du kommst überhaupt nicht hin, wenn du weiter zuläßt, daß deine Freunde das Handschuhfach in deinem Auto als Ablage benutzen.«

»Du hast dort rumgeschnüffelt!«

»Nein«, widersprach er sofort. »Mama brauchte den Wagen, und ich sollte ihn für sie waschen. Dein Glück, daß ich auch hineinsah. Wenn Mama das Zeug gefunden hätte, wärst du erledigt gewesen.«

»Was hast du damit gemacht?«

»An einem sicheren Platz aufbewahrt. Wenn ich Razz das nächste Mal sehe, muß er mir dafür Lösegeld zahlen.«

»Es gehört gar nicht Razz.«

»Wem denn?«

»Mir.«

»Dir?« fragte er skeptisch. »Na schön, die Haschzigaretten versteh ich; aber auch die Gummis?«

Sie war leicht errötet und antwortete nicht.

»Du bist schon richtig, Schwesterchen.« Er sagte es unwillkürlich mit einer gewissen Hochachtung. »Hoffentlich finde ich so ein Mädchen wie dich, wenn ich auch mal soweit bin.«

»Gibst du mir die Sachen zurück?« fragte sie.

»Ja, aber fünf Zigaretten behalte ich. Sie sind besser als der Mist, den sie bei uns in der Schule verhökern.«

»Du rauchst doch nicht?« fragte sie schockiert.

»Na sicher, tun ja alle Jungs; aber nicht viel, immer nur ein paar Züge. Es ist fantastisch!«

»Laß es lieber sein! Du bist noch ein bißchen zu jung.«

»Ich komm schon zurecht damit«, sagte er selbstsicher.

Sie schweig einen Augenblick. »Und die Gummis?«

»Die kannst du alle wiederhaben; mir sind sie etwas zu groß.«

Denise blickte aus dem Fenster und sah sie im Schwimmbassin planschen. »Komm, sieh dir das mal an, Sam«, sagte sie.

Er legte die Zeitung beiseite, trat zu ihr, und eine Weile beobachteten beide ihre Kinder.

»Wir haben Glück«, sagte sie fast verwundert. »Dachtest du damals, als ich zu dir ins Büro kam, daß wir so viel Glück haben würden?«

»Nein«, antwortete er. Er beobachtete Junior, der in scharfem Tempo durch das Bassin kraulte und ein Kielwasser von champagnerähnlich sprudelnden Blasen hinter sich ließ. »Der Junge schwimmt wie ein Champion.«

»Sie sind gute Kinder«, sagte sie ernst. »Du solltest hören, was es für Geschichten gibt über die heutige Jugend und was sie treibt. Unglaublich!«

»Ich weiß.« Er wandte sich vom Fenster ab und nahm wieder die Zeitung zur Hand. »Aber seine Bar-Mizwa muß er doch machen.«

»Keine Sorge, er wird sie schon machen.«

»Das möchte ich ihm auch geraten haben.«

Er scheint jetzt besser gestimmt zu sein, dachte sie. Vielleicht ist es der geeignete Moment, um mit ihm über Myriam zu reden. »Weißt du, Sam«, sagtem sie, »ich habe mit Myriam über ihre Zukunft gesprochen, über ihre Pläne.«

Er legte die Zeitung wieder fort und sah sie an. »Ja?«

»Sie ist ein sehr hübsches Mädchen«, sagte Denise schnell, »und sie möchte drüben im Osten zur Schule gehen.«

»Warum denn?« fragte er. »Ist ihr die USC nicht gut genug?«

»Nein, sie sagt, hier kann sie nicht das lernen, was sie will.«

»Was will sie denn lernen?«

»Schauspielkunst.«

»Was?« Sams Stimme schwoll an. »Du meinst, sie will Schauspielerin werden?«

»Warum nicht? Weißt du nicht mehr, wie stolz du warst, als sie in all den Theaterstücken in der Schule immer die Hauptrolle bekam?«

»Das war etwas anderes, das war eben in der Schule. Wie ich über Schauspielerinnen denke, weißt du ja: Sie sind alle Huren. Ich werde nicht zulassen, daß meine Tochter wie eine Nutte von einer Agentur zur anderen rennt.«

»Myriam ist nicht so«, sagte Denise, »sie ist ein ernstes Mädchen. Vorigen Monat war Lee Strasberg hier; sie durfte ihm vorsprechen, und er findet, daß sie begabt ist. Er hat sie für das Actors-Studio angenommen, und du weißt ja, der nimmt nicht jeden.«

»Ich will aber nicht, daß sie allein in New York lebt.«

»Sie wird nicht allein sein«, erwiderte Denise. »Roger sagt, er wird ein Auge auf sie haben.«

Insgeheim war Sam stolz auf seine Tochter.

»Du mußt es ihr erlauben, Sam«, sagte Denise, »sonst brichst du ihr das Herz.«

12

»Deinen dicken kleinen Freund sticht wieder mal der Hafer«, sagte Jack, als Steve in sein Büro trat.

Steve setzte sich, und Jacks Sekretärin stellte eine Tasse Kaffee vor ihn hin. »Was ist denn nun wieder los?«

»Er hat es sich einfallen lassen, die drei besten Filme, die wir für ihn gefunden haben, außerhalb des Abkommens herzustellen.«

Steve griff nach seiner Kaffeetasse. »Na und?« sagte er sanft.

»Na hör mal, Steve, das ist doch unfair, und du weißt es genausogut wie ich«, protestierte Jack. »Wie soll ich das Studio ohne Verlust in Gang halten, wenn er seine höchsten Gewinne anderen Gesellschaften zugute kommen läßt?«

»Hat er schon den Vertrieb bekanntgegeben?«

»United Artists«, antwortete Jack. »Was gedenkst du zu tun?«

»Nichts«, sagte Steve kurz. »Er hat unser Abkommen eingehalten. Er darf seine Filme mit seinem eigenen Geld herstellen, wenn er will.«

»Du wirst ihm nichts sagen?« fragte Jack ärgerlich.

»Kein Wort.«

»Okay – dann trete ich aus. So dumm bin ich nicht, weiter Filmrechte zu suchen, aus denen er uns dann ausbootet.«

»Dann suchst du eben keine mehr«, sagte Steve ruhig. »Du hast bei uns genug anderes zu tun. Laß ihn selbst seine Filmrechte suchen.«

»Meinst du das im Ernst?«

»Durchaus. In unserem Abkommen steht nichts davon, daß wir ihm die Rechte, die wir kaufen, übergeben müssen. Dafür spricht nur, daß wir eben Partner sind.«

»Das ist schon besser«, sagte Jack und setzte sich an seinen Schreibtisch. »Nehmen wir an, ich finde etwas ganz Großartiges.«

»Dann kauf es. Und den Produzenten suchen wir uns später. In dem Abkommen steht nichts, das uns davon abhalten könnte.«

Er stellte seine Kaffeetasse hin, ging zum Fenster und blickte hinaus. Die Straße im Atelier wimmelte von Menschen. »Da drüben scheint allerhand los zu sein.«

»Ja, es rührt sich«, sagte Jack zufrieden. »Die Produktion für den ersten unserer Zwei-Stunden-Streifen beginnt nächsten Monat, und danach haben wir schon einen weiteren in Aussicht.«

»Sehr gut«, sagte Steve, »ich werde darüber nachdenken, was wir noch einschieben könnten.«

»Wenn du willst, können wir auch früher bereit sein.«

»Ich habe keine Eile«, sagte Steve. »Der Plan bleibt bestehen. Die neue medizinische Sendereihe *Praktischer Arzt* bekommt gute Nielsenziffern. Ich habe allerdings bemerkt, daß die Noten noch etwas besser sind, wenn wir direkt im Krankenhaus drehen. Du könntest dir das mal ansehen und ein paar Drehbücher für Krankenhausaufnahmen verfassen.«

»Ich werde mich darum kümmern.« Jack machte sich eine Notiz.

»Hast du in letzter Zeit mit Sam gesprochen?«

»Er läßt sich nicht oft sehen. Ich verhandle über alles mit Craddock.«

»Frag mal nach, ob er im Atelier ist. Vielleicht kann ich vorbeikommen und mit ihm sprechen.« Steve ließ sich schwer in einen Stuhl fallen; während Jack nach dem Telefon griff, lehnte er sich zurück und schloß die Augen.

»Sam ist irgendwo an der Börse«, sagte Jack.

Steve schlug die Augen auf. »Nächstesmal, wenn ich hier bin, werd ich ihn mir vorknöpfen.«

»Ist dir nicht gut?« fragte Jack.

»O doch, ich bin nur abgespannt. Seit einem Monat bin ich pausenlos unterwegs.«

»Du brauchst Ferien.«

»Keine Zeit«, erwiderte Steve. »Morgen früh werde ich in Montreal erwartet; ich soll versuchen, die International Football League für die nächsten Jahre unter Vertrag zu bekommen. Am Tag darauf bin ich in Washington für die Rundfunkübertragung der Kongreßdebatten. Dann kommt Chikago, die Tagung der Rundfunkverbände, und danach muß ich nach London zur Überprüfung einer Reihe, die wir in Zusammenarbeit mit dem Britischen Fernsehen herstellen.«

Jack schüttelte den Kopf. »Ich wünschte, ich könnte dir mehr helfen.«

»Das weiß ich«, sagte Steve lächelnd, indem er ein Tablettendöschen aus der Tasche nahm. »Aber das ist eben ein Nachteil meiner Stellung: Jeder will mit dem Präsidenten der Gesellschaft sprechen. Dürfte ich dich um etwas Wasser bitten?«

»Gern.« Jack füllte ein Glas aus der Karaffe, die auf seinem Schreibtisch stand. »Was nimmst du? Vitamine?«

»Nein.« Steve schluckte die Tablette. »Die nehm ich auch. Aber das ist ein Benzedrin, es hält mich für den Rest des Tages auf den Beinen.«

»Starkes Zeug! Davon kann man süchtig werden.«

»Ich benutze es nur ganz selten, wenn ich sehr müde bin«, sagte Steve. »Ich habe vorige Nacht nicht viel geschlafen. Das Flugzeug hatte Verspätung.«

»Du solltest einmal richtigen Urlaub nehmen«, sagte Jack.

»Ich möchte nicht, daß dir was zustößt; es wäre hier kein Leben ohne dich.«

»Es wird schon wieder besser werden.« Steve erhob sich. »Nun, wollen wir uns jetzt die Pilotfilme ansehen, die du so hervorragend findest?«

»Hat es irgendwelche Reaktionen gegeben, als du ihnen sagtest, daß wir die drei Streifen mit United Artists machen?« fragte Sam.

»Überhaupt keine«, antwortete Rory. »Ich dachte, Jack würde meckern – aber er gab keinen Ton von sich. Das ist jetzt einen Monat her. Vermutlich waren sie zu sehr mit ihren eigenen Problemen beschäftigt.«

»Wie geht es mit ihren Filmen?«

»Ganz gut, nehme ich an. Sie haben vorige Woche mit der Produktion des ersten begonnen.«

»Taugt der etwas?«

Rory zog die Schultern hoch. »Wer weiß? Jedenfalls kann's nichts Besonderes sein, was kann man heutzutage für sechshunderttausend Dollar bekommen? Soviel kosten ja schon gute Filmrechte.«

»Ja.« Sam war irgendwie enttäuscht; er hatte erwartet, von Steve einen Kommentar bezüglich des Vertriebswechsels zu hören. Das wäre ein guter Ausgangspunkt für neue Verhandlungen gewesen. »Und wie steht es mit den Verfilmungsrechten, hinter denen wir her waren?«

»Nichts zu machen«, antwortete Rory. »Die sind futsch.«

»Futsch? Du meinst, jemand anders hat sie gekauft?« Rory nickte.

»Wie kommt das?« Sams Stimme wurde scharf. »Hatte ich nicht gesagt, du solltest sie für uns reservieren?«

»Was du gesagt hast, weiß ich, Sam«, gab Rory ruhig zurück. »Als ich aber der Sache nachging, stellte ich fest, daß sie bereits verkauft waren.«

»An wen?«

»Das weiß ich nicht. Ich habe nur herausgefunden, daß beide vom selben Käufer erstanden wurden.«

»Vom selben Käufer?« wiederholte Sam nachdenklich. »Levine?«

»Ich glaube nicht. Wenn es Joe wäre, hätte man das in den Fachzeitungen gelesen. Ich glaube, es ist ein neues Konsortium, und sie geben nichts bekannt, ehe das Geschäft unter Dach und Fach ist.«

»Erkundige dich, wer es ist«, sagte Sam. »Vielleicht könnten wir, wenn sie einen Partner suchen, mit ihnen ins Geschäft kommen.«

»Okay«, sagte Rory; er lächelte. »Es gibt aber etwas, wo ich ziemlich sicher bin. Ich habe für *Blue Jeans* ein Angebot von einer halben Million Dollar gemacht, und das Buch wird laut *New York Times* nächste Woche Nummer Eins auf der Bestsellerliste sein.«

»Sehr gut«, sagte Sam. »Was glaubst du, wann wirst du davon hören?«

»In allernächster Zeit. Ich habe eben ein Gespräch mit der Agentur Mason angemeldet. Heute morgen wurde mit der Versteigerung begonnen.« Das Telefon klingelte. »Das könnten sie sein.«

Er meldete sich und sprach, wobei sein Lächeln allmählich verblaßte. Schließlich legte er den Hörer auf und sagte ungläubig: »Das ist nun auch futsch. Siebenhundertfünfzigtausend Dollar.«

Sam starrte ihn an. »Wer hat es gekauft?«

Rory schüttelte den Kopf. »Das wollten sie mir nicht sagen. Ich denke, es ist dieselbe Gruppe, die die anderen erworben hat.«

Sam erhob sich. »Ich verstehe das nicht. Hast du von irgendwelchen anderen Rechten gehört, die sie gekauft haben?«

Rory schüttelte den Kopf. »Nur diese drei.«

»Ich habe den Eindruck, da ist etwas faul. Du nicht?«

»Wie meinst du das?«

»Es sieht beinahe so aus, als wollte uns jemand in die Quere kommen.« Den Blick auf Rory gerichtet, fragte er: »Wer, außer uns beiden, weiß, daß wir uns für diese Filme interessieren?«

Rory dachte eine Weile nach. »Niemand, nur unsere Sekretärinnen.«

»Und wie haben wir davon erfahren?«

»Auf dem üblichen Weg. Die Drehbuchabteilung des Ateliers hat uns die Druckfahnen und eine Synopsis geschickt.«

Sam holte tief Atem, sein Gesicht rötete sich vor unterdrücktem Zorn. »Auf dem üblichen Weg?« wiederholte er.

Rory nickte.

»Und du glaubst noch immer nicht, daß das ein Gegenschlag von Sinclair ist?«

Rorys Magengeschwür zwickte; er griff nach dem Gelusil.

»Dann bist du nicht so schlau, wie du denkst!« sagte Sam. »Oder vielleicht kenne ich Steve Gaunt eben besser als du. Das ist seine Art, uns wissen zu lassen, daß ihm unser Vorgehen nicht paßt.« Sam setzte sich schwerfällig hin. »Er wird die Filmrechte als Knüppel verwenden, um uns in die Herde zurückzutreiben.«

»Was wirst du nun unternehmen?« Rory saugte an der Tablette.

»Das Spielchen kann auch ein anderer betreiben. Steve wird herausfinden, daß ich anders bin als die Arschlöcher, mit denen er gewöhnlich zu tun hat. Ich mach ihn fertig.«

»Und wie willst du das anstellen?«

»Ganz einfach.« Sam lächelte verschwörerisch. »Du läßt ihn alles erfahren, wofür wir Angebote stellen. Und du machst auch noch dort Angebote, wo wir die Rechte gar nicht haben wollen. Dann werden seine Leute unsere Angebote überbieten und dadurch sehr bald mit soviel Mist belastet sein, daß sie uns verzweifelt zu Hilfe rufen werden. Und dann schmeißen wir ihnen den Kram vor die Füße!«

13

Als Steve eintraf, erhob sich Sam gerade, um seine Rede zu halten. Er setzte sich auf einen freien Stuhl an einem der hinteren Tische und sah sich um.

An der Wand hinter der großen Speisetafel hing ein riesiges Transparent:

SAMUEL BENJAMIN JR., UNSEREM BAR-MIZWA-JUNGEN,
VIEL GLÜCK ZUM GEBURTSTAG

Sam klopfte mit dem Löffel an einen Teller, um die Aufmerksamkeit auf sich zu lenken, und es wurde langsam still. Da stand er nun, lächelnd und ein wenig schwankend; dann hob er die Arme.

»Freunde, Landsleute, willkommen zur Bar-Mizwa meines Sohnes!« Er machte eine Pause; alle applaudierten. »Sollten Sie es vielleicht beim Eintreten nicht bemerkt haben, draußen stehen fünfzig weiße Rolls-Royce. Wenn wir hier aufbrechen, bringen sie uns zum Flughafen, wo uns fünfzig weiße DC-8 erwarten, die uns direkt im Nonstopflug nach Kenia in Afrika bringen werden. Auf dem Flughafen werden fünfzig weiße Jäger mit fünfzig weißen Elefanten bereitstehen. Diese fünfzig weißen Elefanten werden wir besteigen und auf eine Safari in den Dschungel reiten. Jeder von uns wird ein weißes Gewehr erhalten, um selbst das seltenste aller Tiere zu schießen, einen weißen Tiger. Während wir uns auf dem schmalen Pfade im Gänsemarsch dem Dschungel nähern, wird der oberste weiße Jäger seine Hand heben, und wir werden anhalten. Und warten.

Und wißt ihr, worauf wir warten werden?«

Gelächter erschallte von allen Seiten. »Nein, Sam, sag es uns!«

Er blickte lächelnd um sich. »Auf Joe Levines Bar-Mizwa-Safari, damit sie vor uns aus dem Dschungel flieht.«

Das allgemeine Gelächter schwoll an, und man klatschte Beifall. Wieder lächelte Sam und hob Ruhe heischend die Hände.

»Danke«, sagte er. Und, mit einem Blick rundum: »Bei

manchen meiner Filme gab es bei der Premiere weniger Leute als heute hier. Falls Sie also nächsten Dienstag nichts vorhaben...«

Erneutes Gelächter; diesmal wartete Sam, bis es von selbst verebbte.

»Nun aber, im Ernst, liebe Freunde: Vielleicht fragen sich einige unter Ihnen, warum tut der Sam Benjamin das? Warum macht er sich soviel Mühe? Schließlich ist es ja nur eine Bar-Mizwa, und die gibt es jeden Tag für irgendwelche Jungen.

Aber für mich ist das mehr. Wie sonst könnte ein armer Junge aus der Bronx, der es zu etwas gebracht hat, seinem Sohn sagen«, er wandte sich an Junior und sprach ihn unmittelbar an –, »ich habe dich lieb und bin stolz auf dich.«

In der allgemeinen Stille beugte sich Sam nieder und küßte seinen Sohn. Dann richtete er sich wieder auf und ließ seinen Blick über die Gäste schweifen. »Danke«, sagte er einfach und setzte sich.

Als Steve sich den Weg zur vorderen Tafel bahnte, war man allgemein schon im Aufbruch begriffen; Sam sprach gerade mit verschiedenen Leuten, und Denise erblickte ihn als erste.

»Steve!« rief sie erfreut.

Er küßte sie auf die Wange. »Gratuliere, es ist eine wunderschöne Feier!«

»Ich freue mich, daß du gekommen bist; sonst sehen wir uns ja so selten. Ich schulde dir noch ein Abendessen mit Brustflanken.«

»Nächstens einmal, an einem ruhigeren Tag.«

»Auch wenn man das Fleisch in der Kühltruhe aufbewahrt, sind vier Jahre eine lange Zeit«, sagte sie.

»Ist es wirklich schon so lange her?«

»Ja; das letzte Mal sahst du die Kinder bei der Oscar-Verleihung.«

»Diesmal wird es nicht so lange dauern, das verspreche ich dir.« Er wandte sich lächelnd an Junior. »Erinnerst du dich noch an mich?«

»Ja, Onkel Steve.«

Steve nahm einen Umschlag aus der Tasche. »Ich höre, das ist so der Brauch. Gratuliere!«

Junior nahm den Umschlag entgegen, guckte hinein und grinste über das ganze Gesicht. »Eine Fünfhundertdollarnote«, sagte er ehrfurchtsvoll. »Dabei glaubte ich mit dem Einsammeln der Beute schon fertig zu sein!«

»Aber Junior!« sagte Denise entrüstet.

Er grinste wieder und streckte Steve die Hand entgegen. »Dank dir vielmals, Onkel Steve«, sagte er begeistert, dessen Hand auf- und abschwenkend.

»Gern geschehen«, sagte Steve lächelnd; er trat wieder zu Denise. »Wo ist Myriam? Ich hätte sie gern begrüßt, wenn ich schon hier bin.«

»Sie war eben noch da«, antwortete Denise und sah sich um.

»Sie ist nach Hause gegangen«, sagte Junior, »sie sagte, sie muß heute noch packen.«

»Das stimmt«, bestätigte Denise. »Sie wird an der Ostküste zur Schule gehen und fährt morgen früh ab.«

»Tut mir leid, daß ich sie nicht mehr getroffen habe«, sagte Steve. »Meine besten Grüße.«

»Ich werde es ihr ausrichten. Du würdest sie kaum wiedererkennen«, sagte Denise stolz, »sie ist sehr hübsch geworden.«

»Besonders seit der Nasenoperation«, flötete Junior dazwischen.

»Junior!« verwies ihn Denise scharf.

Steve lachte. »Schon recht, Denise, es bleibt unter uns, ich sag es niemandem.«

»Es ist doch nichts dabei«, wehrte sie ab. »Heutzutage tun das viele Mädchen.«

»Natürlich«, sagte Steve beschwichtigend. »Du würdest staunen, wie viele schöne Schauspielerinnen sich die Nase operieren ließen.«

»Ja«, stimmte Denise bei, »und besonders, da sie ja –«

Sams freudiger Gruß unterbrach sie. »Hallo, Steve!«

Sie schüttelten sich die Hände. »Gratuliere!«

»Wie gefällt dir mein Junge?« Sam betrachtete seinen Sohn bewundernd. »Ich glaube, der wächst noch über einsachtzig hinaus.«

»Er ist prima.«

»Komm, trinken wir etwas«, sagte Sam, nahm ihn beim Arm und zog ihn zur Bar. »Zwei Whisky.«

»Bitte sehr, Mr. Benjamin.« Der Barmann stellte die Drinks vor sie hin.

»Prosit«, sagte Sam.

Sie tranken.

»Wie geht das Geschäft?« fragte Sam.

»Wie gewöhnlich, einmal verdient man, und ein andermal verliert man.«

»Ich hab in den letzten Monaten eine Menge Filmrechte gekauft.«

»Das hab ich gemerkt«, sagte Steve ohne weitere Reaktion.

Sam sah ihm, nach einem Hintergedanken forschend, in die Augen, konnte jedoch nichts als höfliches Interesse darin finden. »Ich glaube, wir beide sollten einmal miteinander sprechen.«

»Ich bin morgen im Atelier«, sagte Steve.

»Dann rufe ich dich am Vormittag an.« Sam drehte sich um und überblickte den Raum. Er lächelte. »Eine Mordsparty, nicht wahr? So eine Bar-Mizwa hat es sicher noch nie gegeben!«

Myriams starrer Blick war auf den letzten Koffer geheftet, den sie gerade geschlossen hatte. Jetzt hörte sie den Wagen in der Einfahrt und drehte schnell das Licht ab. Ihr Bedarf an Familie war für den heutigen Tag gedeckt.

Sie begann sich langsam im Dunkeln auszuziehen, wobei ihre Beklommenheit noch immer nicht weichen wollte. Es hatte heute nichts geklappt, zumindest was sie betraf. Wenn die Bar-Mizwa nicht gewesen wäre, hätte sie schon vorige Woche fahren können. Manchmal gingen einem die Verwandten verdammt auf die Nerven, besonders ihr kleiner Bruder. Unheimlich, wie der immer durchschaute, was sie dachte.

»Wen suchst du denn?« hatte er sie leise bei Tisch gefragt, als ihr Vater sich erhob, um seine Rede zu halten.

Sie gab keine Antwort.

Er folgte ihrem Blick. »Da ist Onkel Steve.«

Sie schwieg weiter.

»Hast du dich in ihn verliebt?«

»Ach, halt doch den Mund!« zischte sie wütend, und dabei spürte sie, wie ihr die Röte ins Gesicht stieg. Sie zwang sich wegzusehen, da hatte Daddy auch schon seine Rede begonnen und ihr Bruder wurde abgelenkt.

Aber er hatte recht: Es war ihr schon immer so ergangen. Sogar bei der Oscar-Verleihung vor Jahren, als er mit der Schauspielerin aufgekreuzt war; die hätte sie am liebsten umgebracht. Und später hatte sie jedesmal, wenn sie nur seinen Namen in der Zeitung las, einen Stich verspürt. Immer war er in Begleitung der einen oder anderen Frau, einer Schauspielerin oder eines Modells. Vielleicht gab das den Ausschlag bei ihrer eigenen Berufswahl.

Als die Rede beendet war und Steve auf den Tisch zusteuerte, überkam sie plötzlich das Verlangen, davonzulaufen. Sie wandte sich an ihren Bruder: »Sag Mutter, ich fahre nach Hause, ich muß noch fertig packen.« Und schon war sie, ehe er antworten konnte, an Steve vorbei hinausgelaufen.

Merkwürdig, daß sie soviel für ihn empfand und er sie nicht einmal erkannte. Sie ärgerte sich über sich selbst. Wie ein Kind benahm sie sich und nicht wie ein erwachsenes Mädchen. Sie ging zur Kommode und öffnete ihre Tasche, es war noch eine Zigarette darin.

Sie zündete sie an und sog den Rauch tief in die Lunge; gleich darauf wurde sie ruhiger. Mit langsamen Bewegungen knöpfte sie ihren Büstenhalter auf und ließ ihn zu Boden fallen. Nackt trat sie ans Fenster und öffnete es.

Da stand sie nun, blies den Rauch hinaus und ließ sich von der kühlen Nachtluft umwehen. Sie schloß die Augen und lehnte sich ans Fensterbrett.

Sie hätte gern gewußt, wo er sich im Augenblick befand. Er war allein gekommen, aber das bedeutete nichts, wahrscheinlich hatte er später eine Verabredung und unterhielt sich jetzt bereits mit irgendeinem Mädchen. Es wurde ihr warm, sie faßte mit der Hand nach unten und befühlte sich. Sie war feucht und erregt.

Mit der Zigarette in der Hand ging sie zum Koffer, öffnete ihn und entnahm einer Seitentasche einen rosafarbenen Vibrator, der durch eine Taschenbatterie betätigt wurde. Sie setzte sich auf den Bettrand, nahm noch einen Zug von der Zigarette, legte sie wieder in die Aschenschale und streckte sich auf den Rücken aus.

Sie drehte den unteren Griff des Apparats, und ein leises Summen ertönte. Plötzlich rauschte es in ihren Ohren; sie schlang die Beine um ein Kissen. Ihre Reise ins Mondland begann, und ihr jäher Orgasmus brachte seinen Namen mit einem halblauten Schrei auf ihre Lippen.

»Steve!«

Der Name hing bewegungslos in der Dunkelheit.

Tränen traten ihr in die Augen. Und sie schlief ein.

Sam kam nach Hause. »Er hat mich niederträchtig betrogen!« schrie er wütend. »Da hat er gesessen, die Schlange, die lächelnde! ›Ich bin dein Freund‹, sagte er. Und dann hat er mir den Schirm in den Hintern gestoßen!«

Denise starrte ihn bestürzt an. »Von wem redest du?«

»Von Steve, ja, von dem red ich«, sagte er böse, »von deinem lieben Freund, der erst gestern zur Bar-Mizwa unseres Sohnes gekommen ist und an unserem Tisch gegessen hat.«

»Nein. Das kann ich von Steve nicht glauben.«

»Doch«, erwiderte er. »Ich wollte nichts, als ein nettes, ruhiges Gespräch mit ihm führen. Ich wollte das, was in unserem Abkommen unbillig ist, mit ihm zusammen in Ordnung bringen.«

»Nun – und was passierte?«

»Wie ein Richter saß er an seinem Schreibtisch. ›Du hättest zu mir kommen sollen, bevor du dieses Abkommen mit

United Artists trafst‹, sagte er. Ich erklärte ihm, daß ich das doch zu meinem Selbstschutz machen mußte. Wie die Dinge sich entwickelten, steckte Sinclair bei jedem Dollar, den ich verdiente, zwei ein.

›Du hattest das Abkommen gelesen‹, sagte er. ›Niemand zwang dich, es zu unterschreiben.‹

›Aber ich habe dir einen Gefallen damit erwiesen‹, erklärte ich. ›Du wolltest das Geschäft machen, und ich habe dir geholfen.‹

›Und dabei selbst siebeneinhalb Millionen Dollar verdient‹, sagte er. ›Aber ich bin dein Freund; wenn dir die Sache nicht mehr paßt, lasse ich dich aus dem Geschäft aussteigen, obgleich es noch fünf weitere Jahre laufen sollte.‹«

»Was hast du darauf gesagt?« fragte Denise.

Er blickte sie an, als sähe er sie zum erstenmal. »Ich muß etwas trinken«, sagte er unvermittelt.

Sie folgte ihm zur Bar und wartete, während er sich seinen Drink mixte und ihn mit einem Schluck hinuntergoß. Er füllte sein Glas erneut und erzählte weiter.

»›Und was geschieht mit den Filmrechten der Romane und Stücke, die ich für viereinhalb Millionen Dollar gekauft habe?‹ fragte ich.

›Die hast du gekauft, nicht wir‹, erklärt er so ruhig, als ob er übers Wetter spricht. ›Du hast uns nicht, wie es vertraglich vereinbart war, davon verständigt.‹«

Er trank sein Glas halb leer. »Ich hab ihn mir angesehen und versucht, in seinem Gesicht zu lesen; aber da war nichts zu lesen. Ich meinte, er hätte mich nötiger als ich ihn, deshalb hat er wohl geblufft. Ich ließ ihn seine Karten aufdecken.«

Er trank aus, stellte das Glas mit schwerer Hand auf die Bar und starrte verdrießlich vor sich hin.

»Und was war dann?«

»Nichts. Morgen treffen die Rechtsanwälte zusammen.«

Sein Blick verriet, wie verletzt er war. »Ich habe mich eben geirrt.«

Viertes Buch

Hollywood 1960–1965

Stephen Gaunt

Irgendwo im Dunkel klingelte das Telefon. Ich kämpfte mich aus der Tiefe des Schlafs hoch und griff nach dem Hörer. »Hallo.«

»Steve«, krächzte die Stimme.

»Ja«, sagte ich, noch zu weit entfernt, um sie zu erkennen.

»Hier spricht Angel.«

Der Nebel schwand, und ich war wach; Angel Perez war der Vizepräsident der Abteilung Tagesprogramm. Er war Schauspieler gewesen und hatte später zur Produktion übergewechselt; hinter der Kamera war er tüchtiger als davor. Er war im letzten Jahr mein inoffizieller Assistent gewesen. Ich mußte einen Mann in New York haben, der sich überall umtat, da ich die meiste Zeit an der Westküste verbrachte.

»Ja, Angel, was gibt es?«

»Das Haus brennt. Ich meine, Sie sollten zurückkommen.«

Ich schwang die Beine über den Bettrand. »Was ist denn los?«

»Der Alte hat gestern eine Sondersitzung des Aufsichtsrats einberufen.«

»Ich weiß, ich habe die Benachrichtigung erhalten.«

»Sie hätten zur Sitzung kommen sollen. Ich höre, daß man wegen der Sonderprogramme heftig über Sie hergezogen ist.«

Ich wußte, welche er meinte. Es war zwar gutes Fernsehen, aber schlechte Programmierung. Die Testergebnisse waren schlecht, das hatte ich bereits von unseren Geldgebern gehört; die waren auch nicht glücklich damit.

»Ich habe ihnen ja gesagt, daß man darauf gefaßt sein müßte«, sagte ich. »Wir machen aber trotzdem weiter. Man muß schon ab und zu etwas riskieren.«

»Southern Products hat annulliert; denen hat Ihre Einstellung zur Gleichberechtigung der Gewerkschaften mißfallen; angeblich sei das auf sie gemünzt gewesen.«

»Für ihre Schuldgefühle bin ich nicht verantwortlich«, sagte ich.

»Also werden Sie in Schönheit gestorben sein.«

»Es muß noch mehr dahinterstecken als nur das.«

»Ja, nämlich Ihr alter Freund.«

»Ich habe viele alte Freunde.«

»Aber keinen wie den«, sagte Angel. »Dan Ritchie. Er kam mit einem anderen Ihrer alten Kumpane angezockelt, Sam Benjamin. Sie haben eine ganz neue Idee, wie man die Sendegruppe lebendiger machen könnte. Sie behaupten, Sie hätten sich vom Film- und Unterhaltungsgebiet abgewendet und sich auf einen Kreuzzug zur Reformierung der Welt begeben; Ihre Beziehung zu den Kennedys soll bei Ihnen Denken und Urteilskraft vernebelt haben.«

»Für jemanden, der unten im einunddreißigsten Stock sitzt, sind Sie erstaunlich gut informiert«, sagte ich.

»Ich lese die Memoranden.«

»Woher bekommen Sie die?«

»Vom alten Herrn. Er ließ mich zu sich rufen und ernannte mich zu einem Ein-Mann-Ausschuß, zwecks Studium der Lage und Berichterstattung.« Er machte eine Pause. »Er weiß, wie wir beide zusammenarbeiten. Vielleicht will er Sie auf diese Weise warnen.«

»Hat er sonst noch etwas gesagt?«

»Nein, Sie wissen ja, wie er ist: König Eisherz.«

Ja, es war typisch Sinclair. »Wie spät ist es?« fragte ich.

»Zehn Uhr hier, sieben bei Ihnen.«

»Ich werde heute abend drüben sein; wir treffen uns um acht in meiner Wohnung.«

»Sehr gut.« Seine Stimme klang merkbar erleichtert. »Ich habe hier ein Mädchen, das ich Ihnen vorstellen möchte, eine Wucht! Sie ist Schauspielerin: Marianne Darling. Die ganze Stadt läuft ihr nach. Und die will Sie treffen.«

»Mich?«

»Ja, als sie erfuhr, daß ich Sie kenne, stieß sie wie eine Rakete auf mich nieder. Ich mußte ihr versprechen, sie zu benachrichtigen, wenn Sie das nächste Mal hier sind. Sie scheint Ihre Karriere in den Zeitungen oder sonst irgendwie verfolgt zu haben. Sie weiß mehr über Sie als Sie selbst.«

Das interessiert mich. »Okay, bringen Sie sie mit.«

»Faith wird auch mitkommen«, sagte er, »vielleicht machen wir uns einen vergnügten Abend.«

Faith war seine Freundin. »Ausgezeichnete Idee. Dann bis heute abend.«

Ich drückte die Telefongabel nieder und ließ sie wieder los. Das Fräulein meldete sich: »Ja, Mr. Gaunt?«

»Buchen Sie für mich für den Flug um zehn Uhr vormittags nach New York.« Ich legte auf und stieg aus dem Bett. Dann fiel mir noch etwas ein. Ich rief bei Jack Savitt an und ließ ihn wecken.

»Ich fliege heute vormittag nach New York«, sagte ich.

»Ist was passiert?« fragte er hastig.

»Nichts, womit ich nicht fertig werden könnte.«

»Soll ich dich zum Flughafen bringen?«

»Nein, aber ich möchte dich um etwas anderes bitten.«

»Nämlich?«

»Sam Benjamin; ich brauche genaue Informationen über ihn, was er treibt und wie seine Geschäfte gehen.«

»Seit er voriges Jahr nach New York zurückging, hab ich nicht viel gehört«, sagte Jack. »Nur, daß er ständig in der Klemme sitzt und seine Rechnungen nur langsam bezahlt. Er hatte mit seinen letzten Filmen Pech, er soll daran elf Millionen verloren haben.«

»Das weiß ich, aber ich möchte wissen, womit er im Augenblick beschäftigt ist.«

»Ich werde mich erkundigen.«

»Ruf mich heute abend in meiner New Yorker Wohnung an.«

»Gute Reise!« sagte er.

Ich ging unter die Dusche, drehte sie zuerst heiß, dann eiskalt auf, und wieder heiß; als ich herauskam, war ich wenigstens nicht mehr verschlafen, aber doch noch müde und schwerfällig; also nahm ich, bevor ich mich rasierte, ein Benzedrin und fühlte mich bald darauf frischer.

Es herrschte dichter Nebel, das Auto war nicht bis zum Kennedy-Flughafen gelangt, und es war schon fast sechs Uhr und dunkel, als ich ein Taxi bekam. Erstaunt sah ich, daß der Schnee zu beiden Seiten der Straße hochgetürmt lag; dann erinnerte ich mich: es war die Weihnachtswoche in New York.

In Los Angeles war es nie das Wahre: der Schnee bestand aus weißem Kunststoff, und sogar der Weihnachtsmann trug leichte Sommerkleidung. Ich hüllte mich fest in meinen Mantel.

»Woher kommen Sie?« fragte der Taxichauffeur.

»Aus Kalifornien.«

»War nicht sehr klug«, sagte er, »haben Sie so ein Wetter nötig?«

»Mir gefällt es, als Abwechslung«, sagte ich.

»Ich würde ja an die Westküste ziehen«, sagte er, »aber meine Alte will die Kinder nicht verlassen, ich meine, die Enkel. Erst konnte sie nicht erwarten, unsere eigenen Kinder aus dem Haus zu haben, und jetzt laufen die Enkel den ganzen Tag herum und machen einen Heidenlärm, und sie ist im siebenten Himmel. Ich kann's mir nicht erklären, ich werde die Frauen nie begreifen.«

»Geht mir nicht anders«, sagte ich.

Während der Fahrt schwieg er, bis ich ihm ein Trinkgeld gab; da warf er einen Blick auf den Fünfer und grinste. »Fröhliche Weihnachten!«

»Kaufen Sie Ihren Enkeln ein Weihnachtsgeschenk«, sagte ich.

Ich schloß die Wohnungstür auf und knipste das Licht an.

Alles war genauso, wie ich es vor drei Monaten verlassen hatte, einschließlich der frischen Eiswürfel im Kübel an der Bar.

Ich mixte mir einen Drink und wollte gerade nach dem Telefon greifen, als es zu läuten begann. Sheilas Stimme war zu hören: »Willkommen daheim, Boß. Ich bin unten in der Halle und bringe allerhand Neuigkeiten.«

»Komm herauf.« Ich mixte noch einen Drink; kaum war ich fertig, klingelte es an der Tür.

Der Schnee haftete noch an ihrem Mantel, sie lächelte: »Tag, Stephen!«

Ich küßte sie auf die Wange. »Eines der netten Dinge, wenn ich heimkomme, bist du.« Ich nahm ihr den Mantel ab. »Auf der Bar steht ein Scotch für dich.«

Sie nahm sich ihr Glas. »Jungejunge«, sagte sie.

Ich schwieg.

Sie trank aus und stellte ihr Glas hin. »Ich bin froh, daß du zurück bist. Es hat sich alles merkwürdig entwickelt.«

»Erzähl es mir.«

»Es gibt da irgendeine unterirdische Stimmung – ich kann es nicht genau definieren. Die Gewinne sind zurückgegangen, jeder ist so verkrampft. Du warst nicht hier, um die Leute zu beruhigen, und Sinclair sitzt in seinem Turm und schleudert Memos nach unten wie Papierflugzeuge, mit denen er alle ins Bockshorn jagt.« Sie brach ab, um Atem zu holen. »Mir scheint, ich muß noch etwas trinken.«

Ich mixte ihr einen Drink. »Warst du es, die Angel veranlaßte, mich anzurufen?«

Sie nickte. »Wieso weißt du das?«

»Erraten; Angel ist kein Engel, und er ist ehrgeizig. Jemand muß ihm vor Augen geführt haben, daß es besser wäre, mit mir als gegen mich zu marschieren.«

»Es ist auch nicht gerade sehr günstig, daß du dauernd an der Westküste bist«, sagte sie, »das Personal ist ständig in Unruhe.«

»Eines Tages werde ich die Verwaltungsbüros dorthin verlegen. Das einzige, was wir in New York brauchen, ist ein Verkaufsbüro; der Rest ist nur Quatsch und Tradition.«

»Du kannst es nennen, wie du willst, Stephen, aber Tatsache ist, daß das Geschäft immer noch hier ist.« Sie sagte weiter nichts, aber ich wußte, was sie sich dachte. Daß mein Platz hier war; ich war Präsident der Gesellschaft, ich hatte hier zu sein, nicht so sehr, um etwas zu tun, als um meinen Job zu wahren – das heißt, wenn ich ihn noch haben wollte.

Und das war der Kern der Sache.

Denn ich wußte nicht mehr, ob ich ihn wollte oder nicht.

2

Die Jahre treiben einen vorwärts, sie reiben einen auf, das alles hatte ich erlebt. Ich war so lange bergauf gerannt, daß es zur Gewohnheit wurde. Wenn ich das Tempo ein wenig verlangsamte, hatte jeder den Eindruck, daß ich zurückglitt; also machte ich eben weiter.

Spencer war nichts vorzuwerfen; er hatte seine eigene Aufgabe zu erfüllen: die Maschine mit kritischem Auge beobachten, sie mit einem Tritt wieder in Gang zu bringen, wenn ihr Tempo schleppend wurde. Und ich war der einzige, den er treten konnte, ich war der Verantwortliche.

»Wer weiß davon, daß ich hier bin?«

»Nun schon so ziemlich das ganze Büro«, antwortete sie. »Als ich fortging, brannten noch eine Menge Lampen; sie wollen bereit sein, wenn du morgen kommst.«

»Ich werde morgen nicht kommen«, sagte ich. »Ich will von hier aus alles telefonisch erledigen; laß mir die Hilfszentrale einschalten.«

Sie wußte, was ich meinte. Ich besaß ein Mehrliniengerät direkt von meinem Büro. Alles kam genauso durch, als säße ich im Büro; der Anrufer konnte nicht wissen, daß ich gar nicht dort war.

»Etwas Besonderes?« fragte sie.

»Ja. Du hältst mir Sinclair vom Leib. Mit ihm will ich nicht sprechen.«

»Und wenn er darauf besteht?«

»Sag ihm wörtlich, was ich gesagt habe; ich bin schon zu alt, um allerhand Spielchen zu treiben. Und das sollte auch er sein.«

Sie berichtete, was noch zu bestellen war, und klappte dann ihr Notizbuch zu. Ich begleitete sie zur Tür und half ihr in den Mantel. Sie sah mich eindringlich an.

»Fühlst du dich ganz wohl, Stephen?«

»Natürlich. Warum fragst du?«

»Ich weiß nicht, du kommst mir ein wenig sonderbar vor. Als ob dir das alles gar nicht wichtig wäre.«

»Es ist mir tatsächlich ein wenig langweilig; diese Reise hab ich schon allzu oft gemacht.«

»Das kann nicht der Grund sein.«

»Vielleicht bin ich müde. Morgen früh ist alles wieder in Ordnung.«

Sie ließ es dabei. »Gute Nacht, Stephen.«

Ich schloß die Tür hinter ihr ab, mixte mir noch einen Drink und setzte mich damit hin. Die Fogarty war nicht dumm. Sie kannte mich. Vielleicht besser als ich mich selbst kannte. Vielleicht merkte sie etwas in mir, das ich nicht merkte. Ich trank einen Schluck und fing an, den Stoß Memoranden durchzusehen, den sie mir dagelassen hatte.

Ich wurde mir kaum bewußt, daß die Zeit verging. Etwa eine halbe Stunde später läutete es wieder an der Tür. Ich beendete das letzte Memo, erhob mich und ging öffnen.

Ich war noch kilometerweit entfernt; das Mädchen brachte mich blitzschnell zurück. Sie hatte langes dunkelblondes Haar, das bis zur Mitte ihres Rückens reichte, ein ovales Gesicht und blauviolette Augen mit vier Paar falschen Wimpern. Sie trug einen kurzen, flauschigen Luchspelz, auf dem die Schneeflocken aussahen wie eine Verzierung. Ihre Nase war keck, ein bißchen aufgestellt, und ihr Lächeln zeigte kleine, weiße, gleichmäßige Zähne und eine sinnliche Unterlippe.

»'n Abend«, sagte ich.

»Ich bin Marianne Darling«, erklärte sie. »Ich will es Ihnen leichtmachen, Sie können mich einfach Darlingmädchen nennen.«

Ich grinste. »Treten Sie ein, Darlingmädchen.«

Ich schloß die Tür und nahm ihr den Mantel ab. Sie trug einen purpurfarbenen gestrickten Supermini und dazu passende purpurrote Stiefel, die bis zu den halben Oberschenkeln reichten. Zwischen dem oberen Stiefelrand und dem Saum ihres Kleids lagen mindestens fünfzehn Zentimeter weißes Fleisch, und nach der Art zu schließen, wie der Rock an ihrem Körper klebte, trug sie nichts darunter.

Sie ging voraus in die Wohnung; ihre Blicke wanderten sofort überallhin, während ich still dastand und sie beobachtete. »Wie gefällt es Ihnen?«

Sie drehte sich zu mir um. »Gut. Es ist alles männlich. Soviel Leder...«

»Was trinken Sie?« fragte ich und ging zur Bar.

»Was trinken *Sie?*«

»Scotch.«

»Ich auch«, sagte sie. »So vereinfacht man sich das Leben.«

Ich goß ihren Drink ein und füllte meinen nach.

Sie hob mir das Glas entgegen. »Tschin-tschin«, sagte sie.

Wir tranken. Sie sah auf der Bar Fogartys Glas mit den leichten Lippenstiftspuren am Rand. »Ich bin zu früh gekommen«, sagte sie, »ich wollte nicht stören.«

»Es ist keine Störung. Meine Sekretärin war hier und brachte mir meine Post.«

»Ach so«, sagte sie.

Ich sammelte die Papiere und legte sie auf den Schreibtisch neben dem Fenster. Sie folgte mir und blickte hinaus. Es schneite.

»Es sieht wunderhübsch aus von hier oben«, sagte sie.

Ich sah aus dem Fenster. »Ja.« Ich hatte beinahe vergessen, wie schön es hier sein konnte. Ich wandte mich ihr zu. »Bitte, machen Sie es sich bequem. Ich möchte mal schnell unter die Dusche; ich bin noch staubig von der Reise.«

»Okay.« Sie ging zurück zur Bar, während ich ins Schlafzimmer verschwand.

Ich zog mich aus, ließ die Kleider auf dem Bett liegen, ging in die Duschkabine und drehte das heiße Wasser auf. Die Wärme erleichterte den Druck im Kopf, das Geräusch des Wassers beruhigte die Nerven.

Ich weiß nicht, wie lange ich dort stand, da hörte ich sie rufen. »Ja?« schrie ich durch das Wasserrauschen.

»Telefon! Soll ich antworten?«

»Bitte!«

Kurz darauf öffnete sich die Badezimmertür. »Von der Westküste, Jack Savitt«, sagte sie.

Ich drehte das Wasser ab und öffnete die Kabinentür. »Bitte reichen Sie mir den Apparat aus der Wandnische.«

Sie kam ins Badezimmer und blieb zögernd stehen.

»Dort drüben«, sagte ich.

Sie blickte mich zweifelnd an. »Ist das nicht gefährlich?« fragte sie. »Ich habe gehört...«

Ich lachte. »Keine Gefahr.«

Sie reichte mir den Apparat. Ich nahm ihn und sagte: »Jack.«

»Wer ist das Mädchen?« fragte er. »Ihre Stimme klingt prima.«

»Du kennst sie nicht«, sagte ich. »Was hast du herausgefunden?«

»Ziemlich genau das, was ich dachte. Er ist unten durch, und die Banken haben energisch Zahlung verlangt. Sie sind entschlossen, nicht länger zu warten und die Dinge in die Hand zu nehmen. Er hat sich vorige Woche an Dan Ritchie gewandt, um alles, was nur möglich ist, an das Fernsehen abzugeben; er muß Bargeld flüssigmachen.«

»Wie paßt das zu seinem Verhalten uns gegenüber?«

»Ritchie hat noch Freunde im Zentralbüro. Ihr habt sechsundzwanzig Extrafilme im Programm; das sind sechsundzwanzig Spielfilme, die man zeigen kann, wenn er euch los wird.«

»Okay«, sagte ich.

»Sonst noch etwas?« fragte er.

»Im Augenblick nicht. Morgen rufe ich dich wieder an.«

Ich reichte ihr den Apparat durch den Türspalt und hörte das Klicken, als sie ihn an seinen Platz zurückstellte. Ich schloß die Tür und drehte den Wasserhahn wieder auf.

Durch das Milchglas sah ich, wie sie noch dastand, ihr rotes gemustertes Kleid wirkte wie ein seltsames Gebilde. Sie rührte sich nicht.

»Was ist los?« fragte ich.

»Nichts. Ich guck nur.«

»Sie gucken?«

»Ja. Ein toller Anblick durch das Glas; als wären Sie überall dort drinnen, die Wirkung ist eigenartig.«

Ich drehte das Wasser ab. »Geben Sie mir ein Handtuch«, sagte ich, »ehe Sie etwas Unbesonnenes tun.«

»Hab ich schon getan«, sagte sie, »zweimal. Zuerst als ich Ihnen das Telefon gab und eben jetzt, während ich Ihnen zusah.«

»Geben Sie mir trotzdem das Handtuch, und verbrauchen Sie sich nicht noch weiter, wir haben eine lange Nacht vor uns.«

Ich trat hinaus und wickelte mich in das Handtuch, zog ein zweites vom Regal und begann mich abzutrocknen.

»Ich trockne Ihnen den Rücken ab«, bot sie mir an.

Ich gab ihr das Handtuch; ihre Hände waren sicher und schnell. »Sie sind nicht etwa Japanerin?« fragte ich.

»Seh ich aus wie eine Japanerin?« fragte sie lachend.

Die Badezimmertür öffnete sich, und Angel stand auf der Schwelle. Sein Gesicht verzog sich zu einem Grinsen. »Wie nett! Ihr kennt euch schon, wie ich sehe.«

»Mixen Sie sich was zu trinken, ich komme gleich zu euch hinaus.«

»Okay«, sagte er und verschwand.

Ich nahm ihr das Handtuch aus der Hand. »Sie auch.«

Sie zog einen Flunsch. »Ich wollte Ihnen doch beim Anziehen helfen.«

Ich lachte und schob sie zur Tür. »Gehen Sie nur, Darlingmädchen, ich bin schon ein großer Junge, ich kann mich allein anziehen.«

Als ich hinaustrat, standen sie an der Bar. Ich begrüßte Angels Freundin und machte mir einen Drink. »Hat jemand von euch schon gegessen?« fragte ich.

Angel schüttelte den Kopf. »Nein.«

Ich sah die Mädchen an. »Wo wollt ihr essen?«

»Ist das Essen, das hier aufs Zimmer serviert wird, nicht gut?« fragte Darlingmädchen.

»Doch«, antwortete ich.

»Warum sollen wir uns dann mit dem Schnee herumplagen, wenn wir hier bequem und angenehm speisen können? Wir könnten hierbleiben, rauchen und uns vergnügen.«

Angel lachte. »Was hab ich Ihnen gesagt, Boß? Ist sie nicht prima?«

Mein Blick lag auf ihr, während ich nach dem Telefon griff. »Möglich«, sagte ich und sah, wie ihr die Röte in die Wangen stieg. Die Telefonistin meldete sich. »Geben Sie mir den Zimmerkellner«, sagte ich.

Die Steaks waren nicht übel, und als Angel einmal anfangen wollte zu fachsimpeln, unterbrach ich ihn: »Morgen. Wir haben Zeit.«

Der Kellner trug den Tisch hinaus. Einen Augenblick herrschte Schweigen, dann erhob sich Angel. »Komm, Faith, mein Kind, es ist Zeit, daß wir gehen.«

Ich versuchte nicht, sie zurückzuhalten. Als sie fort waren, saß Darlingmädchen noch immer unbeweglich da; wir starrten uns lange an. »Woran denken Sie?« fragte sie endlich.

»Ich verstehe es nicht«, sagte ich. »Warum legen Sie sich so ins Zeug?«

Sie lächelte. »Vielleicht gefallen Sie mir.«

»Dennoch: warum?«

»Das ist eine lange Geschichte.« Sie erhob sich und ging zum Schlafzimmer. »Eines Tages werde ich sie Ihnen erzählen.«

3

Ich saß an der Bar und trank Scotch; ich war deprimiert, jede Anstrengung schien mir zuviel. Es mochte eine halbe Stunde vergangen sein, als sie wiederkam.

»Hallo!« rief sie von der Schwelle aus, »willst du die ganze Nacht aufbleiben und trinken?«

Ich drehte mich um: Sie trug nichts als ihre Stiefel. Ich starrte sie an, sie hatte ihre Brustwarzen, zum Kleid passend, purpurrot gefärbt.

Sie lächelte. »Gefällt's dir?«

»Es ist was Neues.«

»Ich hab noch was Besonderes, damit hab ich mir die Brustwarzen eingerieben«, sagte sie. »Es verursacht so ein angenehmes Prickeln.« Sie kam herein und steckte sich eine Zigarette in den Mund. »Gib mir Feuer«, sagte sie und lehnte sich an mich.

Ich hielt ihr ein Streichholz hin, und bald erfüllte der scharfe Duft von Haschisch den Raum. »Willst du einen Zug?« fragte sie.

Wortlos nahm ich die Zigarette und sog den Rauch in meine Lunge. Ich spürte nichts; keine Reaktion.

Sie nahm mir den Stengel aus der Hand. »Mann, bist du aber fertig!«

Ich schwieg.

»Willst du, daß ich fortgehe?« fragte sie.

Ich brauchte lange, bis ich mich entschloß: »Nein.«

Sie sog an der Zigarette, ihr Blick verfinsterte sich langsam. »Willst du mich die ganze Nacht anstarren?« Ihre Worte wurden undeutlich.

»Mag sein«, sagte ich.

Sie nickte. »Na schön, wie du willst.« Sie durchquerte das Zimmer und stellte den Plattenspieler an. »Du hast nichts dagegen, daß ich mich ein wenig unterhalte?«

Ich lächelte. »Tu, was dir Spaß macht.«

Sie wiegte sich im Takt zur Musik, nahm noch einen Zug und reichte mir die Zigarette. Ich saß auf dem Barhocker und sah zu, wie sie tanzte. Sie bewegte sich durchs Zimmer und knipste die Lampen aus, bis nur noch ein schwaches Licht übrig war, das hinter der Bar schimmerte. Sie verschwand für einen Augenblick ins Schlafzimmer, ich steckte die Haschischzigarette in den Mund und sog daran.

Als sie zurückkam, hielt sie etwas in der Hand, das ich im trüben Licht nicht erkennen konnte. Sie kam auf mich zu. »Darf ich dir meine wahre Liebe vorstellen?«

Ich blickte auf ihre ausgestreckte Hand, in der ein rosa Vibrator glänzte. Sie drehte den Griff, und er begann zu summen.

»Steve, ich stelle dir Steve vor«, sagte sie.

Ich blickte sie an. Ihre Miene war völlig ernst. »Tatsächlich lernten wir uns kennen, als ich vierzehn war«, fuhr sie fort, »und seither ist er immer bei mir geblieben.« Sie drückte ihn an die Wange, dann fuhr sie ihm seitlich am Hals nach unten und rund um ihre Brüste; ihre freie Hand streckte sie nach der Haschischzigarette aus.

Ich gab sie ihr. Sie tat einen Zug, dann gab sie sie mir zurück. Ihre Augen waren bereits verschwommen.

Ich drückte den Stummel in der Aschenschale aus und füllte mein Glas wieder. Ich beobachtete sie in dem Spiegel, der hinter der Bar im Dunkel hing.

Sie bewegte sich im Takt der Musik, mit halbgeschlossenen Augen, und strich dabei mit dem Vibrator über ihren Körper.

Plötzlich riß sie die Augen weit auf und starrte mich an; ihre Beine begannen zu zittern. »Steve!« schrie sie auf und sank in die Knie, der Vibrator entfiel ihren Händen und blieb, widerlich summend, auf dem Teppich liegen.

Nach einer Weile nahm sie ihn auf und schaltete ihn ab. Sie sah mich an und lächelte. »Verrückt, nicht wahr?«

Ich schüttelte den Kopf.

»Ein toller Orgasmus«, sagte sie.

»Davon weiß ich nichts.«

Sie stand auf. »Ich muß ins Badezimmer.«

Ich wandte mich wieder zur Bar, im Zimmer hing ein seltsames Gemisch von Gerüchen: nach Frau, Haschisch, Whisky. Ich griff nach meinem Glas.

»Mix mir auch einen«, rief sie von der Schwelle aus. Ich drehte mich um. Sie war völlig angekleidet. Ich warf Eiswürfel in ein Glas und goß Whisky darüber.

Sie nahm es mir aus der Hand. »Tschin-tschin«, sagte sie, goß ihren Drink in einem Zug hinunter und ging zur Tür. Sie nahm ihren Pelzmantel vom Stuhl und hängte ihn sich um. »Gute Nacht.«

»Gute Nacht«, gab ich zurück.

Die Tür schloß sich hinter ihr. Ich war mit dem Drink in der Hand sitzen geblieben. Einige Minuten vergingen, dann klingelte das Haustelefon. Ich hob ab.

Sie rief von der Halle aus an. »Ich vergaß dir etwas zu sagen.«

»Was, Darlingmädchen?«

»Ich liebe dich«, sagte sie und hängte ein.

In jener Nacht machten mir die Träume zu schaffen. Das geschah jedesmal, wenn ich wieder in die Wohnung kam: Barbara war dort. Vielleicht hatte Sam recht, ich hätte umziehen sollen.

Ich hatte es aber nicht getan, und sie war immer da. Wir waren so nahe beieinander und dann – nichts. Sie war fort und kam nicht wieder.

Ich wälzte mich auf dem Bett herum und verjagte die Träume. Schluß damit! Einmal hatte ich meine Deckung sinken und mich k. o. schlagen lassen. Ich hatte nicht vor, den gleichen Fehler noch einmal zu machen.

So wie es jetzt war, ging es besser: keine Bindungen, keine Probleme, alles hübsch kühl. Man kam und ging nach Belieben, keine Schuldgefühle, weil man etwas anderes zu tun oder zu überlegen hatte.

Aber ich erinnerte mich noch, wie es gewesen war, als es mit uns begann. Wunderschön. Anders als alles, das ich vorher oder nachher erlebt hatte. Doch dann kam der Schmerz, nur der Schmerz.

Genug! Ich löste mich von meinen Gedanken und versuchte zu schlafen. Dann wurde der Traum ganz toll, und da war wieder Darlingmädchen und tanzte. Nur hatte die diesmal das Gesicht Barbaras und lächelte mir mit Barbaras Lächeln zu.

Mit dem sanft neckenden Lächeln, das sie hatte, wenn sie mich hänselte. Ich griff nach ihr, und Barbara verschwand. Ich setzte mich im Bett auf und starrte ins Dunkel.

Still und leer lag das Zimmer vor mir. Nach einer Weile stieg ich aus dem Bett und nahm eine Schlaftablette. Das wirkte, ich verlor die Besinnung so jäh, wie ein Licht verlöscht.

Das Telefon weckte mich; ich meldete mich, noch immer benebelt.

Es war Angel, der aus der Halle anrief. »Ich habe dauernd an Ihrer Tür geklingelt, schließlich fuhr ich nach unten und versuchte es mit dem Telefon«, sagte er.

»Kommen Sie herauf«, sagte ich, drückte auf die Hörergabel und ließ sie wieder los. Die Telefonistin meldete sich, und ich bestellte Frühstück. Dann wankte ich ins Badezimmer und spritzte mir Wasser ins Gesicht.

Angel barst vor Neugier, stellte aber keine Fragen, und ich gab ihm auch keinerlei Auskunft. Nachdem ich meinen Kaffee getrunken hatte, machten wir uns an die Arbeit.

Es ging flott bei ihm, er kannte bereits alle Testziffern, alle Kosten, wußte einfach alles. Er war klug, gerissen, ehrgeizig und nicht gewillt, sich diese Sache entgehen zu lassen. Nicht, solange Sinclair am Ruder war.

Der Plan wurde mir klar, während ich Angel zuhörte. Für so klug er sich auch hielt, er blieb an der Oberfläche. Unterhalb durchwühlte Sinclair bereits die Gewässer, aber Angel vermochte nichts weiter zu erkennen, als daß der Alte sich an ihn gewendet hatte.

Die Rechnung war einfach. Die Sondersendungen verpatzten uns zwei Abende im Monat. Zuerst war alles sehr begeistert gewesen, sogar die Geldgeber; endlich wurde etwas gemacht, worauf sie stolz sein konnten. Dann kamen die Testziffern.

Angesichts der Noten war es mit dem Stolz vorbei. Man schloß daraus sofort auf die zu erwartende Reaktion der Käufer, überdachte die Sache nochmals und suchte nach einer Möglichkeit, sich elegant zu drücken. Dieselben alten Argumente wurden wieder aufgetischt: Schuld war das Publikum, das von diesem Kanal auf andere umschaltete.

Sinclair kannte mein Interesse an dem Projekt und ließ mich auf diese Weise wissen, daß er unzufrieden war. Er machte den Eröffnungszug; Angel war nur eine Figur auf dem Schachbrett.

Aber der alte Herr war nicht mehr auf der Höhe; Königsbauer von 2 auf 4 war eine schlechte Eröffnung für ihn. Er kam in Gefahr, Angel zu verlieren.

»Gute Arbeit«, sagte ich. »Ihre Art der Überlegung gefällt mir, und Ihre Einstellung ist richtig.«

»Danke, Steve«, sagte Angel, sichtlich geschmeichelt.

Ich dachte einen Augenblick nach. »Haben Sie einen guten zweiten Mann für das Tagesprogramm?«

»Pete Reiser«, sagte er. »Ich hatte ihn bei *Sport und Spiel* eingesetzt, aber ich glaube, er wäre der Richtige.«

»Gut«, sagte ich. »Ich gebe Ihnen also die Sonderprogramme. Das ist eine Stufe höher und fünfzehn Tausender mehr im Jahr. Ich lege die ganze Sache in Ihre Hand und bin sicher, daß Sie sie in Ordnung bringen werden.«

Er sah mir in die Augen. »Sie werden es nicht bedauern, Steve, ich werde arbeiten, bis ich umfalle.«

»Das weiß ich, aber Sie müssen auch noch ein Auge auf Reiser haben, bis wir sicher sind, daß er den Posten ausfüllen kann.«

»Keine Angst, Steve, ich habe verstanden.«

»Ich halte es für das beste, wenn Sie an die Westküste fliegen und sich die übrigen Shows ansehen. Ich möchte hören, was Sie davon halten.«

»Ich fliege noch heute abend hinüber.« Er erhob sich. »Übrigens, ich habe den Bericht für Sinclair bereit. Was soll ich damit tun?«

»Ihm schicken, natürlich.«

»Sie bekommen einen Durchschlag, sobald meine Sekretärin damit fertig ist.«

»Besten Dank.«

Ich wartete, bis er aus der Wohnung war, dann ging ich zum Telefon. Ich brauchte es gar nicht erst zu kontrollieren, um festzustellen, daß der Bericht bereits an Sinclair abgegangen war. Ich würde ihn bekommen, wenn er der Ansicht war, daß genügend Zeit vergangen war. Ich rief Jack Savitt zu Hause an.

»Angel Perez kommt hinüber«, sagte ich. »Sorge dafür, daß er sich gründlich die Nase anrennt.«

»Der bekommt eine Sonderbehandlung«, sagte Jack.

»Sobald du das erledigt hast, steigst du ins Flugzeug und kommst hierher!«

»Warum denn?«

»Ich möchte, daß du die Angelegenheit Ritchie-Benjamin übernimmst.«

»Augenblick mal«, sagte er. »Das ging von ganz oben aus, es bedeutet also, daß du gewählt wurdest. Sinclair läßt diese Sache bestimmt nur vom Präsidenten der Sendergruppe behandeln.«

»Komm du nur herüber, um Sinclair kümmere ich mich«, sagte ich.

Ich legte auf und zündete mir eine Zigarette an. Sinclair wollte spielen, das war sein gutes Recht, schließlich gehörten Schläger und Ball ihm.

Aber er konnte sich auf ein paar Überraschungen gefaßt machen. Es gab eine ganze Reihe neuer Regeln, und die würde er lernen müssen; die erste war die, daß er nicht einen gegen den anderen ausspielen sollte.

4

Angels Bericht lag auf meinem Schreibtisch, als ich am nächsten Tag ins Büro kam. Ich nahm ihn zur Hand und überflog ihn. Er hatte kein Blatt vor den Mund genommen – der einzige, den er nicht abzuschlachten versuchte, war Sinclair selbst.

Ich lachte vor mich hin; Angel war übereifrig. Sinclair konnte das glatt durchschauen; es diente allzu offensichtlich dem eigenen Interesse. Aber eines machten seine Ausführungen klar: Weil ich die meiste Zeit an der Westküste war, fehlte es an Führung in New York.

Das war nichts Neues, wir alle hatten es kommen sehen, und ich hatte Spencer bereits vor fast zwei Jahren darauf aufmerksam gemacht. Aber er hatte es nicht ernst genommen. »Teile es dir richtig ein«, sagte er damals.

Ich hatte mich nicht darum gekümmert, sondern mich auf die Dinge konzentriert, die ich für die wichtigsten auf der Tagesordnung hielt. Alles übrige konnte nur irgendwie mitgeschleppt werden.

Ich warf den Bericht in den Papierkorb; aus Berichten lassen sich keine Fernsehprogramme machen. Ich drückte auf den Knopf der Sprechanlage: »Sagen Sie mir, wenn Sinclair ins Büro kommt«, sagte ich.

»Er ist schon hier«, erklang Spencers Stimme von der Schwelle.

Ich blickte lächelnd auf, erhob mich und streckte die Hand aus. »Mr. Sinclair.«

Er verzog das Gesicht, während er meine Hand drückte. »Den Ton kenne ich«, sagte er. »Es wird also eine formelle Besprechung?«

»Es ist an der Zeit«, sagte ich.

»Darf ich, ehe wir beginnen, sagen, daß ich mich freue, dich wiederzusehen, Steve?«

»Ganz meinerseits, Spencer.«

Er nickte und ließ sich vor meinem Schreibtisch in einen Stuhl fallen. »Warum hast du Perez an die Westküste geschickt?« begann er aggressiv.

»Um ihn abzumurksen«, sagte ich. »Für gemeine Kerle hab ich nichts übrig.«

»Ich hatte ihm einen Auftrag gegeben.«

»Das war dein Fehler; er arbeitete für mich, also hättest du es von mir verlangen sollen.«

»Sein Bericht hat Hand und Fuß.«

»Das hatte meiner vor zwei Jahren ebenfalls, aber damals wolltest du nichts unternehmen. Ich sagte voraus, daß wir Probleme haben würden. Jetzt ist es soweit, und nun bist du bereit, etwas zu tun; damals warst du es nicht.«

»Ganz so übel kann er nicht sein«, sagte Sinclair. »Schließlich hat er dich ja angerufen.«

»Nachdem er dir den Bericht übergeben hatte. Er wollte nur auf Nummer Sicher gehen.«

»Ich bin Präsident des Aufsichtsrats und verantwortlich für das Finanzgebaren der Gesellschaft. Du kannst nicht behaupten, daß dieses Jahr besonders erfolgreich war.«

»Etwas hast du vergessen«, sagte ich.

»Was denn?«

»Als du mich zum Präsidenten des ganzen Unternehmens machtest, wurde ich automatisch der oberste Betriebsleiter. Mir paßt nicht, wenn irgend jemand meine Autorität in Frage stellt. Selbst wenn du es bist.«

»Sei doch nicht so empfindlich, Steve, ich bemühte mich nur, dir zu helfen.«

»Das weiß ich, aber du hast gegen die Vorschriften gehandelt. Und das kannst du nicht noch einmal machen; jetzt ist es ein anderes Spiel mit anderen Regeln.«

»Willst du damit sagen, daß ich nicht die geeigneten Maßnahmen treffen darf, wenn ich sehe, daß etwas falsch gemacht wird?« Jetzt war er verärgert.

»Eines kannst du zumindest tun: es mir sagen.«

»Ja, zum Teufel, kann ich dir denn etwas sagen, wenn du nie im Büro bist?«

»Schon mal was von einem Telefon gehört?« erwiderte ich boshaft.

Er beruhigte sich. »Was wirst du nun unternehmen? Der

Aufsichtsrat erwartet konstruktive Vorschläge. Unsere Verkäufe sind in diesem Jahr um elf Millionen Dollar zurückgegangen.«

»Wenn wir den Kopf verlieren, werden wir damit nichts besser machen.«

»Du hältst dich zu oft und zu lange an der Westküste auf, darunter leidet der Verkauf.«

»Es wird sich aber vorteilhaft im September auswirken, wenn unsere neuen Programme herauskommen.«

»Der September ist noch weit. In einer Woche beginnt das neue Jahr, und vorläufig plagen uns noch die Ziffern für diesen Winter und den Sommer danach. Machen wir uns doch eines klar, Steve: Niemand kennt die Agenturen so gut wie du. Du mußt hierher zurückkommen, du kannst nicht an zwei Orten zugleich sein.«

»Damit hast du recht: Ich kann nicht gleichzeitig an zwei Orten sein. Aber das andere stimmt nicht. Es gibt jemanden, der die Agentur ebensogut kennt wie ich.«

Er sah mich fragend an.

»Jack Savitt«, sagte ich. »Hast du vergessen, daß er sein ganzes Leben lang in der Madison Avenue den Agenturen, den Geldgebern und den Sendergruppen seine Programme verkauft?«

»Aber wie steht es mit dem Atelier?«

»Er hat seine Arbeit dort gut gemacht, die Sache in Gang gebracht und richtig geführt. Er hat auch einige erstklassige Hilfskräfte zugezogen, die imstande sind, weiterzumachen. Ich glaube, es ist an der Zeit, daß wir ihn uns holen.«

Er überlegte es sich. »Was würdest du ihm übergeben?«

»Ich habe ihm angeboten, bei uns einzutreten und die Geschäfte mit Benjamin zu übernehmen.«

»Moment«, protestierte er, »das ist doch dein Job.«

»Es ist der Job des Präsidenten von Sinclair TV«, sagte ich.

»Aber du bist doch immer noch der Präsident.«

»Zu Unrecht«, erwiderte ich. »Als ich deinen Posten als Präsident von Sinclair Broadcasting übernahm, hätte ich für meinen alten Job einen anderen Mann einsetzen sollen. Ich glaube, es ist höchste Zeit, daß Sinclair TV einen neuen Präsidenten bekommt.«

»Und was wirst du tun?«

»Das gleiche wie du, als du meinen Job hattest«, sagte ich. »Alle anderen verrückt machen.«

Er erhob sich lachend. Auf dem Weg zur Tür drehte er sich um. »Kommst du Sonntag zum Abendessen nach Greenwich?« fragte er. »Der Schnee ist da oben herrlich.«

»Wenn ich bis dahin nicht wieder im Westen bin, werde ich kommen.«

Er nickte. »Nur noch eines.«

»Ja?«

»Hast du dir überlegt, wann ich in Pension gehen kann?«

Ich antwortete prompt: »Sobald du fünfundsechzig bist.«

Er ging lachend hinaus. Ich blickte ihm nach, dann mußte ich selbst lächeln. Er hatte das Scharmützel verloren und den Krieg gewonnen. Er war noch immer schlauer als ich. Plötzlich wurde mir klar, daß er alles erreicht hatte, was er wollte.

Als ich das Büro verließ, war es dunkel, und ich sah sie nicht. Ich ging zu meinem Wagen und wollte eben einsteigen, da klopfte sie mir auf die Schulter.

»Ihr Arbeitstag ist lang, Mr. Gaunt«, sagte sie.

Ich fuhr herum; diesmal trug sie einen anderen Pelzmantel, ich glaube, es war Rotfuchs. Er hatte eine Kapuze, die fast ihr ganzes Gesicht verdeckte, so daß ich nichts sah als ihre dunklen, glänzenden Augen.

»Ich warte schon seit fünf Uhr auf Sie«, sagte sie.

»Wie verrückt! Warum sind Sie nicht heraufgekommen, wenn Sie mich sehen wollten?«

»Sie werden es nicht glauben – ich hatte Angst.«

»Wovor?«

»Daß Sie – mich nicht empfangen würden.«

»Es wäre aber doch besser gewesen, als den ganzen Abend hier draußen zu stehen und sich den Popo abzufrieren.«

»Es war nicht so schlimm«, sagte sie, ein altmodisches Fläschchen aus der Tasche ziehend. Sie hielt es mit der Öffnung nach unten, um mir zu zeigen, daß es leer war. »Nach einer Weile fühlte ich die Kälte gar nicht mehr.«

»Steigen Sie ein«, sagte ich und faßte sie am Arm.

Sie rührte sich nicht. »Nein, so hab ich es nicht gemeint, Sie brauchen mich nicht mitzunehmen. Ich wollte Ihnen nur sagen, es tut mir leid, daß ich mich gestern abend so dumm benommen habe.«

Ich schwieg.

»Ich weiß nicht, was mit mir los war«, sagte sie. »Es war, als hätte ich – ganz plötzlich – alle Hemmungen verloren.«

Ihr Gesicht wirkte rührend jung. Ich griff wieder nach ihrem Arm. »Steigen Sie ein.«

Sie setzte sich wortlos in die große Continental-Limousine. Ich folgte ihr und schloß die Tür. Der Chauffeur sah mich fragend an. »Wohin, Mr. Gaunt?«

»Wo wohnen Sie?« fragte ich sie.

»Ecke Riverside Drive und Achtundsechzigste«, antwortete sie. Sie erschauerte, drückte sich in die Ecke und machte sich ganz klein.

Der Wagen rollte in den Verkehr hinaus. Ich drehte die Heizung voll auf, die warme Luft umströmte uns. Als wir zum Central Park kamen, war es bereits wie in einem Ofen.

»Besser?« fragte ich.

»Ja«, antwortete sie. »Haben Sie eine Zigarette?«

Ich zündete eine an und reichte sie ihr. Sie sog daran, und nach einer Weile hörte sie auf zu zittern. Sie blickte auf den verschneiten Park hinaus. »Wohin fahren wir?« fragte sie.

»Sie sagten doch Ecke Riverside und Achtundsechzigste Straße, oder?«

»Dorthin will ich gar nicht.«

»Na schön, wohin dann?«

Sie sah mich an, der Rauch ihrer Zigarette umnebelte ihr Gesicht. »Zu Ihnen.«

»Ich fahre nach Hause, um zu schlafen«, sagte ich. »Ich bin todmüde.«

Sie schwieg. »Okay, dann spielt es keine Rolle. Sie können mich hier absetzen.«

Wir waren mitten im Park; auf der Straße lag der Schnee rechts und links hoch aufgeschichtet. »Sie sind verrückt«, sagte ich, »Sie würden eine Stunde brauchen, um hier hinauszukommen.«

»Ich gehe gern im Schnee spazieren.« Sie beugte sich vor und klopfte dem Fahrer auf die Schulter. »Halten Sie bitte hier.«

Er lenkte den Wagen an den Straßenrand; sie öffnete die Tür und stieg aus. Die kalte Luft strömte in den Wagen. »Danke fürs Mitnehmen.«

Sie schloß die Tür, kletterte über einen Schneehügel auf den Gehsteig und begann ihren Marsch. Ich sah ihr nach, während der Wagen anfuhr und sie langsam überholte. Sie hatte den Kopf gesenkt; die Kapuze war über ihr Gesicht gezogen, ich sah nur noch ihre Nasenspitze. Dann war sie hinter uns, ich lehnte mich im Sitz zurück. Gleich darauf schlug etwas an das Rückfenster.

Ich drehte mich um. Ein zweiter Schneeball prallte gegen das Fenster. Ich sah, wie sie den dritten bereitmachte. »Halten Sie an«, sagte ich zum Fahrer.

Er stoppte, und ich stieg aus. Der dritte Schneeball pfiff an mir vorbei. Ich klaubte ein wenig Schnee auf, drückte ihn zu einem Ball zusammen und schoß ihn ab. Er landete an ihrer Schulter. »Getroffen!« rief ich.

Dann aber machte ich einen Fehler! Ich blieb stehen, und da traf sie mich mit dem nächsten Ball; er platzte an meinem Kragen und ergoß sich eisig in den Nacken. Ich ging mit neuer Munition auf sie los.

Sie lief zu einem Baum, versteckte sich dahinter und bombardierte mich unter fröhlichem Geschrei, während ich auf sie zulief. Glücklicherweise war ihr sportlicher Eifer größer als ihre Zielsicherheit. Ich war schon ganz nah bei dem Baum, da wich sie aus und lief wiederum davon.

Ich traf sie mit zwei Schneebällen hintereinander in den Rücken, und als sie daraufhin stehenblieb, um sich neu zu bewaffnen, stieß ich absichtlich mit ihr zusammen. Wir stürzten in einen Schneehaufen und rollten über die andere Seite hinunter. Als wir still lagen, rieb ich ihr das Gesicht mit Schnee ein.

»Das wird dich lehren, kein solcher Naseweis zu sein«, rief ich lachend.

Plötzlich rührte sie sich nicht mehr und sah mir ins Gesicht. »Du lachst«, sagte sie, »du kannst wirklich lachen.«

»Was redest du da für Unsinn!«

»Nein.« Sie schüttelte ernst den Kopf. »Du lachst wirklich, das sehe ich zum erstenmal, seit ich dich kenne.«

Sie schlang die Arme um meinen Hals; ihre Nase war kalt, ihre Lippen waren warm und ihre Zunge wie ein Feuer, das meinen Mund suchte. Nach einer Weile kamen wir wieder zu Atem.

Ihr Blick suchte meine Augen. »Ja«, sagte sie. »Tatsächlich. Ja.«

5

Jack kam mit der ›Red Eye‹ aus Los Angeles; die Maschine setzte um sieben Uhr morgens im Kennedy-Flughafen auf. Um acht Uhr fünfzehn klingelte es an meiner Tür.

Sie erwachte sofort, ihre Augen waren ängstlich aufgerissen. Krampfhaft hielt sie das Laken fest. »Wer ist das?«

»Kein Grund zur Beunruhigung«, sagte ich. »Meine erste Verabredung.« Ich stieg aus dem Bett und griff nach meinem Morgenmantel.

»Wird es lange dauern?« fragte sie.

»Etwa zwei Stunden.«

»Oh.«

»Komm nur heraus, wenn du willst«, sagte ich, »du brauchst dich nicht zu verstecken.«

»Ich werde noch schlafen. Wenn er vor Mittag geht, komm wieder zu mir.«

»Und wenn nicht?«

»Dann bring ich ihn um und schlepp dich zurück ins Bett.« Sie zog das Laken über ihren Kopf, und ich ging zur Tür.

Jack war in höchster Aufregung; die Nembutaltabletten, die er im Flugzeug genommen hatte, zeigten keine Wirkung. Während des Frühstücks sprang er jeden Augenblick auf und setzte sich wieder hin.

»Du sagst, der Alte hat keine Einwände, gar nicht gemekkert?«

»Kein einziges Mal«, sagte ich lächelnd. »Es schien geradezu erfreut zu sein.«

»Weiß er, daß ich Jude bin?«

»Ich nehme es an; ihm entgeht so leicht nichts.«

»Mein Gott«, sagte er überwältigt, »kannst du dir das vorstellen? Ich und Präsident von Sinclair TV! Vor zehn Jahren konnten wir dort nicht mal den kleinsten Job kriegen!«

»Und morgen die ganze Welt«, sagte ich.

Er starrte mich an und setzte sich plötzlich. »Mir wanken die Knie«, murmelte er.

»Du brauchst noch einen Kaffee.« Ich füllte seine Tasse.

»Das geht gleich vorüber, es ist nur, weil alles so schnell gekommen ist. Als du es mir gestern bei deinem zweiten Anruf sagtest, konnte ich es nicht glauben.«

»Aber jetzt glaubst du es?«

Er sah mich an und nickte. »Ja. Und weißt du auch warum?«

Ich schüttelte den Kopf.

»Der Schnee«, sagte er. »Als wir landeten, sah ich den Schnee, und da wußte ich, daß es wahr ist.«

»Die Ankündigung kommt heute morgen in die Zeitungen«, sagte ich. »Du hast eine Verabredung zum Lunch um zwölf Uhr dreißig mit Sinclair im ›Einundzwanzig‹; um halb drei hast du eine Personalbesprechung, bei der du die Abteilungsleiter kennenlernen wirst.«

»Wirst du dort sein?« fragte er.

»Nicht zum Lunch, aber zur Personalversammlung.«

Er nickte. »Ich werde alles mit dir besprechen.«

»Nein«, sagte ich.

»Wem soll ich denn Bericht erstatten?« fragte er verdutzt.

»Keinem.« Ich blickte ihn an. »Jetzt bist du der Leiter der Sendergruppe, sie ist deine Sache, du triffst die Entscheidungen. Nur um eines möchte ich dich bitten, daß du mich auf dem laufenden hältst.«

»Angenommen, ich versage?«

»Dann bist du dran«, sagte ich, »aber du wirst nicht versagen. Du wirst Fehler machen, manchmal wirst du dich irren, aber ich wette, du wirst öfter recht haben als unrecht.«

»Das klingt alles gut, Steve.« Er öffnete seine Aktentasche und nahm einige Schriftstücke heraus. »Auf dem Flug hierher habe ich das Programm studiert. Ich habe einige Ideen, willst du sie hören?«

Ich nickte.

»Die ersten zwei Dinge werden dir vielleicht nicht gefallen.«

»Sag sie mir trotzdem.«

»Ich setze die restlichen Sondersendungen ab. Wie immer man die Sache betrachtet – es können nur Durchfälle sein. Ich werde Filme hereinnehmen, bis wir einen Ersatz gefunden haben.« Er brach mit einem Blick auf mich ab.

Ich nickte. »Und was ist das zweite?«

»Angel Perez«, sagte er. »Ich weiß, du magst ihn nicht. Aber er ist klug, zäh und ehrgeizig. Er soll mein geschäftsführender Vizepräsident werden.«

Ich schwieg.

»Ich sagte ja, du wirst das nicht gern sehen«, sagte er.

»Ist auch nicht nötig; du bist es, der mit ihm auskommen muß. Gib nur immer schön acht, was hinter deinem Rücken geschieht.«

»Wenn ich nicht auf mich aufpassen kann, dann verdiene ich den Job nicht«, sagte er.

»Richtig. Was sonst noch?«

Nun machte er sich daran, drei meiner Lieblingsprogramme zu zerpflücken. »Sie sind alt und verbraucht; sie werden seit drei bis fünf Jahren gesendet, und das ist mehr als genug. Am liebsten würde ich sie sofort absetzen, aber ich habe nicht genug Ersatz, also werde ich eines nach dem anderen ausschalten, als erstes *Hollywood Stardust.*«

Das war die Show, bei der wir die Stars bei sich zu Hause aufsuchten. Als wir vor vier Jahren damit begonnen hatten, war sie ein großer Erfolg gewesen, doch inzwischen war sie beträchtlich zurückgefallen. Es gab eben nicht genug wirkliche Stars. »Was kommt an ihre Stelle?« fragte ich.

»Eine Rock-Show für Teenager«, sagte er. »Rockgruppen, Tanz, Lichteffekte, haufenweise Mädchen in Mini, viele Schenkel in Großaufnahme, ein Mordslärm.«

»Wir reden aber jetzt von der Hauptsendezeit«, sagte ich, »also nicht der Zeit für Tanzkapellen.«

»Stimmt, aber wenn ABC eine Show mit Lawrence Welk in der Hauptsendezeit machen kann, sollten wir doch imstande sein, die Jugend anzusprechen. Was meinst du?«

»Darauf kommt es nicht mehr an.« Ich grinste. »Wie gesagt, die Entscheidungen triffst du.«

»Okay«, sagte er. »Was geschieht nun mit dem Fall Benjamin?«

»Du wirst auf deinem Schreibtisch einen Durchschlag des Plans finden. Sieh ihn dir an, dann reden wir darüber.«

Er erhob sich. »Ich fahre in mein Hotel, bade und komme ins Büro.«

Ich begleitete ihn zur Tür. »Bis heute nachmittag. Viel Glück.«

Ich wartete, bis er in den Fahrstuhl stieg, dann ging ich zurück in die Wohnung und goß mir noch eine Tasse Kaffee ein. Plötzlich fühlte ich mich alt. Es war noch nicht lange her, da hatte ich dort gestanden, wo Jack nun stand. All die Begeisterung, die Hoffnungen, die Pläne! Mich konnte nichts mehr davon erregen, es war ja alles fix und fertig. Zum erstenmal wußte ich die Rolle Spencers in der Firma zu schätzen: Es mußte jemand da sein, der von Zeit zu Zeit das Schiff demolierte, um es dann wieder neu aufzubauen.

»Ist er fort?« Ihre Stimme kam von der Schlafzimmertür.

Sie hatte sie einen schmalen Spalt geöffnet und lugte hindurch.

»Ja«, sagte ich.

»Gut!« Die Tür flog auf, und sie kam ins Wohnzimmer. Sie hatte ein Handtuch sarongartig um sich gewickelt, und ihre Haut war noch feucht vom Duschen. »Ich glaubte schon, er würde überhaupt nicht mehr gehen.«

»Möchtest du Kaffee?« fragte ich.

»Hast du vielleicht Ananassaft?«

Ich nickte. »Im Kühlschrank.«

Sie ging hinter die Bar, um die Dose zu holen. Sie schlug ein Loch hinein, tat Eis in ein Glas, goß etwas Saft darüber, nahm eine Flasche Wodka und füllte das Glas bis zum Rand. Dann rührte sie um und kostete. »Das schmeckt.« Sie hielt mir das Glas hin. »Magst du?«

Ich schüttelte den Kopf.

Sie zuckte mit den Schultern und hob das Glas. »Tschintschin.« Sie nahm einen Schluck und kam auf mich zu. »Wie spät ist es?«

»Ungefähr zehn.«

»Verdammt! Ich sollte heute morgen zur Probe und habe es vergessen.« Sie setzte sich und griff nach dem Telefon. »Darf ich meinen Agenten anrufen?«

»Nur zu, inzwischen rasiere ich mich.«

Als ich aus dem Badezimmer trat, lag sie wieder im Bett; auf dem Nachttisch neben ihr stand ein frisches Glas Ananassaft. »Mein Agent war wütend, weil ich die Probe versäumt habe.«

»War es ein gutes Engagement?«

»Eine Werbeaufnahme. Ich hätte sie sowieso nicht bekommen. Sie suchen einen Sandra-Dee-Typ, und das bin ich nun gerade nicht!«

Dem konnte ich nicht widersprechen.

»Gehst du gleich ins Büro?«

Ich schüttelte den Kopf. »Erst nach dem Mittagessen.«

»Prima«, sagte sie und legte sich auf den Bauch. »Findest du, daß ich einen schönen Popo habe?«

Ich sah ihn mir an; da gab es nur eine Antwort: »Ja.«

»Warum bleibst du dann dort stehen? Komm her und gib ihm einen Kuß.«

Ich ging zum Bett und beugte mich über sie. Als ich ihr den Schlag versetzte, fuhr sie auf und wälzte sich herum; in ihren Augen blitzte es seltsam. »Weshalb hast du das getan?«

Ich schwieg.

Sie lächelte leise und legte sich wieder auf den Bauch. »Mach's noch einmal«, sagte sie. »Ich hab es gern.«

Nachdem ich Jack den Abteilungsleitern im Konferenzraum vorgestellt hatte, erwartete mich Spencer in meinem Büro. Er musterte mich prüfend. »Du brauchst einen Drink«, sagte er.

Wir gingen zur Bar, und er mixte zwei Drinks. »Prosit«, sagte er.

Wir tranken.

»Wie ist dir zumute?« fragte er.

«Als hätte ich mein erstes Kind verschenkt«, antwortete ich.

Er nickte. »Jetzt weißt du, was ich damals empfunden habe.«

6

»Sie verlangen sechs Millionen Dollar für das Ganze«, sagte Jack. »Ich werde passen.«

»Okay.«

Er warf mir über den Schreibtisch hinweg einen Blick zu. »Benjamin wird das gar nicht gefallen; er war sicher, wir würden es übernehmen.«

»Ich weiß nicht warum, ich habe nie mit ihm über das Geschäft gesprochen.«

»Er sagt, du hättest eine Vereinbarung mit ihm getroffen,

als er im Atelier war. Du seist verpflichtet, die Filme zu übernehmen.« Er zündete sich eine Zigarette an. »Er sitzt in der Klemme und braucht dringend das Geld.«

»Das ist sein Problem.«

»Ritchie sagt mir, die Juristen hätten das Liquidationsabkommen überprüft, und falls wir nicht zu einer Kompromißlösung kommen, werden sie die Klage einreichen.«

»Sie werden nicht klagen«, sagte ich.

»Wie kannst du das wissen?«

»Sam wird nicht zugeben, daß bei ihm das Geld knapp ist. Wenn seine Gläubiger herausfinden, wie schlimm die Lage wirklich ist, kann er in Konkurs gehen.« Ich erhob mich.

»Einige von den Filmen sind gar nicht übel«, sagte er.

Ich wurde ärgerlich. »Du bist Präsident der Sendergruppe. Kauf sie, oder kauf sie nicht, wie du willst, aber entschließen mußt du dich; es ist dein Job.«

Er überlegte. »Okay«, sagte er und ging auf die Tür zu.

»Jack«, rief ich ihm nach.

Er blieb stehen und wandte sich um. »Ich bin auf Sam nicht böse«, sagte ich, »ich hab ihn gern. Aber ich laß mich nicht herumschubsen und mir drohen.«

»Ich verstehe«, sagte er und ging hinaus.

Die Sprechanlage summte, und ich drückte auf den Knopf. »Miß Darling auf vier.«

»Ich nahm den Hörer. »Tag, Darlingmädchen.«

»Was hast du mittags vor?« fragte sie. »Ich bin schauderhaft geil.«

»Tut mir leid, ich hab eine Verabredung.«

»Geschäft oder Vergnügen?«

»Vergnügen.«

»Ich bring dich um, wenn du mit einer anderen Frau gehst«, sagte sie heftig.

»Meine Tante kommt vom Kap.«

»Ja«, sagte sie höhnisch, »und du gehst mir ihr sicher in die ›Vier Jahreszeiten‹!«

»Richtig«, sagte ich lachend, »wie hast du das erraten?«

»Ich hasse dich«, sagte sie und hängte ein.

Ich saß am Tisch neben dem Schwimmbassin und trank meinen dritten Whisky. Tante Prue war verspätet, das hätte ich mir denken können. Wenn sie in New York war, konnte sie nie dem Kaufhaus Saks in der Fünften Avenue widerstehen.

Ich leerte mein Glas, winkte dem Ober, und schon erschien wie durch einen Zauber ein vierter Scotch auf meinem Tisch. Bei diesem Tempo würde ich, wenn Tante Prue endlich kam, sinnlos betrunken sein. Ich blickte hinüber in den langen Korridor; er war leer. Eine Hand berührte meine Schulter; ich drehte mich um.

»Ich hoffe, sie läßt dich sitzen!« flüsterte Darlingmädchen leidenschaftlich.

Ehe ich antworten konnte, folgte sie dem Ober zu einem Tisch und ließ sich, mit dem Gesicht zu mir, nieder. Sie bestellte etwas zu trinken. Ich grinste, und sie streckte mir die Zunge heraus.

»Kennst du die junge Dame?« fragte Tante Prue.

Ich sprang auf; ich hatte sie gar nicht kommen sehen. »Gewissermaßen«, sagte ich und drückte einen Kuß auf ihre Wange.

Der Kellner rückte ihr den Stuhl zurecht, und sie nahm Platz. »Martini pur und sehr kalt«, bestellte sie und drehte sich so, daß sie Darlingmädchen mustern konnte. »Sie ist sehr hübsch«, sagte sie, »aber ihr Haar ist gefärbt, und sie hat sich die Nase operieren lassen.«

»Woher weißt du das?« fragte ich überrascht.

»Das mit dem Haar ist ganz offensichtlich.« Sie schnüffelte verächtlich. »Und mit einer so vollkommenen Nase kommt kein Mensch zur Welt.«

Ich lächelte. Tante Prue mußte nahe an die Siebzig sein, aber ihr entging nichts. »Während ich auf dich wartete, habe ich mich betrunken«, sagte ich.

»Ich bin zu Saks hineingegangen.« Der Kellner brachte ihren Drink, sie nahm das Glas und hielt es mir entgegen; wir stießen an. »Alles Liebe«, sagte sie.

»Alles Liebe«, antwortete ich.

Sie nippte an ihrem Glas. »Sehr gut.« Sie trank noch einen Schluck und stellte das Glas hin. »Bei dir alles in Ordnung?«

»Ja. Warum fragst du?«

»In der Zeitung stand etwas davon, daß Sinclair TV einen neuen Präsidenten bekommt; da dachte ich, vielleicht bist du rausgeflogen.«

Ich lachte. »So ist es nicht. Ich hatte zu viel zu tun, da habe ich jemand anders eingestellt.«

»Eine Gesellschaft kann nicht zwei Präsidenten haben«, sagte sie mit unwiderlegbarer Logik, »das weiß sogar ich. Sag mir also lieber die Wahrheit, junger Mann, denn wenn du nicht mehr dort bist, verkaufe ich meine Aktien.«

»Das ist unnötig.« Ich erklärte es ihr, und nach einer Weile verstand sie es.

»Gut«, sagte sie, »ich bin froh, daß du es getan hast. Du hattest zuviel Arbeit.«

»Eigentlich nicht.«

»Du bist zu mager.«

Das hatte ich schon mal gehört. »Ich habe eben vier Pfund abgenommen, während ich auf dich wartete.«

Sie nippte an ihrem Martini. »Du solltest wieder heiraten«, sagte sie. »Worauf wartest du denn? Du wirst nicht jünger, weißt du.«

»Ich warte auf die richtige Frau«, sagte ich. »So eine wie du.«

»Dummes Zeug«, sagte sie verächtlich.

»Aber Tante Prue, wo hast du denn so reden gelernt?«

»Wir sind ja dort draußen auf dem Kap nicht aus der Welt. Und Fernsehen haben wir auch.«

»Okay.« Ich ließ mir die Speisekarte bringen. »Bestellen wir unser Essen.«

Der Kellner kam an den Tisch und legte einen gefalteten Zettel neben mich. »Von der jungen Dame«, flüsterte er und deutete auf sie.

Ich warf einen Blick auf den Zettel. »Zum Essen heute abend? Wenn du nicht allzu böse bist. M.«

Ich kritzelte die Antwort auf den Zettel und gab ihn dem Kellner. Er ging zu ihrem Tisch zurück.

»Wäre es nicht einfacher, du würdest sie bitten, sich zu uns zu setzen?« fragte Tante Prue.

»Wenn ich das gewollt hätte, hätte sie schon am Tisch gesessen, als du kamst.«

»Ich muß mir noch einen Martini bestellen«, sagte Tante Prue gereizt. »Jedenfalls brauchst du mich nicht so anzufahren.«

»Na schön, ich werde sie herbitten.« Ich wollte aufstehen, da sah ich, daß sie bereits fortgegangen war.

»Siehst du, was du angestellt hast!« sagte Tante Prue. Plötzlich stand sie auf ihrer Seite. »Wahrscheinlich hast du dem armen Kind das Mittagessen verdorben und sie verjagt.«

Ich starrte sie an.

»Stephen«, sagte sie, »du hast dich nicht verändert; du bist noch genauso unhöflich wie als Kind.«

Ich lehnte mich mit einem Seufzer zurück und bestellte noch einen Whisky. »Diesmal einen doppelten«, sagte ich; es gab kein anderes Mittel.

»Ist sie in dich verliebt?« fragte Tante Prue.

»Wer?«

»Das Mädchen, das du vertrieben hast.«

»Du meinst auch immer, jedes Mädchen, mit dem ich rede, ist in mich verliebt«, sagte ich. »Außerdem hab ich sie nicht vertrieben.«

»Ich kenne deinen Ruf, Stephen. Auch wir lesen dort draußen die Zeitungen.«

Ich ärgerte mich. »Ich weiß; ihr habt auch elektrischen Strom, Gas und Telefon.«

Tante Prue sah mich an. »Du hast das Mädchen gern!« Ihre Stimme verriet, daß sie eben eine Entdeckung gemacht hatte.

»Das hab ich nicht gesagt.«

»Brauchst du auch gar nicht«, stellte sie fest, »das merke ich schon.«

Ich versteckte mich hinter meinem Whiskyglas.

»Stephen!«

»Ja, Tante Prue.«

»Wenn du sie gern hast, wirklich gern hast, dann verschließ dich nicht dagegen.« Sie sprach sehr sanft. »Hab keine Angst!«

Als Jack endlich mein Büro verließ, war es fast elf Uhr. Er hatte den Nachmittag gut angewendet. Er kam mit einem Vorschlag für die Rock-Show, der mir vielversprechend erschien.

»Ich habe den ganzen Nachmittag mit Angel telefoniert« erzählte er. »Der Junge kennt sich in Sachen Musik gut aus. Ich hab ihm gesagt, er soll mit der Koordination an der Westküste anfangen, dort gibt es die besten amerikanischen Gruppen – in Los Angeles und San Francisco. Nächste Woche schicke ich ihn nach Nashville, er soll sich auch dort umsehen.«

»Okay«, sagte ich.

»Das wär's also.« Er begann seine Papiere zusammenzusuchen. »Ich werde wohl einen Verbindungsmann einschalten, der mit den Schallplattenfirmen und den Musikverlegern in Kontakt bleibt, damit wir ständig auf dem laufenden gehalten werden.«

»Du wirst auch einen erfahrenen Produzenten brauchen, einen, der richtig *hip* ist.«

Er nickte. »Daran dachte ich schon, aber den richtigen Mann habe ich noch nicht gefunden.«

»Vielleicht weiß ich einen für dich: Bob Andrews.«

»Der ist doch kein Produzent«, sagte Jack erstaunt, »er ist Diskjockey.«

»Der Diskjockey Nummer Eins im Land«, erwiderte ich, »die Jugend liebt ihn. Er war der erste, der Elvis Presley spielte, der erste, der die Beatles spielte. Und er hat noch einen besonderen Vorteil: Er steht bei uns unter Exklusivvertrag.«

Noch etwas: Ihm verdankten wir die Rundfunkstation

Nummer Eins in New York. Bevor er bei uns arbeitete, hatten wir die allerlausigste.

»Gut«, sagte Jack, »ist mir recht.«

»Er wird dich morgen früh anrufen.«

»Und wenn es ihn nicht interessiert, was dann? Er ist an seinem jetzigen Platz Nummer Eins, vielleicht will er keinen Wechsel.«

»Es wird ihn interessieren«, sagte ich. »Seit zwei Jahren erzählt er mir, daß er ins Schallplattengeschäft einsteigen oder eine Schallplattenfirma kaufen möchte. Wenn wir nun Musik in der Hauptsendezeit bringen, wird die ganze Sache vielleicht Hand und Fuß bekommen.«

»Wir hätten es schon seit Jahren tun sollen«, sagte Jack. »Weißt du, wieviel RCA an Elvis, wieviel Capitol an den Beatles verdient?«

»Ja.«

Er schob die Dokumente in seine Aktenmappe und erhob sich. »Das wär's also für heute. Ich bin hundemüde. Ich fahre ins Hotel und leg mich schlafen.«

Kaum war er fort, klingelte das Telefon. Ich ließ es ein paarmal läuten, dann erinnerte ich mich, daß Fogarty schon weg war, und hob ab.

Eine Lärmwelle, Stimmen und Musik schlugen an mein Ohr.

»Steve?« Ihre Stimme klang leise und ruhig.

»Ja, Darlingmädchen?« fragte ich.

»Ich bin blau.«

»Und was gibt es sonst Neues?«

»Nein, wirklich, ich bin sternhagelvoll«, sagte sie. »Bin den ganzen Abend lang rumgewandert.«

Ich gab keine Antwort, eine Weile herrschte Schweigen; durch den lärmenden Hintergrund hörte ich ihren Atem. »Steve«, sagte sie, »bist du noch da?«

»Ja.«

»Steve, warum hast du mich nicht zum Essen abgeholt?«

»Ich mußte arbeiten.«

»Ich hatte auf dich gewartet«, sagte sie.

»Es scheint dir ja auch so gutzugehen.«

»Ich hatte Sehnsucht nach dir«, sagte sie, »ich war einsam, saß allein zu Hause, rauchte Haschisch und weinte. Ich mußte ausgehen.«

»Es klingt ja da wie eine Bombenparty«, sagte ich.

»Willst du mich hier abholen, Steve? Ich möchte mit dir zusammen sein.«

Ich zögerte.

»Bitte!«

»Okay«, sagte ich und griff nach einem Bleistift. »Gib mir die Adresse.«

Es war ein altes Mietshaus ohne Fahrstuhl. Ich hörte den Lärm schon von der Straße aus und roch den Haschisch im Flur des Erdgeschosses, bevor ich noch die Treppe hinaufstieg. Der Lärm wurde lauter und der Rauch immer dichter, bis ich zum obersten Stockwerk kam. Die letzte Treppe zwang zu einem Hindernislauf: Ich mußte über Liebespaare hinwegschreiten, die mit sich selbst beschäftigt waren und weder mich noch sonst jemanden beachteten.

»Mensch, kommst du aber spät«, sagte der langhaarige Junge an der Tür, als ich zu ihm kam, »du hast eine Menge nachzuholen. Macht fünf Dollar, bitte.«

Ich legte die Note in seine ausgestreckte Hand; er gab mir eine verkrümmte Haschzigarette. »Zünd sie an und rauch«, sagte er.

Hatte ich es schon zuvor laut gefunden, so war das noch gar nichts verglichen mit dem Getobe, das anfing, als ich eintrat. Ich stand in einer schmalen Diele und wartete einen Augenblick, bis meine Augen sich an das Halbdunkel gewöhnt hatten. Das Getöse kam aus dem nächsten Raum; als ich an der Tür war, wurde das Zimmer plötzlich dunkel, und der Lärm verstummte.

Ich spürte die unterdrückte Spannung der um mich gedrängten Menge. Ich wartete und versuchte vergeblich, im Dunkel etwas zu erkennen.

Die tiefe Baritonstimme kam aus dem Hintergrund des

Raums. »Und nun zeigt Don Rance sein neuestes Werk in lebender Kunst, Vorschau auf das neue Jahr. Ausgeführt in Hershey's Schokoladefondant, Heidelbeer- und Erdbeerjam, Orangenmarmelade, Pfefferminzkonfekt, Schlagsahne und natürlich dem fantastischen Corpus von Marianne Darling!«

Die schmetternde Musik und die Beleuchtung setzten zugleich ein. Einen Augenblick zwinkerte ich, dann sah ich sie.

Sie stand mitten im Zimmer mit dem Rücken zu mir auf einem Tisch und hielt ein Schild über ihrem Kopf. Ihren Körper bedeckte ein wildes Gemisch von Farben – Sirup und Marmeladen, die zu zerfließen begannen. Sie drehte sich langsam um.

Die Menge wurde wild, sie klatschte Beifall und stieß begeisterte Schreie aus. Alles drängte näher an den Tisch heran.

Ich hörte ihre Stimme durch den Lärm. »Was ist los mit euch, Leute? Könnt ihr nicht lesen?« Sie lachte ausgelassen und bewegte sich im Takt der Musik.

Sie sprangen mit herausgestreckten Zungen auf sie los und leckten an ihrem Körper. Die Farben verschmierten sich und verflossen ineinander. Das Tischchen geriet ins Schwanken, während sie versuchten, immer höher zu springen.

Lachend bewahrte sie ihr Gleichgewicht und drehte sich weiter. Nun blickte sie in meine Richtung. Ich starrte sie an.

Ihre Brüste waren rot und purpurn bemalt, sie bildeten ein Paar Riesenhoden, aus deren Mitte ein aus Schokoladenfondant und Sirup bestehender Phallus in Erektion hervorstand; er reichte bis zu ihrer mit Schlagsahne bedeckten Scham. Auf dem Schild, das sie über ihrem Kopf hielt, standen nur zwei Worte:

ESST MICH!

Ihr Blick begegnete dem meinen und wurde für einen kurzen Moment klar. Aber sie steckte schon zu tief in ihrem Rausch; die Schleier kehrten wieder, und sie lächelte mir zu. »Ist es nicht wunderschön?« schrie sie.

In diesem Augenblick griff ein Mann nach oben und begrub sein Gesicht in ihrer Schamgegend, seine Zunge leckte gierig die Sahne ab. Schließlich brach der Tisch zusammen; sie stürzte mitten hinein in die kreischende Menge und verschwand in der Masse vorwärtsdrängender Körper.

Ich schloß die Augen und kämpfte gegen die in mir aufsteigende Übelkeit an. Dann drehte ich mich um und rannte hinaus. Ich lief ohne anzuhalten die Treppe hinunter, bis ich auf der Straße war. Dann lehnte ich meinen Kopf an den kalten Stein des grauen Gebäudes an der Ecke und übergab mich.

Es war Barbara, noch einmal das gleiche.

7

»Mr. Benjamin am Apparat«, sagte Fogarty.

Ich drückte auf den Knopf. »Tag, Sam.«

Seine Stimme klang vorwurfsvoll. »Warum haßt du mich, Steve?«

Ich lachte. »Weshalb glaubst du das?«

»Du hast Jack Savitt auf mich gehetzt. Du weißt doch, ich konnte nie mit ihm einen Kontakt herstellen.«

Sam war in der Welt emporgekommen; ›Kontakt herstellen‹ war ein Ausdruck, den ich bei ihm noch nie gehört hatte. »Ich hab ihn nicht auf dich gehetzt«, sagte ich, »es ist sein Job. Er ist jetzt Präsident der Sendergruppe.«

»Was macht unter Freunden ein Titel aus?« fragte Sam. »Wir beide verhandelten doch immer direkt, von Angesicht zu Angesicht, warum nicht auch jetzt?«

»Das ist nicht mehr meine Aufgabe, Sam. Du willst doch nicht, daß ich etwas über seinen Kopf hinweg mache, nicht wahr?«

»Doch«, antwortete Sam kurz.

»Das werde ich nicht tun, Sam, so arbeite ich nicht.«

Er schwieg einen Augenblick. »Okay«, sagte er. »Bedeutet das, daß du heute nicht zum Abendessen kommst, wenn ich dich einlade?«

»Lad mich ein.«

»Wie wär's? Es wird so sein wie in alten Zeiten. Junior ist zu den Feiertagen von der Schule heimgekommen, und auch Myriam beehrt uns mit ihrer Gegenwart. Wenn du willst, lasse ich dir sogar von Denise Brustflanken machen.«

»Nicht nötig. Gib mir nur die Adresse.«

»Fünfte Avenue 700, acht Uhr.«

Sam war tatsächlich in der Welt emporgekommen. Zwischen der Fünften Avenue und der Bronx lag ein weiter Weg. Hoffentlich war, was ich über seine finanziellen Schwierigkeiten gehört hatte, übertrieben; es wäre herzzerreißend, wenn er diesen ganzen Weg wieder zurückgehen müßte.

Die Sprechanlage klickte. »Mr. Savitt und Mr. Andrews sind hier; sie möchten Sie sprechen.«

»Ich lasse bitten.«

Sie öffnete die Tür, und die beiden traten ein. Ich wies auf die Armstühle vor dem Schreibtisch, und gleich darauf kam Fogarty mit dem Kaffee. Als wir mit unserer Begrüßung fertig waren, standen die vollen Tassen schon vor uns. Sie schloß die Tür hinter sich.

»Wie ich sehe, haben Sie und Jack sich zusammengefunden. Was halten Sie von der Idee?«

»Ich bin begeistert«, sagte Bob mit seiner schallenden Ansagerstimme. »Ich warte schon lange auf so etwas.«

»Das freut mich«, sagte ich. »Hat Ihnen Jack auch von unseren Plänen, in das Musik- und Schallplattengeschäft einzusteigen, erzählt?«

Andrews nickte. »Er hat es erwähnt, sagte aber, Sie würden es mir näher erklären.«

»Ganz einfach«, sagte ich, »wir eröffnen eine neue Abteilung, und ich meine, Sie sind der richtige Mann, um sie zu leiten. Sie kennen das Geschäft und genießen darin allgemeines Ansehen.«

»Ich kann es noch gar nicht glauben. Soviel Glück auf einmal!«

»Vor einigen Monaten trat Joe Regan an mich heran, ob ich seine Firma übernehmen wollte. Was halten Sie von Symbolic Records?«

Er überlegte. »Keine schlechte Firma. Musikalisch sind sie überall auf Draht und modern, sie besitzen eine gute Sammlung von Standardnummern, die sie kauften, als sie die Gesellschaft Eagle Record and Music übernahmen. Sie sichern sich einen angemessenen Anteil an den neuen Schlagern, und der Vertrieb ist nicht übel.«

»Und wie klingt die Rückseite?«

Er grinste über meine Verwendung seiner Fachsprache. »Eine elende Verwaltung und Leitung. Für ihre Finanzierung haben sie sich mit den Geldern von der Mafia eingelassen, und man erzählt sich, daß sie in der Klemme sitzen.«

»Haben Sie eine Ahnung, wie hoch die Schulden sind?«

»Angeblich zwischen zwei und drei Millionen Dollar«, antwortete er. »Und bei dreißig Prozent Zinsen bleibt ihnen wenig Spielraum.«

»Sind sie einen Versuch wert?«

Er nickte. »Sie sind wert, daß man sich genauer über sie informiert. Die Marke hat in der Branche einen guten Namen.«

Seine vorsichtige Einstellung gefiel mir. Merkwürdig, daß man einen Menschen so lange kennen konnte, ohne etwas Genaueres über ihn zu wissen. Ich hätte ihm nie im Leben geschäftliche Klugheit zugetraut. Dabei hätte ich eigentlich Bescheid wissen sollen, denn er hatte seinen Vertrag mit uns selbst aufgesetzt, und zwar verdammt raffiniert: der beste Diskjockeyvertrag in der Welt.

Ich drückte auf Fogartys Klingel. »Verbinden Sie mich mit Joe Regan von Symbolic Records in Los Angeles.« Ich wandte mich wieder zu meinen Gästen. »Nun zurück zur Show; wie sehen eure Pläne aus?«

»Ich hab mir gedacht, Bob könnte nach dem Neujahrstag

an die Westküste fahren und dort die Dinge in Gang bringen«, erwiderte Jack.

»Ich habe ein paar Verpflichtungen während der Feiertage, denen ich mich nicht entziehen kann«, erklärte Andrews. »Ich mache im alten Brooklyn-Fox-Theater eine Neujahrs-Rock-Show.«

»Damit bin ich völlig einverstanden«, sagte ich.

Die Sprechanlage klickte. »Mr. Regan am Apparat.«

»Ich nahm den Hörer. »Wie geht's, Joe?«

Seine Stimme hatte einen Nachhall, ich hatte den Eindruck, daß er mich an den Lautsprecher angeschlossen hatte, so daß andere Leute im Büro mich hören konnten. »Könnte nicht besser sein, Steve. Und Ihnen?«

»Danke, gut«, sagte ich. »Ich wollte nur mal hören, ob es in der Sache, von der wir vor einigen Monaten sprachen, etwas Neues gibt.«

»Es hat sich nicht viel ereignet«, sagte er. »Wir hatten ein paar Angebote, aber das war nicht die Art Verbindung, die uns vorschwebte. Im Augenblick sieht es bei uns recht gut aus. Wir haben zwei Platten auf den Bestsellerlisten.«

»Haben Sie noch Interesse, weiter zu verhandeln?«

»Wäre möglich«, sagte er vorsichtig, dann schmiß er das Ganze mit seiner nächsten Frage. »Wann wollen wir uns zusammensetzen?«

»Ich bin morgen wieder in Kalifornien. Wollen Sie zum Mittagessen zu uns ins Atelier kommen?«

»Paßt Ihnen halb eins?«

»Ausgezeichnet«, sagte ich und hängte ein. »Sie haben das Gespräch gehört. Ich treffe ihn morgen.« Ich erhob mich. »Ich werde Sie auf dem laufenden halten.«

Sie verließen das Büro, und Fogarty meldete sich. »Miß Darling hat während Ihrer Besprechung zweimal angerufen. Soll ich sie mit Ihnen verbinden?«

»Nein.« Ich schaltete ab, dann knipste ich den Knopf nochmals.

»Bitte, Mr. Gaunt?«

»Sollte Miß Darling nochmals anrufen, sagen Sie ihr, ich hätte kein Interesse daran, mit ihr zu sprechen.«

Fogarty schwieg einen Augenblick. »Einfach so?«

»Ganz einfach so«, sagte ich und schaltete ab.

Denise öffnete mir selbst. »Stephen!« begrüßte sie mich lächelnd. »Wir haben uns lange nicht gesehen!«

Ich gab ihr die Rosen und küßte sie auf die Wange. »Zu lange«, sagte ich. »Aber du siehst jünger aus denn je.«

»Danke. Jetzt weiß ich, warum ich dich so gern treffe. Du bist gut für mein Ego.«

Ich folgte ihr ins Wohnzimmer. Durch die Fenster sah man den schneebedeckten Park, und von tief unten drang der Verkehrslärm leise an unser Ohr.

»Was möchtest du trinken? Sam ist unter der Dusche, er wird gleich herauskommen.«

Ein Dienstmädchen servierte mir den Drink. Ich kostete, er war gut. »Das ist ein bezauberndes Zimmer.«

»Ich freue mich, daß es dir gefällt«, sagte sie befriedigt und übergab dem Mädchen die Blumen. »In Kalifornien kann man sich nicht so einrichten wie hier.«

Ich nickte; in Kalifornien war das Leben viel weniger konventionell. »Bist du froh, wieder hier zu sein?«

»Ja«, sagte sie, »und Sam auch. Ihm hat es in Kalifornien nie richtig gefallen. Er ist durch und durch New Yorker.«

Junior kam herein. Er war fast so groß wie ich, schlank und ein bißchen ungelenk, mit langem, glattem Haar. Er kam mit ausgestreckter Hand auf mich zu. »Tag, Onkel Steve.«

Wir schüttelten uns die Hände. »Junior«, sagte ich lächelnd, »entweder werde ich kleiner, oder du wirst größer. Es muß mindestens drei Jahre her sein, seit ich dich zuletzt gesehen habe.«

»Ja, bei meiner Bar-Mizwa«, antwortete er lachend.

Ich nickte. »Es war eine lustige Angelegenheit.«

Er lachte wieder. »Kann man wohl sagen. Vater war in seinem Element.«

Sam trat ein. »Wie gefällt es dir?« fragte er, auf die Wohnung weisend.

»Prächtig!« sagte ich.

Er wandte sich an Denise. »Wo ist Myriam?«

»Sie wird gleich hier sein.«

»Es ist acht Uhr vorbei«, sagte Sam zu mir. »Dieses Mädchen, meine Tochter, hat kein Zeitgefühl. Immer kommt sie zu spät.«

»Macht ja nichts«, sagte ich, »ich habe Zeit, ich gehe nicht vor elf von hier fort. Zum Mitternachtsflugzeug.«

»Zurück an die Westküste?« fragte Sam.

Ich nickte.

Es klingelte. »Das muß Myriam sein«, sagte er, »ich mache ihr auf.«

Ich redete mit Denise. Aus dem Nebenzimmer hörten wir seine Stimme. »Wie ziehst du dich denn an?« schrie er. »Wenn dein Kleid noch um eine Spur kürzer wäre, müßtest du dich rasieren!«

Ihre Antwort war nicht zu vernehmen.

Junior grinste. »Pop hat schon wieder was zu nörgeln.«

Als sie auf der Schwelle erschien, drehte ich mich um. Sam kam ins Zimmer, sie aber stand dort und starrte mich an. Ich erwiderte ihren Blick.

Sam blieb stehen und drehte sich um. »Du erinnerst dich wohl an Onkel Steve, Myriam, nicht wahr?«

Sie zögerte einen Augenblick, dann kam sie mit ausgestreckter Hand auf mich zu. »Natürlich«, sagte sie.

Ich faßte ihre Hand. Ihr Gesicht war blaß unter der Schminke. Ein merkwürdig verängstigter Ausdruck lag in ihren Augen. »Guten Tag, Myriam«, sagte ich.

Ich sah über ihre Schulter, daß Junior uns belustigt beobachtete; plötzlich wurde mir klar, daß er der einzige im Zimmer war, der im voraus gewußt hatte, was geschehen würde.

»Aber ich glaube, ich bin schon ein bißchen zu erwachsen, um dich noch Onkel zu nennen«, sagte Darlingmädchen.

8

Das Mädchen kam mit einer Vase zurück, in die sie die Rosen gesteckt hatte. Fragend sah sie Denise an.

»Stell sie auf das Klavier, Mamie«, sagte Denise.

Mamie ging quer durchs Zimmer, stellte die Blumen hin und meldete: »Es ist serviert.«

Ich saß neben Darlingmädchen. Sie führte ihr Spielchen mit mir auf.

»Bleibst du eine Zeitlang in New York?« fragte sie.

»Ich fliege noch heute abend an die Westküste«, sagte ich. Mir gegenüber grinste Junior, und ich sah den Blick, den er seiner Schwester zuwarf.

»Myriam dachte auch daran, an die Küste zu fahren«, sagte er. »Sie behauptet, dort gibt es mehr Arbeitsmöglichkeiten.«

»Nur über meine Leiche!« sagte Sam. »Ich hab schon genug Mühe, hier auf sie aufzupassen.«

Mamie servierte uns die Suppe. Ich nahm einen Löffel – und hätte die Suppe fast über meinen Schoß geschüttet: Darlingmädchen hatte unter dem Tischtuch ihre Hand auf meinen Schwanz gelegt.

»Was meinst du, Onkel Steve?« fragte sie mit vorgetäuschter Sanftheit. »Glaubst du nicht, daß es dort drüben mehr Arbeit gibt?«

»Das würde ich nicht behaupten«, antwortete ich. »Mir scheint, wenn man Talent hat, ist ein Ort so gut wie der andere.«

»Du gehst erst hinüber, wenn du einen festen Job hast«, sagte Sam.

Sie sah mir fragend in die Augen und fragte neckend: »Warum gibst du mir keinen Job, Onkel Steve?«

»Nun reicht es aber«, sagte Denise entschieden. »Steve ist zum Abendessen zu uns gekommen und nicht um hier belästigt zu werden.«

»Das macht mir nichts, Denise, ich bin es gewöhnt. Dafür hab ich eine Routineantwort.«

»Und die lautet?« fragte Darlingmädchen.

»Schicken Sie Ihr Foto ein; ich werde dafür sorgen, daß es in die Besetzungsabteilung kommt.«

»Und was geschieht dann?«

»Die dort legen es in den ›Ablegen-und-Vergessen‹-Ordner.« Sie kniff mich so heftig, daß ich beinahe von meinem Stuhl hochfuhr.

»Entschuldige meine Frage«, sagte sie kühl.

Ich sah auf die Uhr. »Zeit, daß ich gehe. Vielen Dank für den schönen Abend, Denise.«

»Wir haben uns gefreut, dich hier zu haben.«

»Könntest du mich mitnehmen?« fragte Darlingmädchen. »Ich fahre zur Ecke Neunzehnte und York; es liegt auf deinem Weg.«

»Okay.«

»Ich begleite dich zum Wagen«, sagte Sam. Er ging hinaus, um unsere Mäntel zu holen.

»Wiedersehen, Onkel Steve«, sagte Junior lächelnd; wir schüttelten uns die Hand. Mit einem raschen Blick vergewisserte er sich, daß ihn niemand hören konnte. »Myriam ist schon seit ihrer Kindheit in dich verliebt«, flüsterte er. »Deshalb war sie bei deinem Anblick so erschrocken.«

Ich sah ihn erleichtert an. Es gab also doch wenigstens etwas, das er nicht wußte. »Wiedersehen, Junior.«

Wir stiegen in den Fahrstuhl. »Was werden wir nun mit diesen Filmen unternehmen?« fragte mich Sam.

Darlingmädchen betrachtete uns mit besonderer Aufmerksamkeit. Ich schwieg.

Die Fahrstuhltür öffnete sich. »Geh voraus zum Wagen«, sagte Sam zu ihr. »Ich möchte noch einen Augenblick mit Steve sprechen.«

Sie gab ihm einen Kuß auf die Wange und lief hinaus. Ich sah, wie der Chauffeur ihr die Tür öffnete. Nachdem sie wieder geschlossen war, wandte sich Sam mir zu.

»Das Mädchen ist ein Problem; sie läuft mit sämtlichen

Strolchen von New York herum. Ich wage nicht, es ihrer Mutter zu sagen.«

»Sie ist noch sehr jung.«

»Ich hoffe, sie lernt einen netten Jungen kennen und kommt zur Ruhe«, sagte er.

»Wird schon werden. Laß ihr Zeit.«

Plötzlich schienen die Worte nur noch zögernd über seine Lippen zu kommen. »Wir waren immer Freunde. Ich will es kurz und klar sagen: Wenn wir nicht zu einem Abschluß gelangen, und zwar schnell, bin ich erledigt.«

Ich sah, wie Darlingmädchen durch das Wagenfenster zu uns hersah. »Wieviel brauchst du?« fragte ich ihn.

»Vier Millionen Dollar.«

»Wie steht es mit Dave Diamond?«

»Zu dem kann ich nicht gehen. Ich schulde ihm jetzt zehn Millionen Dollar, und er macht Krach.« Er holte tief Atem. »Ich hatte eine Pechsträhne, aber ich habe zwei Filme, die fast fertig sind, von denen ich glaube, sie werden einschlagen.«

Das war Filmgerede. Keiner machte jemals einen Streifen, der kein großer Schlager sein würde. Ich schaute zum Wagen; Darlingmädchen beobachtete uns.

»Was besitzt du, das nicht verpfändet ist?«

»Nichts.« Er dachte einen Augenblick nach. »Nur die Aktien meiner Gesellschaft.«

»Was kannst du dafür bekommen?«

»Im Augenblick?« Er wartete nicht auf meine Antwort. »Keinen Pfennig. Wenn ich aber Luft hätte, mit den vier Millionen zu operieren, wäre das in einem Jahr fünfundzwanzig Millionen wert.«

»Okay«, sagte ich. »Ich nehme fünfundzwanzig Prozent für vier Millionen Dollar und gebe dir eine Option, sie innerhalb eines Jahres zum gleichen Preis oder zum Buchwert zurückzukaufen, je nachdem, welches von beiden mehr ausmacht.«

»Du meinst, Sinclair wird fünfundzwanzig Prozent meiner Firma kaufen?«

»Nein, nicht Sinclair. Ich werde es tun.«

Er nahm meine Hand und drückte sie fest. Seit ich ihn kannte, war er zum erstenmal sprachlos.

»Sag deinem Rechtsanwalt, er soll mich morgen im Atelier anrufen«, sagte ich und ging zum Wagen.

Damit war ein verdammt hoher Preis dafür bezahlt, daß ich seine Tochter fickte.

Als ich einstieg, drückte sie sich in die andere Ecke. »Neunzigste und York«, sagte ich zum Fahrer. »Dann American Airlines, Kennedy-Flughafen.«

»Nein«, sagte sie. »Das war nur eine Ausrede, um dort rauszukommen. Ich fahre mit dir zum Flughafen.«

»Warum?«

»Ich will mit dir reden.«

Ich schwieg.

»Du könntest mich wenigstens anhören«, sagte sie.

»Lassen Sie die York Avenue«, sagte ich zum Fahrer. »Wir fahren direkt zum Flughafen.«

Sie drückte auf den Knopf neben sich, und die gläserne Trennungswand zwischen dem Chauffeur und uns glitt nach oben. Ich zündete mir eine Zigarette an. Sie blickte mich an, ich reichte ihr das Paket.

Sie sog an ihrer Zigarette und lehnte sich zurück; ihr Blick lag auf dem Hinterkopf des Fahrers, nicht auf mir. »Ich liebe dich«, sagte sie.

Der Wagen fuhr zwei Blocks weiter.

»Das glaubst du wohl nicht, wie?« Noch immer sah sie mich nicht an.

Ich antwortete nicht.

»Ich bin kein Kind«, sagte sie. »Ich bin nicht verrückt. Ich hab mich in dich verliebt, als ich noch ein kleines Mädchen war. Und es blieb dabei.«

»Warum hast du mir nicht gesagt, wer du bist, als du damals zu mir kamst?«

»Zuerst war es ein Riesenspaß«, sagte sie. »Dann hatte ich Angst. Ich fürchtete, du würdest böse sein und mich nicht mehr sehen wollen.«

Plötzlich wurde ich müde. Ich lehnte den Kopf zurück und schloß die Augen. »Es spielt jetzt keine Rolle mehr«, sagte ich matt. »Es ist vorbei.«

Ich hörte, wie sie sich auf dem Sitz bewegte, und schlug die Augen auf. »Wegen gestern abend?« fragte sie.

»Nein.«

»Sondern?«

»Weil ich zu alt bin, um bei jungen Mädchen, deren Gefühlswert nicht stimmt, Kindergärtner zu spielen.«

»Und du findest, daß ich zu denen gehöre?«

»Was glaubst du selbst?«

Ihre Augen füllten sich mit Tränen, aber sie wandte ihren Blick nicht von mir ab. »Daß ich wie jede andere bin«, sagte sie. »Ein bißchen verwirrt, ein bißchen verängstigt; ich versuche alles noch zu erwischen, bevor die Bombe uns erwischt. Warum glaubst du, daß ich so anders bin als die vielen Mädchen, mit denen du dich vergnügt hast?«

»Vielleicht ist es eben das«, sagte ich barsch. »Du bist nicht anders.«

»Oh!« sie stöhnte, als hätte ich sie körperlich getroffen. Sie schloß die Augen. Wir sprachen nicht mehr, bis der Wagen von der Van-Wyck-Schnellstraße zum Flughafen einbog. Er fuhr zur Rampe.

»Steve«, sagte sie.

Ich sah sie an.

»Nimm mich mit«, bat sie.

»Nein.«

Mein kalter Ton schien sie abzuschrecken. Ihre Stimme klang sehr leise und gepreßt. »Stoß mich nicht zurück, Steve. Ich hab sonst niemanden, zu dem ich gehen könnte.«

Der Wagen hielt an, und ich stieg aus; ich beugte mich nochmals zurück in den Wagen. »Myriam«, sagte ich, »willst du etwas Gutes für dich tun?«

Sie blickte mich mit ihren großen dunklen Augen an.

»Tu, was dein Vater will. Such dir einen netten Jungen und führe mit ihm ein ruhiges Leben.« Ich wollte die Tür schließen, sie legte ihre Hand darauf und hielt sie offen. »Steve, bitte!«

»Hör auf damit, Myriam, du bist jetzt erwachsen«, sagte ich müde. »Siehst du denn nicht, daß es nichts mehr nützt?«

Ich schlug die Tür zu und ging ins Gebäude, ohne mich umzudrehen.

9

Am Morgen ging ich als erstes zu Dave Diamonds Büro im zweiten Stockwerk der Zentrale der California Consolidated Banks auf dem Wilshire Boulevard. Er kam hinter seinem Direktorenschreibtisch aus Nußholz hervor, der ihn halb so groß aussehen ließ, als er tatsächlich war, und streckte mir die Hand entgegen. »Was für eine Überraschung«, sagte er.

Ich drückte ihm die Hand. In der Zimmerecke stand ein kleiner Fernsehapparat, auf dem die neuesten Börsenziffern abzulesen waren. Das war eine der Dienstleistungen unserer UHF-Station. Erstaunlich, wie groß die Seherbeteiligung war; für Geld interessierte sich jeder.

»Was kann ich für dich tun?« fragte er, während seine Sekretärin eine Tasse schwarzen Kaffee vor mich hinstellte.

»Zwei Dinge«, sagte ich. »Erstens möchte ich, daß du mir eine vollständige Information über Joe Regan und Symbolic Records zusammenstellst.«

»Die bekommst du in zehn Minuten«, sagte er. »Wir führen laufende Berichte über alle Firmen, mit denen wir in Geschäftsverbindung stehen.« Er sprach ein paar Worte ins Telefon und wandte sich wieder an mich. »Was ist das zweite?«

»Ich möchte vier Millionen Dollar ausleihen.«

»Du persönlich?«

»Persönlich.«

»Geld ist sehr knapp«, sagte er.

»Ich weiß, deshalb komme ich ja zu dir.«

Er lachte. »Ihr Jungs glaubt wohl, ich drucke es.«

»Tust du das nicht?«

Er lachte wieder, dann wurde er ernst. »Was bietest du als Sicherheit?«

»Sinclair-Aktien«, sagte ich.

»Eine gute Bürgschaft, aber besitzt du genügend Aktien, um den Kredit zu decken? Wir dürfen nicht mehr als fünfundsiebzig Prozent vom Marktwert leihen.«

»Ich besitze genug.«

»In Ordnung«, sagte er. »Wann willst du das Geld?«

»Sobald ich es bekommen kann.«

»Ich werde es in die Wege leiten.« Er griff wieder nach dem Telefon und sprach mit seiner Kreditabteilung. »Siehst du, wie leicht das ist? Geh einfach zu deinem Freund und Bankier!«

Ich lächelte.

»Wenn es kein Geheimnis ist«, fragte er taktvoll, »wofür brauchst du das Geld?«

»Ich kaufe fünfundzwanzig Prozent von Samarkand.«

Er starrte mich ungläubig an. »Sam Benjamins Gesellschaft?«

Ich nickte.

»Das kann ich nicht glauben, dazu bist du doch zu gescheit. Weißt du, wieviel Geld er uns schuldet und nicht zurückzahlen kann?«

Darauf hatte ich nichts zu erwidern.

»Acht Millionen Dollar!« sagte er heftig. »Und ich war der größte Esel der Welt, es ihm zu geben!«

Ich lächelte. Sogar sein Unglück mußte Sam übertreiben! »Nun, jetzt wird dir wohl leichter ums Herz sein: Du hast Gesellschaft.«

»Vielleicht kommt es dir verrückt vor«, sagte er, »ich scheine gegen mein eigenes Interesse zu sprechen. Dein Darlehen ist für uns ein gutes Geschäft, wir verlangen die höchsten Zinsen in der Stadt. Außerdem werden wir sofort eine Million Dollar abschöpfen, ehe er sie auch nur zu Gesicht bekommt, denn soviel ist im Augenblick fällig. Du siehst also, uns kann das nicht weh tun. Und dennoch sage ich dir nur eines –« Er schaltete eine Atempause ein. »Tu es nicht!«

Seine Sekretärin kam herein und legte einige Papiere auf seinen Schreibtisch. »Der Bericht über Symbolic Records, den Sie verlangt haben, Mr. Diamond.«

Er nickte, und sie ging hinaus. »Also, wenn du zum Beispiel diese Firma kaufen wolltest, da würde ich sagen, das ist klug. Sie macht gute Geschäfte, und wenn die Leute einmal die Geldverleiher los sind und die richtige Geschäftsleitung eingesetzt haben, ist das eine aussichtsreiche Sache. Aber bei dem anderen ist es, als ob du das Geld in den Kanal werfen wolltest.«

»Ich schätze deine Aufrichtigkeit, Dave«, sagte ich, »aber ich habe mich verpflichtet.«

»Nichts ist endgültig, solange das Geld nicht ausgezahlt ist«, sagte er. Als er aber sah, daß ich nicht antworten wollte, fügte er hinzu: »Okay. Aber du kannst mir als einem Freund wenigstens sagen, warum du das tust.«

»Wir wollen es vielleicht so formulieren: Jeder muß seine Schulden bezahlen. Ich bezahle die meinen.«

Als ich alles in der Bank geordnet hatte und man mir die Kapitalanteilscheine aus dem Tresor heraufbrachte, war es fast zwölf Uhr.

»Hier ist also alles erledigt«, sagte Dave. »Sobald du mir den Auftrag erteilst, werde ich die Summe Sams Konto gutschreiben.«

»Ich rufe dich aus dem Atelier an.«

In meinem Büro erwartete mich Joe Regan. »Geben Sie mir zehn Minuten«, sagte ich, »dann können wir gleich zusammen zur Kantine hinübergehen.«

»Lassen Sie sich Zeit, Steve«, sagte er.

Ich meldete ein Gespräch mit meinem Rechtsanwalt in New York und ein zweites mit Sam an. Das Gespräch mit dem Anwalt kam als erstes.

»Es ist eine einfache Transaktion, Paul.« Ich erklärte es ihm kurz.

»Ich verstehe«, sagte er.

»Ich werde mit Sam absprechen, daß er mit seinem Rechtsanwalt zu Ihnen ins Büro kommt«, sagte ich. »Sobald ich von Ihnen erfahre, daß sie die Aktien abgeliefert und die Rückkaufoption unterzeichnet haben, lasse ich das Geld seinem Konto gutschreiben.«

»Es wäre besser, wenn das Geld zur Zeit des Abschlusses bezahlt werden könnte«, sagte Paul.

»In Ordnung. Benachrichtigen Sie mich, wenn es soweit ist, dann lasse ich Dave Diamond in der Bank zu einem Konferenzgespräch einschalten.«

»Ja, so ist es besser«, sagte Paul. »Ich melde mich wieder.«

Kaum war ich mit ihm fertig, kam Sam an den Apparat. »Das Geld liegt für dich bereit«, sagte ich. »Dein Rechtsanwalt soll mit Paul Gitlin in Verbindung treten; der wird den Abschluß für mich tätigen.«

»Warum Paul Gitlin?« schnaubte er. »Ich hatte schon früher geschäftlich mit ihm zu tun. Er ist ein Scheusal.«

»Für vier Millionen Dollar bringst du vielleicht etwas Sympathie für ihn auf«, sagte ich.

»Kann ich das Geld noch heute haben?« fragte er.

»Er sagt, du brauchst nur die Aktien abzuliefern, den Vertrag zu unterschreiben, dann bekommst du das Geld.«

»Jetzt ist er mir schon sympathischer«, sagte Sam.

Ich legte den Hörer auf und ließ Joe Regan hereinrufen. »Wie wäre es mit einem Drink vor dem Essen?« fragte ich. »In der Kantine wird kein Alkohol serviert.«

»Bourbon mit Wasser«, sagte Joe sofort.

Ich gab meiner Sekretärin einen Wink, und sie mixte uns die Drinks; nachdem sie sie gebracht hatte, ging sie aus dem Zimmer.

»Prosit«, sagte ich.

Er nickte, und wir tranken. »Ah, das tut gut!« sagte er. »Ich bin froh, daß Sie angerufen haben. Neulich konnte ich wirklich nicht sprechen; ich hatte Leute in meinem Böro und mußte Sie über den Lautsprecher schalten.«

»Das habe ich mir gedacht.«

»Man beginnt, uns in die Enge zu treiben«, sagte er. »Die Leute wollen es so machen wie mit der Firma drüben im Osten.«

Ich ließ ihn reden.

»Ich war schon soweit, daß ich ihnen das Ganze überlassen wollte; ich kann nachts schon gar nicht mehr schlafen.« Sein Glas war leer. »Kann ich noch einen haben?«

Ich ging zur Bar, füllte sein Glas und kehrte zu meinem Schreibtisch zurück.

Er trank einen Schluck. »Ja, ich wollte es ihnen übergeben und mich zurückziehen. Können Sie sich das vorstellen? Fünfzehn Jahre meines Lebens, und nun bin ich bereit, es hinzuschmeißen.«

»Wieviel wäre nötig, um sie loszuwerden?«

»Man muß ihnen nur zahlen, was ich schuldig bin«, sagte er. »Aktien besitzen sie nicht – noch nicht. Das wäre der nächste Schritt. Sie haben angeboten, die Hälfte des Darlehens gegen fünfzig Prozent der Gesellschaft zu löschen.«

»Wieviel schulden Sie ihnen?«

»Ungefähr eine Million sieben.«

»Das ist nicht schlimm.«

»Für Sie nicht«, sagte er, »wohl aber für mich. Wieviel wir auch verdienen, ich komme anscheinend nie auf einen grünen Zweig.«

»Nur keine Aufregung«, sagte ich und stellte mein leeres Glas nieder. »Wenn wir die Sache miteinander besprechen, sollten wir doch wohl imstande sein, uns etwas auszudenken.«

Das Telefon läutete. Es war Paul, aus New York. »Eben hat mich Benjamin benachrichtigt«, sagte er. »Sie werden um fünf Uhr bei mir im Büro sein. Wenn Sie das Konferenzgespräch für fünf Uhr dreißig ansetzen, dürfte alles bereit sein. Das ist zwei Uhr dreißig bei euch.«

»Wird gemacht«, sagte ich.

»Steve«, sagte er.

»Ja?«

»Mich geht es nichts an, das weiß ich, aber haben Sie sich das überlegt?«

»Was meinen Sie damit?«

»Ich spreche als Rechtsanwalt«, sagte er. »Ich kenne Ihren Anstellungsvertrag nicht, aber es könnte da eine Klausel geben, die Ihnen etwas Derartiges verbietet.«

»Es gibt keine.«

»Auch die Frage der ethischen Grundsätze spielt eine Rolle«, sagte er. »Schließlich ist es eine Gesellschaft, mit der ihr Geschäfte tätigt. Es könnte sich die Frage eines Interessenkonflikts ergeben.«

»Dazu kann es nie kommen«, erwiderte ich. »Es ist in Wirklichkeit nichts als ein Darlehen; die Aktien nehme ich nur als eine Art Sicherheit; daher die Vereinbarung über den Rückkauf.«

»Warum lassen Sie mich, wenn dem so ist, den Vertrag nicht entsprechend aufsetzen?« fragte er. »Mag sein, daß es keine große Hilfe wäre, aber ein wenig besser wird es doch aussehen, falls sich irgend etwas ergeben sollte.«

»Der Rechtsanwalt sind Sie. Formulieren Sie, wie Sie es für richtig halten. Nur soll der Vertrag noch heute für ihn bereit sein.«

»Wird gemacht«, sagte er. »Und jetzt habe ich auch schon ein besseres Gefühl.«

»Ich auch, Paul. Danke.« Ich legte auf und wandte mich zu Joe. »Kommen Sie, gehen wir essen.«

»Ich würde ebenso gern hier sitzen bleiben und trinken«, sagte er.

»Keine schlechte Idee. Ich laß uns etwas herüberschicken.«

Als er mich verließ, war er angeheitert; es schien mir aber, als sei das nicht so sehr die Wirkung des Alkohols als sein erleichtertes Gemüt. Er würde zweieinhalb Millionen in Sinclair-Aktien für seine Gesellschaft erhalten, und wir würden die Schuld bezahlen.

Das Konferenzgespräch kam, kurz nachdem er fort war,

durch. Sobald die Formalitäten erledigt waren, sprach Sam. »Ich wollte dir nur noch danken.«

»Keine Ursache«, sagte ich. »Sorge nur dafür, daß es klappt, und du bekommst deine Aktien zurück.«

»Das werde ich tun, jetzt wird alles in Ordnung sein. Es wird ein wirklich glückliches neues Jahr werden.«

Da erst wurde mir bewußt, daß heute Silvester war.

Es war zu spät, um noch Pläne zu machen; außerdem war ich nicht recht in Stimmung für irgendwelche Partys. Ich war müde und wollte weiter nichts als ins Hotel zurückfahren, ein heißes Bad nehmen, zu Abend essen, ein wenig fernsehen und schlafen gehen. Ich machte nur einen Fehler: Ich hätte das Fernsehen nicht einschalten sollen.

Das Fernsehen am Silvesterabend weckt allerlei Sehnsucht. Ich begann zu trinken. Um neun Uhr sah ich zu, wie in New York um Mitternacht die Leuchtkugel vom *Times*-Gebäude niederging, während Guy Lombardo spielte; um zehn bekam ich Woodie Herman um Mitternacht in Chicago. Da hatte ich bereits eine Flasche Scotch fast ausgetrunken und wankte ins Bett.

Ich glaubte, ich würde sofort einschlafen, aber der Whisky arbeitete in mir; ich war zu betrunken, um einzuschlafen. Ich lag da, halb bei Bewußtsein und halb im Schlaf, während der Festlärm rund um das Hotel immer lauter wurde.

Fünf Minuten vor zwölf läutete es an der Tür. Ich wartete einige Minuten in der Hoffnung, die Besucher, wer immer sie waren, würden ihren Irrtum merken und fortgehen. Sie taten es nicht; sie klingelte weiter.

Schließlich stieg ich aus dem Bett, zog den Morgenmantel über und riß wütend die Tür auf, bereit, jeden, der dort stehen mochte, zu vernichten.

Sie war es, und ihre weit geöffneten Augen sahen mich ängstlich an. »Ich hatte schon Angst... ich fürchtete, nicht mehr rechtzeitig herzukommen«, sagte sie leise. »Viel Glück im neuen Jahr!«

Sie flog in meine ausgebreiteten Arme.

10

Ich drehte mich im Bett auf die Seite und sah sie an. Sie schlug die Augen auf. »Guten Morgen«, sagte ich.

Sie lächelte. »Ein glückliches 1965!«

Ich gab ihr einen Kuß. »Ein glückliches 1965!« Ich nahm das Telefon und verlangte den Zimmerkellner. »Was möchtest du zum Frühstück?« fragte ich sie.

Sie verzog das Gesicht. »Nur Kaffee.«

»Ich habe einen Wolfshunger«, sagte ich und bestellte ein komplettes Frühstück.

»Das alles wirst du doch nicht essen können«, sagte sie.

»Wart es nur ab«, sagte ich, wälzte mich auf sie und drückte sie mit meinem ganzen Gewicht ins Bett. Ihre Arme umschlangen meinen Nacken und zogen mein Gesicht zu ihr nieder. Ihr Mund war morgendlich süß.

»Was hättest du getan, wenn ich nicht zu dir gekommen wäre?« fragte sie.

»Nichts. Ich wäre einsam gewesen.«

Sie hielt meine Wange nahe an ihr Gesicht und flüsterte: »Meine Mieze fühlt sich so wohl, so warm und geliebt.« Sie legte ihren Kopf nach hinten und sah mir in die Augen. »Ich bin noch ganz voll von dir, so hast du gespritzt. Mensch, hast du gespritzt!«

»Red nur so weiter«, sagte ich, »und du wirst das Ganze noch einmal über dich ergehen lassen müssen.«

»Damit machst du mir keine Angst«, sagte sie lächelnd. »Ich mag es gern.«

Ich war im Begriff, sie weiter zu küssen, da klingelte die Türglocke. »Verdammt!« sagte ich.

Sie glitt aus dem Bett. »Du hast doch das Frühstück bestellt.« Sie wollte ins Badezimmer; ich rief sie zurück, und sie drehte sich auf der Schwelle um.

»Du bist schön«, sagte ich. »Weißt du das?«

»Geh und hol dir dein Frühstück«, sagte sie lachend. »Ich möchte nicht schuld daran sein, daß du verhungerst.«

Ich ging zur Tür und hatte den Orangensaft bereits getrunken, ehe noch der Rolltisch mit dem rosa Deckchen stillstand.

Ich war mit meinem Ham-and-eggs fast fertig, als sie, in ein Handtuch gehüllt und das Haar noch feucht von der Dusche, aus dem Schlafzimmer kam. Ich blickte sie an und wies mit vollem Mund auf den Stuhl.

Sie nahm Platz, goß sich Kaffee ein und sagte nichts, bis ich meinen Teller mit dem letzten Stück eines englischen Brötchens leergetunkt hatte.

»Das mit dem Wolfshunger war also kein Witz«, stellte sie fest, als ich endlich Messer und Gabel beiseite legte.

»Nein, ich war wirklich sehr hungrig.« Ich goß mir Kaffee ein. »Jetzt geht's mir besser.«

Sie griff nach ihrer Kaffeetasse.

Ich erhob mich und zog die Jalousien hoch; die Sonne flutete ins Zimmer. »Es ist wunderschön draußen, und wir haben ein langes Wochenende vor uns. Wollen wir nicht fortfahren?«

»Und wohin?« fragte sie.

»Nach Palm Springs?«

»Zu langweilig.«

»Las Vegas?«

»Zuviel Getriebe.«

»Ans Meer? Wir könnten nach La Jolla fahren und ein Boot mieten.«

»Ich werde schon seekrank, wenn ich mir nur die Wellen ansehe«, sagte sie.

»Was möchtest du denn unternehmen?« fragte ich.

»Warum müssen wir etwas unternehmen?« Sie lächelte mir zu. »Warum können wir nicht einfach daheimbleiben und vögeln?«

»Eine unübertreffliche Idee«, sagte ich. »Einverstanden. Wenn du das willst, dann geh dich anziehen!«

Ihre Stimme verriet ihr Erstaunen. »Wozu denn?«

»Wenn wir an diesem Wochenende sonst nichts tun«, sagte ich, »dann weiß ich dafür einen viel romantischeren Ort.«

Ich lenkte den Wagen in die Einfahrt, fuhr in die Garage und stieg aus. »Komm mit!«

Sie folgte mir zum Vordereingang, ich nahm einen Schlüssel aus der Tasche und öffnete. »Es geht nach unten«, erklärte ich.

Beim Schlafzimmer auf dem ersten Treppenabsatz blieben wir stehen, und ich stellte den Handkoffer nieder, in den wir kunterbunt alles fürs Wochenende Nötige geworfen hatten. Ich drückte auf den Knopf, und die Decke rollte auf.

Sie warf sich auf das Bett und blickte nach oben. Das goldene Sonnenlicht umstrahlte sie. »Ich kann's einfach nicht glauben!« rief sie.

»Das ist nur der Anfang«, sagte ich. Ich drückte auf die anderen Knöpfe, und das Bett begann sich zu bewegen; die Fernsehapparate rundum im Zimmer kamen an ihre Plätze und verschwanden wieder. Ich drehte den Schalter ab, und alles stand still.

»Genug davon«, sagte ich. »Ich will dir das ganze Haus zeigen.«

Wir stiegen die Treppe hinunter ins Wohnzimmer. Ich betätigte einen Schalter an der Wand, und die Vorhänge glitten zur Seite. Ganz Los Angeles lag zu unseren Füßen. Ich schob die gläserne Schiebetür auf, und wir traten hinaus. Das kleine, ovale Schwimmbassin glänzte im Sonnenlicht.

»Wie schön!« rief sie, schleuderte die Schuhe von den Füßen und zog ihr Kleid über den Kopf. Sie sprang ins Bassin und tauchte wassersprudelnd auf. Sie zwinkerte und wandte mir ihr Gesicht zu. »Wem gehört das alles?«

»Mir«, antwortete ich.

Sie schwamm zu mir zurück, ihr nackter Körper schimmerte noch weißer in dem blauen Wasser. Sie stützte die Arme auf den Rand des Bassins. »Wie lange hast du das schon?«

»Ungefähr fünf Jahre.«

»Wer wohnt hier?«

»Niemand«, sagte ich.

Sie schwieg eine Weile. »Ich versteh das nicht. Warum

wohnst du weiter im Hotel, wenn dir ein solches Haus gehört?«

»Ich glaube, ich bin noch nicht soweit. Außerdem habe ich im Hotel die nötige Bedienung.« Ich zog mein Hemd aus. »Eine Nacht lang habe ich es versucht.«

»Und?«

»Es war zu leer.« Ich legte meine Schuhe ab, zog Hose und Unterhose aus und lief nackt und mit erhobenen Armen zum Sprungbrett.

Sie blickte zu mir hoch. »Prima!« schrie sie lachend.

Ich sprang ins Wasser. Es war durch die Heizung und die Sonne angenehm erwärmt. Ich tauchte auf, suchte sie und konnte sie nicht sehen.

Sie war wie ein weißer Streifen unter dem Wasser, als sie mich um die Taille faßte und begann, mir einen abzukauen. Wir versanken im Bassin, dann kamen wir hoch und spien Wasser.

»He du«, rief ich lachend, »weißt du, daß man bei solchen Spielen leicht ertrinken kann?«

»Kennst du eine schönere Art zu sterben?« fragte sie.

Als die Sonne unterging, aßen wir Steaks und Pommes frites, die ich auf der Fahrt am Markt vom Sunset Boulevard mitgenommen hatte. Später schalteten wir die Stereoanlage ein und legten uns vor dem Kamin nieder.

»Wie geht es dir?« fragte ich, indem ich mich mit dem vom Feuer erwärmten Kognak ihr zuwandte.

»Fantastisch«, sagte sie und nippte an ihrem Glas. »Bin ich deiner Frau irgendwie ähnlich?«

Ich war verdutzt. »Warum fragst du das?«

»Gestern nacht, als du in mir warst, hast du einmal ihren Namen gerufen. Sie hieß doch Barbara, nicht wahr?«

»Ja«, sagte ich. »Barbara.«

»Erinnere ich dich an sie?«

Ich blickte in mein Kognakglas, es war dunkel und goldfarbig. Ich ließ die Flüssigkeit kreisen. »In gewisser Weise.«

»Wie?«

»Hauptsächlich in eurem Verhalten; es ist nichts Bestimmtes, aber die Einstellung zum Leben, die Art, wie man es anpackt. Barbara war sehr sinnlich; auch sie wollte alles spüren, alles kosten.«

»Gelang es ihr?«

»Nein«, sagte ich. »Das gelingt keinem.«

Sie schwieg. Dann trank sie noch einen Schluck. »Mir schon«, sagte sie.

Als ich später in jener Nacht auf ihr lag und wir das Gefühl hatten, in einer einzigen, gemeinsamen Haut zu stekken, sah sie mir in die Augen. »Ich möchte den Himmel sehen«, sagte sie.

»Es wird kalt sein, die Nächte sind kühl«, sagte ich.

»Das macht nichts. Du hältst mich warm.«

Ich streckte die Hand aus und drehte den Schalter. Die frische Nachtluft strömte herein, und der Mond legte einen weißen Schein über ihr Gesicht.

Sie zog meinen Kopf auf ihre Brust nieder. »Rühr dich nicht«, sagte sie, dann zog sie das Laken bis an die Schultern über uns. »Jetzt dreh den Kopf und schau nach oben!«

Es war wunderschön, der Mond und die Sterne erfüllten den mitternachtsblauen, samtigen Himmel.

»Als ob man fliegt, nicht wahr?« flüsterte sie.

»Ja«, sagte ich.

Ich spürte, wie sie sich um mich verengte. »Ich liebe dich.«

Ich stieß tief in sie hinein, bis sie stöhnte in ihrer Bemühung, mich ganz in sich aufzunehmen. »Mehr, ich will noch mehr«, sagte sie heiser. »Stoß alles in mich hinein, deinen ganzen Körper, den ganzen Menschen.«

So verbrachten wir das Wochenende. Wir verließen das Haus nur, um Lebensmittel vom Markt, Wein und Whisky vom Laden und Marihuana vom Strip zu holen.

Am Montag brachte ich den Rest meiner Sachen vom Hotel herüber, und wir zogen ein.

11

»Ich werde mir eine Wohnung suchen müssen«, sagte sie.

»Warum?«

»Das weißt du doch. Wie würde es aussehen, wenn Mutter oder Daddy mich anriefen und zur Antwort bekämen ›Bei Mr. Gaunt‹?«

»Da gibt es eine einfache Lösung«, sagte ich, »wir lassen eine zweite Leitung installieren. Dort antwortest nur du.«

»Und die Adresse?«

»Das macht nichts, niemand kennt das Haus.«

Sie schüttelte den Kopf. »Es würde nicht klappen. Wenn sie herüberkommen, werden sie vor allem meine Wohnung sehen wollen, sich vergewissern, daß ich es gemütlich habe.«

»Na schön.«

»Mach doch kein so beleidigtes Gesicht«, sagte sie lachend. »Ich ziehe nicht aus; es ist nur eine Scheinadresse.«

»Sieh zu, daß du etwas hier in der Nähe bekommst.«

»Einen Wagen brauche ich auch.«

»Dafür habe ich bereits gesorgt. Morgen wird hier ein Mustang-Kabriolett für dich geliefert werden.«

»Weiß mit rotem Leder?« fragte sie.

Ich nickte.

Sie schlang ihre Arme um mich wie ein beglücktes kleines Mädchen.

Das war Montag. Als ich Dienstagabend vom Atelier kam, wanderte sie im Wohnzimmer auf und ab. »Der Wagen ist noch nicht geliefert worden.«

»Ich werde mich morgen darum kümmern«, sagte ich leichthin. »Und jetzt ziehe ich mir eine Sporthose an, und wir gehen irgendwohin essen.«

»Ich habe keinen Hunger!« sagte sie verdrießlich und stieg über die Stufen zum Schlafzimmer. Ich hörte, wie sie die Tür zuschlug.

Ich goß mir an der Bar einen Drink ein. Dabei überlegte ich, ob ich irgend etwas getan hatte, das sie verärgerte. Mein Blick fiel auf den Aschenbecher hinter der Bar.

Es war voller Zigarettenstummel, die Hälfte Marihuana. Jetzt wurde mir die Sache langsam klar; sie hatte sich gelangweilt, da sie den ganzen Tag nichts zu tun hatte, und nun war ihre vom Haschisch gehobene Stimmung verflogen.

Ich blieb sitzen und trank mein Glas aus. Dann hörte ich ihre Schritte auf der Treppe und drehte mich um. Sie hatte eine Hose angezogen.

Sie kam zu mir und nahm eine Zigarette von der Bar; ich reichte ihr Feuer. Sie sah ein wenig blaß aus, hatte blaue Schatten unter den Augen und kleine Schweißtropfen auf der Stirn.

»Fühlst du dich nicht wohl?« fragte ich.

»Nein«, antwortete sie kurz. Sie sog an der Zigarette.

»Was ist es denn?«

»Das würdest du nicht verstehen«, sagte sie feindselig.

»Vielleicht doch. Eine Frauensache?«

Einen Augenblick glaubte ich, etwas wie Erleichterung in ihren Augen zu entdecken. »So was Ähnliches«, sagte sie.

Ich schwieg.

»Seit ich begonnen habe, die Pille zu nehmen«, erklärte sie, »gibt es Zeiten, da bin ich ganz durcheinander.«

»Warum hast du mir nichts gesagt? Kann ich dir irgendwie helfen?«

Sie schüttelte den Kopf. »Nein.« Sie sog an der Zigarette, dann blickte sie mich an. »Darf ich mir für ein paar Minuten deinen Wagen leihen?« fragte sie. »Ich fahre nur rasch hinüber zum Drugstore. Vielleicht kann ich etwas bekommen, das mir hilft.«

»Ich fahre dich hin, wenn du willst.«

»Nein, mach dir nicht die Mühe«, sagte sie. »Geh inzwischen duschen und zieh dich um. Ich bin in wenigen Minuten wieder hier.«

»Okay. Die Schlüssel sind im Wagen.«

Sie gab mir einen Kuß auf die Wange. »Danke.« Sie lief die Treppe hinauf, ich hörte, wie sie den Motor anließ und den Wagen aus der Einfahrt lenkte. Dann nahm ich mein Glas von der Bar und ging hinauf in die Dusche.

Es dauerte mehr als eine Stunde, und ich war schon bei meinem dritten Drink, als sie zurückkam. Ich hörte ihre Schritte auf der Treppe, sie ging ins Schlafzimmer, und die Badezimmertür wurde geschlossen. Ich mixte mir noch einen Drink und wartete. Bis sie herunterkam, vergingen noch weitere fünfzehn Minuten.

»Wie geht es dir jetzt?«

»Besser«, sagte sie.

»Du siehst auch schon besser aus.« Das stimmte, ihre Farbe war normaler, und die blauen Schatten unter ihren Augen verschwanden allmählich. »Was hat dir der Apotheker gegeben?«

»Ich weiß nicht«, sagte sie. »Aber er ließ es mich dort einnehmen und warten, um zu sehen, wie es wirkte. Deshalb hat es so lange gedauert.«

»Ich bin froh, daß es gewirkt hat«, sagte ich. »Möchtest du etwas trinken?«

»Nein«, sagte sie lächelnd und nahm mich am Arm. »Du mußt ja schon verhungert sein. Gehen wir essen.«

»Okay«, sagte ich und stellte mein Glas nieder. »Aber du wirst vielleicht fahren müssen; ich bin ein wenig angesäuselt.«

»Armer Liebling!« sagte sie lächelnd, zog mein Gesicht zu sich und gab mir einen Kuß. »Sei nicht böse, daß ich dich so schlecht behandle.«

Sie fand eine kleine Wohnung auf dem Hügel unterhalb des Hauses und ließ das Telefon in der Wohnung und eine Nebenstelle im Haus installieren. Klingelte es in der Wohnung, so hörte man es auch im Haus. Das klappte tadellos.

Wenn ich morgens fortging, war sie meistens schon wach und telefonierte mit ihrem Agenten. Sie verbrachte einen großen Teil ihres Tages mit verschiedenen Besprechungen in der Stadt. Ich fragte sie einmal, wie es damit ginge.

»Mühsam«, sagte sie. »Die meisten wollen nur mit mir schlafen.«

Ein andermal saß sie, als ich nach Hause kam, im sinkenden Licht im Wohnzimmer und rauchte eine Marihuanazigarette.

»Fängst du nicht ein bißchen früh damit an?« fragte ich.

Sie antwortete nicht.

Ich kam näher und drückte ihr einen Kuß auf die Stirn. »Du kannst dich mit mir aussprechen«, sagte ich, »ich bin dein Freund.«

»Ich muß Arbeit bekommen«, sagte sie, »unbedingt.«

»Warum so schlechter Laune?« fragte ich. »Du bist doch erst wenige Wochen hier. Es dauert einige Zeit, bis man sich durchsetzt.«

»Daddy macht mir die Hölle heiß«, sagte sie. »Wenn ich nicht innerhalb eines Monats etwas finde, muß ich nach Hause kommen.«

»Du hast mit ihm gesprochen?«

»Kurz bevor du kamst, riefen meine Eltern an.«

»Du mußt es weiter überall versuchen«, sagte ich. »Es wird sich schon etwas ergeben. Man beginnt jetzt die Besetzungen der Shows für den nächsten Herbst zusammenzustellen.«

»Na und?« fragte sie. »Immer wieder komme ich um die Rolle, weil die Freundin von irgend jemand sie kriegt. Vielleicht fange ich es nicht richtig an.«

»Doch«, sagte ich lächelnd. »Du hast ja einen Freund bei Sinclair.«

Sie blickte hoffnungsvoll zu mir auf. »Willst du etwas tun, um mir zu helfen?«

»Könnte sein«, sagte ich und mit vorgetäuschter Lüsternheit im Blick: »Du weißt natürlich, was das bedeutet: Du mußt dich aufgeschlossen zeigen, vielleicht sogar deine Ehre opfern.«

»Dazu bin ich bereit, sehr bereit«, rief sie lachend. Sie sprang auf und schlüpfte aus ihrem Kleid. »Jetzt gleich?«

»Warum nicht«, sagte ich und zog sie an mich.

Am nächsten Morgen hörte ich, daß man für eine unserer Westernserien eine neue Darstellerin suchte. Ich veranlaßte sie, hinzugehen und sich um die Rolle zu bewerben; es war nichts Besonderes, aber es gab ihr eine gute Gelegenheit, bekannt zu werden, und sie bekam die Rolle.

Am Ende des Monats mußte ich zu einer Aufsichtsratsitzung nach New York. Auch war die Rock-Show fertig, und ich wollte sehen, wie Jack das Programm manipulieren würde, um sie einzuschieben. Sie fuhr mich zum Flughafen.

»Beeil dich und komm gleich wieder zurück«, sagte sie.

»Mach ich«, versprach ich.

»Und halt dich von den New Yorker Mädchen fern. Ich bin sehr eifersüchtig.«

»Das weiß ich«, sagte ich lachend, küßte sie und begab mich, während sie abfuhr, ins Flughafengebäude. Aber der Flugplatz lag im Nebel, und als man um ein Uhr morgens verkündete, daß alle Flüge für die Nacht abgesagt seien, nahm ich ein Taxi und fuhr nach Hause.

Sie schlief fest, zusammengerollt, die Laken lagen zerknüllt zu ihren Füßen. Die Art, wie sie in kindlicher Wehrlosigkeit dort lag, entlockte mir ein Lächeln. Ein Dutzend Einbrecher hätte kommen und gehen können, sie hätte es nicht einmal bemerkt. Ich hob das Laken auf und deckte sie behutsam zu.

Ich entkleidete mich im Dunkeln und ging ins Badezimmer. Um sie nicht zu stören, schloß ich die Tür, ehe ich das Licht anknipste.

Ich stand vor dem Waschbecken und drehte das Wasser auf. Es war wie gewöhnlich zuerst kalt, und ich wartete, bis das warme Wasser durch die Röhren strömte. Inzwischen blickte ich zu dem anderen Waschbecken hinüber – und da vergaß ich das warme Wasser. Die beiden Becken waren in einen gemeinsamen Marmorwaschtisch eingebaut. Normalerweise lagen auf ihrer Seite Schminktöpfe, Kämme, Bürsten und Haarnadeln verstreut. Heute war außerdem noch etwas anderes dabei: ein Teelöffel, angebrannte Streichhölzer und eine Injektionsspritze.

Neben der Spritze lag ein kleiner Umschlag. Ich öffnete ihn und fand darin mehrere kleine Päckchen. Eines davon machte ich auf; es enthielt ein feines kristallinisches Pulver. Ich nahm etwas davon auf einen Finger und kostete es. Der widerwärtige bittersüße Geschmack von Heroin blieb auf meiner Zunge haften.

Plötzlich verstand ich alles. Ihre merkwürdige Nervosität an jenem Tag, als der Wagen geliefert wurde; den seltsam glasigen Blick ihrer Augen damals nachts in New York, als ich zu der Party ging, um sie abzuholen; ihre komische Art, manchmal so undeutlich zu sprechen, als wäre ihre Zunge zu dick geworden. Soweit kam niemand mit Haschisch allein.

Aber ich konnte es noch immer nicht glauben.

Ich nahm einen Waschlappen vom Regal und hielt ihn unter das heiße Wasser, bis er triefnaß war. Dann drückte ich ihn aus und ging zurück ins Schlafzimmer. Ich zog ihr die Laken fort und schaltete alle Lampen ein.

Erschrocken fuhr sie hoch: »Steve!«

Ich faßte sie am Handgelenk, zog ihren Arm hervor und rieb mit dem Waschlappen die Innenseite ihres Ellbogens ab.

Sie versuchte den Arm wegzuziehen. »Steve! Bist du verrückt geworden?«

Ich hielt ihren Arm fest, ohne zu antworten. Die Schminke blieb auf dem Waschlappen, ich sah auf die nackte weiße Haut. Die Nadelspuren waren da. Überall rund um die blauen Venen.

Wütend schleuderte ich den Waschlappen durchs Zimmer. »Verdammt!« sagte ich. »Der Teufel soll dich holen, du blödes Miststück!«

Mein Darlingmädchen war eine Rauschgiftsüchtige.

12

Ich saß an der Bar im Wohnzimmer und ließ den Whisky in meinem Glas kreisen. Hinter mir auf der Treppe hörte ich Schritte. Ich drehte mich nicht um.

Sie setzte sich neben mich an die Bar. »Steve!«

Ich sah sie nicht an. »Ja?«

»Ich bin nicht süchtig, wirklich nicht. Ich hab's nur getan, weil ich mich einsam fühlte. Du hast mir gefehlt, und ich konnte nicht schlafen.«

»Lüge mich nicht an, Myriam«, sagte ich. »Ich hab mindestens sechs Stiche an deinem linken Arm gezählt. Wieviel hast du am rechten?«

»Ich kann es jederzeit aufgeben, wenn ich will.«

»Wem willst du etwas vormachen, Myriam?« fragte ich. »Hast du es denn je versucht?«

»Ich werde es dir beweisen«, sagte sie. »Sieh mal.« Sie öffnete ihre Hand und zeigte mir die kleinen Päckchen, rutschte vom Stuhl und ging hinter die Bar Sie drehte den Wasserhahn auf, öffnete eines der Päckchen nach dem anderen und leerte sie aus.

Ich langte über die Bar, nahm ihr das letzte aus der Hand, öffnete es und kostete: Speisesoda. Ich gab ihr das Päckchen zurück. »Ich habe noch nie einen Süchtigen gekannt, der das Zeug fortgeschüttet hätte.«

Sie starrte mich an und drehte langsam den Hahn zu. »Ich liebe dich«, sagte sie. »Weißt du das?«

»Sicher«, sagte ich sarkastisch, »ich würde dich nicht halb so lieben, liebte ich das Heroin nicht mehr.« Ich goß Whisky in mein Glas und stand auf. Mit dem Gesicht zum Feuer ließ ich mich auf den Diwan fallen. Draußen blitzten die Lichter von Los Angeles in der Nacht, aber irgendwie sah das alles nun nicht mehr so schön aus.

Sie kam hinter der Bar hervor und blieb vor mir stehen. »Was wirst du tun?«

»Nichts«, sagte ich mit einem Blick auf sie. »Das ist dein Problem, nicht meines.«

Die Tränen traten ihr in die Augen. »Weise mich doch nicht so ab, Steve!«

Sie sank vor mir zu Boden, umklammerte meine Knie, ihr ganzer Körper wurde von heftigem Schluchzen geschüttelt. »Hilf mir, Steve, bitte hilf mir!«

Sie ergriff meine Hand und bedeckte sie mit raschen, kleinen Küssen, ihre heißen Tränen brannten auf meiner Haut. »Hilf mir, hilf mir, hilf mir«, murmelte sie immerfort.

Ich sah auf sie nieder; im Augenblick hätte ich am liebsten geweint. Es war schließlich nicht so lange her, daß sie ein kleines Mädchen war. Ich strich ihr übers Haar.

Sie griff nach meiner Hand und drückte sie an ihre Wange. »Was soll ich tun?« fragte sie verzweifelt.

Ich sah sie schweigend an.

»Sag es mir doch, Steve!« drang sie stürmisch in mich.

»Ich weiß drei Dinge, die du unternehmen könntest«, sagte ich, »aber ich glaube nicht, daß du eines davon tun wirst.«

»Sag sie mir!«

»Erstens könntest du nach New Work zurückgehen, es deinen Eltern erzählen und dir von ihnen helfen lassen.«

»Nein«, sagte sie, »meine Mutter würde das nicht überleben.«

»Zweitens könntest du das Zeug wenigstens unter ärztlicher Aufsicht bekommen.«

»Nein, dann müßte ich mich von dir trennen; ich wäre dort und du hier. Und ich könnte nicht zurückkommen.«

»Das dritte ist das härteste«, sagte ich.

Sie schwieg.

»Du läßt dich in Vista Carla aufnehmen.« Das war wahrscheinlich die beste Privatklinik zur Entwöhnung Rauschgiftsüchtiger und die kostspieligste. Aber sie hatten dort alle notwendigen modernen technischen Hilfsmittel, medizinische und psychologische. »Morgen früh.«

Ich spürte, wie es sie kalt überlief; Angst ist etwas sehr Konkretes. »Gibt es sonst noch eine Möglichkeit?«

»Ja, natürlich«, sagte ich schroff. »Tu gar nichts, mach nur so weiter wie bisher, dann kommst du geradewegs in die Klapsmühle.«

Sie war eine ganze Weile still. Ich zündete eine Zigarette für sie und eine für mich an. Dabei beobachtete ich sie. In ihrem Gesicht waren Falten zu sehen, die es dort nie gegeben hatte.

Die Zigarette war fast bis zu ihren Fingern niedergebrannt, als sie sprach. »Wirst du mich nicht verlassen, wenn ich das tue?« fragte sie.

»Nein.«

»Wirst du mich dort besuchen?«

»Ja.«

»Wirklich?«

Ich nickte.

»Ohne dich kann ich es nicht schaffen«, sagte sie, »das weiß ich.«

»Du wirst es schaffen«, sagte ich und zog sie in meine Arme. »Ich werde dir helfen.«

Vista Carla lag mitten in den Hügeln hinter Santa Barbara. Wir kamen mittags an. Ohne die drei Meter hohe eiserne Umfriedung und den uniformierten Wächter am großen Portal hätte man das Grundstück für den Besitz eines reichen Mannes halten können.

Ich hielt vor dem geschlossenen Tor und gab dem Wächter meinen Namen an. Er ging in das Pförtnerhäuschen und kam mit einem Notizbuch zurück.

»Ist die Dame die Patientin?« fragte er.

»Ja«, antwortete ich, »Miß Darling.«

Er blickte kurz in den Wagen. Sie erwiderte seinen Blick nicht, sondern sah auf ihre nervös zuckenden Hände nieder. Er nickte und trat zurück. »Fahren Sie diese Allee weiter hinauf«, sagte er, »biegen Sie oben nach links ab, und Sie kommen zum Haupteingang. Dort finden Sie einen Parkplatz. Dr. Davis wird Sie erwarten.«

Er ging ins Pförtnerhaus zurück; ich sah durch das Fenster, daß er auf einen Knopf drückte. Das breite Eisentor öffnete sich; während wir hineinfuhren, ging er zum Telefon. Sobald der Wagen hindurchgefahren war, schloß sich das Tor.

Auf den Stufen, die zum Eingang führten, erwartete uns eine gutaussehende junge Frau. Sie trug einen weißen Arbeitskittel über ihrem kurzen Kleid. Als ich den Wagen abgestellt hatte, kam sie die Stufen herunter.

»Mr. Gaunt?« fragte sie und streckte mir die Hand entgegen.

Ihr Händedruck war fest und geschäftsmäßig. »Ich bin Dr. Shirley Davis.«

»Erfreut, Sie kennenzulernen«, sagte ich.

Sie wandte sich zu Myriam, die ausgestiegen war. »Miß Darling? Ich bin Ihre Ärztin, Shirley Davis.«

Myriam nickte und sah mich zweifelnd an.

Dr. Davis lachte; es war ein angenehmes Lachen. »Falls Sie sich vielleicht wundern – ich bin wirklich Ärztin. Wenn wir in mein Büro kommen, zeige ich Ihnen meine Diplome.«

Myriam lachte und streckte die Hand aus. »Freut mich sehr, Sie kennenzulernen, Dr. Davis.«

Das war ein erster Sieg. Einen Augenblick lang klang es, als sei es Myriam ernst. Wir stiegen die Treppe hinauf, Dr. Davis nahm einen Schlüssel aus der Tasche und öffnete die Tür. Wir traten ein, die Tür schloß sich automatisch hinter uns.

»Diese Einrichtung besteht aus echt mexikanisch-spanischen antiken Möbeln aus dem neunzehnten Jahrhundert«, erklärte Dr. Davis, während sie uns durch die Halle zu ihrem Büro führte. »Sie sind das Geschenk einer Stiftung an Vista Carla.«

Vor einer dunklen Eichentür blieben wir stehen. Wieder nahm Dr. Davis einen Schlüssel aus der Tasche, wieder schloß sich die Tür automatisch hinter uns.

Das Zimmer war behaglich möbliert; ein einziges Zeichen deutete darauf hin, daß es sich um das Arbeitszimmer eines Arztes handelte: die kleine hölzerne Vitrine hinter dem

Schreibtisch, durch deren Schreiben ich verschiedenfarbige Glasphiolen mit Medikamenten sah.

»Nehmen Sie bitte inzwischen auf dem Diwan Platz, Mr. Gaunt«, sagte Dr. Davis, »während ich mit Miß Darling die notwendigen Routinefragen bespreche. Auf dem Tisch finden Sie ein paar Zeitschriften, wenn Sie lesen möchten.«

Ich setzte mich. Die beiden gingen ans andere Ende des Zimmers; Dr. Davis nahm einige Formulare heraus und las leise die verschiedenen Fragen vor.

Ich nahm die Magazine zur Hand, es waren alte Nummern von Ärztezeitschriften. Für einen, der die Geschichte der Medizin studieren wollte, wären sie wahrscheinlich hochinteressant gewesen. Ich legte sie beiseite und sah aus dem Fenster.

Gelegentlich ging ein Patient, stets von einer Krankenschwester begleitet, vorbei. Davon abgesehen, schienen die weiten grünen Rasenflächen fast klosterhaft in ihrer Einsamkeit und Jungfräulichkeit.

»Ich glaube, damit haben wir die Formalitäten beendet«, hörte ich Dr. Davis sagen. Ich wandte mich wieder dem Zimmer zu.

Die Ärztin hielt einen großen Pappumschlag in der Hand. »Wollen Sie bitte alle Ihre Wertsachen hier hineinlegen«, sagte sie, »wir werden sie im Tresor für Sie aufbewahren und sie Ihnen wiedergeben, wenn Sie fortgehen.«

Schweigend nahm Myriam ihre Ringe, ein Armband und die Goldkette ab, die sie um den Hals trug, und ließ alles in den Umschlag fallen.

»Auch Ihre Armbanduhr«, sagte Dr. Davis.

Myriam öffnete die Schließe des Armbands und schob es in den Umschlag. Die Ärztin versiegelte ihn, legte ihn auf den Schreibtisch und drückte auf einen Knopf.

Eine grauhaarige, mütterlich aussehende Krankenschwester trat durch die Tür hinter dem Schreibtisch ein und blieb wartend stehen.

»Mrs. Graham wird Sie in Ihr Zimmer bringen«, sagte Dr.

Davis. »Sie werden alle Ihre Kleider ablegen und ein Hospitalkleid anziehen. Dann beginnen wir mit unseren Untersuchungen und Tests.«

»Hier entlang, meine Liebe«, sagte die Schwester mit angenehmer Stimme, während sie die Tür hinter sich offenhielt.

Myriam erhob sich und blickte ängstlich auf mich.

»Keine Sorge«, sagte Dr. Davis schnell, »Mr. Gaunt bleibt hier und wird Sie in Ihrem Zimmer aufsuchen, sobald wir es Ihnen bequem gemacht haben.«

Ich lächelte Myriam beruhigt zu. Sie versuchte das Lächeln zu erwidern, es gelang ihr nicht ganz. Sie drehte sich um und folgte der Schwester hinaus. Ich ging zum Schreibtisch.

Dr. Davis setzte sich wieder hin und lud mich ein, auf Myriams Stuhl Platz zu nehmen; ich tat es, er war noch warm.

»Ist Ihnen bekannt, wann die Patientin zum letztenmal eine Spritze genommen hat?« fragte sie kühl und sachlich.

»Soviel ich weiß, gestern abend«, antwortete ich.

»Wissen Sie, wie lange Sie schon Rauschgift nimmt?«

»Nein.«

»Wissen Sie ungefähr, wie oft sie es nimmt?«

»Nein.«

Sie hatte, während sie die Fragen stellte, die vor ihr liegenden Papiere studiert, auf denen sie die von Myriam erhaltenen Informationen verzeichnet hatte.

Nun blickte sie mich an. »Ist die Patientin freiwillig hierhergekommen oder unter Zwang?«

»Freiwillig.«

»Glauben Sie, daß sie den aufrichtigen Wunsch hat, sich zu entwöhnen?«

»Ja.«

»Ein sehr hübsches Mädchen«, sagte sie. »Ich hoffe, wir können ihr helfen.«

Ich antwortete nicht.

»Sie wissen ja, in solchen Fällen hängt mehr vom Patienten ab als bei gewöhnlichen Krankheiten.«

»Ich verstehe«, sagte ich.

Sie nahm ein Formular aus ihrer Mappe. »Bitte sagen Sie mir, wo man Sie erreichen kann, für den Fall, daß es besondere Probleme geben sollte.«

Ich gab ihr alle Nummern an, einschließlich jener der Wohnung in New York.

»Hoffentlich wird es nicht nötig sein, Sie zu stören«, sagte sie, »aber man kann nie wissen. Wie Sie sehen, treffen wir die äußersten Sicherheitsvorkehrungen; aber wir sind schließlich hier in einer Klinik und nicht in einem Gefängnis. Manchmal gelingt es Patienten, uns zu überlisten.«

»Wann, meinen Sie, werde ich sie besuchen dürfen?«

»Wenn wir Glück haben, in einer Woche«, sagte sie, »wahrscheinlicher jedoch erst gegen Ende der zweiten Woche. Die beiden ersten Wochen sind für den Patienten die schwierigsten.« Sie erhob sich. »Ich werde Sie anrufen, sobald ich den Eindruck habe, daß sie Sie empfangen kann.«

Ich stand auf. »Ich danke Ihnen, Frau Doktor.«

»Wenn Sie mir nun folgen wollen, bringe ich Sie zu ihrem Zimmer. Sie dürfte schon soweit sein.«

Wir traten durch die gleiche Tür, durch die Myriam gegangen war. Nun merkte ich, daß wir in einem Krankenhaus waren: Der Korridor war grün und steril. Wir stiegen eine Treppe hinauf und gingen durch einen zweiten Korridor; sie blieb vor einer Tür stehen und klopfte.

»Herein.« Die grauhaarige Schwester öffnete die Tür. Sie sagte zu Myriam: »Ich komme in einigen Minuten wieder«, und ging an mir vorbei hinaus. Ich trat ins Zimmer. Die Tür fiel zu und war verschlossen.

In dem weißen Kittel sah Myriam wie ein Kind aus; sie saß, auf Kissen gestützt, im Bett. Ich sah mich im Zimmer um; es war recht nett, aber das einzige Fenster befand sich hoch oben an der Wand, unmittelbar unter der Decke.

»Wie fühlst du dich?« fragte ich.

Ihre Unterlippe bebte. »Ich habe Angst.«

Ich setzte mich auf das Bett, nahm sie in meine Arme und

gab ihr einen Kuß. »Du tust das Richtige«, sagte ich, »jetzt wird alles gut werden.«

Die Tür öffnete sich, und die Schwester schob einen kleinen Rolltisch mit allerlei Instrumenten ins Zimmer. »Es ist Zeit, mit der Arbeit zu beginnen, meine Liebe«, sagte sie heiter.

Myriam sah mich an. »Wann sehe ich dich wieder?«

»Frau Doktor sagt, ich werde wahrscheinlich nächste Woche herkommen dürfen.«

»Das ist sehr lange. Warum nicht früher?«

»Ich will es versuchen«, sagte ich.

Sie streckte mir die Arme entgegen. »Küß mich noch einmal, Steve.«

Ich küßte sie und hielt sie einen Augenblick in den Armen, bevor ich auf den Korridor hinausging. Dort erwartete mich die Ärztin.

In der Halle fragte sie mich: »Welchen Eindruck haben Sie von ihr?«

»Okay«, antwortete ich. »Ein wenig ängstlich.«

»Das ist ganz normal«, sagte sie. »Es ist ein schwerer Schritt für sie.«

Wir stiegen die Treppe hinunter. Unten blieb sie zögernd stehen. Sie hielt etwas in der Hand, und ich blickte darauf nieder.

»Übrigens, das hatte sie im Futter ihrer Handtasche versteckt«, sagte sie.

Ich nickte. »Etwas Ähnliches habe ich erwartet.« Nun wußte ich, wo das Heroin hingekommen war.

»Glauben Sie, daß sie noch mehr davon bei sich hat?«

»Das kann ich Ihnen nicht sagen.«

»Dann machen Sie sich darüber keine Sorgen, Mr. Gaunt«, sagte die Ärztin lächelnd. »Wenn es der Fall ist, wird Mrs. Graham es finden; sie ist in solchen Dingen sehr tüchtig.«

Ich bedankte mich und ging hinaus zu meinem Wagen. Ich fuhr zum Flughafen von Los Angeles und nahm die Drei-Uhr-Maschine nach New York.

Das Schlimmste stand mir noch bevor: Sam und Denise über ihre Tochter zu benachrichtigen.

13

Ich war zeitig im Büro. Fogarty brachte mir Kaffee und wartete, bis ich den ersten Schluck getrunken hatte. »Gestern herrschte hier große Aufregung«, erzählte sie. »Man wußte nicht, ob Sie rechtzeitig zur heutigen Aufsichtsratsitzung kommen würden. Sie waren nirgends zu finden.«

Ich trank meinen Kaffee, ohne mich dazu zu äußern.

»Wir überlegten, ob wir Sinclair anrufen sollten. Es hätte nicht viel Sinn gehabt, eine Aufsichtsratsitzung abzuhalten, ohne daß einer der Generaldirektoren dabei wäre.«

Spencer befand sich in Urlaub auf den Antillen, er war seit fast einem Monat fort.

»Ich bin hier«, sagte ich mit einem Blick auf sie.

Ich wußte, wie gern sie erfahren hätte, wo ich am Vortag gewesen war, gab ihr aber keine Auskunft, und sie fragte nicht; sie war wohl durch frühere Erfahrungen klug geworden. Sie begann die Liste der telefonischen Anrufe durchzugehen.

»Mr. Savitt möchte Sie noch vor der Sitzung sehen; er will das neue Programm mit Ihnen besprechen, ehe er es dem Aufsichtsrat zur Genehmigung vorlegt.«

»Schicken Sie ihn herauf, sobald wir hier fertig sind.«

»Mr. Regan hat von der Westküste angerufen; ich soll Ihnen sagen, daß sein Aufsichtsrat den Verkauf der Aktien von Symbolic Records an Sinclair in aller Form genehmigt hat. Sie möchten ihn bitte anrufen, sobald unser Aufsichtsrat sein Einverständnis gegeben hat, damit die Artikel für die Presse drüben und hier koordiniert werden können.«

Ich nickte.

»Mr. Benjamin hat angerufen und mich gebeten, Ihnen

seine Zufriedenheit über den neuen Abschluß mitzuteilen. Ein Rückruf sei unnötig.«

»Welchen Abschluß?«

»Mr. Savitt hat gestern versucht, Sie zu erreichen und es Ihnen mitzuteilen. Er hat ein Paket Spielfilme von ihm gekauft.« Sie sah in ihren Notizen nach. »Darüber wollte er ebenfalls mit Ihnen sprechen.«

»Sonstige Anrufe?«

»Nur das Übliche, nichts Besonderes.«

»Na schön. Bitten Sie Mr. Savitt herauf.«

»Sofort«, sagte sie und legte eine Aktenmappe vor mich auf den Schreibtisch. »Das ist Ihr Exemplar der Tagesordnung für die heutige Aufsichtsratsitzung.«

Ich dankte ihr und wollte es, nachdem sie hinausgegangen war, durchsehen. Aber die Worte verschwammen vor meinen Augen; immer wieder drängte sich Darlingmädchens Gesicht mit einem zugleich furchtsamen und vertrauensvollen Ausdruck zwischen mich und das Papier.

Jack trat ein. Wir drückten uns die Hand, während Fogarty den Kaffee vor ihn hinstellte. Er wartete, bis sie draußen war. »Du siehst nicht gut aus.«

»Mir fehlt nichts«, sagte ich, »ich bin nur ein wenig müde.«

Er schwieg einen Augenblick. »Vielleicht könntest du nach der Sitzung ein bißchen Urlaub machen.«

»Wenn Spencer zurückkommt«, sagte ich. »Die Statuten der Gesellschaft bestimmen ausdrücklich, daß einer von uns stets anwesend sein muß.«

»Wann kommt er zurück?«

Ich zuckte mit den Schultern. »Ungefähr Ende März, Anfang April.«

»Bis dahin sind es ja noch zwei Monate.«

»Ich werde es schon schaffen; ich brauche nur eine gut durchschlafene Nacht.« Ich wechselte das Thema. »Setz mich mal ins Bild über die Sache mit Benjamin. Ich glaubte doch, du seist absolut dagegen.«

»War ich auch, aber Sam kam vorige Woche ohne Dan Ritchie herüber und machte mir einen ganz neuen Vorschlag.

Für drei Millionen Dollar gab er uns die Wahl aus dem gesamten Paket. Ich konnte ihn auf zweieinhalb drücken und schöpfte den Rahm ab; ich nahm die zwölf besten Filme heraus. Das sind eineinhalb Millionen weniger, als er vorher verlangt hatte.«

Ich sagte nichts. Sam war nicht dumm. In Anbetracht der zusätzlichen Finanzierung, die er von mir erhalten hatte, durfte er sich etwas Nachgiebigkeit leisten. Alles zusammen hatte er sechseinhalb Millionen Dollar aufgebracht.

Jack mißverstand mein Schweigen und hielt es für Mißbilligung. »Es gefällt dir nicht«

»Doch, sehr gut«, sagte ich. »Was geschah mit Ritchie?«

»Ich weiß es eigentlich nicht«, antwortete er. »Angeblich hatten sie Streit. Ritchie sollte Geld mit dem Verkauf von Filmen ans Fernsehen heranschaffen, aber daraus wurde nichts. Inzwischen gelang es Sam, anderswo eine Finanzierung zu finden, und er warf ihn hinaus. Ritchie wurde wütend und drohte mit einem Prozeß. Aber soviel ich weiß, ist das alles nur Geschwätz.«

»New York ist schon eine komische Stadt.«

»Ja, immer ist irgend etwas los. Könntest du jetzt das Programm mit mir durchgehen?«

»Ja.«

Er legte die Listen und Programme vor mich hin, und ich sah sie mir an. Immer der gleiche alte Mist. Auch die Überschriften waren stets dieselben: NBC, CBS, ABC und SINCLAIR. Es langweilte mich.

Als die Sitzung zu Ende ging, war es nach fünf Uhr. Ich ging in mein Büro und rief Sam an.

Er war glänzender Laune. »Ich werde aus dir noch einen reichen Mann machen«, sagte er. »Wenn ich die Aktien von dir zurückkaufe, werden sie bereits das Doppelte von dem wert sein, was du mir dafür gegeben hast.«

»Es war das erste Lachen, das ich an jenem Tag hörte. »Mit so etwas kannst du mir mein Image bei der Steuer für zehn Jahre verderben.«

»Dann sei nett zu mir«, sagte er, »sonst bezahl ich dir, was ich dir schulde.«

»Ich möchte dich gern sehen«, sagte ich, nun in ernsterem Ton.

»Wie wär's heute zum Abendessen bei uns? Es werden nur Denise und Junior da sein.«

»Ich dachte, Junior sei in der Schule?«

»Er ist gerade rausgeflogen«, sagte Sam. »Man hat ihn beim Rauchen von Marihuana oder Onanieren oder beidem im Klo erwischt. Du weißt doch, wie es die Jugend heutzutage treibt.«

»Ich weiß«, sagte ich. Einen Augenblick lang erwog ich, mich zu drücken. Aber sie war seine Tochter, und er hatte einen Anspruch darauf, die Sache zu erfahren. Und zwar sofort. »Das Abendessen bei euch ist leider nicht möglich, ich muß mit dem Neun-Uhr-Flug zurück an die Westküste. Wie wäre es mit einem Drink?«

»Wo wollen wir uns treffen?«

»Wenn es dir paßt, bin ich um halb sieben in deiner Wohnung.«

»Okay«, sagte er, »dann also bis später.«

Ich stieg vor dem Etagenhaus aus dem Auto. »Bleiben Sie hier«, sagte ich zum Chauffeur. »Ich weiß nicht genau, wie lange es dauern wird.«

Er nickte, und ich betrat das Haus. Im Fahrstuhl zündete ich mir eine Zigarette an. Leicht würde es nicht sein, es gab tausend andere Dinge, die ich ihnen lieber erzählt hätte.

Mamie, das Mädchen, ließ mich ein, und ich folgte ihr in die Bibliothek. Sam und Denise erwarteten mich bereits, und Mamie brachte ihr unaufgefordert einen Scotch.

»Du siehst so ernst aus«, sagte Sam lachend, als ich das Glas zur Hand nahm. »Ich weiß nicht, ob du mir nicht besser gefielst, als du noch Martini trankst.«

Ich zwang mich zu einem Lächeln. »Euer Wohl«, sagte ich; sogar der Whisky schmeckte schauderhaft.

Junior kam herein. »'n Abend, Onkel Steve.«

»Wie geht's?«

»Frag ihn nicht, er ist ein Nichtsnutz«, sagte Sam, aber sein Lächeln war voller Humor. »Kannst du dir vorstellen, daß mein Sohn sich bei so einem Blödsinn erwischen läßt?« Er wandte sich an Junior. »Was hast du's denn so eilig gehabt? Konntest du nicht warten, bis du in deinem Zimmer warst?«

»Ach, Vater«, sagte Junior angewidert. Und zu mir: »Ich war nicht der einzige, der hinausflog. Wir waren zu viert in der kleinen Mistkammer.«

Es wurde nicht leichter.

Denise ging zur Tür. »Komm mit, Junior«, sagte sie. »Lassen wir sie von ihren Geschäften reden.«

»Bitte bleib hier«, sagte ich.

Sie blieb bei der Tür stehen und sah mich an. Der Ausdruck in ihren Augen brachte mir zum erstenmal zum Bewußtsein, daß sie Myriams Mutter war.

»Es geht auch dich an«, sagte ich.

Sie kam langsam auf mich zu. »Betrifft es Myriam?«

Ich nickte.

Instinktiv näherte sie sich ihrem Mann; ihre Hand suchte die seine und fand sie. Sie sagte nichts, blickte mich nur an, ihr plötzlich blasses Gesicht verriet ihre geheime Furcht.

Ich holte tief Atem. »Myriam ist gestern ins Sanatorium Vista Carla eingetreten.«

Sam hatte es noch nicht verstanden. »Ist sie krank?« fragte er besorgt.

»Ja«, sagte ich.

»Warum hat sie es uns nicht mitgeteilt? Wir sind doch schließlich ihre Eltern!« Er wurde langsam böse, plötzlich brach er ab und sah mich an. »Was ist los mit ihr? Ist sie schwanger?«

»Nein«, sagte ich. Dies waren wohl die schwersten Worte, die ich jemals aussprechen mußte. »Myriam nimmt Rauschgift; sie ist heroinsüchtig. Sie hat sich zu einer Entwöhnungskur nach Vista Carla begeben.«

»Verflucht!« brüllte Sam. Er wandte sich an Junior. »Samuel, geh in dein Zimmer!«

»Nein«, sagte Denise, »sie ist seine Schwester. Er soll hierbleiben!«

»Du und deine Ideen!« schrie Sam wütend. »Laß sie Schauspielerin werden! Das wünscht sie sich. Hab ich dir nicht gesagt, daß da lauter Huren und Lumpen beisammen sind? Hoffentlich bist du jetzt zufrieden!«

Denise stand schweigend mit Tränen in den Augen neben uns. Ich sah, wie sie um ihre Beherrschung kämpfte. Nach einem kurzen Augenblick sprach sie. »Ich packe mir jetzt meinen Handkoffer.«

»Nein!« brüllte Sam. »Du wirst nicht hinfahren!«

»Sie ist immer noch mein Kind«, sagte Denise, »und sie braucht mich.«

»Sie hat deine Hilfe nicht nötig gehabt, um da hineinzuschlittern!« fauchte er sie an. »Laß sie ebenso wieder herausfinden!«

Denise starrte ihn an und verließ das Zimmer. Er wandte sich mir zu.

»Wie hast du das erfahren?«

»Sie war vorgestern nacht bei mir im Haus«, sagte ich. »Ich fand im Badezimmer die Spritze.«

Ich sah, wie ihm das Blut ins Gesicht schoß; seine Augen wurden zu argwöhnischen Schlitzen hinter den schimmernden Brillengläsern. »Was hatte sie in deinem Haus zu suchen?«

Ich antwortete nicht.

Er faßte mit starken Fingern meine Rockaufschläge. »Antworte mir, verdammt noch mal!«

Ich sah tief in seine wütenden Augen und schob seine Hände beiseite. »Sie hat bei mir gewohnt«, sagte ich.

Ich hätte nie gedacht, daß ein so breiter, schwerer Mann sich so rasch bewegen kann. Zu spät sah ich, wie sein Arm nach vorn stieß; dann spürte ich den jähen Schmerz im Magen, ich krümmte mich zusammen und versuchte, dem auf mich niederkrachenden Schlag auszuweichen. Er traf mich zwischen Hals und Schulter und ich stürzte zu Boden. Ein zweiter scharfer Schmerz durchzuckte meine Rippen, als mich sein Tritt traf. Ich versuchte, aus seiner Reichweite zu rollen.

»Papa! Papa!« schrie Junior und faßte ihn an den Armen.

»Du halt dich hier raus!« Er stieß Junior gewaltsam zur Seite. »Ich bring ihn um, den Hurensohn!«

Ich stützte mich auf den Rand des Diwans und zog mich langsam hoch.

Sam näherte sich, ich starrte ihm, kaum mehr einer Bewegung fähig, entgegen.

Junior stürzte wieder zu seinem Vater. »Sie war in ihn verliebt, Papa! Immer schon hat sie ihn geliebt!«

Diesmal machte Sam eine halbe Drehung und schlug nach ihm. Der Junge flog rückwärts gegen die Bücherregale, die Bücher prasselten um ihn herum zu Boden. »Ich hab dir gesagt, du sollst dich nicht einmischen!«

Der Junge sah ihn entsetzt an. Ich stand wieder auf den Beinen, mußte mich jedoch am Diwan festhalten, um nicht erneut umzufallen.

»Du Schwein!« sagte Sam. »Du mußtest auch sie haben! Alle Weiber der Welt waren dir nicht genug!«

Ich sah, wie er ausholte, aber es war mir einfach unmöglich, die Arme zu heben, um den Schlag abzuwehren; ich besaß die Kraft nicht mehr.

Plötzlich stand Denise zwischen uns. »Sam!«

Er blieb mit erhobener Faust wie angewurzelt stehen.

»Sie ist einundzwanzig, Sam, und eine Frau, kein Kind mehr«, sagte Denise. »Wenn Steve nicht gewollt hätte – er hätte es nicht nötig gehabt, zu uns zu kommen und es uns zu erzählen.«

Er blickte ihr noch immer starr in die Augen. »Geh mir aus dem Weg!« sagte er heiser.

»Sie ist meine Tochter, Sam, nicht die deine«, sagte sie ruhig. »Laß ihn in Ruhe!«

Er zwinkerte, als hätte er einen Schlag bekommen; langsam sanken seine Arme herab. Trotz meiner Schmerzen empfand ich Mitleid mit ihm, er schien vor meinen Augen zusammenzuschrumpfen. Er ging zur Tür, dann drehte er sich zu uns um.

Doch er sprach nur zu Denise, ich existierte nicht mehr

für ihn. »Wenn du einen Schritt machst, um zu ihr zu fahren«, sagte er mit bebender Stimme, »braucht ihr beide, du und sie, nicht mehr hierher zurückzukommen!«

14

Ich folgte Dr. Davis in ihr Büro. »Es war nicht leicht für sie«, sagte sie. »Sie durchlebt schwere Zeiten.«

Ich schwieg.

»Ich bin nicht einmal sicher, daß Sie sie jetzt schon besuchen sollten.«

»Sie ist bereits seit zwei Wochen hier«, sagte ich.

»Wir können keine Wunder wirken, wir können uns nur bemühen. Schließlich ist sie seit mehr als drei Jahren süchtig, und das läßt sich nicht so leicht aus ihrem Organismus vertreiben.«

»So lange schon?«

»Ja«, sagte sie. »Bisher hatten wir alle Hände voll zu tun, um ihre körperlichen Probleme zu behandeln. Es gab noch keine Möglichkeit, sich mit ihr psychologisch zu befassen. Und dort liegt bei achtzig Prozent der Fälle der Schlüssel zu jeder erfolgreichen Behandlung.«

»Was soll ich also tun?«

»Ich würde vorschlagen, daß Sie zu ihr hineingehen. Sie liebt Sie sehr, und Sie sind anscheinend der einzige Mensch, den sie sehen will. Allerdings...«

Ich merkte, daß sie zögerte. »Allerdings?«

»Möglicherweise will sie Sie überreden, sie von hier fortzunehmen.«

Ich horchte auf.

»Sie müssen verstehen, daß sie im Augenblick nicht mehr dasselbe Mädchen ist, das Sie hierherbrachten. Sie ist wie ein Tier und wird von den Bedürfnissen ihrer Sucht getrieben. Sie wird alles tun, um hinauszukommen und das Gift zu erhalten, das sie braucht. Sie hat bereits zwei Fluchtversuche unternommen.«

»Davon wurde mir nichts gesagt.«

»Bei unserem Telefongespräch schien mir das nicht erwähnenswert«, sagte sie. »Wir nehmen so etwas als beinahe normal hin. Wenn ich Sie zu ihr lasse, wird sie auf jede nur mögliche Weise Ihr Mitleid zu erregen versuchen. Was sie gerade jetzt am meisten braucht, ist Liebe und Verständnis. Aber Sie müssen da eine sehr feine Unterscheidung treffen: Sie dürfen ihr nicht zuviel Mitleid zeigen. Tun Sie das, dann erwecken Sie nur falsche Hoffnungen in ihr. Es ist keine leichte Sache. Glauben Sie, Sie können es schaffen?«

»Ich weiß nicht. Was ist Ihre Ansicht?«

»Wenn der Besuch gut verläuft, kann er überaus nützlich sein. Er könnte ihr den stärksten Impuls zur Genesung geben.«

»Dann sollte ich es wohl versuchen.« Ich drückte meine Zigarette aus und erhob mich.

Dr. Davis nickte, und ich folgte ihr auf den Korridor. »Lassen Sie sich keine Überraschungen anmerken, wenn Sie sie sehen«, sagte sie, während wir zum zweiten Stockwerk hinaufstiegen. »Sie hat beträchtlich abgenommen. Wenn Sie können, machen Sie ihr Komplimente, sie soll sich für reizvoll halten; das könnte eine große Hilfe sein.«

Vor Myriams Tür blieben wir stehen, und sie klopfte an. Die Schwester, die uns am ersten Tag empfangen hatte, öffnete.

Sie wandte sich zurück zum Bett und sagte: »Ach, ist das nicht nett, meine Liebe? Wir haben Besuch. Ihr Freund ist hier.«

Ich hörte ihre Stimme: »Steve!« Dann kam sie zur Tür gelaufen und warf sich in meine Arme. Die Schwester verließ das Zimmer, und die Tür fiel ins Schloß.

»Steve.« Sie weinte. »Steve, Steve, Steve.«

Ich drückte sie fest an mich und streichelte ihr Haar. »Darlingmädchen«, flüsterte ich.

Sie sah mich an und versuchte die Tränen fortzublinzeln. »Ich muß fürchterlich aussehen! Man erlaubt mir nicht, mich zu schminken.«

»Du bist schön«, sagte ich und spürte einen Stich im Herzen. Sie war nur noch Haut und Knochen, die Augen bildeten tiefe Höhlen in ihrem Gesicht.

»Das weiß ich besser«, sagte sie, »wenn es auch keinen Spiegel im Zimmer gibt.«

»Du siehst prima aus.«

Sie ging zum Bett und setzte sich auf den Rand. »Komm her, setz dich neben mich.«

Ich nahm neben ihr Platz.

Sie nahm meine Hand und schob sie in ihr Kleid an ihre Brust. »Ich bin so geil«, sagte sie und blickte mir in die Augen.

Ich konnte nicht sprechen; es fiel mir schon schwer genug, das Weinen zurückzuhalten.

»Ich bin es los, weißt du?« sagte sie. »Angeblich hat man kein Verlangen nach Sex, bis man es los ist.«

»Das weiß ich nicht.«

»Es ist wahr«, sagte sie ernsthaft. »Faß doch meine Punze an, sie ist ganz naß, so geil bin ich.«

Ich schüttelte den Kopf. »Die Ärztin sagt, du bist noch nicht kräftig genug dafür; du bist noch zu erschöpft.«

Plötzlich wurde sie wütend. »Natürlich sagt sie das! Denen geht es nur darum, mich hier zu behalten, damit sie noch mehr Geld bekommen. Sie hat dir wahrscheinlich nicht einmal gesagt, daß ich es aufgegeben habe?«

»Sie sagte, du hättest Fortschritte gemacht«, erwiderte ich vorsichtig.

»Die sind verrückt!« sagte sie und erhob sich. »Ich könnte dir Dinge über diese Anstalt erzählen und über die Art, wie man die Patienten behandelt, die würdest du gar nicht glauben!«

Sie blickte sich schnell im Zimmer um, als wollte sie sich vergewissern, daß kein Dritter zuhörte. Sie senkte die Stimme und flüsterte wie eine Verschwörerin: »Du kennst doch die Schwester, Mrs. Graham?«

Ich nickte.

»Du meinst wohl, das ist nur eine nette alte Dame, nicht

wahr?« Sie wartete meine Antwort nicht ab. »Das ist sie aber nicht. Sie ist eine Sadistin, sie hat mich mehrmals verprügelt. Ich will es dir zeigen.«

Sie streifte ihr Nachthemd ab und ließ es zu Boden fallen. Nun stand sie nackt vor mir. »Siehst du die blauen Flekken?«

Davon war keine Spur zu sehen, nur ihre Rippen im abgemagerten Körper und die bleiche, fast durchscheinende Haut.

Sie machte keine Bewegung, um ihr Nachthemd vom Boden aufzuheben. »Außerdem ist sie eine Lesbierin. Mehr als einmal hab ich im Schlaf gespürt, daß sie mir einen abgelutscht hat!«

Ich hob das Hemd auf. »Zieh es an«, sagte ich, »ich möchte nicht, daß du dich erkältest.«

Wortlos ließ sie sich von mir das Hemd anziehen, ging zum Bett zurück und setzte sich. »Und diese Dr. Davis mit ihren Diplomen und ihrem erhabenen Getue, weißt du, was die macht? Sie nimmt ein paar Patienten und Pfleger zu sich ins Zimmer und hält jede Nacht Orgien ab. Sie ist schwanztoll! Sie nimmt sie in den Mund, in die Punze, in den Hintern, alles gleichzeitig. Aber tagsüber tut sie vornehm und hält alle zum Narren. Nur mich nicht, ich bin nicht so dumm!«

Ich sah sie nur an.

Einen Augenblick war sie still, dann warf sie sich schluchzend in meine Arme. »Du mußt mich aus diesem entsetzlichen Haus fortnehmen, Steve. Wenn ich noch länger hier bleibe, verliere ich den Verstand!«

Ich drückte sie fest an mich; sie zitterte.

Sie blickte mich flehend an. »Du kannst mich hinausnehmen, Steve, wirklich. Ich nehm es nicht mehr.«

»Noch ein Weilchen, Darlingmädchen«, sagte ich. »Vorerst müssen wir dafür sorgen, daß du wieder zu Kräften kommst.«

Sie riß sich von mir los und warf sich aufs Bett, das Schluchzen erschütterte ihren ganzen Körper.

Ich trat zu ihr und legte meine Hand auf ihre Schulter. Wütend schlug sie sie beiseite. »Geh zum Teufel!«

Ich blieb eine Zeitlang stehen, dann wandte ich mich zur Tür.

»Steve!« schrie sie.

Ich drehte mich um, sie warf sich zu Boden, ihre Hände umklammerten meine Knie, ihre Augen schwammen in Tränen. »Nimm mich hier fort, Steve, bitte! Ich werde brav sein, ich werde alles tun, was du willst, nur nimm mich fort!«

Ich half ihr auf die Füße und drückte sie an mich. »Es wird jetzt nicht mehr lange dauern, Darlingmädchen«, sagte ich.

Ihre Hand fuhr ins Innere meiner Jacke. Ehe mir klar wurde, was sie tat, hatte sie mir den Füllfederhalter aus der Tasche gezogen. Sie hielt ihn wie einen Dolch über ihren Kopf.

»Wenn du mich nicht mitnimmst«, schrie sie, »stech ich dir die Augen aus!«

Sie war hemmungslos und schien durchaus fähig, ihre Drohung wahrzumachen. »Also gut«, sagte ich, so ruhig ich konnte, »aber wie soll ich die Tür öffnen? Ich habe keinen Schlüssel, ich muß die Schwester rufen.«

Für einen Moment schweifte ihr Blick zu dem Klingelknopf neben dem Bett. Mehr brauchte ich nicht; ich packte sie am Arm und entriß ihr den Füller. Mit ungläubigem Ausdruck starrte sie auf ihre leere Hand.

»Du hast mich reingelegt«, sagte sie wie ein kleines Kind, hob die Hände zum Gesicht und begann zu weinen.

Ich nahm sie in die Arme und beruhigte sie. »Ich weiß, daß es nicht leicht ist, Darlingmädchen«, sagte ich, »aber du mußt dich weiter bemühen. Je eher du gesund wirst, desto schneller werden wir wieder beisammen sein.«

»Ich bin schon gesund!« Sie weinte. »Ich bin gesund!«

Dann ging die Tür auf, und die Schwester kam herein. Die Besuchszeit war abgelaufen.

Die Ärztin erwartete mich. »Kommen Sie in mein Büro«, sagte sie.

Ich folgte ihr, und die Tür schloß sich hinter uns. »Sie brauchen einen Drink«, sagte sie, öffnete den Medikamentenschrank hinter sich, nahm eine Flasche Whisky und ein Glas heraus und goß mir zwei Fingerbreit ein.

Ich trank es wie Wasser. Es brannte bis zum Magen hinunter, aber dann wurde mir besser. »Es war nicht leicht«, sagte ich.

»Ich weiß, wir haben mitgehört. Wir haben in jedem Zimmer ein Mikrofon, nur so können wir die Patienten dauernd kontrollieren. Sie haben sich sehr gut gehalten.«

»Hoffentlich.« Ich hatte aber das Gefühl, daß sie das nur sagte, um mich zu ermutigen.

Sie begleitete mich zu meinem Wagen hinaus.

»Mr. Gaunt.«

Ich blieb stehen. »Ich möchte mich nicht in Ihr Privatleben einmischen, aber ein paar Antworten von Ihnen könnten mir sehr helfen.«

»Stellen Sie Ihre Fragen.«

»Welches Interesse haben Sie, genau genommen, an ihr?«

»Ich kenne sie seit Ihrer Kindheit; ich bin schon lange mit ihren Eltern befreundet.«

»Sie hatten aber ein Liebesverhältnis mit ihr, nicht wahr?«

»Ja.«

»Wie lange hat das gedauert?«

»Etwa einen Monat, bis ich sie hierherbrachte.«

»Eine Frage noch, Mr. Gaunt. Lieben Sie sie?«

Ich dachte lange nach. Schließlich antwortete ich: »Ich weiß es nicht.«

Sie blickte mir einen Moment in die Augen. Dann sagte sie ruhig: »Danke, Mr. Gaunt.«

Ich stieg in den Wagen und ließ den Motor an. Als ich mich nach ihr umwandte, betrat sie bereits das Haus.

15

Am nächsten Besuchstag wollte sie mich nicht sehen. »Sie hat es uns erst heute morgen gesagt«, berichtete Dr. Davis. »Ich versuchte Sie anzurufen, Sie waren aber bereits fort.«

»Ich verstehe das nicht.«

»Es gehört alles zu ihrem Spiel«, erklärte die Ärztin. »Sie will Sie dafür bestrafen, daß Sie sie nicht von hier fortnehmen. Entweder das, oder sie denkt sich etwas Neues aus, um Sie zu überreden.«

Ich gab keine Antwort.

»Es tut mir leid, daß der ganze Weg umsonst war«, sagte sie.

»Das macht nichts.«

»Wir kommen aber voran, auch wenn es nicht danach aussieht. Sie ist jetzt einen Monat hier, und ihre körperliche Reaktion auf die Giftentziehung ist beträchtlich geringer. Sie hat sogar ein wenig zugenommen. Aber die psychiatrische Betreuung lehnt sie auch weiterhin ab. Sie will mit dem Therapeuten nicht einmal sprechen.«

»Wie wollen Sie sie dazu bringen?«

»Wir setzen unsere Bemühungen fort«, antwortete sie. »Früher oder später wird sie mit jemandem sprechen wollen, und sei es nur, um einen mitfühlenden Zuhörer zu finden. Das tun alle, aber im Augenblick steht sie uns noch feindlich gegenüber.«

Mrs. Graham kam herein und legte einen Umschlag auf den Tisch. »Sie gab mir diesen Brief; ich sollte ihn für sie aufgeben.«

Sie sah mich lächelnd an. »Oh, Mr. Gaunt, guten Tag. Unsere Patientin ist heute ein wenig bockbeinig, aber keine Sorge, wir bringen sie schon wieder in Ordnung.«

Sie verließ das Büro, und Dr. Davis warf einen Blick auf den Brief; sie reichte ihn mir ohne ein Wort.

Er war an mich gerichtet, ich öffnete ihn. Er war in fast kindlichem Gekritzel geschrieben.

Lieber Steve,

Als Du gestern herkamst, hat man Dir gesagt, daß ich Dich nicht sehen will. Das war gelogen, man hält mich hier gefangen, schlägt und beschimpft mich. Die wollen nur jede Woche ihr Geld bekommen. Ich bin schon entwöhnt, aber sie sind noch immer nicht zufrieden. Dieser Brief muß Dich überzeugen. Ich sehne mich sehr nach Dir. Komm und hol mich.

Dein Dich liebendes Darlingmädchen.

»Lesen Sie«, sagte ich und reichte ihr den Brief. »Sie hatten wohl recht.«

Sie las, gab aber keinen Kommentar. Ich erhob mich. »Ich muß nächste Woche zu einer Aufsichtsratsitzung nach New York«, sagte ich. »Wahrscheinlich wird es also mindestens zehn Tage dauern, bis ich wiederkommen kann.«

»Fahren Sie nur, Mr. Gaunt«, sagte sie und stand ebenfalls auf. »Sollte irgend etwas passieren, rufe ich Sie an. Ich erwarte aber eigentlich nicht, daß etwas vorfällt.«

Dieses eine Mal irrte sie sich jedoch.

Am Tag vor der Aufsichtsratsitzung hatte Dan Ritchie Sam verklagt. Er verlangte zweihundertfünfzigtausend Dollar als seine zehnprozentige Provision bei dem Globalverkauf der Filme an uns sowie Schadenersatz und Prozeßkosten. Und um die Sache substantieller zu machen, dehnte er den Prozeß gleich auch auf uns aus, indem er Sinclair Broadcasting, sowohl die Gesellschaft als auch mich persönlich, der Mittäterschaft beschuldigte.

In seiner gleichzeitig mit der Klage abgegebenen Presseerklärung sagte er, er werde ›die schändliche Geschäftspraxis anprangern, die zwischen Sinclair und Samarkand und einigen ihrer Direktoren zu deren privatem Vorteil bestehen‹, falls seine Ansprüche nicht unverzüglich befriedigt würden.

Ich kam am Tag der Aufsichtsratsitzung nach New York; Jack erwartete mich in meinem Büro.

»Ich hab dir ja gesagt, dem Hurensohn kann man nicht trauen«, erklärte er.

Ich grinste. »Welchem?«

Er starrte mich an. »Du hast recht, daran hatte ich nicht gedacht. Zwischen Sam und Ritchie besteht tatsächlich kein großer Unterschied, sie sind beide geldgierige Schweinehunde.«

»Sag das lieber nicht in der Öffentlichkeit«, riet ich ihm. »So darf man nicht von einem Mitangeklagten reden.«

»Ich kann dir nicht folgen«, sagte er kopfschüttelnd, »du hast eine seltsame Art von Humor.«

Fogarty brachte den Kaffee. »Mr. Sinclair möchte so bald wie möglich mit Ihnen sprechen.«

»Ist er schon hier?«

Sie wußte alles. »Er ist schon seit acht Uhr in seinem Büro.«

Jack wartete, bis sie draußen war. »Wahrscheinlich tobt er bereits.«

Ich schlürfte wortlos meinen Kaffee.

»Gehst du nicht zu ihm hinauf?« fragte er.

»Ja, ja, ich komme immer noch zurecht. Im Augenblick haben wir wichtigere Dinge zu tun, als hinaufzugehen und ihm einen Beruhigungstee zu verabreichen.«

»Was glaubst du – könntest du auch ein paar gute Nachrichten vertragen?«

»Das wäre eine angenehme Abwechslung.«

»Die Rock-Show ist ein richtiger Schlager«, berichtete er. »Wir kassieren fast vierzig Prozent Seherbeteiligung ein, und die Geldgeber bringen sich gegenseitig um, so gern möchten sie hineinkommen.«

»Prima!«

»Ich habe daran gedacht, die Show zweimal wöchentlich anzusetzen.«

»Tu das nicht«, sagte ich. »Oft passiert es, daß man Schiffbruch erleidet, wenn man sich allzuviel vornimmt.«

»Wir brauchen etwas, das unser Programm gegen Ende der Woche auf Touren bringt.«

»Du hast doch Filme von Sam gekauft. Verwende die«, sagte ich.

»Die wollte ich mir für nächsten Herbst aufheben.«

»Du hast acht Monate Zeit, um deine Pläne für nächsten Herbst aufzubauen, und nur noch acht Wochen in dieser Saison, ehe du auf die Reprisen zurückgreifen kannst.«

Ich trank meinen Kaffee aus und erhob mich. »Ich will dir das einzige verraten, das ich in all den Jahren in diesem Geschäft gelernt habe. Die Geldgeber kaufen nur eines: Leistung. Wovon sie heute die Testnoten sehen, das kaufen sie für morgen. Und die Testnoten waren für die Show von gestern.«

Ich verließ ihn und fuhr mit dem Privatfahrstuhl zu Spencers Büro. Er saß, frisch und ausgeruht nach seinen Ferien auf den Antillen, an seinem Schreibtisch.

Wir reichten uns die Hand. »Wie war dein Flug?« fragte er in seiner stets verbindlichen Art.

»Ein Flug wie jeder andere. Und dein Urlaub?«

»Sehr schön. Ich habe die Absicht, mir dort nach meiner Pensionierung eine Villa für den Winter zu kaufen.«

»Keine schlechte Idee«, sagte ich und setzte mich ihm gegenüber.

»Die Direktoren haben mich während des ganzen Morgens wegen des Prozesses von Dan Ritchie angerufen.«

»Mich haben sie auch angerufen.«

»Ich weiß nichts über den Fall Benjamin«, sagte er, »aber ich sprach mit Harley. Und der versicherte mir, wir hätten da keine rechtlichen Verpflichtungen.«

Harley Garrett war unser allgemeiner Rechtsberater, ein gesetzter, sehr vorsichtiger Rechtsanwalt.

»Der Prozeß macht mir weniger Sorge als die Behauptungen Ritchies«, sagte Spencer. »Weißt du darüber etwas?«

»Vielleicht«, sagte ich und erzählte ihm von meinem durch Aktien gedeckten Darlehen an Sam.

Er hörte mir aufmerksam zu und schwieg, bis ich zu Ende war. Dann schüttelte er nachdenklich den Kopf. »Das war nicht sehr klug«, sagte er.

Ich war ein wenig überrascht. Der Sinclair, den ich vor zehn Jahren, als ich in die Firma eintrat, kennenlernte, wäre in die Luft gegangen. »Aber meine Beziehung zu Sam steht in keinerlei Zusammenhang mit dem Kauf dieser Filme. Jack kaufte sie ohne mein Wissen. Ich erfuhr von dem Geschäft erst, nachdem es abgeschlossen war.«

»Du wirst das dem Aufsichtsrat erklären müssen«, sagte er.

Ich erhob mich. »Das beabsichtigte ich auch zu tun.«

Die Direktoren reagierten dann nicht ganz so ruhig wie er. Sie brachten alle Schreckgespenster ins Treffen: den Bundesausschuß für Fernmeldewesen, FCC, den Wertpapier- und Börsenausschuß, SEC, das Antitrustgesetz und das Finanzamt. Nach einer Weile gerieten sie über die Frage, wie man sich am besten verhalten sollte, in Streit.

»Vielleicht sollten wir versuchen, einen Vergleich auszuhandeln«, sagte Harley schließlich. »Die Öffentlichkeit der Sache kann, falls wir vor Gericht gehen müßten, unserem Image schaden.«

»Ich bin dagegen«, sagte ich.

»Sie werden dem Verdacht nicht entgehen können, daß Sie persönlich das Geschäft begünstigt haben, weil Sie aufgrund Ihrer Beteiligung an Samarkand daraus Gewinn ziehen.«

»Ich besitze im Augenblick keine Beteiligung an Samarkand«, sagte ich. »Die Aktien sind nur als Sicherheit für ein Darlehen in meinen Händen.«

»Glauben Sie, daß irgendeine Aussicht auf Rückzahlung des Darlehens besteht?« fragte Harley.

»Davon habe ich nicht die leiseste Ahnung.«

»Sogar die Rückzahlung könnte so angesehen werden, als ob sie Ihnen Vorteil brächte«, sagte er. »Meiner Ansicht nach sollten wir einen Vergleich schließen; zuviel Geld steht ja nicht auf dem Spiel.«

»Nein«, sagte ich entschieden, »es ist Erpressung, und das gefällt mir nicht. Wenn man einer Erpressung einmal nachgibt, finden sich tausend Dummheiten gleicher Art, die einen plagen könnten.«

Stille herrschte in der Tischrunde. Ich sah Sinclair an. Sein Gesicht war ausdruckslos. Das Telefon neben mir klingelte.

»Bitte um Entschuldigung, meine Herren«, sagte ich und hob ab.

Es war Fogarty. »Ich wollte Sie nicht stören, Mr. Gaunt«, sagte sie, »aber eine Frau Dr. Davis aus Santa Barbara in Kalifornien verlangt Sie zu sprechen; sie sagt, es sei sehr dringend.«

»Schalten Sie durch«, sagte ich. Es klickte. »Dr. Davis?«

»Leider eine schlechte Nachricht, Mr. Gaunt«, sagte sie. »Die Patientin ist uns heute morgen durchgebrannt.«

»Wieso?« fragte ich.

»Das wissen wir nicht«, gab sie zu. »Als Mrs. Graham nach dem Frühstück in ihr Zimmer kam, war sie fort. Wir haben das Grundstück gründlich durchsucht, aber sie ist nicht mehr hier.« Nach einer kurzen Pause: »Sollen wir die Polizei verständigen?«

Ich überlegte einen Augenblick; das hätte uns gerade noch gefehlt, ich sah schon die Schlagzeilen vor mir. »Nein«, sagte ich, »unternehmen Sie gar nichts. Ich komme mit dem nächsten Flugzeug hinüber.«

Ich sah mich um; die anderen hatten, während ich telefonierte, weiter beraten.

»Ich glaube, wir sollten über die Sache abstimmen«, sagte Harley. »Ich stelle den Antrag, daß wir im Streitfall Daniel Ritchie gegen Sinclair Broadcasting Corporation, Stephen Gaunt und andere über einen Vergleich verhandeln.«

Ich erhob mich und ging zur Tür.

»Einen Augenblick, Steve«, sagte Harley, »ich habe soeben einen Antrag gestellt. Sie müssen darüber abstimmen.«

Ich starrte auf ihn nieder. »Stimmt ihr nur darüber ab«, sagte ich, »mir ist es völlig schnuppe!«

16

Als das Flugzeug landete, erwartete mich Dr. Davis. »Ihre Sekretärin hat mir die Nummer Ihres Flugs angegeben.«

»Es war nicht nötig, daß Sie herkamen, ich wäre geradewegs zu Ihnen gefahren.«

»Ich hielt es für meine Pflicht«, sagte sie einfach und sah mir dabei in die Augen. »Außerdem habe ich eine Information, die uns zu ihr führen könnte.«

»Sie haben herausgefunden, wie sie entkommen ist?«

»Nein, aber wir wissen, daß sie in Los Angeles ist.«

»Wieso?«

»Wir arbeiten mit einem privaten Detektivbüro, das uns bei derartigen Fällen schon sehr geholfen hat.«

Sie ging voran zur Cocktailbar und blieb vor einem Tisch in der hinteren Ecke stehen. Der junge Mann, der dort vor einem Glas Bier saß, erhob sich ein wenig linkisch.

»Nick Jones, Stephen Gaunt«, sagte sie. »Nick ist der Leiter der Agentur.«

Er streckte die Hand aus. »Erfreut, Mr. Gaunt«, sagte er mit unüberhörbar westlichem Näseln.

Er sah durchaus nicht so aus, wie ich mir einen Privatdetektiv vorgestellt hätte, allerdings stammten meine bisherigen Erfahrungen nur aus Filmen und Fernsehstücken.

Er war eine magere Hopfenstange, mindestens einsneunzig groß, trug einen weißen, schräg ins Gesicht gezogenen Cowboyhut im Westernstil und ein unansehnliches Hemd unter einer schmutzigbraunen Wildlederjacke. Sein langes braunes Haar reichte bis zur Mitte des Nackens, und ein langer Schnurrbart hing rechts und links bis zu seinem vorspringenden Kinn hinunter. Er sah aus wie der leibhaftig gewordene Buffalo Bill.

»Mr. Jones«, sagte ich.

»Nennse mich nur Nick«, näselte er.

Wir nahmen Platz. Frau Dr. Davis bestellte einen Whisky mit Wasser und ich meinen üblichen Scotch.

»Erzählen Sie Mr. Gaunt, was Sie herausgefunden haben«, sagte sie.

Plötzlich war der westliche Akzent verschwunden, der Ton war geschäftsmäßig, der eines Profis. »Wir haben erfahren, daß sich die Gesuchte heute morgen um elf von einem Lastwagen auf der Küstenautobahn per Autostop mitnehmen ließ. Sie verließ den Laster bei einer Benzinstation in Santa Monica nahe des Sunset Boulevard und stieg dort in einen anderen Lastwagen, der nach Los Angeles fuhr. Den haben wir noch nicht finden können, daher wissen wir nicht, wo sie ausgestiegen ist.«

»Wie haben Sie den ersten Laster gefunden?« fragte ich.

»Viele von den großen Überlandlastern sind mit Funksprechgeräten ausgerüstet«, sagte er. »Ich habe selbst mit dem Fahrer gesprochen.«

»Hatte sie Geld bei sich?«

Frau Dr. Davis antwortete: »Als sie flüchtete, hatte sie keines. Alles liegt noch im Tresor.«

»Sie wird Geld brauchen«, sagte ich. »Ich hab noch nie von einem Rauschgifthändler gehört, der auf Pump geliefert hätte.«

»Sie hat Geld«, sagte Nick entschieden.

»Woher wissen Sie das?«

»Sie bekam es von dem Lastwagenfahrer«, sagte er.

»Warum, zum Teufel, sollte ihr der Geld geben?«

Er sah mich an, ohne zu antworten.

Die Kellnerin kam mit unseren Getränken; ich trank die Hälfte meines Glases in einem Zug aus.

»Sie müssen Verständnis haben«, sagte Dr. Davis mitleidig, »sie ist sehr krank.«

Ich schwieg.

»Es ist jetzt zehn Uhr dreißig«, sagte der Detektiv. »Am Freitag abend beginnt der Betrieb auf dem Strip gegen elf Uhr. Wenn sie noch niemanden gefunden hat, der ihr das Zeug liefert, wird sie wahrscheinlich jetzt dort sein. Ich habe einige meiner Freunde bei der Polizei gebeten, sich außerdienstlich nach ihr umzusehen.«

»Gut«, sagte ich.

»Inzwischen könnte es nicht schaden, wenn wir hinübergingen und selbst ein wenig Ausschau hielten.«

Ich trank mein Glas aus. »Ich bin bereit, wenn Sie soweit sind; mein Wagen steht auf dem Parkplatz.«

»Okay«, sagte der Detektiv, »ich werde an der Ecke Clark Street/Sunset Boulevard sein, wenn Sie hinkommen.«

»Ich gehe mit Ihnen«, sagte Dr. Davis, »Nicks Vehikel ist nicht gerade sehr bequem.«

»Er bringt mich überallhin«, sagte er trocken, »und außerdem paßt er genau zu meinem Image.«

Es war das zweite Mal an jenem Tag, daß ich das Wort hörte. Die ganze Welt schien sich um ihr Image zu sorgen. Ich verstand jedoch erst, was er meinte, als ich ihn in seinen Wagen steigen und davonfahren sah.

Es war ein dunkelgrüner Ford-Farmwagen.

Der Strip ist jener Teil des Sunset Boulevards, der durch Los Angeles West führt. Während des Tages ist es eine trostlose Straße, größtenteils von alten Häusern gesäumt, voller Imbißstuben, undefinierbarer Läden und gelegentlich einem neuen Bürohochhaus. Sie dient hauptsächlich als Verkehrsverbindung zwischen Beverly Hills und Hollywood.

Nachts war das anders, dann erwachte der Strip unter hellem Neonlicht zum Leben. Restaurants. Diskotheken, die ihre Musik auf die Straße hinausschmetterten. Tausende von jungen Leuten aller Gestalten, Größen, Farben und Altersklassen gingen da spazieren, plauderten, gafften oder standen bloß herum. Der leicht süßliche Geruch von Haschisch hing wie eine Wolke über ihnen, und die Hilfspolizisten mit ihren weißen Sturzhelmen beobachteten sie aus ihren langsam fahrenden Streifenwagen und beteten jede Nacht, daß nichts passieren möge, was die Straße in einen brodelnden Vulkan verwandeln könnte.

Er stand genau dort, wo er sich mit uns verabredet hatte, unter einem Reklameschild für Whisky an der Ecke der Clark Street. Wir wollten auf ihn zugehen, doch er machte eine abweisende Kopfbewegung und entfernte sich langsam.

Da er in der Menge herausragte, war er leicht zu verfolgen. Er schien alle Welt zu kennen, die jungen Leute wie die Erwachsenen. Gelegentlich blieb er stehen und sprach mit jemandem, doch nur für einen Augenblick, dann ging er weiter.

Er wanderte bis zum Delikatessenladen im Häuserblock 9000 und kam wieder zurück. »Dort ist nichts«, flüsterte er uns im Vorbeigehen zu. »Wir wollen es in der anderen Richtung versuchen.«

Wir warteten, bis er einige Meter weiter war, dann kehrten auch wir um. Er blieb vor dem Whiskyschild stehen. Die Musik kreischte in die Nacht hinaus, und die jungen Leute standen vor dem Eingang Schlange. Wir blieben vor dem Lokal Sneaky Petes stehen und behielten Nick im Auge.

Ich blickte zu dem Schild empor; es freute mich nicht, als ich erkannte, daß die im Inneren spielende Gruppe in unserer dieswöchigen Rock-Show Nummer Eins war. Nick ging weiter, und wir folgten ihm.

Müde und mit schmerzenden Füßen gelangten wir schließlich um zwei Uhr morgens zum Body Shop. Er wies auf ein unbeleuchtetes Haus auf der anderen Straßenseite und ging hinüber. Wir ebenfalls.

Er trat ins Dunkle. »Die Rauschgifthändler sind nicht da«, sagte er; der Hut verdeckte seine Augen. »Alles ist in heller Aufregung, und sie halten sich versteckt. Sie müssen durch irgend etwas gewarnt worden sein, ich kann mir aber nicht denken, was es war.«

»Was machen wir jetzt?« fragte ich.

»Ich grase noch einige Plätze ab«, sagte er, »aber da können Sie nicht mitkommen. Wo kann ich Sie erreichen, wenn ich etwas erfahre?«

»Wie wäre es bei mir?« sagte ich mit einem Blick auf Dr. Davis.

Sie nickte.

Ich gab ihm meine Telefonnummer, er glitt aus dem Dunkel und lief zur Straße zurück. Wir warteten einige Minuten, um ihm einen Vorsprung zu lassen, dann gingen wir zu meinem Wagen.

»Hier ist es wirklich bezaubernd!« sagte Dr. Davis, während wir die Treppe zum Wohnzimmer hinunterstiegen.

»Ich muß etwas trinken«, sagte ich und ging zur Bar.

»Mir könnte es auch nicht schaden.«

Ich mixte zwei Scotch und reichte ihr einen; wir tranken schweigend. Nach einer Weile ging sie zu den großen Glastüren und blickte durch die Scheiben.

»Könnten wir einen Augenblick hinausgehen?« fragte sie.

Ich drückte auf die Knöpfe und ließ die Türem zur Seite rollen. Die Nachtluft war auf den Hügeln kühl, es war angenehm. Unter uns blinken die Lichter; in der Ferne, fast auf der Höhe unserer Augen, sahen wir die roten Blinklichter eines Flugzeugs, das sich dem Flughafen näherte.

»Es ist so ruhig hier oben«, sagte sie.

»Deshalb hab ich das Haus hier bauen lassen. Und doch kann man innerhalb von fünf Minuten mitten im Getriebe sein.«

Sie sah mich an. »Ist Ihnen das wichtig?«

»Früher war es mir wichtig«, antwortete ich, »jetzt bin ich nicht mehr so sicher.«

»Seltsam, wie die Zeit uns verändert«, sagte sie. »Als ich mein Doktorexamen machte, glaubte ich alles zu wissen. Jetzt wird mir klar, wie wenig ich eigentlich weiß.«

»Das gehört wohl zum Reifeprozeß, Frau Doktor.«

»Ich habe es satt, mich hinter diesem Titel zu verstecken.«

»Und wie gefiele Ihnen ›Doktormädchen‹?« fragte ich.

»Ich bin ein Mädchen, das wissen Sie doch, nicht wahr?«

»Das läßt sich nicht übersehen«, sagte ich.

Ich weiß nicht, wie es geschah, doch plötzlich lag sie in meinen Armen. Dann durchfuhr es uns wie ein Atomfeuer, wir konnten es nicht erwarten, zueinander zu kommen. Kleider und Wäsche fielen auf unserem Weg ins Schlafzimmer auf die Stufen. Nackt stürzten wir uns aufs Bett und verbissen uns ineinander wie wilde Tiere.

Dann kam die Entladung, und wir fielen nach Atem ringend zurück. Wir sahen uns lange und ruhig in die Augen; endlich sagte sie:

»Das war nicht gerade sehr berufsmäßig.«

»Du hast dich hinter deinem Titel hervorgewagt.«

Sie senkte kurz den Blick. »Freust du dich darüber?«

»Ja«, sagte ich.

Sie lachte und gab mir einen Kuß. »Ich auch.« Sie wälzte sich zur Seite und stieg aus dem Bett. An der Badezimmertür blieb sie stehen. »Ich möchte duschen.«

Ich nickte.

Sie drehte sich um, ging ins Badezimmer und schloß die Tür. Gleich darauf war sie wieder da; ihr Gesicht war weiß, sie hielt sich am Türrahmen fest.

Ich starrte sie an.

»Gibt es bei dir noch ein anderes Badezimmer?« fragte sie leise. »Ich glaube, mir wird übel.«

»Unten, neben der Bar.«

Sie lief durchs Zimmer, und ich hörte die Schritte ihrer nackten Füße auf den Stufen. Ich stieg aus dem Bett und ging ins obere Badezimmer.

Darlingmädchen lag da, seitlich zusammengerollt wie ein Fötus, den Kopf zwischen Toilette und Badewanne auf dem Boden; ihre offenen Augen starrten ins Leere, die Finger ihrer rechten Hand lagen noch auf der Nadel in der Beuge ihres linken Arms.

Sie war die ganze Zeit dort gewesen, während wir sie auf dem Strip gesucht, die ganze Zeit, als wir uns auf dem Bett im Nebenzimmer vergnügt hatten.

Nun bekam alles einen Sinn: Wo sollte sie hingehen, wenn nicht nach Hause?

Ich hörte das Geräusch der Wasserspülung aus der unteren Toilette und ging ins Schlafzimmer zurück. Ich nahm das Telefon und rief die Polizei an.

Langsam erteilte ich ihnen die Auskunft, die sie verlangten, und wollte wieder auflegen.

Plötzlich wurde ich wütend. Ich knallte den Hörer so auf

die Gabel, daß der Apparat zerbrach; er fiel zu Boden mit seinem ganzen Gewirr von roten, gelben, weißen, grünen, blauen und violetten Drähten, die wie die Fäden eines mechanischen Gehirns zu den Silber- und Messingschräubchen liefen.

Ich starrte darauf nieder und schloß die Augen. Und jetzt hörte ich in meinem Gedächtnis die Stimme Sams, wie sie damals, vor vielen Jahren gesprochen hatte.

Was für ein Gebet war das? Wie hatte er es genannt? Ich konnte mich nicht erinnern. Aber die Worte wußte ich noch, und sagte sie laut vor mich hin.

Ich spürte, wie die heißen Tränen mir in die Augen stiegen.

Die Zeit war für mich gekommen, aus dem Flugzeug zu steigen.

An jenem Tag im vorigen Frühjahr

Der Abend

Ein Mensch besteht aus tausend Teilen, und das sind die anderen Menschen: die er liebt, die er nicht liebt, die ihm im Leben begegnen. Und er, der ganze Mensch, ist die Summe aus ihnen allen, geteilt durch einander, von ihnen abgezogen und einzeln sowie in ihrer Gesamtheit multipliziert. Ich blickte mich im Zimmer um, und das war nun ich.

In einer Ecke plauderten Spencer und Johnston leise miteinander, in der anderen Sam und Dave. Draußen auf der Terrasse blickte Juramädchen hinunter auf die Stadt, während in meinem Schlafzimmer Denise und Junior die Tür geschlossen und sich von der Welt zurückgezogenhatten.

Ich trat auf die Terrasse und blieb neben Juramädchen stehen. »Worüber denkst du nach?« fragte ich.

»Du bist mir zu hoch«, sagte sie. »Du fliegst Düsenmaschinen, und ich versuche immer noch, eine Piper Cub vom Boden hochzukriegen.«

»Es ist ganz einfach«, sagte ich, »so einfach, daß ich überrascht bin, daß nicht jeder selbst darauf kommt. Alle erhalten genau das, was sie wollen. Schlußpunkt. Happy-End.«

»So einfach ist es nicht«, sagte sie. »Sie bekommen alles, was sie wollen, ausgenommen das eine, das sie anscheinend am meisten wünschen: dich.«

»Sie wollen eigentlich gar nicht mich. Ich bin eine Illusion, die ihnen im Kopf sitzt. Das werden sie auch herausfinden, sobald sie sich selbst prüfen.«

»Bist du das für mich auch, Steve? Eine Illusion in meinem Kopf?«

Ich gab keine Antwort.

»Ich erinnere mich, wie ich nach meiner Rückkehr nach San Francisco in der Zeitung von dem Mädchen las, das starb. Ich weinte über dich, Steve; du mußt sie sehr geliebt haben.«

Ich sah sie wortlos an. Sicher, ich liebte sie so sehr, daß ich eine andere vögelte, während sie tot im Nebenzimmer lag. Ich dachte an den Abend nach dem Begräbnis zurück, an dem ich in die Wohnung in der Fünften Avenue ging, um mein Beileid auszudrücken.

Mamie öffnete die Tür und nahm mir den Mantel ab. Ihr freundliches schwarzes Gesicht war vom vielen Weinen verschwollen. »Guten Abend, Mr. Gaunt«, sagte sie.

»Guten Abend, Mamie«, sagte ich.

»Sie sind im Wohnzimmer.«

Ich ging durch die Wohnung; die Spiegel waren mit Tüchern verhängt, die Bilder hinten mit der Vorderseite zur Wand. Die breiten Türen zum Wohnzimmer standen offen, und ich blieb auf der Schwelle stehen.

Der Raum war voller Menschen, die unbequem auf Holzkisten und Koffern saßen. Plötzlich wurde es still im Zimmer, und alle Gesichter wandten sich mir zu.

Ich stand verlegen da und wußte nicht, ob ich hineingehen sollte. Ich war mit dem jüdischen Ritual nicht vertraut.

Denise kam mir zu Hilfe; sie reichte mir die Wange zum Kuß, nahm mich an der Hand und führte mich ins Zimmer. »Ich bin froh, daß du gekommen bist«, sagte sie, »ich hatte noch keine Gelegenheit, dir für alles zu danken, was du getan hast.«

Das Gespräch lebte ebenso schnell wieder auf, wie es abgebrochen worden war, aber ich spürte immer noch die Augen der Anwesenden auf mich gerichtet.

Als wir näher kamen, erhob sich Sam schwerfällig von einer Holzkiste und streckte die Hand aus.

Ich ergriff sie. »Mein innigstes Beileid, Sam.«

Er blinzelte und hielt meine Hand fest. »Ja«, sagte er, »ja.« Er blinzelte zu mir hoch, dann ließ er meine Hand los, nahm seine dicke schwarzgerahmte Brille ab und reinigte sie mit einem Taschentuch.

»Sie war ein gutes Mädchen, Steve«, sagte er mühsam. »Sie war krank.«

Ich nickte. »Ja, Sam.«

»So war es«, sagte er, steckte das Taschentuch wieder ein und setzte seine Brille auf. »Sie war krank«, wiederholte er wie zu sich selbst.

Ich sah, daß Junior von der anderen Seite des Zimmers aus zu uns herüberblickte. Sein Gesicht war bleich und verzerrt, seine Augen hatten rote Ränder. Er nickte mir zu, ohne sich von der Wand zu rühren, an der er lehnte. Ich erwiderte seinen Gruß.

»Ich möchte mit dir sprechen, Steve. Privat«, sagte Sam. »Gehen wir in die Bibliothek.«

Ich folgte ihm ins Nebenzimmer. Er schloß die Tür. »Möchtest du etwas trinken?« fragte er.

»Ja.«

Er ging zur Vorzimmertür und rief: »Mamie!«

Er brauchte ihr nichts weiter zu sagen, sie brachte von selbst zwei Drinks herein. Er dankte ihr, und sie ging hinaus.

Wir schlürften unsere Drinks. Er ging zum Schreibtisch und stellte sein Glas ab. Das Sprechen fiel ihm nicht leicht. »Ich weiß nicht, wie ich das machen... sagen soll. Ich hab so etwas noch nie tun müssen..«

Ich betrachtete ihn wortlos.

»Ich habe ein langes Gespräch mit Frau Dr. Davis geführt«, sagte er. »Sie erzählte mir, was du alles für Myriam getan hast.«

Ich schwieg.

»Was ich sagen wollte... ich meine... es tut mir leid.« Er nahm wieder sein Glas. »Ich weiß nicht, was über mich gekommen war, ich bin verrückt geworden, hab den Kopf verloren. Aber es tut mir leid. Ich wollte, daß du es weißt.«

Ich holte tief Atem. »Es ist vorbei, Sam, auch mir tut es leid; leid, daß es nicht geklappt hat, für sie. Jetzt können wir nichts anderes tun, als das Vergangene vergangen sein lassen.«

Er nickte. »Das wird nicht leicht sein. Ich weiß nicht, ob wir jemals darüber hinwegkommen werden.«

Ich schwieg.

»Und noch etwas«, sagte er, »Junior. Er hat seit dem Tag deines Besuchs nicht mehr mit mir gesprochen. Sogar jetzt wendet er sich ab, wenn ich in seine Nähe komme.«

»Auch er wird darüber hinwegkommen.«

»Ich weiß nicht«, sagte er traurig. »Ich bin da nicht so sicher.« Er seufzte. »Aber das ist mein Problem. Gehen wir zurück zu den anderen.«

Er blieb mit der Hand auf dem Türknopf stehen. »Eines Tages werde ich das alles bei dir wiedergutmachen, Steve«, sagte er. »Alles. Du warst mir immer ein guter Freund.«

Guter Freund. Ich dachte wieder an sein Versprechen; aber das war drei Jahre her, und ich hatte bis heute morgen nichts mehr von ihm gehört. Ich hatte mich auch damals, zwei Wochen, nachdem er es gegeben hatte, an sein Versprechen erinnert, an dem Tag, als ich in Spencers Büro saß.

Spencer starrte auf meine Rücktrittserklärung, die auf seinem Schreibtisch lag, dann sah er mich an. »Das ist doch nicht nötig«, sagte er.

»Ich halte es unter den gegebenen Umständen für das beste.«

»Du brauchst nichts weiter zu tun, als deinen Freund zu überreden, es nicht zum Prozeß gegen Ritchie kommen zu lassen.«

»Wie kann ich das, wenn ich in aller Ehrlichkeit der Ansicht bin, daß er das Richtige tut? Ich sagte bei der Aufsichtsratssitzung, daß ich von Erpressung nichts halte. Das hat sich nicht geändert.«

»Aber der Aufsichtsrat hat sich für einen Vergleich entschieden. Das einzige, was dem im Wege steht, ist Benjamins Weigerung. Wir sind sogar bereit, die gesamte Streitsumme zu bezahlen, um die Sache aus der Welt zu schaffen. Dann werden wir sie vergessen.« Er machte eine kurze Pause. »Und du kannst dies hier vergessen.«

»Nein«, sagte ich, »ihr werdet meiner Ansicht nach den

Prozeß gewinnen. Aber ob das der Fall ist oder nicht, spielt keine Rolle. Bei meinem Entschluß bleibt es.«

Er erhob sich, ging zum Fenster und blickte eine Weile hinaus, dann drehte er sich zu mir um. »Würdest du deine Ansicht ändern, wenn ich jetzt in Pension ginge und du meinen Job übernehmen könntest?«

Ich spürte einen Schmerz in der Kehle. Ich wußte, was er mir anbot: Wenn er jetzt ging, würde er an meiner Stelle der Sündenbock sein.

»Nein«, sagte ich.

Er kam wieder zu meinem Stuhl und sah auf mich nieder. »Warum, mein Sohn?« fragte er leise.

Einen Augenblick lang konnte ich nicht sprechen, dann fand ich meine Stimme wieder. »Weil ich mir mein Leben davon hab versauen lassen, Dad. Und es macht mir keinen Spaß mehr.«

»Was wirst du also tun?« fragte er. »Du bist noch jung, nicht einmal vierzig.«

Ich erhob mich. »Ich gehe in mein Haus auf dem Hügel zurück«, sagte ich, »und will sehen, ob es mir gelingt, mit meinem Leben zurechtzukommen.«

Mit dem Leben zurechtkommen, das war wohl schon immer die Lösung. Aber so leicht war es nicht, diese Lösung zu finden, wenn man in einem Vakuum lebte. Und das hatte ich in den letzten drei Jahren getan, hatte irgend etwas erwartet und wußte nicht, was. Etwas, das meinem Leben einen Sinn gegeben hätte.

Ich wandte mich um und blickte zum Haus zurück; Denise kam die Treppe herunter ins Wohnzimmer. Sie ging auf Sam zu und sagte ihm etwas. Er nickte und stieg die Treppe hinauf.

Sie kam auf die Terrasse und sah mich an, in ihren Augen standen Tränen. Plötzlich beugte sie sich vor und gab mir einen Kuß. »Ich glaube, nun wird alles wieder gut«, sagte sie.

Ich lächelte ihr zu. »Das freut mich.«

»Junior kommt mit mir«, sagte sie, ging zurück ins Haus

und stieg nach oben. Kurz darauf kam Junior die Treppe herunter. Ich starrte ihn überrascht an.

»Im ersten Augenblick hätte ich dich fast nicht erkannt.«

Er strich sich verlegen mit der Hand über das frisch rasierte Kinn. »Fühlt sich komisch an.« Er hatte sogar sein Haar gekämmt. »Ich gebe nicht auf«, sagte er schnell.

»Ich weiß«, sagte ich.

»Ich gehe wieder ins College, das ist jetzt nötig. Hast du die Filme im Fernsehen gesehen? Mensch, wer mitmachen will, muß aktiv sein!«

»Ich fahre mit Mom zurück ins Hotel.« Er streckte mir die Hand entegegen. »Danke für alles, Steve.«

Ich schüttelte ihm die Hand. Kein ›Onkel Steve‹ mehr, stellte ich fest. »Nichts zu danken«, sagte ich.

»Auch Ihnen danke ich, Miß Kardin«, sagte er, zu ihr gewandt.

Sie nickte lächelnd, und er lief wieder hinein und verschwand auf der Treppe. Wenige Minuten später hörte ich einen Wagen aus der Einfahrt fahren, und Sam kam ins Zimmer zurück.

Die vier Männer setzten sich zusammen und redeten. Nach einer kleinen Weile kam Dave auf die Terrasse heraus.

Er lächelte mir zu. »Sie sind alle mit deiner Idee einverstanden.«

»Gut!«

»Es wird klappen«, sagte er, »die Leute werden alles zusammenlegen. Sinclair wird die Rundfunk- und Schallplattengesellschaften einbringen, Sam bringt Samarkand und Johnston seine Verlags- und Tonbandfirmen; er wird auch die gesamte Finanzierungs- und Dachgesellschaft zur Verfügung stellen. Wenn das alles durchgeführt ist, wird daraus eine völlig unabhängige Tandemgesellschaft, von deren Aktien nicht mehr als fünfundzwanzig Prozent in ihren Händen bleiben, während der Rest zum freien Verkauf an die Öffentlichkeit gelangt. Sogar der Name, den du für die neue Gesellschaft vorschlägt, gefällt ihnen: Communications Corporation of America. Es wird das größte Unternehmen sein, das seit Ford an die Börse kommt.«

»Ausgezeichnet!« sagte ich.

»Nur einen Haken hat es.«

Ich wartete.

»Es ist deine Idee, und man ist der Ansicht, daß du der einzige bist, der sie verwirklichen kann.«

Ich schwieg.

»Sie haben mich zu dir geschickt, weil von allen dort drinnen nur ich unparteiisch bin.«

Da mußte ich grinsen; er war ungefähr so unparteiisch wie eine bestochene Jury. Er hatte dabei nichts zu gewinnen als große Einlagen.

»Ich glaube, du solltest es tun«, sagte er. »Schließlich wirst du ja eine große Beteiligung an den Unternehmen haben, wenn du deine fünfundzwanzig Prozent der Aktien von Samarkand und deine fünfzehn Prozent von Sinclair zusammenlegst. Du bist es dir schuldig, dafür zu sorgen, daß es klappt.«

Ich sagte immer noch nichts; nicht umsonst nannte man ihn den ›Tüchtigen‹, er war ein toller Verkäufer.

»Du sagtest, was du suchst, sei Freude; dies hier wird eine ganz neue Sache, und wenn du sie da nicht findest, dann nirgends.« Er machte eine Atempause und fuhr fort: »Du solltest es dir überlegen. Du brauchst nichts zu überstürzen. Die Leute drinnen werden auf deine Antwort warten.«

Ich blickte ihm nach, während er zurückging, dann wandte ich mich an Juramädchen, nahm mir schweigend eine Zigarette und zündete sie an.

Ich warf über die Schulter einen Blick ins Zimmer; die vier Männer hatten die Köpfe zusammengesteckt. »Sieh sie dir an«, sagte ich, »sie beraten schon, wie sie die Welt erobern werden.«

»Wenigstens keine langweiligen Menschen«, sagte sie.

»Sie sind zäh, hart und selbstsüchtig, das weißt du doch selbst.«

»Ja«, sagte sie, »aber ich weiß, daß zwei von ihnen, vielleicht sogar drei, dich gern mögen.«

Ich sah sie an.

»Und auch du magst sie gern, selbst wenn du es dir nicht eingestehst.«

»Sie werden gegeneinander kämpfen, sie werden kratzen und beißen und versuchen, mich bei lebendigem Leib aufzufressen«, sagte ich. »Es sind Wilde.«

»Du weißt dich zu schützen. Wie Junior ganz richtig sagte: ›Wer mitmachen will, muß aktiv sein!‹«

»Du meinst also, ich sollte das annehmen?«

Sie antwortete nicht, sah mich nur an.

Ich drehte mich um und blickte auf Los Angeles hinunter. Es war spät oder, besser gesagt, früh am Morgen. Im Osten erschien das erste Licht der Morgendämmerung.

»Und wie steht es mit dir?« fragte ich.

»Ich fahre zurück nach San Francisco und lese über dich in den Zeitungen.«

»Und wenn ich dich bitte, hierzubleiben?«

Sie sah mir in die Augen. »Für zwei oder drei Tage?«

»Vielleicht für länger.«

»Ich könnte mich dazu verleiten lassen.«

Ich schwieg lange Zeit. »Bleib hier«, sagte ich. »Jetzt schicke ich die Leute erst mal fort.«

Dann ging ich ins Haus zurück und lieferte mich den Philistern aus.

DIE GROSSE HEYNE-JAHRESAKTION 1989

Spitzentitel zum Spitzenpreis –
erstmals als Heyne-Taschenbuch

ARTHUR HAILEY

Ein Meisterwerk an Spannung und Dramatik – ein Thriller, der Maßstäbe setzt. Der Autor schrieb mit diesem Roman einen Bestseller der angloamerikanischen Spannungsliteratur.

„Es ist nicht nur die vom Autor eingefangene spannungsgeladene Szenerie, die den Erfolg garantiert. Es ist mehr: Hailey schildert Luftfahrt, wie sie wirklich ist."
Der Tagesspiegel

Heyne-Taschenbuch
01/7953

Wilhelm Heyne Verlag München